U0452407

阿莲 著

君向北来

人民东方出版传媒
People's Oriental Publishing & Media
东方出版社
The Oriental Press

图书在版编目（CIP）数据

君向北来/阿莲 著．—北京：东方出版社，2025.6
ISBN 978-7-5207-3901-6

Ⅰ.①君… Ⅱ.①阿… Ⅲ.①长篇小说－中国－当代 Ⅳ.①I247.5

中国国家版本馆 CIP 数据核字（2024）第 064330 号

君向北来
JUN XIANG BEI LAI

作　　者：	阿　莲
策　　划：	姚　恋
责任编辑：	邓　翃
出　　版：	东方出版社
发　　行：	人民东方出版传媒有限公司
地　　址：	北京市东城区朝阳门内大街 166 号
邮　　编：	100010
印　　刷：	华睿林（天津）印刷有限公司
版　　次：	2025 年 6 月第 1 版
印　　次：	2025 年 6 月第 1 次印刷
开　　本：	710 毫米 ×1000 毫米　1/16
印　　张：	27.25
字　　数：	480 千字
书　　号：	ISBN 978-7-5207-3901-6
定　　价：	78.00 元

发行电话：（010）85924663　85924644　85924641

版权所有，违者必究
如有印装质量问题，我社负责调换，请拨打电话：（010）85924602　85924603

序言

1926年是中国农历的丙寅年。

这一个丙寅年，非同寻常。

这一年，古老而多灾多难的中华大地，经过十五年的军阀混战，已经到了尸横遍野、民不聊生的惨烈阶段。

十五年前的1911年，武昌首义一声枪响，把"天子"拉下宝座，推翻了统治中国两千多年的封建君主专制制度，建立了中国历史上第一个资产阶级共和政府，颁布了具有宪法性质的《中华民国临时约法》。

然而，当人们高举义旗，欢呼新生的共和政府的时候，那些大清灭亡后的督军府台，甚至一些土匪强盗，趁机纷纷"转行"站到了新军的义旗下，当上了军阀的将领。其中势力最大的三个军阀是张作霖、吴佩孚、孙传芳。

张作霖拥兵三十五万，占据东北各省和北京、天津及津浦路北段。直系军阀吴佩孚拥兵二十万，占据湖南、湖北、河南三省和陕西的东部、河北的南部，控制京汉铁路。从直系军阀分化出来自成一派的孙传芳拥兵二十万，占据浙江、福建、江苏、安徽、江西五省。

这些军阀巨头思想封建，目光短浅，见利忘义，谁给他们好处，谁能够让他们强大起来，他们就为谁卖命。为了能够拥兵割据一方，军阀们相互吞并，相互残杀，导致长城沿线、大江南北狼烟四起，哀鸿遍野。

辛亥革命带给人们的胜利喜悦和失败的痛苦，这种强烈的反差，促使许多革命先驱开始新的思考，采取新的行动。

1921年7月底8月初，在浙江嘉兴南湖的一条红船上，最早的一批播火者在中华大地上升起第一面以镰刀、铁锤为标志的鲜红旗帜，集结在这面庄严旗帜下的中国共产党人，开始了救亡图存、富国强国的漫长征程。

1923年，孙中山在中国共产党的帮助下，着手改组国民党，逐渐确定"联俄、联共、扶助农工"三大政策。

1924年1月，孙中山在国民党第一次全国代表大会上，以三大政策为基础重新解释了三民主义，使三民主义发展成新三民主义，规定了反帝、反封建的政治纲领。同时，在共产国际的协调下，接受全体共产党员以个人名义加入国民党，但仍保持共产党组织的独立性，也就是所谓的跨党党员。该政策的贯彻和坚持，保证了第一次国共合作的顺利发展，成为大革命时期共产党与国民党合作的政治基础。

1925年，国民政府在广州成立，继续推崇孙中山先生的新三民主义，组建国民革命军，并创办了黄埔军校。在这一年里，广州国民政府经过东征、西征，完成了两广统一，革命形势大为好转。而北伐，已经成为革命党人面临的迫切任务，是全国民众翘首以盼的。只有北伐，才能消除十几年军阀混战造成的分裂动荡；只有北伐，才能解除百姓的痛苦和苦难；只有北伐，才能安天下。

1926年，毛泽东在广州番禺学宫开办第六届农民运动讲习所，并亲自担任所长。农运积极分子还被送到黄埔军校接受军事训练，这些学员毕业回省之后，绝大多数成为当地农运骨干。这些农运骨干大力发展农会，组织农民支持北伐，为北伐革命军提供了巨大的帮助。

1926年，革命是广州城的主旋律。反帝、反白人特权的情绪，对长江流域和北方军阀的仇恨，达到了白热化的程度。许多后来名满全球的中国人这时都聚集在广东，为改变中国人的无知和蒙昧而奋斗，也为争权夺利而互相倾轧。而与此同时，他们又努力地工作着，筹划规模巨大的活动，准备征服全中国。

1926年堪称中国现代史上最混乱最激荡的一个节点。军阀势力此消彼长、宁汉政府分分合合、北伐战争捷报频传，每一个故事都像一出大戏，情节跌宕起伏，人物五彩斑斓。

而此时，伟大的中国共产党人带头举起了北伐战争的大旗，以叶挺为团长的国民革命军第四军独立团，是第一次国共合作时由中国共产党直接领导的一支革命武装，他们立下豪迈誓言，要"饮马长江""在武汉见面"。

在北伐战争中，独立团率先从广东出发，首战渌田，长驱醴陵，力克平江，直入中伙铺，奇袭汀泗桥，大战贺胜桥，攻占武昌城，所向披靡，立下了赫赫战功，为国民革命军第四军北伐部队赢得了"铁军"的称号。

在1926年初春，江城武汉的年轻女子杜心舟，因为思念新婚不久就去广州报考黄埔军校的丈夫，不顾纷飞的战火和路途的艰险，去广州投奔北伐革命军，并加入了中国共产党。不久，她又奉命回到武汉投身工人运动，迎接革命军北上武昌。在激烈的攻城战斗中，独立团"古有抬棺出城，今有留书攻城"的壮举传遍整个战场。而她和武汉工人纠察队的队员一起，为北伐军进城扫清障碍，在攻城的炮火和鲜血中，实现了"以我热血灌溉革命之花"的悲壮誓言。

他（她）们牺牲的时候，真的是太年轻了！

  楚天苍茫蕴正义，长江浩荡出英雄。
  红棉花开南国暖，五羊城下忆峥嵘。

"丙"：在阴阳五行中排行第三，属阳火，时间是夏天，空间在南方。

"丙"：本义是五谷在太阳的照射下，枝叶呈现出光泽而蓬勃生长，光明而显著。

"寅"：最早见于甲骨文，本义是从函中请出箭矢，引申指恭敬，又引申为对同官的敬称。

凌晨三至五时（即寅时，也称虎时）是老虎最活跃、最威猛的时辰，因此，寅时同虎乃绝配。

公元1926年是丙寅年，也是中国的南方光明而威猛的一年。

这一年，他向北来，她迎接他北来。

他和她的相聚，是男人和女人的牵手，是信仰与信仰的映照，是华夏一统必有此战的召唤，是波澜壮阔大时代的必然！

目录

上卷 少妇思君情深似海　才俊从戎心逐浪高　　001

　第一章　少妇离家　　003

　第二章　吴佩孚来了　　009

　第三章　铺位下有一个人头　　014

　第四章　洪帮谭叔　　020

　第五章　雪铁龙坠崖　　026

　第六章　夜雪罗霄山　　033

　第七章　杜心舟连开三枪　　039

　第八章　接踵而至的亲情　　045

　第九章　姨妈家大聚餐　　053

　第十章　杜家姐弟的不同心事　　058

　第十一章　小夫妻终于团圆　　063

　第十二章　亲亲吾娘子　　068

　第十三章　加入战地救护队　　073

　第十四章　小萍不甘当瘦马　　081

　第十五章　肇庆大联欢　　086

　第十六章　五一节的大广州　　091

第十七章　小夫妻再次团聚　　095
第十八章　独立团出发了　　099

中卷　救死扶伤女子轻安逸　血海尸山男儿重危行　　105

第十九章　起义湘军的溃退　　107
第二十章　反击冲上去　　113
第二十一章　第一次刺刀见血　　120
第二十二章　大火中占领浮桥　　126
第二十三章　违抗军令的后果　　131
第二十四章　激战后的重逢　　135
第二十五章　不能见光的恋情　　143
第二十六章　男人的世界　　151
第二十七章　血染泗汾桥　　158
第二十八章　大老黄捎来的礼物　　164
第二十九章　杜心舟加入共产党　　170
第 三 十 章　表姐妹互诉衷肠　　177
第三十一章　陶云舒大犒军　　183
第三十二章　备战平江　　190
第三十三章　团部的茅草屋　　196
第三十四章　阻击团山铺　　202
第三十五章　陆沅求仁得仁　　206
第三十六章　段春雷孙乾生奉命留守　　212
第三十七章　我们共同的日记　　216
第三十八章　吴佩孚再次南下　　222
第三十九章　汀泗桥的恶战　　227
第四十章　如果将军不惧死　　231
第四十一章　重伤员许继慎　　237
第四十二章　陶云舒升级做母亲　　243

第四十三章	杜心舟接受新任务	247
第四十四章	回归富家小姐	252
第四十五章	夜话革命经历	256
第四十六章	顶头上司是公爹	262
第四十七章	武昌城头大帅旗	269

下卷 此生独行做你永远的娘子　浩气长存梦中唯一的夫君　275

第四十八章	余家湾作战会议	277
第四十九章	曹渊英勇阵亡	282
第五十章	杜心龙再闯祸	287
第五十一章	歪打正着当卧底	292
第五十二章	刘玉春的关公义气	299
第五十三章	中秋节的欢与愁	304
第五十四章	表姐的传单	310
第五十五章	杜心舟怀孕了	315
第五十六章	妇孺过江觅生路	322
第五十七章	饥饿引发的斗殴	327
第五十八章	北伐军开进武昌城	332
第五十九章	杜心舟归队	336
第六十章	九月九挥毫祭夫	342
第六十一章	马萧与韦革命结婚	348
第六十二章	杜公馆的团圆宴	354
第六十三章	血腥的信号	361
第六十四章	武汉三镇的激愤	366
第六十五章	夏斗寅叛乱与宁汉合流	371
第六十六章	好朋友促膝长谈	376
第六十七章	风声越来越紧	380
第六十八章	大老黄与爱车俱焚	385

第六十九章	杜心龙和小萍牺牲	392
第 七 十 章	芦苇荡里的救星	399
第七十一章	杜心舟被捕	405
第七十二章	刑场上的枪声	410
第七十三章	乞丐大叔	413
第七十四章	长江长江我的家	418

后记　那一阵吹进梦里的风　　　　　　　　　　　　423

上卷

少妇思君情深似海
才俊从戎心逐浪高

那一年，是中国农历的丙寅年。

那一年，他向北来，她迎接他北来。

轰轰烈烈的大革命时代，理想和主义的光芒逼退了新婚的浅酌低唱、春宵帐暖。在艰险的路途和纷飞的战火中，杜心舟毅然决然南下。到达之后，日夜惦念的他，却已不是原来的他。君向北来，夫君的心，还似吾心吗？我们的青春热血，又何处挥洒？……

第一章

少妇离家

春节刚过的长江边，江风带着滞重阴冷的水汽，从江面上迅疾而来，掠过岸上的枯草扑向远处的树木及建筑，发出如泣如诉的低沉声音。

码头上行人寥寥，由于还在春节之中，各种商船和货船都收帆下锚，待在各自的水域享受节日的安适。只有那两座高大的塔吊伸展着瘦长的臂膀，没奈何地定格在阴沉的天空下。没有了码头工人的操作，那些庞大的物件显得突兀和笨重。

码头附近的柏油路上，缓缓驶来一辆老式的福特轿车，响了两声喇叭之后，停在一座三层西班牙式的花园洋房前。

车门打开，走出一位身材窈窕、婀娜多姿的美少妇。由于天冷，她下意识地裹紧了身上的银鼠皮斗篷。

她叫杜心舟，是汉口三江水运公司老板杜大江的独生女。

"小姐回来啦！"

缠枝大铁门开了，管家蔡老六笑吟吟地迎了出来："小姐，外面冷，快点儿进屋去！"

杜心舟笑着答应："好的。蔡叔，请帮我把行李拿上。"

就在蔡老六帮着司机从后备厢拿行李时，从洋房里蹿出一个身穿练功服、圆脑袋、红脸膛的少年，他一蹦三跳地奔向杜心舟，嘴里喊着："姐姐，我来！"

杜心舟看着少年淌着汗水、热气腾腾的脸，怜爱地说："心龙，你怎么不落汗就出来啦？小心伤了风！"

杜心龙得意地说："我才没那么娇贵！大爹说你中午才到，我不信，就在练功房里等你，果然让我等到了。哈哈……"

杜心舟用手绢擦擦杜心龙脸上的汗水："果然是我的好弟弟！"

杜心龙从蔡老六手里接过行李。方才把管家累得气喘吁吁的两个大皮箱，杜心龙很轻松地就拎了起来。

洋房一楼的客厅宽敞豪华，西洋风格的水晶吊灯、真皮沙发、暖色调的油画与本土的神龛香案、竹椅藤筐相依相守，显示着房主人新晋的暴发以及审美的凌乱。透过明亮的落地窗，可以看见江上的一艘外国公司的油轮，正响着"突突"的马达声,吐着黑烟在灰云下顺水而行。

客厅里的接待区域,一架壁炉闪着红光,干燥的花楸和山毛榉树木块,在燃烧中发出好闻的树脂的清香。

"好暖和啊!从腊月我就开始想家里的壁炉了!"

此时的杜心舟,已经解下银鼠皮斗篷,露出里面的浅粉色洋装,荷叶边衣领和宽松的泡泡袖,衬得她满月一般的圆脸更加雪白柔和。

保姆张嫂及时地送上杜心舟爱喝的茉莉花茶。

壁炉的火光映着杜心舟细而弯的眉毛和一双妩媚的眼睛。她一手端着茶杯,一手掀开盖子,红润饱满的嘴唇轻轻地吹拂着上面的热气。刚喝了几口,猛抬头,看到爸妈不知什么时候来到了客厅。一向粗喉大嗓,有着水上男人躁烈脾气的杜大江,此时却闷声不响,窝在沙发上抽水烟。杜妈妈则泪眼汪汪,把手里的一个小包裹不停地系好又解开。

杜心舟知道父母的心情,便故作轻松:"阿爸、姆妈,你们这是为什么事哟?我又不是一走不回来了!"

杜心舟不说话还好,这一开口,母亲竟抹起了眼泪:"这年头兵荒马乱的,听人说湖南那边天天干仗,遍地是尸体,你要是半道上出个差错,我还怎么活啰……"

"砰砰砰!"

杜大江用水烟杆敲着沙发扶手:"喂喂,你个妇道人家,孩子还没走,净说些晦气话!我家女伢子福大命大,一定能够顺利到广州!"

张嫂见状,及时地走了过来:"老爷、太太,开饭啦!今天我特地做了小姐爱吃的长湖鱼糕和莲藕炖排骨,大家都尝尝啊!"

餐厅里,已经是菜香四溢。长方形的餐桌旁,分别坐着杜家四口。张嫂在一旁殷勤照拂。

"俗话说三六九,出门走。今天是正月初九,小姐出门一定顺风顺水,大吉大利。来来来,多吃点,到了广州可就吃不着啦!"

张嫂不仅厨艺好,而且嘴巴甜,对就要出远门的杜心舟殷勤备至。

杜心舟大口吃着鱼糕:"嗯,好吃,好吃!谢谢张嫂!"

杜大江也举着筷子,招呼杜心舟吃饭,并把那盘腊鱼推到杜心舟跟前。

"伢子,这是爸爸专门为你留的腊鱼,在船上晾了半个冬天呢!"

杜心舟嘴巴好忙,在不停咀嚼的空当儿大加赞美:"真香!阿爸,在江上晾的鱼跟在平地上的,味道就是不一样啊!"

"那当然!这可是原汁原味的长江的味道,不在长江的人,不知道长江的味道有多好啰!"杜大江高兴地把杯里的酒一饮而尽。

杜妈妈却有些担忧:"太咸了,这半道上要喝多少水呀?"她转头对杜心龙道:"心龙,一会儿再多装两瓶水。"

杜心龙正在埋头对付一只大闸蟹,头也不抬地答应着:"唔,好,好。"

杜大江哈哈大笑:"我的傻老婆,真是没见过世面。我给心舟定的是包厢,火车上最高级的,有人专门给端水沏茶,想喝多少就有多少!"

杜妈妈不仅不恼,反而抿嘴一笑,以柔克刚地撑了回去:"呸!你们男人整天走南闯北,把我们女人困在家里围着厨房转,还骂我们没见过世面。回头我也要坐火车,坐包厢!"

杜大江一副模范丈夫的样子,大度体贴地说:"好!给我的夫人定个包厢,享受享受贵族待遇。"

杜妈妈用手指着丈夫:"你可是当着张嫂和孩子们的面说的啊,要是说话不算数……"她对张嫂和杜心舟、杜心龙道:"你们三个都要给我当证人,现在是民国了,不是有法院吗?我到法院告他去!"

杜心舟乐得差点喷饭:"对,我们一起告他,罪名是……"杜心舟故意托着下巴做思考状:"罪名是不遵守夫妻协议,请求罚阿爸跪三晚上搓衣板!"

大家一起笑起来,冲淡了方才离别的感伤。

笑够了,杜大江正色地对杜心龙道:"心龙,你准备得怎么样了?"

杜心龙已经消灭了三只大闸蟹,抹干净嘴角的蟹黄膏,朗声回答:"都准备好了!"

杜大江说道:"心龙,姐姐的性命就交给你了!一路上要小心行事,不能还像在家里一样调皮乱跑。"

杜心龙一挺胸脯站起来:"大爹,我从小没有父亲,是您把我养大,教我武术,还送我去念书。我就是豁出性命,也不能让姐姐受苦遭罪!"

杜大江满意地点头。

午餐后,杜大江有些困,倚在沙发上休息。杜妈妈则帮着女儿收拾行装,试图把那个小包裹塞进已经满满当当的皮箱里。

"姆妈,这是什么呀?不要不行吗?"

"不行,这些东西你做不来哟。"

母亲解开包裹，原来都是婴儿的小衣裳。杜心舟立刻羞红了脸："姆妈，你真是的。"

"都过门三年了，也该有个动静了。"杜妈妈神情里满是对女儿的期待。

杜心舟纤纤十指捂住脸："他不是老不在家嘛！"

"这回你守住他，可不能落空了啊，妈早想抱外孙子了！"

"妈，别说了……"杜心舟撒娇地扑进母亲的怀里，客厅里充满着只有母女之间才有的喁喁低语。

这时候，装卸队队长郑鸿发从外面冲进来，嘴里喊着："老板，老板！"

杜大江从沙发上抬起头，颇为不满："为么事急急火火的？"

郑鸿发："老板，不好了！请小姐、少爷马上出门去车站！"

"不是下午四点三十七分的车吗？"

郑鸿发："是。可是，如果不提前走，就走不出去了！车站戒严了！从查家墩北洋司令部到大智门火车站，全被军队占满了！"

杜大江坐直了身子："军队要干啥子？"

"玉帅来了，花车四点到汉口。"

杜大江拍着沙发："报纸上不是说，他明天初十才来武汉吗？"

"玉帅的心思哪个猜得着，那可是常胜将军啰！智慧过人，长于治军，被称为北洋军阀中最善战的骁将。要不然，直系怎么能占据大半个中国哟！"

杜大江大怒："别给他脸上贴金！那个人就是镇压铁路工人的狗屁大军阀！我杜大江跟他势不两立！"

郑鸿发急得直拍巴掌："老板，不管他狗屁不狗屁，快叫小姐走才是！"

杜大江这才从沙发上站起来："那好吧！"对客厅那一头喊道："心舟，收拾好了吗？"

杜心舟清脆地应道："阿爸，早就好了。你女儿可是赶早不赶晚的急性子，和你一样哟！"

杜大江对郑鸿发说："告诉司机，马上走！"

杜心舟看着那两个大皮箱，叫道："心龙！心龙！"却没有听到回音，四处望望，客厅里压根儿没有杜心龙的影子。

杜心舟急了："心龙！弟弟！你去哪儿了？"

杜大江也急了："快去找！刚才还答应得好好的，一转眼就全忘了！"

杜妈妈也忧心忡忡，禁不住唠叨起来："心龙这孩子，心眼好、脾气直，天生就是个武将坯子。可就是太顽劣，爱惹事，凭着一身好武艺，三天不打架就浑身骨头痒。该不是看谁不顺眼，又去修理人家了吧？"

杜大江的暴脾气此刻冒了上来，他的嗓音如江涛怒吼，带着水上江湖人的粗犷和悍气。

"多叫几个工友，快给我找去！家里没有，就去外面找！码头上，街道的犄角旮旯，都去搜搜！"

"是！"张嫂、郑鸿发急奔而去。

客厅里，杜大江在焦急地踱步，一双平时经常眯起来打瞌睡的眼睛，此刻圆睁着，闪着遇到挑战的凛光。

祖籍黄安县（今红安县）的杜大江，是民国时期黄安商帮领袖人物之一。他眼光独特，颇有经商头脑，而且豪爽仗义，对人友善大方。年轻时就开始做水运生意，起初是用拖轮贩卖棉花，把鄂东的棉花逆流而上贩运到四川销售，由此积累下人生的第一桶金。他用这第一桶金，在汉口租下一个码头，成立了自己的水运公司。

到了杜心舟记事的时候，杜大江已经拥有三条三十吨位的木船，每条船上船夫就有四十人左右，当时汉口开埠不久，货船比较小，全靠风力和手摇，沿江的码头狭小简陋，物资也是全靠人工装卸，但比起陆地运输还是节省了不少人力物力。后来，美、英、日属下的公司纷纷挤进来抢长江上的生意，清政府决定组建招商局，把分支机构设在了汉口，码头上才有了一些简单的装运机械和燃油的货轮。杜大江也趁势增加了一艘新式蒸汽货船。码头上不仅自家的船靠岸装卸货物，也承接别家公司货物的转运调剂。短短几年，他的生意越做越大，于是在紧邻码头的地方，盖起了一座西班牙风格的花园洋房。

此时，杜大江眺望着窗外的长江，闷声说道："年还没过完，这姓吴的来汉口干什么？"

"他还能干什么？巩固地盘加强防守，阻止广东的北伐呗！"杜心舟故作轻描淡写地说。

"他去年元月份来过一次，坚决不肯入租界，他这份骨气我还是佩服的！是个有血性的男人。"尽管痛恨玉帅，但杜大江是个是非分明的人，好就是好，坏就是坏，一点不避讳什么。

"为了阻挡南方革命军的北伐，直奉两派军阀已经组成了'讨赤'联军，要由北向南打。而在湖南，今年初唐将军发起了驱逐军阀省长赵恒惕运动，准备迎接北伐。在这个节骨眼儿上，玉帅来汉口大本营，目的很明显，就是坐镇武汉，指挥他的军队保住湖南这个重要地盘，不让广东的军队过来。"

杜大江点头："很对。只是，娃子去广州参加革命军，这一路上要受苦了。"

杜心舟微微一笑："没事的。阿爸不是都替我安排好了吗？再说了，一路上还有农协帮忙呢！"

"那也得小心点。"

杜大江从怀里掏出一把左轮手枪，用大手摩挲着那精巧的枪身。"伢子，这个拿去。还有十发子弹也给你。记住，该出手时就出手，危难时一定要果断、手狠！"

"阿爸，我记住了！"

杜心舟双手接过手枪，放进随身携带的鳄鱼皮包里。她柔和白皙的圆脸上，露出少有的凝重。

杜心龙和郑鸿发相互扭打着走进来。

郑鸿发气喘吁吁："老板，心龙找到了！"

杜心龙甩掉郑鸿发的手，嚷嚷道："多管闲事！我用得着你找吗？我又不是小孩儿！"

杜大江严肃地看着杜心龙："到底怎么回事？"

"刚才，吃过饭有点热，趁着你们说话的空闲，我去街上透透气。没想到大街上好多人，都往火车站赶，原来是吴大帅要来了！"

杜心龙满头大汗，兴奋地讲述着看到的情景。

"给我闭嘴！知道今天你要去干什么吗？"

"知道。和姐姐一起去广州。"

看见杜大江阴沉着一张脸，杜心龙这才收敛了顽劣，低下头，两眼瞅着自己的脚尖。

杜大江叹了一口气："别研究你的脚丫子了。快！洗把脸，和你姐姐去车站！"

杜心龙立刻又活跃起来："人家都说吴大帅有帝王之相，说他的鼻子是龙鼻，应该得天下的！"

杜心舟被逗乐了，用食指戳一下杜心龙的额头："你知道的还挺多啊！那天下可不是谁想得就能得的，这要看天意，看是否符合时代的潮流。"

杜大江对杜心龙下了死命令："心龙，你给我听着，你姐姐的命就是你的命！你要把你姐姐平安送到广州，一路上不许乱跑，不许打架，听清楚没有？"

杜心龙"啪"的一个立正："听清楚了！大爹！"

第二章

吴佩孚来了

果然如郑鸿发所说,通往大智门火车站的路上,全被军队占满了!

原本因过年休假而清静的大街上突然热闹起来。这一路上,三步一个北洋兵,五步一个警察,全都荷枪实弹背向马路,恭恭敬敬站成两行。

而在马路中间,各色人等川流不息。有开小轿车的,有骑高头大马的,有坐黄包车的,有乘八抬大轿的,也有坐四轮马车的,更多的是步行的。在这人群里,有西装革履拄着文明棍儿的绅士,有长袍马褂瓜皮帽后面拖着个小辫子的大清遗老,有穿着束腰洋装帽子上插着鲜花的淑女贵妇,还有新式学堂中有着清爽干净面容的少男少女……这些人犹如潮水一般向一个方向涌去。

杜心舟的黑色福特轿车,只能在人群里以蜗牛的速度慢慢爬行。

隔着车窗,杜心舟看见一队北洋军官迈着正步,威风凛凛地朝前走。他们身穿金光闪闪的礼服,佩着黄色的绶带、红色的肩章,头上戴着金边红穗的大檐帽,脚上的马靴铮明瓦亮,走起路来,靴子底下的铁钉咔咔作响,给他们原本就威武的仪表更添了几分霸气,引得路上的行人纷纷赞叹。

杜心舟不禁想起小时候的一首歌谣:

　　大皮靴,咔咔响,
　　骑着大马当团长。
　　今天花轿娶新娘,
　　明天提头上战场。

轿车终于"爬"进了火车站。杜心舟松了一口气,看看怀表,庆幸自己出门早。告别司机,她和杜心龙准备去候车室。

一位胖胖的铁路职员突然拦住他们的去路:"小姐请留步!"

杜心舟一惊:"有事吗?"

"小姐,请问您是几点的车?"职员的态度还算谦恭。

"四点三十七分发车,怎么啦?"杜心舟一头雾水,心想,该不会因为吴大帅而不让发车吧？如果那样，也太过分了。

职员笑道："现在才三点五十分，还早，请您帮个忙好吗？我是这儿的站长。"

杜心舟依然不悦："站长先生，我可是您的乘客！"

胖站长讨好道："对不起，小姐，我一看您就是大户人家的千金，这么美丽尊贵，大方得体，如今像您这样气质高贵的小姐太少了。玉帅马上就到，耽误您几分钟，请您到月台上迎接大帅驾到，为鄙站增个光添个彩，可以吗？"

杜心舟又好气又好笑："我不认识什么玉帅，不去！"

胖站长柔中立刻带了刚："您是不认识玉帅，可您是大帅地盘上的子民。我们也是奉命行事，还是恭敬不如从命好！"

一旁的杜心龙扯扯杜心舟的衣角："姐，我们去吧！你不是早就想看看吴大帅的尊容吗？反正我们这会儿闲着也是闲着。"

杜心舟想想也是，干吗为这点小事惹麻烦呢？于是说："好吧。"

车站月台上，欢迎的人群熙熙攘攘，自动排成好几列队伍。高大宽敞的站台，尽管有棚顶，但还是十分冷。

杜心舟姐弟被安排在欢迎队伍的第一排。胖站长拿过来一束鲜花让杜心舟捧在手上。

站台棚顶的檐下，有一丝阳光透过云彩的缝隙照下来。杜心舟就在这微弱的阳光下，做了临时花童。她银盆似的圆脸，如玉如雪，一头垂到腰际的褐色卷发，在紫色宽檐呢帽的保护下，犹如海浪在大堤内翻滚。她笔直地站在那里，用戴着白色蚕丝手套的纤手握着那束鲜花，嘴角漾着一丝神秘优雅的微笑。

周围的人看呆了。

杜心舟根本没留意这些，她只是觉得冷。在这冬抱冰、夏抱火的江城，冬天那种浸骨的湿冷，是别的地方的人无法体会的。

她下意识地裹紧了身上的银鼠皮斗篷。银鼠色那种高调的亮白，令杜心舟的气质更具有富贵气。让这样美丽出众的女子迎接吴佩孚，胖站长是选对了人的。

胖站长安排好这一切，站在不远处，摸着肥肉重叠的下巴，满意地欣赏着自己突然福至心灵的杰作。

一队师范学堂的学生打着洋鼓、吹着洋号过来了，在指定位置上站好后，开始唱北洋政府的国歌《卿云歌》。歌声响起时，杜心舟在学生的后面看见了公爹李少煊。很显然，公爹也是被迫领着学生来欢迎吴佩孚的。

她踮起脚尖朝公爹挥手。李少煊也看见了杜心舟，向她点点头，并且平伸两臂像乐队指挥似的朝下压，那意思是让她少安毋躁，冷眼看这难得的闹剧。

此时，月台上的气氛更加热烈了。一个军官跑来跑去维持秩序，大声喊着："诸位不要拥挤，吴大帅的花车已经从江岸车站开过来了！"

月台上霎时鸦雀无声。

那个军官用手势示意一个铁路员工。铁路员工立刻跪在铁道上，耳朵贴着铁轨仔细听了一会儿，然后站起来，对军官摇摇头。

吴佩孚姗姗来迟。人们开始小声交谈，声音越来越大，嗡嗡地响成一片。

关于吴佩孚，杜心舟还是比较了解的。

这个出生于山东蓬莱，在大清灭亡之前由于掀翻鸦片台、指责男女同台演戏被革去秀才功名的落魄书生，凭着时运和自身的努力，成为直系军阀首领，统率着几十万北洋大军。吴佩孚喜欢读书，而且又善于领兵打仗，还有他的字是子玉，于是很多崇拜他的人，便称其为"玉帅"，一个儒雅而又温润的称谓。

杜心舟在母校私立汉口圣若瑟女子中学图书室看过一份美国周刊，1924年的9月8日，在美国《时代》杂志周刊封面亮相的中国人就是吴佩孚，他也是第一个出现在该杂志上的中国人。照片上的吴佩孚光着头，身穿戎装，目光炯炯，被誉为"中国最强者"。

是的。这个被描写成有着"一嘴短短的红胡子，长脸高额，鼻相很好"的男人，是国内首屈一指的大军阀。他虎踞洛阳，其势力影响着大半个中国。渴望结束军阀割据、一统中国的人们，普遍看好吴佩孚的前途。上海英文杂志《密勒氏评论报》的主编、美国人约翰·鲍威尔甚至认为，他"比其他任何人更有可能统一中国"。

但杜心舟不信这个邪。

她深知，当下在中国南部的广州，国民革命政府才是新生的政治力量，支撑这个政府的人，思想前卫，朝气蓬勃，他们推崇三民主义，要"打倒列强，除军阀"，统一中国，尤其是那些共产党人，更是为了劳苦大众的自由解放而奔走呼吁，他们才是古老中国的希望所在。而且，她的丈夫李子华，是广州国民政府北伐先遣团的排长。她与前来恭迎吴佩孚的各色人员，是完全不同的心情。她被迫迎接的，是丈夫的敌人，当然，也是她的敌人。

"'玉帅'过来了！"

隐隐约约地，远处传来汽笛的鸣叫。站台上的人立刻安静下来，军乐和学生的歌声也停止了。远远地，老式的蒸汽机车沉重有力的"喘气声"渐渐传来，由远而近，站台下的铁轨也轻轻颤动起来。

杜心龙一只手在鼓鼓的腰间摸索，似乎在运气。

杜心舟狠狠地掐他的胳膊："心龙，你要干什么？"

"我要杀了他！"

"就你？给我安分点！"杜心舟抓住杜心龙的手再没松开。

又过了一会儿，火车的"喘气声"更大了，还夹杂着叮当叮当的响声。接着，一列冒着烟的火车疾驰而来，"喘气声"越来越大，越来越近。"呜呜……"，尖锐的汽笛声突然响起两声，就在人们举起巴掌要鼓掌欢迎时，那列火车却"呼"的一下径直开过去了，模模糊糊只看见车上站着许多全副武装的军官和士兵。

不知谁小声嘀咕一句："探路车！"

站台上的人们不知是失望还是紧张过度，全都脸色苍白、木呆呆地站立着，似乎被方才的汽笛声吓坏了，又似乎灵魂已经出窍飘在了空中。

就在人们回过神来放松心情的当儿，远处又一声汽笛鸣响，然后是火车的"喘气声"。这一回，火车的"喘气声"很慢很重，仿佛一头老牛驮着超过体重数倍的物件在艰难行走。军乐又响了起来，国歌也随之唱起，杜心舟一手攥着杜心龙，一手随着人群把那束鲜花举起来摇晃着，她的脸上是看西洋镜一般的好玩表情。

"欢迎欢迎！"

"欢迎'玉帅'！"

在少气无力的国歌声中，吴佩孚的专车终于进站了。

火车头前面的踏板上，站立着两个高大威猛的北洋军军官，一人端着一挺机枪，黑洞洞的枪口张开着，做出随时可以扫射的姿势。

吴佩孚的车厢有九节，取的是九九归一的吉利数字，近似于皇家的专属，显示着他的逐鹿中原雄霸中国的气魄。车厢豪华舒适，装饰金碧辉煌，每一节车厢的门口，都门神一般站立着一个军官。他们穿着蓝色的军礼服，戴着白手套，腰里挂着指挥刀。每一节车厢的顶上，也有三个卫士，他们屈膝半跪着，手里握着一挺重机枪，木雕泥塑一般，一动不动地注视着远方。

在车轮与铁轨摩擦发出的尖叫声中，列车缓缓停稳。从中部的花车上迅速跳下一队卫士，手持扎了红绿彩绸的大刀，排列在车门左右。

欢迎的人群霎时安静下来，眼睛全都牢牢地盯着打开的车门。

从敞开的车门口，最先走下来一群佩戴着勋章绶带的副官和高级参谋，又走下来一群头戴瓜皮小帽、身穿长袍马褂的参议秘书，还有一群穿着笔挺的将军礼服、头戴冲天缨高顶军帽，提着指挥刀的将军。最后，一位身材肥壮、面色红润的上将出现在花车门口，他扫了一眼站台上欢迎的人群，大声说道："女士们，先生们，大家辛苦了！我谨代表吴大帅，感谢诸位的隆重欢迎！"

人群中响起一片掌声。有的人甚至激动得哭了起来。

车门前侍立的两名军官，迅速地在走道上撒下一捧捧黄土——这是皇帝出巡时最高的欢迎仪式，象征封建帝王"普天之下莫非王土，率土之滨莫非王臣"。

人群更安静了，仿佛地上掉一根针都能听见。

杜心舟看见，人群里一位留辫子的老头儿已经跪下了。

这时候，车门口出现一位黑铁塔般的将军，那是吴佩孚的卫队司令兼总执法官。他一手握着腰间的指挥刀，一手紧贴裤缝，昂然而立，向人们高声宣布道："女士们！先生们！非常抱歉，帅座已经提前下车了！不过，帅座命我转告诸位，感谢诸位的隆重迎接，今晚在大帅府举行盛宴，帅座将与诸位畅谈当今华夏国情军情！"

"啊！……"

欢乐喜庆的气氛刹那间变成了凄惨受挫的苍凉。许多人挥舞的手在半空中僵住了，盼望能一睹吴佩孚风采的人，就像被苦霜打蔫儿的茄子，软软地低下了头。

杜心舟却如释重负，简直是心花怒放，她松开了紧抓住杜心龙的手："我们的戏演完了！"

杜心龙揉着被杜心舟掐得淤青的胳膊，骂道："这个老狐狸，欠我一记飞镖！"

杜心舟道："心龙，我们快走吧！"

杜心龙道："不走，我要找那个胖站长算账去！"

杜心舟重新抓住杜心龙的胳膊："别闹了，我们赶紧上车！"

第三章
铺位下有一个人头

列车在广袤的江汉平原上行驶。

暮色渐起。车窗外的景物渐渐模糊。水塘、稻田、房舍、小河以及小河边的水车,都仿佛隔了一层灰白色的纱网。

老式的蒸汽火车笨重而有力,缓缓前行中,车轮与铁轨相触发出"咣当咣当"节奏很重的声响,但这种声音不仅不引人讨厌,反而像是一首催眠曲,许多旅客在这特有的声响里,很轻易安稳地睡着了。

包厢里很安静。杜心龙已经在沙发床上四仰八叉地进入了梦乡。

杜心舟端坐在车窗前,她久久地凝视窗外,心潮起伏,毫无睡意。

车窗的帘子还没有放下,倒退之中的景物,投射进来忽明忽暗的暮光,映照着杜心舟雪白丰腴的脸。

杜心舟有一双小而厚实、紧贴脑袋的耳朵,两个耳垂圆鼓鼓的,朝着嘴巴,这在相书上叫明珠朝海。民间流传着一句"正面不见耳,借问谁家子",意思是说有这样相貌的女子纯良、仁厚、大度,非常旺夫。

三年前,她倒追李子华,在那个封建王朝刚刚结束、偏远地区女孩子依然缠足的年代,一个水运暴发户的女儿,能够得到书香世家的认可,她的相貌起了不小的作用。

结婚后,杜心舟已经从私立汉口圣若瑟女子学校毕业,李子华依然住校读高中,半个月回一次家。李子华在家的日子,小夫妻恩恩爱爱,形影不离。李子华回学校了,杜心舟就在家画画、刺绣,读丈夫带回来的进步书刊。李子华高中毕业后去上海继续求学,本来计划等一切稳定后让杜心舟同去,没料到他很快离开上海去广州并考上了黄埔军校。

离别这么久,两地相思,让多愁善感的杜心舟想起来就眼泪汪汪。

三个月前,李子华的那封信,使她毅然决然地离家南下,去投奔信中描述的炉火一样热烈、海潮一样激荡的广州城。

那封信,她已经背得滚瓜烂熟:

亲亲吾娘子：

　　桑梓一别，转眼已一载有余矣！汝在吾心中，夙夜难忘。但当今军阀混战、民不聊生，苍茫华夏不知何去何从。吾辈乃堂堂七尺男儿，一腔热血，为寻求救国救民之路，只能忍痛舍弃春宵帐暖、缱绻情爱，经过反复思量，吾决心投笔从戎，南下去穗报考黄埔军校，去经历严格甚至严酷的行伍生活，脱胎换骨，涅槃重生，成为一名能战胜任何艰难困苦的军人。而今，吾已实现誓言，成为光荣的北伐先遣团一战士！

　　如今，广州国民革命政府已经提出"对内当打倒一切帝国主义之工具，首为军阀"之口号；中国共产党召开特别会议，提出进行北伐推翻军阀之政治主张。在广州，政府里有女职员，行伍里有女战士，都在发挥女性报效国家之重要作用。

　　娘子外表文静柔弱，内在乃花木兰替父从军之铁血，无奈苦于女儿身，囿于闺帷，不得施展抱负。现在时机已到，吾深知娘子志向，在此，恳请娘子南下。

　　来吧！国家需要汝，北伐需要汝，时代需要汝！

爱你的夫君
于民国十四年十一月九日

　　信里还附着一张照片，是李子华的军装照。男人当上兵果然不得了，一身军装把人衬托得英俊神武，而眉宇间的英气和坚韧，是作为书生时决然没有的，行伍的纪律和操练，足以改变一个人的样貌。

　　丈夫的信，令杜心舟芳心激荡，热血沸腾。去与久违的丈夫会合，去投身革命大本营，成了她生命的必需。

　　李子华在给杜心舟写信的同时，也给父亲李少煊写了一封信。作为秘密共产党员、武昌博文书院教务主任，李少煊非常支持儿媳南下。

　　唯一的阻碍是杜心舟的父亲杜大江。当初与李家联姻，他就不乐意，倒不是仗着财大气粗看不起李家，而是他很自卑，觉得自己一个做水运的大老粗，和世代书香的李家不是一路人，生怕女儿在李家被轻视。

　　但杜心舟非常固执，非李子华不嫁，又哭又闹，以绝食来反抗。杜大江心疼女儿，只好认了。这一次女儿去广州，是为了小两口儿团圆。宁拆十座庙，不毁一个家，这个老理儿他还是懂的。在做了两个多月的充足准备之后，杜大江放走了这个独生女。

杜心舟在憧憬中睡着了。

半夜时分，车到岳阳地界一个小站停了下来。

外面闹哄哄的，还有枪声。杜心舟被惊醒，坐起来伸个懒腰。

包厢外走道上传来杂沓的脚步声。"嘭嘭嘭！"有人用枪托砸门。

"开门！开门！"

杜心舟示意杜心龙去开门。

门开了，几个北洋兵闯进来，乌黑的枪口对准杜心舟和杜心龙："再不开门，我毙了你们！"北洋兵骂骂咧咧，操着杜心舟听不大懂的北方话。

一个北洋兵小头目看见杜心舟，立刻显出色眯眯的样子："哟！小妮子长得不赖哩，快，给兵大哥笑一下！"

杜心舟扭过脸不理他。

另一个北洋兵呵斥道："小妮子，这是俺们排长，敢不给俺排长面子，恁是不想活了？"

杜心龙一挺胸脯挡在杜心舟前面："你动我姐试试，看谁不想活了？"

那个北洋兵恼羞成怒，拔出匕首就朝杜心龙刺去，却被杜心龙轻易地攥着了手腕，那只看起来并没有多大力气的小胖手，就像铁钳子一般牢牢地把北洋兵的手给钳住了。

杜心舟缓缓转过身，从鳄鱼皮包里拿出一个证件，用大拇指和食指轻轻捏着，在排长脸前摇晃："请看看这个……"

北洋兵排长凑过去仔细看，表情立刻讪讪地："杜小姐，抱歉抱歉，俺们是执行公务。"

"老总执行什么公务呀？"杜心舟嫣然一笑。

在杜心舟的目光下，北洋兵排长仿佛成了牵线木偶："俺们盘查投奔广州的学生，发现一个抓一个！"

"哦，是这样啊！老总，你看我像学生吗？"杜心舟的眼神更温柔了。

"恁不像，恁不像……"北洋兵排长话都说不囫囵了。

"既然不像，那就请老总到别处公干吧！"

"快滚！"杜心龙放开行凶的北洋兵，大声喝道。

北洋兵排长再看一眼杜心舟，方才那春风化雨般的女子，一张俏脸已经是冷若冰霜。

汽笛响起，火车继续前行，包厢里安静下来。

杜心舟听公爹李少煊讲过，由于广州国民政府"趋新"的一面，知识青年对作为革命策源地的广州充满向往。在学生自治组织不断宣传和国共两党的大力动员下，一股知识青年南下广州的风潮席卷而来。知识青年或转学于广州各大学，或投笔从戎于军校行伍。这使北洋政府感到恐慌，极力阻止。

经过了方才的紧张，杜心舟觉得饿了，嘀咕一句："我们的点心呢，心龙？"

杜心龙也饿了，咽一下口水："那个盛点心的篮子不是放在你的床铺下面吗？"

"哦，我忘了。"杜心舟说着蹲下身，伸手去铺位下面摸，却突然大叫一声："哎呀！"

"怎么啦？"看到姐姐的脸变色，杜心龙从对面铺位上起身过来。

杜心舟瘫坐在地板上，两手捂着胸口："铺底下有个东西，软乎乎的。"

杜心龙不以为然道："姐姐是被那个排长吓着了吧？"说着，也把手伸到铺位底下，但很快缩了回来。

"是有个东西！"

"什么东西？"

"好像是一个人的脑袋，还有头发！"

"该不是死人吧？"杜心舟有些发抖。

杜心龙反而被刺激起了好奇心，他再次蹲下，喊道："啥子人？给我出来！"

见铺位下毫无动静，杜心龙拔出匕首摇晃着："再不出来，我割破你的喉咙！"

一个乌黑的脑袋从铺位下慢慢拱出来，脑袋后面拖着一条长辫子。杜心龙拽住长辫子一使劲儿，便把整个人拖了出来。

这是一个女孩儿，十四五岁的样子，一张脸脏兮兮的，头发凌乱，眼神惊恐慌乱。

"军爷，饶命啊！"女孩儿不停地磕头。

杜心舟盯着女孩儿："我们不是军爷，你别怕。"

女孩儿还是不停磕头："我不是女学生，我家是种田的啊……"

杜心舟声音柔和许多："你起来吧，我们不会伤害你的。"

女孩儿这才抬起头，看了一眼杜心舟，但视线一触到杜心龙那把闪着寒光的匕首，吓得又哆嗦起来。

"我没有偷东西……"

杜心舟朝杜心龙使个眼色，杜心龙悻悻地收起匕首，喝问道："说吧，你到底怎么回事？"

女孩儿哆哆嗦嗦坐在地板上，低着头，用牙齿咬自己的手指甲。

杜心舟倒了一杯水递过去，女孩儿接过一饮而尽。

"这兵荒马乱的，你一个小姑娘，不在家里好好待着，跑到火车上干什么？"

女孩儿只是哭，用两只脏手捂着脸。

"哭什么？你要是不说实话，看见他了吗，他两个手指头就能掐断你的脖子！"

杜心舟朝杜心龙努努嘴，杜心龙立刻摆出鹰爪拳架势。

女孩子这才不哭了："小姐，我……我不是坏人。"

杜心舟："嗯，我能看出来。你是个好女孩儿。"

女孩儿用手背摸一下脏乎乎的脸："我家乡闹农运，我爸爸参加了农民协会，被村里的财主抓住，打死，沉到了江里。我妈被吓疯了，跑进大山跌下了悬崖。我一个人去省城投奔舅舅，春节前舅舅跟着人参加万人大会，被赵省长的人抓去了，舅妈骂我是丧门星，把我赶了出来。我没处可去，就顺着铁路往南走……"

女孩儿说的万人大会，就是这一年的年初，湖南人民在共产党人领导下召开的万人大会，掀起了轰轰烈烈的驱赵运动，并提出"打倒赵恒惕"和"请求国民政府北伐"等主张。她只是不明白，一个孤单瘦弱的小女孩儿，为什么要扒火车往南走。

"你往南走，要去哪里呢？"

"我去找我姐姐。"

"你姐姐又在哪里？"

"我姐姐在广州，给一个军官家当保姆。"

杜心舟点点头，又问："除了姐姐，你还有别的亲人吗？"

女孩儿咬着嘴唇："没……没有了……"

可怜的孩子！杜心舟的心肠一下子软了起来："前面一直在打仗，过了株洲就没有铁路了，你一个人怎么去？"

女孩儿依然咬着嘴唇，脸上有一种与年龄不相称的倔强："没有铁路，我就走路去，只要死不了，总有一天会走到的！"

"好样的！"杜心舟对女孩儿产生了好感，对杜心龙说，"带她去水房洗洗脸，洗洗脚。"

杜心龙不乐意地捏着鼻子，带着女孩儿出去了。

不一会儿，女孩儿回转来。洗去污垢之后，女孩儿展现出一张清秀的瓜子脸，弯弯的眉，挺直的鼻梁，脸颊上的几颗雀斑不仅不难看，反而有一种调皮和生动。

杜心舟找出几件自己的衣服给女孩儿换上，又帮她梳了头，在辫梢上扎了一条红绒绳。

此时的女孩儿，干净、纤巧、乖顺，像一个给大户人家做帮佣的小丫鬟。

杜心舟拿出点心，三个人一起吃起来。

补充了相应的热量，杜心舟舒心地靠在沙发床上，问坐在脚前的女孩儿："你叫什么名字？"

"我姓徐，叫小萍。"

包厢里有暖气，小萍的脸颊红红的。小小的脸，瘦瘦的身板，平平的还没发育好的胸部，宛如一朵初绽在农家院里的丁香花。

杜心龙入神地盯着小萍。

杜心舟眼神里也带着欣赏："你叫小萍，那你姐姐一定叫大萍啦！"

小萍惊讶地问："我姐姐就叫大萍。小姐认识我姐姐？"

杜心舟摇头："不认识。"

"那你怎么知道我姐姐叫大萍？"

"我推理出来的。先有了大萍，再有了小萍，你父母希望家里平平安安。可惜啊，这世道不让老百姓平安。"

小萍似懂非懂地点点头。

杜心舟怜惜地接着说："小萍啊，既然你躲到我的包厢里，就说明我们有缘分。这样吧，你不要到处跑了，外面太危险，跟着我们一起去广州，有人问就说是我的丫鬟。"

小萍心有疑虑："可是，我姐姐……"

"你放心，到了广州，我帮你找姐姐，保证把你安全送到你姐姐身边。"

小萍扑通一声跪下了："谢谢小姐！您是我的大恩人。我愿意跟着您，当牛做马也乐意！"

杜心龙鄙夷地瞪一眼小萍："瞧你那个贱样儿，丑丫头，算你命好。不过，你要记住，你是我们共同的丫鬟，伺候完我姐，还得伺候你家龙少爷！"

小萍求救地望着杜心舟。

杜心舟啐杜心龙一下："臭小子！不占个便宜就不是你了！"

杜心龙对杜心舟做个鬼脸，然后吆喝小萍："过来，丫鬟，给龙少爷削个苹果！"

第四章
洪帮谭叔

从长沙到株洲，火车完全瘫痪了。

株洲、衡阳一带，天天在打仗，到处都是被炮火毁坏的断壁残垣，到处都是横七竖八的尸体，死人没人埋，因为活的老百姓全跑光了。大白天，光秃秃的官道上不见人影，人们宁肯去爬陡峭的山路，也不愿在大路上挨枪子。

株洲车站，杜心舟乘坐的火车像一头再也没有力气耕田的老牛，喘着粗气趴了下来。

"嘟嘟……"一个铁路职员吹起了哨子，喊着："下车了！下车了！前面打仗，火车不通，各位旅客自己想办法啦！"

旅客们陆续走下车来，月台上很快堆积了许多皮箱竹笼、大小包裹。

职员继续吹着哨子，督促着："站台上不能久留，各位有马骑马，有轿坐轿，有驴车坐驴车，没有驴车就脚底板抹油——自己开溜好啦！"

职员的幽默把自己逗笑了，但旅客非但没有笑，有的反而哭了起来。

杜心舟不慌不忙，她拿出一封信，仔细看了看地址，对职员说："先生，电话局在哪里？"

职员一指前方："喏，往前直走，看到路口向左拐二百米就是。"

杜心舟谢了职员向前走去。杜心龙和小萍提着行李跟在后面。

电话局里，杜心舟在打电话："谭叔叔，我们在火车站。"

听筒里传来豪爽的湖南口音："你们就在电话局不要动啦，我马上就来啰！"

"嗯嗯，我们不动，等着您。"

打完电话，杜心舟一行三个人站在电话局门外等待。这是农历二月上旬，株洲的天气比武汉温暖多了，银鼠皮斗篷穿着有些热，杜心舟就脱下来搭在臂弯里。中午的阳光有点刺眼，杜心龙拉着小萍干脆躲在了茂盛的香樟树下。

不一会儿，一辆轿车开了过来。

从车里下来一个三十多岁的男子，中等个子，骨感清瘦，留着当时流行的中分发型，身穿白麻纱的长衫，文质彬彬，俊雅飘逸，像个极具艺术气质的画家或者音乐家。但其人的真实身份是洪帮株洲分会舵主，属于那种既能仗剑走天涯，呼友唤酒醉卧长安，又能一言不合抽刀割席断袖而去的人。如此枭雄，却偏偏外表儒雅，像一个翩翩书生。

"谭叔叔！"杜心舟迎了上去，"我是杜心舟。"

"哈哈，贤侄女，很早就听说过贤侄女蕙质兰心，文才和聪慧堪比卓文君的啦！"

谭向林打着哈哈快步走了过来。

杜心舟抢上一步，深鞠一躬："晚辈给谭叔叔添麻烦了！"

"哪里的话！贤侄女客气啦！"谭向林双手作揖，"贤侄女，你阿爸对我有救命之恩，想当年如果不是他救下我，我早就变成大水棒了！今天有幸能为贤侄女帮点小忙，也算我终于能报答一二啦！走，上车！"

株洲城内，谭向林包下了一家豪华饭庄，专门设宴招待杜心舟一行三人。

为了保护杜心舟，谭向林在饭庄周围及大堂后厨，都安排了洪帮的人警戒。

关于谭向林，南下之前，杜心舟听父亲杜大江讲过他的故事。

出生在湘江边的谭向林，十三岁就跟着父辈跑船。水边长大的男孩子，就和农田里长大的男孩儿要耕田一样，干水运是自然而然的事情。他们把水乡里生产的稻谷、莲藕、家畜、家禽等运往沿岸各个城市，再把城里生产的洋布、洋油、肥皂、香水等日用品载回来。

后来，随着现代工业的发展，江上有了用柴油做动力的庞大客船和商船，并且这些船能一直跑到上海滩。江海联运激发了谭向林的勃勃雄心，恰好一家外国货运公司招聘水手，他考上了，一边干活儿一边研究货轮的管理之道，幻想着有朝一日自己也能拥有一艘洋船。

二十六岁那一年，谭向林所属的货轮在上海码头停泊装货。休息日，谭向林在已经堆了很多货物的船舱里，很认真地辨认那些英文名称，为的是尽快提高英文水平。这时候喝得醉醺醺的洋大副走过来，一口咬定谭向林想偷东西，不由分说，操起船上的一根木棒就打。谭向林招架着，大声呼喊洋二副的名字，哪知这个被谭向林认为是"好哥们儿"的英国人，却做了大副的帮凶。谭向林被打得头破血流，他们不仅不松手，还把谭向林捆起来扔进了黄浦江。

同样跑船在上海装货的杜大江发现了水里的谭向林，一个猛子扎下去，用小刀割断了谭向林身上的绳索。当时谭向林已经昏迷了，杜大江一手拖着谭向林，一手奋力划水，凭着强健的身体和良好的水性，终于把谭向林救上了岸。

后来，谭向林跟着杜大江在汉口做了两年。有一段时间，他恨透了帝国主义列强,不能看见外国的租界,不能看见外国的大船,一看见就情绪激动,就想冲过去放一把火。可是,汉口码头的过往洋轮也不少,他这样下去是很危险的。在杜大江的反复开导下,谭向林总算度过了那段狂躁期,开始读书学文化。只读过一年私塾的他,一有空闲就去码头附近的学校旁听,去大学里蹭讲座。慢慢地,他的思想开阔起来,个人气质也发生了很大变化。

谭向林回到家乡株洲的发展情况,杜大江是从书信中得知的。怀着梦想的他,虽然至今没能拥有一艘洋轮,却做了当地洪帮的舵主,拥有了一批肝胆相照的好弟兄,这也算是塞翁失马,焉知非福吧!

杜心舟望着谭向林,三十多岁的男子,那眼角的密密细纹,那习惯紧紧抿着的嘴角,内心的沧桑与愤懑,是俊雅飘逸的外表掩饰不住的。

"谭叔叔,您已经不简单了,能在家乡立足,呼风唤雨,这不是一般人能做到的。"由于要受助于人,杜心舟语言里多少有些奉承。

谭向林似乎很受用,他哈哈大笑:"其实没啥子啰!就是把脑袋搋在裤腰上,领着弟兄们去闯,火拼、占地盘、讨债、收保护费,这些你谭叔都干过啦!"

"可是,谭叔叔也有仗义的地方,您是湖南劳工会株洲支部的委员嘛!"

"那当然,这些年,我没有亏待过任何一个弟兄,没有骚扰过一户老百姓,我只维护一方的公平正义,劫富济贫,抱打不平。"

随着北伐战争即将开始,中国工人运动以前所未有的声势蓬勃开展起来。而湖南早在1920年就组织了湖南劳工会。中国共产党成立后,党中央在上海成立了中国劳动组合书记部,作为中共公开领导全国农工运动的总机关。其后,中国劳动组合书记部湖南分部迅速成立,在反对赵恒惕军阀统治斗争中发挥了很大的作用。

杜心舟钦佩地伸出大拇指,问道:"谭叔叔,我能见识一下您的弟兄吗?"

"没问题!"谭向林朝外面喊了一声,"老于!"

"在!"一个臂膀上刺着一条青龙的壮汉应声而来。谭向林低声吩咐几句,壮汉迈着大步而去。

谭向林挥动着筷子招呼杜心舟一行三人:"来来,继续吃。这年头儿,到处打仗,上等的食材运不过来,去产地找,谁都不敢去,厨子心也乱了,做出的菜大不如前啦。真是造孽啰!"

吃得最香的是杜心龙,把一道叫作龙脂猪血的特色菜,连猪血带香辣的汤水一起往肚子里吞。

谭向林对杜心龙很是欣赏,不停地给他夹菜:"杜少爷,我在汉口的时候,你还是穿着开裆裤的小伢子呢，现在都长成大后生了。听说你武艺高强，一会儿和他们比试比试？"

杜心龙吃完了龙脂猪血，刚拿起一只酱板鸭啃，一只手举着一只鸭腿，另一只手拍一下桌子："比就比，谁输了谁学小狗叫。"

谭向林忍俊不禁，觉得这个尚未脱离稚气的少年，纯良直白，好可爱。

唯有坐在杜心舟身边的小萍，一副怯生生的样子，她出生以来头一次见到这样的宴席，这样推杯换盏的场面，她不知道该先吃哪个菜，不知道眼往哪里看。杜心舟招呼她吃，她就动一次筷子，顾不上理她，她就呆坐着。

饭后，谭向林开车带着杜心舟一行三人去郊外。一路上，谭向林向杜心舟详细介绍湖南的情况。

在共产党人的发动下，湖南各界的驱赵运动取得胜利，在湖南作威作福五年之久的军阀省长赵恒惕，带着全家逃到了日本军舰上。唐生智按照事先跟湖南国民党党部联络好的计划，宣布归向广州国民政府，准备进驻长沙，以迎接国民革命军出师北伐。但出于种种原因，一个多月过去了，广州国民政府并没有履行自己的诺言，没有向湖南派出一兵一卒。吴佩孚却深知湖南在南北战争中所处的重要地位，他很快扶植起忠于赵恒惕的另一支湘军——叶开鑫的队伍，重新杀回了湖南，对参加驱赵运动的民众大开杀戒，这就是杜心舟沿路看到的悲惨情景。

"所以，贤侄女此番去广州，路途艰难啰！"

杜心舟又何尝不知。从株洲到韶关，沿途都是崇山峻岭。由于沿线工程艰巨，且当时财力和技术有限，通往韶关的铁路迟迟无法修筑。杜心舟想，即使通了铁路，这每天的战火，也会把火车炸翻的。

看到杜心舟面露难色，谭向林安慰道："没关系啦！我早就安排好了，火车坐不成，贤侄女就坐汽车去，我派一个技术和人品都不错的司机护送你们。"

"那我就先谢谢谭叔叔了！"

株洲郊外谭家祠堂。宽敞的后院里，院子中间摆着两张八仙桌，一张后面端坐着舵主谭向林，另一张桌子后面坐着杜心舟，杜心龙和徐小萍侍立在杜心舟身后。

场院的兵器架上，刀枪剑戟等冷兵器居多，现代武器只是几支步枪，其中有两支汉阳造，在老式的七九式步枪中间，显得那样精巧、时尚，闪闪发亮。

二十几个小伙子在方砖墁地的院子里齐刷刷站立，清一色的盘扣练功服和青布裹头，个个精神抖擞，气宇轩昂。

"贤侄女，这就是我的一部分弟兄，其他的要讨生活养家糊口，都在忙各自的营生。但如果用到他们，召之即来，来之能打。我们一直盼着革命军打过来，和他们并肩战斗，平定湖南，赶走大军阀吴佩孚！"

杜心舟扬眉展颜："谭舵主，我们的目标是一致的，那就是打倒列强，消灭军阀，解救民众，实现中国的统一！"

谭向林欣慰地站起来："为了这一天，我已经等待了八年，头发都快等白了！"

谭向林抚摩着已经透出斑白的鬓角，眉宇间透出一股杀气："弟兄们，先来一趟湖南南拳，让远道而来的杜小姐看看我们的气概！"

随着领队一声号令，年轻后生们开始演示在南拳基础上演变而成的湖南南拳。只见他们动作紧凑，刚劲有力，步法稳固，手法多变，时而身居中央，时而八面进退，并伴之以丹田之气以助发力。宽敞的院子里仿佛凤凰起舞、蛟龙发威，震天撼地，气势非凡。

"好！好！"杜心舟看得入神，击掌赞叹。

一趟拳走下来，二十几个人脸不红、气不粗，平静如初。

"这就是南拳的功夫，内练心神意气胆，外练手眼身腰马……"

谭向林拖长了音调，吟诗般介绍着，语气中的自豪，既是对弟兄们的褒扬，又是对杜心龙的挑战。

杜心龙果然上当，脱了外衣跑进场地里挑衅："打个拳算啥子嘛？像洋学生做课间操。没意思，没意思。有本事的，出来跟我龙少爷单挑！"

话音未落，就有一个和杜心龙年龄相仿的少年站出来。两人摔起了跤，三局两胜，那个少年以三点着地而败下阵来。

随后，另一个后生出来和杜心龙较量棍棒，也以棍子被打飞而告终。

连胜两个人，杜心龙得意扬扬，吆喝着再出来两个。

看着谭向林不卑不亢、胸有成竹的神情，杜心舟提醒杜心龙："弟弟，那是谭叔叔故意让着你的，我们是客人，交流交流，见好就收吧！"

那杜心龙正在兴头上，哪里肯听，嚷嚷着叫谭向林派一个壮士出来。

谭向林微微一笑，对身后的侍卫做了个手势，侍卫吹了一声牛角号。须臾，跑步进来一个四十多岁、四方身材、敦实粗壮的汉子，伸出蒲扇一般的大手，要和杜心龙掰手腕。

"我姓黄，大家都喊我大老黄。"

谭向林让出八仙桌，杜心龙和大老黄面对面各霸一方，右胳膊肘支在桌子上，开始角力。

这样的对峙,从外在看,没有场地上的走马盘旋,没有武器互相触碰的喧闹,但需要强大的内功和耐力。十分钟之后,杜心龙渐渐体力不支,他圆圆的脑袋上不断冒出热气,脸上的汗水也下来了。右手腕也开始微微颤抖,而后抖得越来越厉害。

杜心舟看不下去了,催促道:"心龙,认输吧,你还小,掰不过黄叔叔的。"

杜心龙仍不服气,鼓着肚子憋着气,脖子上的青筋绷起老高,吃奶的劲儿都使上了。

大老黄却松了手。他这一松手不要紧,对面的杜心龙猝不及防,一屁股坐在地上。

"你……你耍赖!"

大老黄连忙走过去扶起杜心龙,为他拍掉身上的沙土:"伢子,你已经赢了!"

杜心龙都快哭了:"我没赢。我没有掰翻你啊!"

"就凭你这劲头儿,已经赢了!"

大老黄用看待自己儿子一样的目光,慈爱地看着杜心龙:"伢子,我们还有很远的路要走,不能让你伤了元气。"

"我……们?"

杜心舟和杜心龙一起把疑惑的眼光投向谭向林。

谭向林狡黠地笑着:"他就是你们的司机,负责护送你们到广州。"看着杜心舟欣喜的样子,他补充道:"大老黄进过洋学堂呢,一肚子的学问,你们就听他讲故事好啦,包你们一路都不寂寞!"

第五章

雪铁龙坠崖

位于罗霄山脉西麓、南岭山脉至江汉平原的倾斜地段上的株洲，山地、丘陵占总面积的百分之五十之多。如果是去旅游散心，举目四望，到处重峦叠嶂、沟壑纵横，真是好一派雄伟气象。然而，这是战乱时期，在战火中继续前行，需要极大的勇气和冒险精神，因为你不知道哪一瞬间，子弹就会飞过来，炮弹就会落在你的脚下，小命儿就会玩儿完。

这天清晨，太阳刚从大山后面露出半张脸，大老黄就驾驶着汽车出发了。

大老黄开的是当时最时尚的法国雪铁龙轿车。这个花了两千美元、有着四缸发动机的钢铁交通工具，在他熟练的操纵下，如同一头被驯服的小毛驴，嘚嘚地一路撒欢儿狂奔。

杜心舟坐在副驾驶位上，杜心龙和徐小萍坐在后排。

一路上，大老黄打开话匣子，滔滔不绝地炫耀他的汽车知识，说这款法国雪铁龙，全中国没几辆，已故的孙中山先生也特别喜欢雪铁龙，他的座驾之中，就有一辆雪铁龙。

"我就是拥护孙先生啦！他的天下为公、三民主义，还有那些让中国富强起来建设国家的规划，都极好啦。中国真的太落后啦，到现在这些大山都打不穿，通不了火车。看看人家法国，到处都是工厂，到处都是火车、汽车，谁还用脚板子走路啰！"

大老黄少年时，曾给一个大户人家的少爷做过书童。少爷读私塾，他在一边旁听，《百家姓》《三字经》《朱子家训》等背得滚瓜烂熟。后来少爷去洋学堂了，他负责接送，听少爷讲学堂里的趣事，讲学到的天文、地理和英文知识，时间久了，竟然积攒了一肚子学问。

少爷去法国留学后，贫寒家庭出身的他，迫于生计，做过诸如黄包车夫、泥瓦匠、装卸工等。辛亥革命后，中国开始大量进口汽车，大老黄凭着自己的知识和一点外文基础，竟然学会了开车。

大老黄不停地侃，杜心舟专注地听，频频点头，适时地附和几句。

提起法国，在杜心舟的脑海里浮现的必然是埃菲尔铁塔、各种奢侈品以及极具浪漫气息的法国情调。所以聊起法国，她也颇有兴致，同时也是为了在漫长的行车过程中，不使大老黄疲倦打瞌睡。

"黄叔叔，那您就给我们讲讲雪铁龙吧？"

"雪铁龙的创始人叫安德烈·雪铁龙。他出生在法国巴黎，父亲是个做珠宝生意的商人，母亲是波兰人，家境富足。雪铁龙年轻时就认定科技进步将为人类提供便捷，于是他选择一家技术学院就读，准备将来当一名工程师。大学毕业后，有一次他去波兰外婆家度假，偶然发现了人字形齿轮，雪铁龙决定购买此项专利。回到巴黎后，雪铁龙立即将他买到的专利投入试生产。就这样，人字形齿轮不仅成为他创办的齿轮公司主打产品，后来还成了雪铁龙汽车的商标标识……"

在大老黄滔滔不绝的讲述中，杜心舟听得入神，几乎忘记了崎岖的道路和连绵不断的弯道陡坡。

"小姐……小姐……"突然，身后的座位上，小萍发出痛苦的呻吟声。

杜心舟回头："怎么啦？小萍？"

"我难受……想吐……"

杜心舟明白，小萍是晕车了，急忙叫道："黄叔叔，快停车！"

一阵刺耳的刹车声响起，但已经迟了，小萍哇哇呕吐起来，尚未消化完的早餐全都吐在座椅前，车厢里弥散着一股胃酸的怪味。

杜心龙厌恶地跳下车，大口呼吸着新鲜空气。

杜心舟急忙过来，她早有准备，拿出一沓子草纸清除那些污垢。

过了一会儿，车子继续往前开，山路越来越陡峭，汽车在艰难地爬行，大老黄小心翼翼地打着方向盘，手和脚高度协调。

小萍又开始吐了。由于汽车不能停下，她用草纸捂着嘴，似乎要把胆汁也呕出来，身体在座椅上蜷缩成一团，难受得如同生了一场大病。

杜心龙恨铁不成钢地握着拳头，冲着小萍吼叫："不许吐！你再吐，我把你拎出去扔到山沟里喂狼！"

小萍抽抽搭搭地哭起来："你扔吧！反正我是你们捡来的，我的命不金贵。"又对杜心舟幽幽地道："让我下去吧，我不想再连累小姐……"

杜心舟回身握住小萍冰凉的手："小萍，既然捡了你，我就要对你负责到底。别听心龙胡说！"

杜心龙顽皮地伸一下舌头，杜心舟见状命令道："臭小子，我看你闲着也是闲着，给小萍捶捶背。"

杜心龙不情愿地把握成拳的手伸开，给小萍捶背，嘴里叨咕着："小丫鬟太瘦了，这脊椎硌我的手。"

杜心舟忍住笑，把目光投向车窗外。

汽车到了茶陵县城前，一道路障挡住去路。

两个士兵看见有汽车驶来，立刻举起了手里的枪："停下！停下！"

雪铁龙停住了，却没有人下车。

这里的士兵，便是投靠吴佩孚的叶开鑫的湘军。此时，大兵们围拢过来，把枪口对准车窗："出来！再不出来老子就开枪了！"

大老黄慢吞吞地摇下车窗："吵啥子，吵啥子嘛！把车里的贵人惊动了，有你们的好看！"

"贵人？哈哈，是前朝皇上还是皇后？这年头真是说大话不怕闪舌头！"一个投吴湘军士兵咧着嘴嘲笑。

"嘿，哥们儿，前几天在长沙，有人说自己是紫禁城里的隆裕皇太后，结果呢，一顿揍，皇太后就变成了老宫女。"另一个满口京片子的大兵瞪大眼往车里瞅。

大老黄拿出一个证件高高举起，京片子大兵看一眼证件，对另一个大兵挥挥手，那个大兵立刻跑步而去。不一会儿，一个下级军官匆匆而来。

"报告连长，就是这辆车！"京片子士兵立正敬礼。

投吴湘军连长拔出腰间的手枪，站在车前："什么人？出来吧！"

车门一响，杜心舟动作轻盈地下了车。她的肩上搭着银鼠皮斗篷，褐色的齐腰卷发波浪翻滚。她看了一眼那个连长，用纤手轻轻撩起额前的一缕头发，声音又软又糯："老总啊，我就是杜心舟，受湖北水运商会指派，到广州英国领事馆商谈江海联运事宜，还请老总放行！"

这时，大老黄和杜心龙也从汽车里出来，站在杜心舟的身后。

连长翻来覆去地看着大老黄递过去的证件，面无表情。

"我们和外国人做生意，也是为了'玉帅'的宏伟大志哦。有了钱，才买得起更好的装备，抵抗南方的赤化。您仔细看好了，上面可有帅座的御章哟！"

连长立刻有了尊崇之色："杜小姐，我相信你的身份是真实的。不过，当前炎陵县有一场硬仗要打，你们暂时不能走！"

"又要打仗？"杜心舟扑闪着一双水汪汪的眼睛，极尽柔媚，"老总啊，我们是生意人，时间就是金钱，您抬抬手让我们过去吧，我不会亏待弟兄们的！"

杜心舟白皙的小手里，攥着一个沉甸甸的东西，她故意露出一截，那闪闪的金光立刻迸射出来。

"金条!"连长和京片子大兵全都浑身一震,他们的目光全被金条吸引住了,眼睛里闪烁着贪婪的光芒。

说时迟那时快,大老黄和杜心龙迅速拔出匕首,冲过去一人摁住一个,锁喉插刀,那个连长和京片子士兵的胸膛立刻鲜血喷涌,尸体咕咚一下倒在地上。

解决掉拦路虎,雪铁龙开足马力向前狂奔。

另一个刚刚走出城门的大兵见状,一边惨叫起来:"不好了,杀人了!汽车跑啦!"一边兔子似的反身飞跑进城。

城内响起了急促的集合号声,几匹高头大马冲出城来,在雪铁龙后面紧追不舍,马蹄声、枪声响成一片。

"趴下!快趴下!"

大老黄叫着,要杜心舟等三人隐蔽在座位下面。他自己驾驶着汽车,左拐右拐,躲避着枪林弹雨。

山坡拐弯处,由于刚下过雨,石板路打滑,雪铁龙右前轮一个悬空,如果不是大老黄及时倒车,差点掉进万丈深渊。

"反击吧!我们没必要跟他们耗着!"

杜心舟摇开了车棚的天窗。杜心龙从后备厢里拖出一杆轻机枪,架到了天窗上。

大老黄和杜心龙操控着轻机枪,子弹从枪膛里蹿出去,一排排一串串地勇往直前,发出突突突的欢快的声音。

骑兵的马刀和步枪,毕竟抵不过强劲的扫射,在倒下三匹马之后,追兵落荒而逃。

傍晚时分,他们到达了炎陵县。这里由于接近广东地界,相对平静。

驻守在这里的军队,也是原来赵恒惕的湘军,由于主子乘船逃之夭夭,这一帮士兵不知道该投靠谁,仿佛一群没头的苍蝇,抱着多一事不如少一事的心态,每天待在县城里等待变化。

雪铁龙顺利地开进了县城,进了一家名叫悦来的客栈。

这个客栈,是杜心舟南下路线图上指定的客栈,只要能够来到这里并且在指定的地方贴上联络暗号,农民协会的人就会来与他们联系。

四个人都好累。这一路上的紧张和激战,使他们的心神一直处在亢奋状态,尤其是杜心龙,依然沉浸在杀人的刺激中。

他们开了两间房，杜心舟和小萍困倦得很快就睡着了。

另一个房间里，杜心龙也渐渐回归理性，打起了瞌睡。唯有大老黄没有睡意，他牵挂着藏在树林里的雪铁龙。临行前，他向谭向林保证过的：人在，车就在；车没了，人的存在也没意思了。

他总觉得，那些从茶陵县追赶而来的投吴湘军不会善罢甘休。

夜半时分，客栈院子里传来砸门的声音和客栈掌柜惊慌的问话："谁呀？"

"少废话！快开门！"

"吱呀……"随着院门打开的响动，进来十几个气势汹汹的投吴湘军，一个副官模样的军官，一进来就在院子里到处找。

掌柜沉不住气，问："老总，你们找啥子？"

副官盯着掌柜问："有没有人开着一辆汽车进来？"

"啥子汽车？"掌柜一头雾水。

他还是在省城见过一回铁驴子，不知道那个物件真名叫汽车，于是把大兵们领到了马棚里："这里有两头驴、一头骡子，都是客官的，老总如果需要，我去叫醒他们。"

副官哭笑不得，骂道："真是泥腿子乡巴佬！"随后对士兵一挥手："给我挨个儿去搜，我就不相信他会飞走！"

看到掌柜哆哆嗦嗦地依然站在一旁，副官狠狠地踹了他一脚："你装傻也没用，汽车我已经找到了，那个司机肯定就在你的客栈里！叫你的客人都起来，我要挨个儿检查！"

掌柜只好用发颤的声音朝楼上喊："各位客官都醒醒啦，老总要检查啰！"

听到院子里的动静，杜心舟早就醒了，她在脑子里迅速做着分析，这帮大兵进门就找汽车，说明他们是从茶陵县过来的。在茶陵县城时，汽车停在路障前面，只有大老黄摇下车窗露了脸，自己虽然后来也出来了，但打交道的京片子士兵和连长已经死了，别的士兵都没见过她！但回城报信的那个士兵见过大老黄，如果那个士兵也跟着来了，那么大老黄就很危险了。

她祈祷那个士兵不要出现，不要出现。

可是怕什么就偏偏来什么。突然，回廊上的汽灯亮了起来，明晃晃地照得如同白昼。木楼梯上响起沉重的脚步声。舔破窗户纸，她清楚地看见了那个报信的士兵领着副官走了上来，她的心一阵急跳。

当士兵推开杜心舟的房门时，一股浓烈的冰片与樟脑的味道扑鼻而来，只见竹床的被垛上，半躺着一个地主婆打扮的女子，一身青色大襟绣花袄裤，脑后是一个扎得紧紧的发髻，额前戴着一个黑色底子镶着一枚碧玉的头箍，女人似乎得了肺痨，脸色苍黄，正在大声咳嗽着，往一个铜盆里吐痰，一个小丫鬟跪在床前两手捧着痰盂。

副官见状厌恶地嘀咕一句："病婆娘，真晦气。"转身就走。那个士兵跟着走到门口，却回了一下头，似乎犹豫着什么，随即也出去了。

很快，大老黄的房间里传出北洋兵的惊叫："就是他！就是他！"

不一会儿，大老黄被几个士兵用大枪抵着走了出来，院子里响起他洪亮的声音："车子是我的，人也是我杀的，死有啥子可怕，二十年后又是一条好汉！"

几个不明缘由的旅客跟着去看热闹，杜心龙夹在那些旅客中间，经过杜心舟敞开的房门时，杜心舟对他使个眼色，杜心龙会意。

院子里，士兵们用刺刀逼退跟随的人们，把大老黄押了出去。

旅客们各回各屋。杜心舟倚在门口，她清晰地听见了汽车引擎发动的声音，继而，又听见汽车喇叭有节奏地响了三下，她的眼泪夺眶而出。

天亮以后，杜心舟去掌柜那里打探消息。原来，是那个副官看上了这辆轿车，要把它送给叶开鑫作为加官晋爵的礼物。可是军队和县城里没有人会开车，他只能跟踪追击来找大老黄，并提出条件，如果大老黄答应把车开到长沙，就免他死罪；如果不答应……

大老黄答应了，却在开车攀爬盘山路的时候，连人带车冲下了悬崖。

杜心舟再也抑制不住心中悲痛，她跑回房里蒙上被子号啕大哭。

这辆雪铁龙，是父亲和谭向林联合出资买的。买车的目的，是杜大江心疼女儿缠过足走不了山路，谭向林则是为了报答当年杜大江的救命之恩。这辆车花了两千美元，在当时一美元可以换中国的四块银元，相当于花了八千块银元。杜心舟不是心疼钱，而是心痛大老黄，多么好的司机兼保镖，像父亲一样慈爱的人啊！为了金贵的汽车不给反动军阀效力，为了心中的信仰宁为玉碎不为瓦全，为了保全一心投奔北伐革命军的他们三个，他，献出了自己的生命！

良久，杜心舟红肿着两眼问杜心龙："今天几号了？"

杜心龙掰着手指算了算，说："今天阳历是3月5号，农历正月二十。"

"啊？这么快呀！"杜心舟也算了算，"这就是说，我们已经在路上走了十一天了。"

"是的，姐姐。我们还要走几天？"

杜心舟蹙起眉头："说不好啊！再往南，就是郴州地界，是湖南紧挨广东的一个县，位于罗霄山脉，山高林密，沟壑更多，我们没有别的交通工具，更难走了！"

"要是走不到广州，我就见不到我姐姐啦！"正在梳头的小萍焦急起来。

"你就惦记着你姐姐，怎么不想想我姐姐有多难？"杜心龙嗔怒地说，"自私鬼！真是皇帝不急太监急！"

小萍撒娇地倒向杜心舟："小姐，你弟弟又欺负我！"

此时的杜心舟，根本没有心思替这对少男少女和稀泥，她一把搂住小萍，吩咐杜心龙："去，把联络暗号贴上！"

1926年的湖南，农民运动已经打下了良好的基础，并逐渐成为全国农运中心，农运的广度和深度都超过其他各省。几乎每个县都有以贫农为骨干的农民协会，每个村都有农协会员。

杜心舟一行三人乘汽车出发前，谭向林已经与他们要经过的两个县农协取得了联系，如果需要帮助，可以在借宿的客栈窗口贴上一个农民协会红底白犁的标志，当地的农协会员看到，就会前来接洽。

当天晚上，两个青年后生拿着同样的红底白犁的标志，来到悦来客栈，见到了杜心舟。

第六章

夜雪罗霄山

这两个年轻后生，一高一矮，一黑一白。高个儿的姓段，小名叫春伢子；矮个儿的姓孙，是个遗腹子，小名墓生。春伢子黑肤大眼薄嘴唇，看起来伶牙俐齿很外向；墓生则是白肤细眼地包天，明显地沉默优柔些。

春伢子穿着一件打了补丁的白粗布短褂，扎着黑色的粗布腰带，高挽着裤管，脚上穿的是黑布鞋白袜子。墓生穿着一件棕色的对襟马甲，棕色的粗布缠头，短裤，在这依然寒冷料峭的早春，竟然赤着双脚。

两个后生一看就是来自穷苦人家。从那瘦骨嶙峋的样子看，墓生的家境应该更贫困些。但他们的精神状态都很好，眼神灼灼的，里面充满了反抗和期待，瞳仁里似乎有火焰冒出，执着地要燃烧掉什么东西。

"杜同志，我们来晚了！"

平生第一次被称为同志，杜心舟心里涌上一股暖流。由于激动，她的泪水像断了线的珠子止不住地往下滚落。

"同……志，我终于见到你们了！"

杜心舟哽咽着，把从株洲出发一路上的情况讲给两个后生。

春伢子说："农协已经知道了你们的情况，老黄同志不幸牺牲，我们也很惋惜啊！"

"再往前就是郴州，即使有汽车，也用不上了！"春伢子继续说。

"嗯，可是，我们怎么办？"杜心舟忧心忡忡。

出发之前，杜心舟已经通过相关地理书籍，把去往广州的路况和天气摸得一清二楚。

郴州位于湖南省东南部，地处南岭山脉中段与罗霄山脉南段交会地带。地势自东南向西北倾斜，东南面山系重叠，群山环抱，东部是南北延伸的罗霄山脉，最高峰海拔 2061.3 米；南部是东西走向的南岭山脉，最高峰海拔 1913.8 米；气候的显著特点是四季分明，春季气温低，阴雨连绵；夏季高温湿热，暴雨集中，洪旱交错……

"只有毛驴和骡马才能走，杜同志放心，我们回去立刻准备。你们也要做好充足的准备,水、干粮,还有斗笠和蓑衣,一定要有啦!山里还很冷,厚实的衣服也是要的啰。"春伢子说。

"好的,我们这就让掌柜帮忙准备。"杜心舟说。

"那好,我们明天早上见!"

第二天春伢子和墓生早早就来了,他们背着简单的行囊,行囊上扣着一顶大斗笠,墓生还牵着一匹小马。

"本来要找一头牛的,可是快到耕田时节了,马和牛是农家的主要劳力,就找到了这匹小马,别看它个子矮,脾气却好,杜同志坐上去,不用担心它炸毛。"

春伢子简直是无微不至。

杜心舟很是感动,连声道谢:"谢谢二位同志哥,真是太好了!"

短短一天,杜心舟竟然熟悉了革命队伍里的称呼。

杜心龙围着小马转圈圈,一会儿揪揪小马的长耳朵,一会儿给小马肚皮挠痒痒,问春伢子:"它叫什么名字?"

"它叫小黄。"几乎全程沉默的墓生开口了。

"哈!原来你也会说话呀!"杜心龙亲昵地一巴掌打在墓生肩膀上,墓生一个趔趄差点儿摔倒。

杜心舟急忙呵斥弟弟:"你就不能动作轻点儿,你那巴掌是巴掌吗?"

杜心龙不好意思地挠挠圆脑袋:"我没有使劲啊,就是轻轻地……"说着又在墓生肩上拍了一下,墓生又是趔趄一下。

"对不起,对不起。"杜心龙赶紧道歉。

没想到墓生却很高兴,瓮声瓮气地说:"你这是有武功,我想跟你学!"

杜心龙喜出望外,赶紧说:"好哇,好哇,我们这一路走,我一路教你。"

"我想和你拜个干弟兄,你好实心教我。"墓生还挺江湖的。

"没问题!我们一言为定。"杜心龙也很干脆。

"一言为定。我们拉钩!"墓生还要仪式感。

于是,杜心龙伸直右手的小拇指,墓生也伸直小拇指,两个少年的手指紧紧钩在一起。

"拉钩上吊,一百年不许变!"

原本有点严肃的气氛顿时活跃起来。杜心舟问了两个人的生辰,墓生比杜心龙大半岁,年长为兄,杜心龙做了弟弟。

一行五人外加一匹小马,就这样在飘着白雾的清晨出发了。

杜心舟和小萍都是女扮男装。杜心舟白皙的脸上抹了一层香灰,用长长的头巾包裹住一头卷发,配上青色的柞蚕丝裤褂、圆口布鞋,乍一看,像一个土家族的文弱少年。

小萍本来就胸部平平,不像个女孩儿,只消把长辫子盘起来,换上男装,就是一个原野上的狗尾巴草一样不起眼的男伢子。

由于杜心舟死活不肯骑马,春伢子只好把所有的行装都放在马背上,由墓生牵着上了路。

从郴州到韶关,四百多里的山路,对三个年轻后生和小萍来说不算什么,但对缠过足又放开的杜心舟来说,是异常严峻的考验。

起初,杜心舟还能走,但二十里下来,脚掌就起了泡,只好让马驮起来走。

还好,走了大半晌,没有碰见北洋兵。

在小马"踢踏踢踏"的脚步声中,春伢子和杜心舟交流着当前的形势。

"杜同志你知道吗?唐将军的队伍已经快到长沙了!"春伢子兴奋地说。

"是吗?"杜心舟尽管随时都在打探情况,但一直在匆匆赶路,对时局的一些进展了解得还是不够清晰。

她这才知道,唐生智将军在李宗仁派兵支援下,于1926年3月初起兵向长沙进发。在她进入罗霄山脉的这几天,手无兵权的赵恒惕在各方压力下,已经被迫于3月12日通电辞职,并推荐唐生智为代理省长。

今天是3月13日,这就是说,唐生智已经控制了长沙。广州国民政府的北伐就要开始,丈夫李子华的先遣团很快就打过来啦!

五个人全都兴奋起来,他们憧憬着到达广州后的新生活。

他们一路走着,一路聊天。杜心舟问:"春伢子,你们把我们护送到广州,任务完成要返回湖南吧?"

春伢子和墓生相视一笑。春伢子说:"我们不回来!"

"为啥子?你们也要参加北伐军?"杜心龙不服气地说。

"不,到了广州,我们要去农民运动讲习所学习,我们的老乡毛润之先生在那里。"墓生突然接上话头,不善言辞的他,可以想象心里是多么激动和向往。

杜心舟钦佩地说:"我听说过润之先生,他很懂得中国的国情,是一个理论与实践相结合的革命者,他被誉为'农民运动的王'!"

"农民运动的王!"春伢子重复着这句话,语气中带着家乡出了伟人的骄傲,"润之先生配得上这个称号!"

"在广州，农讲所和黄埔军校，被并称为'中国大革命两个摇篮'！"春伢子恨不得把所知道的都告诉杜心舟。

"春伢子，我们是不是赶上好时运了？我觉得现在活得特带劲儿，以前是啥子也不懂。"墓生牵着小马，赤着的双脚毫不在乎地踩过尖利的石头。

大山的天气，一会儿一变，方才还是艳阳当头，暴晒出汗，需要戴斗笠遮阳，不一会儿一片乌云涌过来，瓢泼大雨说下就下，杜心舟这才明白春伢子为什么再三强调要准备蓑衣和斗笠。

就这样晓行夜宿，一行五人在罗霄山中艰难前行。

一天傍晚，当他们走到一个叫金旺的小镇时，所带的食物已经不多了，就想去镇上打打尖，再购买一些吃的。

这时候，大雨变成了雨夹雪，雨水夹杂着晶莹漂亮的雪花淅淅沥沥地下着，一阵阵山风吹来，冷气侵入骨头里。

风雪饥寒中，几个人根本无心欣赏雨夜山景。杜心舟不停地打着喷嚏，把个银鼠皮斗篷裹得紧紧的。春伢子找了一个山洞，让杜心舟等三人进去躲雨，自己和墓生去镇上找吃的。

然而，寒冷冰冻的小村子里，没有啥新鲜食物，由于长久没有食客，饭馆早已打烊。两个人敲开了好几家村民的门，才弄了一些米团、鱼干和几串熏腊肉。正要往回返，却碰上了叶开鑫的投吴湘军在巡逻。他们看见春伢子和墓生布口袋里鼓鼓囊囊的，立刻起了疑心。

"站住！干啥子的？"

春伢子发现大事不好，立刻转身就跑，墓生也跟着跑起来。

此时雨夹雪已经完全变成了下雪天，饱含着水分的雪片不是飘下来，而是噼里啪啦往下坠落。灰黑的天空像一口倒扣的大铁锅，四周黑得伸手不见五指。湘军追不上他们，就啪啪地打枪，两个人拼命地跑，跑啊跑啊，墓生脚下一滑，跌进了山谷，春伢子去拉墓生，也跟着掉了下去。

山洞里，杜心舟等三个人左等右等不见春伢子和墓生回来，又听到镇子方向传来枪声，他们的心一下子掉进了冰窖里。

看看怀表，已经是深夜十一点。枪声早已停止，雪片还在继续坠落，山洞外是死一般的寂静。三个人都呆愣着，杜心舟浑身燥热，如同浑身扎满了稻芒，又如同一个幼小的孩子突然失去了亲人，只身来到一个陌生荒凉的地方，周围全是无边的黑暗和神秘诡异的幽灵。

小马不停地打着响鼻，用前蹄刨地，杜心龙摸索着到洞外，薅了一些荒草给它吃。

可是，人吃不了草啊，肚子饿得咕咕叫，空空的胃部出现痉挛，牵扯得心脏一阵阵悸动，如同一队士兵踩着大皮靴咚咚地走过。

杜心舟竭力让自己从惊恐中冷静下来。

杜心舟脱下银鼠皮斗篷，铺在冰冷潮湿的地上，三个人背靠背坐下来，依偎着取暖。

翻了翻行囊，里面还有一点从武汉带过来的孝感麻糖，杜心舟数了数，一共三片，一人一片。

"春伢子和墓生走惯了山路，也许他们先找个地方躲起来了，我们等着天亮吧！"

杜心舟坚信，如果春伢子和墓生没有大碍，他们一定会回来的。

"我们会不会死啊？我还没有见到姐姐呢！"小萍带着哭腔呢喃着。

"丑丫头，你能不能说点吉利话？我们要去参加北伐，死也要死在战场上的！"杜心龙呵斥小萍。

"还怪我，你不也说死了？"两个少年又要打嘴仗。

杜心舟生气了："都给我住嘴，闭上眼休息！"

当一丝曙光照进山洞的时候，杜心舟惊喜地发现，这是一个大晴天。

湛蓝的天空下，夜里的积雪静静地匍匐在绿色的高山草甸上，形成一个个白绿图案的大地毯。远处绚丽多彩的丹霞地貌，在阳光的反射下，形成强烈的视觉美感。

杜心舟走出山洞，朝远处眺望。她看见通往镇子的山道上，有两个人互相搀扶着，一瘸一拐地走过来。

"春伢子！墓生！"

杜心龙也看见了，他禁不住喊出声来，奔跑而去。

小萍站在杜心舟身后拨弄着辫梢，一脸绝处逢生的喜悦。

春伢子和墓生渐渐走近了。两个人血迹斑斑的，春伢子左腿受伤，脸上的血结成了紫色的痂。墓生门牙掉了一颗，胳膊上全是划伤。春伢子的背上，依然背着那个小包袱，里面是寻到的食物。

原来，在敌人的追击下，春伢子一脚踩空，掉下了山崖，幸好那段山崖不算太深，下面长满了蒿草。墓生为了救春伢子去扯他的衣袖，结果两个人一起掉下去了。本以为这一回就这么"光荣"了，昏迷了大半夜后，墓生首先苏醒过来，他摇醒了春伢子，两个人互相搀扶着，顽强地爬了上来。

他们的护送任务还没有完成，他们还要去农讲所学习，他们不想死也不能死，强烈的使命感让他们战胜了死神，闯过了鬼门关！

杜心龙抱住春伢子和墓生，号啕大哭。

杜心舟激动地看着他们拥抱，也是眼泪汪汪。

小萍最实际，她解开春伢子背上的包袱，拿出里面来之不易的食物，按人头和胃口仔细分配起来。

第七章

杜心舟连开三枪

吃饱喝足，杜心舟担心春伢子和墓生的伤势，提议休息一天再走。两个后生不同意，一是担心再遇上敌人，二是急着赶往广州。杜心舟只好同意继续前进，条件是伤势较重的春伢子骑马走。

一行人继续翻山越岭。

雨雪过后的大山里，山上的云海缥缈，林子里竟然还有晶莹透亮的树挂冰凌，高山草甸湿漉漉的，空气清新芬芳。而且，海拔两千米的山上比昨天海拔几百米的山下还暖和得多，简直是秋季和冬季两个世界。

如果不是战争，如果不是敌人随时可能出现，如果是旅游观光，那该是多么陶醉与幸福啊！

杜心舟看看怀表上的指北针，相反的方向，便是南方，他们没走错。

这一天，他们赶到了一个叫泉水的地方，距离韶关越来越近，但也越来越危险。

这里是广州国民政府和投靠吴佩孚的湘军叶开鑫部的边界。茅草搭起的哨卡，三里一卡，五里一哨，兵力虽不多，但他们日夜巡逻，戒备森严。

淅淅沥沥的小雨又下了起来。

经过这一路的艰辛，一行五人已经模糊了男女的界限，全都是衣衫褴褛，蓬头垢面的，站岗的大兵捏着鼻子打量这五个叫花子一样的人，草草检查后挥手放行。

然而，他们的小队长却看上了小马，要强行留下："这么冷的天，马肉可是好东西呀！"

"就是就是，这匹马够我们吃好几顿火锅啰！"几个大兵随声附和。

这一路上，杜心龙和这匹马已经建立了深厚的感情。杜心龙给它梳毛，为它驱赶蚊虫，为它汲来清泉水。而小黄，只有杜心龙打来的草它才肯吃，不管走多远，只要杜心龙一声口哨，它就会跑过来在他的身上蹭来蹭去地亲昵。

"老总，马是用来驮我哥哥的，他采药摔断腿了！"从来不向人低头的杜心龙哀求道。

"驮你哥哥？驮你幺妹也不行！不留下马，你们别想走出去！"

小黄两只长耳朵支棱着，眨巴着明亮的大眼睛，无辜地看着那几个凶恶的士兵。

"这男人嘛，下雨天想快活，就干三件事。"一个络腮胡子的大兵拍拍小黄的脑门儿，淫笑着。

"快说，干哪三件事？"另一个黄面皮士兵抽着鼻涕问。他们的军装有些单薄，脖子缩在军衣领子里。

"这三件事嘛……"络腮胡子故意卖关子。

"快说。不说我可要胳肢你啦！"黄面皮弯曲起手指做挠痒痒状。

"这三件事就是……吃马肉、喝烧酒、和女人睡觉！"

"哈哈哈……"两个士兵放肆地大笑。

"牵走，马上宰了！"小队长下了命令。

小黄似乎明白了自己的命运，它突然嘶鸣一声，撒开四蹄就跑。

络腮胡子举枪瞄准，只听"砰砰"两声枪响，小黄惨叫一声，一头栽倒。

"我跟你们拼了！"杜心龙两眼冒火，就要冲上去跟络腮胡子拼命，被春伢子和墓生死死按住。

五个人眼睁睁地看着小黄的尸体被拖走了。

杜心龙发出撕心裂肺的悲号："我的马啊……"

杜心舟强忍悲痛，对春伢子和墓生说："我们走吧！"

就在他们迈步要离开时，那个小队长却回转来，不怀好意地盯着杜心舟鼓鼓的胸部："你到底是男是女？"

杜心舟低下头不言语。

小队长挑逗地用枪托抬起杜心舟的下巴："嘿嘿，瞧这眉眼，这大奶子，你还能骗得了我？"

另外两个士兵也跑回来，仿佛闻到血腥味的野兽，喘着粗气把杜心舟围了起来。

小队长一摆手："给我扒下她的衣服看看，要真是个雌的，我们弟兄今晚可就要再开一次荤啰！"

杜心舟静默着，她把双手放在背后。那把左轮手枪，子弹已经上膛。

就在两个大兵靠近她的一瞬间，杜心舟突然开火，只听"砰砰砰"三声枪响，两个大兵和小队长应声倒地。

"快跑！"杜心舟大喊，五个人不顾一切地跑起来。

雨依然下着，但他们已经感觉不到冰冷；山路依然陡峭，他们已经感觉不到荆棘和顽石。五个人心里只有一个方向，那就是向南，向南，奋力向南！跌倒了，爬起来继续跑；口渴了，仰起脸接一口雨水，继续跑。他们已经不是在用体力，而是用意志、用信仰在奔跑。

从天黑跑到天亮，五个人终于翻过了南岭山脉，四周突然暖和起来，当他们冲出灌木丛来到一条小溪旁的时候，杜心舟昏倒了……

等她醒来的时候，感到身上暖洋洋的，尽管还是阴天，但四周的景色很明亮，翠绿的树叶、黄的白的花朵，还有一片片肥硕的芭蕉叶，好美。

一阵剧烈的脚疼使她收回视线，低头看看自己的脚，鞋子不知什么时候没有了，赤着的双足血肉模糊，小腿上、胳膊上，全是荆棘划的血口子。

"杜同志，我们已经到韶关地界了！"春伢子说。

"太好了！"杜心舟一声感叹，心劲儿一松，又昏过去了。

当她再次醒来的时候，春伢子他们四个已经把自己洗得干干净净，小萍守在她的身边，以五指做梳子，整理蓬乱的头发。

杜心舟在小萍的帮助下坐起来，身下的银鼠皮斗篷有些热，她让小萍抽出来。那件高贵的斗篷，已经由原来闪亮的雪白，变成了脏兮兮的土红色。她爱怜地把斗篷抱在怀里，用脸颊摩挲着。

"走，扶我去洗洗。"

小萍把杜心舟搀扶到小溪旁，又用芭蕉叶盛了一点水给杜心舟喝。

有了点精神的杜心舟想去洗脸，当她朝溪水里张望时，却吓了一跳，以为遇见鬼了。溪水倒映出的人，又黑又瘦，头发乱蓬蓬，如柴草一般。她想，如果此刻李子华看见自己，他会认出自己吗？他该有多心疼啊！

记得刚结婚那一年，他们去宜昌三峡大瀑布玩，在"湿身穿越"大瀑布时，杜心舟不小心摔了一跤，磕破了膝盖，其实也就是冒出几颗血珠子，却把李子华心疼坏了，又是用嘴巴给她吸血，又是掏出手绢包扎，弄好了还不忍心让她走路，竟然把她背起来一口气走好几里。

想到这里，杜心舟望着溪水里自己的影子笑了，如果他知道了自己过五关斩六将，一路拼杀闯到韶关，一定非常高兴，为有这样坚韧不拔、勇敢果断的媳妇儿而自豪。

杜心舟仔细洗过脸，解开盘在脑后的长发，那个美丽温婉的女子又回来了。

她回到草地上，这才发现杜心龙他们已经睡着了。杜心舟坐在他们身边，心潮激荡，这些年轻的意气风发的好伙伴、好战友，这一路多亏有他们，否则自己都不知死过几次了。

包裹里还有两只小鱼干和一块笋干，是特意留给她的。杜心舟慢慢地吃了，也躺了下来，让暖暖的阳光照在身上。

"小萍，这是哪儿呀？"杜心舟要确认一下。

"姐姐，这是岭南，是韶关呀！我们到广东了！"杜心龙兴奋地说。

"是的，杜同志，我们安全了！"春伢子接过话头。

"杜同志，刚才你一动不动地躺着，喊也没反应，把我们都吓坏了！"墓生也瓮声瓮气开了口。

杜心舟笑了："大家放心，我不会那么容易死掉的！"

这是岭南一个普通的农家小院，依山傍水，房子前面有一个小菜园，与一片稻田肩并肩安静地立在那里。不远处的青山脚下，一条小溪欢快地向前奔流着，旁边的竹林与芭蕉树，跟岭上的松柏一样，苍翠欲滴，呈现着旺盛的生命力。

温暖的阳光下，杜心舟躺在一棵玉兰树下的竹躺椅上，腰间搭着一条薄薄的粗布被单，一只手无力地逗弄几只过来觅食的花母鸡。

她的脸色不太好，原先银盆似的圆圆脸，已经成了尖下巴，凝脂一样的皮肤，如今白里透着病人才有的苍黄。

阿香从屋里走出来，托着一只粗瓷碗说："心舟，尝尝阿姐熬的米茶。"

阿香把碗端到杜心舟面前，一股炒米特有的香味扑鼻而来，杜心舟贪婪地深吸一口气："好香啊！"

"米茶暖胃，专治风寒。"阿香拿起汤勺要喂杜心舟："来，多喝点儿。"

杜心舟连连摆手："阿香姐，我自己来！"

阿香只好在粗瓷碗底下垫上一块手绢，递给杜心舟。

杜心舟一手端着粗瓷碗，一手拿着汤勺。由于烫，她喝得很慢。

"真香啊！这是用什么做的呀？"

"这是韶关乡下的土法子。把大米用铁锅炒成金黄，然后放一些红枣、桂圆，加上水煲两个时辰，最后放些土红糖，专治风寒感冒和女人月事受凉。"

杜心舟就是半个多月的路途奔波，加上月事期间受了湿寒，导致身体虚脱而病倒的。

"嗯，真香，一直香到五脏六腑呢！"

"喝两天米茶，我再给你杀只老母鸡补补，阿妹只管好好休息，很快就好啦！"

阿香是杜心舟广州姨夫家的亲戚，准确地说，是杜心舟二表嫂的娘家妹妹，这里也是杜心舟等三人到达韶关后落脚的第一站。

湖南省的郴州距离韶关有两百多公里，中间隔着南岭山脉。一座南岭把冷空气都挡在北方。冷空气往南过不来，所以韶关这边天气就很暖和，甚至让人觉得有些热。

杜心舟翻山越岭历经艰辛好几天才到达的地方，十几年以后打通了大瑶山隧道，坐火车两个多小时就可以到达。再后来，有了高铁，穿过长长的大瑶山隧道，也就是几分钟的事，当然，这是九十多年以后的事情了。

竹林里，传来杜心龙练功的吐气发力声，这个表面上顽劣的少年，在练武方面从来不用催促。"拳不离手，曲不离口"，对他来说，简直就是一种本能。

小萍提着一篮子青菜一蹦一跳地过来。来到韶关，置身于习惯了的田园生活，她活泼了许多。

"小姐！小姐！菜地那边有好几棵凤仙花，我给你摘几朵染指甲吧？"

杜心舟亲切地附和她："是吗？你知道怎么弄吗？"

"知道啊！拿一个碗倒扣起来，把花放在碗托里，用白矾捣成糊糊就行了。阿香姐，你家有白矾吗？"

阿香说："有的，有的。"

拿到白矾，小萍直接把刚喝过米茶的碗倒扣在一个木凳上，采来花朵，放在碗托里，然后用一块白矾"咔咔"地砸，不一会儿花朵就变成了血红的膏状。

随后，小萍让杜心舟伸开手，拿小刀轻轻刮去杜心舟指甲上的一层油脂，然后用牙签挑起花膏糊在指甲上，用芭蕉叶裹住指甲，再拿丝线一个个缠好，以免不小心碰掉花膏影响效果。

杜心龙练完功走过来看到此情景，惊奇地咋呼道："哎呀呀，我家的小丫鬟真是好本事，竟然还会美甲。我看你技术不错啰，来来来，给你家龙少爷美化一下脚指甲！"

说着，他脱下草鞋，露出肥胖的脚丫子，十个粗而圆的脚指头不安分地乱动。

"哇……"小萍立刻哭起来，扬起尖尖的下巴望着杜心舟，"小姐，你弟弟又欺负我！"

杜心舟和阿香交换一下眼神，会心一笑。

杜心舟喝住杜心龙："别闹了。有这工夫，去帮阿香姐把鸡窝修一修，小萍也去！"

阿香的男人在广州做脚夫，阿香一个人留守在老家，前两天的大雨把鸡窝冲塌了，还没来得及修。

阿香和许多广东女人一样，有一手好厨艺，尤其善于煲靓汤。杜心舟客居养病的这些天，阿香为了给她补养身子，不仅做米茶、炖老母鸡，还精心做了韶关特有的美食油罩糍、米饺，并且用过春节都舍不得多吃的猪手做了腊猪手煲。杜心龙和小萍跟着沾光，都明显长了膘，身体强健，气色红润。

第八章

接踵而至的亲情

基本康复的杜心舟，开始坐不住了。每天上午，她都要小萍陪伴着，到村口的大榕树下，眺望通往山下的长长的坡路，盼着大表哥来接他们去广州。春伢子和墓生辞别他们时，说是直接去营盘找大表哥，然后大表哥再过来接他们。

"阿妹别着急，兴许是大表哥知道了你在生病，特意缓几天来，让你好好养养的。"阿香安慰着。

"唔，应该是吧……"杜心舟只能这么想。

"阿妹千里迢迢来我家，能和我做几天伴儿，我心里好高兴啦！"阿香是话里透着真情。

可是，杜心舟不忍心再扰乱别人家的生活，况且阿香还带着一个不满两岁的儿子，家里突然添了三个要吃要喝的大人，心里是高兴，可是劳累已经从脸上显现出来了。

如果不是身体不争气，杜心舟也跟春伢子、墓生一样，在阿香家里打个尖就走了。

与春伢子和墓生分别时，杜心龙哭成了泪人，杜心舟心里也很难受，她觉得对不住这两个拿性命护送自己的后生，特别是墓生，磕掉了一颗门牙，一说话就跑风，致使本来就不爱说话的他，从此更沉默了。

杜心龙也觉得对不住墓生，这一路的艰难和战斗，让他根本没时间教墓生武功，两个人的拉钩变成了一个游戏。

"墓生哥，到了广州，如果我们还能见面，我一定教你。"

"嗯嗯，我要学铁砂掌，像你一样，把人一拍一个跟头！"墓生翕动嘴唇，立刻露出里面那个黑窟窿。

杜心舟的心有些痛："墓生，到了广州，我要给你镶个假牙，要不然，你怎么娶媳妇儿啊！"

墓生害羞地低下了头，瓮声瓮气地说："我都没想这一层呢，谁会跟我啦！"

如今，他们已经离开五天了，应该去农讲所报到了吧？农讲所说不定已经开课了。

这一天，杜心舟照例去村头等待。

大榕树的枝丫低得像一把大伞,长长的气根又如同老人的胡须,坐在这大自然恩赐的凉爽里,心里有事的杜心舟依然有些躁。

突然,从山路转弯处,隐约有嗒嗒的马蹄声传来,杜心舟心里一阵激动:"是不是大表哥来了?"

杜心龙自告奋勇:"我去看看!"

得到杜心舟的应允,杜心龙拔腿就往山坡下跑去。

此时的韶关,在岭南温暖的气温下,远山近岭,一片青翠,农历二月的阳光如少妇温润光滑的手,抚摸着她喜爱的一草一木。

韶关在地质历史上属间歇上升区,由于流水侵蚀作用强烈,峡谷众多、山地陡峻、村庄大都建造在山地和丘陵之间,所以杜心龙顺着山坡冲下去后,一个急转弯,竟然消失不见了。

马蹄声也消失了,杜心舟的耳畔,只剩下大榕树上喜鹊报喜的喳喳声。

"我应该等一等,来的人不一定是大表哥啊!"突然的寂静,让杜心舟觉得自己太沉不住气了,骑马的人多着呢,来的人万一是歹人呢?

时间一分一秒过去,短短的五分钟,杜心舟就像等了五年那样漫长。

"小姐,快看,两匹大马!"小萍眼尖,指着前方叫道。

清亮亮的光线里,山路转弯处,石板路上出现了两匹高大的军马,不,是三匹军马。第一匹花斑马上坐着杜心龙,另外两匹马上是两个身穿铁灰色军装的军官,他们一只手拉着缰绳,一只手握着马鞭,在驰骋中谈笑风生。

军马奔驰而来,一转眼间到了大榕树下。杜心舟激动地迎了上去。

杜心龙首先跳下马,紧接着,两个军官也跳下马来。为首的军官身材颀长,五官英俊,哔叽呢军装,打着皮绑腿,头戴大檐军帽,腰间扎着武装带,配着精致的小手枪。另一个军官中等个头,白皙斯文,戴着一副玳瑁眼镜,看模样像一个文职人员。

杜心舟心脏咚咚急跳。她还是五岁的时候见过大表哥,这么多年过去,脑子里的印象与眼前的英武军官一下子对不上号了。

"姐姐,这位就是咱们的大表哥陶云清。"

见杜心舟石化一般,杜心龙急了,指着身材颀长的军官提醒她。

"哦,大表哥好!"杜心舟终于醒过神来。

大表哥陶云清亲切地笑着:"哈哈,果然是我的表妹,你这是划着心中的一叶扁舟来投身北伐队伍,欢迎欢迎!"

大表哥一番幽默，打消了杜心舟的羞涩与陌生："我只是一腔热情，什么都不会做，还请大表哥多指路哦！"

"这不是问题！"大表哥慨然回答。

这时，阿香出来迎接，邀请陶云清和副官进院喝茶。几个人进院，寒暄了一会儿。小萍已经把行囊打点好了，杜心舟从行囊里掏出五块大洋递给阿香："阿香姐，给你添了好几天麻烦，一路上丢弃了好多东西，也没什么给你作纪念，这些钱你拿着贴补家用吧！"

阿香哪里见过这些银元，有点惊慌，说什么也不收："阿妹，我们是亲戚，山高路远的，平常想请你来家做客还请不来呢，哪里有什么麻烦啦！"

两个人一个硬往手里塞，一个就是不接，在院里推搡起来。

陶云清很欣赏两个女人的品格，替阿香做了主："阿香，把钱收下！这是心舟的一片心意，也算是留个纪念吧！"

阿香这才接过大洋："谢谢阿妹啦！"

杜心舟莞尔着说："阿姐又见外了。以后说不准哪一天，我还要来你家呢！"

"阿妹一定再来啦！"阿香恳切地回应。

在阿香的频频挥手中，一行人下山而去。

杜心舟和小萍共同骑着那匹花斑军马，杜心龙和副官挤在矮个儿黑军马上，棕红色的军马上，是陶云清和仅剩下的一个已经空荡起来的皮箱。

三匹军马呈一路纵队前行，石板路上重新响起清脆的嗒嗒声。旖旎的南国风光里，杜心龙放开嗓门唱起了湖北民歌：

> 正月是新年，
> 郎要上四川。
> 双手扯到郎衣襟，
> 你早去就早回还。
> 四月忙插禾，
> 山上花儿落。
> 搭起板凳跷起脚，
> 等你来帮帮我。

大表哥陶云清所在的军营，掩映在一片高大的棕榈树林里。行辕门口，是一个岗亭，肃立着两个全副武装的哨兵。看见大表哥一行策马奔来，他们急忙立正敬礼，大表哥回礼，径直打马而入。

团部门口，大表哥、副官、杜心龙翻身下马，唯有杜心舟和小萍由于长时间在马背上，双腿发麻下不来了。陶云清过去一只手搂一个，把这两个女人扶了下来，马夫随即把三匹马牵去饲养梳洗。

"喏，进去休息一下！"

来之前，杜心舟只知道大表哥是团长，驻守在韶关。现在她明白大表哥归属韶属警备司令部，司令由国民革命军第二军教导师师长陈嘉祐兼任，驻军韶关，陶云清是这个师的第二团团长。

在团部喝过茶休息片刻，陶云清领着杜心舟等三人参观了军营环境和营房内务，杜心舟由好奇转为惊奇继而又转为崇拜。

短短半天，她第一次看到作战地图，第一次听到军号声，第一次看到士兵训练，第一次吃军人餐。

虽然是铁打的营盘流水的兵，但营盘里那青翠的松柏、修剪得整整齐齐的灌木，营房内排列有序的日用品、床上棱角分明的被子，操场上正在练习军体拳的士兵，给人一种行伍的勇猛和军威的力量，强烈地震撼着杜心舟的心。

"真是好威武，让我联想起了古诗词里的沙场秋点兵啊！"杜心舟赞叹道。

"我这边不算什么，老式军队比不上新建立的团队。你到广州，看到子华所在的先遣团，就知道什么是中国的希望了！"

参观结束，三人回到团部喝茶。杜心舟心急地说："大表哥，我想立刻去广州。"

"已经为你们准备好了，下午借用师部的汽车走。"陶云清微微一笑。

"大表哥不和我们一起走吗？"

"当然一起走，我要把你们护送到家里，把你交给云舒。"

"太好了！"杜心舟雀跃起来。

这期间，小萍是寸步不离跟在杜心舟身后。当陶云清说到让他们坐车去广州时，她扯扯杜心舟的衣角："小姐，我姐姐的东家也是个老总。"

杜心舟明白她的意思，怜爱地笑道："我一直记着呢。"

"到了广州，就帮我找姐姐，好吗？"

"好！到了就帮你找。"

杜心舟把小萍的故事简单地对陶云清讲了讲，陶云清问了问地址，说："这事交给我来办!"

杜心龙早就成了陶云清的跟屁虫,进了军营更是闹着留下,要跟着大表哥当兵吃粮:"我的任务完成后,你要不要我当兵?"

陶云清心里喜爱杜心龙,很想立刻留下他,但表面上很严肃,说:"心龙,你姐姐还没有到广州,你的任务还没完成呢!"

杜心龙无奈地撇撇嘴:"那我就跟到广州好啦!"

陶云清说:"就是,到了广州,也见见你们的姨夫姨妈,二老好想你们,都念叨两个月了!"

杜心龙一个立正:"是,团座!"

农历二月末的广州城,已经是春意盎然。

通往市区的路上,树木全都长出了嫩芽,处处都是高大笔直的棕榈树和一丛丛的阔叶芭蕉。看到木棉树枯枝上已经悄悄抽出花苞,大表哥便对杜心舟说:"木棉树也叫英雄树,再过几天,花苞绽放满树火红。"

听着大表哥的话语,杜心舟抬眼再看木棉树,只见树上那些尚未开放的花朵就像一个个杯子,精致而小巧,又像一只只展翅欲飞的鸟儿,灵动多姿。这令第一次看到木棉树的她充满了向往,遐想着木棉花开的盛景,也遐想着自己将要变成的样子。

从武汉出发的时候,杜心舟还披着银鼠皮斗篷。而今,她只穿一件短袖真丝上衣,一条绸裤。

坐在军车里的杜心舟,忍不住好奇与兴奋,看过木棉花,又看街景。她发现马路两边的农舍墙壁、桥梁涵洞、电线杆,甚至鸭棚上,都贴着红红绿绿的大标语:"打倒帝国主义列强!""打倒军阀!""实现耕者有其田!""唤起民众,坚决北伐!"

进入市区,革命的气氛更浓了。

那些大大小小、红红绿绿的标语,不仅公共汽车、黄包车、人力车上有,而且树干上、餐馆茶馆门前,甚至有的人后背上,都贴着标语。

隔着汽车玻璃,杜心舟强烈地感受到了广州炽热的革命气氛,它充满了巨大的执着的革命活力。

1926年的广州,革命以及革命带来的暴力是它的主旋律,反帝、反白人特权、对长江流域和北方军阀的痛恨,都达到了一个高潮。许多后来名满全球的中国人,这时候都聚集在广州，为改变国人的无知蒙昧而奋斗，也因争权夺利而相互倾轧。与此同时，他们又狂热地工作着，筹备规模巨大的活动，准备征服全中国。

汽车越往市中心走，速度越慢，原来大街上聚集了很多人。人们在红旗下走来走去，手里举着油印传单，其中有身穿中山服的政府官员，有拖着木屐"呱嗒呱嗒"走路的流动商贩，有挑着一担子果蔬的赤脚农夫，有系着白围裙的纺织工人，还有和杜心舟年龄一样大的剪着齐耳短发、穿着白衣黑裙的女学生……

按说，杜心舟也是见过世面的。她出生并长大于九省通衢的武汉，从小就看惯了高楼大厦，人来车往，船来船去，熙熙攘攘。然而，那里散发出的，是直系军阀统治下的老朽颓废的帝王气息，是军阀各霸一方的以我为尊的相互厮杀。你无法在武汉的大街上竖起一杆红旗，除非你不想要脑袋了。

而在这里，在广州城，一杆杆鲜艳的红旗，就那么张扬地、肆无忌惮地飘扬着，你可以高喊革命口号，你可以大声演讲，你还可以演文明戏，如果在湖北老家，这些是想都不敢想的事情啊！

不远处的一座教堂前，还传出节奏明快的歌声：

打倒列强，打倒列强，
除军阀！除军阀！
努力国民革命，努力国民革命，
齐奋斗！齐奋斗！

杜心舟看着，听着，她心情激动，热血沸腾。这一切都不是梦，她真的来到这座日思夜想的城市，来到了丈夫的身边，很快就要和丈夫共同战斗了！

在一德路天主教堂门口，汽车再也开不动了。教堂门口围拢着许多人，一阵阵口号声从人群里传出来："打倒列强！打倒军阀！"

"民众起来，促请国民政府早日北伐！"

口号声如同一面面战鼓敲击着杜心舟的心房，她情不自禁地挥起了拳头跟着喊起来。

"下车去看看吧！"陶云清把汽车停靠在路边，对杜心舟说。

杜心舟跳下车就往演讲的地方奔去，杜心龙和小萍紧跟在她身后。

天主教堂前面，几张桌子相叠搭起了一个高台，一个身穿月白旗袍、留着齐耳短发的少女，正在慷慨陈词："1916年，仅仅当了八十三天皇帝的袁世凯死后，北洋军阀内部就开始分裂，形成直、皖、奉等派系。各军阀间为了做大做强，扩大地盘，连年混战，导致民不聊生，饿殍遍地。国民政府鉴于国内形势变化，决定掀起北伐之势，万众一心，一举统一全国……"

演讲的少女身材窈窕，肤如凝脂，满月般的圆圆脸，细而弯的眉毛，一双虽然不大却妩媚的眼睛，红润小巧的嘴唇，杜心舟越看越觉得似曾相识。

"心龙，你仔细看看那位小姐，我怎么觉得在哪儿见过她？"

杜心舟用胳膊肘碰一下杜心龙。

杜心龙已经被那少女吸引住了，正在手搭凉棚仔细瞅，听见杜心舟问，也说："我也觉得很面熟啊！"

"当然面熟，心舟你拿镜子照照自己，比较一下！"陶云清不知何时站在了他们身后。

"照照我自己……"杜心舟沉吟着，恍然大悟，"她是云舒，我的表姐陶云舒！"

"正是。"陶云清颔首微笑。

演讲结束，在热烈的掌声中，陶云清朝台上的陶云舒挥手。身穿军官制服、高大威武的陶云清在人群里特别显眼。陶云舒立刻看到了，燕子一般轻盈地飞身跃下高台，跑了过来。

"大哥！你怎么到这里来了？"

由于刚刚结束演讲，整个身心还沉浸在慷慨激昂状态中的陶云舒，粉脸通红，额角浸出细密的汗珠。由于热，她把手里的传单当扇子不停地给自己扇风。

"大哥，我讲得怎样，还能听吧？"陶云舒娇喘着，嘴上很谦逊，神情却是满满的自豪。

"我是个粗人，不懂你们那些遣词造句，让这位小姐点评一下吧！"陶云清把杜心舟推到陶云舒面前。

两个少女面对面，一样的面庞，一样的白皙，一样的仿佛玉琢般的圆润鼻头。两个人同时一愣，又同时伸出双臂拥抱在一起，又笑又叫地在地上打起了转转。

"心舟，听说你一路上好惊险，还开枪杀人，真是好厉害！"

"表姐，那都是被逼无奈，如果是你，你也会那么干的！"

陶云清看她们要开聊，急忙说："心舟的英雄故事多着呢，车里还坐得下，云舒要不要跟我们一起回家？"

陶云舒噘起小嘴撒娇："大哥，人家这是在上班，还没到下班时间呢！"

"下班？"杜心舟一头雾水。

陶云舒笑笑:"回头给你解释。"

陶云清对杜心舟说:"别理她,你这个表姐是个疯丫头,主意比天大,谁也管不了。上车,我们先走!"

杜心舟等三人重新上车。

陶云舒对着车窗挥手,表情娇俏而洒脱,那是特定大时代里女性的自立、自信和自由映射出的外在姿态。

第九章

姨妈家大聚餐

姨妈的家在广州东山口，是一座中西结合的独立低层院落，三层的小洋楼安静而清雅。

东山口一带，因为清末民初期间，军队训练和咨议局的成立，以及一大批归国华侨在这里买地建房，逐渐成为华侨、军政、官宦人家的聚集地，形成了东山口建筑群。当时有一种说法叫"有钱住西关，有权住东山"，这些人的后代被称为"西关小姐、东山少爷"。

杜心舟乍一看见这一排排楼房，还以为回到了武汉自己的家。但那一份蕉风椰雨下的精致和南国深沉的古韵之美，又明显不是武汉码头旁的中西合璧的建筑，不是那种大暑大寒、大开大合形成的随意与豁达。

入乡随俗，杜心舟和小萍换上了木屐。走起路来，特别是走在木楼梯上，那种"呱嗒呱嗒"的声响，那份沁凉光滑的感觉，让杜心舟觉得很新鲜、很开心。

杜心龙坚决不穿木屐，光着脚丫子满屋子跑。

姨妈陶李氏早在春节前就为杜心舟准备好了房间，二楼朝阳的一个单间，和陶云舒门挨门。

至于女孩子爱吃的水果和零食，更是准备了一大堆：香蕉、龙眼、菠萝、杧果、甘蔗、番木瓜、荔枝、鸡仔饼、榴莲酥、鸡蛋散、龟苓软糖、炭烧鱿鱼丝……凡是能找到的，姨妈都找到了。衣服方面，杜心舟到达的当天，就请裁缝师傅上门来量尺寸，定做了两套香云纱的衣服。

很早的时候，姨妈姨夫也在武汉居住。姨夫陶德铭年轻时，曾得过一场大病，当时没钱医治，奄奄一息的时候，被送到教堂里碰碰运气，没料到被牧师救活了。病愈后为感谢牧师先生，姨夫经常去教堂做弥撒、当杂工。牧师看他懂得感恩又聪明机灵，就教他学文化和英语。

清末时期，中国开始发展铁路建设，铁路部门急需专业管理人才。牧师推荐姨夫去报考铁路学校，结果姨夫考上了。他先是在石家庄铁路学校学习了一年，又被派到法国进修两年，回国后被分配到广韶铁路局。于是全家南下，三表哥陶云葆和表姐陶云舒都是在广州出生的。

转眼几十年过去，姨夫已经担任广韶铁路局车务处处长，大表哥和二表哥也结婚成家。当初哭哭啼啼不愿过来的姨妈，如今体态丰腴，神静色安，特别爱笑，一笑便眯上眼睛，那一双如弯月般的眼睛和眼角细细的皱纹，令人感觉很有亲和力。

杜心舟到来的第二天，姨妈在家中摆下酒宴为她接风洗尘。

家庭成员中，除了当火车司机的三表哥正在路上，其余的人全到了，一共十口，好不热闹。

姨妈开心极了，因为平时就算过春节全家都聚不齐，大表嫂和二表哥二表嫂都是医生，越是过节越要值班，有时候吃着饭就被叫走了。而这一次为了杜心舟，能来的和不能来的全来了，让姨妈简直喜出望外。

宴席也是姨妈精心准备的，主打菜当然是粤菜：白切鸡、烤乳猪、胡椒浸生蚝、糖醋咕噜肉。白切鸡和烤乳猪是请大饭店厨师做好后送来的。

为了照顾杜心舟姐弟俩的口味，姨妈还搞来了湖北的米酒和鱼面，这使杜心舟非常感动。

姨夫最后一个到家，最先一个开饭，先在厨房里吃了一碗姨妈亲手做的手擀面，才回到客厅主位坐下来。作为河南人的姨夫，每天必有一餐是面条，从小被面食养大的肠胃里，总觉得大米什么的不耐饿，撑不下来一天的工作。

高大壮实、仪表堂堂的姨夫在餐桌上自带一种家长的威严，只消轻轻地咳一下，陶云舒和杜心舟交头接耳的叽喳便立刻停止了。

聚餐以姨夫浓重的河南话开场："今儿个咱们家真热闹啊！恁别说，有亲戚来就是不一样！今儿个，我代表全家，热烈欢迎外甥女杜心舟来广州参加北伐革命！咱们家已经有云清、云舒两个革命军了，再加上心舟、心龙和李子华，哎呀，都顶得上军队半个班了。这众人拾柴火焰高哇，中国就需要你们这样的热血青年，俺们做长辈的，就盼着下一代有志向，有出息！来，我提议，大家一起举杯，一起干掉这第一杯，中不中？"

"中！中！"

大家全都站起身举杯应和，此刻不管是武汉话、广东话，还是北京官话，全都变成了河南话。

酒过三巡，拘谨渐渐消失，大家谈笑风生，话题开始转向杜心舟，要她讲一讲路上的经历。

南下时几次遇险死里逃生，杜心舟原以为将来回忆起这些，一定会心有余悸、眼泪鼻涕一起下，却没料到事情才过去没多久，她竟然能在宴席上，用平静的口气来讲述，仿佛那是发生在别人身上的事情。

"这一切，应该感谢我的父亲，本来我接到子华的信就想出发，父亲坚决不让走。他找来师傅，让我接受了两个月的突击训练，那时候真苦啊，我都好恨他呢！"

"三枪打死三个投吴湘军，就是突击训练的结果吧？你老爸果然有远见！"陶云舒赞叹道。

"当年，你妈妈要嫁给杜大江，你外公外婆全不同意，嫁给一个跑船的，一年中有大半年不着家，风里来水里去，像个没有家的叫花子……"姨妈开始了中老年妇女例行的回顾往事。

姨夫笑着打断姨妈的絮叨："当初你嫁给我，你爹娘不也是不同意吗？嫌我是北边来的，只会种田不会捞鱼摸虾，嘴还笨，只会说'干啥哩干啥哩'。"

"我为么事说过？"姨妈被揭了短，羞赧地要夺姨夫手里的酒杯，"还喝，还喝，一会儿还回局里不？"

"不回了！喝醉了，给我再擀一碗面条吃！"姨夫有点醉眼蒙眬，趁势握住了姨妈的一只手。

姨妈脸通红，使劲儿松开手："休想！醉了不许吃饭，睡觉去！"

"哈哈哈……"

在大家的笑声中，杜心舟想起了李子华，不知道他们的独立团怎么样了，他在队伍里还好吗？

陶云舒看出了杜心舟的心事，说："大哥已经派人把你来到的消息告诉子华了，你们很快就能见面。"

"那独立团在哪里呢？"

"还在肇庆。"大表哥回答。

吃饭中，小萍又掉泪了，杜心舟安慰她："大表哥已经打听到了你姐姐的住处，吃过饭就出发，送你去和姐姐团聚。"

"谢谢大表哥！"小萍破涕为笑。

杜心龙也跟着闹，要跟着陶云清走。"姐，我已经完成任务了，该还我自由了吧？"

杜心舟说："你跟着大表哥去送小萍，完事后就去当兵吧！"

"太好了！"杜心龙高兴得用拳头砸了一下桌子，震得桌子上的盘子碗碟全都蹦了起来。

最后的两道老火靓汤上来了，是姨妈精心煲的木椰子炖鹌鹑和蝎子炖水蛇。

"来来来，喝汤！老火靓汤，滋阴养肾强身壮体，谁不喝谁就亏大了啊！"姨妈心情特别好，绕着桌子，把每个人面前的汤盅盛得满满的。

喝过靓汤，二表哥二表嫂急着去值班，先走了。杜心舟要给小萍收拾行装，也上了楼。

二楼杜心舟的房间里。床上放着一个敞开的小藤箱，杜心舟正在仔细折叠几件旧衣服，然后放进藤箱里。手抚藤箱，她愣了片刻，随即拿过窗前的镜子，对着镜子取下耳垂上的一对翡翠耳环，找了一个小盒子装进去。

"小姐……"门外传来小萍的声音。

"进来吧！"杜心舟站起身。

"小姐，我要走了！"徐小萍脸上带着泪水，似乎刚哭过。

"怎么了？是不是心龙又欺负你了？"

"没……没有。"

"那你哭什么呀？"

"小姐，我……我舍不得你……"小萍说着，竟然又抽抽搭搭哭起来。

杜心舟"扑哧"一下笑了，拿手绢擦着小萍脸上的泪水。"傻丫头，天天念叨要见姐姐，这马上就见到了，怎么又舍不得我啦？"

杜心舟把藤箱打开，说："要是在武汉，我会送你很多东西，可是我现在什么也没有了，这几件旧衣服，叫你姐姐帮你改一改就能穿。"

"小姐，我不要。我躲到你火车包厢里的时候，就是空着两只手，现在我也要空着手走。小姐救我一条命，我报答还来不及呢！"小萍还是个不贪财的性情人。

"拿着吧！你是个好女孩，这一路上我已经了解了！"

小萍只好接过藤箱，抱在怀里。

杜心舟又打开那个精致的小盒子，露出里面的翡翠耳环："这对耳环也送给你，你要好好保存。遇到万分危急特别缺钱的时候，可以拿去变现，记住了，这东西是硬通货，不管什么时候都顶用。"

小萍看了一眼耳环，又看看杜心舟的耳朵，那圆润的耳垂上已经是光秃秃的了。她一下子诚惶诚恐："小姐，这是你珍爱的东西，我不能要啊！"

看着小萍受宠若惊的样子，杜心舟找了个借口："傻丫头，以后我要参加革命政府的工作了，这些老封建的东西，我不能戴了！"

小萍还是不收。

杜心舟没办法，只好说："你想让我在战场上把心爱的东西弄丢了或者被北洋兵抢去吗？如果不想，就替我保存好吧！"

小萍这才双手接过首饰盒，扑通一下跪在杜心舟面前："小姐，你对我恩重如山，小萍一辈子都会记得你的恩情！"

杜心舟吓了一跳，连忙伸手搀扶，小萍却不肯起来："小姐，我有一个愿望，不知当说不当说。"

这时，杜心龙进来了，也吓了一跳："这是为么事？"见两个女人都不理他，他便把矛头对准了小萍："喂！丑丫头，你能有什么愿望？"

"我……我想……"小萍吞吞吐吐，欲言又止。

"有话就说，有屁就放！大表哥和大表嫂在楼下等着呢！"杜心龙十足地不耐烦，他的心早就飞到部队去了。

杜心舟呵斥杜心龙："别胡闹，听听小萍怎么说。"

小萍终于开了口："小姐，我想认你当姐姐。"

杜心舟如释重负："哎呀，我还以为什么呢！我们这一路上，我一直把你当作妹妹的。好，我同意，以后，你就是我的妹妹了，我正缺个妹妹呢！"

小萍这才站起身，朝杜心舟恭恭敬敬鞠了一个躬："姐姐！"

"哎！妹妹！"杜心舟亲切地答应着。

她们结拜的当儿，杜心龙不时地把头探出窗外往楼下看。"你们女人就是磨叽。丑丫头，快走哇！"

杜心舟急忙说："小萍，我们下楼去！"

院子里，大表哥已经发动好汽车了，姨妈、陶云舒都过来送行。

大表嫂顺路要到单位去，坐在副驾驶位上，杜心龙和小萍坐在后排。

杜心龙冲杜心舟摆手："姐姐，我走了，替我问姐夫好。"然后扫了一眼杜心舟的肚子，调皮地挤挤眼。"别忘了大爹大妈的嘱托，下次看到姐姐，希望姐姐有变化哟！"

杜心舟雪白的脸霎时变得粉红粉红的，她举起巴掌威胁道："你这个臭小子，就不能好好说话？"

杜心龙嘎嘎地笑着，躲到小萍身后："丑丫头，快替我挡枪！"

第十章

杜家姐弟的不同心事

汽车行驶了二十多公里,来到了小萍提供的那个地址。

这里的军营,以前是燕塘新军驻扎地,大革命时期归广属警备司令部,司令由第二十师师长钱大钧兼任,驻军在广州。

由于小萍不识字,在湖南的时候,姐姐的来信通常由村里的一位老秀才代读,她只记得姐姐的雇主是一个营长,姓周,但由于湖南话舌尖音和舌后音不分,到底是"周"还是"邹",她也搞不清。

好在都是军人,陶云清就让军营里负责后勤的军需官把营以上军官的花名册拿来,结果姓周的和姓邹的都有。当时电话很少,军官们都在忙,有的正在执行任务,总不能把人家都喊来吧?

而且,即使你挨家挨户去找一个叫徐大萍的保姆,也不一定能找着。好多保姆在雇主家是没有名字的,就冠一个阿嫂或阿姐,无非就是按姓氏赵钱孙李周吴郑王,喊作赵姐钱姐、孙嫂李嫂什么的,至于芳名,没有人会在意,就像杜心舟家里的张嫂。

无可奈何之下,陶云清想了个办法,让负责人把所有姓徐的保姆都找来,让小萍辨认。果然,在喊来的四个徐姓保姆中,小萍一眼就认出了那个和自己一样,有着瓜子脸尖下巴的女子。

"姐姐!"小萍激动地叫了一声。

"你是小萍?"大萍惊异地打量着小萍,眼里却充满了嫌弃。

"是我,我是小萍啊!"小萍就要扑过去,却被大萍一把推开。

"你来干什么?这么远,你搞么的哦?你没遇到歹人吧?你是不要命啰?你怎么找到这里的?老倌子老妈子在哪里?你是不是把他们丢在家里不管了?你这个死妹陀,叫我拿你做哪门的办啰!"

大萍一边数落一边哭,小萍则是蹲在地上哭。

一个数落够了,一个哭够了,大萍拽起小萍径直走了,连头都没回。留下陶云清和杜心龙呆立在原地。

两个受过良好教育的大男人,还真的没有见过这阵仗,一时间目瞪口呆。

杜心龙回过神来，骂道："这个丑丫头，在火车上就该一脚踹出包厢，爱滚哪儿就滚哪儿去，都是心舟姐心软，一路上照应她，分别时还送她首饰，这下好了，连个谢谢都不说，气死我啦！"

陶云清宽厚地一笑："我们已经尽心了。谢与不谢，有什么关系呢？"

杜心龙还是不忿，望着姐妹俩走去的方向，悻悻地骂了一句："两个乡巴佬！"

陶云清拍拍杜心龙的肩膀，开导他："心龙啊，你还想当军官不想了？"

杜心龙没明白过来，一挺胸脯："当然想啦，我要像大表哥您一样，当团长，骑大马，挎指挥刀！"

"想当军官，就要有大的心量。你手下有多少人，心里就要容多少人。"

"哦，是这样啊！"杜心龙若有所思。

"我们走吧，回韶关！"

两个人转身往军营外面走。快到辕门时，杜心龙突然对陶云清说："我要去小萍姐姐家看看！"

陶云清感到很奇怪："为什么？"

"我心里难受，让我回去看看吧，就看一眼。"

陶云清想起方才大萍对小萍那嫌弃的眼神，点头道："去吧！"

杜心龙飞奔而去。十多分钟后，杜心龙一路小跑回来，神情很是沮丧。

"情况如何？"陶云清问。

"我找到她家，她姐姐还在骂，说挣的工钱少，又多了一个吃闲饭的，以后可怎么办？还有别的话，我听不太懂，反正都是多嫌她的意思。"

"小萍呢，在做什么？"

"小萍在干活儿，给主家擦地板。"

"你不是也讨厌她吗？刚才还说爱滚哪儿就滚哪儿去呢！"陶云清已经明了这个少年的心思了。

"我……我可以讨厌她，别人不可以！"杜心龙愤愤地说着，这个浑然不知世事的少年，脸上第一次堆起了愁云。

广东有句俗话，木棉花开，冬天不再来，意思就是只要看到木棉花开了，温暖的春天就来临了。

一大早，杜心舟就看到街道上的木棉树开花了，尽管只有寥寥数朵，但红艳艳的样子，与她心里的火焰，与广州城里的革命气氛，是那么契合。

这一天，陶云舒要领着杜心舟去自己供职的广州国民政府妇女部参观。其实，是她的同事们听说了杜心舟的南下故事，找个借口要见她。

杜心舟特意换上了香云纱的新衣服，中式的偏襟盘扣上衣，长长的百褶裙，衣料枣红的底子上，印着玫瑰灰的牡丹花，靛蓝和碧绿的花枝与花朵交错勾连，盘桓往复，恒久富贵的寓意中，有隐隐的暗香浮动。堪比黄金的面料，由于经过特殊的工艺处理，不仅凉爽透气性好，而且走起路来发出沙沙的响声，特别适合杜心舟富家少妇的气质。

第一次走进广州国民政府办公大楼的杜心舟，心情格外激动。

进门是一个高大的正厅，两旁有宽大的楼梯，中间悬挂着马克思、列宁和孙中山的大画像，画像两边的对联是："革命尚未成功，同志仍须努力。"下面还有一张毛笔楷书的"总理遗嘱"。

在这庄严肃穆的大厅里，杜心舟的心咚咚急跳，就像一个久别老家的孩子，终于回到日夜思念的母亲怀里。

她恭敬地站住，对着画像深深地鞠了三个躬，这才随着陶云舒向大厅左面的楼梯走去。

走廊里，许多人进进出出地忙碌着，有穿中山服的官员，有全副武装的军人，有穿裙子的女职员，还有穿着军装打着绑腿的女兵，大檐帽下的齐耳短发，衬着不施粉黛的素颜，真是干净清爽，英气勃勃。所有的人都是脚步匆匆，到处弥漫着一股摩拳擦掌的热烈情绪。

广州国民政府妇女部里，那些以革命先驱自居的女职员，对于从武汉辗转而来的杜心舟，充满了好奇与惊讶。

"杜心舟来了！"

"她就是杜心舟？还是个靓妹啊！"

女孩子们有的跑到走廊上，有的隔着窗户往外瞅。杜心舟则不卑不亢，迈着轻盈的步伐走来。

在陶云舒的办公室，同事们把杜心舟围了个水泄不通，大家七嘴八舌纷纷发话：

"你是从汉口来的？"

"吴佩孚的大本营是不是暗无天日？"

"喂，女扮男装是个什么感觉？"

"你开枪的时候害怕了吗？"

"罗霄山上有没有狼？"

"听说你十五岁就结婚了?"

"十五岁就结婚?为什么啊?"

女孩子们就像林子里的鸟儿,围着杜心舟嘀嘀咕咕,叽叽喳喳,提出的问题也是五花八门,随性而起。

杜心舟有点蒙圈,她不知道该先回答谁的问题,特别是提到早婚的问题,这使她有些尴尬,两颊发热,生怕被认为自己是遵从封建礼教。

看到表妹被逼问的窘态,陶云舒不乐意道:"十五岁结婚有什么大惊小怪的?在老家不都这样吗?你们如果不读书不出来做事,说不定早就给婆家生下两个崽崽了,还有脸说别人!"

陶云舒一番连损带骂,女孩子们立刻安静下来,这才想起自己也是女人,冲出家庭做自己都不容易。

"陶姐姐不要讲了好啵,我们都快要羞死了!"

"我们死也不回老家去!"

"打倒孔家店!打倒三纲五常!"

仿佛为了证明自己与旧时代已经断绝了关系,女孩子们纷纷喊起了口号。

陶云舒露出胜利的笑容,让杜心舟坐到自己的座位上,并且叫女同事刘瑜送过来一杯茶。

杜心舟清清嗓子,开始讲这次南下的曲折和凶险,当她讲到自己女扮男装被投吴湘军识破,危急之下连开三枪时,办公室里一片惊呼。

陶云舒可不想让表妹再被逼问下去,大大咧咧地拽起杜心舟走出了办公室。她们站在哥特风格的大楼前,商量杜心舟下一步的去向。

"心舟,我想听听你的想法。"

"表姐,我……没想那么多,只要和北伐有关就行。"南国炽烈的阳光下,杜心舟眼神有些迷离。

"妇女部或者教育部,我帮你引荐。"陶云舒试探着这个表妹的心思。

杜心舟不置可否。

"你要是喜欢演文明戏,去宣传部下面的宣传队也行。"

杜心舟还是不言语。

陶云舒有些吃不透她了,焦急地问:"心舟,那你说说自己的具体想法?想去哪个行业,哪个部门?"

杜心舟变得嗫嚅起来:"表姐,我……想离他近一些,只要近一些就行,不管做什么。"

陶云舒大笑："哈哈，我就说嘛，果然是这样啦！"

杜心舟不好意思地低下头。

"最近战地救护队正在招收随军看护，想去吗？"

杜心舟眼睛立刻放出光来："去哪里报名？"

陶云舒故意卖关子："瞧你猴急的，救护队还没开始报名呢，等开始时，我给你写一封介绍信。"

杜心舟急忙道谢："谢谢表姐，你一定要帮我呀！"

"放心吧！我不帮你还有谁帮你？"陶云舒大大咧咧说完，又故作姿态翻个白眼道，"不过，假如我遇到困难，你也得帮我。"

杜心舟不知道这个一贯俏皮的表姐葫芦里卖的是什么药："我一个外乡人，人生地不熟的，能帮你什么呀？"

"到时候你就知道了。"陶云舒故作矜持。

"哎哟喂！你是不是看上什么人了，幸福感溢出来要找个听众？"杜心舟想起了大表哥说他这个妹妹主意比天大，谁也管不了。

"什么叫什么人？我看上的人可不是什么人，而是一个非常重要的领导！"女孩子的心事到底藏不住。

杜心舟歪着头想了想："该不会是一位将军吧？"

"你听谁说的？可不许乱讲啦！"陶云舒突然又惊又恼，扑过来狠狠抓住杜心舟的肩膀。

果然！杜心舟证实了自己的判断，故意夸张地喊着痛："哎哟！表姐欺负我，我要告诉姨妈去！"

第十一章

小夫妻终于团圆

夜已经很深了。

杜心舟翻来覆去睡不着。别人是一日之计在于晨，而喜欢夜生活的广州人，却是一日之嗨在于夜。一到晚上，他们就进入夜生活环节，许多人换上拖鞋，穿着短裤，约上朋友出街去玩，去白鹅潭、上下九步行街，慢慢悠悠转商场，慢慢悠悠吃夜宵，吃各种粥、新鲜时蔬、烤鱼烤生蚝，然后再慢慢悠悠回来，冲个凉，摇着蒲扇，幸福入睡。

杜心舟的失眠，倒不是受深更半夜街上还有木屐走过的"嗒嗒"声和哼唱粤剧的声音的影响，而是因为她过于兴奋了。

带着投奔北伐革命的渴望来到广州，杜心舟早已下了决心，要最大限度地承受生命的轻与重，尽管自己手无缚鸡之力，但她已经找到了方向，要在这春天的深处，重新铸造自己。

杜心舟命令自己入睡。蒙眬中，杜心舟跟着陶云舒回到政府大楼前，她又看到女学生在演讲，不过这一次不是陶云舒，而是一个陌生的女子，妙语连珠，滔滔不绝。

杜心舟羡慕女子的好口才，觉得一股热血直往头上涌，也想冲上去讲几句："表姐，我也想上去演讲！"

陶云舒立刻为她打气："那就上去，只要敢上去就是成功！"

杜心舟一甩长发："上就上！北洋兵我都敢杀，一个演讲算什么？"

说罢，杜心舟挤进人群，敏捷地登上桌子。看着下面乌泱乌泱的人都仰着头看自己，她突然紧张起来，两腿发软，心脏狂跳，原来准备好了的演讲词全忘光了，憋了半天，只好举起拳头喊起了口号："打倒列强！打倒军阀！"

陶云舒使劲儿鼓掌，随着她高喊："打倒列强！打倒军阀！"大家都跟着一起喊起来。

突然，人群里出现骚动，有人大喊着："抓住他，别让他跑了！"

杜心舟居高临下，看见两个男人一前一后朝演讲台跑过来，前面被追赶的那个人越来越近，面容清晰地出现在她眼前，原来是她朝思暮想的人！

"子华!"

李子华没有回应,杜心舟一急,咕咚一下从演讲台上摔了下来。

杜心舟从床上掉了下来,左大腿外侧碰到大理石地板上,她顿时感到霍霍地痛,脑袋也嗡嗡作响,好一阵才清醒过来。万幸的是,床头柜上的热水瓶竟然没有被她碰翻,否则后果将非常严重。

杜心舟再也无法入睡。早上七点,姨妈在楼下喊她吃饭。杜心舟穿衣服时,发现左大腿外侧留下三处淤青,那淤青中透着紫和红,好像煮熟的乌龟肚皮,瘆人的样子连她自己都吓了一跳。好在大腿处都是肌肉,虽然有些疼,但并不影响走路。

她慢慢地下了楼,来到餐厅,发现姨妈还在等她。这让很少睡懒觉的杜心舟觉得不好意思,一边吃着姨妈重新加热过的鸡蛋炒米粉,一边和姨妈聊家常。

大表哥和二表哥已经有了各自的小家,三表哥住铁路宿舍。平时偌大的楼房里,只有姨夫姨妈和表姐陶云舒住。这个时辰,姨夫和表姐已经上班了,只剩下姨妈和杜心舟,这使还在赋闲的杜心舟感觉冷清。

吃过饭,姨妈拿过来一张纸条,说是陶云舒走时留下的。

"云舒叫你不要误了时辰,把人领回来。晚上我给你们煲个鸡汤。"姨妈说话的时候,脸上有一种从来没有的欣慰和神秘。

杜心舟仔细看着纸条,不解地问:"窖口是哪里呀?"

"窖口是肇庆来广州市里的一个中转点,到了窖口就是到广州了。"姨妈笑吟吟道。

杜心舟忽然明白了,是他要来了,从独立团驻地肇庆过来看她了!

"是子华……"杜心舟脸通红,不由自主地把纸条捧了起来。

"去吧!亲自把他接来。"姨妈的慈爱和武汉的母亲是一样的。

于是,在窖口,在这个云开雾散的午后,杜心舟看到一个年轻的军人大步流星朝自己走来。

他穿着铁灰色的军装、扎着武装带、戴着大檐军帽,脚上穿着草鞋,肩上背着一个同样是铁灰色的挎包,个子不高,却精瘦结实,黝黑的皮肤上刻画出清晰的五官轮廓,高挺的鼻梁总是那么引人注意。

军人越走越近,刚毅的脸上是一双又黑又亮的眼睛,方正的嘴唇,透出一股威严。

这不是梦,是阳光下真真切切的他。在武汉老家,凡是见过他的人都说他天庭饱满,地阁方圆,将来从文必当知州,习武必做都统,是个有大出息的男子汉。

杜心舟一时间犹豫了。她不敢认他。

这是李子华吗？这是自己朝思暮想的丈夫吗？他怎么和深深烙在自己记忆里的不一样，和照片上的也不太一样？他究竟经历了什么，才变得如此黑瘦而英武？

"心舟！"李子华已经来到杜心舟面前。

杜心舟却在发呆，尽管心里已经春潮激荡。

"心舟！娘子！"李子华又喊了两声。

"子华！夫君！"杜心舟这才回过神来，大声叫着丈夫的名字。

"娘子""夫君"，这两个只有他们夫妻之间才有的称呼，使杜心舟再也抑制不住。她一头扎进李子华怀里，像个迷路的孩子终于找到了家，"哇"的一声哭了起来。

李子华搂着爱妻，轻轻地抚着她的背。待她哭够了，这才说："娘子辛苦了，我想让你来，却没料到你真的来了！佩服，佩服啊！"

杜心舟已经顾不上回话，她只是想挽住他的手，把他看个够。

楚地人不论男女，皮肤都比较白，李子华也是。走的时候，李子华是白皙而文弱的，举手投足间带着浓浓的书生气，走路不紧不慢，迈着八字步。没想到投笔从戎一年多，竟然像换了一个人。

是的，是黄埔军校，是独立团改变了他，而且是脱胎换骨般地改变。从军路上，他一定遇到过很多挫折与挑战，一定经历了很多风吹雨打。欲戴王冠必承其重，出师北伐，为了这个光荣而艰巨的使命，他一定承受了许多同龄人所不曾经历的磨炼，从而变得充满了阳刚之气，坚毅果敢。

从窑口到姨妈家里，夫妻俩十指相扣，都没有松开过。而杜心舟，一直处于极度幸福的迷离之中。至于当天的晚饭吃的是什么，是什么时候吃完的，她全不记得了。

窄窄的单人床上忽然躺了两个人，如果不是久别重逢、互相深爱着的夫妻，肯定会觉得有点挤。

但对于杜心舟和李子华来说，非但不挤，还觉得有点宽大了。因为从上床那一刻起，他们就拥抱在一起，耳鬓厮磨在一起，巫山云雨在一起。

杜心舟接受着李子华激烈的近乎疯狂的拥吻。她兴奋地颤抖着，快乐地呻吟着，扭曲着身体，放肆地接受着许久未有的爱情的阳光雨露。

累了，倦了，她就伏在丈夫的怀里不动，贪婪地闻着他身上的汗味、枪支味和长期在男性集体之中的荷尔蒙味，这些混合的味道，被杜心舟认定为行伍的味道。

自从一年多以前李子华离开武汉，她所有的担忧、思念与惊恐，在此时均化作了有所依傍的踏实与笃定。在他紧紧的拥抱中，杜心舟觉得自己就如天空中蕴含了好多水分的云，湿湿的、重重的，急切地想一滴滴落在地面的树叶和草尖上。

几番回合下来，两个人都累了。杜心舟娇喘吁吁，浑身是汗，头发湿成了一绺绺的；李子华也喘着粗气，大汗淋漓。床单、枕头，全都变成了皱巴巴的，被汗水浸染成一片片、一坨坨的印迹。

好热啊！身体像一个蒸笼，从每一个毛孔里往外冒着热气。可是杜心舟依旧枕着丈夫的臂膀，不舍得离开一秒钟。

他们的枕头底下，是那件银鼠皮斗篷。

就像在武汉时，在枕头底下放李子华的照片一样，杜心舟每晚都拿出来细细端详，放在唇边亲吻。来到广州这几天，她每晚都把那件银鼠皮斗篷放在枕头旁，睡不着的时候，她就轻轻抚摩那光滑细软的皮毛，对着斗篷喃喃低语。

银鼠皮斗篷，是她和李子华的定情物。

三年前，杜心舟十五岁，李子华十八岁。杜心舟在汉口圣若瑟女子中学读七年级，很快就要毕业；李子华在武昌职业高中读二年级，积极参加进步社团的活动，负责学校马克思主义读书会，颇有组织能力，威望很高。

那一年的圣诞节，两个学校举行联欢大会，互动的节目很多，有英语朗诵、书法、钢琴、舞蹈等，还有男女生拔河比赛。一所纯男生的学校和一所纯女生的学校联欢，本来就有相亲联谊会的味道，而拔河比赛，更是图个热闹，在笑声和喧嚣中，大家放飞自我，不再拘谨。

杜心舟和李子华是两个学校拔河队的指挥员。

考虑到男女生体力的差异，规定：男队十人，女队二十人。

比赛哨声响起，两个队的队员握紧绳子，一个个脚蹬地，身体向后倾倒，拼命向自己的一方拽绳子。绳子中间的红绸一会儿移向男队，一会儿移向女队，双方互不相让。啦啦队的队员齐声呐喊，不停地为自己的队加油助威。

杜心舟挥舞着小红旗，随着队员的动作而蹦来跳去，她清脆的、富有穿透力的喊声在整个校园里回荡。

相比于杜心舟的歇斯底里大吼大叫，李子华的指挥沉着冷静，有条不紊，就像一位将军端坐在大帐之中运筹帷幄。

也许是女队人多力量大，也许是男队不忍女队队员太累，最后是女队胜出，拿到了奖杯。

男队一点也不生气，反而很开心地大声欢呼，在李子华的带领下，一起走过去为女队祝贺,并相互签名留念。

杜心舟的留言是:"李子华,华夏的儿子,希望你成为国家之栋梁!"

李子华的留言有些诗意:"杜子美家的小扁舟,莫负西岭千秋雪,心怀东吴万里船。"

杜心舟爱上了这个个头虽不高,却有大将风度的高二男生。在相互签名留言的时候,他们互相看一眼,两个人刹那间迸发出电光石火。

杜心舟毕业了。教会学校的女孩子,大都来自富足的家庭。毕业就是回家赋闲,参加一些社交活动,千方百计寻个金龟婿,出嫁后相夫教子,过锦衣玉食的日子。

毕业后的杜心舟,却把全部心思都用在李子华身上。茶饭不香,度日如年。她开始给李子华写情书,一周一封。她还让自家的司机去武昌他的学校送好吃的,甚至让父亲杜大江吸收武昌职业高中的学生来码头实习。在这一切都没有多大效果之后,杜心舟直接让父亲托人去李家提亲。

女追男,不值钱。尤其是封建思想还相当严重的当时,杜心舟被同学嘲笑,被亲戚朋友嘲讽。而且李家也不同意。李家世代书香,李子华的爷爷是清朝恩贡,还做过一段时间的通判。李子华的父亲李少煊公费留学去过英国,回国后从事教育工作,是武昌博文书院的教务主任。李家认为像杜大江这样靠水运发财的暴发户,简直就是江盗水匪,担心他的女儿将来成为"一丈青"扈三娘似的人物。李子华尽管对杜心舟有好感,但也忌讳她的家庭,一时间不便做出回应。双方就这样僵持起来。

第十二章
亲亲吾娘子

打破这种僵持的，是半年之后的一次突然事故。

那一天，一个在杜大江公司油轮上实习的同学受了伤。身为学生会主席的李子华前去探望。在医院的病房里，他看到一个美丽的少女，正在帮护士整理有血污的绷带，而后又拿起小勺，一口一口地喂伤员米粥。那勤快，那悲悯，那专心和关怀，如果没有慈悲宽厚的品格，没有关心普罗大众的心怀，是不可能做出来的。

女孩子听到门口的动静，回头看时，两个人再次目光相触。那一张雪白丰腴的脸，一双虽然不大却妩媚的眼睛，那玉珠一样圆圆的耳垂……正面不见耳，借问谁家子？

接下来情节急转直下，李子华毅然决然地把杜心舟领回了家。

李子华的家在武昌。那里有一条明清时就很有名的老街，名字叫"候补街"。在清代，武昌城是湖广总督、湖北巡抚、武昌府和江夏县等衙门的荟萃之地。那些科举高中备选者、离职告假期满续职者、"买官"谋求一官半职者等，纷纷离乡背井，来到这里想要谋个好职位。

拥有地方"官缺选补"职权的官府，为了安置这些被称为候补的官员，在粮道街和花园山之间，修建宅院，专供候补的官员聚居，以方便选拔。由于官位稀少，候补人多，且大多仅补缺到官府衙门内部，有些官位等候的时间，少则一年半载，多则几年，甚至有人等待数年未入流（不及九品）。为了有个安身之地，这些候补官员便定居下来，加之此地多有考科举之人长住，渐渐地，这条老街便成为一些候补官员的"府邸"所在地。

1905年科举制取消后，候补街也失去了往日的热闹。但后续入住的居民，还是以文化人居多，可以说府邸不在，书香依旧。

杜心舟跟随李子华穿过厚实坚固的城门来到候补街。通往李家的小巷里，麻石铺就的地面光滑凉润。在第三条巷子里的第二个门前，李子华停下脚步，这里便是李家宅院，一座古色古香带着天井的两进院落。

站在两扇紧闭的紫檀色的木门前，杜心舟心里怦怦直跳。

李子华轻轻叩响门环。须臾，随着"吱呀"一声，木门打开一扇，一个文雅慈祥的中年妇女站在门后,看见杜心舟,异常惊讶,问儿子:"这位姑娘是?"

李子华坦然回答:"姆妈,这位就是杜心舟杜小姐。"

李妈妈上下打量杜心舟,脸上并没有不悦之色,还把另外一扇木门也打开了,说道:"杜小姐快进来吧!"

杜心舟心里一阵欣慰,连声说谢谢。

进了客厅,李妈妈又是让座又是沏茶招待杜心舟。李少煊也过来了,深沉的目光透过金丝边眼镜,望着杜心舟。

一番交谈后,李少煊很吃惊。通过这一次面对面的接触,李少煊明白了这个女孩子并没有他以为的暴发户的铜臭气,而是一个清纯的,把爱情当作信仰、意志坚定的女孩子。这类女孩儿通常老实可靠,做人规规矩矩,旺夫旺家。

定亲的礼物,就是那件银鼠皮斗篷。

杜心舟清楚地记得,那是一个冬天,江风很大。他们在教堂里举行订婚仪式。李子华亲手把银鼠皮斗篷穿在杜心舟身上。银鼠皮那高调的亮白,令杜心舟的气质更加出众,更具有贵气。

婚后,李子华继续读书,由于心里已经有了崇高的理想,高中没有读完,就去上海大学旁听,准备去英国留学。然后,他突然去了广州,再然后,就变成了杜心舟身边这个英武精瘦的军人。

杜心舟回忆往事的时候,李子华已经睡着了。

杜心舟舍不得睡。她用食指摩挲他高挺的鼻梁、那两道乌黑的剑眉,他身上的每一处她都爱,都让她喜欢。

她把银鼠皮斗篷搭在丈夫的腰间,自己紧挨着他躺下来。

醒来的时候,天已经蒙蒙亮。天空洒下的第一缕阳光,照在窗外的玉兰树上,和被唤醒的树叶一道,透过麻纱的窗帘,在窗玻璃上随着微风轻轻摇曳。

杜心舟被李子华推醒:"娘子,起来吧!"

"嗯嗯……"杜心舟迷迷糊糊答应着,身体却又往里靠了靠,像一只小猫继续蜷缩在丈夫怀里。

"起来吧,天已经亮了。"李子华吻着杜心舟的眼睛。

"人家好困嘛!"杜心舟呢喃着,双手钩住李子华的脖颈。

"我要走了!"

"不是十二点之前赶回营房销假吗?现在是早上六点半。"杜心舟看了一眼怀表,不乐意地嘟哝着。

"路上要走三个小时呢！我要盯着时间。"李子华拿起怀表放在自己这一边。

杜心舟不说话，用吻堵住丈夫的嘴，也不让他说话。

在武汉的时候，杜心舟和李子华就喜欢在凌晨亲密，再深度睡眠数个小时。他们相互紧紧抱在一起，抚摸着，眼睛却并不睁开，只用敏感的肌肤去感觉对方那令人销魂的生理冲动，在最紧要的时候，他会突然生猛起来，如一匹奔腾的骏马，带着横冲直撞的力量，不顾一切奋勇向前，以至到达目标时，山风般有力的呼吸仍在继续。

"我决定了，要去当战地护士。"再一次冲击之后，杜心舟替李子华拭着额角的汗，温柔的动作与坚定的语气形成反差。

李子华平躺着，宽厚的胸脯随着呼吸起伏，粗壮的有着结实三角肌的胳膊，紧紧揽着蜷卧的杜心舟。

"你……再考虑考虑，不是还没报名吗？"李子华的声音里带着尚未完全消退的喘息。

"不用考虑了，我要像你们独立团一样去冲锋陷阵。"杜心舟语气坚定。

"战地护士很危险！战地护士的含义就是，既是医务工作者，又是战士，双重身份，你明白吗？"李子华的话里满是担忧。

"我相信自己，我能做到，做好！"杜心舟说着，坐了起来，像是安慰李子华，又仿佛是说给自己，"如果考试不过关，我再去求别的职位。以我的能力，我就不相信找不到和你们一起战斗的岗位，还是有退路的……"

李子华也坐了起来，摇着头："你的性格，肯退吗？"

杜心舟不说话，半晌才低低地言一句："我只是试试罢了。"

"但愿你不要后悔。"

"我不后悔。"

"好吧！一切随你的便。"李子华看看怀表，重新躺下来。很显然，他的思绪已经飞回独立团了。

"今天早操后是学习时间，按照进度，该我上政治课了。"

"你们每天都学习吗？"

"是的。政治和文化学习是我们独立团官兵的重要内容。我们不仅是军人，更是为国家和民众打出一条血路的先锋！我们每天都是'四操三讲'，跑步、操练和政治课学习相结合，这样使独立团纪律更加严明，综合素质进一步提升，为民服务意识更加深刻。"

杜心舟专心地听着,对丈夫所在的英雄团队充满了敬意。

窗外,天已经大亮了。

杜心舟仔细看着丈夫的身体。他比在武汉时瘦了很多,身上的肌肉结实紧绷,大手像铁钳一样,手掌上布满厚厚的老茧,肩膀上、脚底板上也是厚厚的茧子,多少次血泡磨破后的结痂,才能堆叠成这样厚厚的一层啊!

李子华向她讲起独立团的训练,经常不分昼夜,不顾日晒雨淋,长官和士兵一起,在操场上操练、射击、摔打、滚爬。为了全体官兵能忍受任何艰苦,能战胜任何困难,他们在冬天不发被褥,不垫蒲草,一人只有一条薄薄的军毯,在狂风暴雨中急行军,到荒山野地去露营。多少割裂的伤口平复了又裂开,多少磨破的皮肤长出来又蜕去,仅仅几个月,士兵们变得又黑又瘦,但他们的身体,已经像铁打钢铸的一样。

"只有经过艰苦的训练,才能练出本领,练出士兵坚韧不拔的意志。只有意志坚定、精神顽强的人,才能不怕一切,信心百倍,才能消灭任何貌似强大的敌人!"李子华总结似的感慨。

"贪生怕死勿进此门,升官发财请到别处!"杜心舟脱口而出。

"这是我们黄埔军校的校训,娘子也知道啊?"李子华有点意外。

"那是当然。夫君在何处,我的心就在何处。心在,信息就在!"杜心舟自豪地说。

又一个小时过去了,夫妻二人还在喁喁私语,他们有说不完的话,诉不完的衷肠。

早上八点整,吃过姨妈精心做的虾饺,李子华走了。纵然有千万不舍,他也必须走。他是军人,军人有铁的纪律。

杜心舟没有起身相送。她觉得好累,只是慵懒无力地躺在床上,暖暖的、软软的、湿湿的,如同被耕耘过的土地,在春天的阳光里,倦怠而又舒适地横亘着,静静地等待孕育出嘉禾与嘉树。

杜心舟明白,如果送他,他们必定在门口卿卿我我,难舍难分,反而延缓他归队的时间。倒不如让他独自出门,大步流星归去。大丈夫跃马横刀,驰骋疆场的时候,女人是要远远避开的。爱他,就不要牵绊他,就不要儿女情长。这一点,杜心舟是深明大义的。

而李子华,他即将为革命踏上战场,与敌人进行殊死的战斗,他的内心很激动,也很不安,同时充满了光荣感和自豪感,就像一个对自己的力量充满自信的孩子，回到自由的故乡种下一棵树，然后去更广阔的、更辽远的前方，义无反顾！

而那棵树长大后洒下的遍地阴凉儿，便是他留给后人的最好纪念。

第十三章

加入战地救护队

关于战地救护队,陶云舒果然给杜心舟写了一封引荐信,内容很简单。

四军救护队队长阁下:

兹有我表妹杜心舟前去贵处报名参加战地救护队培训班,请接洽为盼。

陶云舒

民国十五年三月二十六日

杜心舟拿着引荐信,去了岭南大学。

还不到放假时间,这个有着浓郁西洋建筑风格的偌大校园里,师生却不多,显得有些冷清。杜心舟一路走一路打听,这才知道这两年广州处于大革命高潮,该校工人、学生连续罢工、罢课,学校就要办不下去了。

来到教员办公区,这里有很多高大的树木,巨伞一样的枝叶遮住阳光,感觉十分阴凉。又走过一段两旁都是冬青树的甬道,到了楼房的正门,杜心舟终于看到一块油漆未干的木牌子,上面写着:战地救护队招生处。

进门是一个宽敞的大厅,左右都是长长的走廊,两旁的房间都关着门。杜心舟不知道哪一间是招生处,难免心里有点焦急,于是壮起胆子上去推开一个房间的门,只见里面乌泱乌泱坐满了人,貌似正在开重要会议,刹那间屋子里的人都把目光投了过来,窘得她连忙关门转身。

就在杜心舟在走廊里徘徊的当儿,一个穿灰布军装的女兵从外面走了进来,杜心舟如同遇到救星,禁不住喊了一声"同志"。

女兵惊异地抬起头,当看到杜心舟老气而华丽的装束时,顿时露出鄙夷的神色:"小姐,你找谁?"

"我找战地救护队队长。"杜心舟急忙把陶云舒的引荐信拿出来。

那女兵还是有些不耐烦,说道:"你没看我两手都拿着东西吗?这样吧,你把信展开举到我面前!"

杜心舟强忍着心里的不快,恭敬地把介绍信举到女兵眼前。

女兵扫了一眼，再看杜心舟时，表情一下子亲切多了，说："跟我来吧！"

女兵把杜心舟领到走廊尽头一间房子里，交托给一个穿学生装、留着分头的男青年，自己去门口贴海报去了。

房间里很凌乱，一些办公用品好像是刚刚运过来的，还没有整理摆放好。一个中等个头、戴着深度近视眼镜的男子，正在埋头看一张报纸。

"陶队长，有人来报名。"男青年说道。

"嗨！真快呀，报纸刚出来，就有人来了？"

"陶队长，这位女士好像不是看了广告来的，她有推荐信。"男青年说。

"陶队长？"杜心舟听到男青年两次喊陶队长，又听到熟悉的声音，仔细看看，这不就是二表哥陶云晏嘛！

"二表哥！"杜心舟喊一声。

陶云晏听到声音站起身，面露惊喜："心舟？"

"是我，二表哥。我要来参加战斗救护队。这是我的引荐信。"杜心舟把那张纸交给陶云晏。

陶云晏看了忍不住笑出声来："这个老幺妹，真会搞花样啦！"

杜心舟却哭笑不得。那陶云舒明明知道战地救护队队长是二表哥，直接讲不就得了？她却偏偏像煞有介事地写推荐信，搞得自己紧张兮兮的。晚上回去，我一定要把她好好"修理"一顿，让她满床打滚儿，向我求饶，也怪自己太粗心了，应该凭推理就能推断出来。

姨妈家有三个医生，大表嫂是儿科医生，且在怀孕期，不可能去战地救护队。二表嫂在妇产科，科里缺人手，几乎每天都加班，根本走不开。唯有二表哥是外科医生且医术高超，而且所属的医院与第四军有合作关系，最可能参与战地救护。

"二表哥，哦，陶队长，我来报名。"

"嗯，知道了，先填表。"

陶云晏平时很严肃，属于不苟言笑那种，常常是在深度近视眼镜下，你看不清他的眼神，猜不透他的想法。这也许与他的职业有关系，外科医生恪守严谨认真的信条，在手术台上操作的时间多于讲话的机会，久而久之，养成由内向外放射的威严和肃静。以前从未和医生打过交道的杜心舟这么想着。

"是，陶队长。"杜心舟恭敬地回答，用眼睛在办公桌上寻找表格。

填好表，方才的那个女兵已经忙完了。杜心舟看到办公室门口多了一张黄纸黑字的大纸，上面写着"战地救护队招生处"八个大字。

女兵介绍自己："我叫韦秀英，广西右江人，以前学过一些护理，但很不够，这次的培训班，我也参加。"

杜心舟后来才知道，韦秀英是从家乡广西逃婚出来的，婆家的人一直追到广州来，硬逼着她回去成婚，她忍无可忍跑到廖仲恺夫人那里告状，在廖夫人的干预下，婆家的人才悻悻而回。为了与封建礼教彻底决裂，韦秀英参加了革命军，在宣传队演文明戏。

这时候，陆陆续续来了一些女青年报名。姑娘们在一起不认生，叽叽喳喳，欢声笑语的，办公室里的气氛一下子热闹起来。

考试时间是在一周以后。按照要求，文化课、体能都要过关，这两关都过了还要体检，身体太弱、有慢性病的统统淘汰。

杜心舟领过资料离去，没走几步又返回来，问男青年："救护队穿军装吗？"

男青年说："穿呀！录取后发军装，与部队同样的待遇！"

杜心舟高兴了："行，那就行！"

回到姨妈家，杜心舟还在紧张中。她盘腿坐在床上，心里想着那些考试科目：文化课不在话下，语文、算数、物理什么的，仅仅是高小水平，难不住她。反而是体能考试令她不爽：一口气做一百个俯卧撑，跳绳两分钟内不能少于两百个，尤其是那个三千米长跑，跑不下来不予录取。

杜心舟发怵，她那双解放脚，走不了长路，更别提三千米长跑了。

小时候住在黄安乡下，思想封建的外婆硬生生要给她缠足，那时杜心舟刚满三周岁，长长的裹脚布勒得她哭天喊地，晚上痛得睡不着觉。裹脚第十天，附近小学里的师生知道了，校长先派了一个女老师来做工作，被外婆骂了出去。校长被惹怒了，第二天来了师生几十号人，把外婆家团团围住，举着纸筒卷起来的大喇叭宣传裹脚对女孩子的摧残，并放出话来，如果一天不解开孩子的裹脚布，学生们就一天不离开。外婆没法子，只好放过了杜心舟，然而，杜心舟双脚已经变形了。

"心舟！"有人把房门敲得咚咚响。

来人是陶云舒，她发现杜心舟把自己关在屋里，以为是报名不顺利。

"进来吧！我又没上锁。"杜心舟在屋里回应道。

陶云舒进来，躲在门后的杜心舟一下子扑过去，把她按倒在床上，然后用手胳肢她的腋窝，一边胳肢一边喊："叫你捉弄我，叫你捉弄我！"

陶云舒笑得上气不接下气，在床上打滚儿，高声求饶："妹妹放过我吧，有话好好说……"

看到陶云舒几乎岔气的样子，杜心舟这才住了手，绷着脸问："你明明知道二表哥负责招生，为什么折腾我？"

陶云舒捂着肚子躺在床上，嘴里还讲大道理："我没有啊。我只是让你锻炼锻炼，明白政府部门的工作流程，以一个普通人的姿态去报名，而不是作为亲戚要求照顾。"

"我哪里要求照顾了？"杜心舟还是愤愤不平。

"你那么要强，当然不会要求照顾。可是这一路你独自去闯，不是有很大收获嘛！"

杜心舟想想也是。一个对广州陌生的女子，独自去一个陌生的地方，见陌生的人，的确受到锻炼了。

心里的疙瘩解开了，杜心舟觉得这个表姐好可爱，是那种不按常理出牌的怪物。

"渴死了，给我倒杯水来。"陶云舒得意起来，命令杜心舟。

杜心舟乖乖地倒了水递给陶云舒。

"心舟你知道吗？隶属国民政府的北伐军一共有八个军，各个军都有自己的救护队。你参加的救护队是第四军开办的，叶挺独立团就属于第四军。"

杜心舟恍然大悟，这就是说，她是丈夫李子华和他兄弟们的战地护士，是和他们一起上战场的啊！

一种幸福感油然而生。"谢谢你，表姐。"

"别和我客气啦！三千米长跑不是你的强项，你可以跟二哥讲讲情，特殊情况，去掉这一项考试。"陶云舒的关心很真诚。

"不，别人能跑下来，我也能。又不是比赛，不计名次，只要能跑完全程就是胜利。"

"好！预祝你成功！"陶云舒对杜心舟竖起了大拇指。

这一周，杜心舟除了温习功课，就是苦练跳绳和长跑。

每天傍晚，杜心舟揉着酸疼的胳膊，把肿胀的双脚搁在一个高凳子上，坐在窗口眺望春雾弥漫的远方，心里默念着："子华，夫君，你吃过的苦我都敢吃，承受的磨炼我也能承受。放心吧，我一定能考试过关的！我要做无愧于独立团的铁娘子！"

杜心舟参加战地救护班考试，顺利过关。

她要搬到学校去住了。每周只有周日可以自由活动大半天，且仅限于在营区内。如果上街，需要队长审批，但通常是不批的，即使批了也限时间、限人数，否则，军营就是在放羊了。

姨妈很是舍不得，但也没办法，只能做了好吃的让杜心舟吃。做母亲的，仿佛只有让儿女们吃到打饱嗝撑得慌，才是关爱的最佳体现。

女子当兵进军营，尽管只是战地看护，但有一件事必须做，那就是：去女性化。胭脂水粉不能有，脸要洗得干干净净，头发一律剪短，这样才能够心无旁骛，把国家和民族大义装在心中。

陶云舒自告奋勇帮杜心舟剪头发。

从六岁就开始留长发，十岁开始烫发，那一头柔顺光滑、波浪滚滚垂到腰际的长发，在陶云舒的剪刀下，一缕缕落到地板上。当齐着脖颈、横七竖八、乱飞乱舞的所谓齐耳短发出现在杜心舟眼前时，把她吓得扔掉镜子，两手抱头蹲在地上鬼哭狼嚎："救命啊！我还活不活了？我还能活下去吗？谁来拯救我呀？！"

陶云舒也傻了，惊惧地望着杜心舟头上的那一蓬乱草："怎么会这样？我也给别人剪过头发呀！是你的发量太多，头发太厚了！"

面对表姐的强词夺理，杜心舟哭得更狠了："明天去报到，我怎么见人呀！"

陶云舒脑子在急速打转转，右手却下意识把剪刀一开一合搞得咔咔响。杜心舟以为她还要继续在自己头上操练，吓得跑到门口："不许过来！你再剪我就跳楼啦！"

陶云舒乐得嘎嘎大笑，笑够了拿过一条纱巾："用它包住头，我们去街上的理发店！"

到了理发店，理发师傅三下五除二就摆弄好了，还抹了桂花油，吹了造型。出现在镜子里的女子，齐耳的短发，清汤挂面一般利落舒爽，杜心舟这才露出了笑容。

第二天去学校报到后，杜心舟领了军装。穿上铁灰色的军服，绑好绑腿，蹬上草鞋，戴上大檐帽，又在纤腰上扎一条宽宽的武装带，一个英姿飒爽的女兵诞生了！

安排好内务，每个学员都领到一张课程表。培训班学习时间是两个月，前十天以军训和政治学习为主，后四十天主要是业务学习和实地练习。

杜心舟和韦秀英床铺紧挨着，这两个都过早触碰了婚姻的女子，尽管各自的结局不同，但她们互相懂得对方，三观比较接近。

严酷的军训开始了。杜心舟这才明白，那身军装可不是白穿的，她要为之付出沉重的代价。

每天早晨六点起床集合，内务要整齐干净，不然会被罚蹲。然后是队列练习，内容有立正、敬礼、稍息、行进、齐步走、正步走、跑步、踏步、立定、蹲下、起立等，这样的简单动作会重复上百次。

而且，时不时还搞个半夜拉练，其实就是负重长跑。三十几个女孩子肩挎急救箱、背着斗笠和干粮袋，腰里还别着两颗手榴弹，一跑就是几十里地。跑得脚上起血泡，腿肚子抽筋，肺部喘得像农村烧火的大风箱，汗水从脑袋一直淌到脚后跟。

一日三餐倒是挺丰盛的，不够可以加菜，但不能浪费，吃饭时不准说话，不然"奖励"多多。开训第二天，杜心舟就因为午餐时和韦秀英聊了两句而被罚蹲，一蹲就是两个小时，结束后她扶着墙才慢慢站起来，眼泪哗哗往下淌。

屈指算来，来到广州也有半个月了，杜心舟第一次感觉广州的太阳比别的地方要毒，特别是站军姿的时候，千万不能动，一动就会被体罚。

每天都在学校的操场上，上面是毒日头，火辣辣的，下面是潮湿的、热烘烘的土地，汗一直流啊流，仿佛一会儿工夫整个人都臭了。在这之前，她到处跑也没觉得太阳有多晒，也没觉得有多热。人家韦秀英就没啥感觉，是她自己太娇气了呀！

这难熬的十天里，每天就是起床训练、早餐、政治学习、午餐、政治学习、训练、晚餐、训练、洗澡睡觉，然后第二天再起床，再训练……这么累，这么苦，那个黑瘦精干的教官还说，这样的训练强度不及独立团的十分之一！

杜心舟想起了丈夫李子华钢铁一般强壮的身体，手上脚上厚厚的老茧，以及坚韧顽强的精神外化在脸上的英飒之气，在心里暗暗鞭策自己："杜心舟，你是最棒的！你要努力再努力！加油再加油啊！"

她把每天的身体变化和心理变化简单记录下来：

第一天：好奇，新奇，满面春风。

第二天：被罚蹲，沮丧，哭泣。

第三天：有一种处处被支配的感觉，怕犯错，瑟瑟发抖。

第四天：脸黑，胳膊脱皮，腿疼严重，不敢照镜子，索性不照了。

第五天：脚上血泡结痂复结痂；五分钟完成午餐，受到表扬。

第六天：喊"杀"不再撕心裂肺，往返二十公里没有大喘气，药箱变轻了。

第七天：爱上正步走，好爽好威武。

第八天：夜间紧急集合第一名，匍匐前进第五名。

第九天：特喜欢匕首操，堪称军中劲舞。

第十天：队列会操集体受表扬；教官回部队，我们哭成狗。

第十天的傍晚，杜心舟用手刨开冬青树丛的泥土，把埋藏的小镜子取出来，对着灿烂的夕阳揽镜自照。依然是军装短发，但相比于十天前的那个雪白娇贵慵懒的所谓女兵，此刻镜子里的女军人，身材瘦削，脸色黑里透红，嘴唇紧绷，目光坚毅，眉宇间出现了她向往的大表哥陶云清、丈夫李子华那样的英气。

杜心舟笑了。人生道路上，有时候就要对自己狠一点，否则，你根本不知道自己有多大的潜力。

军训结束后，繁重的专业课泰山一般压了过来。除了早晨和傍晚的例行出操，每天十来个小时，学员们都在教室里紧张学习。

对于医疗救护知识完全是一片空白的这些女孩子来说，恶补专业知识和学习救护技术是首要任务。

按常规，一个护理学校的学生，要用两年甚至三年时间，系统地学习护理心理学、生理学、生物化学、病理学、药理学、健康评估、护理礼仪、人际沟通、内科护理学、外科护理学、五官科、急救护理技术等知识。但大战在即，对于临时抱佛脚的速成班来说，只能压缩大部分课程，讲重点、重实用，对学员进行填鸭式教育。

讲师大部分是岭南医学院的教授或讲师，另有一些是第四军所属的医院抽调过来的医护人员。

陶云晏是外科护理学、急救护理技术的主讲人，同时还是培训班实地演练的督查人。

于是，在岭南大学，相对于因罢工罢课而寂寞的前院，阴凉的后院里，急促的上课铃声、老师的讲课声、学员的背书声，以及互相练习止血包扎、肌肉注射而发出的尖叫和笑声，让那座有些颓败的小木楼焕发出青春。

转眼到了4月下旬，战地救护队进入全面实战演练阶段。

战地救护是指战时参战人员在战场上负伤，由医护人员进行及时的通气、止血、包扎、固定和转运等战地救护，以达到保护伤员生命，预防并发症，降低伤残率的目的。

在校园的广场上，从早到晚都活跃着一支身穿军装、肩挎红十字药箱的队伍。无论在晨风中还是在烈日下，他们都一丝不苟，反复进行列队、跑步、搭建帐篷、搬运救治伤员、开展手术等实战训练。乍一看，这里就像是一个战地医院。

演练的人员也在增多，十几位从各个医院自愿过来的医生也加入了救护队的演练之中。这支庞大起来的队伍，被分为指挥组、医疗保障组、生活保障组、后勤保障组、医疗组、手术组和防疫清洗组。训练内容包括医疗救护所的开设与撤收，野战条件下伤员的救治，外科手术急救以及止血、包扎、固定、搬运、通气术等医疗技能。

包扎、止血、骨折固定是战地救护的基本功。对此，身为队长的陶云晏要求十分严格，学员一遍不合格就要被加倍惩罚，直到符合标准为止。

有几天，杜心舟觉得真正的伤员还未到，自己的手腕就要骨折了。但已经闯过严酷军训关的她，没有再哭过鼻子，她已经尝到了不断接受挑战的甜头。梅花香自苦寒来，能够成为北伐大军中的一名战地看护，是她梦寐以求的荣耀啊！

第十四章

小萍不甘当瘦马

这一天傍晚,演练完毕,杜心舟和队友正在撤收帐篷和器具,保卫人员过来喊道:"杜心舟,有人找!"

杜心舟很纳闷,自己在广州人生地不熟的,除了姨妈家的人,谁会找她呢,而且跑到这个保密的地方来?

"来的是什么人?"

"两个女的,一个二十出头,另一个十五六岁的样子。"

杜心舟还是有些云里雾里,就把手里的器具交给韦秀英,回到寝教合一的木楼小院。

"心舟……"

随着一声呼喊,陶云舒从门卫室冲出来,上来就是一个大熊抱。"哈哈,杜心舟,越来越有兵味儿了,真棒!"

"小姐,姐姐!"徐小萍跟在陶云舒身后,怯怯地开了口。

"小萍?你怎么来了?"杜心舟惊异不已。

"我……我想姐姐了。"小萍的嗓音带着哭腔。

"出什么事了吗?"杜心舟看着小萍憔悴的脸,一种不好的感觉涌上心头。

在会客室,小萍只是哭,说话变得磕磕巴巴的,陶云舒只好替她说。

原来,小萍是因为逃婚跑出来的。

自从小萍找到姐姐,原以为终于有了依靠,亲姐姐能收留她,呵护她,给她安定的生活。哪知她的姐姐徐大萍是个目光短浅的势利女子,认为妹妹是个负担,嫌她在家里吃闲饭,每天对她训斥责骂。小萍提出要去做保姆或者去纺织厂做女工,却被大萍骂作贱骨头:"就想着去做苦力,累死累活能挣几个钱?"

就在十天前,大萍托人说媒,要把小萍卖给番禺一个五十多岁的老财主做妾,可以得到一百块现大洋。小萍宁死不从,大萍就把她关在地下室里,不给吃喝。小萍饿得实在撑不住,就假装答应,趁着大萍和院里几个保姆扎堆摸纸牌的当儿跑了出来,凭着记忆找到了姨妈的家,一进门就昏了过去。

"浑蛋!哪有亲姐姐这样对待妹妹的?"杜心舟怒不可遏。

"就是,把亲妹妹当作古代的扬州瘦马,任人买卖任人骑,太可恶了!"陶云舒也是愤愤不平。

见两个姐姐为自己鸣不平,小萍这才不哭了,用期盼的眼神望着杜心舟。

"不管怎样,总算逃出来了。今后怎么办?小萍,你想过吗?"杜心舟看着比南下路上还要瘦弱的小萍,着实心疼。

"我想……还像以前一样跟着姐姐。"小萍脱口而出,看得出她是拿定主意了。

"可是,我现在是军人,自己做不了主的。"杜心舟犯了难,试探着问,"小萍,你就住在姨妈家里,然后我帮你联系一所学校,去读书好吗?"

小萍摇头:"姐姐,我不是读书的料,我不去。"

杜心舟和陶云舒对视一眼,两个人都感到无奈。

陶云舒对杜心舟说:"这个建议我给她提过,并联系了大表嫂、二表嫂,让她去医院做护工,她不去,就一门心思要跟着你。看来,你这个杜家大小姐真是魅力无穷啊!"

杜心舟乐了,举起拳头做威胁状:"表姐就别取笑我了。现在重要的是,我不能擅自留下小萍啊!"

陶云舒倒是一脸的轻松:"这好办。你们等着。"

陶云舒出去了,十来分钟后回转来,身后竟然跟着陶云晏。

"二哥,就是她,您就发发慈悲收下这个可怜的孩子吧!"陶云舒指着小萍,装作可怜兮兮的样子。

陶云晏深邃的目光透过近视镜看看小萍:"这个孩子我倒是认可,但我也要向上级汇报,个人不能做主。"

小萍见状,眼泪又落了下来。

杜心舟赶紧打圆场:"这样吧,小萍,你跟着云舒姐先回去,在姨妈家再住几天。二表哥这边会抓紧汇报的,我们一起等上级指示,好吗?"

小萍用手揩着脸上的泪水,连连点头:"谢谢二位姐姐,谢谢二表哥!"

陶云舒纠正道:"是谢谢队长。"

小萍赶紧说:"谢谢队长!"

陶云晏挥挥手:"哪儿来的那么多客套!"

三天后,上级的批复下来,同意小萍作为编外人员留在救护队当杂工,协助炊事班做饭采买,但不能穿军装,只能外搭一件杂工的坎肩。

即使这样,杜心舟也非常高兴,特地在晚课时间请了假,去姨妈家接小萍。而且，陶云舒捎来口信说杜心龙也来了。

为了节省时间，杜心舟换上便衣，雇了一辆马车往东山口赶。她已经两个多月没有见到这个虎头虎脑的堂弟了。

她走到大沙头码头附近，忽然看到一个熟悉的背影，那是表姐陶云舒，一个中年男子与她并肩而行。她看到那位中年男子身穿便服，留着军人才有的寸头，两个人说说笑笑，很是亲热。

她让车夫放慢速度，保持一定距离跟在他们身后。此时夕阳的余晖洒在珠江水面上，又反射回来，天地间充满了一种清亮，这亮光笼罩着前面的一男一女，他们似乎也很享受这光明，竟然站住了。

这一次，杜心舟看清了他们。一向骄蛮不羁的陶云舒，此时小鸟依人一般靠在那位男士身上，而那男士则点起一支烟，一手揽起表姐的腰，另一只手举着香烟。袅袅的烟雾里，杜心舟分明感觉出一种浓重的官气，就像这余晖一样四处穿行。

为了不被发现，杜心舟拿起车夫的斗笠顶在脑袋上，并且把身体放得很低。她看到那两个人开始手挽手往江堤上走，赶紧催促车夫快马加鞭，心里想着，如果被那小蹄子发现，说不定她又会要什么花招捉弄自己。

到了姨妈家，一进门，就有一位胖墩墩的少年军人喊着"心舟姐"，连蹦带跳地跑了出来，不由分说，把杜心舟拦腰抱起来，在院子里打起了转转。

"姐姐，姐姐！我想死你了！"

"杜心龙，你个臭小子，放下我！"杜心舟快乐地笑着。

"我早就不是臭小子了，我是韶属警备司令部警卫连三排一班班长！"杜心龙放下杜心舟，得意地报出自己的新身份。

"当班长啦，出息了啊，那是大表哥把你调教得好！"杜心舟把杜心龙弄歪了的大檐帽戴正。

这时候，徐小萍也出来了。

杜心龙像呵斥老婆一样呵斥小萍："丑丫头！你怎么还是慢吞吞的？大家都有变化，就你是老样子，还更瘦了，更丑了！"

小萍噘起嘴抗议着："你怎么老是跟我过不去？我上辈子欠你钱了？"

杜心龙谐谑道："当然欠了，所以这辈子要还我，当我的丫鬟，任我吵、任我骂。"

姨妈在围裙上擦着手从屋里走出来："行了，行了，你们这几个小冤家，哪个都不省心。别在外面聒噪，都给我到屋里来！"

这一迭声的嬉笑怒骂，在姨妈的干涉下暂时打住，姐弟俩乖乖地到了客厅里。

杜心舟仔细打量杜心龙，这个十六岁的堂弟，两个月不见，已经是坐有坐相，站有站相，军人的飒爽之气溢于言表。尤其是人变得更结实了，胖而不虚，敦敦实实的方形身材，站在那里跟一座小铁塔似的。

想当年，杜心龙的爹妈在长江上跑船，从重庆万州一带装上货，木帆船顺流而下，到湖南的长沙、岳阳或者江西的九江，卸了货再装上当地的物品逆流而上，来回需要三个月甚至半年时间。

水上人家过的是漂泊日子，有的人一辈子都没有离开过江湖。家就是船，船就是家。船在，人在，船没了，人也就失去了活着的意义。

那一年春天，夫妇二人带着不到两岁的儿子杜心龙，驾船顺水而下，来到江西一个叫星子的地方，途经的老爷庙地带是一个风场，起风时风大浪急，水下还有溶洞，经常有过往的船只被吸进去。

当地的船员有经验，对他们说村头有一棵大树，如果树梢动，就不能出去。可是这两夫妻急着送货，想趁着天气回暖多跑一趟，不听劝告就出发了。结果货船走出去不到两里地，天空突然乌云密布，七八级大风迅猛刮来，货船剧烈摇晃。船破了，哗哗地进水，夫妻俩把自己捆在船上，坚决与船共存亡。当杜大江赶到时，人已经没救了，只有杜心龙命大，被夫妻俩装在一个木桶里，在平静下来的江面上漂浮，被大爹救下来一路背到了汉口。

从此，大爹杜大江的家就是他的家，年长三岁的杜心舟就是他的亲姐姐。这个命大的孩子性格倔强，从小就喜欢舞刀弄棒，一直是杜心舟的保护神。如今，在充满革命活力的广州，他终于找到了自己的用武之地。

杜心舟感觉很欣慰，心里暗暗想着，我这个弟弟说不定将来真能当团长呢。"心龙，我不能久留，一会儿我就带小萍走了。"杜心舟说。

杜心龙却表现得拖泥带水："姐，再待一会儿嘛。你们又不是正规部队，怕啥子？"

"救护队也有铁的纪律，不能耽搁。"杜心舟毫不妥协。

杜心龙似乎没听见，目光全在小萍那里："丑丫头，要不，你跟着我去韶关吧。"

"我去韶关能做啥子？"小萍不明白杜心龙话里的话。

"那边的指甲草花开得好着呢,别忘了你欠我一个美甲,到那里要给我染脚指甲。"当着姨妈的面,杜心龙不敢放肆,只是把穿了草鞋的脚丫子抬了抬。

"不许去!"姨妈突然一声断喝,震得杜心龙连忙收回脚丫子。"女孩子家家的,出阁前不许和男人在一起!"

杜心舟感激地看着姨妈。她当然知道杜心龙只是开个玩笑,但弟弟的心思是真的。这个年纪的男孩子,对世事似懂非懂,对情感不知分寸,如果真的放小萍去韶关,鬼知道这个臭小子一时冲动会干出什么事来。

爱归爱,约束归约束。当晚,小萍随着杜心舟回到了救护队。

管后勤的副队长在杜心舟的宿舍里多加了一张床,韦秀英忙活着帮小萍领来被褥、床单等生活用品。别的女兵听说了小萍的不幸遭遇,都同情关爱她,不为难她。特别是韦秀英,她从小萍的身上看到了自己当年的影子,爱哭、执拗、一根筋,外表瘦小柔弱,内心却很顽强,三个月里两次逃跑,这么肥的胆儿,都超过自己了。

第十五章

肇庆大联欢

救护队的培训班顺利结业了。汇报会上，来了许多领导观看他们的学习成果，其中有第四军副军长陈可钰和他手下第十师、第十二师的师长、参谋长。

杜心舟在主席台上，发现了在大沙头码头上见过的那个中年男子，不过这次他穿着军装，领子上的徽章标明了他的身份，这让杜心舟倒吸一口凉气，暗暗叫苦，表姐这下惹麻烦了！

汇报会由战地救护队队长陶云晏主持。

在杜心舟眼里一向严肃古板的陶云晏，此时军容整齐，精神抖擞，一双眼睛透过高度近视镜，闪烁着智慧的光芒。他简单汇报了两个月来培训班的情况与收获，然后开始实战演练。

随着陶云晏的一声令下，广场立刻变成了战场，硝烟弥漫，火光冲天。救护队的队员们带着绷带、急救包、三角巾、夹板、担架，趁着战斗间隙冲上战场，迅速抢救"伤员"。在对不同部位受伤的"伤员"进行定位准确、动作迅速的打结固定后，再由担架员将"伤员"运送回作为医疗救护所的帐篷内。

杜心舟担任救护队医疗一组护士。连续两个多月的摸爬滚打后，她还真有了女军人的飒爽英姿和救护队员的沉稳细致。

广场上，这边的急救人员正在紧张地为"伤员"包扎、止血、固定，另一个帐篷内的手术组队员已经迅速地换好了无菌手术衣，开始对"伤员"实施外科急救手术。与平常不同的是，这次手术对象不再是橡胶假人模型，而是几只大狗。大家按照严格的分工，互相密切配合。麻醉、吊针、切开气管、清创缝合，一个个动作流畅迅速、准确规范、有条不紊。不到十分钟，手术圆满完成。

主席台上响起雷鸣般的掌声。

而后，将军们走下主席台，与学员们逐个握手。当那位师级将领来到杜心舟面前时，敏感的她感觉将军的神情有点异样，他用力握着杜心舟的手，说："小杜同志了不起，建功立业全靠你们了。"

杜心舟激动不已，朗声说："报告将军，我努力做到！"

接见完毕，陶云晏宣布汇报会圆满结束。他兴奋地说："最后，我向大家宣布一个好消息。将军说了,你们都是新时代的女性,是北伐的巾帼英雄,各位有什么要求,尽管在这里提出来,将军尽量满足。"

台下的女孩子们欢呼起来。杜心舟向前一步,举手敬礼:"报告陶队,我有一个要求。"

陶云晏点头:"请讲。"

"我们既然是战地救护队,那么服务的对象肯定是北伐先锋,是最勇敢无畏的战士。所以,我们想去叶挺独立团参观学习,亲眼见见那些正在接受艰苦训练、随时待命的官兵,增强沟通,建立友谊。"

陶云晏点头:"请你把这个想法当面告诉陈将军。"

杜心舟一挺胸脯:"是!"

于是,杜心舟跨前两步,立正敬礼,讲出自己的理由。她口齿伶俐,嗓音清脆,一气呵成。

"可行!"

主席台上说话的人有着深沉且富有磁性的广东口音。杜心舟一抬头,正看到陈可钰将军向她点头,顿时激动得眼泪都要掉下来了。

台上,只见陈将军和随行的几个师级将领简单交谈了几句,然后,陶云晏大声宣布:"陈副军长批准我们的请求,后天早上五点,战地救护队全体队员出发,去肇庆独立团!"

急行军一天半,战地救护队顺利到达肇庆,暂住在西江岸边一所小学校里。

顾不上休息,当天下午,队员们就开始为第二天的大联欢做准备。节目有大合唱、粤剧清唱、文明戏《打倒军阀》,当然,还有他们的专业——战地救护演练。

晚饭后自由活动时间,杜心舟在江滨路的西江河畔漫步,感受这座古城的魅力。

肇庆,古称"端州",位于广东省中西部、西江干流中下游、广州市西北方向,是广府文化的发祥地,是中原文化与岭南文化、中华文明与西方文明交会较早的地区之一,从汉代到清代,都是岭南政治、经济、文化中心,因出产端砚,又有中国"砚都"之称。

黄昏的西江大堤,江面风景十分秀丽。举目就能望见阅江楼巍峨的身影。那里,有一个全体救护队员都崇敬的人——独立团团长叶挺。

阅江楼坐落在肇庆市城区正东路石头岗上,是一个坐北向南、典型的广东四合院式古建筑。它的前身是南宋隆兴年间为纪念唐代高僧石头和尚陈希迁而建造的石头庵，崇祯十四年命名为阅江楼。它居高临下，屹然矗立在浩荡东去的西江河畔，气势雄伟非凡。五百多年来，不少文人墨客登楼抒怀，写下许多想象雄奇的诗篇，为这座古楼平添了异彩。

如今，国民革命军第四军独立团团部就设在这里，叶挺团长就在这里办公，而且，叶挺团长明天就要接见她们了。一想到这些，杜心舟就激动万分，恨不得立刻就能见到这位智勇双全的团长，一睹他的风采。

上午八点钟的阅江楼，古色古香的广式四合院洒满阳光，显得格外洁净、亮堂。

救护队女兵排着整齐的队伍站在庭院里，她们屏住呼吸，等待着英雄出现。

几分钟之后，叶挺一身戎装，带着他的几名手下悍将，出现在阅江楼的台阶上。

杜心舟惊讶得呼吸都快要停止了。原以为大表哥就很帅了，看见叶挺团长，她才知道，什么是威武，什么是英俊，什么是战将，什么是军人之魂！

而这样的英武，这样的精魂，来自天生，来自灵魂，来自为国为民的宏大抱负！

激动迷离中，杜心舟听见叶挺团长洪亮的声音："救护队员们好！大家辛苦了！"

杜心舟急忙随着大家一起敬礼："叶团长好！叶团长辛苦了！"

"同志们！得知大家要来独立团交流学习的消息，我十分高兴！战场救护与战场拼杀相辅相成。战场救护对于挽救官兵的生命，保证部队的战斗力，赢得战斗胜利，具有十分重要的意义。所以，你们就是独立团的天使，有天使从远方来，不亦乐乎。"

叶挺幽默的讲话，使队员们立刻消除了紧张，女兵们哗哗地鼓起掌来。

"独立团是个战斗集体，是全团官兵的大学校、大熔炉。你们不能只冲着我一个人来。"

叶挺逐一介绍他的下属：

"原大总统铁甲车队队长、现在的团参谋长周士第。"

周士第站出来向大家敬礼。

"哇！独立团第一悍将！"

女兵们一阵惊呼。

叶挺继续介绍：

"独立团副团长罗隆。"

"团部参谋董朗。"

"第一营营长曹渊。"

"第二营营长贺声洋。"

"第三营营长毕世悌。"

"侦探队队长赖元良。"

杜心舟简直是目不暇接了。她拼命睁大眼睛，集中精力，使劲儿记住他们的模样，记住这终生难忘的时刻。

最后，叶挺带领他的悍将与救护队员合影留念。

当然，杜心舟恐怕不会料到，许多年以后，阅江楼作为爱国主义教育基地，成为肇庆红色之旅线路上一个重要地标。叶挺办公的房间，旧物犹在，被后人瞻仰缅怀，慨叹一代英雄的历史丰功。

而他的那些手下悍将，有的成为开国功臣，更多的人英勇牺牲，成为革命烈士。革命之花的绚烂，乃是烈士鲜血染就。

离开阅江楼，救护队向独立团训练基地进发。训练基地内，独立团官兵早已做好了迎接救护队的准备，营房内挂起了红灯，插上了彩旗，两千多名官兵排着整齐的队伍像等待接受检阅一般欢迎他们的到来。

这是独立团首次对外开放。

官兵们为救护队女兵展示了训练科目、武器装备、内务秩序等，特别是队列展示、军体拳、近身搏击等表演，让那些女兵大饱眼福，赞不绝口。

在队列中，杜心舟已经认不出哪个是自己的丈夫李子华了。一是因为统一的铁灰色军装同化了他们的身影，二是因为他们太相像了，那气质、那军姿、那矫健的身影，那雄壮有力的喊杀声，所有的一切，都充满了男性的阳刚之气，诠释了一个正义之师的勇敢顽强、坚韧不屈、所向无敌的特质。

轮到救护队表演节目的时候，两千多人盘腿端坐在烈日下，是那么安静，那么专注，满心赞赏。实战演练时，临时加进去了独立团战士扮演伤员，演练的场面紧张而又温馨。结束后有的战士恋恋不舍地说："在战场上挂了彩，被你们救下是一种幸福！"

下午，救护队员分散到各个营，与战士们谈心交流。

杜心舟的分队，来到了位于城北路的纪念五君祠，那是独立团第三营营部所在地。她终于和李子华见了面。

二排的弟兄们为杜心舟准备了鲜花和饺子，一口一个"嫂子"地喊着。杜心舟头上戴着鲜花，嘴里吃着饺子，心里蜜糖一般甜，两个多月以来所有的劳累，所有的辛苦，所有的惊奇与激动，此刻都化为了幸福和神圣。

虽然在独立团只待了短短一天，但女兵们已经很满足了，她们仿佛被饱饱地充了电，今后，无论是险山恶水还是枪林弹雨，都挡不住她们与北伐将士奋勇前进的脚步！

第十六章

五一节的大广州

5月份的广州，已经很热了。

举目望去，满眼皆是绿，是那种翁翁郁郁的绿。大叶榕、鸭脚木、樟树、水翁、棕榈等枝叶浓密宽厚的亚热带植物，蓬勃舒展，适时地投下一片片阴凉儿。集市上，已经有农夫叫卖早熟的荔枝了。

这一天，有一千多年历史的广州东校场沉浸在热烈的节日气氛中。这个从唐宋时期就是广州地区武状元比武的考试会场，锣鼓喧天，歌声不断。红旗、彩旗、巨大的红布标语环绕在校场周围。这里要举办隆重的庆祝"五一国际劳动节"大会，广州工农商学兵三十多万群众参加。

天刚蒙蒙亮，参加集会的人们就从市区的各个街道、从珠江南岸，甚至几十里开外的农村，浩浩荡荡赶了过来。队伍里，工人纠察队的红色臂章、农协自卫军的红缨枪上的红缨，在初升的朝阳下分外抢眼。

大半年来，一直处于沸腾状态的广州，今天是火爆到了极点。

纪念五一大会，由共产党领导的广东总工会和省港罢工委员会联合发起，目的是要通过这个全世界劳动者的节日，提升国民政府的革命信心，推动北伐革命的进程。

杜心舟所在的战地救护队也来了，两期学员共一百余名战地护士，身穿洁白的护士服，戴着护士帽，背着红十字药箱，手里拿着小红旗，排着整齐的队伍，迈着军人的步伐来到了东校场。

杜心舟、韦秀英、徐小萍并肩站立，她们都是第一次参加这么盛大的集会，心情分外激动。目光所及之处，全都是黑压压的人头、五彩缤纷的旗帜；耳畔回响的，全都是以革命、北伐为中心的激昂的话语。

杜心舟深深地感到自己就像一滴水汇进了海洋，像一粒火星儿投进了熊熊的炉火，那种置身于大集体、大环境里万众一心的感觉，让她哪怕面对刀山火海都要勇往直前。

大会结束之后，人们开始分成几路在城里主要街道示威游行。沿途一些没来得及参加大会的人，主动加入游行队伍，人越来越多，气势越来越大，几十万人发出震天动地的呐喊，仿佛整座城市都在震颤。

杜心舟喊口号喊得嗓子都哑了。

在中山三路，杜心舟竟然遇上了春伢子和墓生。

是春伢子先认出了杜心舟，喊了一声"杜同志"，否则，杜心舟恐怕已经认不出来他们了。

此时，春伢子和墓生在农民运动讲习所的队伍里，这个队伍清一色的黑粗布短裤、白色的坎肩，每个人手里都握着红缨枪。阳光照在红色流苏的枪穗上，犹如一簇簇跳动的火苗。

"是春伢子吗？"杜心舟问。

"杜同志，是我！"春伢子高声答应着。

双方都离开队伍，站在马路一侧。

"杜同志，你参加救护队了？"

"是呀，春伢子，你还在农讲所吗？"

"杜同志，我已经不叫春伢子了，教官给我起了大名，我叫段春雷，他叫孙乾生。"春伢子指指一旁的墓生。

墓生点点头："教官说，墓是阴，乾是阳，把阴换成阳，乾坤之大，男子汉此生要阳气十足。"

缺了一颗门牙的墓生说话依然跑风，但语句流畅，底气很足。

杜心舟打量着这两个共过生死的后生，依然一高一矮，一黑一白，然而，与两个月前相比，他们都胖了，更壮实了。灼灼的眼神里，除了抗争与执着，瞳仁里依然有火焰冒出，只是增添了许多的深沉与理性。来到广州迅速增长的见识和农讲所经常性的读书讨论，让这两个年轻的农民革命者迅速成长起来。

"听说你们在农讲所不光学习政治理论，还参加军训，是吗？"

由于周围都是游行队伍，嘈杂的声浪中，杜心舟只能把嗓音拔高。

"是的啰！在所里，十八般武艺都学，天天认字，天天上操。"

春伢子，不，段春雷也提高了嗓门。

"我们农运所和部队的编制一样，春伢子已经是排长了。"

墓生——孙乾生也大声喊着回应。

"太好了！闹革命就要有自己的武装。"

杜心舟由衷赞叹。

"我们研究工农运动，讲演、上课、开会、做调查，毕业后奔赴全国各地，领导农民运动，投身新民主主义革命。"

段春雷扳着手指,如数家珍一样数着他们的必修课。

"我们很快就要回湖南了,去组织乡亲们配合北伐。"孙乾生替段春雷做补充。

这时候,从后面涌过来一批队伍,把马路边交谈的他们冲散了。为了跟上各自的伙伴,他们不得不匆匆道别。

"杜同志,再见!"

"我们湖南见!"杜心舟走了两步,忽然想起什么,反身追过去喊,"孙乾生,有空儿去岭南大学找我,帮你镶个假牙。"

然而,人太多,杜心舟的声音被湮没在震天的锣鼓和口号声里。她眼睁睁看着段春雷和孙乾生被人潮裹挟着,消失在络绎不绝的游行队伍中。

杜心舟和小萍回到救护队的队伍中,继续向中山二路前进。

红旗的海洋里,人流的海洋里,杜心舟感到自己是那样渺小,又是那样巨大。当一个人与时代融合在一起,与革命融合在一起,生命的意义忽然变得深邃而广阔,具体而宏伟。

在这个到处充满着革命精神的大时代里,杜心舟觉得自己很幸福,很自豪,值得把生命交给它,把青春交给它,把爱情交给它!今天,是几十万人同仇敌忾的大广州。未来,将是几万万人民的大中国,和平富强的大中国!

五一节东校场大集会之后,广州城一反常态,陷入了前所未有的平静之中。

工农商学按部就班,该上班的上班,该上学的上学,店铺按时营业、按时打烊,就连摆地摊的小商贩也比往常多了一些。

杜心舟所在的岭南大学,依然冷冷清清,处于半罢课状态。战地救护队所在的木楼小院里,课程有条不紊进行着。由于杜心舟等人是老队员,队长陶云晏就让老的带新的。实战救护训练中,女孩们难免叽叽喳喳,甚至在操作中笑场。

然而,在这一派云淡风轻里,杜心舟敏锐地感觉出不寻常,至于哪里不寻常,具体她也说不上来。她相信长期与长江打交道的父辈的言传身教:暴风雨来临前,江面往往异常平静。要想钓到鲜美的刀鱼,垂钓者必须在岸边静心守候,待刀鱼咬钩后突然起竿。

有好几次,杜心舟用探寻的目光看着陶云晏,期望二表哥知道答案。但陶云晏永远绷着一张严肃的面孔,近视镜后面的两只大眼总是向着自己的内心,想让他随便开口,比登天还难。

到了5月下旬,中国国民党二届二中全会召开,通过北伐战争决议案,任命唐生智为国民革命军第八军军长，北伐正式进入筹建总司令部、推举国民革命军北伐总司令等具体实施阶段。

这个消息传到救护队，引起女兵们一阵骚动。但杜心舟还不知道，叶挺独立团奉命作为北伐先遣队，已经从水路来到了广州，即将开始向北伐前线推进。

这一天是周末，训练结束，陶云晏扔给杜心舟一句话："明天回市里，云舒找你。"

杜心舟眼前立刻闪现出陶云舒娇俏而洒脱的身影，这个大时代里自立、自信和自由的表姐，难道出了什么问题？

说实话，她不看好表姐的这场恋爱。那个参谋长大人，肯定是有家室的。她不明白，一个漂漂亮亮、清清白白的女孩子，为什么要蹚这浑水？爱情能战胜一切吗？

她胡思乱想着回到姨妈家，屁股还没坐热，陶云舒一阵风般从外面回来，一进客厅就和杜心舟咬耳朵，神秘兮兮地说："北伐就要开……始……了！"

"真的？"杜心舟一下子蹦了起来。

"当然是真的啦！国民政府决定出师北伐，考虑到出师首战影响全军士气，与中共广东区委协商决定，以作战能力较强的叶挺独立团为北伐先遣部队。"

陶云舒把杜心舟摁回到沙发上，低声道："这是绝对机密，目前不能向报界或任何人透露。"

"为什么？这样的喜讯应该叫全中国、全世界的人都知道啊！"杜心舟很纳闷。

"小傻瓜！你还是不懂政治，这是最高层的命令。"

陶云舒进一步做着解释：为独立团出征保密，不是担心被吴佩孚知道，而是最高层担心，目前独立团区区一个团的兵力，打胜了还好，如果打不胜，就会损伤整个革命军的士气，广州国民政府也会被世人耻笑。

"原来是这样。"杜心舟感慨着。

陶云舒移开话题，说："心舟，你猜猜看，昨天我在政府大楼看见谁啦？"

杜心舟眼睛望着天花板，心事重重地说："我才不管你看见谁呢。"

陶云舒："我说出他的名字，看你管不管。"

"谁？"

"李子华，你的老公！"

杜心舟大惊："啊！他怎么到市里来了？"

"他早就到市里来了。独立团前几天就到广州了，暂时驻扎在白云山。"

第十七章

小夫妻再次团聚

杜心舟想起这一段时间的平静，果然是暴风雨来临前的预兆。

"子华说去看望一个朋友。我对他下了死命令，叫他抽时间来看你。"

姐妹俩正说着话，大表哥陶云清进来了，随后，陶云晏也进来了。兄弟俩都是一身戎装，神情严峻。

陶云清回答了杜心舟的疑问。

独立团即将出发开赴湖南前线，揭开北伐战争的序幕。按照计划，5月底叶挺独立团将要进抵湖南安仁、渌田一带。与此同时，陈铭枢部与张发奎部分别由高州和琼崖两地开拔援湘。

"那，我们救护队是不是要一起出发呢？"杜心舟问陶云晏。

"救护队暂时待命。"陶云晏回答。

姨妈已经摆了一桌子的饭菜，抱怨着："你们整天北伐北伐的，快点把这些饭菜都给我伐了！要不然，你们一走，我就得吃好几天剩饭。"

杜心舟四处望望，没有看到姨夫，问："姨夫还没回来？"

"你姨夫这几天都忙成陀螺了，别管他。"姨妈说。

晚餐快结束的时候，姨夫竟然和三表哥一起回来了，两个人都是很疲惫的样子。

姨妈要去厨房下面条，姨夫摆摆手："我在韶关吃过了。"

姨妈有些惊讶："怎么跑到韶关去了？"

"没办法啊！要调车皮，这一次需要的车皮多，一时半刻调不齐那么多的军车，只好东拼西凑，有的车厢门窗都不全。唉！对不住那些要去流血牺牲的先遣团了。"姨夫语气中满是歉意。

"拉着这样的破车皮运送我们勇敢的战士，我这个司机脸上无光啦！"三表哥陶云葆开了口，宣泄着自己的不满。

杜心舟望着陶云葆："三表哥负责运送他们到韶关吗？"

"是啰！我争取到的，也算为北伐尽一份力吧。"

三表哥性格比较内向。也许是火车司机这个职业的原因，漫长的行车路程，单调的沿途风景,全神贯注的操作,养成了他沉默寡言、一板一眼的特点。

"独立团几时开拔?"杜心舟问。

大表哥、二表哥都摇头。

姨夫陶德铭说道:"不清楚,只是要求铁路部门做好准备。"

姨妈慈祥地看一眼杜心舟:"心舟,你要争取再和子华见一见啊。"

杜心舟羞赧地低下头:"恐怕见不了啊……"

但她没有料到,自己很快又和丈夫见面了。

小夫妻之所以还有机会见面,是独立团出发前遇到了一些阻碍。

按照命令,队伍下船之后,立即开到白云山下的一个军用车站,预备吃过饭后就出发。然而,前去办理补领武器事宜的军需部主任气冲冲地返了回来,跟着去搬运枪支的士兵也是两手空空,一个个气得要命。

原来,负责补给枪械的部门对他们的团队根本不重视,不负责任地互相推诿踢皮球。军需官跑得两腿发软,讲道理讲得口干舌燥,这才批给五百支步枪、十万发子弹。去仓库领武器时,却发现枪是老掉牙的粤造七九式,有的准星坏了,有的拉不开枪栓,子弹有的发了霉,而且数量也不够。军需官质问他们为什么这样做,那些人竟然用嘲笑的口气说,先将就着用吧,到了吴佩孚那里,要什么有什么。

叶挺听完军需官的汇报也十分愤怒,但他很快就恢复了理性。沉默片刻后,命令勤务兵带路,他要亲自去过问。

独立团有二千一百多人,设有三个营及两个直辖队,兵力几乎是一个师的编制,武器却是当时比较差的粤造七九式步枪,只有两挺半新不旧的马克沁重机枪。而黄埔军则配有日式三八大盖。

在肇庆训练的时候,由于武器不够,士兵们常常是两个人合用一支枪。这次出征,相当于孤军作战,远离革命大后方,前面的艰难险阻不言而喻,如果连最起码的武器都不能配齐,拿什么去和强大的敌人战斗?

经过一番艰难的交涉,武器弹药问题总算解决了。但他们出发的时间推迟了一天一夜。

李子华就在这意外得到的宝贵时间里,第二次来到姨妈家里。然而,他只能停留两个小时。

没有过多的言语,没有前戏,没有撒娇。杜心舟接受着夫君激烈的、近乎狂热的拥吻。她祈求老天留住他,留住他的根脉,留给她一个孩子。她需要他,需要开花结果，需要生命的延续，需要杜家和李家联姻的结晶。

这一走，她不知道他能否回来。这一次的分别，她不知道是否就是永别！

她亲吻他、拥抱他、承接他，深深地爱他。结婚三年，他们在一起的时间太少了。

杜心舟的心里，酸而且痛，还有一种强烈的眷恋与不舍。人间的生离死别，就是这种感觉吗？

战场上，就是你死我活，子弹没有长眼睛。而他们，面对呼啸的炮弹和黑洞洞的枪口，是不会退却的。

她和他，都是这么年轻啊。他们要有自己的后代，他们要长江后浪推前浪，革命才有后来人。她自己不能掉队，不能辜负亲人们的希望。但是，真的是时间不够啊！

"我们还没有接到命令，也许会缓几天出发。"杜心舟有些紧张，她一激动就会大汗淋漓。

"不会太久。我们走后，你们救护队肯定跟上。"李子华安慰杜心舟，"我们会胜利的，娘子就等着我们的捷报吧！"

杜心舟频频点头，但还是哭了。

这一场紧锣密鼓，两个人心里都很激动。他们紧紧地依偎在一起，听着彼此心脏的跳动，"咚、咚、咚……"那是年轻的、强劲的、有力的心跳啊，每跳一下，离别就接近一步。

来到广州后，她和他都是戎马倥偬，除了相互思念，见面的机会少之又少。

这次一走，也许不会再回来了。

她和他都热爱着广州城，已经把这里当成了第二故乡。他们的心与这座城市连接在一起，脉搏与这座城市的脉搏一起跳动，可以说是同呼吸、共命运。而今，只是匆匆一见，便即将踏上新的征途，去和反动军阀——人民的敌人厮杀，也许会负伤挂彩，流血牺牲。

然而，此时此刻，她和他的内心并没有伤感与悲戚，而是充满自豪和光荣的眷恋。那些罗曼蒂克的姿态，已经在严酷的训练中渐渐消失了。

时间到了。李子华必须走。杜心舟也要走。

他们重新穿上军装，打上绑腿，互相整理好大檐帽和脖子上鲜艳的红领带，手挽手走出姨妈家的大门，朝不同的方向，大步而去。

走了几步，两个人竟然不约而同，同时回头看向对方，又同时向对方奔去，他们再一次紧紧拥抱在一起。

"夫君,我等你!"

"娘子,我也等你!"

两个人同时向对方微笑,然后分开,又同时向对方挥手,毅然决然转身而去。

杜心舟一路走,一路泪流满面。书上说,只有非常相爱的人,才有这样的心有灵犀。以前杜心舟不相信,现在她信了。

第十八章

独立团出发了

城郊白云山火车站。

一列军用专列停靠在站台上，专列附近有许多士兵站岗。

陶云葆身穿崭新的铁路制服，神情庄重，他大步走向列车，沿着铁梯攀上高大的火车头，端坐在司机位置上。锅炉里，有大量的煤块在燃烧，通红的火苗发出呼呼的响声，司炉工正在挥动铁锹，不停地往里边加煤。

有着雄伟身躯的蒸汽机车，在那个时代，是最前卫的钢铁巨龙，非常威风。雄壮饱满的汽笛声、车轮与铁轨相触的轧轧声，在煤炭燃烧的吞云吐雾之间，向天下展示着它巨大的力量。

短暂驻扎之后，独立团官兵就要出发了。

他们列队走过来，扛着步枪，抬着轻重机枪，牵着战马，人数虽多，却秩序井然，行进迅疾而无声。

每个士兵都是全副武装。全副武装就是包括在行军作战中必备的全部军人行装：斗笠、军镐、小军毯、急救包、饭盒、干粮袋、水壶、刺刀、备用草鞋等这些东西，只要有一样挂的位置不对，就会影响行军速度，让你稀里哗啦甚至掉队拖后腿，会受到严厉的惩罚。

但是，经过严酷训练的他们，早已成为标准的军人。

铁路沿线的居民，这些年对军车的到来早已习以为常。连年的军阀混战，火车成为他们拉网割据最快捷的工具。

每次只要军车一到，站台上立刻乌压压地挤满了大兵，抽烟的、喝酒的，人喊马嘶，吵架骂娘，随地拉屎撒尿，甚至当着女人的面脱光了洗澡，骂一些极其难听的脏话。待那些大兵走后，车站周边仿佛变成一个巨大的垃圾场，废纸、烟灰、饭渍、痰渍、屎尿……经常闹得工作人员忙活好几天才能清理干净。

然而，这一列军车格外不同。从列队进入车站到上车出发，只用了十几分钟时间。没有喧哗，没有脏乱，更没有四处撒野的，一切都在安静迅疾中进行。

"呜呜……"

陶云葆按响汽笛，启动手闸。火车开动了，巨大的车轮开始向前滚动，由慢渐快，车轮撞击铁轨发出有节奏的铿锵声，震得站台地面微微颤抖。

这是1926年5月下旬的一个清晨，一列长长的军用列车，沿着广州到韶关的铁路向着北方疾驰，在清晨辽阔的岭南原野上，留下一道道白色的烟雾。

这一列宛若长龙的军车，引起沿线人们的惊疑和猜测。只有关心时事的人猜对了，这辆军车既然向北开，一定是去打北洋兵的。

是啊！通过火车上破损的车窗和车门，人们看到的是一张张年轻的面孔，整齐的铁灰色军装和胸前鲜艳的红领带，这是国民革命军特有的装束。不是去打吴佩孚，还能去打谁？

而在火车上，由于车厢过于简陋，士兵们都是席地而坐。有的靠着车厢板壁眯起眼睛打盹儿，有的抱着枪在看书，有的人把练字本放在自己的膝盖上，一笔一画认真写字，还有的在轻轻哼唱着"打倒列强，打倒列强，除军阀，除军阀……"。透过车窗往外看，远处的田野和村庄似乎在缓缓漂移，而近处的电线杆、树木、野花却是在跑，长了翅膀一样欢快地后退。那些第一次坐火车的士兵，都被这神奇的现象惊呆了，一个个睁大眼睛入迷地看个不停。

尽管他们明白，火车到站后，还有漫长艰苦的行军在等着他们，还有十倍于他们的强敌在大山的那边，那是血与火的短兵相接，会有惨烈的伤亡，然而，对于这一切，他们都毫不在意，早就将生死置之度外，只要冲锋的军号响起，纵然是刀山火海，他们也会像猛虎下山一样冲过去。

当时的上海英文杂志《密勒氏评论报》上有一篇美国记者阿班发表的文章："北伐启动了……我看着他们登上火车，他们是毫不起眼的一群人，脚蹬草鞋，绝大多数身材矮小，穿着不合身的制服，不是脏灰色就是土黄色。我目送他们凌乱地开进群山，所经之处，最多只是一条羊肠小道。一切都显得杂乱无序，北伐是看起来毫无希望的愚蠢之举……"

当然，后来，阿班为自己的判断打了零分。因为初来中国的他，还不了解中国国情，不了解那时候的国民革命军在战争中爆发出来的强大的生命力。

岭南大学战地救护队的木楼小院里，救护队的女兵在默默地为先遣团隔空送别。杜心舟知道，乘坐军列出发，对先遣团来说，只是一个开始，是长途急行军的起点。再往前，就是她翻越过的罗霄山脉，数不尽的山涧和悬崖峭壁，而且已经到了梅雨季节，淫雨、潮湿、劳累、三餐不定……然而，这一次，他们是一个钢铁般的整体，两千多名弟兄在一起，他们合起来就是一个巨人，一步就能跨过那些河流和山岭，到达被北洋军祸害的湘江大地。

独立团出发不久，杜心舟所在的救护队也到达韶关。

车厢里传出她们的欢呼和尖叫。尽管穿了军装，但年轻女性情绪容易激动和爱表达的特点，使她们依然和普通女孩儿一样，喜欢用热烈的方式表达自己的感受。

下车、集合、报数、训话。负责生活的队长简要讲了几句注意事项后，大家散开，以小队为单位自由活动。

杜心舟在站台上溜达，四处张望。

这是一条断头铁路。朝北望去，这条蜿蜒的钢铁长龙游弋到此处，仿佛突然被什么东西挡住了去路。走不了，退不回，只能不甘心地、有气无力地匍匐在褐红色的大地上等待机会。向南看去，那是巨龙来的方向，龙身舒展而透迤，轨迹流畅而光滑，为巨龙服务的车站售票房、候车室、信号台、水塔以及铁路员工的黑制服、扳道工的黄色坎肩，均呈现出早期钢铁时代的勃勃生机。

广韶段铁路是粤汉铁路修建史上开工最早、中国商办铁路中筑路最长的一段。但由于当时经济和技术力量不够，湘粤之间的几条铁路互不连通，不能形成枢纽，特别是韶关以北，没有铁路连通，只能徒步翻山越岭。

杜心舟想起自己南下时的惨状，不禁莞尔。如今返回去，已经不是势单力薄的几个人，而是前有先遣团开路，后有援军做后盾，救护队在中间，只管赶路便是。

按照指令，救护队要在韶关休息一个下午和一个晚上，次日凌晨出发。

傍晚，杜心龙和阿香来到车站看望杜心舟。

杜心龙看见小萍，立刻直奔过去，嘴里喊着"小丫……"，"鬟"字还没出口，就被杜心舟翻了一个大大的白眼，生生把那个"鬟"字咽了下去，改口为"徐小萍同志！"。

徐小萍也是一身军装。由于身材瘦小，军装就显得格外宽大，杜心舟帮她在腰间扎了一根宽皮带，把袖子挽起来，这才有了精干利落的样子。

平时对小萍嬉笑怒骂习惯了的杜心龙，突然一改口，竟然矜持起来，傻愣愣地站在原地，不晓得往下说什么好了。

倒是小萍落落大方，上前一步去迎接："杜心龙同志，你和阿香姐是来为我们送行的吗？"

"当然是啦！上午心龙告诉我，我紧赶慢赶，生怕见不到你们啦。"阿香快言快语，打破了方才的窘境。

阿香带来很多好吃的，米饺、鸡肉粽子、糍粑，还有一瓦罐热乎乎的米茶。

杜心舟急忙接过来，让小萍给小队里的人分一分。

"心舟阿妹，你们这些兵，全都是女的吗？"阿香望着车站上这一群穿着铁灰军装、戴着大檐帽、齐耳短发的士兵，惊异地张大嘴巴。

杜心舟笑了："是的，全是女的，和阿姐一样啦。"

阿香羡慕地咬着嘴唇："可惜我没文化，还有小孩儿，想参加也没得去啦。"

就在她们说话的当儿，从候车室方向跑过来一个年轻军人，戴一副近视眼镜，二十四五岁的样子，长得面庞白皙，眉目清秀，大檐帽下，竟然留着一头飘飘长发。

他的左腿明显有点瘸，艰难地一溜小跑来到杜心舟面前，问道："您是杜心舟同志吗？"

杜心舟有些诧异，没有马上回答。

"请问，您就是传说中三枪打死三个北洋兵的杜心舟吗？"长发军人再次发问。

杜心舟上下打量他，显然不习惯他的长发。

长发军人见杜心舟不理他，就喊正在一旁和小萍磨叽的杜心龙："杜班长，快帮我介绍介绍。"

杜心龙走过来，熟稔地轻拍一下长发军人："姐姐，我来介绍一下，这位是先遣团的见习副官马萧同志。"

杜心舟半信半疑，再次打量他："见习副官？掉队了吧？"

"是的。崴脚了。"马萧不好意思地甩了一下长发。

原来，独立团出发的时候，马萧也在火车上。行驶途中，他从背包里拿出一本《雪莱诗集》读，由于太专心了，不小心把书掉出车外。视书如命的他急坏了，大喊着"快停车"，可是司机哪里听得见。情急之下，他竟然拉开车门跳下去了。幸亏那时的火车速度不快，他终于找到了诗集，却为此崴了脚，一瘸一拐地走不了路，只好坐下一趟的货车来到韶关，在韶属警备司令部休息养伤。几天后脚伤稍好些，正好战地救护队的车到了韶关，这才由杜心龙陪着来到车站，要和救护队一起走。

得知缘由的杜心舟，还是看不惯他，觉得这个军人虽然神情意气飘逸文雅，可还是阴柔了些，有点"娘炮"。

但马萧不管这些，这个燕京大学国文系的高才生，对自己非常自信。

"我本来是在贝满女中教中文的，后来去了法国，在那里走上了革命道路。去年奉命回到上海做了几个月的学生工作，接着被派到香港，参与省港罢工委员会的工作。一个月前才来到广州，为了记录轰轰烈烈的北伐战争，我几次请缨，终于被批准派到了独立团。"

就在马萧介绍自己的时候，一些女兵围拢过来，好奇而羡慕地看着马萧。

发现这么多美女看着自己，马萧更来劲儿了，清清嗓子，开始朗诵英国诗人雪莱的诗歌《西风颂》。当他朗诵道：

> 豪迈的精灵，化成我吧！借你的锋芒，
> 把我的腐朽思想扫出宇宙！
> 对那沉睡的大地，拿我的嘴当喇叭，
> 吹响一个语言！听，西风，
> 如果冬天来到，春天还会远吗？

马萧的诗人气质和激情朗诵，引来一片喝彩。救护队的女兵几乎全过来了，把热烈的掌声送给马萧。

韦革命扬起一张痴情的脸："马萧同志，你干脆留在救护队吧，当我们的文化教员好啦。"

马萧又是一甩长发："谢谢大家的好意！我要赶回独立团，不能再掉队了。我必须追上他们。为了神圣的大革命事业，我要做战地采访，留下第一手的宝贵历史资料。"

吃了闭门羹的韦革命，不仅不生气，反而死乞白赖起来："马萧同志，我也很喜欢雪莱的诗呾，借给我看几天，好啵？"

"这个……"马萧显然没料到这一招，巧言善辩的他立刻卡了壳。

"借给人家看看嘛！看完了完璧归赵。"这个由韦秀英改名韦革命的女兵，果然很会闹"革命"。

那马萧经不住她的撒娇和送来的秋波，纵然心里一百个不乐意，还是把书递了过去："拿去看吧！但不许损坏，过几天就还我。"

"放心好啦，过几天一定还你哟。"

杜心舟看着他们这一唱一和，觉得很有趣。革命队伍里都是年轻人，不小心碰在一起，美好的故事说发生就发生了。

中卷

救死扶伤女子轻安逸
血海尸山男儿重危行

酷暑淫雨中,他们出发了。

出广州,过韶关,直捣湘鄂。收安仁、打醴陵、克平江、夺汀泗、取咸宁、占贺胜……他和他的弟兄们不畏强敌,长驱疾进。

一次次厮杀后,她找他,希望他安好;一重重险关前,他想她,渴望牵手回家乡。在波澜壮阔的大时代里,他们展现出年轻的壮烈与精彩。然而,她还是先离开了,就在高耸的城墙下,血泊中的丈夫,正在做最后的冲锋……

第十九章

起义湘军的溃退

连绵不断的雨，已经下了好几天了。

此时的罗霄山，已经进入雨季。没有风，阴沉沉的天空，厚重的云团似乎被老天施了定身法，一连数天待在空中一动不动，任凭本该蒸发的水分滴滴答答往下落。

北伐先遣团两千多号人，正在崎岖湿滑的山路上向着北方疾进。

这一天，独立团进入湖南永兴县地界。

在湖南省东南部，郴州最北端，有一个安仁县，它的东边是茶陵县、炎陵县，南面是资兴县、永兴县，向西连着衡阳、耒阳，向北接起衡东、攸县，素有"八县通衢"之称。

安仁县属于半山半丘陵区。万洋山脉蜿蜒于东南部，武功山脉的茶安岭从东北斜贯县境中部，醴攸盆地从北向南、茶永盆地从东北向西南横跨其间，形成"三山夹两盆"的地貌格局。

自1926年初以来，在湖南人民轰轰烈烈的驱赵运动之后，安仁一带由投向广州国民政府的起义湘军驻守。然而，奉系军阀扶植起老湘军师长叶开鑫与起义湘军对抗。同时，北洋军仗着兵多将广，武器精良，又有英国军事顾问做高参，气势汹汹地从湖北打过来，并且连战连胜。

这些起义湘军很少打仗，比较"佛系"。士兵入伍之前，首先要到佛堂受戒，成为佛家弟子，在胸前别一枚绣着"佛"字的黄色徽章，才算正式当兵吃粮。他们哪里见过如此强大的敌人，加上几个月来一直独立作战，孤军无援，心里没底，前景无光，打一仗败一仗，节节后退。

起义湘军求救于广州国民政府，盼望援军早点过来。可是派去的联络员，走的时候满怀希望，回来时却是心灰意冷，说那边的将领表面上很热情，不断安慰他们辛苦啦辛苦啦，嘴上答应马上出兵，暗地里互相踢皮球，连续跑了好几趟，一兵一卒也没要到。

绝望中，这些老牌地方军队觉得再这样把革命闹下去，脖子上吃饭的家伙也会闹丢。为了活命，只好脚底板抹油——开溜，能溜多远就溜多远。

那些得胜者发现他们成为俎上的鱼肉之后，发起了更加猛烈的进攻。于是，吴佩孚的北洋军、叶开鑫的投吴湘军、谢炳文的粤军，还有江西方本仁的赣军，对起义湘军形成铁壁合围之状，穷追猛打，起义湘军只能向南不断溃退。

三个月之间，株洲、衡山失守，衡阳告急，起义湘军已经撤退到了郴州的永兴，距离广东很近。他们意识到，失去湖南，就失去了在革命军中的地位。没有自己的地盘，就没有落脚点，如果不散伙就只能在别人的夹缝里求生存。

到了5月下旬，湖南战场频频告急。一路溃败的起义湘军，士气全无，军心涣散，一个个全是抱头鼠窜的样子。北洋军则是乘胜追击，势如秋风扫落叶，长驱直入打到安仁、攸县，并占据了高地渌田镇。

起义湘军彻底绝望了，前无退路，后有追兵，他们的末路只有死。

这一天，霏霏淫雨。盆地里，本该收割的稻谷，由于打仗荒在田里。三山的重峦叠嶂笼罩在褐色的雨雾里，昔日挺拔的山尖只剩下模糊的影子。

湿漉漉的空气中，有子弹炸裂的硫黄味儿阵阵飘来。

奉命在安仁四十里外的高地渌田镇执行防守任务的第二营，只守大半天就顶不住了，几百号士兵沿着起伏的丘陵，就像撒了圈的群羊一般，拼命向南奔跑。

长时间精神和躯体的过度疲劳、恐惧与无望，使这些士兵几近崩溃。他们之中，有的倒拖着步枪踉跄而行，有的扔掉了子弹袋，有的索性军装也不要了，只穿着一件汗坎肩。起义投靠广东国民政府快五个月了，除了改变番号之外，什么都没得到，军装还是原来的草绿色，帽子也是原先的圆形军帽，军旗也没有换，而且也不晓得丢到哪里去了。

如今，除了性命，身外的一切已经不重要了，他们只想休息一会儿，攒些精神好继续跑。

于是，山坡上、田垄里、大树下，趴着、坐着、躺着很多起义湘军。连绵的小雨中，他们的军装沾满了泥浆，汗水、枪伤、污泥混合成一股难闻的怪味，再加上一些人绝望地唉声叹气，演绎出一副残兵败将特有的颓丧场面。

一个吊着一只胳膊的伤兵似乎内急，站起身想去附近的灌木丛。刚走到一丛荆条棵子旁，突然侧起耳朵在听什么，神色变得很紧张："喂，弟兄们，山那边好像有人！"

没有人理会他。

伤兵继续说："真的，我耳朵灵着啰，山那边有很多人！"

"哈哈！赶紧尿尿吧，射不出来，尿出来也行啊。"

"老弟千万别神经，要不老婆会给你头上种草。"

几个士兵笑起来，然后该坐着还坐着，该躺着还躺着。

北洋军借着吴佩孚的威名，把起义湘军打得死伤无数，又用了英国军事顾问的精神战，使溃兵们风声鹤唳，十分神经质。

就在一众士兵嘲笑吊着胳膊的伤兵时，另一个士兵也站起身想去解手，提着裤子往南而去。突然，他也发起狂来："不好了，弟兄们，山后面有人上来了！"

紧跟着，第三个士兵站起身来，往南面的山岭看了一眼，也大喊起来："北洋兵把我们的后路抄了，我们死定了呀！"

刹那间，起义湘军全乱套了！

在对面的丘陵后面，出现了一支铁灰色的队伍，就像突然降临的天兵天将，以闪电一般的速度，沿着丘陵上的梯田，箭一般直冲了下来，在长长的队伍中间，是一杆系着红飘带的蓝色军旗。

"妈呀！这是什么队伍啊！"

逃跑，已经来不及了！有的士兵被吓傻了，站在那里呆若木鸡。有的习惯性地端起了枪，把子弹推上了膛："反正是个死，老子今天拼啰！"

稀稀落落的枪声中，从铁灰色队伍里传来响亮的呼喊："别跑了！都是自家人！"

败兵们根本没听清楚，以为是要他们放下武器当俘虏，就赶紧把枪扔掉，然后一个个抱着脑袋，浑身发颤蹲在地上。他们等着北洋兵粗野的咒骂，等着机关枪的突突声响起，把他们打成筛子，或者闪着寒光的刺刀扎进他们的胸膛，鲜血流干而死。

二十年以后是否还是好汉，已经顾不上想了。

安静。短暂的安静。没有咒骂，没有枪声，也没有惨叫，只有整齐的越来越近的跑步声和口令声。

"一排长！"

"到！"

"迅速靠近友军，查明情况！"

"是！"

跑步声停止了，紧跟着是一个年轻而果断的声音："跟我来！"

听到"友军"两个字，起义湘军中有胆大的士兵，从灌木丛里或田埂后面探出头来，悄悄观察这支跑步过来的军队。

这支队伍大约有两百人，年龄都是二十岁左右，一个个黑瘦精悍，一律穿铁灰色军服，戴大檐军帽，缠布绑腿，穿草鞋。前胸挂满子弹袋，腰里挂着刺刀、铁水壶、搪瓷碗，后背上斜背着一条军毯、一把小铁锹、一顶斗笠……一看就是全副武装长途奔袭而来，风尘仆仆，泥泞满身，但他们个个充满斗志，丝毫没有疲倦之色，精神抖擞，目光如电。

最与众不同的地方，是他们每一个人胸前都系着一条红领带，在布满阴霾的天空下，红领带显得格外耀眼亮丽，如同一簇簇跳动的火苗。

站在队伍最前面的，是一个二十岁出头的年轻军官，个子不高，额头宽阔，鼻梁高挺，和善的面容下，是一种书卷气和行伍气交织在一起的睿智和机敏。

这个军官的身后，也是一个二十出头的军官，身材高大，国字脸、龙眉、豹眼、狮鼻，结实的胸大肌从扎着腰带的军装里崩出来。他左手叉腰，右手提着驳壳枪，整个人如同一头下山的猛虎，显得非常勇猛强悍。

瞅了一会儿，发现这两个军官并没有下令杀戮的意思，几个胆大的起义湘军士兵小心翼翼凑上前去。

"弟兄们，你们是哪一部分的？"中等身材的军官先开了口。

"我们……我们……"起义湘军士兵吞吞吐吐，不敢承认。

"快说，你们到底是哪里的？"高个子军官发话了，四川口音响亮又严厉。

"长官，我们是……起义湘军第三十九团第二营的。"那几个起义湘军士兵被吓得直哆嗦，只好说了实话。

高个子军官勃然大怒："第二营？第二营不是奉命防守渌田墟吗？怎么在这里？"

几个起义湘军士兵都快哭了："我们顶不住了，北洋军太……太厉害了……"

高个子军官浓眉竖起："厉害？你们的枪炮是干啥子吃的？当烧火棍了？"

一个败兵见对方气势卓然，壮起胆子问："长官，你们是哪一部分的？"

中等身材的军官朗声回答："我们是国民革命军北伐先遣团的！"

"革命军？从广东过来的？"

"正是！"

几个起义湘军士兵都愣住了，随即突然明白过来，惊喜万状，向着四周狂呼大喊起来："革命军来了，我们得救了！"

"弟兄们，快出来吧，我们的援军到了呀！"

就像濒死的人突然得到灵丹妙药，或者走失的孩子在绝路上遇见母亲，起义湘军士兵纷纷从沟渠里、坟头后、树丛中，凡是能藏身的地方走出来，把脱掉的军装重新穿上，扔掉的武器重新找出来扛在肩上，聚集在先遣团周围。

高个子军官看到他们如此狼狈不堪，余怒未消："你们的长官哪里去了？"

起义湘军们你看看我，我看看你，犹豫了一会儿，其中一个士兵才说："营长好像在树林里。"

"去喊他过来！"

那个士兵急奔而去。几分钟后，营长王东远带着两个勤务兵慢吞吞地走了过来。只见他圆形的军帽松松地歪在脑袋上，军装的扣子有一粒没扣好，腰间的指挥刀由于刚刚挂上还不稳当，一看就是匆忙之下重新披挂的。

"兄弟就是起义湘军第三十九团第二营王东远，阁下是……"

"我是北伐军先遣团第二营第四连连长卢德铭，这位是我的一排长李子华。"卢德铭指一下身边中等身材的军官，"我们奉命来帮助你们防守渌田高地。"

王东远哭丧着一张脸："你们来晚了，渌田高地没了。"

卢德铭望着远处的渌田高地，气得鼻翼翕张直喘粗气："一个小小的圩子都守不住，你们可是一个营的兵力，怎么搞的，都是小屁孩儿光会吃奶吗？"

"连长阁下不晓得，他们是六个团，清一色的英国枪，还有钢炮。"

得知对方是一个连长带着一个小排长，王东远心里松了一口气。这会儿见卢德铭训斥自己，就摆出了上司的架势，反唇相讥。

"我说卢连长啊，你们刚出兵什么也不懂。我们从元月份起义到现在，孤军和北洋军打仗，已经很够意思了。五个月来我们盼星星盼月亮，结果呢，你们只来了一个团还不算，竟然还只派你一个连打先锋，请问那六个团，你一个连能顶住吗？"

面对一路溃逃丢掉阵地还找借口的营长，卢德铭真想给他一记老拳，气急中，就听李子华高声喊道："贺营长来了！"

第二营营长贺声洋大步而来。

这是一个眉清目秀的军官，看起来二十三四岁，有着匀称标准的军人身材，一身合体的铁灰色军服，大檐军帽，整齐地挎着斜皮带，皮带前佩带着一支小巧的左轮手枪，走起路来大步流星，气宇轩昂，一双秀气的眼睛里洋溢着自豪与自信。

"王营长，幸会幸会！"

"贺营长，欢迎欢迎！"

两个营长同时向对方行军礼。

礼毕，卢德铭和李子华立刻上前，一左一右护卫在贺声洋身后。

王东远被这三个军官的气势镇住了，心想他们真年轻啊，自己熬到三十多岁才当上营长，而眼前这三个人，乳臭未干就领兵打仗，心里酸酸的，很是不服，嘀咕着："也就是初生牛犊不怕虎吧，和北洋军碰一次，看你们还张狂不张狂？"

但贺声洋根本没理会他的小心眼，此刻已经走到队伍前面，向士兵们大声说："弟兄们，高地已经丢了，我们怎么办？"

士兵们立正举枪，齐声喊道："消灭敌人，夺回高地！"

"对！我们是革命军人，是光荣的北伐先遣团。我们这次出征，是代表广州国民政府来解救被军阀压迫的人民大众。这是我们第一次打仗，我们一定要打赢，大家有信心没有？"

士兵们大声呼应："有！"

卢德铭上前一步请战："报告营长，第四连请求打先锋！"

贺声洋欣慰下令："好！第四连做好准备，立刻反击！"

卢德铭领命，转身向着自己的连队："弟兄们！目标，前方的高地，北洋军有好枪好炮，我们要把它换过来！"面对李子华，又命令道："一排长！"

"到！"李子华立正应答。

"你带领一排作为突击队！跑步前进！"

"是！"李子华领命而去。

卢德铭用力把驳壳枪一挥，高呼道："弟兄们，冲上去！"他自己带头冲上去了。

士兵们受到鼓舞，全都提起步枪，簇拥着军旗，向前奋勇奔跑。

王东远惊异地看着这一支无所畏惧的队伍，跟在后面连声呼喊着："卢连长，快回来，他们是六个团，六个团呢！"

贺声洋微微一笑，示意两个勤务兵把王东远连拖带拽架了回来。

起义湘军在原地发呆，他们第一次见到这样不要命的弟兄，有些感动，还有些惭愧。有的士兵受到感染也想跟着冲上去，但看到自己营长被打趴的样子，只得乖乖待着。

第二十章

反击冲上去

"弟兄们,冲啊!"

第一排排长李子华带领他的突击队奋勇向前,第二营很快顺利占领了渌田高地前面的次高地。

之所以这么顺利,一是因为北洋军一路南下还没有遇到对手,他们已经习惯了起义湘军的节节溃退,习惯了攻城略地长驱直入。尤其是得到渌田高地之后,更不把起义湘军放在眼里。二是淫雨过后的天气湿热难当,北方过来的士兵非常难熬。于是,北洋兵放松了警惕,有的脱光衣服,钻进帐篷里睡大觉,有的聚在一起喝酒赌钱,猜拳行令快乐无比,哪里能料到冷不丁会杀过来一支虎狼之师?

听到枪声,那些喝得醉醺醺和睡得迷迷糊糊的北洋兵顿时乱了套,有的提着裤子满世界找枪,有的把骨牌当成手榴弹扔了出去,有的还以为是谁开玩笑枪走了火,嘴里喊着"恁娘个脚哩,闹啥闹!",跑出帐篷要去打架。

在第二营猛烈的攻势下,次阵地上的北洋兵由混乱变成了逃跑,也就是一支烟的工夫,懵懵懂懂中,全都跑到主阵地上去了。

渌田高地,名为高地,其实就是一片起伏的丘陵,丘陵的后面是一个几十户人家的小镇子——渌田镇。丘陵前面是一大片开阔地,易守难攻。后来,这一带成为井冈山革命根据地的一部分。

而此时,遭到打击的北洋军才明白过来。主阵地上吹起了紧急集合号,北洋军开始组织火力,封锁下面的那一片开阔地。

第二营第四连连长卢德铭正在指挥士兵挖战壕。

战壕很快就挖好了,第二营营长贺声洋和卢德铭在做最后的验收,士兵们则坐在战壕里吃干粮,擦拭武器,等待出击命令。

李子华站在自己的队伍前面,视线却不离开连长卢德铭。这位仅仅比自己大两岁的连长,一直是他学习的榜样,而连长堪称传奇的经历,更是令他佩服。

这是卢德铭来到独立团的第一仗。对他本人以及全连,都是一次严峻的考验。建团以来,弟兄们多少日夜的艰苦训练,都要在实战中来验证。而且,他所属的第二营,又是全团最薄弱的一个营。他担任连长的第四连,则是第二营中最薄弱的一个连,有不少士兵是出发前补充进来的新兵。尽管十几天行军途中,新兵被老兵带着表现都不错,但在真正的炮火和面对面的厮杀中,他们能否镇定和坚强呢?

参加过两次东征的贺营长似乎胸有成竹。他举起望远镜,对着高地上望了一会儿,然后放下望远镜对卢德铭说:"按原计划开始吧。"

"是!"卢德铭敬礼后,跑回自己队伍前面,向担任冲锋的三个排的排长问道:"准备好了吗?"

"报告连长,准备好了!"

卢德铭大步走到士兵们面前,战士们全都持枪立正,一动不动,紧紧绷着的脸上是大战前夕的紧张严肃。

卢德铭站在队伍前面,大声说道:"弟兄们,马上开始冲锋了。显示我们先遣团本事的时刻到了,大家能不能冲上去?"

士兵们个个挺胸抬头,齐声呐喊:"能!"

"好!"卢德铭赞赏地点头,命令道,"一排先上!吹冲锋号!"

冲锋号声应声响起,人心激奋。

卢德铭举起驳壳枪,大喊一声:"弟兄们,冲啊!"率先冲了上去。

"冲啊!"李子华紧紧跟在卢德铭身后,也高喊着冲了上去。

高地上,北洋军的枪声响了,手提机关枪也嗒嗒地响起来。霎时间,步枪、手榴弹、机关枪织成了一道火力网。

李子华跟着卢德铭冲进火力网,就感觉子弹像蚂蟥一样"嗖嗖"地从身前身后飞过,他一心只想抢上高地,竟然忘记了害怕。突然,他听到身后有人大声叫喊:"排长,排长,不好了!"

李子华猛回头,只见一班长在他身后,大声叫着:"队伍没跟上!"

李子华这才发现,跟在自己身后的只有十来个人,其他的新兵都趴下了。

他又急又气,向一班长喊道:"卧倒!我去把他们带上来!"说着,回身往下面跑去。

新兵们都卧倒在田埂里,惊慌失措地看着上面射下来的密集枪弹,有的还用双手捂着耳朵。

李子华跑到他们身边,厉声喝道:"起立!都给我站起来!"

听到命令,新兵们都站立起来。

卢德铭高举驳壳枪,红着眼对李子华喊道:"一排长,记住我们的团队精神,立功的时刻到了,快跟我冲上去!"

李子华也急红了眼，他拼出全身力气，一声大喊："一排弟兄们冲上去，杀！"

新兵们见排长如此勇敢，也端起枪，大喊着"杀"，跟着李子华冲上去了。

匍匐在火力网边上的老兵们见状一跃而起，端起枪大喊着向高地冲去。一时间喊声震天，枪声也噼里啪啦响起来。

高地上的北洋军本来就缺少准备，又没有战壕做依托，看见这一支队伍来势凶猛，根本就不怕死，早就慌了手脚，抵抗了一阵，便稀里哗啦拼命往后跑去，一直跑到了渌田镇。

卢德铭带着第四连一口气追上高地。依照团部的命令，叶挺团长要在这里消灭北洋军前锋部队主力。卢德铭一面向营长报告，一面下令挖战壕巩固阵地，因为后继部队很快就会按照部署到达指定战线。

渌田高地，正午时分，天已放晴。

6月的阳光像辣椒水一般火辣，肆意地泼洒在田野上，连日的阴云好似被太阳烧化了，消失得无影无踪。

高地上下，布满纵横交错的战壕和大小不一的弹坑，由于没风，淡蓝色的硝烟在阳光下慢腾腾地翻卷，久久不散。阵地上弥漫着火药味、烧焦的木头味和飞溅的泥土味。

陆续赶来的先遣团士兵，三三两两地聚在一起休息，有的在喝水抽烟，有的擦拭武器，有的在小声谈话。

高地周围，新挖了一条长长的战壕。第二营在战壕里枕戈待命。

贺声洋走在战壕里，不时举起胸前的望远镜，朝渌田镇方向瞭望。

从高地上往下看，北洋军正在调兵遣将，一队一队穿着蓝色和草绿色军服的士兵，正在向镇子旁边的场地上移动，似乎为了鼓舞士气，时不时放过来一发炮弹，引起一阵闷雷般的响声。

那时候，中国军队里大炮很少，师级以上才配有炮兵营，而且还是比较小型的山炮或野炮。当然，这些火炮主要依靠进口。

北洋军的大炮阵地，在渌田镇背后的一块丘陵上。丘陵下面是一片开阔的龙脊梯田，随着山势渐渐高上去，镇子的南面是一座石头筑起的门楼，先遣团的前沿阵地，就紧对着石门楼，在与石门楼相隔两里多地的高地上。

第四连的战壕里，卢德铭在和李子华交谈。

李子华因为自己排里的一些新兵不敢打冲锋，在向卢德铭检讨："卢连长，是我对弟兄们进行的思想教育不够。"

"要不得。这事不怪你,是我这个做连长的粗心大意了。"卢德铭豪气地大包大揽,大手一挥说,"那些新兵是有点不适应。一排长,你不就是很勇敢嘛!"

李子华还是忧心忡忡:"可是,眼下马上就是一场恶仗,我担心他们还会趴下……"

卢德铭拍拍李子华的肩膀,安慰道:"莫得事啰,李排长,说来你也是新兵嘛。这就好比大考前学生复习功课,一千次温习背诵,都抵不上一次正式考试的磨炼。只要你带个好头,你和你的弟兄们,都会很快成长起来。"

李子华点点头,两个人都不再言语。

石门楼那边,北洋军布阵已近尾声,镇子后面的北洋军不再移动,黄、红、蓝三色指挥旗从四个方向摇摆着,调兵的号声应和着旗语,而穿绿色军装和蓝色军装的队伍像大风暴掀起巨浪前的海面,平静得令人不寒而栗。

北洋军的进攻开始了。

渌田镇石头门楼上,升起一面黄蓝相间的信号旗,接着军号声响起,不是一个,而是好几个铜号一起吹响。同时,军鼓也咚咚地敲起来,激越的、节奏分明的鼓声和尖厉瘮人的号声交织在一起,营造出一种重兵压城的恐怖气氛。

"轰!轰轰!"

大炮打过来了,炮弹落在第四连战壕的前后左右,溅起一片烟雾,碎土石块哗哗地往下落。

由二百多名北洋兵组成的方块冲锋队,从镇子旁边迈着大步、端着枪直挺挺地走过来。

李子华心里有些发慌,对身边的卢德铭悄声说:"连长,北洋军过来了!"

卢德铭轻蔑地往下扫一眼,竟然扭转身子盘腿坐在战壕里。他的嘴里咬着一根狗尾巴草,眯起一双豹眼,似乎要闭目养神。

"不就是一个连嘛!慌啥子呢!"

北洋兵越来越近了,隐隐地都能听到他们"唰唰"的脚步声。

李子华根本就坐不住,他伏在战壕旁,紧张地看着渐渐移动过来的北洋兵,再次叫起来:"连长!他们就要上来了!"

卢德铭嚼着嘴里的草,眼皮都懒得睁开。

"轰!"一发炮弹在战壕前面猛烈地爆炸,泥土混杂着草屑一片片落进战壕,李子华急忙把头埋进壕沟里。

卢德铭这才睁开眼睛，他毫不在乎地拍拍驳壳枪上的尘土，用衣袖擦拭着，骂了一句："你个砍脑壳的。"对李子华说："一排长，把头抬起来！"

李子华抬起头，不好意思地对卢德铭笑笑，用力把身上的尘土抖落掉。

卢德铭发现李子华的步枪沾上了灰土，立刻绷起脸："一排长，保护好你的枪，不要让灰土钻进枪管里。枪是军人的第一生命！"

"是！"李子华学着卢德铭，用衣袖仔细擦拭枪管。擦完，他回头看着士兵们，喊道："弟兄们，保护好你们的枪，不要进灰土，枪不好使，就成了烧火棍！"

士兵们都学着排长的样子，赶紧用衣袖擦拭枪口。

北洋军的方块冲锋队，已经朝高地大步走来。他们的步伐整齐有力，极具震撼力。此时，号声停止，只剩下战鼓单调而急促地敲打，和着冲锋队的脚步，"咚咚咚、咔咔咔……"，让人感受到恐怖和压迫感。这就是吴佩孚聘请的英国军事顾问所训练的精神战。

第一个方块队冲上来了，第二个方块队也从镇子里移动出来，炽烈的阳光下，绿的与蓝的士兵像蝗虫一般蜂拥而来。

李子华趴在战壕里，看着愈来愈近气势汹汹的敌人，他的呼吸开始急促，脑门开始冒汗，心脏也在噗噗急跳，紧握步枪的双手渗出汗水来。他焦急地说："连长，打吧！"

"莫慌。"卢德铭吐掉嚼烂的那根狗尾巴草，又从战壕边拔下一根新的含在嘴里，天晓得他怎么那么爱吃草。"我们的子弹不多，要节省着用。等他们再近一些，看清模样再打。"

李子华把潮乎乎的双手在军衣上擦了擦，定睛去看下面的北洋兵。

这时候，第二个方块队已经跟上了第一队，第三个方块队也从镇子里移动出来。军鼓和军号震天响，丛林般的刺刀闪着寒光，刺刀中间还夹杂着蓝黄相间的信号旗。

他回头看看卢德铭，连长竟然在慢腾腾地整理军帽。

北洋兵已经接近高地，只见走在前面的两个指挥官，把指挥刀举过头顶往下一劈，喊了一句什么，顿时，军鼓猛烈地敲打起来，节奏快得让人喘不过气来，北洋兵随着鼓声，端着枪，哇哇怪叫着冲了上来。

战壕里传出卢德铭的吼声："给我打！"他举起驳壳枪，率先打出第一梭子弹。

李子华端起步枪瞄准，扣动扳机，子弹带着"嗖嗖"的响声飞了出去。

高地的战壕里，马克沁重机枪开始吼叫，发出低沉的重音。士兵们把手榴弹一个接一个投掷出去，炸出一片连一片的火花和泥土。

紧张射击中的李子华，不知道子弹是否打中了敌人，尽管手有些抖，但他命令自己，只要能打出去就是胜利。

而卢德铭，此时已经换上一挺轻机枪，正在全神贯注地射击。他的扫射迅捷而准确，即使北洋军的炮弹在战壕前后爆炸，密集的子弹从头顶飞过，他依然不为所动。

然而，北洋军把这次进攻当成了背水一战，前排的士兵在枪弹中倒下，后面的督战队依然逼着士兵们跟上来，不顾一切地跨过前面的尸体，端着枪往前猛冲。

李子华一边射击，一边不时回头往两边张望，激烈的枪炮声和北洋军的吼叫，让大地都在震动，生和死就在一瞬间。

尽管开阔地上倒下很多尸体，但北洋军继续冒着枪弹不惧死亡奔跑而来，炮弹也越来越密集，不停地在战壕前爆炸。

突然，在战壕的那边，传来一声惊恐的叫声："不好啦，我受伤了！"一名士兵爬出战壕逃走了。

"北洋军又上来了，怎么办啊？"

李子华浑身一颤，急忙向那边望去，他看见几个新兵正在从战壕里往外爬。他的心一下子提到了嗓子眼，他担心的事情还是发生了。临阵逃脱意味着什么，他不敢去想，也不忍心去做，只是本能地呼喊："快回来，不要跑！不要跑！"

可是，那几个新兵已经爬出战壕，撂下枪支，没命地朝后面跑去。

"回来！快回来！"

李子华连声呼叫，看到北洋兵已经冲到了战壕前，他急忙扔出一个手榴弹，回身再喊："不能跑，不能跑啊！"

"轰"的一下，一颗炮弹飞来，在他身边爆炸，他急忙卧倒。

卢德铭也发现了新兵的情况，他愤怒地跃出战壕，挥动着驳壳枪，在奔跑的士兵后面呼喊："不要怕，快回来，你们这些瓜娃子！再跑老子毙了你们！"

趁着混乱，北洋兵已经涌了上来，占据了主动，眼看着高地就要失守，辛苦建立的第一道防线就要崩溃了！

李子华眼冒金星，一股热血直往头上涌。情急之下，他猛地跳出战壕，举起一支步枪，拼着全身的力气喊道："共产党员们，快站出来呀！"

他想起了娘子杜心舟，一个弱女子都敢打死三个北洋兵，而他们，可是独立团的男子汉哪!

看到排里的几个共产党员都站了出来,李子华继续高声喊道:"弟兄们,你们的嫂子都能打死三个北洋兵,难道你们是草包吗?"

几个共产党员齐声回答:"我们不是草包!"

炮火中,战士们纷纷站起来,举枪呐喊。

李子华望着不到二十米的北洋兵,是刺刀见血的时候了,狭路相逢勇者胜。此时不拼,更待何时!

"上刺刀,退子弹!"李子华发出命令。

在平时的训练中,独立团的这两个口令永远联系在一起。

为了显示士兵们的英勇和决心,为了展示白刃战中的果敢和技术,团里规定拼刺刀时枪膛里不许有子弹。

刹那间,士兵们都退出了子弹,安上了明晃晃的刺刀。

这时,北洋兵已经冲到眼前了。

"杀!"

李子华已经是两眼血红,大喊一声,端着刺刀就扑进了敌群。

北洋兵同时也扑了过来,李子华迎上去,端着枪就刺。

第二十一章

第一次刺刀见血

渌田高地上,一场短兵相接的白刃战正酣。

军鼓的敲击,刀枪的闪光,铁器相触的叮当声,激烈愤怒的喊杀,被刺中的惨叫,杂沓的脚步,急促的喘气声……一时间战场上如黑云压城,暗无天日。

李子华正在对付一名高大的北洋兵。

那北洋兵长着一张黑黝黝的大脸,满脸油汗,表情狰狞,端着刺刀哇哇叫着直奔过来,根本不把李子华当回事。李子华凭借在训练中磨炼出来的有力双手和灵巧的身体,在这个彪悍的敌人面前闪展腾挪。他的两眼冒着仇恨的怒火,心里是决一死战的决绝。他知道,他不是一个人,而是一个阵营。每一个瞬间,不仅决定着个人的生死,更决定着北伐的进程,决定着中国的命运和千千万万人的生活。

他绝对不能倒下!绝对不能输!

李子华躲避着敌人的刺刀,寻找对方的破绽。忽然,他假装力气不支,只使出招架之力,慢慢往后退却。北洋兵以为他不行了,得意地跟过来,李子华突然一个左闪,避开对方的攻击,大吼一声,刺刀迅速扎进北洋兵的前胸,北洋兵惨叫一声,倒下了。

然而,没等李子华喘过气来,另一个北洋兵冲了上来,歇斯底里地哀号着,似乎倒下的那个是他的好友,为了报仇举枪玩命刺过来,李子华躲闪不及,正面暴露在敌人面前。就在这千钧一发之际,只听敌人一声惨叫,那北洋兵竟然倒地身亡。

卢德铭站在李子华的身边,刺刀上沾满鲜血。他微笑着,嘴里竟然还嚼着那根狗尾巴草!"这些龟儿子,竟然还挺仗义!"

"谢谢连长!"李子华感激地说着,他喘着粗气,用袖子擦着脸上哗哗流淌的汗水,望望高地下面正在集结的北洋兵:"敌人又要冲锋了!"

"龟儿子上来吧!"

卢德铭也是汗水湿透军衣,他在一丛青草上抹去刺刀上的血:"痛快!这才是显示真本事的时候!"

李子华回身望望战壕,有一些弟兄倒下了,但活着的士兵们依然屹立在战壕上,有的挂了彩,浑身是血,但士气高昂。他们紧紧端着手里的刺刀,准备迎接更加残酷激烈的战斗。

卢德铭高挽起军衣袖子，下达命令："各排排长，修整战壕，收集弹药，准备再战！"

"是！"李子华和其他排长答应着，回到各自的战壕里。

卢德铭屹立在战壕上，一手叉腰一手挥舞着驳壳枪，大声说道："弟兄们，守住渌田高地，打垮进攻的北洋军，这是团长交给我们四连的光荣任务，再艰再难也要完成！大家有信心没有？"

"有！保证完成任务！"

剩余的近二百名士兵齐声应答。

突然，有个士兵惊异地叫喊起来："连长，快看，那些逃跑的弟兄回来了！"

卢德铭和李子华同时回头，他们看到，那十几个临阵逃走的新兵蛋子果然回来了。

新兵们端着枪，迈着大步，一阵风般跑过来。先前因过度紧张和劳累显得异常苍白的脸，此时已经恢复常态，恐惧消失，取而代之的是信心、无畏和将功补过的决心。

领头的一个新兵举起枪，边跑边喊："连长，我们回来了，我们要参加战斗！"

这一声喊，将卢德铭强按下去的怒火又激了上来，他把手里的驳壳枪对准了他们："你们还有脸回来？"

新兵们站下了，全都耷拉下脑袋。战壕前，一时死一般地寂静。

片刻，领头的那个新兵鼓足勇气，说道："连长，是参谋长让我们回来的。"

卢德铭余怒未消："参谋长没有毙了你们？"

"参谋长让我们将功补过。"领头的新兵继续解释。

"好！既然参谋长放过你们，"卢德铭放下手里的枪，挥挥大手，"归队吧！是骡子是马，给我战场上见！"

"是！连长！"新兵们如释重负，纷纷回到各自在战壕里的位置上。

渌田镇石门楼顶上，再次升起黄蓝相间的信号旗，接着军号声响起，军鼓也咚咚地敲起来，节奏极快的鼓声和尖厉瘆人的号声再次交织在一起，震颤着人的神经。

"轰！"北洋军的山炮开始炸响，敌人的又一次进攻开始了。

经历了一场白刃战的李子华，已经没有了原先的怯懦和犹豫，他带领第一排的弟兄们奋勇阻击，这一次，他出手更快更猛。而那些溃逃的弟兄，一个个热血沸腾，争先恐后，奋勇向前。他们呼喊着，带着勇气，带着赎罪感，带着新生，勇猛地冲向了敌人。

厮杀中，李子华连续撂倒三个北洋兵。

得胜的间隙，他朝渌田镇望去。只见那里的北洋兵突然混乱起来，接着，传来激烈的、越来越近的枪声。听到背后的枪声，正往高地上冲的敌人慌了，转身往回跑起来。

卢德铭兴奋地大喊："弟兄们，第一营的弟兄打过来了！"

在弟兄们的欢呼声中，卢德铭跑到营部战壕里请求任务："贺营长，我们追吧！"

贺声洋望着渌田镇方向，兴奋中带着不安："团长不是这样部署的，是一营长提前行动了！"

卢德铭接过话头，继续兴奋地说："营长，第一营提前行动，是为了支援我们。现在不追上去，第一营的弟兄们恐怕要吃亏啊！"

贺声洋略一踌躇，下决心道："好！我们追上去！"

卢德铭迅速跑回自己的阵地对着弟兄们大喊："快吹冲锋号，四连的弟兄们，我们追上去！"

激越的冲锋号响了。卢德铭命令李子华："一排长，继续打先锋！追！"

卢德铭抽出腰间的驳壳枪，向后一挥手："弟兄们，追呀！"

李子华带领第一排战士，跟在卢德铭身后，如同猛虎下山，向渌田镇里的北洋军扑去。

第四连的士兵在卢德铭带领下，奋勇追击，越跑越快，越跑越远了。

渌田高地下面，北洋军组织的预备队被那些从高地上溃败下来的士兵一顿冲撞，也掉转枪口跟着逃跑。他们不知道革命军有多少人和多少武器，只听见身前身后都是枪声和喊杀声。当官的骑着马跑在前，士兵们紧跟在后，只恨爹妈少生了两条腿。

扭转战局之后的第四连，再加上第一营和特别大队的加入，弟兄们全都士气高涨，锋芒尽显，锐气难挡。

李子华紧跟在卢德铭身后，在敌群中横冲直撞，见一个杀一个，很快冲出渌田镇，他们把身后的敌人丢给曹渊的第一营，一直向前冲去。

这一路，第四连弟兄们简直长了飞毛腿，紧紧咬住敌人不放。

一路上，无数的伤兵和实在跑不动的北洋兵缴械投降，他们跪在路边，哆哆嗦嗦地把步枪举过头顶。但李子华根本没工夫管他们，只是取下他们的枪扔进稻田里就算接收俘虏了，然后喝令他们到后面集合，俘虏们自有农民协会的弟兄看管。

此时的李子华，浑身充满勇气和力量。他尽显排长的英姿，端着枪跑在弟兄们的前面。

从渌田镇到攸县，四十多里的丘陵路段，第四连追逐着无数溃散的北洋兵，冲垮了敌人十几次反扑，于傍晚时分，追到攸县县城下。

攸县县城的城南，有一条大沙河。河上是一条用木船连起来的浮桥，连接起乡间和县城。此刻，溃败的北洋兵拥挤着、叫喊着，争先恐后地要通过浮桥跑进县城，有的被挤下河里，在水里挣扎喊叫，不一会儿便沉没了。

卢德铭追赶敌人跑上桥头，一河之隔的攸县县城就在眼前。他正要下令冲过桥去，却突然想起攸县不是今天进攻的目标。战前，叶团长在全团军官会议上下达命令，其中一个是在高地前面击溃敌人主力后，全团官兵到渌田镇北面五六里远的一个小村庄会合。而自己，竟然被胜利冲昏了头，冒冒失失带着连队跑出去这么远！

想到这里，卢德铭心中一惊，急忙回身，对正向桥头奔来的队伍喝道："停止前进！"

李子华端着枪，冲得正起劲，没听见连长的命令，被卢德铭一把拽住："别追了！"

李子华有些奇怪，问："为什么？"

卢德铭喝道："叫你别追就别追！快传我的命令！"

李子华这才回身，高声喊道："弟兄们，停止前进！"

军令如山。正在疾行的士兵们仿佛突然来了个急刹车，都在倾斜的河坡上停住了。

李子华让一排报数，一个也没落下，就命令道："停下来整理军容，原地坐下，休息！"

传令兵跑过来，对李子华道："一排长，连长命令你去开会！"

李子华不情愿地向卢德铭走去："连长，为什么不追了？这时候要是追到县城把他们一锅端了，该多好啊！"

卢德铭绷着脸不说话，只是带着李子华等几个排长走上河堤，手搭凉棚看着河对岸。

李子华也往对岸看去，他惊异地发现，北洋兵开始拆浮桥了，几个士兵正在用斧头猛砍桥上的船板。

卢德铭收回视线，对排长们道："看到了吧？北洋军已经想在我们前面了。如果他们拆掉浮桥，我们再去冲锋，不光伤亡很大，还会延误时间。"

几个排长明知道战机就在眼前，但都沉默不语。

卢德铭看着几位排长的神态，问李子华："一排长，你怎么看？"

李子华犹豫一下，鼓足勇气说道："按兵法，现在冲过浮桥是最好的时机，《曹刿论战》中说，一鼓作气，再而衰，三而竭。可是，团部的命令在前，我们……"

卢德铭有些焦躁："这时候别跟我吊书袋子，我知道的不比你少！我只想听你说心里话，行，还是不行？"

李子华心里一阵悸动。他何尝不想立刻冲过浮桥全歼敌人。他望望河对岸，似乎听见了北洋兵用斧子砍桥板的声音，每一声都砍在了他的心上。但他心疼连长，如果这时候集合队伍，带到团长指定的村里，既巩固了胜果，又不会违犯军纪。可是，如果眼睁睁看着敌人把浮桥拆掉，等到敌人缓过气来，利用大河这个天堑部署好火力网，那将会使无数的革命军弟兄血染河水啊！

李子华焦灼的目光与卢德铭的目光相碰，两个人已经是心照不宣。

他们都是共产党员。而一名共产党员，在关键时刻，不能光想个人得失，军令再重，也要顾及突发状况，随机应变，不是还有一句话，叫作"将在外，君命有所不受"吗？

卢德铭钢牙一咬，下定决心，要采取行动了。如果真的要执行军法，死就死，总比让更多士兵弟兄流血牺牲划算。想到这里，他走到排长们面前，低声吩咐道："同志们，马上把各个排的共产党员叫来！"

于是，全连的共产党员，集中在河岸的一棵老榕树下。卢德铭谈了自己的想法，没料到全体赞成，并且要联名分担责任，把这件事当作第四连党小组的决议。

卢德铭坚决不同意，他要一人做事一人当。他从军衣口袋里掏出一支笔和一个袖珍笔记本，撕下一张纸，在上面匆匆写下几句话，然后签上自己的名字。

李子华也要签名，却被卢德铭一把推开："走开，不关你的事！我是连长，我负全责！"

卢德铭把纸条交给勤务兵："你马上回营部，就是渌田镇北面的那个小村子，把纸条交给团长，就说是我一个人的主张，不要连累大家。"

勤务兵眼含泪水："可是，连长……"

卢德铭戳一下勤务兵的鼻子，语调轻松地说："瓜娃子，瞧那小样儿，快去！"

勤务兵啪的一下敬礼，转身欲走，又问："连长，团长要问战斗情况，我怎么回答？"

卢德铭刚硬地说："你就报告，第四连已经占领浮桥，并且会一直守住它！"

勤务兵再次立正敬礼，抹着眼泪跑了。

这时候，另一名勤务兵领着两个年轻后生跑过来。年轻后生一高一矮，一黑一白，尽管都是农民打扮，但笔直的腰杆、抖擞的精神，一看就是受过军训的人。

卢德铭迎了过去。

勤务兵持枪敬礼，兴奋地指着高而黑的后生说："报告连长，这位是农协自卫军队长段春雷同志。"接着又指着矮而白的后生说："这位是副队长孙乾生同志。"

李子华惊异地看着他们两个，在脑海里搜寻着记忆。

卢德铭兴奋地握住段春雷的手说："同志，太好了！农民兄弟来了多少？"

段春雷指着河坡上的那些穿着汗坎肩，高举着锄头、铁锹和镰刀的队伍，足足有二三百人。

"长官，我们接到命令，特地过来配合先遣团。请给我们任务吧！"

"我们也学过打仗，跟在你们后面运送弹药，救护伤员！"孙乾生也瓮声瓮气地请战，一说话便露出缺了一颗的门牙。

第二十二章

大火中占领浮桥

第四连近二百名士兵摆成冲锋队形,匍匐在大沙河桥南。

他们在防守高地恶战、长途追击之后,风尘仆仆,脸上均显出疲惫之色。但他们精神状态很好,一个个握着步枪,虎视眈眈地注视着桥对面。连长卢德铭为全局着想,甘愿负责的大仁大义激励着他们:一定要夺取浮桥,为全团打开一条前进的通道!

卢德铭安排好前来助战的农协自卫军,大步从河坡上赶过来,仔细检查全连的冲锋装备。战士们团结一心支持他冒险一战的精神,使他更加坚信能打好这一仗。

卢德铭走到队伍前面,站在连接浮桥与河岸的跳板上,向对岸望去。

大河北面,北洋兵还在混乱之中,大部分军队逃到攸县县城里去了。在桥头防守的,看上去不过两百来人,也就一个连的兵力。那些士兵有的在拆卸浮桥上的木板,有的正在从河坡上往桥头搬运弹药,看他们晃晃悠悠的散漫样子,似乎没预料到这边的革命军会马上冲过去。

这正是发起进攻的好机会!

卢德铭举起右手,然后用力往下一挥,岸上的一挺轻机枪立刻朝北岸猛烈扫射起来,敌人没有防备,乱成一团。

卢德铭举起驳壳枪大吼一声:"弟兄们,冲过去!"

站在冲锋队第一排的李子华带头向前冲去。士兵们看见连长、排长都身先士卒,也喊杀着冲上浮桥。

埋伏在河堤上的农协会员,在段春雷和孙乾生带领下,齐声呐喊:"冲啊!杀呀!别让北洋军跑了呀!"

一时间,浮桥上犹如千军万马走过,地动山摇。

桥北面的北洋军经过短暂的慌乱之后,终于明白过来,他们毫不示弱,在桥头组织起强大的火力网。两挺轻机枪率先开火,步枪也随即密集地响起来,一颗颗手榴弹掷向浮桥,炸起一团团火花。

卢德铭带领的冲锋队伍,冒着密集的枪弹向着桥北岸猛冲。他一面用驳壳枪向对岸射击,一面高声呼喊:"弟兄们,冲过去啊!"

李子华端着步枪,熟稔地扣动扳机。他感觉到子弹像蝗虫一样在他的身前身后蹦跶,但他脑子里已经没有杂念,只有对岸的敌人,心里只有一个念头:跟着连长,占领浮桥,越快越好!

　　转眼间,第四连的弟兄们很快冲到浮桥中段。北洋军见他们来势汹汹,枪弹都挡不住,就来了个损招,把浮桥两边装载汽油的木船点燃了。霎时间黑烟四起,烈焰滚滚,乌黑的油烟模糊了士兵们的视线,冲锋的脚步明显缓慢下来。

　　就在卢德铭和李子华他们冲向桥头时,浮桥也被点着了。北洋军把弹药箱、木板、树枝等一切可以燃烧的东西都堆上桥头,试图阻挡革命军冲锋的脚步。

　　面对熊熊大火,卢德铭迟疑了一下。

　　冲锋,还是停下?

　　冲进去,就会变成一个火球,就会丧失生命。搞不好全连士兵都会牺牲在这里,被烧成焦炭。就此后退,可以活命,可是,再次冲锋的时候,会牺牲更多的弟兄!已经没有退路了!

　　前进!只能前进!冲过去还有生存的希望,为大部队打开一条血路,这个使命必须完成!指挥官不能迟疑,否则,后果不堪设想!

　　浮桥北面的北洋军看着桥上的熊熊大火,哈哈大笑,嘴里怪叫着:"南蛮子,过来吧!过来就烤熟了!"

　　"烤乳猪,恁好吃!哈哈哈!!!"

　　北洋兵怪叫的同时,桥头的两门山炮也开火了,炮弹落进河里,溅起一丈多高的水柱。

　　卢德铭浑身滚烫,两眼充血,他举起驳壳枪,拼尽全身力气喊一声:"弟兄们,不要停留,快冲过去啊!"

　　他带头冲进熊熊大火中。士兵们跟着他,以超人的勇猛,也冲进熊熊烈焰之中!

　　桥头的北洋军见此情景,都吓坏了。从北向南这一路打过来,他们觉得自己已经够不要命了,没想到遇上更加不要命的。眼看着浮桥就要守不住,不如脚底板抹油——溜之乎也。

　　溃逃的心思只要一起,有一个逃走,就会引起连锁反应。守桥的北洋兵不知谁喊了一声:"守不住了,回县城吧!"

　　眨眼间,北洋兵丢下阵地,转身呼啦啦跑进了县城。

　　第四连顺利占领浮桥,又打退了攸县城内敌人的多次反扑。

段春雷和孙乾生把农协自卫军分成两队，一队运送牺牲的士兵和伤员，一队帮着浇灭浮桥上的余火。

浮桥依然是浮桥，岿然不动地横亘在沙河中间。此时的四连战士，几乎都变成了黑金刚，他们的脸被油烟熏得乌黑，军衣被大火烧出大大小小的窟窿，但他们脸上却带着胜利的笑容，一笑露出洁白的牙齿。

得知第四连已经一天没吃东西了，段春雷让人从村子里挑来糯米饭、切面、香干、咸菜等食物犒军。可是士兵们都说不饿，怎么也不肯吃。

段春雷急了，说："人是铁，饭是钢，一顿不吃饿得慌。你们打跑了北洋兵，老百姓终于能过上安生日子了，这点饭菜是农民兄弟的一点心意，只是临时垫垫肚子，不必客气啰！"

孙乾生也开了口，他瓮声瓮气地说："我和段队长也刚从广州回来，都是自己人，客气啥子嘛！"

李子华看着孙乾生缺失的门牙，突然灵光一闪，问道："孙队长是不是在广州农讲所学习过？"

孙乾生自豪地回答："是的啰，我和段队长一起去学习，一起回来的。"

李子华惊喜万分，问："你们知道有个女同志叫杜心舟吗？"

提到杜心舟，段春雷立刻两眼发光："认识呀！就是我们两个护送她到广州的，那你是……"

李子华激动得一把抓住段春雷："终于对上号了，我是杜心舟的丈夫，我代表心舟谢谢你们！"

孙乾生高兴得直跳脚，话都说不完整了："原来你是……杜同志的老公，哎呀，这真像是说评书啦。"

这一番战地认亲，一家人不说两家话，卢德铭也不好再推辞，而且战士们确实饿坏了，于是叫司务长把那些食物接了过来，当场付钱。

沙河南岸，一匹白马载着一个年轻军官沿着浮桥迅疾而来，后面跟着几个勤务兵。

纵马疾驰过来的军官，是团参谋长周士第。

原来，在接到卢德铭的纸条之后，叶挺立即调整战略，命令第一营营长曹渊带领队伍赶来增援，又派参谋长周士第前来查看战斗情况。

第一营迅疾赶到浮桥的时候，战斗已经结束。卢德铭简单讲述了一下战斗过程，曹渊命令他原地休息，城内的敌人由第一营负责消灭。

而后，曹渊指挥队伍继续向城内追击。

对于打乱团长部署的卢德铭，周士第是又爱又恼。爱的是卢德铭机敏果断，是个战将坯子；恼的是他违反了军纪，军人以服从命令为天职，特别是在战斗的时候，只能服从命令，不能丝毫超越自己的职责。况且，叶团长治军极其严格，独立团军纪甚严。

周士第，这位黄埔第一期高才生，曾经的"建国陆海军大元帅府铁甲车队"队长，在多次殊死的战斗中表现出的文韬武略，使他对同样勇敢睿智的卢德铭非常欣赏。

此时，第二营营长贺声洋已经来到了浮桥北面，他看到第四连的战士正在原地休息，经历了连续十几个小时的防守高地与占领浮桥战斗之后，战士们确实累了。他用目光四处寻找卢德铭，发现卢德铭和一排战士在一起盘腿而坐，竟然光着膀子。

"四连长！"贺声洋一声暴喝。

"到！"卢德铭听到喊声急忙站起来，这才发现自己赤膊，问身边的李子华："我的军衣呢？"

李子华举起手里的针线："还没补好呢！"

卢德铭看看自己的军衣上那几个火烧的破洞，实在不像话，催促李子华："快帮我找一件好点的！"

李子华急忙把自己的军衣脱下来。卢德铭把衣服穿好，戴上军帽，一边系着武装带一边跑过去。

"报告营长！"

"还有脸过来，天都让你戳破了，知道吗？"

"擅自出战，你以为打仗是小孩子过家家，谁都可以当家长，想怎样就怎样吗？"贺声洋怒火冲天，当着第四连全体战士的面劈头盖脸怒斥着，全然不留情面。

"营长，听我解释……"

"给我解释没用！想想自己该怎么办？"贺声洋愤怒地打断卢德铭的话。由于左臂负伤，伤口的震动牵扯他清秀的面部微微痉挛。

一个勤务兵走近他，低声说："营长，参谋长马上就要过来了！"

贺声洋更加愤怒，用力挥动那只完好的右臂："团长的脾气你也知道，他从来不饶恕违抗军令的人！有什么要给家里交代的，先写个遗书，快点！"

卢德铭面不改色，倔强地昂着头："要写的出征前都写了，死而无悔。一排长，把我绑了，让营长送交团部！"

李子华站着不动。卢德铭急了，吼道："一排长，你耳朵聋了？服从命令，快把我捆起来！"

"是！"李子华大声回应，含着泪水把卢德铭捆绑起来。

这时，周士第一行已经策马来到桥头，贺声洋和其他军官急忙行礼，被捆着的卢德铭只好行注目礼："报告参谋长，我马上跟你走！"

周士第飞身下马，疾步来到卢德铭面前："四连长，你这是做什么？"又对贺声洋道："贺营长，我们都是革命队伍里的弟兄，不搞军阀那一套。"

贺声洋有些尴尬，解释道："报告参谋长，四连长违反军纪，应该受处罚！"

周士第对他点头，继续说："我理解你的心情。二营长，给他松绑吧！"

贺声洋不好再说什么，示意李子华给卢德铭解开绳索。

周士第面对贺声洋道："二营长，准备一匹马，我带四连长回团部！"不多时，战马牵来，几人飞身上马，朝攸县县城疾驰而去。

第二十三章

违抗军令的后果

北洋军溃逃后的攸县县城，开始慢慢平静下来。

先遣团占领攸县后，团部和第一营暂时驻扎在县城里，第二营、第三营以及特别大队等队伍，还是按照原来的计划，在渌田北面一个小村子里会合。

于是，这个普通的甚至有些偏僻的小村庄，因为先遣团士兵的到来，变得非同寻常，十分热闹。

按照出发前宣布的纪律，官兵们不住民房，不扰民众，全部分散在村子外围休息。他们在大树下、小土丘上埋锅造饭，缝补军衣。军队大锅饭特有的香味，夹杂着袅袅炊烟和士兵们抽旱烟的辛辣味，飘散在村庄上空。

饱餐一顿后，士兵们原地休息。

自从出发后，连续十几天的急行军，紧接着就是激烈的战斗，大家都没好好睡过一个囫囵觉。干渴、饥饿、烈日暴晒、连绵的阴雨、呼啸的子弹和短兵相接的格斗，使他们时刻处于亢奋紧张之中。

此刻，他们躺在被太阳炙烤得发烫的土地上，枕着步枪和唯一的一条军毯，一个挨着一个躺着，睡得深沉而香甜。

县城里的一个祠堂，是先遣团团部的暂时驻地。团长叶挺在充当会议室的正殿里，面对墙上的作战地图，伫立思索。

军用地图以攸县为坐标的南面，已经一片安定；而北面，却是绵延伸展的战场，在等待革命军前去收复。如今，独立团已经在第一场战斗中经受住了考验，进军安仁、渌田，一举打垮军阀吴佩孚六个团，取得初战大捷。

然而，在胜利的喜悦之余，叶挺心里有一丝不快，那就是第二营第四连连长卢德铭的违纪。对于少年时代就投身行伍，受过严苛军事管理的他，无论是对自己还是对部属，严格执行命令已经成为生命的一部分。作战之前，他把一切困难都估计到了，也充分听取了下属的意见和建议，一旦形成决定，就绝对不能更改，更不允许部下在执行命令时擅自行动，讨价还价。所以，尽管他知道卢德铭的擅自出击是对的，却也挑战了一个铁血将领的威严。

门外响起脚步声。周士第大步走来："报告团长！我把卢德铭带来了！"

"人在哪里？"叶团长的不快还是通过声音传递出来。

"在厢房参谋室，我先让他冷静冷静。"周士第内心也是忐忑不安，他凝视着团长，欲言又止。

平时像钢铁一样严厉的叶团长，脸色比平时更冷峻了，他突然问道："参谋长，你知道一战时期英国两个上校的故事吗？"

周士第脑子急速转动一下，点头回答："我知道。"

第一次世界大战期间，英国远征军在战场上与德军短兵相接的时候，表现得极为英勇，他们知道，在背后有一系列致命的严刑峻法在督促着他们。

当时，有两个上校奉命防守某个高地，可有一次，他们发现了敌人的弱点，决定主动出击，结果大获全胜。然而，当捷报传到统帅部的时候，上司勃然大怒，因为他们违抗军令，被逮捕，处以死刑。

周士第明白团长的意思，他知道这个故事，但他更知道在瞬息万变的战场上，一个能够机智应变的指挥员是多么宝贵。

"团长，严肃的纪律是必要的，但也要看具体情况。据我了解，一战时英军处决官兵过多造成军心不稳，引起议会质疑，并引发了后来的一场废除因为战时开小差而判处死刑的运动。"

"唔，请继续讲……"

叶挺若有所思地看着他最信任的参谋长。

"所以，我认为，我们现在的军队，是许多优秀的工人与农民以及无产者组成的，我们面对的是思想老朽、对人民非常凶残的北洋军。在这场艰苦的北伐战争中，宽容一个弟兄，就增加一份革命的力量。况且，四连长的决定是临时应变，并没有蓄谋违抗命令。"

叶挺的眉头开始舒展起来，声音中有着平静里的振奋："说得好！参谋长，这正是我的所思所想。"

周士第松了一口气，试探道："团长，我让他进来请罪如何？"

叶挺摆摆手："不必，我们去看他！"说着，大步走了出去。

东厢房参谋室，卢德铭正在和马萧交谈，贺声洋也在其中。看到团长进来，三个人立正敬礼。

卢德铭上前一步，再次敬礼："报告团长，我违反了军令，愿意接受军法制裁！"

叶挺的眼里闪着和悦的光芒，他看看周围的军官们，问道："你想要什么样的处罚呢？"

卢德铭大声说："什么样的处罚都行，砍头、枪毙……我心甘情愿！"

马萧在一旁于心不忍，替卢德铭求情："团长，卢连长刚才已经认识到了自己的错误，并做了深刻检讨。您看，我都记下来了。"说着，他摊开手里的笔记本给叶挺看。

叶挺扫了一眼马萧的笔记本："你这个笔杆子真快。不过，我看呢，该检讨的不是他，而是我！"

大家惊异万分。

"同志们，我们不是军阀的部队，我们不需要机器一样的指挥官。我们刚刚打赢第一仗，民众都盼着我们继续前进，消灭军阀，让他们过上安定的生活。这才是最大的命令！谁违抗这个大命令，谁就是历史的罪人！"

在场的军官都沉默了，睁大眼睛，竖起耳朵聆听着叶挺令人动容的言语。

"所以，卢德铭同志，我应该感谢你，今天的战斗，是你指挥了全团，指挥了我。当我进入攸县县城之后，才更加理解卢连长行动的意义，我代表全团弟兄们感谢你，为我们第一次战斗的胜利感谢你！"

叶挺伸出手来，与卢德铭紧紧握手。

房间里响起热烈的掌声，大家心里都非常激动。

马萧急速地在本子上写着什么，长发垂到脸上也顾不上撩开。

卢德铭热泪盈眶，他揩着眼角解释道："这是全连共产党员的决定，不是我自己的……"

"好好休息一下吧。"叶挺语气和蔼，"你光顾着打冲锋，连干粮都没让弟兄们吃，幸亏农协自卫军挑来吃的，这一点要给你记一笔。"他转向贺声洋："贺营长，一定让第四连好好休息！"

"是！团长！"贺声洋立正回答。

叶挺走出房间，站在院子里，凝望着西边的晚霞，从他明朗的目光中，看出他的心情非常好。

"走，同志们，我们到浮桥上看看去！"

浮桥上的余火早已扑灭，残损的桥面也已经修复完整。傍晚的太阳已经收起刺眼的光芒，河水悠悠，河堤青青，古榕长须轻拂，倦鸟在空中盘旋归巢。如果不是打仗，坐在桥头阴凉儿里下一盘棋或吹一管玉箫，将会何等洒脱。

叶挺站在桥头，若有所思。

"你们看，这座桥是我们唯一的通道，同样也是敌人的唯一通道，我们的前面有强大的敌人，后面有千万双眼睛。还有一些人，在等着看我们的笑话。我们怎样才能显示信心和决心呢？"

周士第明白团长话里的含义，他看看卢德铭。

"报告团长！我有一个建议！"卢德铭勇敢地向前一步，大声说道。

"说吧！"叶挺轻轻颔首。

"为了表示我们只进不退的决心，我建议破釜沉舟，拆掉浮桥，阻挡北洋军卷土重来！"卢德铭一口气说出心中的想法。

这个提议很有爆炸性，强烈地冲击着军官们的心房，霎时间大家都沉默了。叶挺不动声色，似乎在默许他继续说下去。

卢德铭的心情本来就很激动，团长的暗示，令他更加抑制不住内心的冲动，索性竹筒倒豆子——不留底了。

"这样做，能让全团每一个弟兄都明白指挥官的决心。我们没有浮桥，没有退路，只能一直向北追击敌人，一直打到湖北，实现恩来同志的愿望：武昌见面，饮马长江！也让工农兄弟和那些人看看，我们共产党人的队伍，只会前进，绝不后退！"

夕阳余晖下，卢德铭年轻的面孔闪着红光，那是一名军人的智慧和勇敢汇集成的荣耀之光。

叶挺看看卢德铭，问周士第和贺声洋："你们认为呢？"

周士第道："我认为，这是一个大胆的决定。"

贺声洋问："老百姓怎么过河？"

卢德铭说："拆掉浮桥，虽然给民众带来不便，但只要革命军需要，老百姓没有不愿意的。今天的战斗，就有农协自卫军的功劳。等革命成功了，我们要在这里建一座大桥！"

叶挺略一沉思，向马萧命令道："马副官，马上通知特别大队队长，命他派出一百个人来，立刻把浮桥拆掉，并且把这个决心通知到各个连队，让每一个弟兄都知道！"

"是！"马萧领命而去。

此时，叶挺心情相当愉快，他看了一眼卢德铭，对周士第、贺声洋等人说："我们走吧！"

第二十四章

激战后的重逢

这是渌田北面的一个小村子，也就是先遣团占领渌田后会合的地方。作为大本营，村子里一改往常的寂静，变得人来人往，笑语喧哗，每天都像赶大集一样热闹。

由于先遣团在村里设立了一个武器收集站，打扫战场的士兵把成捆的步枪、轻机枪、水压重机枪、迫击炮等武器，从战场上陆续运送过来，其中还有肥壮的战马，破烂的小轿，军官的绶带和指挥刀，五花八门，光怪陆离，堆积在一起犹如一座小山。负责清理登记的军需官忙得满头大汗，嗓子都喊哑了。

运送俘虏的士兵们也是忙得不亦乐乎。

俘虏们排成两列长长的纵队，被革命军士兵押解着，源源不断地从村外走来。北洋军俘虏们身材高大，但此时早已没有了往常的骄横，他们低垂着头，迈着迟缓的脚步，灰溜溜、脏兮兮的，在个头虽矮却精干结实的革命军士兵面前，更加抬不起头来。

最兴奋的是村里的孩子们，他们欢呼着雀跃着，一会儿跑到武器收集站瞅瞅，一会儿又跟在俘虏后面看看，嘴里唱着刚学会的歌曲："打倒列强，打倒列强，除军阀，除军阀……"有个别调皮的男孩拿小石头往俘虏身上扔，被革命军士兵阻止后，嬉笑着跑开去。

马萧在村子里徜徉，不时往本子上记着什么。

这个时候，他原本是应该休息的。

为了让大家在激烈的战斗之后恢复体力，叶挺团长命令，除了少数值班的参谋官、副官和传令兵之外，团部其余的人分头去休息。马萧属于休息人员，但他却躺不住。他非常珍惜这个好不容易才争取到的文职副官岗位，总想为团里多做些事情。除了按照命令完成本职工作，他还想多走走，多看看，多搜集一些资料。

在第一场战斗中，他大部分时间都是在火线后面，即使这样，这一天的所见所闻，已经让他目不暇接、思潮汹涌。那些可爱的士兵，那个勇敢、充满智慧的第四连连长，那些淳朴的农协会员，还有那些灰溜溜的俘虏……其中该有多少故事需要了解和记录啊！而自己记下来的这些文字，将来都是宝贵的历史文献，多少年之后，后人想了解这一段历史，就可以从中窥见一斑。

所以，虽然是文职副官，但他是把自己当作战地记者使用的。他有一种强烈的责任感和使命感，要求自己必须全身心投入，尽到自己最大的努力，无愧于历史的重托！

一想起这些，马萧觉得浑身充满力量，既然觉得一点也不累也不苦，怎么能够休息呢？

他向副官主任请了假，趁着难得的战斗间隙，出来找故事。

于是，小村子里边出现了一个特殊的军人，戴着深度近视眼镜，长发飘飘，手捧笔记本，胸前挂着一台德国蔡司照相机，走走停停，写写拍拍，在村里兀自穿行着。

照相机在当时叫作留影机，是很稀罕、金贵的物件。那个时候还没有彩色照片技术，都是黑白底的，照片看起来像影子，所以通俗叫"留影机"。一般是以美国和德国的为主，德国的老式机械相机，有的是纯手工制作的，价钱不菲。

这样的西洋玩意儿，特别是在农村，很多人都没见过。所以，每逢他支起三脚架拍照的时候，周围总是聚集着一帮人看热闹。当他们听到这个小东西价值十几块现大洋，惊得直吐舌头。

在村里一座小庙前，马萧遇上一个担架队。十几个年轻士兵抬着几副临时扎起来的担架走过来，后面跟着一群农协自卫军，他们争着抢着要抬担架。士兵们推辞着，连声说："不用，不累。"

农协自卫军却执意要替换下他们："同志哥，你们打仗太辛苦了，歇歇吧！"

士兵们拗不过，只好把担架让给他们："那就谢谢你们啰！"

"客气个啥啰，都是一家人。"农协自卫军说。

士兵们笑了，他们的脸被炮火熏得黧黑，眼睛充血，一笑露出两排白牙，看上去真的很累。

农协自卫军也笑着，神情淳朴憨实，胳膊上的农协袖标非常显眼。

看到这样融洽的军民关系，马萧感动地走上去，问道："同志哥，你们把伤员送到哪里啊？"

一个农协自卫军回答道："送到镇子里的小学校，那里有随军医院。"

"随军医院？"马萧一时没明白。

"就是第四军的战地救护队。"一个士兵补充说。

马萧猛然想起韶关车站的那些女兵，想起了那个叫作韦革命的女孩子，她借了自己的《雪莱诗集》还没还哪！不行，我得找她讨要去。于是就说："我和你们一起去！"

　　渌田镇小学很小，只有不到一百名学生。

　　校园中间五间大平房是教室，紧挨校门口的一溜小平房是教员办公室。校园环境也不错。假山、金鱼池、小花园、操场一应俱全。

　　由于战斗需要，学校临时充作战地医院。教室成为手术室和病房，教员办公室成了医护人员休息室。一些思想进步不愿回家的教职工，主动留下来做了救护队的志愿者。

　　午后的校园里，阴凉儿遍地，蝉鸣声声，树荫下、花丛中，一些轻伤员坐在地上下五子棋，有的倚着山石小憩。这是大战之后难得的安逸。

　　手术室里，一盏大汽灯明晃晃地亮着，一台手术刚刚做完，伤员被推进观察室，杜心舟、陶云晏和几个军医、护士疲惫地走出来，没来得及换下的手术衣上还残留着斑斑血迹。

　　由于一直在室内操作，乍一出来，很不适应外面强烈的阳光，杜心舟下意识地眯起双眼，打了个哈欠。

　　陶云晏看看杜心舟，说道："杜心舟，你去休息一下，不能硬撑了。"

　　"陶队，我没事的，出来呼吸点新鲜空气就好了。"

　　杜心舟这样说着，其实她有些头晕，从上午到现在，作为主刀医生的助手，她已经连续做了三台手术，体力精力均已透支。

　　"别逞强，叫你休息就去休息，身体是革命的本钱。"陶云晏刻板的语调中带着关心。

　　"是！那我去学校门口散散步。"杜心舟只好遵命，向学校门口走去。

　　陶云晏对身边的两位军医抬抬手，说道："我们去病房看看。"

　　两位军医随他走向病房，几个护士紧跟其后。

　　杜心舟记得学校门口有一片荷塘，那一朵朵粉嫩的荷花，在这战乱时节，依然毫不畏惧地盛开着，犹如人间洁白无瑕的玉石，在池塘中亭亭而立，让她流连忘返，百看不倦。

　　"医官！医官在哪里？"

　　杜心舟刚走到大门口，就看见十来个农协自卫军抬着几副担架急匆匆奔过来，后面还跟着十几个革命军士兵，看样子走了很远的路，他们的上半身衣服已经被汗水浸透了。

"医官,快救人啊!"一干人抬着担架疾步走过来。杜心舟发现,其中一个伤兵腿断了,实在忍受不住剧痛,发出一阵阵刺耳的令人心碎的呻吟声。

杜心舟心里一阵战栗。她怜惜地看着伤员血肉模糊的腿,鲜红的肉往外翻着,露出里面白森森的骨头。

战斗打响后,救护队接收第一批伤员时,杜心舟几乎不敢直视那些伤况,过去只是在教科书图片中见过的各种刀伤枪伤,如今赤裸裸地呈现在眼前,令她心惊心慌心疼,眼泪哗哗直淌,结果被陶云晏一顿训斥:"这是残酷的战场,不是结业演练,收起你们女孩子的小情绪,以后你们会习惯的。现在需要的是胆子大、心肠硬、敢动手,用你们学到的技术挽救更多弟兄的生命!"

做过两回手术后,杜心舟再也没哭过鼻子。而现在,面对断腿的士兵,杜心舟安慰几句后,立刻引导抬担架的士兵直接去了手术室。那里,有接替他们的医生和护士继续手术。

等杜心舟重新回到院子里时,就看见了四处转悠的马萧。由于马萧戴着一个大斗笠,她第一眼没有认出是谁,只是发现一个陌生的军人在东张西望,就好心地问了一句:"你找谁?"

"我找一个叫韦革命的护士小姐。"马萧发现有人关注他,急忙回答。

"我们这里只有护士同志,没有护士小姐。"杜心舟觉得这个人虽然身穿军装,却像一个老学究,就故意调侃他。

马萧却忽然听得声音很熟,惊喜中,他摘下了斗笠:"恕我冒昧,你是不是杜心舟同志?"

杜心舟也认出来了,她瞅一眼马萧胸前的照相机:"马萧马副官,您是来采访,还是来要求完璧归赵的?"

那马萧也不示弱,脱口道:"两者兼而有之。"

"哈哈,真不害臊!"杜心舟大笑,也摘下口罩,露出一张圆润雪白的脸。

杜心舟把马萧领到第二病房前,自己独自进去。

这里,医生正在查房,一个腹部做过手术的重伤员身边围了五六个人,有男有女,有的穿着军服,有的穿着白大褂,都用亲切的目光看着床上的人,就像看着一位远行归来的亲人。

"恢复得不错,老弟,你真棒!"

声音是从一个戴眼镜、穿着白大褂的男人口中发出的:"你的生命真是太顽强了。"随后他转头对护士道："给他来点水。"

一位身穿护士服的女孩儿微笑着，拿着一只搪瓷杯，从充当床头柜的课桌上的暖瓶里倒了半杯水，凑到伤员那干裂的嘴唇边。伤员一口气把水喝完了，脸上呈现出十分满足的神情，仿佛喝的是甘泉佳酿。

杜心舟走过去扯一下那个护士的衣袖，又对戴眼镜的白大褂男人说："陶队，外面有人找小韦。"

陶云晏点头，示意可以出去。

杜心舟拉起韦革命就走，直到把她推到马萧面前："小韦，你看看谁来了？"

韦革命惊喜地张开双手，做拥抱状："马副官，什么风把您给吹来了？"

"是讨账的风。"马萧后退一步，戒备地说。

韦革命眯起一双丹凤眼，因为个子矮，踮起脚尖望着马萧："讨账？我欠你什么啦？"

"当然欠我的，《雪莱诗集》不知道被你糟蹋成什么样子了。"

马萧的担忧是有原因的，他的书从来不外借。如果有人喜欢，他宁肯再买一本送人，也不愿意把自己的藏书借人看，韦革命是第一个，这令他耿耿于怀。

"谁糟蹋你的书了？我还没看完呢！"韦革命十分生气，她觉得这般急切地讨要一本书，还自以为是冤枉别人的男人，实在缺乏男人气概。

"喂，拜托，那是我的书，花钱从书店买来的，我也没看完呢！"

看着两个人相互怄气的样子，杜心舟觉得该当和事佬了，于是就用胳膊肘碰碰韦革命。

"小韦，人家马副官大老远跑来，还是牺牲休息时间，不容易啊！你也知道的，在团长身边工作，不能有半点儿马虎，你就心疼一下别人，把书还了吧！"

韦革命抿嘴一笑，转身跑走了。不一会儿回转来，手里捧着一个油纸包。掀开一层油纸，又掀开一层绸布，露出那本《雪莱诗集》。书被保存得平展、干净，书角没有一丝卷边，足见阅读者的喜爱与珍惜。

马萧接过书，明显看出他被感动了。他用手抚摸着书皮："真抱歉，韦同志，我不知道你对书这样爱惜。"

"怕给你弄脏弄坏，我手抄了一部分。没有大把时间呀。不过，总算抄下了《致云雀》和《世间的流浪者》等几首最喜欢的诗。给你看看。"

韦革命又从布包里拿出一个硬皮的日记本，上面密密麻麻写着很多诗句，自来水笔写出的字，娟秀、工整、一丝不苟。

马萧又是一阵感动，沉思了一下说道："韦同志，你也别抄了，我还有另一个版本的，这一本，就送给你吧。"

"哇，真的吗？"韦革命顿时两眼放光。

"当然是真的。"马萧立刻双手捧书递到韦革命面前。

韦革命激动地在护士服上擦擦手，接了过来："那我就收下了啊，你千万别后悔哟！"

三个人边聊边来到院子里，马萧支起三脚架，为杜心舟和韦革命拍了几张照片。

"小韦啊，我有个想法……"

经过这一番交流，马萧开始对韦革命改称小韦了。"小韦呀，你知道的。我虽然是副官，但我是把自己当作战地记者的。可是战斗瞬息万变，我在前线很忙，写的那些文字生怕丢失。我看你是个细心人，字体又好，我想把我的战地日记托你来保管。好吗？"

韦革命既惊讶又惶恐，连连摆手："这个恐怕不行，责任太重我怕担当不起呀。"

"你能行的，我相信你！"马萧再次庄重地说。

韦革命捂着腮帮子，仿佛牙在疼，从牙缝里挤出一句话："好，我接受任务！"

"以后，我写好一部分，就送到你这里来保管。当然，如果你有空闲，可以再誊写一份，这样更保险。多年以后，等到我们老了，回忆往事的时候，想不起细节，就可以看看这些文字，我们的后代如果有幸看到，也会了解他们的祖辈没有辜负青春年华和时代赋予的重任！"

马萧以诗人般的激情畅想着，他的目光透过近视眼镜，凝望着辽阔的天空，仿佛远方那和平幸福的新一代正款款走来。

韦革命被深深感染了，内心也是激情汹涌，爽快地回答："马副官，谢谢你的信任，我一定不辜负你的重托！"

小学校教职工食堂，如今是救护队炊事班施展手艺的阵地，一间厨屋根本不够用，临时在外面又搭了一个大棚。

徐小萍在水井旁边洗菜。她用辘轳绞上来清澈的井水，倒进一个大木盆里，然后把菜薹、莴苣等时令蔬菜放进去漂洗，择好，再放进脚边的一个大竹筐里，送到厨房。

小萍手脚麻利地做着这些事，一双手在清水里显得纤细修长。

进入救护队将近两个月了，愉快的心情和充足的营养，使她迅速发育起来。个子长高了一截，脸色红润，胸部也开始鼓起来，把军装顶出两个尖尖的小山包，原来焦黄干枯的头发也开始变得乌黑油亮。清秀的瓜子脸，弯弯的眉，挺直的鼻梁，增添了胶原蛋白的脸蛋上的那几颗雀斑，依然是倔强与灵动的结合。

这一天上午，小萍把洗好的蔬菜送进厨房，忽然听见母鸡下蛋的咯咯声。她低头一看，发现厨房外面一个竹笼子里，装着四五只老母鸡，其中一只母鸡把蛋下到笼子里，扬起鸡冠通红的小脑袋，骄傲地炫耀着自己的成绩。

厨房里，司务长正在和一个四十来岁，四方身材、敦实粗壮的汉子说话，内容是对接采买之事。

"没关系啦！以后救护队的食材采购就交给我好啦！"粗壮的汉子语气十分爽快。

"伤员们需要补充营养，今天送来的老母鸡非常及时。"司务长抓起一只母鸡捏捏鸡肚子，满意地说。

"这几只老母鸡，都是村民自发送来的，你们打跑了北洋军，老百姓都像过大年一样高兴啰！"粗壮的汉子舒心地笑着，那种扬眉吐气的样子，仿佛是重生了一回。

司务长从挎包里拿出一沓子纸钞，数了数，抽出两张递了过去："这是给乡亲们的钱，公事公办，拿着吧！"

粗壮汉子伸出蒲扇一般的大手接过钞票，有些不好意思地说："我代表农协收来了鸡，也代表农协把钱分给大家。革命军是天下第一的好队伍，要是北洋军在这里，连抓带抢，谁还给你钱啰。"

司务长也笑着说："我们是共产党领导的队伍，不拿群众一针一线。"

"佩服！佩服！"粗壮汉子赞叹着，拿起竖在厨房门口的扁担，准备回去，正好和小萍撞了个面对面。

小萍刚才听见他们说话的声音就有点吃惊，这下子一照面，她更是惊得连连后退："你……你是……"

粗壮汉子也吃了一惊，瞪大眼睛看着小萍："同志妹，我看你好面熟。"

小萍吓得结结巴巴："我也看你面熟。"

粗壮汉子说："我姓黄，别人都喊我大老黄，老家在株洲，我会开汽车。"他双手做出把握方向盘的样子。

小萍如在梦中，惊惧而迷惑："你是大老黄？黄叔叔？你不是死了吗？"

大老黄悲中带笑："我就是大老黄啰！我命大，没有死！"

当小萍把大老黄带到杜心舟面前时，杜心舟激动得眼泪哗哗往下淌，以为自己是在做梦，她连声喊着："大老黄，大老黄，真的是您吗？"

"是我，杜小姐，我就是大老黄啊！"大老黄的大嗓门说起话来嗡嗡作响。

"你没有死？"

"我没有死，阎王爷不要我，说我在阳间的寿命还长着啰！"

杜心舟一头栽进大老黄怀里，抑制不住抽泣起来："黄叔叔，您还活着，真没想到啊！我和心龙天天想您，觉得对不住您呀！"

大老黄慈爱地拍拍杜心舟的背，就像父亲安慰着女儿："孩子，有啥子对不住的，都是为了革命工作。如果真的要说对不住，是我对不住你，把你家的雪铁龙摔坏了。"

杜心舟哭得更厉害了，双肩都在颤抖："别说了，黄叔叔，您的命一百辆雪铁龙也抵不起。等革命成功后，我要买一辆更好的汽车送给您开。"

这一天的午餐，是杜心舟、大老黄、徐小萍三个人一起吃的。

吃饭的当儿，大老黄向她们讲述了自己死里逃生的经过。

当时，大老黄连人带车冲下悬崖后，他迅速打开车窗，从车里跳了出来。汽车落进峡谷燃起熊熊大火，而大老黄被卡在茂密的荆条棵子里，肋骨断了两根，昏迷了一天一夜才苏醒过来。一个上山砍柴的樵夫发现了他，赶紧喂他水喝，又从家里喊来儿子，砍倒一棵小树做成一副简易担架，把他抬回家。

大老黄养好伤后，就参加了当地的农民协会工作，负责教农协自卫军武术。先遣团打过来攻克攸县县城后，大老黄自告奋勇当后勤，负责购买生活用品慰问革命军，其实他是在寻找机会参军上战场。

大老黄死里逃生的经历，令杜心舟感叹上天厚爱好人，她认为凭着大老黄的为人和一身好武艺，参加革命军那是绝对没问题的。

于是，她向陶云晏汇报了大老黄的情况，陶云晏听了也是十分满意。很快，大老黄如愿参军，从此，救护队警卫排里多了一名中年士兵，他的大慈大勇和临危不惧，让救护队的医生和护士倍增安全感。

第二十五章

不能见光的恋情

湖南之战，首战告捷。独立团由此声名大振。

然而，前线第一个激动人心的捷报传到广州，已经是好几天之后了。

那时候，部队的无线电台很少，电话也很稀罕。即使是军用电报，也需要由地方电报局来拍发。而且老式的电报机经常出故障，就算一切顺利，电报转来转去，有时候竟然比平信走得还慢。

不管怎样，捷报还是经过电报员的手指"嘀嘀嗒嗒"发出去了，千曲万折终于飞到了广州，飞遍了全中国。

当捷报内容由无线电波转换成一个个方块汉字出现在各大报纸上的时候，人们惊喜异常，欢呼雀跃，有的人甚至喜极而泣。期盼了多年的愿望，突然之间变成了现实，而且比人们想象的还要顺利、迅速。顿时，全广州沸腾了！全中国沸腾了！

第一步终于迈出去了！

先遣团以一团之众战胜四倍之敌，打破了吴佩孚占领湘南、威胁广东的计划，挽救和稳定了湖南的战局，鼓舞了士气，振奋了民心，使北伐军声威大震，为北伐各军进入湖南创造了有利条件！

那几天的广州城，到处是庆贺胜利的鞭炮声和锣鼓声。喜欢晚睡晚起的老广们，破例一大早就披了衣服、趿着拖鞋跑到大街上欢庆，大家奔走相告，游行演讲，连交通都堵塞了。

国民党召开中央执行委员会临时全体会议，通过了迅速出师北伐的决议。6月中旬，第四军第十师和第十二师由粤出发，先后经乐昌、九峰、郴县到达攸县，与独立团会合。7月4日，国民党正式发表了北伐宣言，蒋介石就任国民革命军总司令。北伐首战的惊人成功，使原先胆小的、总是瞻前顾后的一些军系首领跃跃欲试起来。更由于这一时期，共产党人在各军做思想政治工作，起到了强大的推动激励作用，那些老朽的部队渐渐恢复了朝气和生命力，士兵们被注入了强烈的革命热情和追求理想的巨大勇气。

这一切用心的酝酿，就像一座年久潮湿的火药库，在阳光和热气的烘烤下，渐渐变得干燥发热，继而又被先遣团出师大捷这根威力强大的导火索点燃，刹那间，终于引起惊天动地的大爆炸!

这些日子,国民政府妇女部里像过大年一样热闹。已经是妇女部秘书的陶云舒带领一帮女孩子忙着做彩旗,写标语,紧张地为即将召开的北伐誓师大会做筹备工作。

"小静,你的楷书好,你过来写字。"

"刘瑜,你不是会踩缝纫机吗?到缝纫组去吧!"

陶云舒有条不紊地给属下分配任务。甜蜜的爱情和胜利的喜悦,使她格外能干,娇俏的圆脸上春风满面。

"国民政府第二次高级军事会议正在进行中,不同的意见将会在这个会议中统一,一切的争执也要结束了,现在,共同的目标就是立即誓师北伐!"

陶云舒因近水楼台,率先知道了就要开始的历史时刻。她的振奋,她的激昂,强烈感染着那些女孩子。

"陶秘书,正式出师北伐的时候,你提个请求,我们也去前线吧。"一个女孩子说。

"我们去前线能做什么啦?"另一个女孩子有些不自信。

"我们可以组织慰问团劳军呀,为士兵们唱歌、跳舞、送纪念品等。"

陶云舒听了颔首一笑,她现在就想去前线了:"大家的主意不错,我会向上司提出的。"

已经是晚上九点多了,东山口那座三层的小洋楼中异常安静,偌大的客厅里只亮着一盏昏黄的壁灯。环形沙发上,陶妈妈一个人默默坐着,不时发出低低的叹息:"唉!都疯魔了,都疯魔了呀!"

枯坐一会儿,她又起身去厨房,片刻回转来,看看摆好筷子和碗的大餐桌,无奈地再叹气:"忙,忙,忙,一个也不回来,闹革命就那么好吗?"

十点钟,陶德铭回来了。陶妈妈急忙去煮早已擀好的面条。几分钟后,客厅里响起陶德铭畅快的吸溜面条的声音。

陶德铭连吃两碗面条,又喝了半碗面汤,这才心满意足地抹抹嘴巴,哼起了豫剧《包青天》中包公劝秦香莲的唱段:"论吃还是家常饭,论穿还是粗布衣。家常饭,粗布衣,知冷知热结发妻……"

唱着唱着,他突然听见身边传来抽泣声。回头一看,原来是老伴儿抽抽搭搭在哭:"喂!你咋回事哩?"

陶德铭这一问，陶妈妈索性哭出了声。

"这是咋着了？你又不是秦香莲，谁跟你过不去了，给我说。"陶德铭安慰着老妻。

陶妈妈用衣襟擦着脸，十二分委屈地说："你们都去忙北伐，闹革命，留下我一个人在家里，冷冷清清，做好饭也没人吃……"

"哈哈，我这不是回来吃了吗？怎么越老越像个小孩子啦。"

陶德铭大笑，伸手要揽老伴儿的肩膀，却被陶妈妈躲开："我才不是小孩子呢！你说说，这家里还有人吗？你忙铁路，我知道。老大在韶关镇守，老二当军医去前线，老三开火车一走十天半个月，我也理解。云舒经常深更半夜才回来，我也晓得她加班。可是现在，你知道吗？她晚上也不回来了，说是加班住在办公室。一个女孩子家，难道晚上必须干工作吗？磨道里的毛驴还要歇一歇呢！"

从老妻的哭诉中，陶德铭听出来了，她是对宝贝女儿有意见。回想一下也是的，自己也有好几天没看到女儿了。

"你不放心她，可以问问她呀，值得生闷气嘛！"

陶妈妈焦躁地说："我要是能见到她，还在这里生闷气干什么！她都连着三天没回家了。"

陶德铭听了也严肃起来："也是，如果今晚她还不回来，明天我去政府大楼找她。这小妮儿，工作再忙，也不能不要老妈！"

陶妈妈看到丈夫理解自己，眼泪又流了下来："她还没出阁呢，也不找男朋友，还不让管。整天就记得什么主义、革命，一想起这些，我这心里呀，就揪得慌哟……"

"好了，好了，去睡吧，明天我把她给你找回来就是了！"陶德铭有点不耐烦，他真的很累了。

第二天晚上，陶德铭回来了，神情疲惫，看起来比头天晚上还累。

陶妈妈凑过来，问他见到女儿没。陶德铭点点头，却不说话，只是不停地挠着灰白的头发。

"到底怎么回事，你说呀！"陶妈妈已经感觉出事情有些严重，否则从来都是乐天派的老公不会这样发愁。

"云舒，你的宝贝闺女，自己在外面安家了！"

"安家？安啥子家？"

陶妈妈一头雾水，她想过种种结果，大不了是偷偷处了男朋友，怕父母看不上，哪里能想到女儿竟然有了家!

"你自个儿去看看吧。明天我还要出差，北伐誓师大会刚刚开过，有好几个军要同时开拔去北面。兵多车皮少，我脑袋都大了，现在是集两广之力支援北伐，军令如山，没空和你在家务事里扑腾哩……"

陶德铭打着哈欠，闷闷地起身向卧室走去。

陶妈妈愣了一下，直觉告诉他，丈夫把话只说了一半，便上前拽住陶德铭的胳膊："站住！不许睡，你给我把话说清楚，云舒她到底怎么啦？你说呀！"

"你的女儿爱上了一个大人物，是个参谋长，他们现在住在一起。那个人在老家有结发妻，还有一个儿子和一个女儿。"

"你说啥子？云舒做了人家的小老婆？"

陶妈妈如五雷轰顶，脸色霎时变得焦黄，两手抱着头几乎昏倒。

陶德铭急忙上前拉住她，心疼地看着妻子受惊的样子："哎呀！老婆，别说那么难听好不好，你女儿那么要强，她肯做小吗？"

陶妈妈缓过神来，把所有的怨气都发泄给丈夫。她一头拱在陶德铭怀里，又打又抓，武汉女人的剽悍劲儿全出来了。

"陶德铭，都是你惯的她！你给我找那个参谋长论理去！凭啥子诱拐我家女儿？云舒才二十二岁，根本就不懂世故，肯定是那个人骗了她！"

陶德铭捂着被掐疼的胳膊，哭笑不得："云舒又不是三岁孩子，她有大学文化，身心健康，头脑聪明，她自己愿意跟着人家，我们当父母的能咋办？你要是能挡住，你去找！"

陶妈妈还是不罢休，哭哭啼啼，絮絮叨叨闹了大半夜才沉沉睡去。

次日清晨，陶妈妈红肿着眼睛，按照丈夫说的地址，寻到了那个精致的小房子。她守在门口，一心要堵个燕双飞。

可是，她等了将近两个小时，小屋子里依然没有动静。陶妈妈急了，把屋门敲得咚咚响。

"云舒，开门！给我开开门！"

好一会儿，屋里终于有了响动，陶云舒乱发遮面，穿着睡衣，睡眼蒙眬地把房门打开一条缝，探出半张脸："谁呀？一大早骚扰民宅！"

"是我！你老妈！"陶妈妈一用力，把房门撞了个门洞大开。陶云舒一个趔趄险些倒下。

"妈，你这是干什么啦！"

陶妈妈不作声,闯进屋内,一眼就看到衣帽架上挂着的那身将帅服,愣了一下,直奔那张双人床。

铁栏镂花的大床上,摆着两个枕头、一条毛巾被,却不见另一个人的影子。"他呢?藏到哪里去了?"陶妈妈用手掀开床单,弯腰往床底下看。

"妈,你这是怎么啦?"陶云舒明知故问,神态相当沉稳。

陶妈妈站起身,怒气冲天:"陶云舒,你是我的女儿,从小捧在手心怕化了,抱在怀里怕摔了。没想到你长大了,竟给人当小,不清不楚,不明不白,偷偷摸摸,见不得人。我们陶家怎么出了你这个逆贼?"

陶云舒毫不示弱,理直气壮反驳母亲:"妈!您这是几千年的封建思想在作怪!什么叫做小?现在是新时代,我们三观一致,自由恋爱,我是他的爱人,爱人!老妈你懂不懂?"

"啪!"陶妈妈一巴掌打在陶云舒脸上。

"我叫你嘴硬!告诉你,赶紧跟他分手!"陶妈妈怒气冲冲还要打,"我问你,他和老婆离婚了吗?说!"

陶云舒低下了头:"没有。"

"没有离婚,他就和你在一起。这样的男人靠不住,他不是个好人!"陶妈妈愤怒地嚷道。

陶云舒倔强地说:"他是封建包办婚姻,从小定的娃娃亲,迟早要离的。他是个非常优秀的人,你不能侮辱他!"

"那好!既然是包办婚姻,你让他离了婚再来找你。否则,现在就跟我回家去!"

陶妈妈说着就来拖拽女儿,陶云舒奋力反抗,母女二人厮打在一起。

"我爱他,愿意和他在一起!老妈你不能管我!"

陶妈妈号啕大哭起来:"老天啊,我做了什么孽呀,让我的女儿这样!你要是不走,从今以后,我没你这个女儿,我们两个一刀两断,别让我再看见你!"

陶云舒也哭起来,她扑通一下跪在母亲面前:"妈,妈妈呀,求求您别闹了!"陶云舒擦着眼泪起身走向屋门,回头道:"我们慰问团就要出发上前线,好多事情等着我去办。你要闹,就在这里继续闹吧,我走了!"

陶云舒把门一摔,连衣服都没换,披头散发径直出去了。

陶妈妈在小屋里哭了半晌,回到家继续哭,一直持续到晚上陶德铭回来,陶妈妈的两眼已经肿得像两只大核桃,手擀面都忘了做。

陶德铭艰难地吃着剩米饭，吧唧着嘴劝老妻："我说老婆啊，儿孙自有儿孙福，这生死有命，富贵在天，既然她命里有这个缘分，我们只能祝福她，随她去吧！中不中？媳妇儿，车到山前必有路。"

广州国民政府办公大楼顶楼，宽大的会议室里。

上午九点刚过，这里已经非常热闹和忙碌。北伐誓师大会前后，共产党在广州的领导机关组织了随军政治工作队，并以隶属革命军总政治部的名义，去前线慰问参战官兵。同时，广东省港罢工委员会组织了3000人的运输队、宣传队、卫生队随军北上。

担任慰问团女兵分团团长的陶云舒，此时是齐耳短发、灰布军装、绑腿草鞋，更显得英姿飒爽，干练美丽。

前来报到的男女青年军人陆续到来，把个大厅挤得满满当当，空气骤然升温。

工作人员有的抱着大捆的标语和传单，有的提着染料桶，拿着大刷子，有的背着装有大提琴或长号的匣子，他们走动着，呼喊着，谈论着。不期然遇上熟人的惊喜尖叫，因走路太急不小心碰撞别人的道歉，忘记拿相关证件的恍然遗憾，这一切的声音汇集在一起。

陶云舒在女兵分团接待处忙碌着。一大早，她已经脸上冒汗，不停地喝水，白里透着绯红的圆圆脸，娇艳如桃花，被人群围拢着。

属下小静负责接待前来报到的政治讲习所的女兵，刘瑜负责接待前来咨询或报名的女孩子。政讲所来的女兵好办，登记下来具体安排就可以了。那些前来报名的女孩子要麻烦些，她们都是抱着一腔热情而来的，得知慰问团不收新人，顿时显出失望的样子，有的女孩子竟然流下眼泪来，惹得心软的陶云舒一遍遍安慰解释。

"这几天，请求上前线的人，把楼梯都快踩塌了！"小静说。

"陶秘书，你向上面反映一下吧，那些女孩子走了挺可惜的，我们可以招募一个女兵战斗队啊，就像辛亥革命时的女子爆炸队一样。"刘瑜也提议道。

两位属下的革命热情和主动性，令陶云舒十分赞赏。

中午，简单的工作餐后，陶云舒坐在老式电风扇后面的椅子上小憩。

蒙眬中，她的思绪飘了起来，情不自禁地想他。想他挺拔的身姿和军人的气势，想他慈父般的关怀，想他的威猛和雄壮。自从半年前开始交往，他就是她的楷模，她的感情寄托，她的天空和大地。她是多么想和他一起上前线啊，看他指挥千军万马，运筹帷幄，把北洋军打个落花流水，而她，则愿意做他身边的虞姬，舞双剑为他解忧，下厨房暖他肠胃！

然而，他的师要留守广东，负责保卫大后方，这个任务同样重要。他说了，等北伐成功了，中国统一，他就和她结婚，与老家的那个女人结束婚姻关系。

陶云舒见过那个女人，确切地说，是见过那个女人和两个孩子的照片。老式的乡下女子，裹着脚，缠着头，严正、刻板、中规中矩，恪守着自以为应该遵守的封建礼法，侍奉公婆，养育儿女，无怨无恨。逼她离婚她也答应，只有一个要求，那就是不要把她赶出家门，她没脸出去，生是夫家人，死是夫家鬼……

那个女人没有做错什么，可是一切又都是错的，但错也不在她。她生在旧时代，没有接受过新思想，他原本可以一直和她维系着形式上的婚姻，然而，另一个新时代的女性出现了，她就成了绊脚石。

陶云舒很纠结，一想起这些，心里就酸酸的。善良的她，于心不忍的同时，又不得不逼着自己狠心，若不狠心，自己的爱，真诚拿青春来赌的爱，将去哪里安放啊！

罢了罢了！生命诚可贵，爱情价更高。若为自由故，两者皆可抛！也许，从前线回来，一切都不一样了。

午后，安静了一个多小时的会议室再次热闹起来，省港罢工委员会的一些领导过来商议去前线事宜，请陶云舒去开会。

短暂的小会之后，陶云舒刚回到分团的位置上，就看见一个胖墩墩小铁塔一样的少年军人左顾右盼地走过来，似乎在找什么人。

陶云舒仔细看看，这不是杜心龙吗？她立刻喊道："心龙！"

杜心龙也认出了陶云舒，于是他拨开人群快步来到陶云舒面前："表姐，可算找到你了！"

陶云舒有些惊讶，问道："心龙，你找我有事吗？"

"我从韶关来的，天不亮就赶路，我要跟你去前线！"

杜心龙满头大汗，摘下军帽当扇子扇风，圆圆的脑袋上冒着热气，看样子走了很久，隔着一张桌子陶云舒都能闻到他军装上散发出的热烘烘的汗味。

陶云舒让他坐下，顺手又倒了一杯凉茶。杜心龙接过杯子咕咚咕咚一气喝完，这才长长舒了一口气。

等杜心龙缓过劲儿来，陶云舒才知道，自打先遣团出发，杜心龙就闹着要上前线，但陶云清舍不得他走。几个月来，杜心龙在部队表现相当出色，不仅当了班长，还担任了警卫团武术教练，而且，陶云清准备提拔他当副排长。

但杜心龙上前线心切，三天两头去团部磨叽。陶云清扛不住他的软磨硬泡，考虑到他是武汉人，放他去前线，也许会有大用途，况且他的身上还肩负着杜大江的重托，那就是保护杜心舟的安全，只好忍痛割爱，让他回广州找陶云舒。

第二十六章

男人的世界

湖南株洲的攸县，在将近一个月的时间里，成为北伐革命军先遣团的大本营。

这里的工农基础非常好，中共党组织积极发动群众，参加带路、送信、侦察、运输、扫雷、抬担架、救护、慰问、扰乱敌人后方等工作，还组织农协自卫军直接参加战斗。攸县、醴陵等地的农协自卫军更是将醴陵的地形和敌情作了详细汇报，先遣团以此制定出了周密的作战方案。

由粤出发的国民革命军第四军第十师和第十二师，已经于7月3日到达攸县。会师之后，前敌总指挥部下达进攻湘赣铁路重镇——醴陵的命令，独立团在左翼担任主攻，经泗汾桥向醴陵进攻，第四军主力师的一个团和第十二师的两个团在两翼配合行动。

泗汾是醴陵市南部的一个重要集镇。南邻攸县，北达城区，可去株洲、长沙，一条铁河横贯东西，一座石桥沟通南北。而横跨在铁河之上的泗汾桥，则是通向醴陵的门户，也是醴陵南方的咽喉。

驻扎在攸县县城和几个村子外的先遣团官兵，已经开始忙碌备战了。副官们忙着传达命令，军需官忙着筹集物资，一派开战前紧张的景象。

先遣团的主攻方向是正面的泗汾桥。驻扎在这里的是北洋军谢文炳部两千余人，防守非常严密。泗汾桥头两侧均有山炮和机关枪组成交叉火力网，死死地封锁住河面，河里老百姓的船只全部被北洋军掳去看管起来，从水路根本无法渡河。

先遣团团部，军事会议正在紧张召开。参谋长周士第，第一营营长曹渊，第二营营长贺声洋，第三营营长张伯黄，新兵营营长和机动大队队长等全部到位。

墙上的军用地图用红蓝铅笔做了很多标注，圈出主攻地点。

叶挺决定由第二营和第三营夺取泗汾桥、正面向醴陵攻坚。第二营负责攻取泗汾桥，第三营从侧面辅助进攻。只能胜，不能退！

为牵制敌军兵力，叶挺命令左翼第一营向豆田攻击。第一营的任务是从主攻方向的左翼侧击敌人，牵制敌人的增援部队，同时防备敌人可能由这一线袭击我主攻部队的后路。叶团长把这个重担交给第一营，还特地把第二营所属的第六连，也调给第一营指挥。

第二营的任务相当艰巨。作为主攻营，全团的核心，贺声洋得到团长的高度信任，他那张清秀的脸由于意识到任务的严峻而眉头紧锁，脸庞由于压力巨大而泛出红光。

"团长放心，第二营保证完成任务！"贺声洋向团长敬礼，转身大步而去。

回到营部，贺声洋立刻召集连级干部会议，安排具体任务。

当传令兵把开会的命令传达给第四连连长卢德铭的时候，卢德铭正在跟李子华等几个排长大摆龙门阵，讲自己在四川老家上学时如何调皮捣蛋。古文课老师是个前清老秀才，封建思想特严重。为了治治他，卢德铭和几个男生趁着午休，撬开办公室的窗户往老先生的茶壶里撒了一泡尿。下午老先生口渴了要喝水，倒出来喝了一口觉得不对劲儿，立刻咆哮起来，用戒尺把全班男生的手心都打肿了。后来学校闹罢课，督学不肯接见学生代表，又是卢德铭跑到督学家后院放了一把火，愣是把那个缩头督学烧了出来，结果自己也被学校开除了，没奈何只好千里迢迢跑到广州求见孙先生，特批上了黄埔军校。

在大家羡慕而钦佩的笑声中，卢德铭起身随着传令兵走向营部。

在营部门外，卢德铭遇上了第五连连长朱兆林。

这两位连长平时关系就很好。一见面，先互敬军礼，然后朱兆林就亲昵地打了卢德铭一拳："四连长，今儿个看你这么高兴，该不是把打醴陵的任务也抢走了吧？"

卢德铭也亲昵地回他一拳："五连长，我还不晓得呢！应该是我们一起打哟！"

"渌田战斗你们已经风光过一回了，不能让俺们一直坐冷板凳哩！"

"莫得坐啰！你们山东二哥不动则已，一动就能打死老虎。看着吧，这一仗你们第五连一定立大功！"

第五连连长朱兆林是山东人，长得身材高大，虎背熊腰，性格十分憨厚仗义，和乐天派鬼精灵的卢德铭属于互补型人才。

两个人说着话，就看到第三营第九连连长沈学文匆匆而来，他们立即迎上去，三个人互敬军礼。由于第六连临时抽调到了第一营打阻击，同样担任主攻的第三营派出第九连来加强对泗汾桥的攻击力量。

"哈哈，九连长，这一回我们抱团了哟！"卢德铭开心地笑着，如果不在战斗中，他那大男孩的调皮劲儿很感染人。

"四连长，我是向你学习来啰！"沈学文也是笑容满面。

二十三岁的沈学文，是湖南益阳人，黄埔一期毕业，这些既是同学又是战友的年轻人碰到一起,有说不完的话。

"算个坛子哟,我向你们学习是真的。"卢德铭的川音非常响亮,惊动了营部里的几个副官,都跑出来看。

"我们互相学习啰!"三个连长说笑着,并肩朝营部走去。

第二营营部,贺声洋的房间永远是那么整齐雅致。干净的床,干净的桌椅,衣帽钩上挂着手枪、武装带,书桌上摆放着文房四宝,简易书架上的书,永远有一本是摊开阅读中的。这样的乃文乃武,是叶团长所倡导的,也是独立团所有官兵的特点。

贺声洋在看地图,手里拿着红蓝铅笔不停地在上面做着标记。

卢德铭、朱兆林、沈学文围拢过来,听营长分配任务。

"第四连在前,第五连在后,担任第一梯队主攻,按照团里的预定时间占领泗汾桥!"贺声洋指着地图上红笔圈起的一个小黑点,发布命令。

"我们第九连做啥子?"沈学文有些失望,心想团长派第九连过来,可不是坐冷板凳的。

贺声洋看一眼沈学文,重重点头说:"第九连先养精蓄锐,我估计这个大石桥有些麻烦,沈连长,关键时刻就看你的了!"

"是!营长!"沈学文立正回答,声音愉悦起来。

"向导问题怎么样?解决了吗?"贺声洋转头问卢德铭。

"报告营长,向导已经找好,他们就在外面等候!"卢德铭回答。

"请他们进来!"

卢德铭答应着走到门外,对传令兵做个手势。片刻,段春雷、孙乾生跑步而来。

这两个后生全副武装,白色的坎肩,青色的短裤,青布缠头,腰里扎着武装带,前胸挂满子弹袋,肩上扛着汉阳造步枪,精神抖擞,脚步生风。他们来到贺声洋面前,举手敬礼:"报告营长,农协自卫军段春雷、孙乾生前来报到!"

贺声洋赞赏地看着他俩清秀的脸,说道:"说说你们的方案。"

段春雷清清嗓子,语气利落地回答:"我们从小就在这一带长大,对这里的一草一木都很熟悉。总攻开始,我带领第一向导组直奔大石桥,占领有利地形。孙乾生带领第二向导组绕道大桥北面树林,引导第三营侧面助攻。"

"好!引路成功,是战斗胜利的第一步,我等着你们的好消息!"

贺声洋与段春雷、孙乾生握手,随后,一行人走出屋子,相互敬礼告别,返回各自的岗位。

大街上几乎都是军人。巡逻队排成一列纵队前行的脚步声，军需官们招呼属下抬物资的吆喝声，士兵们练习徒手格斗的喊杀声，间或有一两匹高大的军马飞奔而过，加重了战前的紧张和忙碌气氛。

这里是男人的世界，是行伍的世界，是狭路相逢勇者胜的世界，是好男儿以身殉国不畏死的世界！

这一夜，李子华他们几乎没有睡。他们怀里抱着枪，匍匐在泗汾桥南岸的田野里，等待冲锋号响。他终于明白了什么叫枕戈待旦！

出师以来，经过渌田一战，李子华和他的弟兄们迅速成长起来。他们已经面对面接触了敌人，认识了敌人，知道了自己的勇敢和威力。作为一名战士，只要你勇敢无畏，敌人就是纸老虎。而且胜利的喜悦，就像小孩子第一回吃糖果，尝到了糖果的甜香，就会急切地想要吃第二块。

而泗汾桥战斗，就是他们的第二块糖果。

此时，东边的天空已经露出了鱼肚白，晨光照在河面上，奔腾的河水仿佛穿上一层白色的铠甲。闷热了一夜的田野里，有清风徐徐吹来，拂动着大柳树长长的枝条，一丝丝凉意从埋伏的士兵们身上掠过。

午夜的时候，农协自卫军已经将松树炮分置于敌人后方的高地上，准备实施袭击，以壮声势。

李子华趴在茂密的毛豆棵子里，身上的军装已经被露水打湿。他轻擦一下有些潮湿的枪管，问身边的卢德铭："连长，快了吧？"

由于半生不熟的豆子豆腥味很重，卢德铭将正在嚼着的青豆吐了出来："呸！莫急，等待营长命令！"

第二营指挥部在一个略微高些的田埂后面，贺声洋掏出怀表看了一眼，又侧耳听听泗汾桥左侧的动静，按照团长的部署，第三营的一部分要在拂晓前从泗汾桥左侧徒步渡河到北岸，侧击敌人。这时，他们应该行动了！

一阵窸窣的声音传来，是派去的传令兵回来了："报告营长，自卫军已经准备好了！"

"好！命令他们立刻开始行动！"贺声洋说。

传令兵领命而去。

不一会儿，高地的树林里传出松树炮低沉的闷响，紧接着是鸟枪的响声和自卫军的喊杀声，贺声洋兴奋地挥挥拳头，命令司号员："吹冲锋号！"

激越的冲锋号声响起。卢德铭和李子华同时一跃而起向前冲去，后面的弟兄们紧紧跟上。他们顺利冲到大石桥中间，竟然没有遇到任何阻击。

熹微的晨光中，泗汾桥北岸没有一个人，非常安静，安静得出奇。卢德铭突然觉得不对劲，侧耳听了听，紧接着大吼一声："快卧倒！"

第四连的弟兄们急忙匍匐在地。说时迟那时快，从桥北岸上空，响起炮弹掠过的呼啸声。

"轰……轰！"

"轰……轰！"

敌人的炮弹在桥上炸开，迸射出一大片火光。飞溅的弹片和被炸飞的石头落在士兵们身上，有的当场受伤。李子华的脸颊被飞溅的石块划破一道口子，鲜血直淌。

"×他先人板板，竟敢这样耍老子！"卢德铭用驳壳枪戳一下垂下来的帽檐，气愤地大骂着。

"连长，怎么办？"李子华撩起军衣揩着脸上的血，问道。

"莫慌，我们的大炮还没开始呢。"

渌田战斗时，他们缴获了北洋军两门山炮，正要一试身手。

果然，先遣团的大炮开始发威了，连续几炮打过去，立刻把桥北的火力压制住了。

"弟兄们冲啊！"卢德铭喊一声，再次向前冲去。

然而，他们刚冲过去一段，又被北洋军猛烈的火力压制在桥上，不能动弹。

卢德铭匍匐在桥面上，大口喘着气，两眼死死地盯着北岸。弟兄们都学他的样子，趴着不动。一时间，两边都静了下来。

那是大战前的寂静，残酷的寂静。

先遣团的炮弹数量很少，打了几发便没有了。北洋军趁机开始大模大样地行动起来。

泗汾桥北面，北洋军开始陆续出现，他们打着黄蓝两色三角旗，在红色指挥旗的旗语中，排列在桥头一片宽阔的平地上。远远望去，黄色的军装就像晚秋被风堆积起来的落叶。

趴在桥面石板上的李子华，一面注视着敌人，一面把手榴弹摆在伸手就能够到的地方。他看着越来越近的敌人，做个深呼吸，喊道："第一排弟兄们注意了，听连长号令！"

北洋军开始向桥上推进，李子华甚至能清楚地听见敌人的脚步声。士兵们全都屏住呼吸，握紧步枪等待着。就在距离不到一百米的时候，尖厉的冲锋号响起，最前头的北洋兵，端着刺刀，哇哇喊叫着向革命军冲过来。

"打！"卢德铭一声呐喊，手里的驳壳枪率先响起。

刹那间，方才还寂静无声的阵地上，爆发出排山倒海一样的枪声。

从拂晓到中午，先遣团主力在沿着攸县通往醴陵大道的必经之地泗汾桥上，与粤军谢文炳部展开激烈的战斗，几百号人与两千多敌人相遇，反复争夺，战斗异常激烈。

午后，太阳偏西了，仿佛是经过长途跋涉的旅人显出困倦的样子，桥头的大柳树也困了，长长的枝条无精打采地耷拉着。大石桥经过十多次的反复争夺，桥面上布满了炮弹皮、空弹壳，青色的条石都是滚烫的。士兵们的血渍，在太阳的暴晒下已经变成了黑红色。大桥上空，一团团硝烟缓缓在飘散，如同一片片游移的乌云。

又一场激烈的战斗过去了，第二营的第四连、第五连终于占领了泗汾桥的一部分，并在桥上堆起沙包等防御工事。

李子华趴在掩体后面，已经很累了。他浑身都是灰土，军装破了好几个洞，军帽上留有子弹擦过的痕迹，脸上的血口子已经结痂。由于疲劳过度，他脸色发白，喉咙发干，两臂和腰部酸疼酸疼的，觉得一点力气也没有了。

而且，坏消息不断传来。按计划，第三营一部分弟兄要在拂晓前从泗汾桥左侧徒步渡河到北岸，去侧击敌人，却被敌人猛烈的炮火打了回来。由于没有船，再徒步涉水已经不可能。借调过去的第六连正在左翼朱亭一带顽强阻击敌人，已经打退了敌人好几次进攻，也已经精疲力竭。如果作为主攻部队的第二营再不拿下泗汾桥这条通向醴陵的正道，将会影响整个北伐军的进程，后果不堪设想！

泗汾桥桥南临时营部，贺声洋在摆弄一挺轻机枪。他嘴唇干裂，五官被炮火熏得乌黑。焦灼、不甘、疲累，嗓音也已嘶哑。

短暂的连级军官会议正在召开，卢德铭的川音还是很响亮："泗汾桥，就是啷个死分桥，我们得组织力量死拼一下子！"

"你是说，组织冲锋队吗？俺们第五连就是现成的冲锋队！"第五连连长朱兆林立刻自告奋勇。

"晓得，你们山东人都是好汉。不过啰，还得从各个连挑出最勇敢的兄弟。"卢德铭望着贺声洋说。

在一旁的第九连连长沈学文不乐意了："营长，让我们第九连上吧！该轮到我们了!"

"四连长、五连长,你们都打得很辛苦了,先歇歇,让第九连弟兄们也舒展一下筋骨,我们不能一直当预备队啰!"

沈学文极力请战。他看看贺声洋,又看看卢德铭和朱兆林,摩拳擦掌,早已按捺不住。

贺声洋试了一下轻机枪的扳机,对沈学文说道:"好!第四连、第五连退后,第九连顶上去!中午之后,我们必须占领泗汾桥,不惜一切代价!"

"是!"三个连长同时立正应答。

太阳西斜。在泗汾桥左翼朱亭一带,留守的第六连正在奋力阻击敌人,以吸引北洋军的注意力,减轻进攻泗汾桥主力部队的负担。

第二十七章

血染泗汾桥

从拂晓到下午,北伐军已经打退了敌人八次进攻,战斗也进入胶着状态。

下午两点十分,已经十分疲惫的第六连官兵,突然看到有人正在向他们走来。

再仔细看,远远而来的,是一群人。走在最前面的,是大家熟悉的叶挺团长和周士第参谋长。

团长依然像平时一样,军容整齐,身姿标准,他大步流星地向前走着,没有挂指挥刀,胸前只挂着一架望远镜。参谋长紧随在团长身后,一面走,一面谈着什么。后面还跟着好几个副官和勤务兵,再远一些,还有两个士兵牵着马。

他们激烈地交谈着,而且打着手势,不停地指着坡地和远处,看得出那是很远的一个地方。

士兵们揣摩着,团长这是要进行新的战斗部署了。

是的,他们猜对了。此时,叶挺和周士第紧张而周密地部署新的打法。

他们在高地的制高点上停下脚步,跟随的人除了几个副官,其余的人都散布在不远处休息待命。

经过半夜以及大半个白天的战斗,局势渐渐明朗,一切尽在意料之中。

在中间泗汾桥一带,北洋军把醴陵外围和右翼株萍铁路上的部队集中起来,依托泗汾桥的地形负隅顽抗;而在左翼朱亭一带,北洋军遭到北伐军猛烈的炮火攻击后,以为这里是主力,把株洲的队伍也调了过来,凭借湘江天险,布置起一道防线。他们以为醴陵、株洲、长沙一线,既有自然天堑,又有强大兵力,简直是固若金汤,足以抵挡远道而来的北伐军。

此时,朱亭阻击战还在进行中。枪弹和炮弹呼啸着向坡地这边飞过来,但站立在高坡上的团长和参谋长根本不在意。他们正在全神贯注地思考问题,判断在战斗中北洋军方面可能发生的变化,筹划着如何解决战斗,获取胜利。

"情况已经很明显,这样对峙下去,我们很难迅速取得胜利。而且从敌人往这里集中主力的情况来判断,他们已经预料到我们远道而来,以求速决,但他们偏要以逸待劳,拖住我们,等我们疲乏之后,突然伸出重拳打过来。"周士第讲述自己的分析。

叶挺点点头。他依然看着远方，沉浸在沉思中："参谋长，请继续讲。"

"现在我的意见，用一部分兵力在这里迷惑敌人，主力避开湘江的天险，从朱亭和泗汾桥的空隙插过去，奔袭敌人的要害——株洲。打下株洲后，我们就可以东面沿着株萍铁路打击醴陵的后背，抄他谢文炳的后路，北面可以沿着粤汉铁路一直向长沙推进。"

叶挺依然沉默着，不动声色。但周士第可以看出来，团长的脑海里正在迅速进行分析。通观全局，哪些与自己的考虑相同，哪些需要糅合调整，最后拿出最好的方案。

过了一会儿，叶挺突然问周士第："株洲的兵力，弄清楚没有？"

"株洲那边有我们的工人纠察队，已经提前摸清了城里的兵力配备情况，城里非常空虚。我们的侦察队已经和他们接上了头。今天上午，农协侦探队来报告，大批北洋军从株洲方向开过来，佐证了纠察队报告的真实性。"

"唔。"叶挺继续沉吟着，突然问，"假如敌人从株洲调主力到朱亭的同时，又从长沙调兵力填补株洲，怎么办？"

周士第胸有成竹，侃侃而答："这种情况出现的可能性不大。敌人的注意力是在泗汾桥和朱亭一带，他们绝对不会想到我们会先打株洲。还有，株洲、醴陵一线是唐福山的赣军，长沙一线是叶开鑫的湘军，据我了解，他们没有直接的协作关系，即使长沙有兵力调到株洲，也是离心离德，行动缓慢。"

"要是朱亭的敌人发觉了我们的行动，掉头赶回株洲去呢？想过吗？"

"这个可能性极小。等他们发现，已经晚了，我们是快速奔袭，弟兄们经过艰苦的锻炼，敌人的两条腿根本跑不过我们！"

这一问一答，尽显指挥者的智慧和勇气。

这一切，作为一团之长，叶挺当然考虑过。但他很虚心，通常在实施行动之前，尽可能把情况设想得复杂困难许多，并且从执行者的嘴里，得到满意的答复，他才放心。所以，他的问题常常突然而迅速，如果执行者考虑不周全，就会被他一连串的发问搞得焦头烂额，狼狈不堪，他就会立刻更换方案或执行人。

"你准备什么时间出发？"叶挺问这个问题的时候，证明他已经很满意了。

"半个小时之内！"

"一定要快。闪电行动！"

"是！"周士第回答。

"把左翼一营抽下来，再派一个新兵营，两个营一起去！"

"向导找好了吗？必须非常可靠！"叶挺的命令一个接一个。

"已经找好了。"

"什么人？"

"株洲人，四十三岁，三个月前因为护送我们的人去广州，受伤留在攸县，目前在救护队警卫排当战士！"

"刚到部队？估计他跑不动。"

"我已经把我的马给他了。"周士第说。

叶挺点头，回头对副官道："命令第一营营长曹渊立刻来见我！"

"是！"副官领命而去。

不一会儿，第一营营长曹渊带领着两个传令兵跑步而来。

此时的曹渊，刚刚在左翼击溃敌人两个团的援兵，浑身尘土，十分疲惫。见到团长，他正一下军帽向团长敬礼："报告团长，第一营营长曹渊奉命来到！"

叶团长看着这个得力干将，欣慰地回礼。

第一营是独立团的精锐营，大都是成熟的老兵，好钢就要用在刀刃上。

"曹渊，我命令你带领第一营，火速奔袭株洲，乘虚而入，截断敌人的后路，我等着你们传来好消息！"

"是！团长！"

周士第和曹渊立正敬礼，又同时转身离去。

此时已是下午三点。

在第一营营长途奔袭的同时，泗汾桥南岸的第二营也组织好了冲锋队，并集中起全营最好的武器。贺声洋亲自担任队长，以第九连为主力，第四连、第五连断后，农协自卫军依然在高地上协助进攻。

大桥北岸的北洋军，由于连续把革命军阻断在桥南，骄横异常，他们大模大样地扛着机枪在桥头走，时不时戏耍一般向桥南掷过来几个手榴弹，在爆炸的硝烟里，狂妄地叫嚣："喂！有种过来呀！"

"快过来！过来一锅烩了！哈哈……"

贺声洋眼里闪着愤怒的火光，他怀里抱着轻机枪，站在冲锋队弟兄们面前，做最后一次装备检查。

"弟兄们，考验我们的时候到了！要是拿不下泗汾桥，我们第二营的脸面就丢尽了！这一次，我们必须冲过去，哪怕剩下最后一个人，也要打开这条通向醴陵的大道！大家能不能做到？"

士兵们神情严峻,一起举枪回答:"能!我们只能前进,不能后退!"

"对!这一次冲锋一定要胜利!坚决打过桥去,以最快的速度,为全局赢得时间!"

贺声洋嘶哑着嗓音做着战前动员,他的每一句话似乎都是挤破喉咙带着血丝蹦出来的。

"营长放心,保证完成任务!"

士兵们也几乎是扯破喉咙在喊,他们视死如归的咆哮声和哗哗奔涌的铁河水交织在一起,感天动地。

贺声洋一挥手:"吹冲锋号!"

激越的冲锋号声再次响起。九连长沈学文立刻带领士兵向前冲去。

敌人开火了,密集的子弹打了过来,嗖嗖作响。但士兵们全然不顾,一个个昂头挺胸往前猛扑。

眼看着就要冲到大桥北段了,一发炮弹飞过来,在桥面上炸开,沈学文当场牺牲。

"啊!"贺声洋看见,撕心裂肺地大叫一声,"我的九连长啊!"

他疯了一般,端着轻机枪就冲了上去,嘴里大吼着:"为九连长报仇呀!"

突然,一个人从旁边冲过来,死死地拖住了他:"营长,你不能去!"

贺声洋大怒:"走开!不要管我!快冲啊!"

"你是一营之长,你不能去啊!"

拖住他的人是卢德铭,他两眼含泪,双手死死地拽住贺声洋不放:"营长,你要相信我们,一定能冲过去,一定给九连长报仇!"

卢德铭几乎是哀求了。贺声洋这才停下脚步。

紧跟在后面的朱兆林大喊着:"营长,俺来了!"

贺声洋把轻机枪交给朱兆林:"就看你了!"

卢德铭一挥驳壳枪:"朱连长,我们接上去!"

"好哩!"朱兆林和卢德铭一起带着队伍接了上去。

"弟兄们,占领泗汾桥,打进醴陵城!冲啊……"

敌我双方都开足了火力,子弹、手榴弹、炮弹齐发猛射。大石桥上,火光迸射,杀声震天,刹那间兴起一场血雨腥风!

激烈的交战中,第四连、第五连终于冲过了敌人的封锁线。可是,朱兆林受了重伤,他一条腿被地雷炸断了。卢德铭要派人送他回去,朱兆林坚决不让:"四连长，这都啥时候了？不要管我！你快冲啊！"

卢德铭还是不忍："五连长，你这是重伤！延误下去会送命的！"

"送命就送命！你快走，快去指挥战斗啊！"朱兆林嘶喊着，腿上血流如注。

卢德铭只好咬牙往前冲去。

朱兆林低头找了一支步枪，竖起来当拐棍拄着，继续指挥战斗："弟兄们，咱们马上就占领大桥了，冲上去消灭敌人啊！"

他一瘸一拐地继续向前跑去，石板上，留下一条长长的鲜红的血印子。

看到革命军再次发起冲锋，高地上农协自卫军的松树炮及时配合，沉闷的炮声接连不断响起。

段春雷和孙乾生指挥群众高举着革命军军旗，使劲摇摆，大声呐喊："冲啊，杀呀！革命军已经占领大石桥了！"

在两侧猛烈的攻击下，第三营第九连隐蔽地接近北洋军阵营，从山路上突然杀到了敌人后翼，敌人以为革命军突然来了增援部队，顿时慌乱起来。

这时候，第四连、第五连一齐冲上了敌人的桥头阵地。在三面包抄之下，北洋军大部分被消灭在河边，剩余的敌人向北溃逃。

泗汾桥，终于掌握在了革命军手中！

贺声洋指挥士兵们集中俘虏，打扫战场。士兵们一个个满身灰尘，军衣破损，被炮火熏黑的脸上，却是置之死地而后生又活了一次的欣悦。

只有冲锋，才能活着。只有勇敢，才有新生！

卢德铭惦记着重伤的朱兆林，吩咐两个士兵去桥上寻找。

贺声洋也牵挂着朱兆林，也向桥中心走去。

青石条砌成的泗汾桥中间，第五连连长朱兆林安静地坐在栏杆下，早已停止了呼吸。他的右腿从大腿往下消失了，血还在流淌，在他的身边汇集成一汪深红色的血泊。他的手里还拄着那支步枪，圆睁着一双大眼，张着嘴巴，似乎在喊着"冲啊！"。

"五连长，他……牺牲了！"

一时间，贺声洋、卢德铭、李子华和许多士兵都围拢过来，静默在朱兆林身边。

贺声洋蹲下去，给朱兆林拍拍身上的灰土，替他戴正军帽，又用手轻轻摩挲他的眼皮，让他合上双眼。他喃喃地说道："五连长，我们已经胜利了，我知道你累了，安心睡吧！"

在场的所有官兵，眼泪全都夺眶而出。

第九连连长沈学文的遗体也找到了,他们把两个连长和牺牲的其他几个士兵的遗体放在一起,全营脱下军帽,向他们致哀。

"向烈士默哀!鸣枪!"

士兵们一起举枪向空中射击:"砰!砰!砰!"

密集的枪声如同一阵惊雷,回荡在泗汾桥两岸,祭奠着烈士的英魂,纪念着北伐战争的第二场战斗。

叶挺独立团攻占泗汾桥后乘胜追击。北伐军顺利渡过渌水后,很快将株萍路及渌水的北洋军肃清,并迅速攻克醴陵城区。醴陵既下,长沙屏障尽失。北伐军第七军和第八军由当地农民担任向导,跨过湘江东岸,抚敌之背,收夹击之效,于7月12日攻克长沙。

至此,醴陵、株洲、浏阳、长沙连成一片,尽是革命军的地盘,北洋军被迫向平江、岳州方向退却。

第二十八章

大老黄捎来的礼物

光复后的株洲城,这些天一直处于获得新生的热烈与兴奋之中。

由于革命军陆续从两广开拔到这里,一大早,株洲城的宁静就被打破了。

早晨六点多,大街小巷就忙乱起来。革命军士兵、农协自卫军、工人纠察队员,还有兴奋不已的市民,都络绎不绝地在街上穿行。革命军中,有先遣团、广东军、起义湘军、广西军。先遣团攻下株洲后,一部分继续向浏阳进发,一部分留在株洲休息。有公务在身的军官和士兵在市内忙碌,他们要对接前来接防的起义湘军和广西军,而广东军的人员大都是高级指挥官和卫士,他们来处理前方的事务和与友军联络。

来来往往的人群中,一个四十来岁、四方身材、敦实粗壮的军人特别显眼。他一侧背个盒子炮,一侧背一个很大的蒲包。蒲包看起来很重,他不时用蒲扇般的大手托一下。他似乎对这里的街面相当熟悉,一边走一边扫视那些铺面店堂,嘴里念念有词:

"九子香辣蟹!真的香吗?忘记啰!"

"矮子家的臭豆腐。还行!"

"剁辣椒和酸辣椒,要是吃酸辣椒的话,好像还送碱面呢,味道好得不得了啰!"

壮汉军人自言自语着,不知不觉,嘴角竟然流出了哈喇子,急忙用衣袖擦去。

从正街走过去,又拐过一条小巷,远远地,他就看到了那座天主教堂,拱形的门前竖着一杆白底红十字的三角旗,有一些穿白大褂戴口罩的革命军人忙碌地进出着。

"到啰!到家啰!"他紧走几步,来到了教堂门前,门口的卫兵看见他,兴奋地大喊:"大老黄,好几天没见你,上哪儿去啦?"

大老黄神秘一笑:"去执行任务。"

卫兵不便再问,却盯上了他腰间的枪:"盒子炮?"

大老黄又是自豪一笑:"是的啰!"

卫兵羡慕地吧嗒着嘴:"哪儿来的?"

大老黄一扬脖子："立功奖励的！"说罢，大摇大摆径直进去了。

教堂里面是一片忙碌景象。攻打泗汾桥和醴陵的伤员已经逐渐运送过来，救护队在陶云晏的指挥下，正在有条不紊地处置着。手术室里灯火通明，他们已经连续奋战一夜了，轻伤员，也就是还能走动的伤员，都安排在教堂礼拜大厅里，重伤员被安置在神甫们的办公室。

二楼走廊上，陶云晏正在吩咐救护队一名副队长："这些重彩号要赶紧运走！我们需要车皮，两个车皮！"

"我这就去打报告，不过，车皮好像很紧张。"副队长有些信心不足。

陶云晏生气地抬高声音："车皮什么时候不紧张啦？我不管这些！他们拿半条命换来了胜利，我只要他们活下来，能有个很好的医疗条件去休养！"

"是！我马上去办！"副队长敬礼后走了。

陶云晏举起双臂，舒展一下身体，疲倦地倚在楼梯的栏杆上，摘下眼镜，用一块麂皮布擦拭着。

杜心舟从看护室走出来，也是一脸疲倦，看见陶云晏，就走了过去，问道："陶队，去往长沙的车皮，能要到吗？那些重彩号不能耽搁呀！"

"应该没问题。现在是工农商学合力支援北伐。一切都要给革命军让路。"陶云晏说。

"嗯嗯。这倒也是。"杜心舟点头，轻舒一口气。

"心舟，广州慰问团就要来了，云舒也要来。"陶云晏突然转移话题。

"是吗？太好了！我好久没看见表姐了。"杜心舟很是兴奋，脑子里闪过表姐娇俏洒脱的身影，一个多月没见面了，心里好想她。

"你知道云舒男朋友的情况吗？"陶云晏竟然向杜心舟打听起妹妹的事。

很显然，陶云晏已经认定杜心舟知道妹妹的事情。但杜心舟却不清楚这个二表哥对妹妹恋爱的看法，一时不知道怎样开口："这个……我不太清楚。"

"哦。我也不太清楚，好像比较叛逆。"陶云晏见杜心舟守口如瓶，也就不好再问。

这一对表兄妹，虽然工作上是好搭档，但由于忙和部队纪律，他们之间很少谈论家里的事。

他们正说着话，大老黄大步流星地走过来，向陶云晏立正敬礼："报告队长，黄茂源完成任务回来报到！"

陶云晏对大老黄印象非常好，当初第一营营长曹渊到处找向导，杜心舟推荐了大老黄，陶云晏立刻同意并报上去了。

"黄茂源同志，打下株洲城，有你的一半功劳啦！"

"哪里哪里，陶队长过奖了，我只是带个路啰。"

大老黄的大名，除了正式场合，很少有人提及，大家习惯了喊他大老黄，喊大名反而不习惯了。

杜心舟发现了大老黄的盒子炮："哟！黄叔叔，你这是鸟枪换炮了！"

大老黄得意地拍拍手枪套："那是当然！为表扬我带路有功，曹渊曹营长特地奖励给我的。"

杜心舟心里高兴，故意打趣他："我黄叔叔了不得啰！骑着参谋长的大洋马，背着曹营长的盒子炮，这八面威风谁能比得了啰！"

她注意到了那个沉甸甸的大蒲包："这是什么啊？"

一句话提醒了大老黄，他连忙说："这是你谭叔叔托我捎来的好吃的，专门给你。"

大老黄解开蒲包，里面有洋糖、咖啡、莲子桂圆粉、各种干果小零食，一个包装精美的纸盒子里，竟然还有两身旗袍。

杜心舟抚摸着这些东西，觉得心里好幸福："你见到谭叔叔了？"

"当然见到了，你谭叔叔现在是株洲市工人纠察队队长啰！"

杜心舟展开旗袍，遗憾地说："谭叔叔真是个细心人。可惜我已经穿不着这些老古董衣服，这身军装，估计要穿到老了。"

"谭舵主说，知道你现在穿不着，可这一辈子时间长着啰，杜小姐还是留着吧，万一能用上呢。"大老黄总是改不了口，张口闭口还是杜小姐，搞得杜心舟怪难为情的。

"也是，万一用得着呢。"杜心舟郑重地把那两件旗袍重新收进盒子里。

"陶队，谭舵主让我转告你，他明天要来救护队慰问。"大老黄告诉陶云晏。

陶云晏大喜，却责怪道："你怎么不早说？"

大老黄搓着大手，不好意思道："今天的高兴事太多啰，忘了先汇报哪一桩。"

又一个热烈而兴奋的早晨。一大早，一辆蒙着篷布的卡车就停在了天主教堂门外。

从卡车驾驶室里跳下来一个身穿铁路制服、戴着鸭舌帽的男子，三十多岁的年纪，骨感清瘦，文质彬彬，像一个入错行的画家或者音乐家。但如果仔细观察，就会发现在他俊雅飘逸的外表下，眉宇间有一种凌厉的杀气。左胳膊上的红袖箍上绣着两个黄色大字"纠察"。这样的身份，在当时那个轰轰烈烈的大革命时代，不仅仅是时髦的，更意味着敢于拿性命去实现主义和理想。

教堂门口，陶云晏、杜心舟和几个救护队领导，已经早早等候着了。

杜心舟率先迎了上去："谭叔叔，好久不见，您好吗？"

谭向林大笑着走向杜心舟："哈哈，贤侄女，真的当兵了？我就知道，我这个贤侄女是女人的外表男人的心，不仅仅是卓文君，更是现代的花木兰啦！"

杜心舟给谭向林敬了一个军礼："谭叔叔过奖了，非常感谢您百忙之中来救护队慰问！"

接着，杜心舟为陶云晏和谭向林互相作了介绍。

简单的寒暄之后，随行的几个工人纠察队员开始从卡车上卸东西，帐篷、手术床、汽灯、医用酒精、绷带、消炎药等，全是救治伤员必需的医疗用品。

陶云晏高兴坏了，紧紧握着谭向林的手，连声道谢："谭队长，该不是把全株洲城的医疗用品都搜罗来了吧？"

"全株洲不敢说，最起码半个株洲城的药店和医药仓库被我刮地皮啦！为了这一天，我等了好几年，现在革命军终于打过来了，我举全城工人阶级之力支持你们也不为过。"

听着谭向林发自肺腑的话，陶云晏频频点头。他知道，在享有"小莫斯科"盛誉的湖南，蓬勃开展的工人运动，对战争的胜利起到了很大的推进作用。

陶云晏陪同谭向林参观临时医院，每一个病号都收到了来自株洲工人兄弟的礼物：一张糖饼和一碗香辣酿豆腐或者一份艾叶粑粑。

陶云晏热情地留谭向林一行一起吃午餐，吃的是慰问品香辣酿豆腐和艾叶粑粑。新米做成的粑粑，揉进去新鲜艾叶榨出的浓汁，里面裹上调拌好的鸡肉，青绿的颜色，散发出一阵阵艾叶的清香，美得陶云晏、杜心舟等众人大快朵颐，心花怒放。

告别时，陶云晏准了杜心舟、大老黄和徐小萍三人半天假，让他们去叙旧。

卡车在通往郊外的土路上行驶，带篷子的车厢遮住了炎炎烈日。谭向林特地和杜心舟、大老黄和小萍一起坐在车厢里，向他们介绍株洲的近况。

从城里到郊区，沿途几乎都是革命军。他们穿着铁灰色军衣，戴着大檐军帽，穿着绑腿草鞋，背着军毯和斗笠，脖子上扎着红领带。这些兵，专打北洋军，经过酒馆或者风月场所门口，全都目不斜视，笔直地一直向前走去。

卡车经过一个石库门前,他们发现这里聚集着好多人,还有一些农民打扮的青年男女,正在用力往外搬运东西。那是一些大箱子,看起来相当沉重。旁边还有胶皮轱辘的马车,车辕上的马打着响鼻,人喊马叫的,煞是热闹。

谭向林告诉杜心舟,这是北洋军的一个军火库,两天前被革命军一锅端了,那些农民是自愿过来的,帮助革命军运送弹药到长沙,路费是每个人十块大洋。

"十块大洋?革命军对老百姓真好!"

杜心舟想起南下路上遇到的北洋兵,他们的贪婪和无耻,两相对照,真是云泥之别啊!

谭家祠堂还是老样子,宽敞庄严,方砖墁地,但兵器架上,刀枪剑戟等冷兵器少了好多,增加了许多现代武器。杜心舟数了数,竟然有二十来支汉阳造,一架轻机枪,原来的那几杆老式七九式步枪,被冷落在一个角落,只能当作备用。

随从搬过来几把椅子,谭向林和杜心舟落座。

大老黄却不坐,他在场院里转悠,不时伸伸胳膊踢踢腿,看样子,就知道他对这里充满感情。

"谭叔叔,您的弟兄们都好吧?"杜心舟想起了那一帮后生的湖南南拳。二十几个小伙子穿着清一色的盘扣练功服,用青布裹头,在院子里齐刷刷站立,一个个宛若武林高手。

"他们都挺好的啦!都在忙,配合革命军工作,负责保卫仓库、铁路、工厂的安全。"谭向林自豪地说。

"那,我是看不成武术表演了。"杜心舟有些遗憾。

谭向林笑笑,站起身来,仿佛一位运筹帷幄的将军一般,对身后的侍卫做个手势。侍卫吹一声牛角号,立刻,从东厢房里跑步出来二十几个后生,个个健壮、敏捷、倍儿精神。

"弟兄们,来一套湖南南拳,让杜小姐再次开开眼界,这也是你们最后一次集体练武了!"谭向林的语气大义凛然。

随着领队一声号令,这些年轻人开始演示在南拳基础上演变而成的湖南南拳。只见他们动作紧凑,刚劲有力,步法稳固,手法多变,时而身居中央,时而八面进退,并伴之从丹田进出的宏大气息以助发力,宽敞的院子里仿佛凤凰起舞、蛟龙发威,震天撼地,气势非凡。

杜心舟看得热血沸腾,使劲儿拍着巴掌。演练结束,她想起方才谭向林的那句话,便问:"谭叔叔,你为什么说这是他们最后一次集体练功呢?"

谭向林看着围拢过来的后生们，自豪地一笑："他们就要参加革命军了，明天就换军装进军营！"

杜心舟这才恍然大悟："他们都是好苗子，您舍得让他们走吗？"

谭向林拍拍领队后生的肩膀，亲切而慈祥："他们都是我看着长大的，这些年，就像我的孩子一样。是有些舍不得！可是，株洲的天地毕竟太小了，他们应该到更广阔的战场上去建功立业，这也算是我送给革命军的一份大礼吧！"

杜心舟听罢，对谭向林肃然起敬，不禁想起了弟弟杜心龙，他在韶关还安分吗？

谭向林似乎看出了杜心舟的心思，便问："心龙如今在哪里，我怎么没有看到他？"

"心龙在韶关驻防。"杜心舟如实相告。

"那孩子是个武将坯子，放在大后方可惜啰！"谭向林也不掩饰自己的惋惜。

"谭叔叔放心，大表哥会调教他的。"杜心舟嘴上这么说，但她最清楚弟弟的秉性，搞不好他人已经不在韶关了。

"姐姐，心龙要是能去先遣团就好了。"

一直默不作声的小萍突然插了一句。杜心舟一惊，以前她只看到弟弟厮缠小萍，如今才发现，原来这小丫头心里一直装着弟弟，只是表面上佯装被动，这少女的心思可真的不好猜哦！

第二十九章
杜心舟加入共产党

晚餐之后，暮色渐渐四合，救护队所在的天主教堂呈现出少有的安静。阳光从彩色的窗棂里收敛了它刺眼的光芒，厚重的墙体透出原有的沁凉。教堂内，轻伤员们有的在读书识字，有的在闭目养神，有的在轻声聊天。

教堂拱形的门前那杆白底红十字的三角旗，在晚风里轻轻地飘着，给人一种安定感。

教堂后面的女看护宿舍里，杜心舟正在洗脸，镜子里那张白皙圆润的脸上，因某件事情而兴奋，泛起一层绯红。她仔细梳理好齐耳的短发，换上一身新军装，戴上大檐帽，系上红领带，又对着镜子看看自己，觉得没有任何不妥，这才起身向教堂二楼一间储藏室走去。

存放着一些废弃的桌凳及祭器的储藏室，此刻已经打扫得干干净净。正面的墙上，挂起一个红底黄字的横幅，上面写着六个大字：入党宣誓大会。韦革命正在把一面红色底子上绣着黄色铁锤和镰刀的党旗往横幅下面挂。

杜心舟赶紧过去帮忙。

忙活中，大老黄、警卫排排长、一个男军医、管后勤的老陈等七八个预备党员陆续来到。他们都穿着新军装，系着鲜艳的红领带，大老黄还特意刮了胡子，老陈竟然还穿了一双新草鞋。大家都是容光焕发，兴奋中还带着一丝神秘。

作为救护队党小组组长兼领誓人，一向不苟言笑的陶云晏，此刻面对不断壮大的队伍，由于欣慰而绽出少有的笑容。

几个宣誓人排成一列横队，面对党旗，笔直地站着。陶云晏站在宣誓人旁边，也是身体笔挺。他的心情很是激动，为了把这个庄严而神圣的任务做好，他特地喝了两杯金银花茶润嗓子。

"现在，我宣布，宣誓仪式开始，全体立正，高唱《国际歌》！"

随着陶云晏声音洪亮地宣布，由正式党员韦革命起头，杜心舟他们开始唱起这首震响全世界的歌曲："起来！饥寒交迫的奴隶，起来！全世界受苦的人。满腔的热血已经沸腾，要为真理而斗争……"

歌声在《国际歌》第一段停止，陶云晏开始宣读宣誓人的姓名及其入党时间。

"同志们！今天晚上，是我们大家一生中最值得纪念的日子，你们要加入中国共产党了！我们的党，尽管尚年幼，但自从诞生的那一刻起，就与祖国和人民的命运联系在一起，就有远大的志向，那就是为共产主义事业、为人类的和平幸福而奋斗！"

由于激动，陶云晏缓了一下，用手扶扶眼镜，接着宣布宣誓人的姓名。念到杜心舟名字的时候，作为入党介绍人之一，韦革命冲她笑笑，竖起大拇指。杜心舟也笑笑，彼此心领神会。

仪式结束后，陶云晏与新党员们逐一握手，表示祝贺。当他握到杜心舟的时候，深邃的眼神透过近视眼镜闪着喜悦的光彩："心舟，努力，加油！"

"谢谢陶队。我会的！"杜心舟激动地说。

除了韦革命，陶云晏也是杜心舟的入党介绍人之一。二表哥严肃的外表下，其实有一颗无微不至的心，对这个表妹在工作上严格要求，政治上督促进步。

在当时，共产党员组织还是半地下形式，所以散会后，大家分成几拨出来，在院子里散步交谈。杜心舟和陶云晏并肩走着，她突然问：

"表哥，云舒姐是同志吗？"

陶云晏笑了，反问道："你和她关系那样好，竟然不知道吗？"

杜心舟摇头："我真的不知道。她从来不讲这个。"

"她不是，她只是国民党员。"

看到杜心舟在沉思着什么，陶云晏安慰道："心舟，我们的任务还很多，任重而道远。所以，你要有承担更加繁重革命任务的心理准备。"

"嗯，表哥，我明白的。"杜心舟表情凝重地点点头。

夜，有些深了。教堂大院里的灯光都熄灭了，只有天空的弯月朦胧着，树影婆娑，风儿轻轻吹拂着群星那晶亮的脸庞。杜心舟还在院子里徘徊，不忍去睡。

不远处，有一束手电筒的亮光渐渐移动过来，那是韦革命过来找她："心舟，回去吧，明天还要值早班呢。"

"回去我也睡不着啊，还会影响你。"杜心舟小声说着，她觉得自己的脸颊还在发烫。

"当初我也和你一样，激动得一夜没睡好。没关系啊，慢慢就习惯了。"韦革命上前挽住杜心舟的胳膊，拉起她就走。

"心舟啊，只要在心里记得，我们从此与别人不同了，我们是有组织的人，随时需要听从调遣，献出生命，这样，你就会珍惜每一个白天和夜晚，好好活着，好好睡觉。"

"哦哦，是这样啊！"杜心舟被韦革命拉扯着，不由自主地往宿舍方向走。她清楚地听见自己的心在有力地跳动，一股庄重感如潮水般涌起。

与人来人往的大街小巷相比，株洲火车站的忙乱一点也不逊色。

来这里的人，绝大多数是革命军。开往萍乡的军车要停下来打尖吃饭，开往长沙的运输队、宣传队要在这里分流、搞活动。车站前的广场和车站内的站台，几乎是铁灰色军装、大檐帽的天下。这中间夹杂着少量的民工，头上戴着斗笠，肩膀上搭着汗巾，在卖力地帮助革命军搬运货物，尽管累，但从他们汗津津的脸上，看到的是笑容，是被尊重的扬眉吐气。

"喂，抬担架的老乡们，到这边来！这边来！"

站台外那些木头栅栏旁边，暂时是救护队的地盘。杜心舟和几个女看护在忙碌着，她们要照顾那些要被送到长沙去的重伤员。

民工们陆续把伤员送了过来。不一会儿，木头栅栏旁摆满了担架。

担架里躺着的伤员，有的头上缠满了纱布，鲜血从厚厚的纱布里浸了出来；有的用白被单盖着，看样子还在昏迷之中。稍微轻一点的伤员，拄着拐杖或吊着胳膊，顽强地跟在担架后面走过来，然后靠着栅栏坐下休息。

杜心舟在那些担架间走动。她满头是汗，不时弯下腰柔声地对伤员说话，或者动作轻盈地为他们查看一下伤势。她深深地知道，作为一名战地护士，一个浅浅的微笑、一句柔柔的话语，就能给那些处于痛苦中的伤员莫大的安慰和鼓励。

从谭家祠堂回来，陶云晏就告诉她，新的任务来了，收拾一下，第二天早上出发，护送重伤员去长沙！

军人的天职就是服从命令，杜心舟二话没说就去准备了。

火车来了。运送重伤员的是几节漂亮的包厢，舒服的双人沙发可坐可躺，还有专门的卫生间和侍从送热水和手巾。

民工们在杜心舟的指挥下，井然有序地把伤员抬进包厢，安顿停当后就离去了。杜心舟这才进入自己的铺位，得以短暂休息。

汽笛鸣响，火车即将开动。站台外边那些木头栅栏旁，刚腾出的空地，旋即被运送物资的大小箱子占满了。杜心舟很喜欢这样的熙熙攘攘，大后方支援前线的无私和热情，对于随着部队不断迁徙的救护队来说，那是他们的坚强后盾。

并排的一条铁路上，一列满载着革命军的火车呼啸而过，车上那些士兵铁灰色的军服、红色的领带，在她的眼前闪过。

杜心舟看看自己的军装和红领带，情不自禁地想起从武汉出发时，对独立团、对革命军的向往，并为此吃尽了苦头。如今，自己已经是一名成熟的革命军战士了，作为一名战地护士，救死扶伤，她庆幸自己能以这种方式为北伐做贡献，她的路走对了！

火车开动了，笨重却有力的老式蒸汽火车，启动巨大的车轮缓缓前行，杜心舟很喜欢车轮与铁轨相触时发出的声响，她觉得这声音像是一首节奏舒缓的催眠曲，在这特有的声响里，人能很轻易、很安稳地入睡。

此时已是午后，空气有些闷热。安排好轮班护理的人员，杜心舟来到作为休息室的包厢坐下休息。小萍忙完后也回来了，一副困倦的样子，连连打着哈欠，很快就进入小憩之中。

杜心舟端坐在车窗前，她久久地凝视窗外，心潮激荡，不想打瞌睡。

夏天的天空，由于经常被雨水洗刷，很美，很干净。原野上的大小河流，把太阳的光芒反射过来，白亮亮的，炫人的眼睛。不一会儿，杜心舟的两眼便刺痛起来。她急忙放下车窗的帘子，摘下军帽，双手托着下巴，头一点一点地，不知不觉也打起盹儿来。

火车驶进山洞的时候，车厢里蓦地昏暗起来，顶篷的灯，映照着杜心舟雪白丰颐的脸。齐耳的短发盖住了她小而厚实的耳朵，但那两个圆鼓鼓的耳垂还是露了出来，如两颗润泽饱满的珍珠。这就是相书上说的"垂珠朝海"。

"正面不见耳，借问谁家子？"

这是谁说的？是小时候在黄安老家时相面先生说的，还是父亲杜大江说的？

蒙眬中，杜心舟仿佛看到一个身穿旗袍、披着银鼠皮斗篷的女子款款而来，似乎是在汉口的小洋楼里。

"心舟啊，我们杜家世代在水上营生，水是我们的命根子，水给我们生命和财富，不管遇到多少艰难，只要看到水，就能活下去！"

在长江风口浪尖上讨生活的杜大江，平时开口就像吼，能对女儿语重心长讲这般道理，那应该是在最紧要的当口。

"现在的这些，仅仅是一个开始。孩子，你要经历你应该经历的一切，把痛苦和幸福、磨难与荣耀都尝遍，一辈子过完别人的几辈子，这是你的宿命，也是你的使命！"

"这个过程有些长，人一辈子，短的叫旅途，长的才叫人生。好好往前走吧，活出属于自己的所有可能。"

前一句话，杜心舟确定是父亲说的，在她决定要南下广州投身大革命的前夕。而后一句话，是公爹李少煊说的，在她接到丈夫李子华的信希望她南下的时候。

她知道，那旗袍女子就是自己。从旗袍到军装，从娇柔慵懒到血色刚勇，也不过短短的五个月时间，她竟然发生了天翻地覆的变化！

蒙眬中，前方已经有些亮了，是昏暗过后清澈的、纯净的日光。父辈的声音消失了，他们的身影也渐渐模糊、远去。她不想他们离去，伸出双手要拦住那些影子，却什么都抓不住，心里一急，大叫一声："啊！"

"姐姐！姐姐！你怎么啦？"小萍在唤她。

小萍，这个捡来的湖南女孩儿，未来的弟媳，总是在她昏睡或走神的时刻把她唤醒。难道，她是先祖们特意派来护佑自己的吗？

"我没事，做了个噩梦。"杜心舟按着急跳的胸口，大口喘气。

"姐姐，你这是梦魇，乡下叫鬼压床。"小萍关切地说着，拿过一条湿毛巾给杜心舟擦汗。

"小丫头，懂得多嘛！别胡想，我就没睡着，哪儿来的鬼压床嘛！"杜心舟安慰着小萍，也是安慰自己，"快到长沙了，走，我们看看那些伤员去。"

果然，火车的速度渐渐慢了下来。窗外，已是暮色四合。杜心舟收起窗帘，凝望着外面的浩渺烟波。

"重伤员在哪里？我们是负责接应的！"

火车还没停稳，外面已经有许多人奔跑过来。杜心舟急忙打开车窗，外面有人操着浓重的湖南口音："医官，医官在哪里？"

"来了！来了！"杜心舟回应着，人已经快步到了车门口。

前来接应的是第四军卫生部一位副团级科长，身后跟着两名勤务兵，勤务兵后面是二十多个民工，抬着担架背着斗笠，显出十二分的热情。

杜心舟又是一阵忙碌。她再三嘱咐民工要小心，招呼着把那些重伤员全部从车厢里抬出来，放进担架，并和一路陪伴的几个救护队员一起，把伤员送到长沙一家指定医院，办完交接手续，这才松了一口气。

卫生部已经为她们安排好了住处，是一家颇有档次的客栈。杜心舟、徐小萍、韦革命和另外三名女护士，在客栈里洗了澡，换上便装，又去餐厅吃了晚餐。饭后，难得地悠闲，她们一起上街散步。

长沙城，这个革命军的第二大本营，革命气氛堪比广州。

此时已经是夜里九点多钟，大街上华灯齐放。第四路、第七路和第八路革命军都会聚在这里，使这座有着三千多年历史的古城充满了革命活力。大街小巷张灯结彩，人流熙攘，每一条街上都用红布搭起天棚，天棚下悬挂着红色的彩球、各种琉璃灯、走马灯；每一个街口都挂着巨大的横幅，上面写着"欢迎北伐革命军""打倒军阀是我们的共同心愿"等口号。

街面上，所有的店铺都开门营业，来来往往的士兵、市民洋溢着欢乐和兴奋。那情景，就像过大年一样。

杜心舟、韦革命、徐小萍等几名女兵手拉着手，在大街上大声笑着，奔跑着，出征以来，她们好久没有这么轻松过了。她们品尝了长沙的特色小吃刮凉粉，买了麻仁奶糖，还在街角老娭毑那里买了新鲜的莲蓬，一边走一边剥里面的莲子吃，尽情绽放女孩子的天性。

当她们快走到著名老街——太平街的时候，远远就看到街头广场上，一盏大汽灯明晃晃照得周围如同白昼，隐隐地，还有锣鼓和胡琴的乐声传来。一群人踩着古老的麻石路面拥过来，朝锣鼓声响的地方围拢而去。

"他们这是做什么呢？"杜心舟问道。

"那边一会儿要演文明戏。"在演出队待过的韦革命说。

杜心舟来了兴趣，问大家："大家要不要看看去啊！"

徐小萍抢先说："我去！我去！"

另外三名女兵也说要去看戏。于是，杜心舟带头向前奔去。

看戏的人真多呀！她们终于挤进了人群。迎面是一条横幅，上面写着"国民革命军慰问团演出小分队"几个大字，横幅后面是一个帷幔，里面亮着汽灯，隐约看到一些男女好像在化妆。她们几个想把这里当观众席，但是双脚还没站稳，后面突然又来了一拨人，"轰"地一挤，小萍被撞倒了，杜心舟冲过去要扶她，结果，两个人倒在了一起。要不是韦革命和另外三名女兵手拉手把她俩围起来，估计要被踩伤了！

"大家手拉手，千万别松开！"

重新站起来的杜心舟，大声吩咐姐妹们。

锣鼓声再次响起，文明戏开场了。被挤到三四层人墙后面的她们，只能隔着好多人头仰着脖子去看，也只能看到场地上一些演员的头部。有的戴着大檐帽，应该是革命军；有的穿西装、戴着纸糊的黑礼帽，应该是洋买办；有的戴着金色的冲天缨，应该是北洋军大官；有一个人，一张脸又白又长，粘着鹰钩大鼻子，应该是帝国主义列强；有两个特别矮的人站在高跷上，男的穿长袍马褂，后脑勺扎一根小辫子，女的穿大襟袄、高底花盆鞋，脸上涂着很重的胭脂，应该是地主、地主婆了。

那些演员的头部在不断移动，嘴里说着台词，但她们听不清，只能听见最前边的人不时发出一阵阵开心的大笑声和尖叫。杜心舟她们就跟着笑。

戏演完了，杜心舟揉着酸疼的后脖颈，领着小萍等人使劲儿从人群里往外挤。当她们终于挤出人群，站到街角空地上的时候，几名女兵十分狼狈，穿学生装的，月白的衫子弄脏了；扎小辫子的，猴皮筋早没了。杜心舟的旗袍扣子崩掉一个，韦革命的花鞋丢了一只，还有一名女兵脚指头被人踩肿了。

几人互相看看，然后大笑起来，心情依然快乐而幸福。她们互相帮着整理好衣服，搀扶起那个肿了脚指头的女兵准备回去。突然，有人在她们身后大喊："前面的女同志，请等一等！"

杜心舟回头，却看见那个"地主婆"追赶过来，由于穿的服装过于肥大，跑起来衣袂扬起，飘飘荡荡，像一个女鬼。她不晓得这是闹哪出，继续往前走。

"请等一等啊！"

"地主婆"急了，再次喊道。她脸上的胭脂因为跑步，更红了，红得瘆人。

徐小萍回了一下头，惊慌地说："她是不是被鬼魂附体了，要追我们？"

"地主婆"发现自己速度慢，索性脱下高底花盆鞋拎在手里继续跑，边跑边喊："停一下，你是不是杜心舟啊！"

杜心舟这回听清楚了，停下脚步，疑惑万分："我是杜心舟。你是？"

"我是刘瑜！妇女部的刘瑜啊！"终于赶上来的"地主婆"，不，刘瑜，她喘得像一只风箱，"哎呀，累死我了！"

杜心舟想起来了，这个刘瑜，就是自己初到广州，在妇女部被围起来连珠炮般发问时，给自己端来茶水打破窘境的那个女孩子！

"刘瑜，你怎么在这里，当演员了？"

"没，临时客串一下。"刘瑜脱下那件偏襟锦缎大袄，露出里面部队统一发放的白衬衣。

"你和我的表姐一起来的吗？"

"是的啦！陶秘书到处找你。刚才你摔倒的时候，我正在横幅后面化妆，一眼就认出了。"

刘瑜的喘息平复了一些，告诉杜心舟一个地址，然后说："我走了，下面还有一场演出。"说罢，她抱起锦缎大袄，拎着高底鞋，反身而去。

第三十章

表姐妹互诉衷肠

　　杜心舟得到的地址，是原湖南军阀省长赵恒惕手下一个督军的府邸。宽敞的三进大院很豪华，亭台楼阁，中西合璧，还有舞厅、会议厅和一个漂亮的后花园。

　　当杜心舟一路打听，走进第二进院子的时候，她的眼睛突然被一双手蒙住了。

　　这是一双女性的手，绵软、柔滑且有弹性，还带着淡淡的玫瑰香水味道。她当然知道是谁。

　　突然，杜心舟两手捂住肚子叫唤起来："哎哟，我肚子疼，我要去茅房！"

　　那双手果然松开来，杜心舟乘其不备，突然蹲下身，用匕首操里的绊脚下刺动作，脚下使个绊子，小拳头照着对方的左肋就是一下，对方没提防，一下子摔了个屁蹲儿！

　　"哈哈哈……"杜心舟大笑。

　　"哎哟！疼死我啦！杜心舟，你坏透了！"陶云舒坐在地上，捂着被捅疼了的胸口，又气又恼。

　　"对不起，对不起！"杜心舟赶紧上去扶起表姐，觉得自己下手太重了。

　　"表姐，真的不好意思，我也不知道现在手劲这么大。"

　　陶云舒胸也疼，屁股也疼，被杜心舟搀扶着往屋里走，一边走一边叨咕："最近我好像时运不济，总是挨揍。"

　　杜心舟听出陶云舒话里有话，不晓得"总是"这两字包含着什么，于是小心地问："表姐是不是受了什么委屈啊？"

　　陶云舒不言语，只是叹了一口气。

　　回到屋里，两个人在客厅宽大的沙发上落座。杜心舟见陶云舒柳眉微蹙，杏眼含愁，就拐着弯想开导她："姨妈、姨夫好吗？"

　　"老爸不错，老妈她……"陶云舒欲言又止。

　　杜心舟一惊："姨妈怎么啦？是不是病了？"

　　"老妈身体好着啦！是她心里不舒服。"陶云舒幽幽地说。

　　"姨妈向来贤良大度，你和三个表哥又争气，她怎么会心里不舒服呢？"杜心舟已经猜出了端倪，要强的姨妈，恐怕不能容忍女儿爱情上的叛逆。

"都是我惹的事啦,让老妈又哭又闹又绝食的。"陶云舒说着竟然哭了起来。相处这么久,杜心舟第一次看见表姐的柔弱和无助。

"你们是怎么认识的?按照你们各自的身份,我觉得八竿子也打不着啊。"

杜心舟泡了一壶铁观音,倒了两杯,一杯给陶云舒,一杯给自己。自从在大沙头码头无意中看见他们两个以后,她对表姐的恋爱过程很是好奇。

"怎么认识的?我也说不清,好像上辈子就认识吧。"陶云舒泪水涟涟,两手交叉按在起伏的胸前,陷进对往事的回忆里。

"半年前,不对,是八个月前吧。他的部队移师广州,由于师参谋部肩负着和国民政府联络的任务,他就临时在政府大楼四楼一个套间办公。我们妇女部在三楼,按说是没有机会和他接触的。但是,四楼有一间资料室,平时去的人就少,特别是北伐战争酝酿期间,大家都在外面搞舆论宣传,更是没人去了。我倒是觉得那么一个安静的地方,正好可以练习演讲,于是,每天下班后,悄悄地到四楼去。参谋部与资料室紧挨着,我每次去,都要经过他的窗前……"

杜心舟明白了。

每当夕阳西下,政府大楼从人来人往高速运转的节奏中减慢下来的时候,参谋部窗外的走廊上,就会有一个美丽的女孩儿走过。她朝气蓬勃,俏丽洒脱,吸引了窗内那个中年将领的目光。而资料室里传出的清脆激扬的声音,又吸引将军不由自主地走出去倾听。

有一天,女孩子发现外面有个身影正隔着窗户看她,急忙出去,很抱歉地说:"我是不是惊扰您了?"

这一问,倒把那个长时间与家眷疏离、常常以营盘为家的将军问愣了,他连忙说:"没有,没有。请继续!"

在此情此景下,陶云舒的演讲练习肯定进行不下去了。于是,他们开始聊,从中山先生到掀起北伐,从汉武大帝到辛亥革命,话题天南海北。就这么着,他们认识了,熟悉了。

他不仅希望她演讲出色,还带她出去骑马打枪,他要她文武双全,在这轰轰烈烈的时代,成为一名巾帼英雄。

她也去他的办公室。她喜欢他站在窗前抽烟思索的样子。夕阳的余晖从后窗外喷涌进来,直逼他的前胸,使他整个身子分为一半明亮,一半暗淡,似乎一边是白天,一边是黑夜。就在这半明半暗之中,他浓重的男性魅力四处弥散。

再到后来,她就不能想他,一想他就春心激荡,双颊发烫。她更不能见他,一见到他瘦削而强健的身体，看到他远远地朝自己走来，就热血沸腾。他的剑眉星目，他的宽大怀抱，他的关怀鼓励，都使她痴情不已，她迷恋他到不能自拔的地步。

这一切，都是在不知不觉、自然而然中发生、发展的，以至于后来他们水到渠成地一起生活。那个精致的小房子，便成了他们的爱巢。

她知道，这一切，不合乎传统礼法，名不正、言不顺，但她相信自己有独立自主的灵魂，有和他彼此成就的能力，而不是藤蔓似的依傍生长。可她老妈一时接受不了，总觉得唯一的宝贝女儿丢了家族的面子，枉费了父母的心血。

听着表姐的故事，杜心舟不由得想起了自己：三年前和李子华的恋爱，不也是闹得沸沸扬扬、被人指指点点吗？她相信，彼此发自内心追求真爱，一切都会好起来。日子是自己的，不是过给别人看的。况且，在这新旧时代交替的革命大潮中，类似表姐的故事太多了。

于是，杜心舟说："表姐，我祝福你！真正的爱情不怕磨难。我那时比你还惨，现在不也好好的吗？"

陶云舒当然知道杜心舟和李子华的故事，于是她的神情豁然开朗起来。她洒脱不羁的性格，原本不该这么伤感的，主要是她妈妈的伤心欲绝，令孝顺的她心里拧巴起来。

"谢谢你，心舟，你真是我的好妹妹啦！"

这一对表姐妹、好闺蜜亲昵地搂着对方的肩膀，相互交心和鼓励，让她们的好状态很快就回来了。

讲完了心事，陶云舒把话转向正题："这次慰问团大规模北上，我还担心见不到你，计划专程去株洲找你呢。也正巧，昨晚小静发现了你，省得我跑腿了。你猜猜，我让你过来做什么啊？"

杜心舟摇头，不想去猜，因为这个表姐不按常理出牌，她一不小心就会掉进陷阱里。

见杜心舟一副懒得顺杆爬的样子，陶云舒只好说："我有一个礼物要送给你。"

"送我礼物？什么礼物啊？"杜心舟脑子里迅速打转转：会是什么呢？金银珠宝她不稀罕，难道子华来了？不对呀！子华在浏阳休整，而且救护队也很快就去浏阳了，她带着徐小萍、韦革命等几个女兵也要去浏阳会合。

看着表妹百思不得其解的样子，陶云舒得意起来："想不到吧？"

陶云舒对外面喊一声："刘瑜，你来一下！"

刘瑜应声从门外进来,问:"陶团长,什么事?"

陶云舒指指杜心舟:"把她的眼睛蒙起来!"

"是!"刘瑜立刻上前用一条绷带把杜心舟两眼蒙了起来。

杜心舟心里那个气呀,她嗔怒地指着陶云舒说:"陶云舒,你太过分了!小心眼儿图报复也不能这样整啦!"

陶云舒咯咯地笑着:"送她过去吧!"

几个女兵推推搡搡,牵着杜心舟出了屋门,沿着回廊往前走,过了一个月亮门,是一条鹅卵石的甬道,她闻到了青草的气息和浓郁的花香,应该是到后花园了。

突然,她听到一阵很重的脚步声,紧接着,身体被一双强有力的胖手抱了起来,不由分说地打起了转转。

杜心舟立刻明白了,她开心地大叫起来:"杜心龙,你个臭小子,放下我!"

"哈哈哈……"杜心龙也开心地大笑着,放下杜心舟,并解下杜心舟眼睛上的绷带。"姐姐,想不到我也来了吧?"

杜心舟揉着被绷带弄得昏花的眼睛,啐道:"我早就料到你这个臭小子要来,就是不知道你用哪种方式过来。"

"我是沾了表姐的光。"于是,杜心龙简单地讲了他回广州寻找陶云舒的过程。

杜心舟听了叹息一声:"你遂愿了,大表哥还不知有多心疼呢!你参军的第一步,是他调教出来的,以后可别忘了他。"

"姐姐放心吧,你弟弟是知恩不报的人吗?"杜心龙攥紧拳头举起来,做出要宣誓的样子。

"好了好了,你的为人姐姐还不清楚?"杜心舟说着,指指花园里的凉亭:"太热了,我们到那里坐会儿。"

刘瑜和几名女兵早已离去,只留下姐弟俩坐在凉亭里,享受这难得的相聚。

杜心舟仔细打量着杜心龙。还是救护队出师北上那个下午,在韶关火车站姐弟俩匆匆见过一面,一转眼都两个多月了。和上次相比,弟弟看起来又成熟了些,稚气的脸上有了趋向成年的稳重。

"姐姐要在长沙待几天?"杜心龙被姐姐看得不好意思,率先开了口。

"我们这边的任务已经完成了,明天就去浏阳与救护队会合。"杜心舟说。

"我明天也去浏阳,到先遣团报到。姐姐,我们一起走吧?"杜心龙高兴得蹦了起来。

"当然一起走呀！还有云舒的慰问团，一大帮人呢！"

杜心舟也是满心欢喜。想起刚刚过去的从渌田到醴陵的战斗，革命军所向披靡，显示出新生力量强大的生命力。按照这样的速度，革命的进展一定会越来越快，全国的胜利一定会早早来到的！

一想起这些，她的精神更加振奋，浑身充满了力量，真想一步就跨到救护队，跟着大部队立刻投入新的战斗。而且，弟弟也要经历战火的洗礼了，多么希望他像丈夫李子华一样，迅速成长起来呀！

她把这些感受告诉弟弟，原本就热血沸腾的杜心龙，更加迫不及待："姐姐，到了先遣团，你就瞧好吧！"

姐弟俩激动的心情刚刚平复，杜心龙突然冒了一句："她呢？"

"谁呀？"杜心舟明知故问。

"小萍啊，没跟你来吗？"杜心龙见杜心舟装傻，立刻不乐意了，摆出一副质问的架势，好像姐姐把他心爱的姑娘给弄丢了似的。

"她嘛……一会儿就来了。"杜心舟忍俊不禁，心里想着，怎么我家的人全是情种啊。

临近中午时分，徐小萍、韦革命和另外三名女兵都过来了。

小萍的个头又长高了，胸部鼓鼓的，头发长得也很快，齐耳短发已经扎成了两个刷子辫，走起路来两个小辫一翘一翘的，少女的清纯与活力花儿般绽放着。当她迈着轻盈的步子走进督军府大院的时候，杜心龙两眼发直，那目光仿佛是两块黏胶，粘在小萍身上再也没有移开过。

不过，这一回，杜心龙很识趣，他大步迎上去，对小萍敬了一个军礼："徐小萍同志好！"

小萍微笑着，眨动着明亮的大眼睛，也对杜心龙回礼："杜心龙同志好！"

杜心舟和韦革命心知肚明，都笑着看这两个少男少女。

"笑什么嘛？有啥子好笑的。"小萍嘟起了小嘴，不满地戳了她们的脊背一下。

中午，她们吃了慰问团的大锅饭。陶云舒由于要安排第二天去浏阳的慰问事宜，饭后就和刘瑜、小静开会去了。杜心舟等几个人要帮着陶云舒整理一屋子的慰问品，打包装箱让民工运到火车站去，于是撸起袖子准备干活儿。

"小萍，你留下，给你放一个小时的假，和心龙出去聊会儿天吧！以后你们再相见，不知道到什么时候了。"杜心舟对小萍说道，言语里充满了关切。

小萍立刻羞红了脸。

那杜心龙高兴坏了，上前就要拉小萍的手，吓得小萍连连后退："别碰我，讨厌！"

杜心龙讪讪地缩回手，嘴里叨咕着："丑丫头，死顽固，人家是好心好意嘛！"

"好心好意也不行，就到后花园坐一会儿。"小萍固执地把两手放在背后，朝花园方向努努嘴。

"好——吧！"杜心龙无可奈何，只能乖乖听话。

"你先走！"小萍又下了新的命令。

"好，我先走！"杜心龙来了气，迈着大步自顾自往后花园里去了。

小萍在后面迈着小碎步跟着，她低着头，一只手抚弄着辫梢，仅从背影就可以感觉出一个情窦初开少女的羞涩和含情脉脉。

一个小时之后，杜心龙和小萍依然一前一后回来了。杜心龙喜笑颜开，小萍巧笑嫣然。

"姐姐，我要和小萍订婚！"

"订婚？"尽管早已习惯了弟弟的直来直去，但杜心舟还是被"订婚"两个字惊着了。

"是啰！"杜心龙言之凿凿。

"怎么，怕她跑了？还是怕被别人抢走了？"

"都不是。是我……"杜心龙挠着圆脑袋，吭吭哧哧答不上来。

"这也不是，那也不是，那你着什么急呀？"

"我……就是想确定一下。姐姐和姐夫不也订过婚吗？"杜心龙终于找到了理由，他理直气壮起来。

"好嘛！你绕来绕去绕到我这里来了。"杜心舟觉得又好气又好笑。不过，她非常理解弟弟是出于对小萍的真爱才这样想的，可惜，他想的不是时候。

"心龙啊！你和小萍的关系大家都知道，不用担心。再说了，有姐姐在，谁敢和你抢啦！新的战斗马上就要开始了，我们要攻打岳阳、平江，然后直取武汉。在这紧要关头订婚，恐怕不合适啊。"

杜心龙不言语了。

杜心舟爱怜地看着弟弟，有些心疼。毕竟他才十六岁，很多事情考虑得不够周全。于是，她继续叮嘱道："到了独立团这样优秀的团队，你要努力跟上，向你姐夫和那些老兵学习，奋勇杀敌、建功立业才是根本！"

第三十一章

陶云舒大犒军

与株洲、长沙一样，北洋军溃退后的浏阳城，连日来一直处于欢乐和兴奋之中，尤其是战功赫赫的先遣团驻扎在这里，更增添了让人敬慕的英雄浩气。

先遣团驻地的布局，显示着作为一团之长的军事天才和运筹帷幄。

曹渊的第一营作为先头梯队，奉命驻扎在浏阳北面十里开外一个村庄的树林里，第二营驻扎在县城周围和靠河一带的公祠庙堂，第三营作为第一营的右翼，驻扎在一个河坡上，特别大队和新兵营驻扎在浏阳河以南担任后卫，团部和直属大队驻扎在城内的东门大街。从醴陵乘坐株萍线列车一道赶来的一部分先遣团官兵，各回各的驻地，救护队则奉命住进一家教会医院的后楼。

那几天，浏阳城里城外到处是军民大联欢。丝竹锣鼓声和西洋管弦乐器的演奏声，文明戏和滑稽戏的嬉笑声，口号声以及欢庆的爆竹声，响彻浏阳河两岸。

夜幕低垂、星河浩渺之际，是焰火大显神通的时候。一朵朵礼花升空爆炸，夜空中顿时成了花的海洋，那是盛产烟花爆竹的浏阳人送给革命军的礼物。

在这欢乐的日子里，杜心舟、杜心龙、陶云晏、陶云舒，这姨表亲的四兄妹外加一个姑爷李子华，终于再次相见了。

李子华接替牺牲的朱兆林，担任了第五连代理连长。但他生怕自己担当不起来，向参谋长周士第请求换人。

周士第和善地看着他，沉吟片刻，突然问："什么是我们的团队精神？"

"永远前进，绝不后退。勇敢面对一切困难！"李子华脱口而出。

"好嘛，你已经说服自己了。"

"这个……"李子华尴尬地咬一下嘴唇，还想辩解什么。

"不是永远前进吗？快去执行命令吧！"周士第根本不容他说话，微笑着下了逐客令。

到了浏阳，李子华开始履新。虽然内心告诫自己要不怕一切困难，但从排长到连长，工作负担增加了好几倍。以前当排长，好像不用那么操心，只管跟在卢德铭身后执行命令就是了。如今，他只能按照老习惯，学着卢德铭带兵。十来天后，他与连里的弟兄们逐渐熟悉并建立了亲密的感情，总算适应了这个新岗位。

再说那杜心龙,他原以为到了先遣团会被安排到最能打仗的连队里去,结果被分配到特别大队特务队当排长。特务队有二百多人,都是些小孩子,最小的十一岁,最大的十六岁,整天叽叽喳喳,无事生非。小铁塔想不通,认为叫他这样一身好武艺的"老兵"跟一帮小孩子厮混在一起,当娃娃头,未免有点屈才。他可是为了到最前线杀敌立功才苦苦恳求来的啊!

"心龙啊,你今年多大了?"当他找到李子华诉苦的时候,姐夫绷起一张脸问道。

"我……不晓得。"杜心龙困惑地摸摸圆脑袋,他不记得自己的年龄。

"你今年十六周岁零三个月。"李子华耐心地告诉他。

"不对吧?我怎么会这么小啊?"杜心龙竟然不相信自己才十六岁。

"那你以为自己多大了?三十岁还是八十岁?"李子华忍不住笑了,对这个天性纯良的小舅子,他实在板不起脸来训斥。

"那些孩子都是穷苦人家出身,有的从小就没了父母,有的因家庭变故不得已四处流浪,艰难谋生,但他们都是有志气的少年。在肇庆练兵时,他们特别能吃苦耐劳、有毅力,训练科目和我们成年人一样,而且都能过关。

"你只要是金子,到哪里都会发光。先把本职工作搞好,时刻准备迎接挑战,出头的机会很快就能来到!"

经过李子华苦口婆心的劝解,杜心龙这才不闹了,安心在特务队当他的排长。

就在杜、陶两家欢聚的时候,在浏阳河畔的湘妃竹林里,一对青年男女交谈甚欢,他们便是马萧和韦革命。

休整的这些日子,马萧已经写下三万多字的战地日记,详细记下了攻打泗汾桥、株洲、醴陵的过程。得知韦革命来到了浏阳,就去救护队找她,按照先前的约定,请韦革命暂时保管日记。

韦革命高兴地接过了那叠手稿并随手翻看,看着看着竟然轻声读了起来:"夜,已经很深了,只有天上的一轮明月还在云彩里穿行,整个浏阳城都笼罩在皎洁的月光里。这月光使我难以入眠,披衣起来,隔窗凝望,不远处的河边,露营的弟兄们已经进入梦乡,只有一堆堆将要熄灭的篝火,还闪着星星点点暗红的灰烬。街上人们来往的脚步声也几乎听不到了,四周一片寂静,偶尔传来一两句短促的口令应答声,前线的夜晚并不都是磨刀霍霍……

"收回目光,坐在桌前,摊开笔记本,让钢笔吸饱了墨水,桌子上风雨灯的玻璃罩里,跳动的红色火苗似乎在调皮地冲我眨眼睛,在督促我动笔,把这些天惊心动魄的故事记下来……"

"马副官，你的文笔真好！"韦革命由衷地赞一句。

"马马虎虎吧。"马萧谦虚地回答。

两个人边聊边走，不知不觉来到浏阳河边。汤汤河水以及岸上有着凄美传说的湘妃竹，令这两个文艺青年感慨万端，谈性大发。当他们聊到北伐战争胜利、全国统一后的去向，韦革命说，她想继续深造，去北平读书，最好读国文系，然后去中学当教员。

"为什么呢？"

"因为……"韦革命有些吞吞吐吐，"因为我现在只有高小水平，担心无法和你对话啦！"

马萧不以为然，他觉得韦革命过于自卑了："不对呀！小韦，现在我们不是很谈得拢吗？"

"那是你一直放下身段在靠拢我，迁就我。"

马萧无奈地嘘一口气："笑话！我迁就你干吗？"

韦革命仰望着马萧，脸上笑靥如花："怕我不给你誊写，还把你的手稿弄丢了呗！"

"哈哈哈……"这一回，马萧简直笑得不能自已，心里却想这真是一个聪明的女子，很会声东击西，围魏救赵。

看见马萧笑成那样，韦革命有些不悦，就反问道："马副官将来想做什么呢？"

"我嘛！想去报馆当编辑。"马萧似乎早就想好了，"在报馆，我可以亲手编发那些关于革命和国家建设的文章。你没有体会过啊，当那些手写的文章经过你的劳动，变成一个个方块字，印在报纸、杂志上，启发民智，唤醒人心，那种成就感，值得去做！"

马萧双手紧握着一竿斑竹，头一仰，长发一甩，那个意气风发、倜傥潇洒，简直一个凤表龙姿。韦革命看呆了，好半天才佯装委屈地说："那样的话，我这一辈子只能给你誊写稿件了。"

"乐意吗？"马萧期待地问。

"让我想想哟！"韦革命故意不告诉他。

这一层窗户纸，他们谁也没戳破。有些事，在没有明了、相互试探的阶段里，保持一定的距离打擦边球，双方均可退可进。

由于前来犒军慰问的各界人士太多，叶挺团长专门成立了一个由副团长罗隆为组长，马萧等人为组员的临时接待小组，来应对这些事宜。

由于先遣团各个营驻扎在不同的地方，陶云舒他们只能逐营挨个儿去慰问。

这一天，陶云舒来到了第二营营部。

第二营营部驻扎在县城中一座豪绅的大房子里，紧挨着高大阔气的县衙门。贺声洋特意到大门口迎接，与陶云舒一行热情握手。

这时，一个副官进来报告，说一切都准备好了。贺声洋起身招呼大家："走，我们到营里去。"

浏阳河岸边一个公祠里，已经集结了第二营大部分官兵，李子华带着他的第五连也来了。此时的他已经是一个合格的连长，刚接受任命时的不安与担忧，已经被一个连长应有的大度沉稳所代替。

此时，他的二百多个弟兄，列成四路纵队，齐刷刷地站在驻扎的公祠大院里，等待慰问团的到来。

慰问活动在第二营官兵激昂的北伐军歌中开始。

几位长官在公祠大殿的台阶上站定，由贺声洋做简洁的开场白，而后，陶云舒开始做演讲。她态度亲切，言语朴实有力："弟兄们！广州国民政府领导派我来看望大家，庆祝北伐第二场战斗的伟大胜利！先遣团是一支英雄的队伍，我们和别的队伍不一样，因为弟兄们有远大的目标和为了目标而奋勇献身的精神。我们的长官和弟兄们平时能够相亲相爱，战场上能够身先士卒，所以，我们才能百战百胜。大家说对不对？"

台下的弟兄们齐声喊："对！"

陶云舒望着精神十足的士兵们，两眼闪着热烈的光芒。

"弟兄们，我这次到前方来，亲眼看到了你们的力量，看到了你们的胜利。我一定把弟兄们的精气神带到广东大后方，带给一切愿意起来打倒军阀的人！鼓动全中国同胞一起来完成伟大的北伐事业，建立光明强大的新国家。今天我特地来看望大家，想为弟兄们做些事情，大家有什么困难和要求，尽管提出来，我尽量去办。"

陶云舒身体微微前倾，态度十分诚恳。见大家都不说话，她把目光落在李子华身上："这位兄弟，说说你的要求吧？"

李子华张了张口，却没出声。他是不知道该怎样回答。要说困难和要求，那就太多了。出师以来，他们经历了多少困难和艰险啊，最起码，生活上的要求他们应该有吧？可是，他们不是普通的军队，不是为了升官发财才当兵的。他们都是为了主义和理想来的,坚决北伐,直捣武昌,打败大军阀吴佩孚,是他们唯一的要求。

于是,他把征询的目光投向卢德铭。

卢德铭感觉到了,他沉默了一下,望着陶云舒,向前一步举手敬礼,大声说道:"报告长官,我们没有困难和要求!"

这样的话,陶云舒已经从别的营听到好几次了,每听到一次,她的心就被震撼一次,感动一次。如此骁勇善战的士兵,如此淳朴无私的胸怀,她在政府大楼和办公室里,无论如何都是感受不到、看不到的!

陶云舒望着大家,真挚地继续说道:"要说没有困难和要求,那不是实话。弟兄们,我知道,自从出发以来,你们已经遇到很多困难,这些困难我们在后方想都想不到。但你们都克服了,都跨过去了。从今以后,在你们面前根本就不会有'困难'二字!永远不会有!"

陶云舒感动得眼泪直淌,但她的表情是笑着的,话语充满了激情:"我的弟兄们啊!你们是真正的革命士兵,是真正为北伐为民众奋斗牺牲的人,你们为全国民众争了一口气,为全体国民革命军争了一口气!头一仗就打出了榜样,打出了威风,打出了士气!后方人民都在看着你们,全国人民在看着你们。你们每往前一步,伟大的北伐革命就向前迈进一步,就会有成千上万的农友工友摆脱军阀统治,成为创造新时代的人!你们的丰功伟绩将永远写进中国的史册,全中国的人民和他们的子孙后代都会铭记你们,赞颂你们!"

接下来是女兵们表演节目,文明戏和滑稽戏最受欢迎。那些从枪林弹雨中拼杀出来的士兵,随着剧情的推进和人物的滑稽表演,时而开怀大笑,时而跟着哼唱,不亦乐乎。

最后,由慰问团发放纪念品,士兵们每人领到一套新军装、一个铝制饭盒、一个笔记本、一支自来水笔。当然,还有丰富的伙食:香喷喷的炖牛肉、清蒸的肥鱼、大锅的白米饭,更有喝了不会上头的美酒。

人民大众对革命军的支持,是毫不吝啬的。

作为战地夫妻,他们尽管平时相距并不远,但在一起的机会极少。那时候女兵数量不多,像李子华、杜心舟这样的军人夫妻更是少见。加之独立团的纪律极严,战斗中士兵如果临阵逃跑,会被就地正法;休整期间,如果出去逛青楼,同样会被就地枪决。

从广州出征以来,杜心舟只是匆匆见过李子华几面,在攸县休整时,他们也只是在一起吃了一顿午饭。这一次浏阳大庆功，团部特批他们夫妻团圆。

教会医院后楼的救护队驻扎处、杜心舟的宿舍，由于室友韦革命的临时撤走，显得格外宽敞而安静。窗台的花瓶里盛开着鲜花，那是几朵鲜艳的玫瑰，是韦革命专门跑到街上花店买来的。

"心舟，祝你们的爱情之花永远盛开，也祝我早日当上干妈！"韦革命由衷地祝福道。

"好嘛！小韦，八字还没一撇呢，这干妈都惦记上了。"杜心舟感激女伴的理解和关切，嘴上却打趣她。

"当然啦！我这个干妈是铁定了，你要加油啊！"韦革命朝床上努努嘴。

"说的什么呀！"为了不让韦革命继续往下闹，杜心舟红着脸连推带搡，把她给轰出去了。

李子华到来时已是掌灯时分。

杜心舟打了两份晚饭，端回屋里来吃。饭后，他们把两个单人床并在一起，铺好军毯，便滚在了一起。

经过两个多月的战火洗礼，从以前的空谈战斗到现在的死而后生，他们之间的卿卿我我变少了，更多的是默契，是心有灵犀，是体恤珍惜。昏黄的电灯下，他们就这样脸对脸凝望着，相互偎依着，任感情如决堤的山洪，在两个身体内恣意奔突流淌，交互融合、滋润、吸收。

已经是深夜了，两个人都不忍就这么睡去。人们说春宵一刻值千金，这一分别，不知道何时才能重新在一起。前面还有恶仗要打，越往北去战斗就会越来越艰巨残酷。他们都很清楚，每一次分别，都可能意味着永别，意味着阴阳两隔。所以，每次心都会痛好久，特别是杜心舟，那种酸痛的感觉从心脏通过大动脉蔓延到全身，令敏感痴情的她泪眼蒙眬。

既然不想睡，两个人就靠在床头，说起了悄悄话。

"家父来信了。"李子华说。

"是吗？父亲安好吧？"杜心舟问。

她想起了那个文质彬彬、学富五车的师范学校教务主任、自己的公爹李少煊。她至今清楚地记得，当初在火车站被迫迎接吴佩孚大驾光临的时候，他那深邃的目光。

"家父挺好的。目前他除了搞学运外，组织上还派他去瓦解北洋军，利用他广泛的人脉，去联络北洋军里面有正义感、支持北伐战争的官兵，为革命军攻打武汉做内应。"

杜心舟像小猫一般蜷曲在丈夫的怀里,轻轻点头:"父亲一定会成功的!"

"岳父最近怎么样?"李子华摩挲着妻子柔软光滑的头发,贪婪地嗅着那发香。

杜心舟告诉丈夫,自从来广州后,曾接到过父亲杜大江的两封来信。信中说武汉工人运动如火如荼,公司里的工人几乎全部加入了工人武装纠察队,目前,党组织正在酝酿成立湖北省总工会。

"很好。岳父是个直性子,又有号召力,很适合做工人运动呢。"李子华说。

不知不觉间,天已大亮,从不远处的公祠里,清晰地传来起床号的声音。那号音悠长而明亮,令人立马清醒振作起来。

作为一名军人,这样的号声仿佛已经嵌进了灵魂里,只要听见,不管你是梦见了周公还是睡到了爪哇国,都会猛然惊醒,迅速起床。李子华和杜心舟亦然。

简单洗漱后,小夫妻手牵手,沿着浏阳河缓步而行。夫妻俩呼吸着早晨清新的空气,尽情欣赏着芙蓉国里尽朝晖的美好景象。

金色的霞光里,他们相互看着对方,恋恋不舍。这一对璧人儿,同样年轻的面庞、姣好的五官、挺拔的身姿、合体的军装,同样火热的心怀、深沉的情愫、共同的志向、悲壮的前方……

"夫君,我等你再次胜利归来!"

"娘子,我也等你早有喜讯!"

杜心舟笑了,羞赧地捶了李子华一下。李子华也笑了,张开双臂紧紧抱住了杜心舟,好一会儿才松开。

"我走了。"李子华说。

"嗯,你先走,我看着你走。"杜心舟强忍着泪水。

"不,娘子先走,我看着你走。"李子华站着不动。

"不,我们一起走。"杜心舟喊了起来,"稍息!立正!向后转,齐步走!一二一、一二一……"

他们同时朝相反的方向开步走,都没有回头,不忍回头,不敢回头。

一直到走出去五十多米,杜心舟才转过身。可是,李子华已经不见了,他消失在大堤的拐弯处。顿时,她的眼泪夺眶而出。

第三十二章

备战平江

这时期的湖南，天气已经非常炎热。

从8月中旬开始，由于召集各军将领开会讨论北伐第二期作战方案，长沙城里的喜庆欢乐亦被严肃、紧张的气氛所取代。

会议连续开了两天，最后形成决议。那就是对江西孙传芳暂取守势，乘吴佩孚军主力在直隶（约今河北）进攻冯玉祥的国民军，湖北兵力薄弱之机，主力迅速北上。由唐生智兼中央军总指挥，率左纵队（第八军）和右纵队（第四、第七军）攻取岳阳、平江，直指武汉。

同时任命朱培德为右翼军总指挥，率第二、第三军、独立第一师（由赣军第四师改编）和第五军第四十六团集结于醴陵、攸县等地，对江西警戒，掩护中央军侧面的安全。

任命袁祖铭为左翼军总指挥，率由黔军改编的第九、第十军从湖南常德地区进取湖北沙市、荆门，相时占领宜昌、襄阳。第六军和第一军第一、二师为总预备队。隶属第四军的叶挺独立团奉命攻打平江城东门。

这是一场硬仗、恶仗。

平江城是湖南境内通往湖北的一个军事重镇，也是国民革命军北伐的一个重要关口，平江、通城防御司令陆沄，是吴佩孚特意派到湖南前线的得力干将。

作为吴佩孚器重的将领，半年前，陆沄接到吴佩孚的急电出师湖南，担当起扭转湖南局势的重任。他认真研究了当地的山川地势，指挥北洋军在平江湘阴一带，依山据险，沿着汨罗江修建坚固的防御工事，在城外遍设地雷和铁丝网，仅山炮就拥有十几门。这样的布局，进可以直取长沙，退可以依平江之险，抗拒革命军，继而挥师南下进攻广东。

陆沄非常自信。他和吴佩孚一样，从来只知道打胜仗，没有尝过失败的滋味。北洋军是不允许失败的，打败了出路只有一个：被砍头示众，以树军威。所以，陆沄这么多年征战沙场，一直战功卓著，他和所有勇猛的将领一样，即使炮弹落在脚下，眼都不眨一下。

沉浸在自己杰作之中的陆沄，为了蛊惑人心，让老百姓相信他能守住平江县城，命人在大街小巷和各个村庄遍贴布告："……区区赤军，小丑跳梁；本帅坐镇，自有主张。工事堡垒，铁壁铜墙；保我平江，固若金汤……"

面对北洋军的嚣张气焰，北伐革命军在藐视敌人的同时，正在有条不紊地排兵布阵。

由于这是革命军和吴佩孚的嫡系部队第一回合交战，两方都铆足了劲，都怀着必胜的信念。这一仗，对整个北伐战局将起着重要的作用。双军实力都集中在这里，全国民众的注意力集中在这里，那些怀着各种目的的西方势力也关注着这里。

一场血肉与智慧的博弈将要开始！

在浏阳，驻扎在东门大街的先遣团团部，一改休整时的安静祥和，进入秣马厉兵状态。

团部门口岗哨森严，人来人往。军官们进进出出，根据他们军服的不同，就可以判断出他们的身份：戴着软檐大盖帽、脚穿草鞋、身着粗布军服的，是先遣团的人。而穿马靴和马裤、斜纹布军官服的，是军里或者师里的人，他们是来传达指令的。

附近临时搭起的马棚里，弥漫着一种马料与马粪混合的特有的味道，马槽上拴着十几匹高头大马。它们打着响鼻，踢蹬着腿，有的正在喝水，有的在嚼着黄豆和铡碎的稻草，享受着执行任务回来的照顾。负责照料战马的士兵互相大声地打着招呼，递着纸烟或水烟，亲热地开聊。烟雾弥漫中，浸润着行伍中特有的战友情和大战前夕的高扬士气。

团部作战会议召开，营级以上的军官带着各自的传令兵前来参加。

军官陆续到达东门大街。他们年轻的脸上，洋溢着再立新功的勃勃雄心。矫健的步伐如一阵疾风，带着军人即将再上战场的庄严。

传令兵统一在外面的树荫下休息待命。他们盘腿而坐，喝着凉茶，摇着蒲扇，看似悠闲，注意力却很集中，两眼紧盯着团部大门口，耳朵捕捉着从团部出来的人的话语，随时准备站起来接受任务，跑步出发。

"报告！农民特遣队副队长孙乾生奉命来到！"浏阳东门大街先遣团参谋部，孙乾生满头大汗，站在门口。

"太好了！孙乾生同志，正在等你呢！"

参谋长周士第大步迎了出来。孙乾生急忙敬礼，周士第回礼，然后热情地招呼他进屋。

进了屋，孙乾生发现屋里还有一个军官。他认识这个叫马萧的笔杆子副官，攻克醴陵后，马萧曾经去农协自卫军采访过，问过他和段春雷好些问题。

生怕来晚了，孙乾生没有吃早饭，此刻肚子里开始咕咕乱叫闹饥荒。

"还没吃早饭吧？"周士第关切地问道。

平生第一次与团级长官见面，孙乾生很是拘谨，听到问话立刻站起来："报告参谋长，我不饿！"

周士第面含笑意："孙副队长，不用这么紧张，我们革命军可不打饿肚子之仗。"

参谋长的幽默使孙乾生放松了许多。

不一会儿，一个伙夫端着一个条盘进来，里面是一盘热气腾腾的五香牛肉，一盘爆炒黄鳝，一大碗白米饭，还有一搪瓷缸鸡蛋汤。孙乾生挥动筷子，不一会儿便风卷残云，盘子和碗见了底。

饭后，勤务兵把他领到另一间屋子里，开始换装。马萧已经换好了衣服和鞋，是一件白色的亚麻长衫、青色的尖口布鞋，手里还拿着一把洋伞。

孙乾生的服装是打了补丁的白粗布汗衫、黑色的束腰、黑色的短裤、一顶破了边的大斗笠；还有一个绸缎包袱，一根毛竹扁担，两个沉重的藤筐，筐子里是一些厚厚的线装书和洋文书。当他收拾妥当后，参谋长出现了，竟然穿着蓝色的长衫、黑色的布鞋，头上戴着一顶米白色的礼帽，手里拿着一把上过桐油的老式雨伞。

"我们出发吧，赶早不赶晚。"周士第说罢，带头走了出去。

崎岖的山路上，走在前面的是周士第和马萧，换上便装的他们，掩饰了些许行伍的凌厉与威武，增添了文人才俊的儒雅俊逸，一看就是在外面上过洋学堂，而今要回乡下办学校造福乡梓的有志后生。

跟在他们后面的孙乾生，尽管是苦力打扮，但精气神十足，完全不是在苦难里讨生活的样子。他一边走一边欣赏四周的景色，常常没来由就咧嘴笑起来，露出一颗格外洁白的门牙。那是在浏阳休整时，杜心舟实现了自己的承诺，帮他镶了一颗假牙，弥补了当初翻越罗霄山时的遗憾。

有了新牙，孙乾生说话不再跑风，人也变得更加自信和坦然。而且，叶挺团长组建独立团农民特遣队时，任命他担任特遣队副队长。当然，正队长是段春雷。

如今，平江之战就要打响，革命军就要出发去平江。在这之前，必须尽快熟悉平江县城的情况，了解北洋军的兵力部署。段春雷已经先行一步去了平江摸敌情，他们三个人就是去和他接头的。

快到平江地界时，周士第放慢脚步，等待孙乾生赶上来，他拿出一张手绘的地图，指着一处红笔圈出的记号："孙副队长，麻三爹是在这个村子里吧？"

"是的。他是这里的农协会长，段队长就住在他家。"孙乾生看看那个标记，郑重地回答。

"好！我们继续前进，不远了！"周士第说罢，扭头看看马萧。

此时已经中午，太阳显示着毒日头的威力，早已赶跑了早晨的清凉，石板路被晒得发烫。马萧站在一棵栎树的阴凉儿里，衣服全被汗水湿透了，正在使劲儿摇着手里的折扇。

"马副官，怎么样啊？"周士第生怕他吃不消。

"没事儿，参谋长，我挺得住！"马萧从阴凉儿里走出来，打起精神，一派挑战自我、勇往直前的样子。

周士第深深地知道，这趟出行至关紧要。在制定具体作战方案之前，他看了好些从平江回来的侦察兵的报告和记录，还有各乡农协送来的关于北洋军的书面报告，很详细很周密，但对于一个参谋长来说，那些只是纸上谈兵。作为主攻团，未来的战斗是非常艰巨而残酷的。大部队出发前，他必须去实地考察一下敌方的城防，才能有切身的感受。

所以，他提前派出段春雷，让他与平江外围的农协取得联系。那里的农民运动搞得非常好，农协的势力很大，几乎是无孔不入。而成立不久的农民先遣队，正好派上了用场。

这一点，他十分佩服为推动农民运动作出重大贡献的叶挺团长。

一年前独立团在肇庆成立时，也是广东农民运动高潮之时。在国民党右派的支持下，军阀、地主豪绅公开破坏工农运动，打死打伤农协自卫军一百多人，群众财产遭劫。叶挺得知后，立刻派周士第率一营官兵前往，与当地农协自卫军和广宁农协自卫军协同作战，打退了敌人的进攻。随后，叶挺亲自指挥独立团，对顽抗之敌进行镇压缴械，使独立团成为农民运动的支柱。事件发生后，叶挺带领独立团帮助农民重建家园，实行减租减息，解决群众的生活困难。仅仅两个月，就恢复和建立农会七十多个，使农会组织和农协自卫武装连成一片，推动了西江地区农民运动的发展。

这一次，独立团作为先遣团先期进入湖南，叶团长开始组织农民先遣队。他们协助革命军侦察敌情，参加战斗，表现十分英勇。段春雷和孙乾生加入过广州农讲所，受过专业军事训练和农民运动思想的引导，分别被叶挺任命为队长、副队长。

"孙乾生！墓生！"汨罗江边的一座竹寮前，一个后生两手握成喇叭状呼喊着。

"哎！段队长！春伢子！"孙乾生也用两手握成喇叭状，朝对方呼喊。

几乎同时，两人朝对方飞奔过去。

周士第和马萧饶有兴致地看着他们两个,马萧打趣一句:"孟不离焦,焦不离孟。杨六郎手下的孟良、焦赞,若是投生到现在,就是他们两个吧?"话音未落,只听得对面的段春雷和孙乾生同时大喊:"参谋长!马副官!麻三爹在这里呢!快过来吧!"

周士第要找的人,就是平江的农协会长麻三爹。

麻三爹是平江城外汨罗江边的农民,四十多岁,平时以种田为生。长得南人北相,身材高大,肩宽背阔,力大如牛。当然,为人也很热情侠义,三里五村有红白喜事,帮着抬个轿、扛个棺、杀个猪、宰个牛什么的,只消喊一声,他肯定到场,凭着一身好力气把事情给你搞定。

江边的茅草屋里,西斜的阳光照进来,洒在一张原木的方桌上。周士第、马萧、段春雷和孙乾生几个人围桌而坐,听麻三爹讲平江的情况。

方桌上,摊开着一张麻三爹自己画的地图。虽然不够规范,但每一条山路、每一条小河,都标得一清二楚。平江是个大圆圈,围着这个大圆圈画满了各种各样的符号,方形的是平江城和周边的各个据点,三角形的是驻扎的军队,从师到班的代号、具体人数、火力、官兵的喜好和特点,甚至他们的伙夫班长一天私吞多少伙食费都记在了上面。

县城周围的防御工事,标记也是明明白白的,就像自家的院子,哪里是鸡窝,哪里是羊圈,哪里是柴火垛。每一门大炮的位置、每两颗地雷之间的距离,都用不同的记号标了出来。

周士第听着麻三爹的介绍,看着这张地图,心里十分震惊。情报的生动、地图的翔实,令周士第这个受过专门训练的职业军人由衷地产生了敬意。

是的。这地图上的每一个记号,都是农民兄弟冒着生命危险打探来的,这得需要多少人、多少日夜的奔走、操劳啊!

"听说要攻打平江城,老百姓高兴得像过大年,要求参战的、抬担架的、送饭的,有好几万人啰!我们挑出来的年轻力壮的后生,就有一千多人,足足可以编成五个大队!"

麻三爹兴致勃勃地介绍着,从平江总指挥陆沄的经历,到每一个阵地的兵力和部署,简直是张口即来,如数家珍。周士第的心一下子敞亮起来,就像一张灰白的窗户纸,突然被撕开了一块,窗户外面的风景清晰起来,这种感觉真是好极了!

周士第身上,也带着一份军事地图。那张地图只有几个红蓝箭头,当然也做了不少标记,但那些标记都是粗线条的,与麻三爹的这张相比,就显得空荡好多。

同样被强烈震惊的，还有团部副官马萧。

参加独立团之前，在北京优渥家庭里出生长大的他，几乎没有接触过农民。打攸县、醴陵的时候，他跟在团长身边，亲眼看到农民兄弟为革命军当向导和传递情报，觉得他们被动员起来还是能起点作用的。但这一次，他万万没料到，当地农民协会竟然准备得这样完美和周到！

那个看起来就是一个乡下泥腿子、土包子的麻三爹，黧黑的脸膛、粗糙的皮肤、直白的话语，做起事情来却是如此尽心、热情、周密、细致，让他除了钦佩之外，还有深深的羞愧。他真想立刻提笔为他们写诗，尽情地赞美他们，歌颂他们。再也不要看不起这些农民兄弟，他们处于中国社会的最底层，长期在深重的苦难里挣扎，被欺负、被压迫，但他们没有被压垮，依然是那么威武强壮，倔强坦然，一旦机会来了，就会迸发出巨大的力量，创造出惊心动魄的奇迹。

麻三爹可不晓得对面两个长官的内心变化，他谦虚地问："参谋长，你讲讲吧，我们只会跑腿，打仗还得你们向前冲啰！"

周士第略作思索，说道："唔，挺好。我认为没有什么问题。你们农协把准备工作做得周密细致，也给我上了一课。"

周士第说的是掏心话，他对麻三爹非常满意："麻会长，我们这就让马萧同志立刻回去报告团长。另外，我自己也要去平江城附近看一看。"

麻三爹有些担心，北洋军眼线很多，他怕周士第出现意外："参谋长，你还是派个部下去吧。"

段春雷在一旁说话了："三爹，没事的。还有我和孙乾生呢。"

"那也不行，你们俩不熟悉平江的道路，要去，我亲自去！"麻三爹很固执，那是他对先遣团的敬佩，参谋长都身先士卒，他也能。

"好吧！麻会长，那我们一起去！"

周士第同意了，有这样的农民兄弟，他很是欣慰。

此时，已经鸡叫三遍了，大家就在茅草屋里各自休息。

第二天一大早，麻三爹派了两个农协的后生陪着马萧回浏阳。

中午，派去县城的人回来了，说已经和那边的地下党联系上，趁着傍晚挑柴送米的人很多，容易混进城去。周士第和麻三爹立刻赶往县城。

由于城里的安排很周密，农协会员又在四面八方都派了岗哨。他们进出都很顺利，收获颇丰。军情急如火，周士第连夜赶回去向团长报告。

孙乾生留了下来，和段春雷一起训练农协自卫军。

第三十三章

团部的茅草屋

从浏阳到平江全程一百零四公里，先遣团经过急行军，到达平江城外围，团部设在麻三爹河边的茅草屋里。

三间茅草屋，原本是麻三爹看守鱼塘的"哨所"。房子宽敞，且前不着村后不临店，前面地势又很开阔，隐蔽性极高。作为团部之后，卫兵在外面搭了几间草棚，又沿河搭了马厩。这样，团部和往来公干的人马，都有了吃饭歇息的地方。

团部的外屋里十分安静，一切都在紧张有序地进行。几个团副正在向副官主任和主任军需官交代事情。声音放得很低。因为叶团长在里屋和参谋长周士第商讨作战方案，几乎一夜未眠，天快亮时参谋长才离开，这会儿估计团长正在小憩。

两个月来，革命军虽然连续攻城略地，拿下了醴陵、株洲、长沙等地，但对能否彻底打垮吴佩孚，还存在着严重的犹豫和疑虑。即将到来的平江之战，是真正与北洋军嫡系部队的对垒。北洋军嫡系在平江城占据险要地形，拥有优厚兵力，布防相当周密。但革命军必须胜利，没有第二条路可走。完全消灭敌人，在战斗中取得全胜，需要极大的智慧和勇气。这一切，取决于指挥官的决策，它的前提就是对敌情的精确掌握，然后做全盘考虑。

尽管叶挺已经有了成熟的想法，但他还是派周士第带队到平江去，等待他们的侦探结果，来决定最后的战斗部署。如今，对平江城里的一切均已了如指掌，他终于可以松一口气了。

忙碌中，里屋的竹帘子打开了，叶挺一身戎装，大步走出来。他还是那么英俊、沉稳、双目炯炯，看不出有一丝疲倦。

在外屋的幕僚们看见团长，急忙敬礼，叶挺还了礼，对副官主任简短交代几句，就带着马萧等几个参谋，上马去军部开会了。一直到第二天的午后，马萧和另外一个参谋才提前回来。

"参谋长，我回来了！"马萧看到周士第，兴奋地大喊。

周士第迎上去和马萧握手，经过上次平江之行，这两个不同军阶但书生意气相近的人，关系进一步密切了："马副官回来了？团长呢？"

马萧回答道："团长还在军部，晚上回来。"

"马副官，我们的方案确定了没？"周士第急切地问。

"军部的作战会议已经批准了。经过好一番争论呢。按照我们和农协商量的情况做了调整。"马萧对周士第竖起大拇指。

"太好了！"周士第微微一笑，低声说："有些人嘴上天天喊唤起民众，可就是不敢相信民众的力量。这一回，我们要在平江战斗中树立一个样板，让他们看看民众援助的力量！"

马萧也微笑着，得意地说："还有，团长同意了我的参战请求，批准我去第二营参加战斗。"

"好哇！终于实现愿望了，祝贺你！"周士第再次握住马萧的手，真诚地说。

又一天，安平桥附近的先遣团二营驻地，连级以上的军官会议整整开了一天，晚饭后继续开下去，一直到掌灯时分。

按照预先的作战部署，先遣团的第一营和第三营为前卫，控制安平桥北面的山冲以及前面的开阔地，第二营、新兵营和特别大队都随着团部驻扎在安平桥一带，战斗打响之后，要迅速占领安平桥。

贺声洋把前来参战的马萧"丢"给了第五连连长李子华。李子华毫不客气地收了，任命马萧为第二排见习副排长。

这个委任，把马萧吓了一跳："连长，这恐怕不行吧？我是个新兵，只想当个普通战士……"

李子华大大咧咧一挥手："什么行不行？既然参战嘛，就要对自己狠一些！"

马萧急得摘下眼镜又戴上："可是，我还没有开过枪呢。"

李子华似乎有些不耐烦："只要你不想当逃兵，枪一响就都会了。"

马萧哭笑不得。由于韦革命和杜心舟是好朋友，以前他也接触过杜心舟的丈夫，这个中等个头、书生气多于行伍气的湖北青年，短短两个月，竟然变得粗野而旷达，身上有了卢德铭浓重的影子。他当然不知道，这些日子里，李子华为了提升自己的领导素质和指挥能力付出了多少努力，无时无刻不在学习团长的沉着、营长的自信和连长的机智。

马萧还在胡思乱想，李子华却又发话了："马副排长啊，这长头发可有些碍事哟，要不要把它……"李子华做了一个拿剪刀"咔嚓"一下的手势。

这一来，可把马萧吓坏了，急忙下意识地护住头发，仿佛李子华手里真的拿着剪刀。

"哈哈哈……"李子华大乐，上前拍一下马萧的肩膀："马副官，和你开玩笑的。在这里，和你在团部都是一样的，战斗也是踏踏实实的、严谨的工作，你一定能干好的。有了亲身参战的经历，我相信你写的诗和战地日记会更加精彩。"

马萧扶扶眼镜，不好意思地笑笑。从李子华豪迈、磊落的言语里，他感觉出了李子华成长的迅速，而自己，也急需这样的成长壮大，才能承担得起心中的主义和理想。

这几天，投入安平桥战役的部队都到齐了。

安平桥一带格外忙碌，军部和师部的副官、传令兵不停地从大路上骑马飞驰而过，一直奔向河边那座独立的茅草屋。先遣团团部里，墙上钉着大地图，原木的方桌上铺着地图，副官和参谋们分别在墙前和方桌前，有序而紧张地忙碌着。汨罗江边的河滩上，先遣团和农协自卫军，每天都在紧张地操练。

对平江的总攻，定在8月19日的拂晓。

天还没亮，湖南省平江这个被誉为"蓝墨水的上游"的县城，就在一片嘈杂的枪炮声、喊杀声和嘹亮的冲锋号声中醒来了。起伏的山岭岗地上，到处都是革命军士兵和弥漫的硝烟，到处是人喊马嘶，枪炮齐鸣，革命军蓝底红边的军旗在晴空下格外显眼。

这是一条广阔的战线，从平江的左翼、正面、右翼到侧背，两军几乎同时开始了激烈的交锋。

广东军第十师与第十二师再度参战。其右翼第十师从托田渡过汨罗江进占肥田，左翼第十二师借其掩护，由白雨湖渡过汨罗江，一部向天岳山、鲁肃山实施佯攻，一部向平江城东北攻击前进。唐生智根据总司令部关于迅速攻占武汉的决定，以第八军攻取汉阳、汉口，第四军、第七军沿铁路北进，准备攻取武昌。

第十师师长张发奎亲自指挥进攻童子岭。叶挺独立团按照调整后的方案，向平江城北门猛攻。

城外的战斗，在激烈地进行。这场战斗，要比醴陵之战猛烈得多。

清晨寂静的空气中，机关枪的"嗒嗒"声，炸弹、大炮的轰鸣声，从汨罗江那边传过来，震得人心脏都在颤动。

盘踞在城里的北洋军，是吴佩孚的嫡系，十分凶猛顽强，他们的武器先进，弹药充足，固守的据点又占据有利地形，革命军的进攻非常艰难，将近黄昏仍未攻占县城。

先遣团和第十二师第三十六团并肩作战，除了派突击队进攻平江北门以外，其余的部队，要在平江城的东面——正面战场和右翼战场中间，打开一条通道，使进攻北门的突击部队和后方连接起来，解决他们的后顾之忧。这中间，要消灭掉好几个北洋军的坚固阵地和据点。

经过长时间的激烈争夺和白刃战后，先遣团终于控制了北洋军的外围阵地，而第十二师主力也占领了平江城东北古城岭。

贺声洋带着几名军官，在刚刚占领的地方巡查，他那清秀的脸庞，由于胜利而焕发着光彩。

这一仗打得不错，第二营最先强攻并拿下敌人的外围阵地，消灭了阵地上的全部北洋军。他满面春风，一边看着弟兄们清理战场，一边向身边的军官部署警戒和防御的兵力。

此时，太阳已经西斜，燥热的空气开始消退，战场已经清理得差不多了，贺声洋命令士兵原地休息，他也在临时指挥所——一个农田的瓜棚里坐了下来。

"报告营长！团部派人来了！"勤务兵突然进来报告。

"请他进来！"话音未落。团部一名副官一阵风般冲进瓜棚。

"贺营长，团部命令，让你带两个连，火速赶往指定地点集结！"

贺声洋立刻站起身来，问道："什么任务？"

"到了有人告诉你！"

"是！"贺声洋立正回答，然后吩咐传令兵："传我命令，叫四连长、五连长马上到营部！"

平江城北门外岗地上。

第一营在曹渊带领下，在天蒙蒙亮的时候渡过了汨罗江，上岸后立刻摆开阵势，和第十师的突击营一起，由段春雷领路，迅速悄悄靠近北门。

然而，城里突然传出密集的枪炮声。根据枪炮声，曹渊发现敌人早有准备，因为敌人的炮火异常猛烈。双方僵持片刻之后，曹渊发现敌人的炮火渐渐稀落起来，觉得其中有诈，于是加强了城外的防守。随后，他和段春雷一起研究城里的地形和街道，敌人的司令部、兵营、火药库等，命令第二连、第三连迅速发动向北门推进，自己带着第一连向前靠拢，准备趁着敌人还在试探中，冲进城里去。

第二连、第三连已经向敌人猛攻了，他们猛烈的炮火，立刻使敌人紧张慌乱起来，炮弹、机关枪乱打一气。

当曹渊带着第一连赶到距离北门外不远的一个小山包时，第二连、第三连正在阵地上等待下一次的冲锋。

曹渊摊开地图，凝神沉思，外面偶尔传来几声呼啸的子弹声，那是北门阵地上的流弹。第一营的临时指挥部在离北门不远的一个小庙里。庙很破旧，庙门上还有一个大洞，神像上落着一层灰土，墙上还有绿茵茵的青苔。副官把放贡品的破方桌收拾了一下摆放地图。没有凳子，大家都站着。

曹渊心里有些着急。

汨罗江是沿着平江城南，经过南门、东门绕向东北方向流去的，北门的地势最险要。而第一营面对险峻的地势、坚固的阵地和顽抗的敌人，必须尽快采取行动。平江战役胜利与否，取决于是否能突破北门！

只有像尖刀一样插进敌人的心脏，才能占领敌人坚固的阵地。延迟一分钟，就等于给敌人一分钟喘息之机，那第一营困难会增加数倍。

在段春雷的讲述下，曹渊对北门阵地的情况已经了如指掌，连一座房子、一个马厩都没放过。他决定，以现有的兵力，以突然而猛烈的进攻杀进城里去。他反复考虑着进攻的方法，假想着敌人的对策，在复杂的思绪中，找出一条既快捷又稳当的道路来。

副官和参谋们看到营长在思考问题，都安静地站在一旁。

"敬礼！"外面突然响起紧张而急促的口令。

还没等曹渊反应过来，叶挺已经大步走进来。

"团长！"曹渊激动地喊一声。

叶挺依然是那样严肃冷静，他一面还礼，一面走到曹渊身边："情况严重吗？"

"没什么，团长，困难什么时候都有，我们能够克服它！"曹渊自信而平静地回答。

叶挺赞许地点点头，俯下身看着地图："前面怎么样？"

"我们在准备进攻。只有迅速进攻，才能改变现在的情况。不能再空耗时间了！"曹渊果断地说。

"很对。"叶团长继续看着地图。

"团长，我想去指挥突击队。"

叶挺抬起头来，一双大眼睛里射出略微惊讶而又不满的目光，看了他一会儿，问："你以为，亲自上阵，不会给士兵孤注一掷的印象吗？"

曹渊对团长的反问怔了一下，但固执地说："没有犹豫的时间了。胜利取决于我们动作的快慢，参战士兵是少了一些，但只要指挥官身先士卒，就能以一胜百!"

"为什么不向团部报告请求援兵呢?"叶挺亲切地看着这个自己器重的下属。

曹渊迎着团长的目光,真诚地说:"我不愿给您增加负担。"

叶挺微微一笑,说:"就因为负担重,才需要我们相互支持。"他收敛起笑容,语气依然平静。他看了一眼旁边的段春雷,问曹渊:"你需要多少人?"

曹渊惊喜地望着团长,激动地说道:"至少一个连,一个连就够了!"

叶挺把目光重新投向地图,在上面稍作停留,然后抬起头,简短而有力地说:"给你一个营。"

曹渊兴奋地立正敬礼:"谢谢团长!"

第三十四章

阻击团山铺

当第二营营长贺声洋带着第四连和第五连赶到指定的集结地时,团部的一个参谋、新兵营长和特别大队的队长,已经在焦急地等待他了。他擦着满头的大汗,要参谋快点传达这个紧急命令的具体内容。

原来,叶挺接到已经进入湖北境界的团部侦察队送来的情报:与平江相邻的通城有两千多名北洋军,已经翻过了幕阜山脉,一路强行军,要赶过来拦截革命军。

情报十万火急,这个突发情况非常危险。要是让这两千多名北洋军靠近平江,北门的突击队就会处于腹背受敌的境地,即使他们奋力杀进城里去,也会被敌人堵截在城里消灭。

叶挺在脑子里迅速思索着:怎么办?第一营不能退出,想都不能想!敌人的这支援军破坏性极大,会给整个战局造成巨大的影响。即使几面进攻都取得胜利,占领了县城,陆沄却会因为有援军的到来,底气大增,他会在援军配合下一起撤退到通城去。成千上万人许多天的周密计划与艰苦备战,最后只能得到一座空城。

更重要的,是给革命军长驱直入到达湖北的进程增添了严重的阻碍!不,绝不能!不能让敌人的计划得逞!一定要按照原来的计划,把敌人彻底干净地消灭在平江,才能不辜负全国人民的希望。

当下唯一的办法,就是派出一支部队迎头赶上去,占领平江通往湖北的要隘——团山铺,锁住平江这个口袋,并且击溃这股敌人。在这个节骨眼儿上,能否在敌人的援军到达之前,赶到团山铺,能否有把握地击溃那股援军,就成了决定平江之战的关键所在。而团部的预备队,只剩下新兵营和特别大队了,但仅仅靠这些兵力要想阻击敌人是非常困难的。

叶团长在反复考虑之后,决定让第二营留下主力连第六连给第三营营长指挥。他急令贺声洋带领第四连、第五连火速集结,在最短时间里,做好轻装急行军的准备。

向导,就由麻三爹担任。

急行军的命令已经急速传达到两个连。8月酷暑,头顶是烈日暴晒,脚下是湿气蒸腾,士兵们又热又累,脸红得都像一只只煮熟的大虾。第四连连长卢德铭和第五连连长李子华紧急做战前动员，要求士兵们抖擞精神，把不必要的行装全部扔掉，只带枪支弹药，做好出发的准备。

贺声洋让副官摊开地图，在那些山岭上作标记。他端详着那些红蓝圈圈点点，心里直上火。这些山路绕来绕去浪费时间，他希望麻三爹能带着走一条最短、最快的路，即使再险再难也不怕。

麻三爹对这一带地形非常熟悉，毫不犹豫地答应了。

在正常情况下，按照常人的体力，在极短的时间里赶到指定地点，那基本不可能。但是，现在战斗需要他们做到，贺声洋要考虑的不是可不可能，而是怎样到达，尽快完成消灭敌人的任务。整个战局，他们是关键，张发奎师长又特地调了一个营，交给他统一指挥。

副官重复着团长的话："不顾一切，赶到敌人前面就是胜利！"

贺声洋安排就绪，和麻三爹一起走在队伍前面，大声发布命令："全体注意，跑步前进！"

队伍开始跑步行军，要和敌人进行体力上的竞赛。这是意志与精神的较量，靠的是两条腿，一切取决于士兵们的体力和意志力！

贺声洋和麻三爹跑在队伍的最前面。久经战场的贺声洋，和弟兄们一样穿着草鞋，迈开大步跑着。麻三爹从小在山上长大，翻山越岭那是家常便饭。特别大队紧跟在第四连、第五连后面，新兵营由于平时严酷的训练，也能跟上。补充过来的那个营也还行，只有特务队的孩子们，刚开始还能跟上，跑了一会儿便体力不支，就放在了补充营前面，互相照应着。

这支将近两千人马的队伍，在酷暑中急速前进。麻三爹抄了最近、最快捷的山路，向着团山铺进发。

然而，当他们走到一半路程的时候，前面突然出现一条河流。河宽足足有三丈多，而且水深、岸陡。麻三爹心里一惊，他清楚地记得，上个月这里还是很窄的小河沟呀！上面还有一座小木桥，可能是山洪把河沟冲宽了，把小桥冲垮了。这年月兵荒马乱的，人们也顾不上再建一座桥。

队伍全部停了下来。

副官前来报告，已经测量过了，水深三米，水下还有很深的泥沙，蹚水过去是不可能的，非常危险，而且不是所有的士兵都会水。

贺声洋望着湍急的河水，急得眼冒金星。他思索一会儿，果断地下达命令："立刻架桥！"

这是唯一的办法。逢山开路，遇水架桥，一分一秒都不能耽搁。

麻三爹也急得团团转，他后悔自己考虑不周，只想着抄近路，却没有考虑会出现意外情况。早知道这样，还有一条路可以走啊。但现在说什么都晚了。队伍停在这里，敌人正在向这边前进。你不走也得走！

麻三爹很快便冷静下来，毕竟，他是这里的活地图，也有着很好的人缘。三年前，他就开始接触党组织，并且入了党。所受的熏陶和教育告诉他，无论遇到什么情况，都要从容镇静，都要相信人民群众的力量。有了他们的支持，没有克服不了的困难。想到这里，他立刻充满了信心！

"贺营长，离这里不远有几个湾子，我马上去招呼人来，会有办法的。"

贺声洋看着麻三爹，心里有些疑惑。从渌田高地到安平桥一路战斗过来，农协自卫军对部队的帮助，让他相信农民的热情和力量。可是现在情况这么紧急，老乡们毫无准备，他们能迅速到来吗？如果老乡们来不了，单凭部队的简单工具，一时半刻也架不出一座桥来啊！

哎呀，都快急死人了！

"麻会长，你带几个军官去吧。要是老乡们不能来，就借一些材料，打完仗我们一定照价赔偿。"贺声洋做了最坏的打算，能借来工具和木料，就是大幸。

"好，我们去了。"麻三爹答应着，同那几个军官跑去了。

部队开始动手架桥。这里没有大树，也没有可以填河的大石头。士兵们的工具只有每个班配备的两把军用铁镐，挖战壕可以，砍树很费劲。大家费了好大工夫，才砍倒几棵小树。

贺声洋急得不行，他一着急嗓子就哑，看着那几棵纤细的小树，他哑着嗓子在怒吼："快点！再快点！"

突然，邻近的村子里响起一阵阵锣声，大家不由自主地齐刷刷往锣响的方向看去，一个眼尖的弟兄高喊起来："营长，来了！好多的人哪！"

贺声洋抬起头，他看到从山背面涌出一大片人，救火一般朝这里奔跑而来。足足有好几百人，有的扛着门板，有的拿着麻袋和蒲包，有的扛着梯子。这些人越跑越近，面孔越来越清晰，都是些脸色黝黑、穿着汗坎肩或者赤着膊的农民！贺声洋心里一阵激动，他想象不到，麻三爹竟然有如此大的号召力，而老百姓竟然有如此的凝聚力！

他大步迎了上去。

士兵们看到营长跑过去，也跟着跑过去。抢着帮老乡扛梯子、抬门板。他们相互推让着，一齐朝河边跑去。

也就是半个多小时工夫，木桥已经架好了，而且架了三座桥。乡亲们先在桥上来回跑了几趟，确定桥很结实，这才让革命军通过。

队伍重新集合，贺声洋站在队伍前，激动地对乡亲们大声说："谢谢！谢谢老乡！"

一位老者挥挥手："长官们快过去吧！打北洋军要紧！"

贺声洋振奋地把手一挥："继续前进！"

前进的号声响起，乡亲们站在岸边，目送队伍从桥上走过。而士兵们也来不及说太多感谢的话，只能用充满谢意的眼神看着乡亲们，迈开双脚向前走。木桥上，只有士兵们整齐急促的脚步声。

当贺声洋赶到团山铺时，增援平江的北洋军距离这里还很远。

他立刻根据地形，在最险要的隘口把队伍部署好。士兵们虽然已经极其疲惫，但还是以最快的速度挖好了战壕，摆开了阵势。第二营和特别大队为正面，新兵营为左翼，师里支援的那个营为右翼。占据高地这个有利地形的他们，从掩蔽的战壕里居高临下，看着山下的道路。

过了好一会儿，那两千多名北洋军才来到。他们做梦也没料到在这里会遇上革命军的阻击。当一阵阵冰雹一样的子弹和炸弹，从山上劈头盖脸倾泻而下的时候，那些北洋军才明白过来，但已经晚了，革命军战士已经在震天动地的喊杀中，冲了下去。

贺声洋的嗓音突然不哑了，他轻松而快乐地吟诵着："但使龙城飞将在，不教胡马度阴山！"

第三十五章
陆沄求仁得仁

就在贺声洋带领部队急行军赶赴团山铺的时候，平江北门的攻城战打得十分艰苦激烈。

通城方面增援的消息，仿佛给敌人打了一针强心剂。经过一天的战斗，本来已经呈现颓势的北洋军，重新振作起来，拼命顶住了革命军的猛烈进攻，形势异常危急。

曹渊深深明白，敌人的增援部队在逼近，而前面的突击部队，尽管非常勇猛，但敌人占据有利地形，进展缓慢。敢死队几次冲进北门，可是因为街区狭窄，后续部队跟不上，加上北洋军火力又十分强大，只能退了回来。

第一营指挥部所在的破庙里，气氛非常严肃。副官、参谋和传令兵都屏息静气等待新的部署。供桌上放着曹渊的怀表，此刻那块怀表的声音显得格外刺耳。时间不等人，情况也在瞬息万变，一不当心，一个细节考虑不周，就会导致严重的后果！

曹渊心里很焦急，目前战场形势对第一营很是不利，怎样才能把不利因素转为有利因素，而决定这一切的关键又在哪里？

此刻，从北门那边，又传来一阵激烈的枪炮声和喊杀声，那是突击队员再次发起冲锋，他们已经发誓，哪怕剩下最后一个人，也要冲进城里去！

可是，单凭这样的硬拼是不行的，必须在纷乱的情况下理出头绪来。苦恼中，他隐隐觉得那个头绪已经出现了，但过于模糊，刚刚捕捉到一点，转瞬又消失了。

这时候，破庙外面突然传来一阵嘈杂声，一个勤务兵走进来举手敬礼："报告营长，第三连抓到一个俘虏！"

"带进来！"曹渊喝令。

被带进来的俘虏，竟然穿着一身革命军的军服，态度十分傲慢。

"你出城干什么？"曹渊直截了当地发问。

"和通城来的部队接头。"俘虏也是直截了当地回答。

"你们的增援部队走到哪里了？"

"很快就到！"

"你们北门现在还有多少人马？"

"成千上万！"

俘房口气异常强硬，一派胜利在望，牺牲我一人，赢得天下归的样子。

曹渊轻蔑地看着俘房，并不在意俘房的回答。他用问话试探，是为了捕捉脑海里那个一闪而过的头绪。俘房的傲慢和强硬，正好泄露了敌人心里的秘密，那就是，城里的敌人把所有的希望都寄托在通城的援军身上了。为了证实这个想法，曹渊故意逗引他："我们马上就杀进城里了。现在我放你回去，告诉陆沄，叫他马上投降！"

俘房听了哈哈大笑起来："别做梦了，投降的是你们。我们的援军一会儿就到，吴大帅可是个仁心君子，他会留你一条活命的！"

果然中计！

曹渊心里豁然开朗，对那俘房冷笑一声："那好吧！你就等着看结果吧！"随即挥挥手，对卫士说："带下去！"转身对着供桌上的地图沉思片刻，命令副官道："马上请段春雷同志到这里来，我们一起到北门去看看！"

段春雷匍匐在北门外那座小山的战壕里，心里正在懊恼着。他觉得作为向导，没有领着革命军打开北门，是自己的失职。

其实这根本不怪他。北门的地形实在险峻，城外是汨罗江，地势低洼，而靠近城内却又突然陡峭起来，两条山脊就像两只手臂紧紧环抱着街口，一条狭窄的石板路，就是唯一进城出城的通道。陆沄就是凭着这样的地理优势，又配备了强大的火力网，才有了相当的自信，认为革命军根本攻不进来。

城外正对着北门大约五百米的地方，有一座不太高的小山岗，第一营突击队就隐蔽在小山后面。从这里可以清楚地看到北门的情况，士兵们已经好几次冲到街口，不得已又撤了回来。

当曹渊带着段春雷和几名副官来到这里时，突击队员在三连长的带领下，正在准备下一次的进攻。他们一致决定，哪怕拼到最后一个人，也要打进城里去，绝不能给独立团丢人，他们珍惜全团的荣誉，胜过珍惜自己的生命。

在狭小的战壕里，曹渊听完了他们的意见和看法，举起望远镜，朝着北门望了许久，这才转过身来说道："情况比你们知道的还要坏，敌人的援兵已经从我们后面开过来了。这就是敌人想拖住我们的原因。贺营长已经带着队伍迎了过去，两个战场的大决战就要开始。哪一个战场出现延迟，都会给全局带来重大损失。所以，我们要尽快攻进城里去！"

突击队员怀里抱着枪，在凝神倾听营长的分析。

"现在的情况是，敌人占了上风，我们在下风，我们要变被动为主动，找出敌人的破绽来。敌人援军即将到达，他们估计我们会害怕、会撤退，然后追出来消灭我们。我们就利用他们这个心理，把当前的局面扳过来！"

曹渊开始讲述他的具体打法："北门外山势陡峻，有大片的灌木丛，把队伍隐蔽在里面，上面的敌人不容易发现。我们要做的是，第一步：发动进攻，把敌人吸引到这里，突击队同时迅速接近北门，大部分弟兄靠着山下隐蔽起来，小部分弟兄跑回来。敌人会以为这些人是被打死了或受伤了，这样反复几次，我们要埋伏的兵力基本上全调上来了。第二步，从我们现在的位置开始撤退，一定要让敌人发现，但又不能引起怀疑。第三步，敌人派兵追出来后，撤退的部队要边打边走，埋伏的突击队要抓住有利时机，一鼓作气冲进城去。这时，撤退的部队再一齐反攻过来，消灭城外的敌人！大家明白了吗？"

突击队员豁然开朗，齐声回答："明白了！"

"那好，开始行动吧！"曹渊眼里含着笑意，先前的苦恼一扫而光。

一切都按着曹渊的预料在发展。经过激烈的战斗，突击队终于全部控制了北门两边的山头阵地，北洋军大部分被消灭，一小部分逃回了城里。追出来的那一批敌人也被第三连和第一连两支队伍击溃。

当曹渊带着段春雷他们走上北门的防御阵地时，看见突击队员和孙乾生带领的农协自卫军正在拆那些防御工事，一边拆一边骂。曹渊默默地看着这些坚固的工事，也是愤恨不已。就是依仗这些工事，敌人才敢嚣张顽抗，工事下面，有多少弟兄流血牺牲啊！

段春雷腰里别着驳壳枪，和孙乾生一起走过来，兴奋地向曹渊敬礼："报告营长，我们什么时候打进城里去？"

"马上进城！"曹渊看看工事，拿出地图，对孙乾生说道，"告诉农协自卫军，这些工事还不能拆。"

"怎么，我们还要防御吗？"段春雷问道。

"不是。"曹渊望着段春雷和孙乾生，命令道，"段队长、孙副队长，你们马上带领农协自卫军插进城里去，包围北洋军司令部。城里的秩序很重要。你们带着队伍把城里所有的钱粮府库都控制起来，防止北洋军狗急跳墙搞破坏。要和地下党组织取得联系，请工会同志出面维持社会秩序。"

"是！营长！"段春雷和孙乾生答应着，走向工事里的农协自卫军。

就在贺声洋带领部队从团山铺的山头冲下去的时候，先遣团第一营和第十二师第三十六团突击营，再次向平江城北门发起总攻，经过艰苦的反复争夺，肉搏冲锋，终于胜利攻破北门。

北洋军由北门退入城内。

平江城内，激烈的巷战正在进行。

大街小巷里，到处都是人。甚至窗户上、房顶上也趴着站着好多人。革命军士兵在冲锋，在搜寻残余的北洋军，投降的，交给农协自卫军看押，顽抗的，就地击毙。

第一营在段春雷和孙乾生的带领下，沿着北门大街前进，沿途消灭了许多残兵游勇，打了几个小胜仗。根据段春雷的指引，部队很快占领了那些重要的衙署及仓库。第三十六团突击营也在巷战中大显身手，这几支部队各攻一处，平江守军共有一个旅的士兵被缴械。

平江、通城防御司令部里，总司令陆沄像一头困兽被囚在了笼子里。他站在自己精心部署的城防图前面，五脏俱焚，痛悔万分。开战之前，他是那样踌躇满志、胸有成竹，如今，他被自己的自信毁掉了。他高估了自己的地理优势，低估了革命军的智慧与勇猛，这是他平生第一次犯错误，却是一次致命的不可挽回的错误。

坏消息频频传来，一下一下挫伤着他原本的骄傲与荣耀。懊恼之中，他对溃退回来的防守北门的团长连开六枪，那个团长哀号着倒在他的脚下，鲜血在大理石的地面上汩汩流淌。

这时候，枪声已经越来越近，卫队全都派出去了，陆沄知道，忠诚于他的士兵会流尽最后一滴血。通城的援军快点到来，是他剩下的唯一希望，那样，他就得救了。他已经派出好几个副官和传令兵前去联络，但都是有去无回。

一种不祥的感觉袭上陆沄心头。"难道，真的是天要绝我？"

这时候，一个副官连滚带爬冲进来，军衣破烂，浑身是血，来到陆沄面前报告："司令，南门和东门也失守了！"

"唔。还能出去吗？"

"出不去了！漫山遍野都是农民和赤军。"

"弟兄们呢？"

"都投降了……"副官浑身发抖，恐惧的双眼看着陆沄。

"那你还回来干什么，就是给我报丧吗？"陆沄手起枪响，副官应声倒下。

余怒未消的陆沄，又打死了两个前来报告的参谋。

而后，他把左轮手枪重重地放在楠木的大方桌上，自己也重重地坐了下来，挺直腰板，两只大手放在光滑的太师椅靠背上。

他还要尊严，他本来就有着将帅的尊严。他是吴佩孚的大将，高大魁梧的身躯如大山似雄狮，给人带来威压之感。南门、东门丢了他不在乎，只要通城的援军一到，从北门杀进来，他就可以东山再起。

绝望恐惧中，大厅里是死一样的寂静。大家都站在地图面前，面无血色。

"司令，赶紧想个办法啊！"参谋长用极度痛苦的目光望着陆沄。

陆沄似乎没听见。他端坐着，纹丝不动，他的心已经飞到了通城那边，想象着援军已经过了团山铺。

参谋长见陆沄没搭腔，继续小心翼翼地说："司令，事已至此，不如……"

"不如什么？"陆沄猛然喝问。

"我们……降了吧！"参谋长终于说了出来。

陆沄慢慢站起来，晃动着高大的身躯，慢慢走到参谋长面前，慢慢张开厚厚的大嘴，发出一阵令人毛骨悚然的冷笑："哼哼……好主意。士兵们跟着我，都是为了混口饭吃。可是，你们跟着我这么多年，也是为了混饭吗？"

陆沄黑沉着一张大脸，眼露凶光，他从参谋长腰间拔出手枪，对准自己的脑门。

参谋长吓得"扑通"一下跪倒在地："司令，您不能啊，不能！"

陆沄鄙夷地一笑，环顾四周："我不能，你们能吗？说！"

陆沄又是一声冷笑，他掉转枪口向参谋长射去。"啪啪啪"几声枪响，参谋长胸口顿时开出一朵血红的花。

周围的人全都低下了头，打摆子一样瑟瑟发抖。

又一个副官冲了进来，脸色像死人一样煞白，摇摇晃晃喝醉酒一般，一进门就趴在地上："司令大人，我们完了……"

"什么完了？你说清楚了啊！"

副官失魂落魄，声音都走了调："赤……赤军已经占领了团山铺，正在往下冲……"

陆沄呆呆地听着，笔直坚挺的肩背突然垮塌下来，他一步一步机械地后退着，瘫坐在宽大的太师椅上，目光散乱，面容枯槁，仿佛一下子老了十岁。

"司令，我们再想想别的法子。"

"司令，您不要这样，不要这样啊！"剩余的幕僚围在陆沄身边，明知无望却履行着最后的责任。

许久，陆沄才抬起头来，迟缓地挥一挥手："你们……去吧。去活命吧！"

"我对不起你们，对不起大帅的器重啊！"见幕僚们都不动弹，陆沄拿起了楠木大方桌上的左轮手枪："快走哇！我看着你们走！"

所有的参将、副官、传令兵，都跪在他的面前，把头磕在大理石的地面上，咚咚作响。"司令大人，您多保重啊！"

"走……吧，让我静一静……"

大厅里哭声一片，属下们一步一回头，出去了。他们刚走到庭院里，就听见身后大厅里，传出一声清脆的枪响。

陆沄拔枪自戕，以报吴佩孚的知遇之恩。

革命军钦佩陆沄的忠诚，军人就应该有此杀身成仁的气概。他求仁得仁，革命军也以德相报，第四军第十二师师长张发奎特地命人买了一副好棺材，将陆沄厚葬在平江城外。

第三十六章

段春雷孙乾生奉命留守

大战之后的平江城,风光依旧。

这是一块丰厚的文化沃土。汨罗江的源头在平江,汨罗江是屈原、杜甫两位世界文化名人的归依处。

而此刻,古色古香的县城里,到处都是成群的俘虏,那些先前趾高气扬不可一世的北洋兵,此刻耷拉着脑袋,灰溜溜地蹲在地上,被农协自卫军看守,在大刀和梭镖下动也不敢动。主要街道上,收缴的枪支弹药、粮草辎重,还有北洋兵从老百姓那里抢来的东西,堆成一座座小山。军需官们正在登记那些日用物品,准备分发给平江的老百姓。

戴着红袖箍的工人纠察队员,三五成群地走在街上,他们有的背着步枪,有的扛着铁锤,负责维持城里的秩序。

平江县城南门外对岸有一条小街叫三阳街,由于地势的倾斜,街道由低到高从河边一直延伸到坡上,水深时需要渡船,水浅时便会露出来一道浮桥,人们可以通过浮桥进入南门。

战斗还在进行的时候,农民协会就在为革命军准备吃的了。此时,肉菜、大米、馒头、米酒、凉粉等已经全部做好,该装筐的装筐,能装桶的装桶,然后划着小船一趟趟运过来。窄窄的街道上,人们来来往往,肩挑手提,笑声、吆喝声、抬东西的号子声,混合着肉菜的香气,升腾成一种节日的欢乐气氛。

战斗结束后,革命军奉命到指定的地点去集合。先遣团的集合地点是鲁肃山,叶团长要在那里听取各营的报告。

第二营、第三营已经到了。

第二营营长贺声洋捧着一只军用水壶不停地喝水。团山铺阻击战打得十分漂亮,叶团长非常满意,特意送给他满满一壶菊花凉茶,以慰劳他嘶哑的嗓子。

他对这位性情激烈的书生营长有着一种特别的关心。在轰轰烈烈的大革命时代,投笔从戎的书生很多,但像贺声洋这样能一手握枪,一手握笔的军官很少见。

第一营营长曹渊带着副官、勤务兵纵马驰骋,从城里来到团长所在的山坡:"报告团长,第一营在城内的战斗全部结束,正在集合待命!"

叶团长亲切地与他握手。虽然经历了艰苦的战斗，曹渊依然精气神十足，军容整洁，丝毫看不出苦战之后的疲累和松弛。副官和勤务兵在营长的影响下，一个个干净利索，机敏清爽。

团长喜欢他的部下，无论是曹渊，还是贺声洋，各有各的优点，这样的军人会聚在一起，各显所长，形成一股势不可当的力量！

他望着曹渊，内心充满喜悦，说道："你们辛苦了！城里的情况怎么样？"

曹渊立正报告："城里的守军已经全部解决，陆沄杀身成仁。"

"唔。这样啊……"叶团长顿时肃然，眼里闪过一丝敬佩的光芒。

曹渊看着团长，心里也是一阵颤动。

"陆沄的后事交给师部来办理，你们先休息待命。"很快恢复平静的团长，轻声吩咐。

"是！团长！"曹渊答应着。

平江城内，麻三爹、段春雷和孙乾生并肩走在青石板的街道上。他们各自的任务已经完成，胜利的喜悦和投身其中的自豪，使他们像真正的军人一样，步伐坚定，昂首挺胸。

麻三爹要去三阳街了，作为平江县的农协会长，他还有很多事情要做。当下首先要犒劳革命军，让那些流血奋战的士兵吃饱喝足，然后继续扩大、巩固农村政权，这需要动员更多的农民兄弟参与进来。

段春雷和孙乾生属于先遣团的农民先遣队，他们也要向叶挺团长汇报战斗情况。而且，他们想正式参军，并且已经商量好，这一次见到叶团长，当面把这个要求提出来。

"段队长、孙副队长，你们辛苦了！"叶挺热情地接待了他们。

一向看重农民力量的叶挺，对从攸县就开始跟随先遣团一路前进的段春雷和孙乾生十分亲切。是他们不畏艰险，帮助革命军搜集情报、作为向导带路。这一次，农民为平江大捷再次作出了巨大贡献，并且树立了一个民众援助国民革命军的样板。革命军到处受到热烈的欢迎，是与他们的辛苦工作分不开的！

"平江战役之后，你们有什么打算？"叶挺用和悦的目光望着段春雷和孙乾生。

"报告团长，我们想参加先遣团！"孙乾生鼓足勇气，率先表达了他们的愿望。

"我们想成为真正的革命军战士，跟着团长奋勇杀敌！"段春雷也举手敬礼，激动地说出梦寐以求的心声。

"好！好样的！"叶挺点头，语气充满赞许。

"团长，你答应了？"孙乾生激动地咧着嘴巴，露出了那颗洁白的假牙。

叶挺团长却沉默了，他望着这两个几乎要雀跃起来的后生，缓缓地说："如果，上级对你们另有安排，你们会怎样？"

"另有安排？"两个人有些发蒙，面面相觑。

好一会儿，段春雷才说道："团长，我们服从命令！"

叶挺语气中含着深深的不舍："经第四军总部研究决定，解散农民先遣队，你们要返回家乡株洲，继续扩大自卫军，继续从事农运。"

"这个……"孙乾生几乎哭了出来，他万万没有料到，结果竟是这样的。

"段队长、孙副队长，你们在家乡的工作，要比在前方打仗更艰苦、更复杂，也更危险。革命军需要一个安定的大后方，为统一全国培养更多的人才，储备更多的资源，保留更多的火种！"

叶团长语重心长，作为职业军人喜欢沉默思考的他，很少一口气说这么多的话。

段春雷和孙乾生感到不能再磨叽下去了："团长，我们明白了，坚决服从安排！"

告别团长，两个人的心情有些失落，就在江边默默坐了好一会儿，直到麻三爹派人来喊他们去吃饭。

后来，段春雷和孙乾生一起参加了秋收起义，与起义总指挥卢德铭并肩战斗。在平江惨案中，段春雷光荣牺牲。孙乾生继续坚持斗争，经历了五次反"围剿"和二万五千里长征，一直奋战到全国解放，成为一名开国少将。

平江城外，汨罗江河滩上。

苦战之后的短暂休整期间，革命军依然勤奋操练。跑步、上早操、练枪法、练拼刺刀、练投掷、练骑马……热火朝天。

二营营地，这两天气氛却有些异常。确切地说，是空气中飘散着离别的气息。

原来，营长贺声洋要调走了，要去北伐军左翼军担任宣传队副队长。

走，可没那么容易。每个排都派出代表去营部送别，连长们则轮流请营长喝酒，推杯换盏中一会儿击箸放歌，一会儿掩面抽泣。在这两个多月的战斗里，他们同仇敌忾，生死与共，尽管因为意见不同，他们之间争执过、误会过，但这一切都是为了战斗的胜利啊！牺牲的战友已经化为天上的星星，活着的战友在一起一天，就珍惜一天，如今，营长要走了，怎能不令人想一醉方休呢！

平时很少喝酒的贺声洋，连续三次喝醉了。

"醉卧沙场君莫笑，古来征战几人回？"

没有人笑。所有的属下都在祝福他。这个眉清目秀，骨子里就是一书生的营长，有了更适合他的位置。

第四连连长卢德铭，与贺声洋久久相拥，以他浓重的川音调皮地说："我这个瓜娃子冒失鬼，好盼着营长再给我五花大绑一回哟！"

贺声洋笑了，他很欣慰，两个月里，他们都在成长，变得更加英勇，更加沉稳，更像革命军军官。他特别提到李子华："五连长，我还记得你打第一仗时的样子，那张脸像一张白纸。"

说得李子华有些不好意思，急忙立正敬礼："报告营长，属下要把这件丢人的事永远记在心里！"

大家都笑了。

贺声洋走后不久的一天上午，一匹快马从县城里疾驰而来，飞扬的马蹄敲打着山间的石板路，发出清脆的嗒嗒声。

就在即将到达营部时，那匹战马两只前蹄突然凌空拔起，在一轮朝阳映衬下，战马上的军官就像兀然而起的一尊铜像，耸立在汨罗江的河滩上。

他，就是许继慎。

这个未来的红色军事将领，极具将帅气概。剑眉、朗目、鼻若悬胆，威风凛凛。他既有军人的威猛凌厉、运筹帷幄，又有政治家的辩才和博大的胸怀。

许继慎是第一营营长曹渊的安徽老乡。很早就加入了中国社会主义青年团，曾任安徽省学生联合会常委兼联络部部长，参与领导爱国学生运动，黄埔一期时是学校青年军人联合会骨干。毕业后任排长、连长、学生队队长、团代理党代表，参加了第一、第二次东征。

许继慎的到来，受到先遣团的热烈欢迎，团长叶挺更是感觉如虎添翼。第二营由于有了这样一位悍将来领头，更是兴奋不已。在即将到来的战斗中，他和他的团队注定要书写浓墨重彩的篇章。

第三十七章

我们共同的日记

就在许继慎前来第二营履新的当儿,却有一匹战马奔出营地,箭一般往平江城里射去。

马上的人,戴着一副深度近视眼镜,飘飘长发用一根橡皮筋扎成马尾状,随着战马的疾驰真的像马尾一样飞起来,显得格外旷达不羁。

在先遣团,这样打扮的只有一个人,那就是马萧。

马萧去县城,一是向叶挺团长汇报工作;二是把刚写好的一部分战地日记转交给韦革命。

马萧在长途奔袭团山铺的时候,双脚在山路上跑得血肉模糊。本来在出师湖南的火车上,因为跳车去捡《雪莱诗集》崴了脚,一直就没好利落,这一次急行军,李子华出于关照让他留守,但马萧执意要去体验阻击北洋军增援部队的战斗,结果脚踝又肿了。

叶团长对马萧一向很重视。尽管团里笔杆子不少,但像马萧这样诗情激荡、文笔优美而又十分勤奋耐劳的人不多。他喜爱马萧的性格与才华,特别是毛遂自荐跟随部队一路战斗,一路笔耕不辍,这样的优秀人才是团里的宝贝。

"报告团长,第二营第五连第一排副排长马萧前来汇报工作!"

当一瘸一拐的马萧敬礼报到时,叶团长望着他,目光闪着由衷的喜悦:"马副排长,挂彩了?"

"报告团长,我没有挂彩!"马萧急忙说明原委。

"第一次体会真正的火线生活,不容易。"叶团长轻轻点头,语气里充满了关切。

马萧心里一阵温暖,连忙说:"谢谢团长,我在基层体验到很多以前没有的经历。"

团长再次望着他,目光里充满信任:"有什么要求,尽管提出来。下去是暂时的,以后还要上来,团部需要你。"

"是!我随时听从调遣!"马萧立正站着,尊敬地回答。

团长离去后,马萧和团部的参谋、副官逐个握手,互相寒暄。从军阶上,他们是他的同僚，但在生活中，他们又都是他的弟兄。以前的几次战斗，他都是和团部在一起的，大家对他格外关照，只是让他传个话，跑个腿，写个文书什么的，给了他很大的自由活动空间。

马萧来到救护队的时候，韦革命还在值班，让他在自己房间先休息一会儿。结果，马萧竟然躺在散发着玫瑰香水味的床上睡着了。等他醒来的时候，韦革命还没有回来，他不敢再睡，就坐在桌子前面，顺手拿起一本书看起来。

房门被轻轻推开了，是一个新来的小护士，双手端着一个热气腾腾的瓦盆，看见马萧醒来了，恭敬地笑着："马副官，你醒了？"

小护士把瓦盆放在地上，蹲下来就要帮马萧脱鞋。

马萧吓了一跳，低头看去，见瓦盆里飘着一些中药材，就问："这是做什么啊？"

小护士仰着红扑扑的脸蛋回答："这是韦姐姐给你配的药方子，消炎止痛，泡上几回，脚很快不肿了。"

"嗬！倒是个细心人。"马萧自言自语着，自己脱下草鞋，把左脚伸进瓦盆里，顿时龇牙咧嘴："这么烫啊！"

小护士有些不好意思，扑闪着一双清澈的大眼睛说："都怪我，忘了告诉你。要先把脚放在开水上熏蒸，等水温适宜后再泡脚。"

说着，小护士又拿过一个竹篾编成的类似笼屉的东西，架在瓦盆上。"好了，你把脚放上去吧！"

小护士出去了。马萧一边熏蒸着脚，一边拿出写好的日记翻阅，偶尔修改一下某个措辞。

韦革命进来时，马萧的双脚已经泡在瓦盆里很久了。"马副排长，感觉如何？脚还疼吗？"

马萧因为韦革命的悉心照料，心里升腾起一种前所未有的感情："小韦，看来，我盯你是盯对了！"

"什么盯对了？这又不是打篮球，需要人盯人吗？"

韦革命觉得自己对马萧的照顾，只是医务人员对患者的治疗而已，尽管她是那么渴望，渴望与他建立深层次的关系。

"水凉了，不用泡了。"韦革命弯下腰用一只手去试水温，马萧却趁势一下子握住了她的手。

韦革命想挣脱，无奈马萧手劲儿很大，把韦革命扯得蹲了下来。

"水不凉，我再泡一会儿。"

两个人就这么一个坐着一个蹲着。韦革命双颊发烫，含情脉脉，觉得自己的小手在马萧修长的大手里都快融化掉了。

马萧终于松了手，从挎包里捧出一沓子写满了蝇头小楷的宣纸。韦革命接过来，从床底拖出一个皮箱，打开上面精致的小锁，把稿子放进去，又小心地锁好。

"小韦，我们出去走走吧！"马萧觉得自己心头的情愫，只有出去走走才能消散一些。

"你的脚恐怕不行吧？要少走路，多休息。"韦革命看着马萧在药水里浸泡得通红的左脚，有些担忧。

马萧一甩过肩的马尾辫："没事，跟我走就是了！"

他不由分说，扯起韦革命就走。到了大门外，马萧指着那匹深棕色的战马说道："它就是我们的脚。"

马萧先把韦革命搁上马，然后自己翻身上去，握住马缰绳，用脚轻轻踢一下马腹，战马立刻抬头嘶鸣，旋即奔跑起来。

他们在山岭上徜徉着。极目远眺，一片一片山岭阵地上，到处都是激战后的痕迹。草木有的被烧焦，有的因为被反复践踏陷进泥土里，遍地都是弹坑、血迹、子弹壳、炮弹片、被丢弃的枪托和折断的刺刀……

马萧感叹："北洋军的这些阵地非常坚固，我们经过了多少次争夺，多少次肉搏，才把它们占领。许多弟兄把鲜血洒在了这辽阔的土地上，有的是我亲眼看着倒下的啊！如果不是亲身经历，真的感受不到战争的残酷……"

韦革命也感叹："虽然我没有上战场杀敌，可我亲眼看到了他们受的伤、挂的彩，亲眼看到了牺牲的战士死不瞑目的遗容。军阀混战，使我们的祖国到处燃烧着战火，战争就像一架巨大的绞肉机，摧毁了大量军人的血肉身躯，每次为伤员做手术，每天照顾他们，我的心都是疼的，每天都祈祷他们早日康复起来，战争早日结束！"

"所以，我写战地日记，就是为了记载打倒军阀、驱逐列强、救国救民这段峥嵘岁月，记载他们甘愿抛头颅、洒热血的丰功伟绩。小韦呀，这也是我们共同的日记啊！"马萧激动地说着，再次握住韦革命的手。

这一次，韦革命没有拒绝，就那么任凭马萧握着，两个人紧紧依偎在一起，目光同时投向奔腾不息的汨罗江水。

战地救护队的厨房，仿佛永远都在做好吃的。

这一天的傍晚，厨房的两个柴火灶前，一男一女在忙碌着。男的是大老黄，女的是徐小萍。小萍洗菜烧火，大老黄掌勺。他们要帮杜心舟办一桌宴席。

该蒸的上笼屉了，该炸的下油锅了。小萍把风箱拉得吧嗒吧嗒响，干燥的木块在炉膛里欢快地燃烧着，笼屉里的蒸饺和糍粑、油锅里的红烧鳜鱼和焖虾，升腾起袅袅的香气，诱得人不停地吞口水。

救护队驻地后院是一片竹林，有一条小溪蜿蜒流过，竹篁幽深，清凉怡人，在这8月暑天里，是一个招待客人举杯畅饮的好去处。

一张八仙桌，八条凳子，一套茶具，八个茶盅。杜心舟白衣素手，端坐于桌前，正在为客人泡茶。

她招待的不是别人，而是即将离开平江回炎陵县老家的段春雷和孙乾生。

前来陪客的是她的丈夫李子华、堂弟杜心龙。

杜心舟还邀请了救护队队长陶云晏，但这位二表哥很忙，又不喜欢应景凑热闹，所以来与不来，请他自便。

杜心龙来得最早。这个十六岁的少年排长，在经历了前线真刀真枪的拼杀，尤其是团山铺阻击战之后，脸上的稚气开始消退，神情里有了一种军人的坚毅与凛然。而且，破天荒地，他竟然没有抱起杜心舟打转转。这让杜心舟有些失落，在心底，其实她很喜欢弟弟这样亲昵的举动，那是血脉之亲，是弟弟对姐姐特有的单纯质朴、天真无邪的表达。

杜心龙喝着茶，和杜心舟聊着战斗中的事情，不一会儿，李子华来了。

换了一身新军装的李子华，更显得英俊威武，那双又黑又亮的眼睛放射出熠熠的神采，方正的嘴唇透出一股威严。

杜心龙欢喜地迎了过去，把李子华推到杜心舟面前：“姐夫，快和姐姐抱抱吵！”

李子华愉快地微笑着，看着杜心龙："弟弟又长高了！"

杜心龙踮起脚尖，和李子华比个头。"还是没姐夫高，以后我得多吃饭，加油！加油！"

杜心舟嗔怪道："还吃呢！越吃越往横里长。小胖子有几个是高个子的？"

杜心龙佯装生气，"哇"地咧开大嘴做欲哭状，对着李子华叫道："姐夫，你管管你家娘子吧，她最近老是看我不顺眼。"

三个人正闹着，段春雷和孙乾生来了。

这两个农民先遣队正副队长，如今除了没穿军装，言谈举止已经是军人的做派了。他们协助革命军所做的贡献，已经传遍革命军。

李子华与他俩热情握手，男人们的话题迅速转移到了在平江战斗中当向导的细节上。

杜心舟让杜心龙去给大老黄和小萍帮忙，杜心龙巴不得去缠磨小萍，立刻飞奔而去。

饭菜陆续上桌，竟然有十个菜，鸡鸭鱼俱全，还有甜甜的米酒。七个人围着一张八仙桌，推杯换盏，好不热闹。

他们回忆往事，从株洲到韶关的艰难跋涉，汽车上的枪战，客栈里的搜捕，翻越罗霄山脉的风雪饥寒，小马的被杀，杜心舟不堪受辱时的举枪自卫，然后疯狂的奔逃……这些惊心动魄的故事，已经深深烙进他们的脑海里，一生一世都不会忘记。

"墓生哥，我没能兑现承诺，到现在都没有教你武功。"杜心龙还记得当初的誓言。

"我都忘了，又不怪你，是一直没有机会啦！"孙乾生摸摸脑袋说。

"你这一回去，我更教不了你了，也不晓得啥时候才能再见面。"杜心龙是真心要教孙乾生的，尽管以前厌烦过他的仪式感。

孙乾生为杜心龙的真诚所感动，也真诚地说道："杜排长，等将来打败那些军阀，赶走帝国主义列强，我一定去找你，天天跟着你练功！"

杜心龙听了大乐，伸出小胖手来："好，我们一言为定！"

两人再次拉钩，信誓旦旦地说："拉钩上吊，一百年不许变！"

杜心舟赞赏地望着杜心龙，心里也是感慨万千。当初如果没有他俩，自己和心龙还有小萍，也许早就葬身在大山里了。对于恩人，怎么样感谢都不为过。

"春伢子、墓生，你们也老大不小了，回到家乡，哪怕工作再忙，也要记着娶媳妇儿啊，到时候我给你们送大礼。遇见可心的女孩子，要勇敢地去追，就像心龙一样。"

得到姐姐的夸赞，杜心龙得意地在桌子底下踩了小萍一脚。小萍"哎呀"一声，用筷子敲了一下杜心龙的头。

大家都哈哈大笑起来，气氛好极了。

就要告别了。此一别，不知何时才能再相见。杜心舟一送再送，几个人一直走到汨罗江边。

"杜同志，心龙，李连长，回去吧！"

"好吧！送君千里，终须一别。段队长、孙队长，多保重！"杜心舟不舍地说。

段春雷和孙乾生举手敬礼，目光里也是饱含不舍。

摆渡的小船过来了，老艄公在喊："船来啰！客家上船啰！"

杜心舟看看小船，她的鼻子忽地一酸，喊道："你们都要好好的，好好的啊！"

渡船开了。在老艄公摇橹的吱呀声里，段春雷和孙乾生的身影融入夜色之中，渐渐变小了，模糊了，不见了。杜心舟再也抑制不住这样的离别之情，她抱住岸边的一竿斑竹，把额头贴在沁凉的竹竿上……

第三十八章

吴佩孚再次南下

革命军攻克平江的第三天，武汉三镇传出一个重大的消息，吴佩孚突然从北京南下了！

北洋军总部就在汉口的查家墩，吴佩孚坐着他的专列南下视察，倒也不是什么稀奇事。这一年的春节前后，他两次来汉口，已经对南方战局作了周密的部署和安排。

1916 年袁世凯去世后的北洋军阀时代，一个又一个风云人物走马灯一样出现：黎元洪、张勋、段祺瑞、徐世昌、曹锟、张作霖、吴佩孚……到了 20 世纪 20 年代，真正引人注目的莫过于吴佩孚了。他是直系正统的继承者，手上有二十万兵力，由于直系掌控着中央政权，相对来说，从道义、正统性、民意性和资历各方面来看，未来不可估量。

当为了推翻帝国主义支持的北洋军阀的统治进而统一全国的革命军决定要讨伐他的时候，吴佩孚压根儿没有在意。用他安慰大总统曹锟的话来说，就是："……天下变化早已在佩孚掌握之中，赤军北侵，实属故放烟幕，亦壮胆量耳！再看其余各部，名虽为八个军，实则真正能作战的不足半数，况且各个心怀鬼胎，如何能成大事？再看我海陆各军，集中于平江、岳城一线，势雄力厚，扼守汨罗，赤军断难飞渡……"

对于湖南战局，吴佩孚是胸有成竹的。对于江西的孙传芳，他们已经结盟。对于汨罗江防线，他派去了得力将领陆沄，这个悍将不会辜负他的器重和希望。他不是那种沉不住气的人，就在 6 月间，又与奉系的张作霖结盟，认为已经合纵连横万无一失的他，退到长辛店的别墅里，每天养花种草，吟诗画竹，一派闲情逸致。

其实，当时战况已经吃紧，但吴佩孚向来自信从容。当人们纷纷猜测南方战事的未来时，吴佩孚立即通电全国，宣布南方一定会捷报频传，根本不值得南下督战。在他的心里，北京才是中国的中枢，自古从南面打过来的军队，几乎没有成大气候的。

所以，丢了醴陵和浏阳也没啥了不得，他还有平江，还有汀泗桥、贺胜桥。那里地势险要，对于任何由南向北攻击的军队来说都难以攻陷，况且是缺枪少炮的革命军。具体的例子就在近前,五年前的1921年,湘鄂军阀闹内讧,赵恒惕率领湘军欲攻占湖北,结果终因天堑不能飞渡,损兵折将败退回了湖南。

醴陵、浏阳失守的那几天,吴佩孚手下的议员、政客都坐不住了,纷纷前来拜访,希望能得到他的最新部署。但"玉帅"安之若素,每天照样起居有常,在后花园里舞文弄墨,禅意而风雅,一点面子都不给他们。秘书长和参谋长只好代替吴佩孚见客,只是重复一句话:"玉帅"决策已定,绝无更改。

然而,当平江失守的急电飞到长辛店时,吴佩孚饱蘸浓墨的狼毫再也画不出清雅的修竹了,他的手有些发颤,屏气凝神时手腕上的骨头忽然嘎嘎作响,导致宣纸上的植物全没了灵气。

平江失守,则岳阳不保,武汉危矣!如果失去武汉,革命军就会长驱直入挺进中原,继而进入北京城,到那时,天下还会是他北洋的吗?

吴佩孚暗暗震惊,既恼怒陆沄的无能,又不得不惊叹革命军的神武。此时已非彼时,他只能暂时放下雅兴,"御驾亲征"。

"备车!去汉口!"

花车还是那列花车,九节的车厢,取的是九九归一吉利数字,近似于皇家的专属,显示着吴佩孚逐鹿中原、雄霸中国的气魄。车厢豪华舒适,装饰金碧辉煌。当然,安保也是一流的,每一节车厢的门口,都门神一般站立着一个军官,身穿蓝色的军礼服,戴着白手套,腰里挂着指挥刀。每一节车厢的顶上,也有三个卫士,屈膝半跪着,手里握着一挺重机枪,随时准备消灭胆敢冒犯之人。

脱下长袍马褂,换上笔挺的将军服,头戴冲天缨高顶军帽,吴佩孚从一介书生顿时变成威风凛凛的大元帅。他可是北洋军阀中最善战的骁将,被誉为"常胜将军",是秀才出身弃笔从戎十分成功的例子之一。属下只要看到他炯炯有神的目光,就像吃下了定心丸,把心里的恐慌丢进了垃圾堆。

然而,他们不晓得,他们的"玉帅"气数将尽。"秀才用兵,颇用心计""深明韬略,长于治军"的吴佩孚,这一次却判断失误。

年初时,他的部队在北方遭到冯玉祥的威胁,当革命军以破竹之势出乎意料地接连获胜、全力进攻湖南的时候,吴佩孚还在南口与张作霖合作抵御冯玉祥。他把这个看得很重要,并且将南方事宜托付给了孙传芳。那坐拥江西五省的孙传芳,只管自己保境安民,对于两湖战事采取观战态度,看热闹不嫌事大,同时也不相信北伐军的能力。然而,当北伐军以排山倒海之势,一举攻克了平江城,孙传芳才觉得大事不好,急忙召开军事会议研讨破敌之策,但为时已晚。于是他频频给吴佩孚去电，说如今局面南大于北，自己难以担当重托，请吴佩孚早日返汉，其实就是甩手不管了。

与此同时，北洋军汉口总部的告急电报也是一封接着一封，湖南已经落入敌手，革命军已经开进湖北的通城，枪口直指武汉。吴佩孚只能去汉口坐镇指挥，与革命军决一雌雄，否则，那就只能回归一名真正的书生，回老家过耕读的日子了。

局势的变化，使吴佩孚没有一点和缓的余地，他连夜对北方进行一番安排部署，就急急忙忙带着随行人员乘火车南下。

接到参谋长的急电后，汉口就迅速忙碌起来。起初是秘密的，只有督军、省长和几个要员知道。到了晚上，北洋政府正式把消息通知到各界有关人士，要他们第二天上午十点准时去火车站迎接。

第二天天刚亮，武汉全城戒严，从查家墩到大智门火车站的路上，三步一岗，五步一哨，被荷枪实弹的士兵和警察占满了！

在火车站下了花车，吴佩孚立刻换乘一辆高级小轿车，一路上在满载着卫兵的卡车、三轮摩托和快马的簇拥下，浩浩荡荡开进查家墩总司令部。随之，那面大红底子上绣着斗大"吴"字的帅旗，也在大门口的旗杆上高高飘扬起来。

在火车站迎接的那一帮洋人记者、商人买办、北洋官员、前清遗老，都跟着来到这里。他们都想知道吴佩孚的打算，好把那颗悬着的心放下来。

总司令部大会议室里，各色人等挤得满满当当。大厅里金碧辉煌，古色古香，正面是关公和岳飞的巨幅画像，那是吴佩孚崇拜的两位先贤。两旁是吴佩孚和曹锟的戎装像，在画像的两边，是一副大红洒金的对联，那是三年前吴佩孚五十大寿时，名儒康有为挥毫写下的对联：

> 牧野鹰扬，百世勋名才一半；
> 洛阳虎视，八方风雨会中州。

中堂的下面是一条长长的香案，香案正中摆着一个硕大的盘金香炉，香炉一边一个金瓜形的红色琉璃烛台。在香炉和烛台的左边，供着一个两尺见方、黑漆描金的檀香木匣子，那就是吴佩孚的八卦囊了。右边则供着一柄五尺多长、包着黄绫的青铜古剑。这两件宝贝，在吴佩孚每次出征时，都由两个童男子抱着不离左右。平时在家就供起来，燃起檀香日夜不断。

大厅的墙上，挂满了名人字画，除了崇拜者赠送的，还有许多是吴佩孚自己画的墨竹。字画下面,摆着几十把檀木的椅子和茶几,四周点缀着花草。为了体现吴佩孚的亲民风格,白天只要大厅的门开着,民众就可以自由进来,茶水从不间断。

就在人们环顾大厅赞叹不绝的当儿,吴佩孚的参谋长蒋雁行进来了。

由于天热,蒋雁行穿着军装,却没有戴军帽,脚下是一双黑布鞋,手里拿着一把折扇,一边走一边轻轻地摇着,态度不徐不疾,步步莲花,颇有吴佩孚之风。

人们争先恐后围拢过来,问能否见到吴佩孚本人。

蒋雁行望着大家,友善地微笑道:"诸位少安毋躁,'玉帅'由于旅途劳顿,谢绝一切拜访和宴会,特地托兄弟向诸位表示歉意!"

"啊?又见不到大帅了!"人群里响起一阵失望的议论声。

蒋雁行却继续和蔼地笑着,说道:"兄弟非常感谢诸位对大帅的敬仰和厚爱,在此向诸位表示感谢并将这些敬仰和厚爱传达给大帅!"

人群中的议论声停止了,大家都带着被安抚后的平静望着蒋雁行,等着下文。

"诸位前来,一定想知道前方的一些军情,所以大帅授权于我,只要能够回答的,兄弟一定尽力。"蒋雁行摆出答记者问的姿态。

一个记者模样的中年男人率先提出问题:"参谋长先生,有消息说,平江城被赤军占领后,陆沄将军自戕殉道,请问这是真的吗?"

蒋雁行心里一震。陆沄的杀身成仁,他当然知晓,敬佩之余,还是会兔死狐悲,但他不能讲出来,只能打哈哈:"哦,这个消息还没有证实。如果是真的,大帅一定会隆重地祭奠陆沄将军,军人就应该战斗到最后一口气,马革裹尸而还!"

参谋长这一席话,赢得全场一阵掌声。

趁着大厅里高昂的气氛,蒋雁行给大家打气:"诸位放心,'玉帅'对前方早有部署,今天我们的防守,已经不在平江,兵家成败,不在于一城一地的得失,而是全局的反转。兵法云,虚者实之,实者虚之,为了诱敌深入,牺牲一个平江不算什么。让赤军重蹈五年前湘军覆辙的,是我们的汀泗桥!"

"汀泗桥?"大厅里一片哗然。有人惊讶地脱口而出:"那可是一道天险啊!"

"正是!"蒋雁行对于来客中有人熟知地理感到很高兴。

"汀泗桥是'玉帅'的发祥之地,也是军事史上攻坚的坟墓!"

一位留着小辫、身穿长袍马褂的遗老颤巍巍地发问:"请问将军,根据当下时局,大帅会不会亲征?"

蒋雁行一笑,他沉吟着,摇着银白的底子上画着黛山绿水的折扇,不紧不慢地答道:"大帅日理万机,运筹帷幄,当然不必亲临前线。但多年的征战,大帅爱兵如子，心系着前线，也常常去前方视察。据我跟随大帅多年的经验，如果现在大帅不去，到了对赤军大反攻的时候，大帅一定会亲自去前线勉励三军！"

这番话给了人们莫大的激励，大厅里再次响起热烈的掌声。

"请问，派去指挥汀泗桥战斗的是哪位将军呢？"一个穿旗袍的女记者问。

蒋雁行语气中充满了骄傲，故意卖个关子："诸位猜一猜是谁？"

人们顿时发出一阵低语，一个商贾模样的老头儿殷勤地说："大帅手下的猛将太多了，猜不出是哪一位呀！"

蒋雁行觉得这句话很是中听，趁机揭开谜底："那好吧。我就告诉诸位，是大名鼎鼎的宋大霈将军！"

"哇！太棒了！"在人们的欢呼和惊叹中，又有人问道："宋将军是和大帅一起来的吗？"

"不是，宋将军已经提前出发了！兵贵神速嘛！南下之前，大帅已经在北京与宋将军面授机宜。宋将军跟随大帅十多年，智勇双全，能守能攻，这一次在南口和国民军作战，创造了军事攻坚史上的奇迹，就连奉系的'雨帅'也特意授勋嘉奖。诸位等着看吧，等待赤军的，就是五年前湘军赵恒惕的下场！"

就在蒋雁行极端自信之时，拿下通城与崇阳之后的北伐军，已经迈开大步向汀泗桥挺进。国民革命军总司令蒋介石已经从韶关出发，再次北上，将与各军将领商讨进攻武汉的战事。同时，负责东部战场的三个军，也从广东开往湘赣边境，准备收拾孙传芳。

一场双方均投入重兵，且有高级军官上阵督战的大战，即将拉开帷幕。

第三十九章

汀泗桥的恶战

汀泗桥是始建于南宋的一座大石桥，也是湖北南部的第一个军事要隘，桥东群山叠嶂，桥西湖泊密布，地形十分险要，素有天险之称，一向为兵家必争之地。粤汉路（广州至汉口）经过此处，铁桥贯通南北，汀泗桥镇位于铁桥北端。

当年的汀泗桥镇以汀泗河为界，河西属蒲圻县，河东属咸宁县。汀泗桥镇是咸宁的南大门，也是通往武汉的必经要隘。

为阻止北伐军向北挺进，北洋军在汀泗桥一带集中了两万兵力，其中包括从湖南汨罗、岳阳一线溃逃下来的残部，由宋大霈担任总指挥，据守汀泗桥。武汉方面也有陈嘉谟部万余兵力南下驰援，再加上吴佩孚亲率嫡系刘玉春等部前来督阵，一时间气势汹汹，叫嚣着要让革命军覆没于洪水之中。

而革命军一路北上所向披靡，士气正旺。8月25日，独立团作为第十二师的前卫，奔袭粤汉铁路（广州—武昌）上的中伙铺车站，歼灭了北洋军孙建业部第二团，俘获自团长以下官兵四百余人，再次立下战功。

与独立团同时出击的，还有第十师，占领了杨泉畈，第七军占领了大沙坪和桂口市，第八军占领了临湘（今陆城）、羊楼洞、蒲圻等地。唐生智根据总司令部关于迅速攻占武汉的决定，带领第八军攻取汉阳、汉口，第四、第七军沿铁路继续北进，准备攻取武昌。

向北，向北，继续向北！

第四军第十二师官兵马不停蹄，冒着大雨从中伙铺出发，开到进军武昌的必经之路——汀泗桥镇附近。夺取汀泗桥，成为北伐进军途中具有决定意义的一战。

面对险峻的大山和滔滔的洪水，革命军没有犹豫和彷徨，他们遥望着粤汉铁路上的那座铁桥，开始排兵布阵。隔山难，隔水并不难，哪怕是洪水滔天！

时代的滚滚洪流，注定摧枯拉朽，淘汰那些拖历史后腿的旧势力。

1926年8月26日，汀泗桥战斗打响。

三面临水的汀泗桥镇，在大雨过后，成为名副其实的泽国。一望无际的水面，浩渺接天，且湖水很深。汀泗桥北端，北洋军在堤坝上埋下密密麻麻的地雷，拉起装上倒钩的铁丝网。北洋军的主力包括吴佩孚的"铁卫队"就驻守在镇东的高地上,那里有精心修建的防御工事,易守难攻。

在这样的严密防范下,革命军不可能长驱直入立刻夺取桥头,所以采取三面包抄的战术。第十二师以第三十五团为先锋,独立团、炮兵营及师部相随,向汀泗桥发起猛烈攻击。同时,革命军第十师以第三十团为先锋,第二十九团为中路,第二十八团炮兵营及后备队,依次从山峡冲出发,向汀泗桥西南的赤岗亭方向挺进。第三十六团则从石坑渡起程,以其第一营为前锋向汀泗桥右翼前进。

上午十点半左右,革命军第四军第十二师第三十五团的尖兵连,行进到北洋军的前哨阵地高猪山,双方激烈交火。山水之间,回荡着机枪步枪爆豆般的响声。

战斗中,第三十五团一鼓作气将高猪山北洋军警戒部队驱散,敌军退到铁路北端,集中火力开始猛烈反击。由于河宽水深,革命军无法涉水前进。仗着有利地形,北洋军得意扬扬,恣意地用各种武器居高临下地对着革命军开火。第三十五团遭到敌人强烈的火力封锁,无法越过铁路,两军隔河相峙。

到了正午,黄琪翔率领的第三十六团从上游越过汀泗河,进抵汀泗桥东南边高地附近梅董一带,也因敌军居高临下的大力扫射,前进受阻。黄琪翔决定疏散队形,趁机侦察敌人阵地配备情况,等待增援部队到来。

当革命军第四军第十师行至骆家湾附近时,听到汀泗桥方向枪炮声大作,知道第十二师已经与敌军交火,部队加速向前推进,并且派出第二十八团、第二十九团向第三十六团右翼延伸。第三十团向第三十六团左翼行进布阵。同时,叶挺独立团派出一营同时在第三十六团后方布阵,以便策应各方。

革命军在迅速形成对敌军阵地半月形的包围之后,开始展开大规模进攻。炮兵营的加农炮和迫击炮施展威力,一发发炮弹准确地落在敌军阵地上,在湖面上溅起一丈多高的水柱,粤汉铁路铁桥上弹片飞舞。

到了下午,北洋军一方,以强大的炮火掩护千余步兵再次向北伐军展开反击。枪林弹雨中,第十二师官兵虽然一排排倒下,但依然前仆后继地往前冲,终于抢占了桥头堡。北洋军一方,总指挥宋大霈亲率大刀队督战,下令"退却者杀无赦"。在大刀队的督战和现大洋的诱惑下,守桥的北洋军猛烈反击,又夺回了桥头堡。双方在桥头堡上反复展开肉搏战,死伤累累,鲜血把铁路桥都染红了。

激战一天,革命军还是没有彻底控制桥头堡,两军形成胶着状态。

第十二师师长张发奎见主攻部队数次冲锋,均未奏效,为了避免更大的牺牲,下令各部停止前进,寻求新的突破口。

暮色降临后，双方的枪声渐渐停止了，只有偶尔的流弹穿过铁路桥落进湖里。空气中，浓重的硫黄味混合着潮湿的水汽和血腥气，在水天之间弥散。

有些阴沉的天空下，星月无光，江鸥不鸣。广阔的水面上，只有暗涌的江流澎湃不息，不时发出沉郁的哗啦声。

恶战之后短暂的宁静里，双方都偃旗息鼓。从表象上看，似乎这里什么都没发生过。然而，在夜色的掩护下，革命军正在调动集体的智慧，谋划一场新的攻势。

当夜九点，第十二师师长张发奎召开军事会议，商讨下一步的战法。独立团团长叶挺、第三十五团团长廖培南、第三十六团团长黄琪翔等悉数到会。

会上，各团长畅所欲言，发表自己的看法。他们一致认为，不能再正面硬打，而是要动员民众的力量，给北洋军来一个出其不意。

黄琪翔主张，趁着夜深人静，涉水渡过汀泗江。而且师政治部带来了当地农协会员做向导，农协会员告诉他，徒步跋涉那条流入黄塘湖的汀泗江是可行的。所以，黄琪翔强烈建议涉水奇袭敌军。

叶挺也提出建议，独立团在天亮之前从小路隐蔽地接近敌军，配合正面部队的全线攻击。

张发奎兴奋地大叫"此计甚妙"，并继续说道："我们就是要选择攻击敌军的最强点，因为一旦它被击溃，敌军的残余阵地就会陷于混乱。这是战略上的明显例子。现在，我们不是杀鸡给猴看，而是杀猴给鸡看！"

找到了新的攻击点，大家的精神为之一振，先前的焦虑一扫而光。

会后，张发奎迅速传达命令。

他命令黄琪翔率第三十六团出发，急行军到达汀泗江上游偷渡地点，强行涉水渡过汀泗桥北岸。命叶挺独立团从小路隐蔽地接近古塘角，配合第三十六团的进攻。

浓重的夜色里，第十二师第二十八团、第二十九团、第三十六团衔枚疾走，到达汀泗江，他们把步枪顶在头上，蹚过水面齐胸的汀泗江。上岸后，他们依然缄口不言，一枪不发，待悄悄接近敌人阵地后，立即以白刃杀入敌阵，与敌人展开殊死搏斗，很快占领了敌军阵地数处，为总攻夺得了有利的据点。

在渡河期间，第三十五团从桥头佯攻，向敌军猛烈开火，声东击西，以吸引敌军的注意力。

27日拂晓，革命军向汀泗桥敌军全线发起进攻。

一时间，在呈半月形的革命军阵地上，"冲呀！冲呀"的喊声刺破了黎明前的黑暗，第十二师急攻并占领了北洋军的炮兵阵地。

独立团在当地群众引导下经彭碑、尖山，于上午七点多钟到达古塘角附近的铁路时，正值北洋军在有序地撤退。独立团突然发动攻击，北洋军顿时变为溃逃，一部分北洋军被缴械。

上午七点，由于第三十六团压制住了北洋军的要塞火力，张发奎亲督的第三十五团与独立团一营占领了汀泗桥东北一带全部高地，跨过桥面追击北洋军。

这期间，北洋军数次组织反攻，妄图夺回失地，终因革命军奋勇还击，未能得逞。经过两个小时的激战，塔脑山、石鼓岭相继被革命军占领，北洋军阵线破裂，开始向咸宁城关方向撤退。汀泗桥这道险关终于被革命军牢牢控制在手中。

而后，革命军将士乘胜追击，风卷残云一般，通过汀泗桥继续向北挺进，午前十一时，占领咸宁城。

整个汀泗桥战役，自26日上午十点半第三十五团在高猪山与敌军接火，到27日上午九点汀泗桥东南高地战斗胜利结束，前后仅用不到二十三个小时。

在汀泗桥战役中，国民革命军共俘虏北洋军军官157人、士兵2296人，缴获大炮4门、机枪9挺、步枪3000余支、马14匹，其余军用品堆积如山。

宋大需率领的北洋军守桥部队中，3个团长战死，39个连长中仅存5个，士兵死伤数以千计，其中有一半或死于自己的督战队刀枪之下，或在溃逃中慌不择路溺水丧命。

革命军方面，第三十六团伤亡最惨重——至少折损三分之一。在战斗中，团长黄琪翔受重伤，一名营长、几名连排长阵亡。

第四十章

如果将军不惧死

8月28日，就在吴佩孚乘坐专列南下湖北亲自督战的时候，在刚刚攻克的咸宁城，革命军高层军事会议在总司令蒋介石的主持下召开。

会议决定，由李宗仁率第七军出咸宁以东，进攻铁路以东的敌人；由夏威指挥第一师向徐家铺前进，准备占领鄂城；由胡宗铎指挥第二师，向贺胜桥、王本立以东地区之敌进攻；由陈可钰率第四军沿铁路线及其以西地区前进，正面攻击贺胜桥，然后向武昌发展；唐生智的第八军及第一军的刘峙部为总预备队。29日准备完毕，30日发起攻击。

更残酷的血战就要开始。

守卫贺胜桥的，是最负盛名的直系精华，督战者又是直系主帅、能攻善守、自诩为戚继光的吴佩孚。攻桥者是国民革命军的中坚力量，出师以来骁勇善战的第四军和第七军。这场战斗的胜负，决定着各自的命运。

夜深了，军官们骑马回到各自的营盘。当夜，第四军来到与敌前沿桃林铺只有一山之隔的崔溪村，决定派叶挺的独立团担任主攻。

这时候，革命军慰问团所在的一个大客栈里，二楼有一个窗口还亮着灯光，隔着纱帘，有模糊的人影在晃动。

是什么人，在大战前夕还不抓紧时间休息？

里面的人是陶云舒。

陶云舒带着她的慰问团，跟着总司令一行再次来到前线，但这一次，她却病倒了，在半路上就病倒了。

酷暑、高温、潮湿，一路的颠簸，使她本来就纤瘦的身体再也吃不消了，上吐下泻。后来不吐了，但腹泻很厉害，随队医生给她注射了一支盘尼西林，暂时止住了一点，但盘尼西林在当时价格不菲，而且那些药是给战场负伤的士兵准备的，陶云舒说什么也不肯再用，一直坚持到达咸宁，此时，她已经躺在了担架上，面如草纸，瘦成了纸片人。

客栈老板娘见她病成这样，热心地请来一位老中医。

一番望闻问切之后，老中医开了三服汤药，让急煎服下。

老板娘又热心地帮着煎药，服下一服之后，陶云舒感觉好多了。

由于不忍心一直麻烦老板娘，小静就帮着熬第二服药。炉子架在走廊里小火慢煎，粗陶的药锅里，党参、黄芩、苍术、乌梅炭、茯苓等药材在"咕嘟咕嘟"翻滚，浓郁的药香在走廊徐徐弥散。

陶云舒倚在床头，腰间搭着一条薄薄的凉被，一张苍白的俏脸，无奈地看着小静忙活。

"小静，辛苦啦！"当小静把煎好的汤药盛在白瓷碗里端过来的时候，陶云舒竟然红了眼圈。

"哎呀，陶秘书，这点小事，是我应该做的啦！"

陶云舒轻吹着碗上的热气，幽幽地说："是我这个慰问团长不争气，拖累了大家。"

小静笑着安慰道："你这点小毛病算什么呀？大家都挺好，就等着攻下贺胜桥，分头去犒军啦。"

陶云舒点点头："嗯，这几天你们就多辛苦辛苦，把要做的事情安排妥。"

"放心吧！陶秘书，错不了！"

陶云舒捧起碗，做个深呼吸，把碗里的汤药一气喝光。小静及时递上温开水，陶云舒连喝两口，然后用手帕擦一下嘴巴，对小静说："我们休息吧。希望明天我有力气走路。"

小静关掉电灯，房间里立刻陷入黑暗之中。陶云舒望着窗外的一钩弯月，心里默默念着："杜心舟，你还好吗？知道你很忙，别太累了哦。"

从咸宁县往东北方向行进三十八里处，便是粤汉路上的险隘，湖南通往武昌的重要门户——贺胜桥。

这座桥在汀泗桥北面，地势岗陵起伏，茶树丛生。桥的西南有黄塘湖，东北有梁子湖，河流交错，陆路很少。和汀泗桥一样，低洼地区经常被水淹没，成为一片汪洋，易守难攻，为兵家必争之地。

汀泗桥失守以后，吴佩孚从武昌调来重兵暂编的第四师和陆军第八师，以及在汀泗桥败退的残部共两万多人，退守到贺胜桥，并且在贺胜桥以及南约十里的桃林铺、杨林塘、王本立一带，构筑了第一道防线，在贺胜桥以南约四里的印斗山一线布置了第二道防线，贺胜桥为第三道防线。为了防止革命军从侧后攻击，他又在每个山头修建了环形工事，形成纵深防御。这一次，吴佩孚带着他的爱将刘玉春亲自督战，他在阵地上骄狂地说："要以贺胜桥一战定天下归属！"

相当自信的他，要求全体官兵："限三日内夺回汀泗桥！"

8月29日，贺胜桥战斗打响。

按照战斗部署，陈可钰率第四军沿铁路线及其以西地区前进，正面攻击贺胜桥。

第十二师师长张发奎向各团下达具体作战命令："叶挺率领独立团急进至贺胜桥，向贺胜桥集结，右翼与第七军联系，左翼与第三十五团联系，第三十五团警戒于黄石桥道路上，以壮大独立团的声威。独立团得手，敌人士气绝对会动摇，到时向正面的敌人发动猛攻。第三十六团作为预备队，距离前线不超过五里，随战况的发展而发展，师炮兵营由邓演存参谋长指挥。"

当日黄昏，叶挺独立团和第三十五团作为攻击队进入黄石桥隐蔽起来，30日拂晓，开始向贺胜桥攻击前进。

天大亮的时候，独立团和第三十五团首先与桃林铺正面的北洋军接触，两团集中精锐力量，试图突破北洋军的正面阵地。北洋军则派来五个团迎战，双方激烈交火，其枪炮声之密，火力之猛，为革命军北伐以来所没有。一时间，战场上血肉横飞，一片火海。

刘玉春也是一位敢打硬仗的猛将，他组织一个师的兵力进行反扑，依仗地势和兵力上的优势，把独立团分割成几块。关键时刻，独立团战士以一当十，临危不惧，与敌人展开白刃格斗，前面一排倒下去，后面一排冲上来，顽强坚守，没有一个退缩的。

此时，北伐军右侧的第七军也开始猛烈进攻，将王本立地区的敌军击溃，敌阵地一度发生动摇。叶挺命令作为预备队的特别大队赶来增援，和第三十五团一起，齐心合力，终于将敌军击退，使其仓皇逃往第二道防线印斗山。

印斗山高地是贺胜桥防御体系的核心阵地和最主要的屏障。高地顶部狭长，与贺胜桥仅仅一箭之隔，吴佩孚在高地布置了张占鳌的第十二混成旅和第十三混成旅，另有五个支队，兵力一万多人。

战斗伊始，吴佩孚的花车，原本停在贺胜桥北端，他远远地注视着战事的进展。失去第一道防线后，吴佩孚有些不笃定了，他不相信他的士兵会如此"草鸡"。北洋军历来被誉为"不败之军"，怎堪受此大辱。他要亲自上前线去看看，到底是他松懈了，还是赤军果真了得。

于是，吴佩孚命令花车立刻开往贺胜桥，亲自督战，豪华的九节龙车变成了战地临时指挥部。同时，他又在印斗山和贺胜桥之间，组织了数十支大刀队，把守在各个路口，下令"后退者一律斩首"。

革命军这一方，由独立团和第二十八团担任主攻，第三十五团、第三十六团涉水迂回，配合主攻部队展开进攻。

正面进攻开始后，由第二连连长吴道南、第四连连长卢德铭、第六连连长袁亦烈，率领所在连队组成第一梯队，叶挺亲自指挥六挺重机枪掩护，冒着敌军密集的弹雨开始冲锋。吴佩孚唯恐印斗山有失，导致贺胜桥不保，急令张占鳌的第十二混成旅和第十三混成旅投入战斗，拼死抵抗。霎时间，敌人山炮、轻重机枪各种火力全开，革命军官兵前仆后继，牺牲众多，鲜血染红了茶园，染红了印斗山每一寸土地。

革命军损失惨重，战斗一时呈胶着状态。

在攻击中，跑在最前面的独立团二营与北洋军增援的刘玉春第八师遭遇，装备精良、气势汹汹的第八师不仅挡住了独立团和第二十八团的去路，还把孤军深入的第二营包围起来。密集的炮火把第二营战士压得匍匐在茶树丛里。许继慎沉着指挥，叫战士们不要慌，只管射击，预备队很快就上来。

就在这时，一颗子弹突然从他的右肩射入，子弹穿过胸部，又从左肩穿出，顿时血流如注。几个战士要把他抬下火线。许继慎急了，大吼道："你们抬我下去，就会减少几个人打仗。不要管我，快向敌人射击！"

战士们为营长勇猛的精神所感动，更加猛烈地向敌人射击。

1926年8月30日的早晨，印斗山上枪炮声震撼着大地，硝烟遮天蔽日，浩渺的湖水由于炮弹落下而激起的波浪，一下下有力地拍打着堤岸，激发起巨大的轰鸣声。

一场决定近代中国未来走向的鏖战，正在展开。

空前的激战，从拂晓一直持续到上午九点多，双方都动用了上万人的队伍，铆足了劲。在胶着状态中，进攻的一方片刻不停，防守的一方寸土不让。

早在凌晨的时候，国民革命军第十二师师长张发奎就赶到前沿阵地，一向打仗身先士卒的他，叮嘱勤务兵把他的德式轻机枪擦拭好，子弹上膛，随时准备战斗。

十点左右，陈可钰率第四军总预备队赶到了，一度被压在半山腰的独立团和第二十八团，与增援部队一起，再次准备强行冲锋。

无须动员，也无须组织敢死队，将军的行动就是最好的感召。

叶挺掏出手枪，迎着晨风高喊一声："独立团跟我上！"

说罢，他率领部队犹如猛龙过江，奋不顾身地冲了上去。

廖培南一看，把军帽一摘，也大吼一声："独立团上去了，我们第三十五团也不是没用的！"

喊罢，他端起一支步枪，带领全团老虎一般腾跃而去。

张发奎早已按捺不住，挽起袖子命令勤务兵："机枪拿来，弟兄们，跟着我冲啊！"

他跳上阵地，带着副师长、参谋长等一批师部高级指挥官冲进了火海。手里的轻机枪发出一阵阵怒吼，他如入无人之境，任凭枪林弹雨，弹片横飞，亦毫不畏惧。

副军长陈可钰看到下属都冲了上去，也毫不示弱，抓起一挺机枪，带领军部的幕僚冲了上去。擅长打硬仗恶仗的第四军，简直就是传说中那些不怕一切的英雄好汉！

士兵们看到将军们都一马当先，神勇异常，顿时士气大增，全都嗷嗷叫着，跟在将军们身后冲了上去。

革命军很快攻破了印斗山西南角的环形工事，并在战壕内与敌军展开白刃格斗。阵地上布满了交战双方官兵的尸体。北洋军士兵开始向贺胜桥方向逃跑，而且越来越多。布置在后方的大刀督战队，挥起大刀，杀了数百人，几乎杀红了眼。

面对革命军前仆后继、如狼似虎的进攻，北洋军吓呆了，吴佩孚也大为震惊。

吴佩孚治军极为严格。据说，他和他的将军们，只知道打胜仗，不知道失败。训练官兵时，只教前进，不教后退。后退的结果只有一个，那就是就地砍头示众，无论你有多大官职，退败就等于灭亡。

为了阻止溃退，吴佩孚狠着心肠，命大刀队将溃退下来的旅长张占鳌等人的头砍下来，悬挂在贺胜桥头，可是，滴着鲜血的头颅，依然阻止不住如决堤般溃退的士兵。

吴佩孚原参谋长、时任随营高参的张方严，是久经沙场之人，一生曾亲历无数大小恶仗。然而，当他从望远镜里看到印斗山前沿，身穿铁灰色军装的革命军官兵，踏着同伴的尸体挺身而上，向前冲锋，也被吓得头冒虚汗，两条腿直打哆嗦。他断定革命军已经势不可当。如此有明确的目标和搏命精神的军队，再有几个贺胜桥也如履坦途，不如早做打算。

而花车里的吴佩孚，眼见印斗山阵地就要落入革命军之手，羞愤难当。这样的奇耻大辱，是他掌军以来从未有过的。为了挽回颓势，他命令在桥头架起机枪，向溃兵扫射，企图阻止其后退，不少官兵惨死在自己人的枪弹之下，桥下河水一片血红。

还有好些北洋军士兵，眼见前进不能，后退无门，绝望中，索性拿绳子把自己吊死在树上……

更多活着的北洋军士兵，不堪忍受革命军的猛烈进攻及吴佩孚疯狂毒杀自己人的行为，索性掉转枪口，向大刀督战队发起反冲锋。一时间，北洋军乱作一团，督战队被冲垮，败兵们一哄而逃，吴佩孚的副官也被打死了，独立团乘机冲过桥去，夺取了桥头阵地。

吴佩孚的花车就在离贺胜桥不远的地方，专列里的他，眼睁睁地看着兵败如山倒，既心急如焚，又心痛如刀割。

这时候，刘玉春带领数名护卫，好不容易逃过桥来，闯进吴佩孚的花车，"扑通"一下跪倒在地，大哭道："大帅啊！多年来您对我恩重如山，如今数万人未能将贺胜桥守住，兵败如此之惨，我也没脸再回去了，请大帅将我就地正法吧！"

看着自己得力的猛将浑身是血，叩头谢罪，吴佩孚禁不住潸然泪下，长叹一声："起来吧！这不怪你，是天要绝我的贺胜桥啊！"

此时，一发炮弹落在了花车附近，花车为之一震，情况十分危急。陈嘉谟、董政国都劝吴佩孚赶紧撤离。说话间，又有一发炮弹打在花车的前部，车头上的帅字旗也被炸断，折了下来。吴佩孚这才如梦初醒，急忙下令开车夺路而逃。

上午十点，革命军完全占领了贺胜桥，打开了通往武汉的最后一道大门。

除第四军第十二师和叶挺独立团因伤亡过重，暂留贺胜桥休整补充外，陈铭枢的第十师沿铁路继续向前追击。当晚，范汉杰的第二十九团进抵武昌城外的洪山，主力进抵李家桥。第七军夏威一路占领金牛，相机进攻鄂城，从右翼包围武汉。胡宗铎一路继续前进，占领岳公山、和尚桥一带。第一军刘峙部进至五里界、文家。

在革命军的紧追不舍之下，吴佩孚率溃军一部分渡江北去，一部分退入武昌城中。

第四十一章

重伤员许继慎

  北伐军在五昼夜之间连克两桥，攻下一城——咸宁城，直逼武昌城下。
  战斗平息下来的贺胜桥镇，由于第四军第十二师在这里暂时休整，呈现出前所未有的欢乐和忙碌情景。人们忙着打扫战场、捣毁战壕、安葬牺牲的战士、赶扎担架、往战地医院运送伤兵、烹煮慰问革命军的好菜好饭……湾子里、街道上、祠堂内、车站上、晒谷场上，凡是宽敞一些的地方，全是前来帮忙的农协会员和革命军。特别是农民担架队，简直忙翻了，他们抬着受伤的革命军官兵一趟趟来回穿梭，能运走的就运到长沙去治疗，不能运走的立刻就地做手术。
  第四军救护队驻扎在一位老财主的院子里，三进四合的院子里摆满了担架，伤员们有的头上缠着纱布，只露出一双眼睛；有的胳膊被炮弹炸断了，耷拉着空空的半只衣袖；有的腿受了伤，露出白惨惨的骨头。还有的全身都被白被单盖着，估计已经没有了气息。
  这时，又从外面抬进来一副担架，抬担架的不是农协会员，而是几个士兵。他们像一阵风一般进来，被硝烟熏黑的脸上，眼睛都是红肿的，似乎刚刚哭过。那副担架上的伤员，被一床白被单从头蒙到脚，人一动不动，应该是伤势特别严重，处于昏迷状态。
  几个士兵身后，还跟着一个年轻的军官。
  担架放下后，军官立刻跑向了东厢房的医护办公室。不一会儿，一个身穿白大褂的女看护和军官一起走过来。
  女看护俯下身子，掀起白被单看了看，又伸手把了一下重伤员的脉搏，安慰着军官道："子华，他还有救。"
  李子华声音十分激动，像个孩子一般无助地看着女看护："心舟，你不知道许营长多顽强，从负伤到战斗结束，他坚决不下火线，一直坚持指挥战斗。"
  杜心舟点点头，她望着担架，眼里闪着难过和崇敬的光："我知道，他很累，虚弱到了极点。"
  听到杜心舟的话，几个士兵也围拢过来，脸上满是担忧之色。其中一个士兵蹲下去抚摸着担架，不安地问："医官，许营长……他不要紧吧？"

杜心舟努力做出一个微笑："不要紧的，我相信你们营长顽强的生命力。"

李子华也蹲下身子，小心地把担架上的被单盖好，对杜心舟说："我们回去了。许营长就交给你了，一定要他活着啊！营长要是有个三长两短，我回去怎么向全营弟兄们交代呀！"

这时候，陶云晏走了过来，他俯身掀起被单看了看，对李子华说："子华，我们一定会把他照顾好的。手术马上就进行。许营长伤成这个样子，不光是你们心疼，我们也心疼。叶挺团长特地派人来询问，有什么事尽快向他报告。放心吧！"

杜心舟浅笑着望着李子华，那眼神分明在说："夫君，不相信我，你也该相信表哥吧？"

李子华明白杜心舟的眼神，这才如释重负，他向陶云晏立正敬礼："陶队，许营长就拜托你们了！"

李子华带着士兵们匆匆走了。因为独立团要抓紧休整，补充人员，以便跟上大部队攻打武昌。

担架里的许继慎，依然处于昏迷之中。他仿佛还在战场上，那颗子弹射进身体后，疼痛只是一瞬间，接着是脑子眩晕和浑身发麻，他只是让勤务兵简单包扎了一下，用一支步枪撑住身体，咬紧牙关继续指挥战斗。眩晕中，那些震天动地的爆炸声和勤务兵要把他抬下火线的央求声，都是嗡嗡的，好像从一个空空的大水缸里发出来的。

"不要管我！赶快射击，赶快射击啊！"

他倔强地拄着步枪带领大家往前冲，可是刚用力迈了几步，两条腿就像断了一样，趔趄一下，重重地摔倒了。

勤务兵看见，急忙蹲下身要背起他。

"别，我能起来，我能走……"许继慎虚弱地说着，从地上抓起步枪，试图重新站起来。可是，他一动弹，胸口的血就汩汩地往外流，身上的军装都快被血染遍了。

他只好苦笑，用最后的力气对勤务兵说："你快去杀敌，多一个人，就多一份力量……"

勤务兵哭了，在许继慎的督促下，他端起步枪流着泪冲了上去。

就在这时，前方传来欢呼声："胜利了！我们打下了贺胜桥！！"

这一次，他听见了，并且听清楚了。战士们欢呼，他也跟着兴奋、激动，也想喊出来："我们胜利了！"

可是，他翕动着嘴唇，却发不出一点声音。长时间靠毅力支撑的身体，疲乏、虚弱、疼痛，猛烈地、爆炸似的向他袭来。他像一个被山石砸伤的攀登者，在坚持了一段漫长的爬坡之后，再也撑不住了，一个失脚，跌进了万丈深渊……

第二营第四连连长卢德铭兴奋地跑来向许继慎报告："营长，我们胜利了！通往武昌的最后一道大门打开了！"

可是许继慎没有回答。卢德铭走上前俯身一看，才发现营长已经昏死过去了。

贺胜桥战后，叶挺含着热泪向上报告："此次战役重伤营长一员。"他对许继慎的勇敢和毅力倍加称赞，叮嘱救护队，要尽最大的努力挽救许继慎的生命。

昏睡。还是昏睡。

从被抬上担架到进入救护队的病房，许继慎一直处于昏迷之中。他只是感觉非常闷热，闷得透不过气来。好像被人紧紧捂住了鼻子和嘴巴，关在一个密闭的铁炉子里用大火来烤。他感到窒息，血液沸腾，嘴里发干发苦，觉得浑身滚烫……

这是太上老君的炼丹炉吗？如果是，那我就是孙悟空了，这是要炼出我的火眼金睛吧！可我不想当孙悟空，我只想好好活着在战场上杀敌。我的弟兄们有很多都倒下了，子弹穿透了他们的身体，其中有一颗子弹是特地赏给我的，让我体会受伤的痛苦。真的很痛苦很难受，我没有力气站起来了。

轰……轰……

敌人的炮弹又落了下来，血肉飞溅，烟雾弥漫，我不能这样躺着啊，我必须踏过弟兄们的尸体，指挥大家继续冲锋！

站起来，站起来！实在站不起来，就爬起来，不能退，绝对不能退！我们一定能拿下贺胜桥！就像去年第二次东征一样，只要勇敢不怕死，就能打胜仗！

我的枪呢？枪在哪儿？恍恍惚惚中，他在地上摸自己的手枪，终于找到了。他兴奋地挥舞着手里的枪，浑身再次神奇地充满力量，竟然猛地站了起来！

当许继慎再次苏醒过来的时候，耳边响起一个女性轻柔而欢喜的声音，接着是一阵忙碌的脚步声，似乎有好多人朝自己这边围拢过来。但他看不清楚，好像隔着一层浓雾。早晨起雾了吗？好像没有啊，即使起雾了，怎么一天都不散呢！兴许是自己太累了，眼花了。他想揉揉眼，手却不能动弹，仿佛被什么东西绑得死死的。

手不能动，他就使劲儿眨巴眼，渐渐地，他看清楚了，围在身边的有五六个人，男女都有，有的穿着军装，有的穿着白大褂，都亲切而兴奋地看着自己。

"好样的，许营长！"一个带着浓重广东口音的男军医说话了，他显得很兴奋，对身边一个女护士说,"给他擦擦脸上的汗。"

女护士立刻拿起一块湿毛巾,轻轻地温柔地在他的脸上擦拭着,那股沁凉带着女性常用的花露水的味道,使他的大脑渐渐清醒起来。

"再来杯水。"男军医又发话了。

女护士立刻拿过一个盛满了凉白开的玻璃杯,送到他的唇边。他一口气把满满一杯水全喝了下去,顿时觉得就像有一股清泉,顺着口腔蜿蜒而下,流过喉咙和胃部,潺潺的凉凉的,把身体内的大火给浇灭了。

可他还是头疼,晕眩得很厉害,感觉身体轻飘飘的,上下眼皮仿佛粘了桃胶,黏糊糊地要合拢在一起,他不由自主地闭上了眼睛。

"让他好好睡一会儿吧……"

许继慎迷迷糊糊地听见男军医说了一句话,然后,就什么都不晓得了。

等他醒来的时候,发现自己躺在手术台上,身上盖着一块白布。两张八仙桌拼成的手术台上方,用绳子吊着的一盏大汽灯,发出白色的光芒,把堂屋照得亮亮堂堂的。

此刻的他,已经明白自己伤势的严重性,但他的心底十分安静祥和,与激烈的战斗相比,手术的疼痛根本不算什么。作为职业军人,受伤挂彩或者牺牲,是分内之事,是光荣与自豪的事情。他只想快点养好伤,早些返回部队。那些亲如兄弟的士兵、那种艰苦而充满胜利欢乐的战斗生活,给了他战胜一切痛苦和创伤的力量。

一股酒精和消毒水的气味充满了房间,陶云晏和护士们正在隔壁套间里做手术前的准备。许继慎可以听到他们的低语和轻轻走动的脚步声。

不一会儿,杜心舟进来了,她穿着白大褂,戴着大口罩,只露出一双好看的眼睛和白皙的额头。许继慎对杜心舟笑笑,他已经知道了,这个漂亮的女护士,就是第五连连长的妻子,一个从武汉翻山越岭南下投奔革命军的勇敢女人。

"今天没有不舒服吧?如果哪儿不舒服,就告诉我。"杜心舟柔声地说。

"我很好,快点动手吧!"许继慎心急地说着,想把头抬起来,却被杜心舟轻轻按住。

"许营长,做手术可不能打冲锋。你这个手术不一般,把胸部都打穿了,还能硬撑两个小时,陶队长都是第一次碰到。"

杜心舟一边说着话,一边给许继慎量体温,她看看体温计,又摸摸他的胳膊,然后就要离开。

"喂!小杜,我的手术不做了?"许继慎挣扎着又把头抬了起来。

"做呀！陶队马上就来。"杜心舟转回身，给他盖好床单，她的眼里有一丝担心，却强颜微笑。

许继慎觉察到了，就问："怎么啦，小杜，我的手术不好做吗？"

"不是，是清创时会很痛的，可麻醉药已经不多了。"没等许继慎再搭腔，杜心舟已经走进了隔壁房间。

又过了一会儿，陶云晏和几个护士都进来了。

陶云晏穿着浅蓝色的手术衣，戴着手术帽，消过毒的两只手平举着。他的身后跟着以杜心舟为首的三个女护士，她们手里端着装有手术器械的白瓷盘，在自己的位置上站好。

陶云晏站在手术台前，望着许继慎，亲切地问："许营长，你还有什么要求吗？"

许继慎似乎已经想好了，开口就说："我不要麻醉，把麻醉药留给更需要的弟兄吧！"

陶云晏连连摇头："这个要求不能答应，虽然麻醉药不多，但你的伤口紧靠着心脏，不麻醉你承受不住！"

许继慎有些不服，继续说："可以先试试。"

陶云晏丝毫不为所动。作为外科军医，职业的需要使他异常冷静和理智，为了病人的安全，同时还需要有一定的自信和固执。

手术开始了。

站在许继慎头部位置的女护士，展开一块白布要蒙住许继慎的脸。许继慎望着陶云晏直摇头。陶云晏笑笑，示意护士把白布拿开。

杜心舟和另一个女护士帮许继慎侧起上身，麻醉药从颈椎注射进去了。

可是，十分钟之后，麻醉药似乎没有起很大作用，或许是许继慎太坚强，他一直清醒着。清醒就会痛，非常痛。

陶云晏惊讶地瞪大眼睛，这样的重伤员，他是第一次遇上。

看到陶云晏不知所措的样子，许继慎反而轻松了，冲他点头，意思是，开始吧！

房间里很静，只有急促的喘息声、刀剪交换时金属的碰撞声、汽灯发出的呼呼声，一切都在紧张而有序地进行着。在手术室里，作为医嘱绝对执行者的护士，主刀医生一个眼神、一个手势，护士必须立刻心领神会，准确及时地达到要求。

在这一场生与死、血与肉的搏斗中，陶云晏和杜心舟她们，体现出了医护之间高度的默契，这也是提高病人康复质量的重要基础。

许继慎身上的伤口，已经和纱布粘连在一起。当陶云晏用镊子揭开那一块块渗透了鲜血的纱布时，就像连肉带皮全揭下来一样。许继慎的脸色变得蜡黄，豆大的汗珠在他的脸上滚动，剧烈的疼痛，就像一把尖刀刺进了胸膛，像一把钢钻呈螺旋状往身体里拧动。

"许营长，受不住你就喊出来，喊出来就好了。"陶云晏望着身体由于剧痛而不停颤抖的许继慎，关切地说。

许继慎紧咬牙关，从牙缝迸出几个字："不用，我忍得住……"

杜心舟心疼地看着这位坚强的营长，轻声地问："都说歌声可以减轻疼痛，喜欢听歌吗？"

许继慎立刻眼里放出光彩，他望着杜心舟，吃力地说："嗯，喜欢……会唱安徽民歌吗？"

杜心舟点头："会一点。不过我唱得不好，可能没有你老家的韵味。"

"没关系，唱吧。"

杜心舟略一思索，就轻声唱起来，她唱的是《采红菱》。

在杜心舟婉转清澈的歌声中，许继慎渐渐昏睡过去。陶云晏加快了清创的速度，他的手术服前心后背都湿透了，脸上的汗水不停地往下淌，一个护士拿手帕帮着擦拭。

手术结束。一切正常，一切完美。

几个男护士过来，小心地抬起许继慎放进担架里，送进病房。几天以后，许继慎被安排去上海进行后续治疗和休养。

第四十二章

陶云舒升级做母亲

经过两天的忙乱，老财主的院子里开始安静下来，绝大部分伤员经过处置后都分散转移走了，少部分轻伤员就地在贺胜桥镇休养。

救护队的全体成员几乎要累瘫了。队长陶云晏热伤风头疼流涕，警卫排长大老黄熬夜熬得两眼红肿，小萍在厨房烧火时被干柴烫伤了胳膊，杜心舟在手术室里站得脚后跟疼，韦革命在病房值班打针换药累到手抖。

没办法，伤员太多，而且必须及时处置，以防伤口感染。

这是他们的天职，是他们的神圣使命。无论是医生还是护士，他们在学习阶段就已经宣过誓，一生都要牢记希波克拉底誓言和南丁格尔誓言。

杜心舟把陶云舒接到了救护队，并且单独为她安排了一间房。

当陶云舒被同伴用担架抬来的时候，杜心舟才发现表姐病得这么重。整个人都脱了形，原来雪白的圆脸变成了蜡黄的瓜子脸，锁骨特别突出，简直是瘦骨嶙峋。但她精神状态还不错，表情依然娇俏而洒脱，那双不大却妩媚的眼睛里，依然闪烁着独立女性自信和自由的光芒。

"心舟，给你添麻烦了。我的身体，怎么这一回就不听我的话啦！"陶云舒躺在散发着来苏水味道的床上，郁闷地嘟着嘴。

"表姐呀，是你太不爱惜自己的身体了，所以，它要制造点麻烦，好让你重视它。"

杜心舟仔细问了陶云舒的病情，腹泻好多了，就是呕吐止不住，早上空肚子干呕，吃过饭还是吐，直吐得一向健康的她浑身没有一点力气。

杜心舟心里思忖着，把打来的热水倒进脸盆，又把一条毛巾浸湿，为陶云舒擦脸，那个关爱和轻柔，就像一个小母亲。

陶云舒享受着这份关照，她的眼角有些湿润，幽幽地问："心舟，你也算半个医生了，我这到底是什么病呀？"

杜心舟没有正面回答，岔开话题说："小萍正在给你熬鸡汤，快好了。你还不知道吧，贺胜桥镇的鸡汤可是大名鼎鼎的哟！"

"是吗？我还真的不晓得。"

"那就听我跟你讲啊。这贺胜桥镇由于地处鄂南山区，气候温和，本地饲养的土鸡肉质丰满，皮薄肉嫩，油脂也多，据说味道非常鲜美，营养价值很高。最适宜老人、儿童、孕妇和病后滋补，有壮阳、补血、利脾、健身之功效。"

"可是，这么好的东西，我喝了就都吐了呀！"陶云舒遗憾地摇着头。

"吐了就再喝，慢慢地就不吐了。你现在需要补，必须把身体补起来。"

说话间，小萍用一个条盘端着砂锅进来了。砂锅里的鸡汤还在沸腾，香气扑鼻，上面一层黄油十分诱人。

小萍扶陶云舒坐起来，在她背后垫上一个枕头。杜心舟把鸡汤舀进一个白瓷碗里，一勺勺地喂她："趁热乎，喝吧。"

"真香啊！果然色黄、味醇、汤鲜、肉嫩……"陶云舒贪婪地喝着，赞不绝口。

喝过鸡汤，杜心舟和小萍又照顾陶云舒躺好。"表姐先眯一会儿，老中医午后就过来，估计再抓几服药，就全好了！"

陶云舒平躺着，一副幸福安适的样子。

就在杜心舟准备离开的当儿，陶云舒却突然坐起来，两手捂着胃部："不行，我想吐。"

说时迟那时快，还没等小萍拿过痰桶，陶云舒就吐了，胃里翻江倒海一般，哇哇地把喝过的鸡汤全吐了出来，那个难受的样子，惹人又爱又怜。

杜心舟收拾着地面，对小萍使个眼色。不一会儿，陶云晏来了。

陶云晏对这个一向任性骄蛮的妹妹，有些敬而远之，既欣赏妹妹的政治才干，又担忧妹妹一意孤行的做事风格。所以，查看妹妹的病情后，他皱起了眉头。

"你这不完全是疟疾，而是有别的问题。"

在哥哥面前，陶云舒很自然地流露出小女孩的纯真和无知："二哥呀，你别吓唬我。我一向都很健康，怎么会有别的什么问题啦？"

陶云晏把近视镜往上推推，脸上依旧严肃："我是外科医生，妇科方面的病说不好。这里医疗条件有限，如果在广州或长沙，可以做个化验的。"

陶云舒一听就急了，对陶云晏大发脾气："二哥，我看你是给伤员开刀走火入魔了吧？我怎么可能得妇科病呢，羞死人啦！"

陶云晏苦笑着，竟然转身走了，来到屋外，对杜心舟低声说："去请那个老中医来，要让他说实话。"

午后，老中医来了。

那是一个七十多岁的老人，满头银发，眉毛胡子也都花白了，但脸膛仍是紫红色的，且没有一点老年斑，整个人神采奕奕，脚下生风。他仔细为陶云舒把脉后，又问了饮食、月事、排泄等问题，目光投向杜心舟，说道："姑娘，借一步说话。"

由于杜心舟事先与老中医做了沟通，所以这一次老中医实话实说，承认陶云舒是喜脉，早晨和上午的呕吐，是正常的妊娠反应。而且，第一次号脉他就知道了，为了保全胎儿，他开的药都比较保守。

老中医的话，证实了杜心舟的判断，顿时心里像打翻了五味瓶，酸甜苦辣咸都有。但，还是甜蜜占了上风，表姐有了爱情的结晶，这可是值得祝贺的事情啊！

然而，当杜心舟把喜讯告诉陶云舒时，没想到陶云舒竟然大哭起来："该生小孩儿的是你杜心舟，而不是我。我怎么会生小孩儿呢？有个小孩子还不把我烦死？北伐还没有成功，武汉还没有打下来，我凭什么生小孩子，我想都没有想过啦！"

杜心舟哭笑不得，劝又劝不住，只好再次把陶云晏搬来。

对于小妹的撒泼无理，陶云晏早就见怪不怪了，他劝都不劝，直截了当地告诉她，根据她目前的身体状况，这个孩子必须要，如果打胎，就是不想活了。

"早知现在，何必当初？"陶云晏撂下这句话，照例一甩袖子，走了。

陶云舒挨了骂，却不哭不闹了，只是有气无力地叹了一口气，躺在床上呼呼而睡。

到了晚上，杜心舟值完班过来看陶云舒。陶云舒已经睡醒，倚在床头看书，看见杜心舟进来，脸上还漾出一丝神秘兮兮的笑。

杜心舟仔细看着她的表情，觉得好像哪里不对劲。

过了一会儿，小静来了，手里拎着一个印花布包，大概走路有些急，一张粉脸上沁出细密的汗珠："陶团长，取来了。"

"嗯，小静辛苦了，放在桌子上吧，去把炉子弄好。"杜心舟见状故意说，"药就让小萍去煎吧。表姐来到我这里，就不用麻烦小静了。"

"不！还是小静去煎药吧，再说前几天的药也是她煎的。"陶云舒赶紧阻拦。

陶云舒越固执，杜心舟越觉得有问题。她拿起桌上的那三服药，三两下把药包拆开，一样样仔细查看那些药材，发现了大剂量的藏红花、夹竹桃、桂枝，还有麝香。

这一次，杜心舟真的生气了，她指着那几味滑胎的药材，厉声地问道："你说！为什么要调包？孩子的事他知道吗？"

陶云舒被杜心舟的暴怒吓坏了，连连摇头："他不知道。"

"造孽呀！这是他的血脉，就是你不想活了，也要为他想想，为肚子里的孩子想想，还有姨妈，她也不会同意的。表姐呀，你就不要再惹姨妈生气了！"

"可是，我真的不能要这个孩子，我还有好些事情没有做啦！"陶云舒强词夺理。

"什么事情能比得过一个新生命？难道，有了孩子就不能做事情了吗？孩子能阻挡革命的成功吗？"

杜心舟气得咬牙切齿，她挥动起拳头，恨不得痛打陶云舒一顿。可是，当拳头举起落下去的时候，杜心舟却很不忍儿地变成了巴掌，而且转移了目标，巴掌从陶云舒头顶上掠过，重重地打在白墙上，"啪"的一下，发出很响的声音。

陶云舒从来没见过杜心舟发这么大的火，她挣扎着坐起来，扑上去抱住表妹："心舟，都是我不好，让我想一想，好好想一想……"

杜心舟看着自己立刻肿胀起来的右手掌，也呜咽起来："陶云舒啊，陶云舒！你真是身在福中不知福呀！"

第四十三章

杜心舟接受新任务

鄂南的夜晚，月淡风清。蛙鸣、鱼跃、桂花飘香、菱角上市，一切都是那么和谐美好，那么生机焕发。

这天上午，救护队的工作基本告一段落了。杜心舟和韦革命整理好内务，好好地洗了头、洗了澡，准备跟着司务长去村里买些藕粉，结果刚走出去不远，就被陶云晏派的勤务兵叫了回来。

"杜看护，陶队长喊你有事。"勤务兵两眼看着杜心舟，举手敬礼。

"就喊我一个？"杜心舟疑惑地问。

"对，就是你一个。"勤务兵一个向后转，站着不动，等着杜心舟反身跟上来。

"好吧！"杜心舟对韦革命抱歉地笑笑，"小韦，你再去找个伴儿吧！"说罢，跟在勤务兵后面大步而去。

来到救护队队长办公室，陶云晏正在用肥皂水清洗眼镜，那双没有镜片遮挡的近视眼，看上去有些浮肿。

"陶队，找我有事吗？"杜心舟立正敬礼后问道。

看见杜心舟进来，陶云晏急忙把眼镜从脸盆里捞出来，擦干净戴上，说道："心舟啊，大部队已经开到你家门口了，想不想家呢？"

杜心舟这几天还真的想家了。她突然特别想念父亲杜大江和母亲，还有公爹李少煊和婆婆，分别半年多了，他们还好吗？尽管她知道，打下武昌城是早晚的事，自己会很快与他们见面的，不就是咫尺之隔吗？她还反问自己为什么要激动不安，难道真的是到了家门口的缘故吗？

于是，杜心舟不假思索地回答："想啊！好想家，想吃张妈做的莲藕炖排骨，还有老爸在长江上晾好的腊鱼，那才是原汁原味的长江味道啦！"

陶云晏点点头，目光透过深度近视镜立刻有了神采："你马上就可以回家了。"

"为什么？又要攻城了吗？"杜心舟一头雾水，大感不解地望着这位从来不开玩笑的二表哥。

"武昌城是一块硬骨头，如果能像汀泗桥、贺胜桥一样速战速决拿下最好。指挥部的意思是，如果强攻不下，那就有点儿麻烦，就要做长期打算。所以，组织上决定派你回去，利用你的家庭背景，配合城内的党组织和工会，对敌军展开瓦解、策反工作。"

原来是这样！

杜心舟松了一口气，但很快皱起眉头，说道："我没有做过策反工作，心里没底。还是让我继续留在救护队吧。"

陶云晏用鼓励的目光盯着她，严肃地说："这是总指挥部的命令，必须执行！"

杜心舟听罢神色一凛，咬着嘴唇低下了头。陶云晏继续鼓励道："心舟，不用担心。作为一名共产党员，事事都要冲锋在前。回到你的家乡做工作，天时地利人和皆备，你一定能行！"

杜心舟把头抬了起来，望着自己的这位入党介绍人，片刻的犹豫立刻变成了坚毅决绝，她立正敬礼答道："是！我接受任务！"

"好！回去做一下准备，下午，陈可钰将军要见你。"

"是，队长！"杜心舟敬礼后出去了。

杜心舟曾经与陈可钰将军见过一面，那是在战地救护队结业汇报会上，她壮着胆子提出要去叶挺独立团参观，竟然被批准了。从那时起，杜心舟就对这个善打硬仗、恶仗又体恤下属的将军充满了敬意和好感。

尽管有心理准备，然而，当跨进国民革命军第十二师师部大门的时候，她心里还是像揣了一头小鹿乱撞乱跳。

"报告陈军长，战地救护队队员杜心舟奉命来到！"

"小杜同志，来，坐下说话。"将军带着浓重的广东清远口音开了腔。

由于还有一些工作要安排部署，陈可钰没有随着四军挺进武昌，而是暂时留在贺胜桥镇第十二师师部。将军的热情和平易近人，使杜心舟消除了紧张心理，她恭顺地落了座。

陈可钰和她聊起家常，详细询问了她的家庭成员和社会关系，特别是父亲杜大江和公爹李少煊的情况。听完杜心舟的介绍，他满意地点点头，并讲了此次任务的重要性和紧迫性。

"现在，随着大部队接近武昌，武昌城里的工人弟兄正在全力支援我们，北洋军有许多反感吴佩孚的官兵，也正在酝酿倒戈，只要你能联系到他们，把他们团结起来，就会孤立刘玉春，从内部瓦解对手，我们就可以里应外合拿下武昌！"

杜心舟认真地听着，频频点头。末了，她问："就我一个人回去吗？"

陈可钰笑了，亲切地看着她，说道："可以带几个随行，看你的需要。"

杜心舟急忙说:"我还有一个弟弟和一个干妹妹,我想把他们带回去当助手。"

"可以。"陈可钰立即同意,并站起身来,"具体事项,你可以和总指挥部的军情人员联系。"

杜心舟也立即起身敬礼:"是!我保证完成任务!"

杜心舟目光坚毅,貌似娇柔的身体里,仿佛蕴含着无穷的力量。

战地救护队所驻扎的老财主的院子里,杜心舟和韦革命住的东厢房,门口的竹帘此刻高高卷起,杜心舟正在搞卫生。

韦革命端着一盆煮熟的菱角走来,进屋放在八仙桌上,说道:"心舟,这是为你们两口子准备的宵夜。"

"小韦啊,每次都把你赶走,你不但不记恨我,还送花送好吃的。我也不知道哪辈子积了德了!"杜心舟拿起一枚菱角,贪婪地闻着它散发的清香,语气中充满了感激之情。

"呸!我才不是为了你呢!我是为了我未来的干儿子,心舟,你要加油再加油啊!"

听着韦革命的调侃,杜心舟热乎的心头掺杂着惭愧,她抬起头想阻止韦革命继续说下去,却看见一双泪汪汪的眼睛。

韦革命语调轻松,神情却黯然,眼角还有泪痕,杜心舟故作惊讶:"小韦,你这是怎么啦?"

韦革命揩了一下眼角,努力绽出笑颜,故意扭头看看窗外:"哟!天马上就要黑了,我去找一盏风灯来,你好给他照个路。"

说罢,韦革命转身跑了出去。

其实杜心舟心里很明白韦革命的伤感。战争年代,战友们的每一次分别,都可能是踏上征程再也无法回首,天人永隔。她和丈夫李子华也是这样啊,每一次相见,都仿佛是最后一次,令人倍加珍惜,难舍难分。

屋子里已经一尘不染,一张雕花大竹床上铺着凉席,挂着罗纱的帐幔,床下摆放着两双竹编的凉拖鞋。

入夜了。水乡的夜晚,一点也不寂寞,水光、竹影、蛙鸣,还有草丛里纺织娘长一声短一声的低吟,陪伴着春闺帐里人。

大门口,杜心舟举着一盏风灯,静静地等待李子华的到来。

远远地,有一阵"嘚嘚"的马蹄声传来,那是坚硬的马蹄敲在石板路上的声音,在夜幕中越来越近,越来越清晰。杜心舟看见一匹棕色的战马疾驰而来,马背上端坐着一个年轻的军官,只见他一只手拉着马缰绳,一只手握着马鞭,在驰骋中身体随着马背而微微俯仰着,更显得英武潇洒。

那个军官,正是她深爱的丈夫李子华。杜心舟激动地迎了上去。

李子华跳下马,只见他中等身材,五官英俊,哔叽呢军装,打着皮绑腿,头戴大檐军帽,腿上是长筒马靴,腰间扎着武装带,配着精致的小手枪,好帅好威风!

"报告五连长,大老黄前来迎接!"已经是救护队警卫排排长的大老黄迎了上去,接过李子华手里的缰绳。

"黄叔叔,辛苦了,马就交给您照料了。"

在私下场合,李子华和杜心舟一样,对待大老黄像一家人,常常以"叔叔"来称呼他。

"大侄子放心吧,明天早起,保管让它跑起来特精神!"

大老黄也用家人的称呼回应着,把战马牵到马棚里添草喂料去了。

杜心舟扑过去,伸出双手捧住丈夫的脸,狂热地亲吻着那眉毛、那眼睛、那嘴唇。李子华回吻着,两个人相拥着回到屋子里。

他又瘦了,也更黑了,他的瘦是那种坚毅的清癯的瘦削,他的黑是战场上硝烟熏过的黧黑。但他鼻梁依然高挺,嘴唇依然方正,呼吸依然苗壮而有力。她愿意就这样一直把他的脸捧着,能不放就不放!

是的,与以前相比,他更威猛阳刚了。在杜心舟眼里和心里,李子华就是十全十美的好丈夫,是中华男儿的典范,他诠释了中华男儿的所有优点!

她敞开了自己的身和心,来拥抱他,来承接他。那是肥沃的松软的大地,到了耕种季节,需要阳光雨露,需要农夫的犁铧,需要播下种子发芽长叶开花结果。

她需要一个孩子!

从来没有像今晚一样虔诚开放,像今晚一样奋不顾身勇往直前,她在心里默默祈祷,祈求老天留住他,留住他的根脉,留住李家的香火传承。

没来由地,她的耳畔再次响起那首歌谣:

大皮靴,咔咔响,
骑着大马当团长。
今天花轿娶新娘,
明天提头上战场。

宽大的竹床上，细滑的凉席已经被两个人的汗水浸透，变成了湿漉漉的水席。杜心舟起身用干毛巾把凉席擦了一遍，两人重新躺下，头挨着头。杜心舟像一只小猫蜷缩在丈夫怀里，李子华轻轻抚摩着妻子的后背，痴迷地闻着妻子的发香。

已经是下半夜了，有微风从纱窗外飘进来，清清爽爽的，小夫妻就在这清凉中不知不觉睡着了。

当悠长清脆的起床号把两个人惊醒的时候，新一天的太阳已经升得很高了。小夫妻迅速起床，作为军人，军号声仿佛已经嵌进了灵魂里，只要听见，不管是起床号、集合号，还是冲锋号，精神都会为之一振，迅速进入要求的状态。

就要走了，大门前，李子华那充满爱抚的目光，在杜心舟身上停留复停留不忍挪开。而杜心舟，尽管经历了千拥万抱，却依然像一个热恋中的少女一般，渴望爱人的胸怀，拉着他的手不肯松开。

大老黄牵着战马过来了。

李子华一咬牙，最后用力握一下爱妻的手，然后飞身跨上战马，对杜心舟行了一个军礼："娘子多保重！我们武昌家里见！"

"夫君也多保重，我们家里见！"

李子华打马转身，杜心舟眼泪哗哗而下，对着李子华的背影高喊："子华，我等你，和孩子一起等你！"

"心舟！你要相信自己！"李子华在马上回应她。

杜心舟轻抚着自己的小腹，心里突然产生一种异样的感觉。"子华，我会有的，会有的……"

明明知道他听不见，马和马上的人已经跑远了，但她依然喊着，又哭又笑："孩子啊，你该来了，该来了呀！"

第四十四章

回归富家小姐

就要离开部队了,从接到命令到出发,只有短短两天时间。

已经从独立团特别大队特务队调到三营担任排长的杜心龙,接到要他回武汉做秘密工作的任务,心里一百个不情愿。不是他不想家,而是他好不容易摆脱了孩子头的位置,成为正规营的排长,一心一意要在战斗中冲锋陷阵,杀敌立功,哪里甘心回到家里,重新被大爹和管家他们当作小孩子看待。

不乐意也得走,这是军令,军令如山。

而且,他没有忘记临行前大爹杜大江的嘱托,是为了保护姐姐杜心舟的安全才派他去广州的。

"心龙,你记住,你姐姐的命就是你的命。"

是啊!如果没有当初大爹救命,两岁的时候,他就和爹妈一起在那场风暴中死在长江里了,哪里还能活到十六岁?他已经赚了。现今只是陪着姐姐一起回家,身边还多了一个未婚妻徐小萍,已经够美滋滋的啦!

杜心龙只提出一个要求,那就是,出发前他要穿着军装和小萍订婚,还要举行订婚仪式。

杜心舟欣然同意,并和韦革命一起迅速操办起来。

订婚仪式就在救护队驻扎的老财主院子里进行。证婚人是杜心舟、陶云晏。长辈是杜心舟、李子华。摄影师当然是马萧马副官,主持仪式的是大老黄。

杜心舟连夜让镇子里的银匠打制了一对银镯子,又在一个大嫂家买了一对颇有土家族风格的绣花枕套作为礼物,送给了小萍。

小萍没有父母和亲人,韦革命代表小萍娘家人回礼,送给杜心舟和李子华夫妇一对铜铸的麒麟。

杜心龙则送给小萍一枚用炮弹皮做的戒指。小萍也从衣袋里拿出一个物件,那是她亲手缝制的一个荷包,杜心龙属鼠,她就绣了一只活灵活现的小老鼠抱着一个大苹果在啃。

杜心龙和徐小萍,都穿着崭新的军装。此时的小萍,早已不是几个月前躲在包厢铺位下瑟瑟发抖的脏女孩儿了,如今的她,发育完好,亭亭玉立,鼓鼓的胸部把军上衣顶出两个尖尖的小山包,齐耳短发长成了两个齐肩的刷子辫,辫梢上扎着鲜艳的红绸带,映着那张瓜子脸清秀而姣好,少女像美丽的花儿一般绽放。

而那杜心龙,身材虽然还是胖墩墩的,但板正结实,站在那里就像一座小铁塔。大檐军帽下一张鼓鼓的圆脸红扑扑的,透着耿直和率真,言谈举止干练从容,显示出革命军中一个十六岁排长的豪迈气概。

两个新人一个端着酒杯,一个提着酒壶,一桌桌挨着敬酒,接受大家的祝福。

这场宴席,是杜心舟和李子华用自己的军饷置办的,简单而热闹,了却了杜心龙的心愿。接下来,弟弟就要和自己一起秘密回武汉了,在即将到来的地下工作中,他能成为好助手吗?

摘下大檐军帽,解开绑腿,脱下草鞋,褪去铁灰色的军装,老财主厢房里的穿衣镜里,出现了一个身材窈窕、雪肤花貌的年轻女子,她娇笑着,有些羞涩地看着自己只穿了抹胸和裤头的身体。

"小萍,快把衣服拿来!"

"来了!来了!"一个穿着花洋布短袄、藏蓝裤子,扎一条短而粗大辫子的少女应声而来,"姐姐,以前的衣服都留在广州了,只有这一件。"

徐小萍怀里抱着一个绸布包裹走过来,递给杜心舟。打开一看,是那件银鼠皮的斗篷,这是当年杜心舟和李子华的定亲礼物,是李子华亲手给她披上的。那高调的亮白和富贵之气,曾经惊艳了多少翩翩公子,令多少女孩羡慕和嫉妒啊!从军之后,特别是出师北伐以来,一路行军打仗,她扔掉了许多奢侈品,唯独这件斗篷,她一直带在身边,想念丈夫的时候,就拿出来抱在怀里亲一亲。

"大热天,我穿这个斗篷还不被人当作疯子?不是还有旗袍吗?谭叔叔送的那两件。"杜心舟不高兴地提醒小萍。

"哦,我忘了,马上找。"

小萍不好意思地吐了一下舌头,手脚麻利地在一个藤箱里翻找,不一会儿,她从一个包装精美的纸盒子里,拿出了两件旗袍。

这两件旗袍,一件是真丝的,一件是香云纱的,色彩均素净淡雅,花纹也很简约。20世纪20年代的中国还没那么开放,女郎要笑不露齿,委婉含蓄,表现在服装方面,则为短袄套裙、改良的旗袍、西式的呢子大衣、皮草大衣及绒线背心。暑热天气,女衫最多露出一尺的玉臂,女裤也只能吊高一尺有余,如果良家妇女敢内穿一件粉红洋纱背心,外罩一件有眼的纱衫,肌肉几乎尽露,便是穿妖服,等同于妓女，要遭到舆论谴责的。

当时革命军驻扎在株洲，大老黄捎来这些衣服的时候，杜心舟只是扫了一眼，就放在了一边，她以为自己永远穿不着这些衣服了，没想到，这么快，旗袍就派上了用场。

这两件旗袍，杜心舟都试穿了一下，都很合身。她选了那件藕荷色底子，有散落的浅粉色花朵的真丝旗袍。韦革命早已为她搞来了假发，依然是垂到腰间的褐色卷发，同时还搞来了缀着蕾丝花朵的宽檐草帽，这样一穿一戴，半年前那个富家大小姐又回来了！

杜心龙也换上了便装，一身白绉纱，短褂子，宽腿短裤，圆脑袋上戴着一顶鸭舌帽，也叫瓦盖帽，明明是胖墩墩的习武身形，却偏偏戴上一副滴溜儿圆的金丝眼镜，这是民国初期男子最时髦的配饰。不过，这些东西集中在杜心龙身上，不伦不类中显得很生动，映衬出一个富家少年的玩世不恭，以及带着点匪气的嬉皮。那样子分明在说："谁敢看本少爷不顺眼，除非你皮肉痒痒了！"

可是，杜心舟还是觉得少点什么，她在大镜子前反复打量自己，少了点什么呢？她摸摸耳垂，蓦地明白了。当初那一对翡翠耳环，在到达广州和小萍结拜姐妹时，作为礼物送给小萍了。算了，没有就没有吧！回到家里父亲自然会再给她定制一副的。

这时候，小萍走了过来，两手捧着一个火柴盒："姐姐，这个给你！"

杜心舟看着那个皱巴巴还用红丝线捆扎了好几圈的火柴盒，疑惑不解。

小萍三两下把红丝线解开，打开盒子，原来，里面安然躺着那对翡翠耳环！

"姐姐，戴上吧！只有姐姐才配得上这个！"

杜心舟非常吃惊，连忙说："这是姐姐送给你的。你继续留着吧，将来婚礼上戴。"

"不，姐姐，我一直珍藏着，就想着有朝一日还给你，现在时候到了。"小萍取出耳环，捧在手心送到杜心舟面前。

杜心舟很是感动，她现在真的很需要与自己身份相匹配的首饰，于是接了过来，对着镜子戴好。

"回到武汉，姐姐专门为你定做一副。"杜心舟感叹小萍洁白无瑕的人品，当初在火车上捡到她，真的是捡对了。

换下来的军装，其实只有两套，还有两件白衬衣。军装是粗布面料的，新的时候特别硬，简直能把皮肤划伤。旧了又变得软趴趴的，穿起来不成型。可是她爱它们,真想把它们带走,珍藏在家里,但不能,她只能把它们留在这里,让韦革命来保管。

"心舟,没关系,打下武昌城,我把军装还给你。"韦革命安慰她,把军装收进自己的皮箱里。

这时候,小萍又从皮箱里拿出一样东西,是那把左轮手枪。

杜心舟接过手枪,摩挲着那小巧精致的枪身,然后平伸右臂,做出瞄准射击的姿势。

"心舟,你举枪射击的样子飒极了,果然是女英雄!"韦革命痴迷地看着杜心舟,禁不住赞叹。

"自从到了广州,这把枪就再也没用过。看来,它是在等着我回家再派上用场吧?"杜心舟神色严肃起来。毕竟,地下工作神秘复杂,变化莫测,防身或主动出击,都需要有武器在身。

"小韦,我们武昌见!"

"心舟,武昌见!"

她们都坚信能够再见面,一定能够再相见的。

陶云舒头上戴着一顶大斗笠,被小静搀扶着,来给杜心舟送别。

陶云舒带领的慰问团已经完成任务。一部分团员回广州,一部分自愿留下跟着部队去武昌,而陶云舒自己,由于身体尚未康复,要留在贺胜桥镇安胎,疗养一段时间。

尽管脸色还很苍白,但她精神状态好多了,眼睛明亮,气度从容,是那种把事情想开之后的安之若素。

杜心舟发现了陶云舒,急忙出去迎接。

陶云舒以前所未有的热情向杜心舟伸出双臂,杜心舟也急忙张开胳膊,这一对表姐妹紧紧拥抱在一起:"表姐,我在武昌等你!"

"好!我们武昌城里见!如果身体允许,我会一直跟着你们,一路向北,打到北洋政府的总统府里去!"陶云舒攥着拳头,激扬地说着,仿佛还是在广州一德路天主教堂门口演讲的那个娇俏少女。

"很快就会好的!因为我的表姐,是慈爱的妈妈和勇敢的战士呀!"杜心舟羡慕地看一眼陶云舒的肚子,虽然那肚子还是一片小平原。

与以前相比,两个人的神情都很凝重,经历了几个月战火的洗礼,她们已经不是广州初见时梦想单纯的女文青了。

第四十五章
夜话革命经历

坐上马拉的轿车，从贺胜桥镇到咸宁，二十多公里的路，半天就到了。

在咸宁，再换上组织上早已准备好的一辆汽车，杜心舟三人向汉口方向疾驰而去。

一路上，几乎全是向武汉挺进的革命军队伍，在简易的公路上绵延数里，浩浩荡荡，人喊马嘶，烟尘滚滚。大革命的暴风雨震荡着江汉大地，北伐军英勇善战锐不可当的气势，通过将士们抖擞的精神、矫健的步伐充分展现出来。杜心舟等三个人，从车窗里望着这样的浩大场面，心中充满了胜利的骄傲和压抑不住的兴奋。

从咸宁到汉口，也就是一百公里路程，杜心舟等三个人在兴奋的心情中不知不觉抵达。到了白沙洲，前面是北洋军的地盘。汽车不能再往前开了，不过杜心舟也不太担心，反正已经到了家门口，轻车熟路的，况且，她还有随身携带的"尚方宝剑"。

与司机道过别，三个人在大路边稍作休息，等来一辆骡车，他们坐上就往江边赶去。

这二十多公里的路程，杜心舟和杜心龙的回头率超高，姐弟俩那种富家小姐和少爷的气势，令路边哨卡里的北洋兵唯唯诺诺，纷纷挥手放行。

一路通畅，他们来到了长江边。只觉得江风习习，天高水阔。

因为湖北督理公署宣布武昌城晚间戒严，并默许部分武昌居民撤离到汉口，所以，杜心舟一路上看到很多人，背着大小包裹，拖儿带女，均是神色仓皇，渡轮上也是人满为患，都赶着撤到汉口去。

江边公济码头，杜心舟手搭凉棚向远处张望，只见箱笼行李竟然占据了大半个码头，上面都贴有很阔的封条，负责运送行李的军人都佩着枪。一看就是官府和军界的大佬们趁机放家属过去的，这正是"只准州官放火，不许百姓点灯"。

杜心舟带领杜心龙和小萍来到渡口。排队准备乘船过江的人熙熙攘攘，盘查非常严格。执勤的北洋兵板着一张苦瓜脸，用戒备的目光看着陆续过来的人们，携带的行李必须打开，一样样仔细检查。

轮到杜心舟了，她莲步轻移，只见她身穿真丝旗袍，脚蹬白色半高跟皮鞋，齐腰的卷发波浪翻滚，一股高级香水味随着脚步弥散开来。

北洋兵翻来覆去看着杜心舟递过去的证件，鼻子抽动着，无法抵御那近身的玫瑰花香："你就是杜心舟？"

杜心舟妩媚地一笑，用纤手轻轻撩起额前的一缕头发，翕动红唇："老总啊，我就是杜心舟，受湖北水运商会指派，去广州英国领事馆商谈江海联运事宜并负责接货。如今货物已在运往江西的路上，我先回汉口向父亲交差，还请老总放行哦。"

北洋兵眨巴着眼睛，努力保持着镇定，问道："你父亲是谁？"

"我父亲是汉口三江水运公司老板杜大江，也是吴大帅的朋友。我们和外国人做生意，也是为了吴大帅能够守住武汉，湖北能长治久安啊。您可看好了，上面有帅座的御章哟。"

北洋兵脸上立刻现出尊崇之色："杜小姐，我相信你的身份是真实的。不过，当前北党（北洋军对国民革命军的称呼）兵临城下，派了很多探子混进来，你先留步，等我们长官来。"

"好吧！"杜心舟扑闪着一双水汪汪的眼睛，柔媚极了："老总啊，我们是生意人，时间就是金钱，您抬抬手让我们过去吧，城里的刘将军还等着这批货呢！"

说话间，从旁边一间房子里走出来一个营长模样的军官，杜心舟再次呈上证件，并示意杜心龙打开藤箱，里面除了几件换洗的衣服和化妆品，还有两罐藕粉。藕粉上面，是一堆沉甸甸明晃晃的银元。

"袁大头！"值勤的北洋军和营长禁不住惊叫一声。他们的视线全被白花花的银元吸引住了，眼睛里闪烁着贪婪的光芒。

杜心舟双手捧起那些银元递了过去："小意思啦，长官拿去买些茶喝吧，这么热的天在外执勤，好辛苦哟！"

北洋军营长不由自主地接了过去，哪里还顾得上检查皮箱里别的东西，挥手放行。

走过栈桥，踏上渡轮甲板，杜心舟的心里一下子踏实好多。她长吁一口气，倚着渡轮的栏杆，迎着江风，痴迷地看着滔滔奔流的长江水。

"长江，我的母亲河，我出生长大的地方啊，我做梦都在你的水上行船。"杜心舟喃喃低语着。

过江后，杜心舟来到电话局给家里打电话，这是她南下之后第一次给家里打电话，由于激动，握着电话听筒的手有些颤抖，声音也变得高亢尖锐："阿爸，姆妈！"

电话是杜妈妈接的，她在那头大声喝问："你是哪个？么子事？"

杜心舟鼻子有些发酸，赶紧用方言说："姆妈，是我，我是你的女儿心舟哟！"

电话那头的杜妈妈突然抽泣起来："你是心舟？你还活着？"

"我是心舟，我还活着，我和心龙就在火车站，你让老刘开车来接我们吧！"

电话那头的母亲似乎还是没有反应过来，或者不敢相信，继续追问："你真的是我女儿心舟哟？在哪个火车站？"

杜心舟哭笑不得，急得大叫："姆妈！还能是哪个火车站？大智门火车站。快点过来吧，热死了！"

听到熟悉的撒娇话语，杜妈妈这才相信是自己的女儿，连忙说："你们在那里等着哟，我叫老刘马上过去，很溜耍！"

此时，已经是下午四点多钟，尽管已经立秋，但天气还是非常炎热，偏西的日头仿佛一个大火球，大地像蒸笼一样，柏油马路上的风裹挟着一波波的热浪扑面而来，呛得人喘不过气。

杜心舟不停地摇着手里的一把绢扇，旗袍后背已经被汗水打湿，而杜心龙早已把金丝边眼镜摘了下来，并且把鸭舌帽当扇子来回呼扇着。唯有那徐小萍仿佛与热绝缘，脸不红气不喘站在树荫下，好奇地东张西望。

杜心舟离家时是2月初，是武汉湿冷的时候；如今返回来，已经是8月末了，竟然觉得这么热。她纳闷身为武汉人，是不是自己不习惯了？

终于，他们看到自家的那辆老式黑色福特轿车缓缓"爬"了过来，杜心龙兴奋地朝着轿车挥手："刘叔叔，这边来！"

轿车停在路边，司机老刘打开车门走出来，恭敬地招呼杜心舟他们："小姐、少爷，快上车吧！"

三个人上了车。照例是杜心舟坐在前面的副驾驶座，杜心龙和小萍坐在后排。由于汽车里开着风扇，他们一下子就觉得凉快多了。

汽车驶过熟悉的码头，停在一座三层西班牙式的花园洋房前，老刘按了两声喇叭。杜心舟下了车，激动地敲着那扇缠枝大铁门。

"谁呀？"大门里面一声发问，是管家蔡老六的声音。

"蔡叔叔，是我！"杜心舟大声回答。

大门很快打开了，蔡老六激动地说道："果然是小姐和少爷回来啦！外面热，快点进屋去！"然后朝小楼里面喊道："老板！夫人！小姐和少爷回来了！"

洋房一楼的客厅依然是老样子。透过明亮的落地窗，可以看见宽阔的江面冷冷清清，只有老式的驳船在缓慢航行，却不见机动船驶过。

客厅里的接待区域，壁炉上放着一架有六个风叶的老式电扇，旋转时发出很响的"呼啦呼啦"的声音，虽然有点吵，却送过来阵阵凉风，令燥热立刻消失。

此时的杜心舟，已经换上一件家常的阴丹士林布旗袍，朴素恬静的鸭蛋青色，衬着她经历过硝烟战火后有些消瘦却依然白皙柔和的脸。

保姆张嫂及时地送上加了冰的酸梅汤。

那杜心龙一进门，就脱了鞋四仰八叉地倒在宽大的皮沙发上，嘴里连连喊着："痛快哟！家里真好啰！"

而对这个家完全陌生的徐小萍，凭着直觉和信任死守着杜心舟。几个月来的经验告诉她，只要跟在姐姐身后，就不会出岔子。所以，任凭沙发上的杜心龙又是勾手又是吆喝让她过去，她就是在杜心舟左右不离开。当然，姐姐喝酸梅汤，也少不了她的。

杜心舟一口气把一杯酸梅汤喝了个底朝天，猛抬头，发现父亲不知何时已经站在了她的面前。

"阿爸！"杜心舟激动地喊一声，想起南下路上的种种危机，如果不是父亲让她有备而去，她根本不可能活着到广州。一想起这些，她对父亲充满了感恩。

"唔。"杜大江爱理不理地应一声。他阴沉着一张脸，一双大眼睛眯缝着，用眼角斜视着杜心舟，那眼神里有轻视、质问、不解和恼怒。

"阿爸，您这是怎么啦？"杜心舟发觉了父亲的异样，她不安地问道。

"伢子，我问你，革命军就要攻打武汉三镇了，你不在救护队，跑回家做啥子么？还把心龙也领回来？给我说清楚哟！"

直脾气的杜大江心里窝不住事，一急就成了粗喉大嗓，把手里的水烟袋在壁炉上敲得咔咔响。

杜妈妈自打看见女儿就泪眼汪汪，这时候听到丈夫质问，觉得言重了，就责怪道："我说你这个人，兵荒马乱的，孩子能活着回来就谢天谢地了，你说话这么狠，干么事哟！你没看见两个孩子都瘦了吗？"

那杜大江是水路上的好汉，平时最讨厌双方交战时临阵逃脱的胆小鬼，此刻见妻子糊里糊涂只晓得护崽，就把一肚子闷气全撒到妻子头上："住嘴！你个老娘们儿懂个屁！就知道胖了瘦了，怀上孩子没？心舟、心龙是去参加北伐军做大事的，我不能眼看着自己的伢子没出息……"

杜心舟扑哧一下乐了，这才明白过来，敢情老爸不知道她回家的目的，以为她当了逃兵。

于是，杜心舟开始讲述自己的故事。

她从晚饭前一直讲到晚饭后，都快半夜了，一家人还在客厅里。杜大江和杜妈妈入神地听着，杜大江频频点头，脸色随着女儿的经历时而开心，时而愤怒，时而慈祥。而杜妈妈却一会儿哭一会儿笑，不管是哭和笑，眼圈总是红红的，泪水就没断过。

最后，杜心舟讲到回武汉的任务。

"现在，革命军大部队正在向武汉三镇挺进，汉口和汉阳不成问题。当下最要紧的是武昌城，那里有刘玉春在坐镇指挥，他又是吴佩孚的铁杆将军，死忠愚忠的老顽固。武昌能够顺利打下来还好，如果强攻不下，就有些麻烦，就需要我们去做策反工作。北洋军有许多反感吴佩孚的官兵，只要我们能把他们团结起来，就会孤立刘玉春，里应外合拿下武昌城！"

杜心舟讲这番话的时候，腰杆笔直，表情严肃，语句简明，态度果决，还配合着有力的手势，那种军人的气势和威严，把杜大江惊得一愣一愣的。

"我伢子真的变了，这趟去广州是去对了！"杜大江双目炯炯，他为当初支持女儿南下而欣慰。

杜妈妈却把探寻的目光转移到了小萍身上，从小萍一进门，杜妈妈就是这种眼光，但女儿不解释，她也不好问。现在，终于有了机会。

"心舟，这个姑娘是谁呀？长得真俊！"

一旁的杜心龙早就想炫耀了，此刻张口就要说出来。杜心舟却对他使个眼色，故意卖个关子："姆妈，您猜猜看哦！"

杜妈妈再次把小萍从头打量到脚，然后摇摇头："哟，你们军队里的人，我可不好猜。"

杜心舟觉得妈妈眼神还是挺厉害的，她点点头，骄傲地说道："姆妈，您猜对了，她不仅是军队里的人，还是您的侄儿媳妇！"随即，她把一直安静地坐在自己身边的小萍拉起来，带到父母面前："阿爸、姆妈，她叫徐小萍，湖南人，是心龙的未婚妻。"然后对小萍道："小萍，快喊大爹、大妈！"

"大爹、大妈好！小萍拜见二位长辈！"

小萍很有礼貌地对着杜大江和杜妈妈深鞠一躬，然后，又敬了一个标准的军礼。

杜大江一双大眼眯成了一条缝，用手里的水烟杆敲着杜心龙的肩膀："行啊！臭小子，竟然能拐个媳妇回来，你爹妈九泉之下也安心了。"

杜心龙得意地吐着舌头，对杜大江扮了个鬼脸。

杜妈妈亲昵地一把把小萍揽了过来，拉着她的手笑得合不拢嘴："我说嘛，怎么一进门就觉得这个娃子脸熟，瞧瞧这张小脸水嫩的，和我没出阁时一样样的哟。"

杜大江瞟一眼妻子，心里欢喜，嘴上却故意挑气："老婆，你这是王婆卖瓜——自卖自夸，就好像我嫌你现在不水嫩啰。"

"杜大江，我根本没有那个意思，你别血口喷人，想去找个小的，这也不是理由！"果然，杜妈妈毫不客气地怼了过去。

眼看着老两口就要打嘴仗，杜心舟连忙说："姆妈，小萍住在哪儿？您给她安排安排吧。"

杜妈妈这才不理杜大江，转身喊保姆："张嫂！张嫂！"

张嫂应声而来，对杜妈妈恭顺地弯一下腰。

"张嫂，你去把三楼左手的房间整理一下，给小萍姑娘住。"

"好的哟！"张嫂答应着上楼去了。

杜妈妈对着张嫂的背影又喊："把那个新买的亚麻凉席铺上！"说罢，瞪了丈夫一眼："你个芍货，还不赶紧瞌睡去！明天不是还有一批货船来吗？"说罢，也上楼去了。

客厅里，杜心龙倚在沙发上已经呼呼大睡，杜心舟让小萍打开皮箱，拿出里面的那两罐藕粉。杜心舟打开其中一个铁罐，把最上层的藕粉倒进一个碗里，露出一个油纸包，解开纸包，一把小巧闪亮的左轮手枪呈现在杜大江面前。

"阿爸，这把枪只用过一次，您给我的十发子弹还有七发。"杜心舟从一个刺绣荷包里，倒出那七发亮晶晶的子弹。

"七发子弹太少了，回头老爸再给你找一些。做地下工作，明枪好躲，暗箭难防，你一个女娃子，随时要记得防身！"

杜大江从女儿手里接过手枪，做出瞄准的姿势。那结实板正的身躯，虽不十分高大，却威风凛凛。那是一个慈父呵护女儿的样子。

第四十六章

顶头上司是公爹

与商业气息较重的汉口相比，武昌就显得清静多了。

在汉口喧嚣繁荣中长大的杜心舟，每次过江去武昌，心里都有一种年代穿越的感觉。

自从三年前，在母校私立汉口圣若瑟女子中学认识了前来联欢的学生领袖李子华，杜心舟就对武昌有了深深的牵挂。"蒹葭苍苍，白露为霜。所谓伊人，在水一方……"只不过，她心中的伊人是一个青年才俊，在大江的那一边，令她朝思暮想，茶饭无味。

有很长一段时间，对杜心舟来说，去武昌，就意味着去投奔爱情，投奔幸福，投奔一个女孩子美好的归属！

当杜心舟再次登上渡轮去往武昌的时候，她早已不是思春的少女和羞涩的少妇了，她是一名战士，是北伐革命军中的一员，她的血管里流动的是勇者的血液，发出的是"我以我血浇灌革命之花"的悲壮誓言。尽管辽阔楚天和浩荡江水让她心头荡漾起许多浪漫诗情，但严酷的现实使她不得不收敛思绪，以机敏警惕的目光看待周围的一切。

武昌城的防守比汉口严密数倍，一派大战在即的紧张气象。江边五步一岗，三步一哨。城门口更是戒备森严，卫兵不问清你的来龙去脉，不把你随身带的东西翻个底朝天，是不会放行的。

还好，杜心舟带的都是生活用品，除了自己的换洗衣服，就是父亲杜大江给亲家公捎的雪茄和洋酒，还有姆妈亲手做的蜂蜜芥末丸子、九黄饼和糍粑，司机老刘提着这些东西，一步不落地跟在身后。

进到城里，只见街道上早已关门闭户，路断人稀，街上到处都是兵丁。只见几辆卡车载着许多疲惫残疾的士兵呼啸而过，大约是由前线退转来的。还有一些士兵用板车推着沙包向大东门而去。城门洞里堆满了沙包，机关枪已经架了起来，有几个穿长衫的人经过门洞，皆是神色仓皇，匆匆急行。杜心舟也紧张起来，加快了步伐……

穿过厚实坚固的城门来到候补街，通往夫家的小巷，麻石铺就的地面光滑凉润。在第三条巷子里的第二个门前，杜心舟停下脚步，这里便是李家宅院，一座古色古香带着天井的两进院落。

站在两扇紧闭的紫檀色的木门前，杜心舟轻轻叩响门环。

须臾，随着"吱呀"一声，木门打开一扇，一个文雅慈祥的中年妇女站在门后，看见杜心舟，顿时惊喜非常："心舟！你回来了？"

杜心舟也是欢喜不已："回来了！姆妈，我好想您！"

"你爸前天就把电话打到学校了，你公爹高兴坏了，叫我赶紧收拾屋子，给你准备好吃的！"

婆婆笑谈中，把另一扇门也打开，招呼着："快进来，快进来，走了这么久，姆妈是日里夜里都挂念哟！"

杜心舟和老刘迈步进门，婆婆又赶紧去接老刘手里的礼物，说道："亲家母真是的，每次都这么客气。"

"姆妈，您每次去汉口不是也带着大包小包嘛！你们这一代人呀，就是认老礼儿，讲礼数。"杜心舟嗔怪中带着被两个家庭宠爱的幸福感。

"这是祖辈传下来的规矩哟，没有礼尚往来怎么能算亲戚啰！"婆婆忙乎着又是端点心又是沏茶。

老刘因为以前经常送杜心舟过来，老习惯，喝过一碗凉白开就走了，家里只剩下婆媳两个。杜心舟环顾一下堂屋，问道："阿爸呢？没在家？"

"快开学了，你阿爸前几天就开始去学校忙了，当个教务主任，拿钱不多，还最操心，整天乐颠颠的。"

与那些丈夫事业有成的中年妻子一样，婆婆埋怨的口气里带着掩饰不住的褒奖。

杜心舟会意地微笑着，颔首点头。婆婆与汉口的母亲不同，婆婆上过私塾，跟着公爹留过洋，加上长期置身于文化教育环境里，说起话来温和婉转，哪怕是对谁有意见责怪谁，也不会像母亲一样直来直去，开口就怼。

然而，唠嗑中，婆婆的眼光却和母亲一样，常常有意无意地掠过杜心舟的肚子，这让她有些惊慌，内心涌起一波波内疚与不安。

但婆婆什么也没说，什么也没问，去厨房为儿媳调了一碗桂花莲子羹，杜心舟美美地用小勺舀着吃了，然后去了后院自己的卧房。

卧房已经打扫过了，床单蚊帐都是新换的，散发出肥皂和阳光的味道，木地板也擦得锃亮。梨花木的大床、八仙桌、太师椅、梳妆台、洗脸架……每一样物件都是那么熟悉亲切，墙上挂着他们的新婚合影，尽管是黑白照，但深色的西装、雪白的纱裙，衬着两张青春纯净的面孔，比几十年后流行的彩色照片，更显得庄重、典雅，意境悠远。

一进门，杜心舟就甩掉脚下的高跟鞋，一头扎到大床上打起滚来。房是婚房，床是婚床，他们在这里度过了许多甜蜜的日子。新婚夜晚的手足无措，头挨头一起读书的会心一笑，做爱前戏时的打情骂俏，穿衣镜前，丈夫帮她梳头描眉的拙笨可笑……刹那间仿佛电影镜头一般一帧帧回放起来。就在这甜蜜的回忆中，杜心舟睡着了，睡得那么香甜，那么安稳。

惊醒她的，是外面传来的喧闹声。

"嘟嘟嘟……铛铛铛……"

"戒严啰！都回家啰！回家就平安啰！"

"天黑了！回家了！关好房门，不要让北党钻空子哟！"

原来，天已经黑了，她竟然从午后一觉睡到了晚上！

杜心舟翻身坐起来，透过菱花格的窗户往外看，昏黄的路灯下，巷子里空荡荡、静悄悄，已经不见行人。要是搁在以往，这样酷热的晚上，老百姓早就把竹床搬到街上，睡在露天里，大人们抽着水烟、喝着茶、摇着蒲扇、大摆龙门阵，小孩儿们跳皮筋、扔沙包、抓羊拐，尖声叫着、闹着，玩得不亦乐乎。

戒严的哨子再次吹响："嘟……嘟……"

巡街的铜锣也跟着敲了起来："铛……铛……"

她起身走到院子里，看到前院的厅堂里有电灯亮起，继续往前走，忽然听见婆婆的声音："总算回来了！我还担心戒严把你戒到外面呢！"

"会议提前结束了，没办法，走得晚了，那些大兵拿枪托直戳你的后腰啰！"那是公爹沉稳的声音。

"这戒严令搞得人心惶惶的，吴大帅都跑回洛阳了，这个刘玉春逞么个事强？"

"那个老刘，就是个木头脑袋，吴大帅对他有恩，就死忠哟！"

李少煊的书房，红木的书桌上，亮着一盏竹篾编成的造型古雅的台灯，柔和的光线映着桌子上的文房四宝，泛出悠远的光泽。藤椅里，端坐着公爹李少煊，杜心舟则坐在书桌对面，神情谦恭，宛如一个小学生。

此时的李少煊已经脱下长衫，换上宽松的丝绸对襟唐装，手里摇着一把蒲扇，深沉的目光透过金丝边眼镜，望着杜心舟。

李少煊是武昌共产党支部成员。早在英国留学时，他就阅读英文版的进步书刊，并研究各派社会主义学说和俄国革命的基本情况，回国后加入了共产党。他长期做教育工作，职业固定，隐蔽性比较强，所以组织上命令他没有特殊任务，不要公开政治身份。

杜心舟回来的消息，李少煊已经知道了。作为地下党领导，隶属于中共湖北省委，同时又是公共团体红十字救济会理事，他是杜心舟所在组织中的上级，又是她即将开展隐蔽工作的领路人。

尽管是翁媳关系，但杜心舟还是按照组织上的程序，递上了国民革命军总政治部的介绍信。

"心舟，你的任务很艰巨啊！"仔细看过介绍信，李少煊缓缓开了口。

"阿爸，我不知道该怎么做。是不是要把枪法好好练练啊？"杜心舟忧心忡忡，眼里满是迷惑。

李少煊微微一笑，不紧不慢地说："枪法是要练的，但这不是主要的。你要做的是以三江水运公司大小姐的身份和红十字救济会襄理的名头，在城里抛头露面，去和相关的人周旋。"

"和他们周旋？我们的任务不是要分化、瓦解、除掉那些顽固分子吗？"杜心舟想起临行时军部长官的话。

"对付工作对象的手法有好多种。孩子，我们不是暗杀队。"李少煊摇动手里的蒲扇，耐心地做着解释。

"清末的时候，民间活跃着好多暗杀队，队员都是从事地下活动的义士，以暗杀、联络会党等方式反抗清政府。首义成功特别是国共合作之后，随着形势的变化，隐蔽工作开始注重于监视和打探情报，也执行策反、拉拢和思想渗透等特殊任务，通过交朋友和往来谈话做工作。要建立据点，建立关系，扩大团结的基础，同时也扩大了工作开展的可能。"

杜心舟频频点头，茅塞顿开。

居家的李少煊，是典型的民国初期知识分子的打扮：穿着对襟唐装、平底布鞋，戴着金丝边眼镜，留着当时知识分子流行的大平头。清癯、儒雅、秀气，外在的斯文与内在的风骨相融合，简直就是那一时期文人学者的标准形象。

对于杜心舟来说，李少煊既是公爹，更是一种文化高度。在这样的长辈面前，她只有不断学习，不断提高自己才能与之交流。

而李少煊，在文人的风骨中，更是糅进了信仰和时刻准备为信仰冲锋陷阵的坚毅与决绝。

"读过《孙子兵法》吗？"李少煊问杜心舟。

"只是泛泛地读过。"杜心舟如实回答。

"唔。那也应该有点印象。"李少煊满意地点点头。

"两千五百年前的《孙子兵法》讲到对间谍的使用时，是这样说的：'非圣智不能用间''非仁义不能使间'。而我们'用间'成功，恰恰是因为在'圣智'和'仁义'方面占有绝对优势。秘密战线的较量同样是人心的较量，就像面对北洋军，我们的胜负对决，其基本因素也正在于此……"

李少煊引经据典，循循善诱地讲着，杜心舟专注地听着，不知不觉，从书房里出来已是夜半时分。四周很暗很静，那是一种奇诡的安静。来武昌的路上就听说昙华林已经架了许多炮，双方开仗就在这几天。

杜心舟独坐在天井里，头上，是一方深邃的夜空，繁星闪烁；脚下，是一口幽暗的古井，井水清洌。井口，还有一架辘轳，那被无数次拽过的井绳，结实而光滑。自从嫁过来，她就特别喜欢这口井，喜欢用辘轳打水的感觉，尤其是刚从血雨腥风的战场上回来，她就想喝几口刚汲上来的井水，以慰乡愁。

于是，她把一个木桶挂在井绳末端的铁钩子上，然后摇动辘轳柄，慢慢往下放井绳。

"轰！咣！"

突然，一声炮响仿佛在头顶上炸裂开来，声音异常洪亮。杜心舟一惊，手一松，井绳便飞快地滑落下去，木桶碰到井壁上，发出沉闷的咣当声。

"心舟，你怎么啦？"公爹和婆婆闻声都跑了过来。

"没事，没事，一直没打水，手生了。"杜心舟不好意思地说。

"打水的事交给你姆妈来做，这两天你要休息好。"李少煊关切地说，并且告诉她，革命军第四军、第七军和第一军已经从三面逼近了武昌城，这应该是在试炮。

于是，三个人屏息静听，果然，还有一阵远远的枪声，如炒蚕豆一般。

"在贺胜桥休整的第十二师也应该出发了，特别是独立团，他们是不会错过这场大战的！"杜心舟兴奋地望着传来枪声的方向。

"子华就要打过来了？"婆婆也难捺心里的激动。

"是的。我们就要胜利了！阿爸、姆妈，明天，我让心龙和小萍过来吧？"

"好的。我担心北洋军封锁江面。越快越好！"李少煊说。

而在汉口那边，杜大江正为杜心龙愁得脑仁儿疼。

原来，那杜心龙顽劣的性情，一到家就暴露无遗。如果说以前凭着一身好武艺，看谁不顺眼就去修理谁，也不过小事一桩，杜家很轻易就给摆平了。然而，在经历了北伐路上的几次激烈战斗后，他已经习惯了看见北洋兵就举枪瞄准。就在杜心舟去武昌夫家的当天，他在街上闲逛，看到一个北洋兵强抢一个过江而来的老百姓的包裹，一气之下把那个北洋兵打了个半死，结果被抓了去。如果不是杜大江人脉广，闻讯后急忙去赎他，杜心龙就被枪毙了。

"幸亏你是杜老板家的少爷，如果是学生，谁来说情都没用，格杀勿论！"释放他的那个北洋兵营长对杜心龙悻悻地说。

这一次的有惊无险，着实把杜大江吓得不轻。革命军已经兵临城下，武汉三镇到处都是军队和军警，除了防御，就是搜查倾向北党的进步学生，城内到处风声鹤唳。就在头天晚上八点，火巷口当街斩决三名学生，首级分别悬挂在司门口、阅马场、鲇鱼套三个地方示众。第二天，阅马场又杀了七名学生，据说是从文华大学捉来的，罪状是因为他们平时很热心党务工作，有破坏守城军心之嫌疑，被杀者的人头就挂在电线杆子上。

接到杜心舟的电话，杜大江急令司机老刘备车，赶紧送杜心龙和小萍去武昌，并再三叮嘱路上看紧一些，只要把杜心龙安全送到武昌，回来立马赏一块大洋。

老式的福特轿车冒着黑烟竭力往江边赶。由于起了个大早，一路上还算通畅，可是从岸上到汉阳门一带，拖行李的车子和路人把路面挤得水泄不通。好不容易到了江边，却见轮渡码头上的人比他们从咸宁返回来时又多了数倍。岸边的行李堆积成山，基本上都是从武昌过来的人，扶老携幼，神色仓皇，那种只有战乱和饥荒时期才有的漂流感，令人心酸。

维持秩序的警察和士兵也是乌泱乌泱的。一个警察看见杜心龙他们三人，立刻喝道："转去！转去！没有船，民船、洋船都打差了！"

老刘连忙上前，对警察鞠了一躬："老总，不是还有渡轮吗？"

警察不耐烦地打量着他们："你们去那边干么事，没看到能逃的都逃出来了吗？已经开战了，赶着送死呦！"

一旁的杜心龙立刻皱起了眉头，大声说："我姐姐在武昌，她生病了，我要去探望她！"

"生病也不看个时辰，你这个姐姐也够丧的！"警察疲惫地叨咕着，连轴转地执勤把警察搞得都快崩溃了。

"你敢这么说我姐姐？"

眼看着杜心龙的倔脾气就要上来，老刘赶紧扯一下他的衣袖，另一只手顺势把一卷钞票塞了过去："老总哦，为了支援吴大帅，我们三江公司的船也去运兵了，看在我们老板的面子上，就让两个孩子过去吧！"

杜大江的名头和钞票还是很管用的，警察立刻振作起来，脸色由阴转晴，痛快地挥手放行。

下午三点左右，三个人总算上了渡轮。

由于南边连日暴雨，江水也在暴涨。过江去武昌的人不多，渡轮甲板上旅客稀稀落落的，倒也自在。杜心龙倚在栏杆上，又开始了他的战斗假想，他摆出冲锋的架势："就这样，对着岸上，打起来根本不费劲，抱住机关枪就把他们都突突了！"

小萍见状，上前一把掐住杜心龙的胳膊，就像当初杜心舟南下时一样，指甲深深地嵌进他的肉里。

"哎哟哟！老婆，你么事学来姐姐这一套？"杜心龙被掐得大呼小叫，乖乖地跟着小萍找个座位坐下来。

小萍这才问道："什么姐姐这一套？姐姐怎么啦？"

"以前姐姐怕我惹事，老是掐我，和你现在的动作一样样的！"杜心龙揉着被掐成淤青的胳膊，实话实说。

小萍骄傲地笑了，成为这个家庭的一员，仿佛是冥冥中的天意，就在那个时间，就在那个场合，不早，不晚，便遇上了。然后，互相陪伴直到现在，她的心里涌动着无限的感恩和感叹。

下船赶路，三个人大步流星。

第四十七章

武昌城头大帅旗

　　武昌全城戒严，每晚六时关城门，八时断绝交通，行李一概不准出城。他们要在六点之前赶到城里去。

　　从宾阳门进入武昌城里，也不过下午四点多钟，却见街上已关门闭户，走街的都是兵，车子倒是不少，车厢的铁桶里满载洋油，由士兵押着小心翼翼地往前走，据说是要押运到城边去，为抵御北党攻城，烧毁城外民房用的。

　　这样的势头，令三个人心里惴惴不安，老刘和小萍一左一右陪伴着杜心龙拐进了小巷。早已等候在院里的杜心舟，连忙开门让他们进来。

　　杜心龙进了门，直奔后院回廊里的水井而去，自己打来井水，咕咚咕咚喝了半桶，这才缓过劲来。

　　看着疲惫不堪的老刘，杜心舟很是愧疚。本来，大半年没见，她想让弟弟和父母在一起多待几天，也让小萍适应一下家里的生活，没料到杜心龙耐不住寂寞，竟然成了一头惹是生非的困兽。看来，没有部队的约束就是不行，好在革命军已经兵临城下并开始试攻。只要自己给他分派任务，有了工作，他就不会浑身长刺了。

　　婆婆非常喜欢小萍，特地把前院女儿李子敏的房间腾出来给小萍住。子敏是李子华的妹妹，在上海读大学，战事爆发暂时不能回汉，房子一直空着。

　　杜心龙住在后院的东厢房，紧邻着杜心舟的房间，这样，一旦有事，杜心舟好把控他。院子后面有一块空地，长着几棵杂树，种着一些家常菜蔬，还有一大片荒着，杜心龙就铲去地面上的野草，当作练武的场地。

　　"姐姐，快点想办法，我们打开城门，迎接弟兄们进城呀！"杜心龙焦急地催促杜心舟。

　　"弟弟呀，你以为我不想吗？武昌城有十个城门，我恨不得一下子把它们全打开，让革命军排着队、唱着歌走进来啊！"

　　杜心舟心里想，一定要赶紧安排好这个弟弟，不能让他再闯祸了。

　　接来杜心龙和小萍，杜心舟的心里踏实多了。她开始了解武昌城内北洋军的具体情况，为打进敌人内部做准备。

当然，从北洋官方报纸上是得不到真实消息的。那上面刊登的几乎都是"捷报"。杜心舟离开部队的时候，革命军早已占领了岳州、咸宁和蒲圻，但督署贴出的告示上说："我方军队现虽退出岳州，而鄂中险要，尚多可守……更幸吴大帅亲率六旅之众抵汉……"

真实的消息，是公爹李少煊从北伐军司令部得到的。

在接连失去汀泗桥、贺胜桥之后，吴佩孚坐着他豪华的专列退回武昌，立即召开紧急会议，任命湖北督理陈嘉谟为武汉警备总司令，刘玉春为武昌守城司令，委任刘佐龙为湖北省省长兼汉阳防守司令。众将领都向吴佩孚提出建议："武昌城不易防守。"建议退保汉口，与北伐军隔江对峙，以待援兵到来，再图恢复。吴佩孚听了很生气，说道："武昌是省府，你们在湖北这么多年，就应当为湖北守住省城。今天如果放弃武昌，就是放弃了整个儿湖北，这个万万使不得！"

众将官自知没有吴佩孚的胸襟和意气，也就不再提及弃城，只好拼死固守。

会议结束，吴佩孚渡江到了汉口，坐镇查家墩总司令部。

这些日子，武长路的火车总是不分昼夜鸣着汽笛运送军事物资，江岸的船只都已封禁，被征用，运兵赴前线去了。

在隆隆的炮声中，年过半百的吴佩孚忙个不停，他接连数次亲赴武汉三镇防线视察，一会儿渡江到武昌，一会儿又回到汉口，往返劳顿，调遣策应，事无巨细，亲力亲为，这是他一生中最忙碌的时刻，也将是他最后的戎马生涯。

整编后，吴佩孚手下还有约两万人马坚守孤城，如果没有外援，还是显得势单力孤。于是吴佩孚一再建议孙传芳出兵，但此时革命军已经开始对江西展开强烈攻势，孙传芳自身难保。而湖北鄂军张联升和卢金山等人皆因"顾其地盘，不肯出兵"。四川杨森的川军因为"受牵制而不能动"，北来驰援的北洋军各部因为"尽非亲信，不肯效力"，看似庞然大物的北洋军阀集团实际上早已处在分崩离析的边缘，吴佩孚一想起这些就心灰意冷。现在只有两路人马能让他看到希望：一路是正在增援路上的河南豫军第三师师长吴俊卿，另一路是他的嫡系、镇守武昌城敢打硬仗的猛将刘玉春。

出生于河北穷苦家庭的刘玉春，军旅生涯非常坎坷。他勇敢好战，在军事上逐渐显露头角，却在当上旅长后陷入人生最低谷。是吴佩孚看中他，使他实现了未酬的壮志，被任命为北洋第八师师长。后来，刘玉春参加了奉直晋联军围攻国民军冯玉祥的南口大战，战后被授予"玉威将军"，升陆军上将军衔。

身为武昌守城司令，刘玉春深知责任重大，他心里也知道武昌城防守不易，但感念吴佩孚的知遇之恩，明知不可为他也要为之。

这一天的晚上，戒严已经多时了，李家两扇紧闭的院门突然被轻轻叩响，李少烜走出堂屋凝神聆听，高度的警惕性使他没有立刻去开门。叩门声继续响着，并传出一个低沉的河南口音："李老师，是俺！"

李少烜刚把木门打开一条缝，来人就一个箭步闯了进来："老师，您还好吧？"

来人是一个青年男子，二十五六岁，穿一身粗布短衣短裤，个头敦实，圆脸，单眼皮，厚嘴唇，乍一看像个农夫，但利落的举止和犀利的目光，透着行伍之人的机敏与杀气。

"唐成，你怎么来啦？"李少烜看见青年男子，喜出望外。

"老师，两年不见，可把俺想坏了！"被叫作唐成的男子兴奋地说着，对着李少烜弯腰就是一躬。

"怎么，第三师来了？"

"来了。已经开到城外了，我跟着贺团长先进了城。"

两个人边走边说，在书房落座。

原来，唐成是武昌博文书院的学生。三年前的一个冬天，他突然剧烈腹痛，还伴随发热、恶心、呕吐等非特异症状，眼看着就快不省人事了。李少烜得知后，亲自把他送进医院做手术并垫付了医疗费用。这样的救命之恩，唐成一直牢记在心里，开始追随李少烜参与一些进步活动。毕业前夕，唐成加入了共产党，回到老家河南省淅川县，做了几个月教员之后，奉命投笔从戎，去北洋豫军第三师当兵吃粮，由于颇受一团团长贺对庭的赏识，不久他就被提拔当了团部的副官。

豫军第三师从河南省巩县开拔过来后，唐成奉组织之命，改穿便衣，顶着戒严来到李少烜家里，重新接上了关系。

唐成告诉李少烜，为了鼓舞士气，刘玉春准备为第三师举行入城仪式，然后召开由各界人士参加的通报会兼记者会。

李少烜点点头。这个消息，他已经从湖北省督署里的内线人员处知道了，但重新与唐成联络上，仍然让他欢喜振奋。

"北伐军攻城在即，死守是没出路的，这是大势所趋，我们要见机行事，策反第三师官兵掉转枪口。"李少烜娓娓而谈，唐成频频点头。朦胧的台灯下，是两张为了心中的信仰而不畏生死的面孔。

第二天一大早，武昌城里就响起了洋鼓洋号声，候补街的里长们更是挨家挨户敲门，要居民赶紧打扫各自门前，净水泼街，以此欢迎北边过来的增援部队。

当时的白话报纸《自由西报》是这样报道的："此时，时间已是9月初。秋意渐起，南北官道上，安徽四个旅的毅军和河南数个师的豫军正在急行军向武汉赶来，不舍昼夜。一路上铁骑滚滚，军旗猎猎，由吴大帅督阵的北洋联军视北党为粪土，必能守住武昌城，重振雄风！"

次日下午，守城司令部所在的武汉高师（即后来的武汉大学）附属中学大礼堂里，已经挤满了北洋官员、商人买办、各个公团领袖和报馆记者。李少煊以学界名人的身份，杜心舟以武汉红十字救济会襄理的名义如约来到。

通报会开始，在人们的掌声中，一群身穿笔挺将军制服、头戴冲天缨高顶军帽、提着指挥刀的将官走了进来，马靴和衣服相摩擦，发出一阵阵窸窸窣窣的声音。

站在那些将官中间的，便是"玉威将军"刘玉春。

只见他身材高大，体重足有一百多公斤，大圆脸，八字胡，两只暴突的大眼，狮子鼻，厚嘴唇，膀阔腰圆，站在那里就像一座黑铁塔，手里握着一柄指挥刀，不过那刀在他手里就像小孩子的玩具，显得轻飘飘的。

刹那间，人们都屏住了呼吸，用尊崇的目光望着刘玉春。他高大的身躯和金光闪闪的勋章绶带，散发出一种无上的威严和荣耀，那张久经战火的黑脸膛透着英勇与决绝，那是燕赵之地自古出义士的慷慨悲壮。人们不看别的，只消看见他这身材，这威武，这泰山压顶的气势，就吃下了定心丸。

然而，刘玉春不善言辞。当一位记者问他武昌城是否能守得住时，刘玉春用坚定的目光望着大家，厚厚的唇边带着微笑："守城是我的责任。我答应了'玉帅'，就要尽力而为。守住也得守，守不住也要守！只是诸位要跟着我受苦了！"

刘玉春双手抱拳，对着众人拱手。

这个举动，令人群里平添了悲壮之气。一个老先生抹着眼泪，高声喊道："武昌城地势险要、城墙高耸坚厚，上将军百战百胜，南口都能拿下，何谈区区一古城？只要上将军在此，武昌城必不会落入北党魔手！"

众人大声附和："对！只要刘将军在，武昌必胜！"

刘玉春颇受感动，向众人行了一个军礼："感谢诸位厚爱，诸位放心，我刘玉春一定能守住，哪怕剩下一兵一卒！"

掌声再次响起来。人们尊敬的目光迟迟不愿从刘玉春身上挪开。

为了不再为难不善辞令的刘玉春，记者把目光投向了陈嘉谟。

刚刚升为武汉警备总司令的陈嘉谟，就站在刘玉春的左侧，他自然明白众人的意思，立刻清清嗓子，侃侃而谈："诸位前来，一定想知道我们的实力和信心，嘉谟在这里告诉诸位，为了守住武汉，'玉帅'已经押上了全部的身家。'玉帅'驰骋疆场半辈子，在他几十年的军事生涯中，几经沉浮最后都是反败为胜，他不相信扳不回来这一局！诸位放心，这里不是渌田镇，不是平江，这里是长江天险，是固若金汤的武昌城，我们完全可以放手一搏，'玉帅'的人生信条中，根本就没有不战而逃这一项！"

大礼堂里又一次掌声四起。

一个西装男子趁机拍马屁，高喊："我们相信吴大帅，更相信敢打硬仗的猛将刘将军和陈将军！"

这一顿马屁，再次赢得全场掌声。

趁着大厅里高昂起来的氛围，陈嘉谟继续给大家打气："诸位还记得吗？今年年初'玉帅'攻下南口后来武汉，那是何等威风，他在船上横槊赋诗'才经塞北又江南，坐罢火车上火船'。如今，'玉帅'依然能够东山再起，重新坐车又坐船，率领百万貔貅，光复荆楚大好河山！"

大礼堂里一片欢呼："北洋万岁，大帅英明！"

通报会在虚拟出来的胜利气氛中进行着，轮到守城副司令吴俊卿讲话时，只有寥寥数语："鄙人奉大帅之命，从河南赶来协助刘司令防守武昌城，刘司令的必胜信心，也是鄙人的信心！"

通报会结束，刘玉春邀请众人登上城墙视察防守状况。就在拾级而上准备登上宾阳门城楼的时候，杜心舟看见了贺对庭身边的唐成，彼此会心一笑。

贺对庭也发现了杜心舟，他用探寻的目光望着唐成："这位小姐是谁呀？你们认识？"

唐成立刻上前一步，介绍道："报告团长，这位就是我恩师李少煊的儿媳杜心舟女士，汉口的富家千金。同时也是武汉红十字救济会的襄理，非常热心慈善事业，同情劳苦大众。"然后对杜心舟说："杜女士，这位就是我们的贺对庭贺团长。"

杜心舟嫣然一笑，大大方方向贺对庭伸出玉手。

贺对庭也急忙伸出右手，两人礼貌握手。

这天的杜心舟，穿了一袭锦缎的旗袍，腰身掐得恰到好处。素雅的色彩在她身上散发着白兰花般的气质，越发显得亭亭玉立、苗条柔媚。圆润的耳垂上是一对帝王绿的翡翠耳环，于优雅中散发出雍容华贵的气息，红润的唇边漾着一丝神秘性感的微笑。

贺对庭都看呆了:"杜女士,俺是第一次登上武昌城的城墙,您就做个向导吧!"

杜心舟又是嫣然一笑。"好呀!"于是,他们一起登上了宾阳门城楼。

杜心舟站在高高的城墙上,极目远眺,江汉大地一片水光天色,稻田荷塘尽现眼前。隐隐地,她似乎看见了革命军飘着红飘带的蓝色军旗,看见了队伍在不断往城下聚集,她的心已经飞向城外,铁灰色的队伍里,哪个是独立团,哪个是夫君李子华呢?

下卷

此生独行做你永远的娘子
浩气长存梦中唯一的夫君

围城四十天，攻与守，静与动，忠诚与耐力的博弈。

他和她，一个城外，一个城内，相互眺望、相互思量。

城外人的英魂已经化为红色的曼珠沙华，城内人的悲伤汇聚成奔涌的大江。当沉沉黑暗来临，她的坚贞与顽强像一朵绚烂的映山红，在历史的夜空，与信仰和鲜血一起迸发出一抹亮色！而长江，这条慈爱的母亲河，是她世世代代的家，她要做的，就是等待，再等待。等在自由的故乡种下的小树长大，那遍地的阴凉儿，便是留给后人的巨大福祉。

第四十八章

余家湾作战会议

第十二师和独立团就要开拔,准备追上大部队去攻打武昌城。

他们在贺胜桥镇只休整了三天,在完成伤员处置、兵力补充、人员调整工作后便紧急上路。因为9月2日,国民革命军在武昌余家湾车站召开会议,决定正式攻打武昌城,他们不想错过再立战功的机会。

为欢送英雄部队再上战场,贺胜桥镇的居民几乎全体出动。

工农商学聚集在镇主要街道上,农协会员高举着红底白犁的大旗,工人纠察队扛着铁锤、戴着红袖箍,小学生们敲着洋鼓吹着洋号,大爷大妈们挥舞着花花绿绿的旗子……在这欢乐激昂的气氛里,大家充满了对武昌一战必胜的信心。

鸡蛋、鹅蛋、大畈麻饼、赤壁鱼糕……乡亲们纷纷把家乡的好吃的往士兵的背包里塞。

救护队也要出发了。他们跟在大部队的后面,医疗设备、帐篷、灶具等装了满满的十来辆马车,可谓浩浩荡荡。

独立团走在队伍的最前面。这支将近两千人的队伍,士兵的年龄都是二十啷当岁,一个个黑瘦精悍,胸前挂满子弹袋,腰里挂着刺刀、铁水壶、搪瓷碗,背上背着一条军毯、一把小铁锹、一顶斗笠。经过短暂的休整后,他们军容齐整,步伐矫健有力,目光如电般注视着前方。

在简洁有力的《北伐革命军军歌》声中,第四军的将领们骑着高头大马过来了,他们是陈可钰、张发奎、黄琪翔、叶挺、蔡廷锴。他们身姿挺拔、踌躇满志,穿着合身的铁灰色军服,头戴大檐军帽,腰系皮带,皮带上一边挂着指挥刀,另一边佩着手枪,脸上带着温和的笑容,举起右手向夹道欢送的乡亲们敬礼。

独立团团长叶挺骑在他的白马上,显得格外英俊威武。他那笔直的军人身材,略显瘦削,一双大眼睛放射出职业军人特有的光芒。男女青年尤其是学生,狂热地望着他,追在他的身后跑,发出崇拜的欢呼声。

独立团二营五连,连长李子华挥动着双臂,大步流星地走在弟兄们的前面。他的脸上挂着自信的微笑,脑海里却浮现出杜心舟的面容。娘子已经提前进城了,深入虎穴与敌人斗智斗勇,她是他温柔的妻子,更是一位机智勇敢的女战士。他相信她，想念她，遐想着攻破武昌城后与她在家里欢聚的情景。

"心舟，娘子，你一定要不辱使命，好好活下来，我们的好日子才刚刚开始啊！"李子华在心里默默地祈祷着，步子迈得更大了。

早在救护队出发前，陶云舒已经和哥哥陶云晏磨叽多时，她要随救护队出发去武昌，这让陶云晏非常生气："你头天还答应心舟，要留在贺胜桥好好安胎，怎么像个孩子似的，说变卦就变卦啦？"

"那天答应杜心舟，是为了让她放心。可是人家在镇上待不住嘛！大部队都走了，你忍心我留在这里孤孤单单吗？"陶云舒嘟着开始红润起来的小嘴儿，对哥哥撒娇。

"你哪里孤单了？小静不是一直和你做伴吗？再说，这里已经是国民革命政府的地盘了，谁敢跟你大名鼎鼎的陶秘书作对？"陶云晏没好气地反驳她。

"二哥呀！我现在身体已经恢复了，就是想去武昌嘛，只要二哥你一句话，对上面说我的病已经好了，可以随军出发就行了。再说啦，说不定我真的能为攻城助一臂之力啦！"

陶云晏觉得又好气又好笑。面对这个反复无常的老幺妹，他无可奈何，反正什么时候她都有理，总是振振有词地逼着你答应她的要求，否则没完没了。他闹不明白，那个长官怎么就看上了她，还有了孩子。

"行啦！行啦！我这就给你出证明，只汇报病愈，不提肚子的事。"陶云晏擦擦额头上的汗，像甩包袱一样甩甩手，走了。

"谢谢二哥啦！"陶云舒对着陶云晏的后背扮了个鬼脸，然后两手叉腰，姿态娇俏而洒脱，俨然还是广州城里那个站在高台上慷慨演讲的少女。

就在陶云舒磨叽陶云晏的时候，韦革命和马萧正在路边依依不舍，不过他们告别的方式与前者不同。

马萧已经奉命回到团部，依然当他的副官。此刻，他正在路边用他的德国蔡司照相机给队伍拍照。韦革命作为助手在帮忙，一会儿帮着扛三脚架，一会儿去调整被拍照者的位置，简直比马萧还累，后背都被汗水打湿了，可那马萧还在催："快点快点，到这边来，先替我拿着相机，千万要小心！"

韦革命有些不乐意了，埋怨道："你也太较真了吧？这是行军路上啊！多拍几张少拍几张又有什么关系？"

"关系大着呢，小韦同志！"马萧一边摆弄照相机一边说。

"我们拍这么多，单是冲洗胶卷就很费事。"

尽管马萧开导过她,说我们不仅要用文字记载这段历史,还要用先进的照相技术来记录,而且,未来的世界将是声音、影像与文字并驾齐驱的世界。但韦革命确实有点儿累了,累了就没好话。

"韦革命同志!你看行军路上这么多弟兄,可是他们之中的一些人,可能就再也回不来了!他们明知会死,却依旧要去做,这种大义凛然、慷慨赴死、为国捐躯的精神,你没有感觉到吗?我们没有别的能耐,只能用手里的相机来证明他们绝不会白死。或许对于军人来说,最好的归宿就是战场,但我们的后人不能遗忘他们,我们现在做的事情,就是不让后人遗忘!国家的统一与和平,是建立在他们的鲜血之上的,我们要留下他们的精彩,祖祖辈辈地传下去!"

马萧一口气说了这些话,扬起被汗水打湿的长发,目光看着白云漫卷的天空,那庄严的神情,仿佛不是开导韦革命,而是对着历史深处,诉说自己的宏愿。

"好啦!好啦!你这长篇大论,应该去大学演讲,而不是对我一个人说!"

韦革命被爱人的历史感和使命感深深打动,她抹了一把脸上的汗水,继续操练起来。

尽管早已立秋,但在长江流域,立秋并不等于凉快,反而更热、更燥。

9月2日夜晚,在南湖余家湾车站的一间站房里,国民革命军总司令部召开了作战会议。

会议中,蒋介石任命李宗仁为攻城总司令,陈可钰为副总司令。为了能抽调部队与孙传芳部队作战,蒋总司令建议组织敢死队登城,以求尽快攻陷武昌。在座的国民革命军总参谋长白崇禧、前敌总指挥唐生智等也表示赞同,因为据侦探队报告,北洋军守城部队士气非常低落,两桥战斗惨败使得许多士兵无心再战,就想着弃城逃回北方老家种地、抱孩子去。

会议决定,武昌城十个城门各个击破,由第四军攻打通湘门、大东门一线,第一军第二师攻打忠孝门(小东门)至东北城角一带,第七军第二路攻打中和门至望山门一带,第四军第十二师在洪山担任攻城总预备队。

奋勇队也很快组建起来。

由第七军、第四军和第一军第二师各选人员组成一个攻城营,张发奎命令三个团各挑选一个连,由团长指定一名自愿参加的军官率领。

8月31日夜,北伐军曾试攻一次。当时攻城的北伐军和参战的民众已逼近武昌城下,但很快遭到蛇山上敌人居高临下的炮击,只能远围不能近攻,所以未能得手。但将军们都认为那只是小试牛刀而已,而且是长途跋涉而来,根本就不算失败。

9月3日凌晨,按照部署,北伐军各奋勇队开始架梯攻城,但由于没有重炮火力压制,革命军的梯子还没靠近城墙,就遭到敌军猛烈扫射,第一次正式攻城失败。

当天夜里,军事会议再次在余家湾车站的一间站房里召开。各路将领心事重重,气氛有些压抑。总司令蒋介石限定必须在四十八小时内拿下武昌城,将领们也都决绝无畏。是啊!北伐军十多万人齐聚武昌城下,革命斗志空前高昂,而且一路克敌如秋风扫落叶,一个小小的武昌城,怎能挡住他们前进的脚步?将领们很快达成一致决定,那就是,9月5日凌晨,打响第二次攻城战斗!

9月3日夜晚,熄灯号早已吹过,独立团官兵们几乎没有睡意,他们在等待团长开会回来。

晚上十时许,团长叶挺回来了,他神色平静,甚至还带着些许微笑。他让副官通知营以上军官来团部开会,用平缓的语气传达了总司令部新的作战部署,那就是,独立团在5日的攻城战斗中作为奋勇队,负责宾阳门至通湘门一线的攻坚任务。

那么,奋勇队中的尖刀队,又该由哪个营来担任呢?

三个营的营长都抢着报名,都说自己的营是最棒的,争得面红耳赤。叶团长把目光投向一营营长曹渊。曹渊会意,以大无畏的目光迎了过去:"报告团长,请把任务交给一营,我们保证登上城墙!"

叶挺点点头,眼里闪着欣喜的光,望着曹渊:"好!一营就是独立团奋勇队的尖刀队,我等着你的好消息!"

"是!我们保证完成任务!"曹渊立正敬礼,由于激动,他的脸红扑扑的。

叶挺沉思着,目光转向团部的军官,口气依然很平静:"我们还需要一位总指挥,和尖刀队一起上去!"

一旁的团参谋长周士第挺身而起:"尖刀队我来指挥,和一营营长并肩战斗!"

叶挺深深地看一眼周士第,对他点点头。这位曾经的大元帅铁甲车队队长,智勇双全,坚定顽强。以铁甲车队为基础组建成第四军独立团之后,无论是担任一营营长,还是升任参谋长,在独立团一路北伐所向披靡建立的所有奇功中,周士第的作用不可缺少。

有这样两位悍将出头,叶挺团长非常放心。

临散会时，他叮嘱曹渊，回去先不要对弟兄们说，先让大家睡个好觉，第二天早上再开动员会。

次日一大早，彩霞满天，初升的太阳把一营宿营地照得金光灿灿。全体官兵身上都仿佛镀了一层金，那种庄严明亮的金色，令人精神为之一振。

早饭后，一营弟兄们全体集合，召开战前动员誓师大会，团长叶挺和团参谋长周士第都来了。

曹渊讲到攻克武昌城的重要意义以及攻城的艰巨，嗓音异常洪亮，他说："自打独立团成立来，我们一营从来都没孬过，我们是百战百胜的英雄集体！这次担任奋勇队中的尖刀队，任务非常艰巨，我们要征服的是前面高大的城墙，弟兄们，有没有信心登上去？"

"有！"战士们齐声回答。

"如果前面的弟兄们倒下去，怎么办？"

"前仆后继，不怕牺牲！"

战士们的呐喊声如松涛似雷鸣，那种同仇敌忾的浩然之气，翻卷着、奔腾着，与浩荡的长江、广袤的大地长存。

周士第来到战士们中间，他亲切地说道："弟兄们，现在还有时间，有什么话要对家里亲人说的就写封信吧！有一些衣服和物品想留下的就留下吧！如果我们光荣了，亲人们也有个念想……"

说罢，周士第带头写起了遗书，并留下一些衣物和余钱，嘱托团里的副官方便时交给老家的亲人。

在他的感召之下，奋勇队队员们都写下了家书，给亲人留下一些物品，以实际行动展示了革命军队不成功便成仁的英勇气概。

曹渊也开始写遗书，他的儿子才两岁。他多么希望有机会能再看一眼儿子，亲耳听儿子再喊一声爸爸啊！可是作为一名革命军的军官，在战斗最激烈最残酷的时候，他不能有过多的儿女情长，不能有瞬间的优柔踌躇，关键时刻就是要为国捐躯，践行他在黄埔军校的入校宣言——"生命献于革命"和出师北伐时立下的誓言——"以我热血灌溉革命之花！"。

此情此景，使收集保存遗物的副官们热泪盈眶。马萧更是泪流满面，他对每一个奋勇队队员虔诚敬礼，接过他们的遗书和物品时，嘴里念叨着："我要歌颂你们！我要放声歌颂你们！"

第四十九章

曹渊英勇阵亡

动员会后,官兵们开始为登城做准备。

没有重武器的掩护,他们只能冒死爬云梯登城。为了登城时有足够的梯子,他们先去老百姓家里借,可是借来的梯子有长有短,而且长度远远不够,把梯子接在一起,宽窄又不同。于是只好另想办法,统一购买了许多粗如碗口、长两丈多的毛竹竿,然后把两根竹竿接在一起,制成攻城云梯。同时为奋勇队队员配备了斧头、炸弹、手枪等战斗武器。进攻时的分工也非常细致,奋勇队队员有的负责架设云梯,有的负责攀登而上,有的负责火力掩护。

9月5日的夜晚,对于所有攻城的革命军官兵来说都是难挨的、庄严的、毫不畏惧的。独立团的官兵们几乎一夜未眠,但营地异常安静,仿佛掉根针都能听见。誓师过后,一切均已安排好,他们的心情反而变得很平静。此次出征血战,也许真的再也回不来了。

若一去不回,便一去不回!军人最荣耀的事,不就是马革裹尸而还吗?

两千多人在安静中枕戈待旦,等待凌晨三点的冲锋号响起。

凌晨三点的长江边,天黑云暗,渔火点点。江面上笼罩着一层蒙蒙的雾。江水很急,巨大的水流托举着白色的浪花滚滚向前,呈现出一种不可阻挡之势,涛声仿佛是一首进行曲,浪涛拍打到岸边,发出"啪啪"的有力的节拍声。

薄雾中的武昌城,黑黢黢的城墙,在夜色里显得高大厚重。城楼上静悄悄的,没有灯光,但安静中透露着凶悍的杀机,能让人清晰地感觉出,那黑乎乎的每一个城墙垛口旁,都有许多双恶狠狠的眼睛,架着钢铁武器随时迸射出血腥的火光。

三点整,一阵激越的冲锋号在武昌城东西南三面同时响起,革命军开始第二次攻打武昌,第四军、第七军奋勇队官兵扛着竹梯,在仅有的几门山炮的掩护下,开始强行登城。

"弟兄们,冲啊!"

"登上城墙就是胜利!"

第七军第十四团奋勇队携带竹梯,爬上民房屋顶强行登城。守城北洋军在刘玉春亲自指挥下,将大量的火药包、爆破物掷下,并且把预先浇了煤油的民房点着。

一时间火焰腾空，热浪袭人。奋勇队受阻于火，被迫由保安门城脚退至中和门，与第十五团会合。

在第十五团奋勇队接近城墙时，北洋军迟迟没有还击。然而，就在战士们架好梯子准备登城时，城上的北洋军突然开火，用轻重机枪密集地朝城下的奋勇队扫射，战士们顿时倒下一大片。奋勇队努力攀登，一批人倒下去，另一批人接替着继续上，但北洋军的火力实在太猛了，奋勇队伤亡惨重，还是未能成功。

第四军第七师两支奋勇队在城墙的另一面，也在想方设法地接近城墙根。然而，当他们行进至离城脚十五米的地方时，城上的北洋军突然将炸药包、炸弹凌空掷下，又从城墙突出部位向攻城的奋勇队队员猛烈射击。梯子刚靠上城垣，奋勇队队员已经牺牲过半，而后续部队又被敌人强大火力阻挡在外围，不能继续跟进。作为独立团奋勇队之尖刀队的一营，在营长曹渊的带领下，战士们拼死登城，奋勇突进到了通湘门下，而且顺利地架起了云梯。

就要攀登城墙了，几个连的连长都抢着要第一个上，曹渊说："我是营长，我先爬城，你们跟上！"

而后，他率先拼死登上云梯，奋力攀登。可是北洋军居高临下，炸药包、炸弹如冰雹一般往下落，爆炸引起的冲天火光中，云梯开始倾斜，战士们纷纷从云梯上滚落下来，曹渊也倒在血泊之中。这样的进攻反复进行了许多次，眼看已是拂晓，登城仍未成功，一营官兵大部分已经壮烈牺牲。

此时朝阳已经升起，武昌城下依然弹雨纷飞。曹渊浑身是血，仅剩的十余名战士围拢在他的身边，也都是满身血污、疲惫不堪，但大家的眼里全都闪着英勇不屈、血战到底的光芒。

看着仅存的战士，曹渊咬一下干裂的嘴唇，扫一眼像米袋子一样一个一个摞起来的尸体，然后用探寻的目光望着还活着的士兵："现在，我们怎么办？"

战士们用嘶哑的嗓音齐声回答："营长，只要还有一口气，我们就要继续战斗！"

曹渊欣慰地笑了，他说："好！我向团长报告一下。"

曹渊从背包里取出一个记事本，拿出钢笔，俯下身在本子上匆匆写道："团长，已是拂晓，登城无望，职营伤亡将尽，现仅有十余人。但革命军人有进无退，如何处理，请指示。"

就在曹渊落款写到自己名字的最后一笔时，城上的敌人又开始疯狂射击，一颗子弹突然击中曹渊的头部，一代战将立刻倒在了血泊之中。

得知曹渊牺牲的消息，叶挺悲痛不已，当即下令暂时撤退，另谋攻城之计。

一营全体敢死队员，仅有八人生还，但他们"古有抬棺出城，今有留书攻城"的壮举，传遍了武昌城，受到一代又一代后人的敬仰。

第二次攻城失败和一营营长曹渊的牺牲，使北伐军一度沉浸在悲壮肃穆的气氛中。曹渊的阵亡令叶挺团长非常悲痛，连着两天吃不下饭、睡不好觉。

后来，叶挺还专程赶到曹渊老家，找到曹渊父母和妻子，从衣袋里取出曹渊的遗书，这是曹渊在战前动员誓师会上亲手交给叶挺的，一直珍藏在他身边。他讲述了曹渊"留书攻城"的悲壮情景后，起身，整了整衣装，向曹渊妻子庄严地敬了个军礼，双手将曹渊的遗书交到了她的手里。

仿佛是在悲悼牺牲的北伐将士，天气接连几天急剧变化。夜里，秋风忽然刮了起来，把"秋老虎"顿时赶得无影无踪，颇有凉意的天空，呈现出肃杀之气。

鉴于攻城部队伤亡过大，北伐军总指挥部决定停止进攻，改变战略，对武昌城围而不打，以退为进，并命令对所有经过长江武昌段的船只进行检查，检查完毕后只能沿北面行驶，任何船只禁止驶向武昌。武昌城周围的电话线一律割断，信件、电报禁止发出。禁止民众运送一切粮食、蔬菜、物资进城。同时，北伐军调集山炮、野炮、克虏伯炮等各种大炮，连番轰击城墙。

被团团包围的武昌城，在切断水路、陆路运输和通信设施之后，已经成了一座孤城。为了躲避革命军的炮击，城内的北洋军也安静下来，龟缩在高大的城墙内不声不响，千方百计节省物资和军火。

城外，战地救护队又开始了连轴转。他们要为牺牲的官兵遗体进行清洗整容，要为负伤的战士做手术治疗，值班守护。医护人员在帐篷里出出进进，每个人的脸上都写满了紧张和疲惫。

韦革命的心情一直很沉重，为这么多弟兄特别是一营营长曹渊的牺牲而难过。她牵挂着战友杜心舟，是否顺利回到了武昌城里，在铁桶似的围困下，她生活还好吗？她能够成功地协助内线的人员打开武昌某扇厚重的城门，让弟兄们减少伤亡，顺利挺进吗？

在韦革命的担忧中，胜利的消息频频传来。汉阳、汉口方向的北伐军进展顺利。9月6日，汉阳守军司令刘佐龙阵前起义，归顺国民革命政府。7日，第八军第二师渡过汉水，攻占汉口，切断了武昌的粮食补给线。至此，武汉三镇已有两镇被攻占，吴佩孚在仓皇沮丧中，坐着花车逃往河南信阳。武昌城里，只剩下两万多部队和死忠刘玉春闭门死拼，拒绝投降。

到了9月10日，北伐军前敌总指挥唐生智，令第八军第三师师长李品仙率第三、第四师及鄂军第一师向孝感追击溃退的北洋军，于16日进占武胜关，切断了北洋军的退路。

就在革命军在两湖战场取得决定性胜利时，孙传芳却蠢蠢欲动了，他把自己的五省联军组成五个方面军约十四万人，陆续于八九月间调入江西，准备从侧翼向已被北伐军占领之两湖进攻。

革命军腹背受敌。根据这一形势，北伐军总司令部决定于9月上旬，乘孙传芳军队尚未集结完毕之时，对其发起攻击。又过了几天，江西战况危急，第七军、第一军第二师被调到江西防线，攻克武昌的计划就落在第四、第八军身上，国民革命军总政治部主任邓演达做了实际上的攻城总指挥。

由于增援部队的加入，从9月6日起，北伐军在江西战场上，先后攻克赣州、萍乡、修水、高安等地，进抵南昌附近。此时南昌之敌只有一个骑兵团，守军约六百人。9月19日，北伐军在南昌城内的工人、学生及江西省警备队的配合下，一举攻占了南昌。

此时的武昌城已经被三面包围，城里缺粮、缺药、缺电，百姓哀号，军心涣散。而北伐军架在紫金山阵地上的大炮，每天都要打几炮，示威一般震撼江城。新增添的飞机，每天在武昌城上空盘旋不去，并撒下许多红红绿绿的传单，惹得城内人心惶惶。

但革命军围而不攻仅仅是表面现象，将领们正在寻找更合适的攻城办法。由于武昌城地势险要又有重兵防守，如果城内无人接应，从正面强攻打开城门是不可能的。北伐军决定挖开城墙地基，埋设炸药。叶挺求学时学的是工程学，因此负责指挥整个爆破进程。

由于曹渊的牺牲，二营四连连长卢德铭升任一营营长，五连连长李子华升任第二营代理营长。

此时，隐瞒怀孕一路跟过来的陶云舒，调到了国民革命军总政治部担任宣传干事，从事对城内守军的攻心宣传任务。她用自己雄辩的口才和动人的文笔，为攻下武昌城这一壮烈的历史篇章，添上了一道精彩的音符。

而韦革命，忙中偷闲誊写着马萧那些字迹潦草的战地日记。马萧已经与她约好，北伐成功后就结婚，然后定居北京，把爱巢选在西城某一个胡同里。他喜欢北京的胡同，每条胡同都有一段掌故或传说，也是北京历史文化发展演化的重要舞台。时代变迁，政权嬗替，世事沧桑，人情冷暖，都在胡同里上演……

韦革命听得一愣一愣的,向往不已地说:"那我们就当胡同串子吧!一个月能串完吗?"

马萧哈哈大笑:"我的媳妇儿呀,北京的胡同海了去了,老话说,'有名的胡同三千条,没名的胡同数不清'。不要说一个月,一年都串不过来。到时候,我就给你准备几双老北京布鞋,你慢慢转悠吧!"

第五十章

杜心龙再闯祸

秋风渐起,天空布满阴霾,时不时飘起的细雨,密集而固执地洒在江堤上、大路上,洒在梧桐树厚实的叶子上。濡湿的路面反射着水光,由于行人稀少,更加重了秋的寂寥。

这一天,天还未大亮,两军的炮战又开始了,炮弹掠过天空的回声很响,仿佛就要在头顶爆炸。但经过这些天的惊险,武昌城里的老百姓已经习惯了,毕竟,吃饭才能活着,这是比枪炮更要紧的事。

李家湿漉漉的院子里,回廊的木凳子上放着几个簸箕,分别晾晒着一些稻米、糯米、挂面、高粱、黄豆等,廊柱上也扯起几条绳子,挂着几条腊肉、几串鱼干,还有几把用开水焯过的长豇豆。这是李家目前仅有的粮食和菜蔬,婆婆忙着把它们清理出来,一是防止发霉,二是心里有个数儿。

李少煊从书房走出来,看着那些吃的,问:"总共就这些了?"

"就这些了。也就对付个十天半个月。"婆婆回答着,神情忧虑,"再有半个月就是中秋节了,如果那时候城还被围着,可怎么办啊!"

"不会一直这样的。城里军粮有限,两万多人每天要吃要喝,你看着吧,那刘玉春撑不了几天就得求和!"李少煊用手掐一下水嫩的豇豆角,语气坚定。

"后院菜地里还有小油菜、甜菜和几个茄子。秋毛豆种得晚,也开始结豆荚了,可以搭配着吃。"

公公婆婆正说着话,小萍提着菜篮子从后院一蹦一跳过来了,篮子里是刚摘的两个茄子和一把青葱的鸡毛菜。

"婆婆,茄子又开花了,还能再结一茬,我又种了一些鸡毛菜,过几天就长出来啦。"小萍光着的脚丫子上全是泥,头发也蓬乱着,但她很开心。

婆婆爱怜地看着小萍:"快去梳洗一下,一会儿开饭了。"

"哎!"小萍答应着,放下菜篮子回屋了。

婆婆看着小萍的背影,欣慰地对李少煊说:"小萍真是个好姑娘啊,又勤快又伶俐,过来这才几天,菜地都变样了!"

李少煊点点头:"心舟看上的女孩,肯定不会有错啰。她那眼力,可不是普通女人的眼力。当初子华把她领回家，我一眼看上去，就觉得她不一般。"

婆婆啐道："你个老书虫，绕来绕去，还不是夸你自己有眼力哟！反正学校也关门了，跟我去厨房做饭去！"

杜心舟连着两夜都没有睡好，起床后，精神恍惚，倒不是枪炮的惊扰，而是公爹通过中共湖北省委转告她北伐军攻城失利的消息，说到独立团损失甚重，一营营长曹渊牺牲，李子华升任二营代理营长。这些消息让她悲喜交集，喜的是夫君在征战途中不断上进，实至名归；悲的是曹渊不幸离去，他是那么年轻，那么机敏睿智，那张脸上的笑意是多么灿烂啊……

最后一个来到饭厅的是杜心龙。

这个有劲儿没处使，百无聊赖的少年，吃饱了没事干，除了练功还是练功，尤其是他得知崇敬的曹渊营长牺牲的消息后，愈发郁闷，发誓要给曹营长报仇，一心要去刺杀刘玉春，被杜心舟严厉批评，垂头丧气之余，把偌大的沙袋都踢爆了。

杜心舟梳洗完毕走出自己的房间，也看到了回廊上的粮食，心里有些不安。毕竟，家里多了两张吃饭的嘴，尤其是杜心龙，一顿饭是两个人的量，必须再去买些粮食来。于是，她在饭桌上说道："阿爸、姆妈，一会儿我和小萍去街上转转，看能不能买回一些米囤起来，我担心过些日子，有钱也买不到了。"

公婆都很赞同。李少煊说："还是心舟想得周全。"

婆婆也说："只要再多两袋米，我这心里就不发慌了！"

听说要上街，杜心龙也闹着要去，杜心舟不同意："我和小萍去买米，你去干么事？"

"我给你们扛米啊，当苦力都不行哟？"

杜心舟还是不答应。

杜心龙用手挠着圆脑袋，用祈求的目光望着杜心舟："姐，让我去吧，出去透透气，我都快憋疯了，你也知道的。"

小萍也扯一下杜心舟的衣袖，帮着求情："姐姐，让心龙去吧，还能省下脚夫的钱啰。"

这对未婚小夫妻一唱一和，杜心舟于心不忍，只好说："好吧，好吧，臭小子你要乖乖的，如果再闯祸，我就关你禁闭！"

"是！长官姐姐，我保证不惹事！"

此时，炮火已停，但古城上空依然有白烟在弥漫，街上行人寥寥。只有军队用骡车载着许多沙包向大东门方向而去，偶尔有几个苦力背着重物慢慢而行，穿长衫的男士和穿旗袍的女人简直一个也没有。

街上的店铺都关门了，杜心舟依着婆婆的叮嘱，敲开一家米铺的偏门，报出婆婆的名字，店主小心翼翼地搬过来两袋大米，足足有五六十斤，嘴里叽咕着："要不是看在熟人的面子上，这个米我可不敢卖啰，官府下令不许开门营业，这米迟早要管制哟！"

付过钱，谢过米店老板，杜心龙扛着大米在前面走，杜心舟和小萍跟在后面。

这时候，街上的人渐渐多起来，主要是老人和小孩儿，挎着篮子，背着布袋，一看就是出来寻找吃的。

俗话说，走路的赶不上挑担的。意思是身上驮着重物的人，走路都比较快。那杜心龙背着几十斤重的大米低着头正往前走，迎面遇上一个小男孩，那男孩背上也驮着东西，鼓鼓囊囊好像是莲藕、菱角之类的，两个人擦肩而过时，男孩不小心踩了杜心龙一脚。杜心龙立刻气不打一处来，挡住男孩的路不许走。

"好你个斑马！你蛮翻咧！竟敢踩你龙少爷的脚！"

那男孩子好像也在郁闷中，听见杜心龙骂人，立刻张嘴回骂："老子就踩你哟，你个勺头日脑滴！"

杜心龙大怒，放下米袋子，来了个骑马蹲裆式："搞么事哟！你不识'黑'是吧？老子看你是皮肉痒痒了！"

男孩也放下了袋子，两手握成了拳头："臭伢子，你要么样哟？"

那男孩的拳头还没伸过来，杜心龙就出手了，快如闪电，等杜心舟明白过来去阻止，男孩已经口鼻流血，躺倒在地，袋子里的莲藕也撒了一地，引得许多人围观，还有一些士兵也围过来起哄："中！中！这小子不赖哩！"

"喂！胖小子，跟着恁爷当兵走吧，保管你的武功能用上！"

杜心舟又急又气，拨开众人奔过去，一只手掐住杜心龙的胳膊，另一只手上去就是一耳光："我叫你惹事，叫你惹事！出来时我怎么交代你的？"

杜心龙被打得一愣一愣的，待他明白过来，脸上已经火烧火燎。

杜心舟不依不饶，继续掐着他的胳膊，逼着弟弟给男孩赔礼道歉，又给了男孩一些钱做医药费，这才和小萍一左一右挟持着杜心龙回到家里。

坐在客厅里，杜心舟依然余怒未消，她心疼地看着杜心龙脸上那五个指头印子，脑子里轰轰地回响着北洋兵的嬉笑："跟着恁爷当兵走吧，保管你的武功能用上！"

就在这时，院门上的铜环被人叩响，门外传来唐成的声音："李老师，贺团长来看您了！"

杜心舟心里突然激灵一下，招手让杜心龙过来，对着他的耳朵嘀咕几句，杜心龙不住地点头。然后，杜心舟掏出手绢，呜呜咽咽地哭了起来。

院门打开，走进来三个北洋军人。一个是副官唐成，一个是团长贺对庭，还有一个勤务兵。

李少煊风度翩翩，笑吟吟地从书房迎了出来，作揖行礼："哟！贺团长大驾光临，李某有失远迎，罪过！罪过！"

"哈哈，李先生别客气了，我是来向先生讨教的，何来罪过哟！"贺对庭豪爽地笑着，把手里的马鞭交给勤务兵。

李少煊也笑起来，做了一个请进的手势，说道："贺团长请书房落座。"

贺对庭迈着大步正要进书房，忽然听见厅堂里传出哭泣声，就皱起了眉头说："哎呀，先生家里有糟心事哩？"

他不问还不打紧，这一问，厅堂里的哭声更厉害了。

待贺对庭看清哭的人是杜心舟时，他不由自主迈步进了厅堂，问道："哎哟，侄媳妇这是咋了？"

自从上次刘玉春邀请民间社团视察城防，在宾阳门城楼贺对庭与杜心舟认识后，唐成又介绍贺对庭认识了李少煊。由于两个人都酷爱书法，贺对庭执意要来李家观摩李少煊的墨宝，李少煊则是盛情招待，从此两人的关系迅速升温，杜心舟理所当然成了贺对庭嘴里的"侄媳妇"。今天是贺对庭第二次来李家。

李少煊跟着进到厅堂，叹口气说："没事啊，姐弟俩怄气呢！心龙有些调皮。"

"岂止是调皮，他都快气死我啦！"杜心舟抹着眼泪，狠狠瞪着杜心龙，一副恨铁不成钢的样子。

"姐，我向你保证，以后再也不惹事了！"杜心龙满脸惭愧，瓮声瓮气开了腔。

杜心舟冷冷地哼一声："你这样的话说过多少次了，可是遇到事就犯浑！"

贺对庭仔细打量杜心龙。尽管杜心龙一副富家浪荡公子打扮，但那个精气神儿，胖而不虚，戳在那里跟一座小铁塔似的身形，一眼就能看出这不是一般人。

"我说侄媳妇，你这个弟弟不赖呀，虎头虎脑好骨架，练过武吧？"

贺对庭由衷地夸奖，但杜心舟表现得更伤心了，拿手帕擦着脸上的泪痕，雨打梨花一般带着幽怨道："贺团长啊，不瞒您说，他要不是练过武，还不至于到处惹事呢！"

然后，她把杜心龙在街上痛打男孩的事讲了一遍，讲着讲着又掉泪了。

哪知贺对庭听完哈哈大笑:"中,中,好样儿的,我就待见这样有血性的后生。"他望着杜心龙:"小子,跟我去当兵吃粮,咋样?"

杜心舟立刻止住哭声,欣喜万分地说道:"贺团长,您真的收他吗?我巴不得有人管他呢,叫他到军队里受受苦,磨炼磨炼!"

贺对庭不以为然地一摆手,语气轻松:"收不收,还不是我一句话?不过,我要看看他的武功,是不是花拳绣腿!"

杜心龙腾地站起身来,两手握拳,摆了个骑马蹲裆式,说道:"说我花拳绣腿?贺团长,咱们现在就比试比试!"

杜心舟见状急忙喝住弟弟:"你看,你看,贺团长一夸奖,又没大没小了,给我闭嘴!"

贺对庭毫不在意,继续用欣赏的目光看着杜心龙,点头道:"今天下午,去我的手枪队练练,敢不敢?"

杜心龙兴奋地来了个后空翻,然后站在贺对庭面前,大声回答:"敢!胜不了他们我是小狗,趴在地上汪汪叫三声!"

第五十一章
歪打正着当卧底

下午两点，豫军第三师一团操场上，齐刷刷列队站着手枪督战队四十多号士兵。他们穿着清一色的土黄色军装，戴着大檐帽，帽子上有五色五角的帽徽，军装上装配竖条肩章，脚上穿着尖口布鞋，腰系武装带。左侧腰间挂着毛瑟军用手枪，又称"盒子炮"或"驳壳枪"，右手握着一柄大砍刀，一个个神情严肃，威风凛凛。

由于是督战队，装备要比普通连队精良许多，而且风格混搭。在那个时代，各路军阀在着装和武器上，均带有民国初期的特色，直系、奉系军服更多偏向日式，配置上保留着舍不得淘汰的大刀、长矛等冷兵器。

此时的杜心龙，一身习武之人的短打扮，穿着中式盘扣对襟褂子、宽裆裤、黑布鞋，腰里缠着玄色束腰，就像一头下山的小老虎那样精神抖擞，不畏一切。

手枪队先集体演练了一套军体拳，动作整齐划一，吼声震天，但杜心龙在革命军里早就习以为常，正眼都不看，只是歪着头冷笑。

在操场旁边充当观众的杜心舟，却暗暗捏着一把汗，她紧张地注视着弟弟的一举一动，生怕他得意起来，暴露出当过革命军的经历。

军体拳完毕，又出来二十几个士兵，演练了一番擒拿格斗。那杜心龙依然摆出一副看小毛孩儿过家家的样子，不屑一顾，这可把手枪队的士兵气坏了，一个个吹胡子瞪眼地盯着杜心龙，要他上场亮相。

"这位小兄弟，别光看不练啊，过来走两步！"

只见那杜心龙不慌不忙走到操场中间，按照武林规矩抱拳行礼，说声："献丑了。"然后收敛笑容，刷地亮开架式。

杜心龙走了一趟九节鞭。两头系着红绸的铁链子，在他手里舞动生风，纵打一线，横打一片，收放自如，快而不乱，尤其是双缠脖、头顶舞花、背后摘桃这三个高难动作，被他耍得行云流水，只看得操场上的人眼花缭乱，连连拍掌叫好！

杜心龙收住架势，对贺对庭说："团长，我要单挑，可以吗？"

贺对庭点头，对手枪队队长赵大柱做个手势。赵大柱立刻下令："荀强出列！"

随着一声应答，从队伍里出来一个精干的士兵，要和杜心龙比试射击。

杜心龙急忙摆手："我不会打枪。要不这样，你打枪，我投飞镖行吗？"

贺对庭应允："可以！"

比试结果是，那个被称作神枪手的士兵荀强，十环九中靶心。杜心龙的飞镖，十环十中靶心。

第二个比试项目是骑马砍稻草人。杜心龙的对手是一个善于骑射的蒙古兵巴特尔。

在马背上长大的巴特尔身手矫健，不仅在马上表演倒立、站立、捡搪瓷碗，还来了个马背上倒挂金钩，引得操场上众人一阵阵惊呼。杜心龙尽管不会这个，但他手里的弯刀也蛮厉害，十个稻草人，巴特尔砍翻七个，杜心龙也砍翻七个，打了个平手。

第三个比试项目是掰手腕。这一项是杜心龙提出的。

自从南下广州在大老黄那里输了之后，杜心龙就跟掰手腕较上了劲儿，不管走到哪儿，动不动就找人掰手腕，而且赢的次数越来越多，这使他渐渐从失败的阴影中走了出来，并且以为除了大老黄，应该天下无敌手了。

这一次，赵大柱喊出一个士兵，四十多岁的年龄，长得瘦小枯干，一张仿佛风干茄子似的脸上，颧骨高耸，双唇凹陷，一双手犹如冬天的树枝，又好似鸡爪子，走起路来还弯腰驼背。

杜心龙觉得很好笑，河南的好男人是不是都被抓丁抓光了，这样的歪瓜裂枣也能当兵？这么想着，不免有些得意扬扬，觉得这一局，他是赢定了！

"鄙人姓王，大家都喊俺大老王。"

被杜心龙在心里暗暗喊作"干茄子"的士兵跑步来到场地中间，做自我介绍。

杜心龙趔趄一下，差点没惊倒在地，他两手揉着自己的耳朵，怀疑自己听错了："你姓黄？你叫大老黄？"

"干茄子"惊讶地看着他，大声重复道："俺姓王，王婆卖瓜的王，不是黄帝轩辕的黄！"

"哈哈哈……"操场上的人哄堂大笑。

就在这笑声中，八仙桌抬了过来，凳子也摆好了。杜心龙鄙夷地笑着，斜着眼睛看着大老王。两人隔桌相对而坐，伸出右手，肘置桌面，两手掌相对成反握式，各紧握对方大拇指根部，两臂成垂直交叉。

然而，就在杜心龙握住大老王那只枯干的青筋暴起的右手时，他的自信心突然动摇了。那只手干枯却非常有力，并且涌动出来自丹田的强大气流和韧劲，而且，大老王矍铄的目光从深陷的眼眶里射出来，像鹰一般让人生畏。

"这个'干茄子'不是一般人……"

杜心龙判断着,心里已经怯了三分。两人对峙角力的时候,他消失已久的心理阴影开始浮上来,而且面积不断扩大。十分钟不到,他的体力渐渐不支,圆圆的脑袋上不断冒出热气,脸上的汗水也下来了。尽管左手托着右肘,但右手腕却开始颤抖,而后抖得越来越厉害。

杜心舟已经看出了端倪,心疼地喊道:"心龙,快停下来!"

杜心龙觉得很丢面子,他咬着牙不肯松手,太阳穴上的青筋都暴了起来,吃奶的劲儿都使上了。

然而,难堪的一幕却发生了,也不知是中午吃饭不对劲儿,还是心情紧张不停大喘气的缘故,关键时刻,杜心龙突然"后门炮响",这一响不要紧,攒的那一口气全没了,手一松,便被大老王放倒了。

在士兵们的哄笑声里,杜心龙一屁股坐在地上,羞愧地两手抱着头。

大老王见状连忙起身过去,蹲在杜心龙面前,安慰他道:"小子,你应该赢的,是你心里发虚了!"

杜心龙都快哭了:"我知道,我是输给自己了!贺团长肯定不收我了,我怎么这样不争气哟!"

"嘟嘟嘟……"

一阵尖厉的哨子声响起,紧接着是手枪队长赵大柱"全体归队!立正!稍息!"的口令。他大声地说道:"弟兄们,现在请贺团长训话!"

贺对庭走到士兵们面前,用浓重的河南话开了腔:"弟兄们,今天大家各显神通,比武陪练是次要的,表现出咱手枪督战队的精神才是目的,不错,不错,都是好样哩!只是前来应征的这个小子嘛……"贺对庭回头瞄了一眼垂头丧气的杜心龙,突然抬高音调,大喊一声:"杜——心——龙!"

"到!"

杜心龙猝不及防,立即起身,本能地用军人的口气做了应答。

"入列!"

"是!"

杜心龙有些发蒙,事已至此,干脆一不做二不休,跑步站到手枪队行列中。

"杜心龙,从现在起,本团长批准你正式加入手枪督战队。赵队长,一会儿带他去换军服!"

当杜心龙以北洋军手枪队士兵的装束出现在杜心舟面前的时候,杜心舟简直不敢相信自己的眼睛，这就是自己的弟弟吗？果然是当兵的料儿，一旦穿上军装，平日的散漫、邋遢、颐指气使竟然都消失了，就像换了一个人。

"心龙，你真棒！"

"姐姐，我不喜欢这身老虎皮，我还是觉得革命军的军装好。"杜心龙把军装这里扯扯，那里拽拽，仿佛衣服里有跳蚤。

"弟弟啊，这叫身在曹营心在汉。你一定要记住自己肩负的任务。"杜心舟低声叮嘱他。

杜心龙调皮地一吐舌头，忽然觉得不妥，急忙立正站好："是，姐姐！"

本是临时起意的设计，却因祸得福，使杜心龙顺利地打入了敌人内部。

第一步得手，杜心舟信心大增。

这天下午，公爹李少煊开会回来，向她传达了两军最新的消息。北伐军围困武昌城之后，蒋总司令请刘佐龙作为调停人，希望两军议和，致函武汉商会，希望他们筹款遣散北洋军，打开城门，以免让城内数十万生灵惨遭涂炭。商会同意暂时垫款六万，待北洋军缴械徒手过江后再缴四万，以凑足十万之数。警备司令陈嘉谟已经同意了，但刘玉春犹豫不决。

李少煊还拿出一份从汉口寄来的《工商白话报》给杜心舟看，报上的内容都是颂扬北伐军的，大体是说："北伐军秋毫无犯，吴军形同土匪，两相对照，孰胜孰败，无须细说。"

"省委领导要求我们这些坚守在武昌城里的党员，积极行动起来，联合武汉市民暨各公共团体，筹备欢迎国民革命军大会。"

"太好了！大会的筹备处在哪儿呀？"公爹带来的好消息，令杜心舟欢喜雀跃。

"就在首义公园。我担任筹备处群工部主任。"李少煊也是双目炯炯。

"那，我能做什么呢？"

"你当然以红十字救济会襄理的身份参加啰！担任筹备处赈济部干事。"

"真的希望能够和平解决，不动刀兵。毕竟这是九省通衢的大武汉啊！"杜心舟慨叹着，觉得攻城之前组织上就派自己回来，为民众安危着想的苦心，足可见昭昭日月。

翁媳二人在李少煊宽大明亮的书房，开始商量筹备大会事宜。如果议和成功，当然是一大幸事，不仅能避免双方的流血牺牲，还能保全这座千年古城的面貌。然而，他们必须做好两手准备，死忠刘玉春是个义士，他的决绝，虽说演绎着士为知己者死的义士精神,却造孽,让普罗大众惨遭战争荼毒。如果不能消灭之,对于武昌城,将是一场巨大的劫难。

他们决定,密切保持与杜心龙的联系,并且派小萍以杜心龙未婚妻的身份出入手枪队,帮助策反手枪督战队队员。而李少煊也与唐成加紧了策反贺对庭的步伐,再次邀请贺对庭来家共进晚餐,切磋书法。如果议和不成,必须有人在适当的时间打开城门,迎接革命军进城。

豫军第三师,自从9月初从河南省巩县急行军开拔过来后,受到守城司令刘玉春的热烈欢迎。师长吴俊卿被任命为武昌守城副司令,他带来的四千多人的混成旅被委以重任,驻扎在望山门一带,负责防守保安门、中和门等几个城门。师部所在地被安排在文华学院,办公场所也是富丽堂皇,士兵与各级军官的待遇,与刘玉春的第八师几乎没有差别。

文华学院距离刘玉春所在的司令部不远,为聚拢人心,除了正式的军事会议,业余时间,刘玉春也经常邀请麾下将领陈嘉谟、宋大霈、吴俊卿等喝茶下棋,聊家乡谈家常。

然而,军中的一些事有时候也和老百姓一样。如果某家着火了,主人自救的心情与前来帮忙救火的亲戚心情是不一样的,何况,别人又是远道而来,各方面都不熟悉。

刘玉春是吴佩孚的心腹,他统管的第八师是吴佩孚亲自带出来的,可以比作嫡子;而豫军是收编扩充的地方军队,像是庶出。

刘玉春守城的顽强决绝,不仅处处从他的感恩之情中流露出来,也从各部队士兵之间表现出的亲疏远近,那种"嫡子"与"庶子"之间的提防与歧视中表现出来,都令吴俊卿心里泛着波澜。

初到武昌时,粮草供应尚有保障,还能够将就,但随着围城天数的增加,军粮开始出现短缺,士兵的伙食质量日渐变差,好几天才见个肉星儿。那些当兵的,许多人都是为了能混口饭吃才来扛枪的,而且都是二十来岁,是那种每天就是什么都不干,也要往肚子里装饭的年龄,况且还要巡城打仗。人是铁,饭是钢,吃不饱饭的士兵,军心必然难以振奋,于是,好多人开始想家,甚至产生开小差的念头。

这些负面消息,吴俊卿也听到了,即使部下不给他透露这些消息,他也从营盘里士兵们哼唱的豫剧里感知到了那种四面楚歌的心情。

以前,包括出征的路上,他们唱得最多的是《花木兰》《穆桂英挂帅》。而如今,他们唱得最多的是《秦香莲》《四郎探母》。那凄凄哀哀的调子,在孤城的箭楼上,在秋风萧索的夜晚江边,弥漫升腾,余音袅袅,令人感怀悲叹。

听着这些凄婉的乡音,吴俊卿也想家了。想家乡的千里平原以及平原上的滚滚麦浪。时近中秋,田里的秋庄稼该收割了,那一垄垄的玉米、高粱、大豆、红薯,都相继成熟。假如你肚子饿了,想吃东西了,简单得很,只消在田埂旁边挖个坑,弄来一些柴草,掰下半熟的玉米棒子,再挖几只半大的红薯,一并扔进坑里,在上面盖上柴草,然后点火猛烧。等火熄了,再用黄土把余烬封住,让里面的东西焖一会儿。大约半个小时后刨出来,呀!香气扑鼻,那个新鲜,那个水灵灵、甜滋滋哟,摆下满汉全席都不换哩!

吴俊卿想这些的时候,禁不住连连咽着唾液。

饥饿的时候,最容易回想曾经吃过的美味,仿佛"过屠门而大嚼,虽不得肉,贵且快意"。

对于一团团长贺对庭来说,感受更深。他本是一个农家子弟,家住商丘黄河故道。贫寒的家境只能供他读书读到初小。在当时的农村,初小毕业已经不简单了。当了一辈子农夫,大字不识一箩筐的父亲,只希望儿子能记记账,过年能写几副对联,万一有封家书,磕磕巴巴能念通就行了。

然而,贺对庭却是个十分好学的人,村庄周围古墓众多,墓地上有很多石刻、石碑,他对上面的古字特别有兴趣。平时在田里耕地,耕着耕着就会从泥土里"咣啷"一声,冒出一片甲骨或者一柄刀剑啥的,那上面都有铭文。

身处这样的文化环境,使他对上古的文字产生了浓厚的兴趣,一有空闲就去研究、揣摩,用毛笔在草纸上模仿。后来,乡里组织民团,他在民团当了记账先生,买得起宣纸了,开始正式练书法,人又虚心,到处拜师,久而久之,写得一手像模像样的隶书。

"好铁不打钉,好男不当兵。"

这句俗语意在劝诫老百姓家里的男孩不要当兵,一旦当兵就学得满肚子坏水。

在农耕社会的传统里,一个男人成年后只有两条出路:要么做农夫躬耕田亩,要么做贩夫苦力,至于做官或者办学校当教员,概率太低了。而清末民初的军阀混战,已经使民众到了随时面临生命危险的地步。特别是在河南,尽管这块土地不属于任何军阀,但各路军阀经常在这里打仗。打仗就要招兵买马,这给了贫苦男孩一个可以吃饱饭的机会。那时候当兵,是一件很容易的事情,只要你不聋不瞎不瘸不傻,只要你不怕枪子儿不长眼睛,就可以去扛枪吃粮。

"这些年的军阀混战,导致国家四分五裂,老百姓太惨了,只有铲除军阀,实现国家的统一,才能保证国家独立,中华民族才有国富民强的希望!"

"北伐的意义,可能目前还不够显著,但从长远来讲,国民政府实现对全国的统一,在以后的时间里,它的意义与功绩都将是巨大的。"

唐成和李少煊向贺对庭讲述北伐的缘由和意义,尽管贺对庭对那些政治术语不感兴趣,但从他的切身经历中,能感受到它的正义。

由于不是嫡系,来武昌后他已经遭到不平等对待。军营里有几十匹战马和拉货的骡子,为了给士兵补充营养,贺对庭下令宰杀几头,结果被人告到刘玉春那里,说他们滥杀军马,动摇军心。尽管后来证明杀的不是军马,但贺对庭心里很是不爽,他要保全这些河南兵,要把他们平安带回老家。而他自己,完成这个任务后,也要回老家做农夫去,归隐田园,从此与世无争。

"刘司令他是神,是忠义到不食人间烟火的战神;俺们只是一介凡夫,凡夫就得做凡夫的打算哩!"

已经有了投诚意向的贺对庭,对李少煊说这些话的时候,乡音很重,就像在老家的打谷场上,一个户主在谋划全家人的秋后开销。

第五十二章

刘玉春的关公义气

两军议和的消息传得很快，几乎是一夜之间，武昌城里妇孺皆知。

仿佛要印证这消息，这些日子每天凌晨准时响起的大炮，竟然没有响，也没有如翎箭的弹丸飞过。侧耳细听，遥远的湾子里，隐约有一阵阵歌声传来，节奏鲜明。哦，那是北伐军军歌吗？

形势似乎真的缓和了。没有了扑城的枪炮声，天地间呈现出一片安详宁静，接近仲秋的天气舒爽得很，花开叶茂，小风儿刮着，白云散漫地飘着，好不惬意。街面上也开始有了行人，附近的"海天春"饭店，在关门数日后，重新开了张。

杜心舟特别想吃"海天春"的粉渣包子，临近中午时，拖了婆婆和小萍一起去大快朵颐。返回路上，三个人正开心地走着，突然，背后传来一阵嗒嗒的马蹄声，随之是凶悍的吆喝："闪开！闪开！刘司令驾到！"

杜心舟挽着婆婆，急忙退到街边屋檐下。手搭凉棚仔细看，只见一匹黑色军马上，端坐着一位身材高大的黑脸将军，在卫队的簇拥下缓缓而来。

这是守城司令刘玉春每天的日常巡城。只是前些时候人们都在家里躲枪炮，刘玉春巡城没有这么些人挡路而已。

杜心舟在豫军第三师进城的通报会兼记者会上见过刘玉春。那时的刘玉春，目光坚定，厚唇边带着微笑，高大的身躯和金光闪闪的勋章绶带，散发出一种无上的威严和荣耀。如今，骑在战马上的他，黑脸膛紧绷着，透着执拗与决绝。

杜心舟心里突然涌上一丝难过，她默念着，刘将军啊，你要是识时务，就开城门投降吧，不要苦着无辜的百姓了！

一路上，刘玉春在马上，向朝他挥手致意的人们抱拳点头，农民出身的他，日常里还是体恤善待老百姓的。围城之初，社会秩序还算安宁，刘玉春严令部属不许勒索人民及抢劫财物，否则就地正法。

回到司令部，解下武装，刘玉春显出了一个年近半百男人的疲倦甚至憔悴。卫兵用托盘呈上新沏的茶水，刘玉春掀开茶碗盖子，轻轻吹着茶碗里漂浮的茶叶，却没喝，只是默默望着窗外起伏的山峦。

那是蛇山，也叫黄鹄山，位于武昌城长江南岸，绵亘蜿蜒，形如伏蛇，头临大江，尾插闹市，与汉阳龟山隔江相望。他之所以把守城司令部设在这里，就是因为它不仅气势恢宏，视野开阔，而且能攻能守。

自从汀泗桥、贺胜桥失守，战事持续向北推进，这是刘玉春意料之中的，但他没想到北伐军推进速度这么快，几乎是眨眼间就到了武汉三镇，丝毫不给他们喘息的机会。在此情况下，吴佩孚给他下了死命令，命他督阵北洋联军，死守武昌城。而国民革命军不顾一切长驱直入，围城攻坚断了他的所有退路。短短两天，汉口、汉阳相继失守，三镇中已经有两镇落入北伐军之手。他彻底被孤立了，独守着一座孤城，四面楚歌。

不仅如此，更严重的是，吴佩孚败走孝感，还没睡一个囫囵觉，就被夏斗寅部追出了武胜关。孙传芳倒是在千呼万唤之下出兵了，派了一个师援鄂，中途却被北伐军打了回去。

如今，古城外面，全是北伐军的地盘。他们的总指挥唐生智已经进驻汉阳，总司令蒋介石也留守在南湖。蒋介石的致函他认真看了，是诚意满满地要同自己议和，警备司令陈嘉谟他们已经同意了。可是，吴佩孚怎么办？吴佩孚临走时曾对他谆谆嘱托，绝对不能失去武昌城。是的，失去了武昌就等于失去了整个长江流域，威风十数载的直系，难道就这样做了缩头乌龟吗？还没坚持到最后一刻就不行了？

攻与守，战与降，何去何从？

投降，这不是他的作为，他的人生词典里，从来就没有"投降"二字！

于是，刘玉春拒绝议和。他要继续困守孤城。他知道这个决定引起了许多人的不解和不满，包括陈嘉谟。有人甚至说他贪恋吴佩孚画给他的大饼，即如果守城成功，将来让他担任湖北督理一职。他听了只是一笑，散布这些言论的人，根本不了解他的为人。

他不是贪恋荣华富贵之人，只是，以前的军旅生涯太坎坷，每一场战斗，都是把脑袋掖在裤腰里去冲锋陷阵，却总是被同僚诬陷、排挤，那种明珠蒙尘、壮志未酬的压抑苦闷，很少有人懂得。唯有吴佩孚独具慧眼，透过尘埃发现了他这颗明珠，并且将他奉为上宾，委以重任让他放光。而如今，到了为恩人效忠的时候了，他岂能退却！

他很早就把各个城门的兵力配置好了，命令士兵用沙袋堵住城门，又指派专人看管城内的兵器库、粮库等重要设施。每天，他都要派探子出去打探消息，亲自带队在城内巡视三圈，然后登上武昌城东北高地的蛇山远眺，监视周边的一切。夜晚就寝也非常警惕，枕戈待旦，恪守职责到了食不知味、衣不解带的地步。

此时，茶水温度已经适口，刘玉春一口气把碗里的茶水喝干，然后回到了大厅一侧自己的办公室。他轻轻关上房门，一抬头便看到了正面墙上高大的关公像。这座鎏金的雕像，是吴佩孚送给他的。以前，刘玉春是每天早晚各拜一次关公，自打接受守城任务后，每天三次巡城，他就拜三次，加上早晚那两次，一天五拜。他祈求关公给予自己勇猛和斗志，希望关公保佑所有的将士，守住武昌城。

于是，在斟酌了一天之后，刘玉春决定拒绝议和，继续守城，而且，为了让吴佩孚看到自己的忠心，让北伐军看到自己不是软骨头，他下令炮击北伐军。

"给我开炮！轰他娘的！"

于是，沉寂两天的大炮开始轰响，炮口直指北伐军的紫金山阵地。

遭到刘玉春炮击的北伐军，也不是吃素的，开始回击。

从早上起，两军的大炮开始对轰。蛇山上的大炮对着北伐军的紫金山阵地，紫金山阵地又对准蛇山，而且，紫金山的大炮似乎更猛。

武昌城里再次陷入硝烟弥漫、弹片横飞之中。家家掩门闭户，连窗户都用厚厚的被褥挡着，人们躲在屋里，胆小的甚至躲在桌子底下或者抱着被子缩在屋角，以减弱大炮的轰响和万一房倒屋塌带来的伤亡。

李家也不例外。早饭只做了一半，炮击就开始了，空中传来飕飕的声音，一颗颗流弹掠窗而过，屋上的瓦也不时沙沙作响，更可怕的还是炮弹落地时发出的轰响，每一声不但震动屋瓦，连心脏都似乎在抖动，令人感觉生死存亡只在一瞬间，却毫无办法，只好听之任之，捂住耳朵不去听、不去想那么多。

早饭没得吃，四口人只好一人拿着一个昨晚的剩饭团，躲在各自的房间里。

炮击持续到中午才算消停，然而，到了晚上又开始了。

在严禁烟火的黑暗中，不但炮声撕裂人的心脏，而且炮弹仿佛要直接炸到头顶上来，这是多日以来未有的惊骇之夜。明知炮弹落下，万难幸免，然而火光一闪时，还是不由自主做出蒙头缩脚的反射性动作，跑来和杜心舟做伴的小萍受不住惊吓，早已抱着被子蹲到屋角去了。

这一次的炮战，以巷子里落下一颗炮弹、民宅严重受损而宣告结束。

李家的窗玻璃都被震破了，墙上挂的画屏照片也七零八落。幸亏这颗炸弹落在了巷子口，如果落在谁的家里，其惨状不堪设想！

炮声消失，大家战战兢兢、小心翼翼地出门察看，发现巷子口被炸出一个大坑，黑魆魆的，周围布满弹片。杜心舟抬头遥望平湖门方向，只见黑烟裹着火光，一直烧到七点钟大火才熄灭。晚上明月在天，不宜作战，暂时沉寂起来。然而，到了夜深月落的凌晨，各种声音的共奏齐鸣居然又开始了。躺在床上无法入睡的杜心舟，在心里痛骂刘玉春，这个一头撞到南墙把墙拆了继续走的死守愚忠的守城司令，害苦了多少无辜的百姓啊！

如果这时候军中有人举事，打开城门，让北伐军开进来，不仅百姓免遭涂炭，双方的官兵也会减少许多伤亡！

这么想着，她感到肩上的压力剧增，做通北洋军头领的工作已经迫在眉睫！

又一个早晨，早餐时，炮声难得稀疏，空中却忽然来了一架飞机，把全城巡视一圈后离去，应该是北伐军侦察军情或向刘玉春示威的。晚上炮声变密，焦点似在宾阳门一带。

再一天，早上刚刚过早，蛇山上的大炮对准汉阳又开始连放，轰轰隆隆如闷雷。九时多，北伐军的飞机又来了，这一次在空中盘旋许久。一时间城内枪炮齐放，盲目地对着空中乱打，但飞机翱翔自如，毫不介意。原因是当时没有高射炮，普通的迫击炮、山炮根本不管用。飞机盘旋了一个多小时才走，离去时抛下许多花花绿绿的传单。杜心舟和小萍跑出去抢，但没抢到。抢到传单的，传单又被北洋军抢走了，理由是不许私藏，否则抓起来枪毙。

飞机飞走不久，李少煊从联络员那里得知一个好消息，双方再一次调停谈判，议定条件有三项：（1）刘玉春部交公安总司令改编；（2）陈嘉谟、张占鳌等部由商会筹款六万元缴械遣散；（3）保障全城将士生命安全，双方约定当日下午四时签字。

果然，到了午后，枪炮声皆无，里长肩扛铁锨在巷子口吆喝，要大家出来一起填埋那个炮弹坑。

"各位老特、老俩、拐子、舅辫子，都出来干活哟！"

"不打仗了，留这个坑坑要么样哟？等着崴脚啰？"

里长的大嗓门伴着浓浓的方言，在巷子里传得很远。人们纷纷走出家门，探头探脑向外张望，看见里长已经在挖土了，身边还停着一辆太平车。于是大家各操家伙什儿，走出来开始干活儿。

下午三点多，警察来了，传令今晚各家门前都要挂灯。大家莫名其妙，问警察是不是议和成功了？警察是个一脸沧桑的中年男人，不耐烦地说："叫你挂灯你就挂灯，瞎问么事，你问我，我去问哪个，听话就是哟！"

于是，大家都回去准备灯笼。

杜心舟在储物室翻找出春节时挂的那两盏大红灯笼，把它们擦干净，又找出两支红蜡烛，摆放在院子里，就等着天黑了。

看着那充满喜庆色彩的红灯笼，杜心舟觉得自己的心都要飞起来了，飞出了城墙，飞到了革命军的队伍里，在独立团那些英勇的弟兄中间，她看到了李子华，他还是那么清瘦英俊，那么斗志昂扬，那么目光炯炯。他们发现了对方，同时张开双臂，向对方奔去……

然而，到了五点，议和的消息没有等来，等来了飞机，紧跟着大炮又开始轰响。李少煊告诉杜心舟，议和再次泡汤，刘玉春还是不肯缴械被收编。

"只能打了，继续打，一直打到刘玉春弹尽粮绝，损兵折将，他的士兵饿倒在地，失去战斗力！"

第五十三章

中秋节的欢与愁

为了惩戒刘玉春,逼迫他投降,9月21日拂晓,北伐军再次开始攻城。

时值中秋佳节,天清地朗,明月皎皎,清晨四点钟,宾阳门一带炮火喧天,火光映射着天空一闪一闪的,惊心动魄。仔细听时,还夹着一种呐喊的声音,想是北伐军兵临城下了。天光大亮后更加急迫,只见东方烟雾弥漫,枪炮声里,还夹杂着飞机的"嗡嗡"声。抬头看,有两架飞机翱翔于空中,应该是革命军在用飞机掩护攻城。

"姐姐,我们的人又攻城了,希望能攻下来啊!"

杜心舟几乎一夜未眠,已经从李子敏房间搬出来的小萍,和杜心舟并肩坐在大床上,盖着毛毯,激动地听着外面的枪炮声。

杜心舟双手合十,默默地祈祷着:"子华,我知道,你一定冲在最前头,奋勇队队长非你莫属,快点杀进城里来吧!"

城外的呐喊声似乎更清晰了,她觉得自己已经听到了夫君的声音。

然而,到了上午九点,宾阳门外的喊杀声渐渐稀疏,渐渐消失了,一种不祥的感觉涌上心头。

"噼里啪啦……"

"咚咚咚……铛铛铛……"

十点多,城内传来一阵阵庆祝胜利的鞭炮声和锣鼓声。

街巷里,传来北洋兵庆祝胜利的欢呼,他们敲着脸盆、铁桶、茶缸等凡是能敲得响的物件,在街上游走,时不时对着天空放上几枪,口中喊着:"胜利啰!北党又被打得退回去啰!"

杜心舟和小萍对望一眼,心里冰凉如水。

中午,婆婆特地做了几个糖饼庆祝中秋,可大家都没有胃口。压抑的气氛中,李少煊轻轻叹口气道:"城墙高大坚固,革命军是从下往上打,他们却以守待攻,以逸待劳,真不容易啊!奋勇队又要牺牲弟兄了……"

杜心舟拿糖饼的手哆嗦了一下,糖饼掉进稀粥里,溅得到处都是饭渍。

晚上,月色皎洁,路灯齐开。为了让民众欢度中秋和庆祝守城胜利,刘玉春破例开放了灯火管制。然而,李家人谁也没有心思赏月,李少煊要去开会,临走时让杜心舟和小萍去给杜心龙送糖饼,顺便了解一下杜心龙的工作进展。

于是,头顶一轮圆月,身映温暖的路灯,在多日来突然明亮起来的夜晚,杜心舟和小萍去了手枪督战队。

杜心龙他们正在喝酒,廉价的烟草味和酒味扑鼻而来。

充当临时营地的小学校教室里,驻扎着贺对庭的一个营,手枪督战队也在这里。此刻,杜心龙他们正在美术教室里,把几张课桌并在一起,一二十个人围着桌子,就着几个简单的菜,猜拳行令喝得正起劲儿。

"搞酒!搞酒!快点……"

"××的脚哩!瞧你都醉成啥样了?还喝!"

"咋着?我就喝了!今朝有酒今朝醉,管他明日喝凉水!"

乱哄哄之中,杜心舟终于认出了杜心龙。

臭小子明显瘦了,应该是心累所致。一个十六岁的少年,过去在家里娇生惯养、颐指气使,到广州后参加革命军,也是单纯地指哪儿打哪儿,如今却肩负着策反北洋军掉转枪口、投诚正义的艰巨任务,估计每天都吃不好、睡不好。但杜心舟相信,经历过这次围城卧底考验,弟弟会进一步成长起来。

"心龙!"杜心舟亮起嗓子喊一声。

"姐姐!小萍!你们怎么来了?"杜心龙惊喜万分,放下酒碗就要挤过来迎接。

杜心舟急忙摆手:"别过来,别过来,我来给你们送好吃的,放下就走。"

说着,她从身后小萍手里接过竹篮,把里面的东西一样样摆在桌子上。有水果糖、糖饼、菱角、藕盒,还有一罐子老黄酒。

"哎哟哟!你个杜心龙,哪辈子的福气,有这样一个好姐姐!"

士兵们都知道杜心龙的家庭实力,如今看到漂亮高贵的姐姐竟然亲自来军营看望,都很感动,一时不晓得说什么好,目光竟然都像胶水一般粘在了杜心舟身上。

"看啥子看?还不赶紧感谢!"杜心龙骄傲地喝令。

一干士兵立刻恭敬地垂手立着,连声道谢。杜心舟笑着祝他们中秋快乐,为了避免他们拘谨,她对杜心龙使了个眼色,转身离开了。

杜心龙知道姐姐的意思,很快追了过来,三个人并肩而行。

"姐姐,我已经打开局面了,队里好些弟兄和我成了好朋友。"杜心龙汇报道。

杜心舟点点头。从刚才的场面和气氛中,她已经感觉到了。弟弟的质朴纯良、豪爽义气很能感染人。当然,一身好功夫也起了很大作用。短短的日子里,他已经成了手枪督战队的红人。

"喂！杜心龙，等一等！"

身后突然传来一个粗重的声音，杜心舟回头，看见两个士兵追了过来：一个是神枪手荀强，另一个是蒙古骑士巴特尔。

"昔日萧何月下追韩信，今晚中秋佳节嫦娥下凡来兵营。俺们也要送一送大美女哩！"

荀强河南话里夹着文绉绉的古词，一双小眼睛在月亮下灼灼闪亮，煞是可爱。微微有些罗圈儿腿的巴特尔站在一旁，壮实的身躯沉稳笃定，仿佛草原上一只待飞的雄鹰。

杜心龙开心极了，上前一手搂住一个，笑道："他们都是我的好朋友！"

"谁说就两个？还有俺哩！"又一个中气十足的嗓门响了起来，他是瘦小枯干的大老王。

杜心龙得意地把三个人推到杜心舟面前说："不打不成交。这三位哥哥，现在都是我的生死弟兄。只要上级一声命令，我们就会立刻起事。"

杜心舟对三个人报以赞许的微笑，关切地说："我知道大家都不愿意打仗。如果革命军拿下武昌城，你们想好去处了吗？假如厌倦了行伍，你们回老家行，留在武汉也很好，这里是鱼米之乡，好养人，很容易活下去！"

荀强不好意思地挠挠头说："俺们还是愿意跟着心龙兄弟，一起加入北伐军扛枪干革命。"

巴特尔和大老王也说："心龙说革命军官兵平等，非常仗义，俺们愿意投诚过去。"

杜心舟钦佩地竖起大拇指，说道："好样的！革命军会隆重欢迎你们的。"转头对杜心龙说道："弟弟，你很幸运，很快就有了这么好的朋友。以后，要继续扩大朋友圈子，一切听贺团长的安排。"

杜心龙吐一下舌头，眼光却越过杜心舟，落在徐小萍身上，谐谑道："丑丫头，来了老半天了，连句话都不和我说。我哪里得罪你了？"

小萍瞪了杜心龙一眼，正色地说："我要说的话，姐姐都替我说了，就和你没的说啰！"

杜心龙被呛得有些尴尬，也收敛起玩世不恭，认真地想了一下，对杜心舟道："姐姐，我有个请求，手枪队缺一个会缝缝补补的人，要是小萍能经常过来做些针线活儿就好了……"

杜心龙话音未落，就被一个人接上了茬："脑袋都掖在裤腰里了，还做啥尿针线？俺就心疼那些房子，老百姓好好住着，为了抵抗北党，说烧就给烧了！"

来人是队长赵大柱。杜心龙等几个人急忙立正敬礼。

赵大柱已然微醺，对杜心舟一抱拳："谢谢女士来犒赏我们，弟兄们在这里太苦了！"

杜心舟莞尔一笑，轻声说道："来看望大家是应该的。心龙调皮不懂事，还望赵队长多担待哟！"

"这个没事，杜心龙是你兄弟，也是我兄弟，尽管放一百个心！"赵大柱再次抱拳，豪爽地回应。

看着赵大柱趔趄而去的身影，杜心舟的心里更有底了。

从手枪督战队回来，已是夜里十点多，此时月亮早已升到中天。没有了炮火硝烟的夜空蓝莹莹的，一轮金黄的圆月，徐徐穿过一绺一绺轻烟似的白云，把它皎洁的光芒洒向城市的每一个角落。月夜，是那样柔和，那样安静，就像从来没有发生过激战，没有人流血，没有人倒下。

杜心舟和小萍沐浴着月光，手挽手走在石板路上。满月惹人相思，杜心舟开始想念李子华，拂晓的攻城他参加了吗？独立团向来都是冲锋在前的，奋勇队里怎会没有他！他现在怎么样了？是不是受伤了，还活着吗？

"子华，你要活着，为我而活着，为我们的孩子而活着啊！"

很想知道，却又无从知道他的消息，这让杜心舟心里惶惑，一阵阵凄清与不安涌上心头。

到了家，公爹李少煊已经回来了，而且破天荒在书房挥毫疾书，在宣纸上写满了"精忠报国""欲将轻骑逐，大雪满弓刀"等狂草。杜心舟汇报完杜心龙的情况，李少煊点点头，指示她要加快工作进度，短时间内把赵大柱争取过来。

"好的，爸爸，我努力去做！"

杜心舟答应着，由于过节解除了灯火管制，书房里的顶灯亮堂堂照下来，照在李少煊清癯的脸上，杜心舟突然发现公爹的脸色苍白而憔悴，眼角似乎还有泪痕，而且，公爹通常晚上是不挥毫泼墨的。于是她关切地问一句："爸，您好像不舒服，没事吧？"

李少煊摆摆手，轻声说："我没事，只是今天攻城再次失利，心里有些难受。"

"我也是，心里堵得慌，也不晓得子华怎么样了。"杜心舟叹口气，忧郁再次袭上心头。

"暂时还没有子华的消息，应该没事。胜败乃兵家常事，打下武昌城是迟早的事。娃子，忙了一天，去休息吧！"

"嗯，爸也早些休息。"

回到自己房间，小萍已经睡着了。简单洗漱后，杜心舟也躺了下来，此时，夜凉如水，窗外是一轮皎月，秋虫唧唧，有秋风从窗棂缝隙吹进来，凉沁沁落在枕席上，催人入梦。

突然，一声凄厉的狗叫，惊醒了正要入睡的杜心舟，她睁开眼睛，侧起耳朵倾听，接着又是一阵狂吠，是那种撕心裂肺的、垂死挣扎的惨叫。

"汪汪……汪汪汪……"

杜心舟急忙爬起来，搬个板凳站到菱花格的窗前往外看。原来，巷子里有几个士兵正拖着一条大黄狗，不顾血肉横飞乱打一气，要终结它的生命，以慰自家的肠胃。

杜心舟喟叹一声，跳下凳子回到床上，再次陷进一腔愁绪之中。凌晨城外的呐喊进攻、城内的机枪横扫、革命军的牺牲、北洋兵的鞭炮、大黄狗的悲鸣，这一个中秋节不是节而是"劫"啊！在这爱与恨、悲与愁的心境里，杜心舟柔肠百结，辗转反侧。

蒙眬中，她仿佛独自来到了一条波涛滚滚的大河边，天空烟雨蒙蒙，四周没有船，只有一座独木桥，桥上有一个人，飘飘荡荡正朝彼岸而去。那个身影好熟悉呀，那不就是丈夫李子华吗？

他一个人去彼岸做什么？看样子好孤独、好凄惨。不行，我要陪他一起去！于是她奋力追了过去。那个人似乎发现了她，飘得更快了。杜心舟就飞跑起来，就在快赶上的一刹那，独木桥却轰然倒塌，断成了两截，他在那一边，自己却被留在这一边。

她哭了，狂喊着："子华，等等我啊！"

那边的人竟然回应了，果然是丈夫李子华，他也大喊着："娘子，你不要过来，千万不要过来！"

他的手里，高高地举着一朵花，一朵赤红的、如血的、美丽的花，慢慢转身离去，身体融进无尽的苍茫之中。

猛然，她发现自己手里也举着一朵花，是一朵洁白的、如雪的花。

端详手里的花，她浑身颤抖，恍然大悟。这种花不是普通的花，它叫彼岸花，红色的叫曼珠沙华，代表着无尽的爱、死亡的前兆和地狱的召唤；白色的叫曼陀罗华，代表着无尽的思念、绝望的爱情和天堂的来信。

彼岸花，也叫引魂花，出自《法华经》，别名摩诃曼陀罗华、曼珠沙华，它盛开在阴历七月，花语是"悲伤的回忆"。彼岸花是开在黄泉路上的花朵，花开时不见叶子，有叶子时看不到花。盛开的时候，远远望去，就像是鲜血铺成的地毯，又因花红似火，被誉为"火照之路"，是长长的黄泉路上唯一的色彩和风景，离去的人就是按着这花的指引，去往最终的幽冥之地。

"难道，他已经不在人世，牺牲了吗？"

"不！不！我不要这彼岸花，我只要你。子华！我的夫君，我不能没有你啊……"她号啕大哭着，扔掉手里的花，从高高的断桥上纵身跳了下去。

"子华，等等我呀！"

"姐姐，姐姐，你怎么啦？"是小萍在唤她。

"你别走，你不能走啊！"杜心舟喘息着，哀哀痛哭。

"姐姐，你又鬼压床了，快醒过来呀！"小萍见呼唤不顶用，就拉住她的胳膊使劲摇晃。

杜心舟呜咽着，终于被摇醒了，她的脸上、身上全是冷汗。

小萍扶杜心舟坐起来，用毛巾擦着她脸上的汗水，心疼地说："姐姐，我知道你在想念姐夫，姐夫命大福大，不会有事的。"

杜心舟没有说话，只是感激地望着小萍，这个南下时鬼使神差钻到自己铺位底下的女孩，居然是自己的守护神，无论是翻山越岭被累倒，还是午夜梦回灵魂出窍，都是她把自己唤醒，让自己重新面对现实。如果没有她，自己是否能平安走到现在呢？

"好妹妹，就借你的吉言吧！"杜心舟感谢着小萍，也安慰着自己。

第五十四章

表姐的传单

围城的日子在继续,双方都在僵持着。

月圆了,又亏了。一转眼,中秋节过去好几天了。江边凉风习习,秋草渐黄,天气一直阴沉沉的,正是"秋雨梧桐叶落时"。飞机依旧早晚过来,在天空徜徉片刻即离开,不过投弹很少。双方的炮火也照常鸣放,不过也不凶,北伐军极少开炮,仿佛怜惜城里日益艰难的普罗大众。

城里的食品价格日复一日猛涨。

有的家庭钱花光了,只能乞讨,大家都没吃的,乞讨也讨不着。而且,即使你有钱,也买不到粮食。有的人饿得实在没办法,只得捡路边的梧桐籽吃,更多的人跑到空地上扯马齿苋、苋菜、灰灰菜、苦苦菜等野菜,拿回家和少量大米一起煮了吃。

但野菜也是有限的,不能今天扯了明天就长出来,有的人就活活饿死了。

杜心舟曾经买米的那家米店,粮食被军队查抄走了,只得关门歇业。也有偷偷卖粮食的,但贵得出奇,一块大洋只能买一升大米,黄豆一块钱两升,还经常没有。连军队不要的锅巴都要两毛钱一斤,大家还抢着买。其他凡是可以入口的东西,都只涨不跌。长此下去,恐怕全城的老百姓只能活活饿死!

李家幸亏提前囤了一些吃的,大米还能维持一阵,后院的菜园经过婆婆和小萍精心打理,倒也不用去挖野菜,每天的饭食就是熬米粥或者煮一点黄豆,配上少许青菜充饥。

武汉商会看到城内百姓饿死的很多,就组织了妇孺救济会,允许妇孺出城过江觅食,并且发下公告,凡是有家眷的可以在首义公园报名,在商会领券,听候示期开放。

杜心舟以红十字救济会襄理的身份,忙着救济百姓。每当看到警察从一些人家里抬出被饿死的尸体,有耄耋老人,也有几岁的幼童,杜心舟总是心如刀绞,只恨自己不是神仙,不能挥挥袖子就变出成千上万袋的大米白面。

自从来到武昌这边,她好久不知道汉口父母的情况了,电话线被切断后,间或还能通信,但这几天门口的邮箱里除了被北洋政府控制的报纸,汉口方面的家信也没有了，但她并不担心，汉口早已在革命军手里，依着父亲的革命积极性，肯定会帮着做事。杜心舟盼望着革命军快点收复武昌城，但她也明白，黎明到来之前，也是天地间最黑暗的时候，她必须更加谨慎、隐忍。

也许是天气阴冷，也许是压力太大，杜心舟平时很准的月事，竟然迟迟未来，月圆的那几天，按说应该来的，而且还有轻微的腹疼腹胀下坠感，但终究没见红。她担心是着凉了，特意穿了秋裤，还在旗袍外面套了一件羊绒小外套。

公爹和婆婆最近心情特别坏。婆婆脸上总是有泪痕，原本端庄贤淑、发髻总是扎得一丝不乱的文雅妇人，忽然间出现蓬头垢面的样子，虽然很快就调整好了，但杜心舟总觉得她在强颜欢笑。公公更加忙，要照看留守在学校里惊慌的学生，要随时与组织保持联系，还要与豫军贺对庭加强来往，彻底取得他的信任。

最近一次中共湖北省委宣传部开会，杜心舟也参加了。省委领导向他们传达了北伐军的最新进展。由于守军顽抗，武昌迄今未能攻下，攻城司令邓演达决定以工兵从宾阳门、武胜门挖坑道到城根，准备炸城墙。同时，孙传芳部派兵溯江而上，试图解武昌之围，邓演达当即采取有力措施，阻截敌人的援军。

这时，革命军总政治部人员已经全部迁移到汉口，邓演达仍留在武昌城下指挥战斗。由于刘玉春等部疲困武昌城，军心动摇，民怨沸腾，留在武昌城里的我方地下工作人员，正在积极做北洋军首领的工作，陈嘉谟、宋大霈、吴俊卿，不论先做通了谁的工作，与我方联系，开城受降，就是首功一件。

会议结束后，杜心舟新的不安又袭上心头。她实在太牵挂李子华了，而且，那个梦，那枝不祥的彼岸花，就像一块大石头一直压在她的胸口。

她一边走一边思忖，难道子华真的牺牲了吗？就在中秋节那天的凌晨。可她还是不能相信，也不敢相信，侥幸地想着，战场上不是常常弄错人吗，在没有准确消息之前，什么都不能确定！只有等到革命军打进城来，到那时，组织上一定会告诉她，二表哥陶云晏一定会告诉她的。她的丈夫不会有事，公爹都这么说了啊！

这么胡思乱想着，以至于走起路来，脚步有些虚浮。

时间到了9月底，守城的北洋军部队粮尽援绝。人是不能挨饿的，无论是老百姓还是军人。围城之初，刘玉春不许勒索人民及劫财的严令已经不起作用了。为了活命，当兵的到处找吃的，光天化日下破门而入，吃饱了就酗酒，哼唱下流小调。城内百姓更是家家断炊，街上都是些东倒西歪的饥民和奄奄待毙的乞丐，还有悲惨地啼哭的妇孺。

面对惨烈情境，汉口商会、红十字救济会等慈善团体经呼吁和斡旋，为百姓争取到开城门三天让老弱妇幼出城就食的机会。同时，革命军继续炮击威慑，并加紧对武昌城守军的心理攻势。

这天早晨，李家正在过早，飞机又来了。起初来飞机时，他们还放下碗筷躲避。其实无处可躲，无非是蹲墙角、钻桌子、钻被窝这些自以为安全的方式，到后来司空见惯，居然懒得躲了，听任它在头上回返往复，烬余的弹壳碎片飞在屋瓦上，仿佛下冰雹一般。

良久，飞机才飞去。过了一会儿又来，这一回是往下撒传单，一时间五颜六色的纸片在天空飘飘洒洒，在日光的映射下，光彩缤纷，灿烂夺目，犹如天女散花。

由于上回没有抢到传单，这一次，小萍铆足了劲要搞来一张。当传单飘下来的时候，她拼命跑过去，还真的抢到两张，一张红的，一张绿的。

"姐姐，给你！"小萍气喘吁吁，骄傲地扬起手里的传单。

"小萍，你真行！"杜心舟夸奖小萍。这个女孩子尽管不识字，但心思缜密，机灵乖巧，她知道别人心里想要什么。

杜心舟把传单迅速叠成一个小方块，塞进贴身口袋里。两个人像得到宝贝一般，疾步跑回家，闩上院门。

屋里，杜心舟展开传单，在窗下仔细阅读。

看着杜心舟专注地看传单上的文字，小萍忍不住好奇，问道："姐姐，那上面说的是什么呀？"

"哦，是劝说城里的守军投降的。这个红色传单题目是'告敌人书'，上款称'对面的弟兄们'，下款署'国民革命军总司令部政治部'，内容大概是比较南北两方的军力和士兵的待遇，劝他们急速倒戈，杀掉吴佩孚，投归到青天白日旗帜之下。"

杜心舟给小萍讲解着传单上的内容。

那一张绿色的传单，也是劝降书，只是文笔更加遒劲旷达，简直就是一篇美文。

我忠勇的北军将领们！我河南河北的好弟兄们！

中州自古粮满仓，燕赵从来多义士。我知道你们都是好样的，当兵吃粮，为大军阀吴佩孚卖命当炮灰，也是生活所迫。然而，吴佩孚思想封建，目光短浅，只知道效忠那个软弱无能的北洋政府。并且为了能够割据一方，长期与其他军阀相互吞并，相互残杀，导致大江南北狼烟四起，哀鸿遍野。只有北伐，才能消除十几年军阀混战造成的分裂动荡。只有北伐，才能解除百姓因兵灾造成的悲痛和苦难。旧的军队必将被新的军队所取代，旧的政府必将被新的为国为民的政府所取代！

俺河北河南的弟兄们，请掉转你们的枪口，站到国民革命军的大旗下，让我们在这里结束战争，让北方老家的妻儿老小过上富足安定的生活！

放下手里的枪，快过来吧！

江水滔滔，芦花飘飘。鸿雁飞去又飞回。俺想俺的中原故乡。

打开城门，让我们会合吧！

中不中？

这封信情真意切，既讲清了投诚的理由，又有浓郁的人间烟火气，还夹杂着些许的河南土话，读起来催人泪下。

杜心舟读着读着，禁不住拍案而起："陶云舒，你这个小蹄子！"

这个动作把小萍吓了一跳，不明就里地问："姐姐你怎么啦？"

杜心舟也不解释，兴奋地扯一下小萍的辫子，仰天大笑道："哈哈，中！中！中哩！"

小萍却担忧地望着杜心舟，摸摸她的头，没发烧啊。这大白天的，不会又是鬼压床吧？于是问道："姐姐，你笑什么呀？"

杜心舟这才想起给不识字的小萍做个解释："是这样的，我们的表姐陶云舒又大显身手了。这传单一定是她的手笔，写得真好。哈哈……"

小萍纳闷地说："我们走的时候，表姐不是答应留在贺胜桥安胎了吗？难道她也跑过来了？"

"咱们这个表姐，从来是不按常理出牌的。她肯定是又撒娇又耍赖溜了出来。我可以断定，她就在汉口，就在大江的对岸。"

杜心舟又把传单从头到尾扫了一眼，微微蹙起了眉头："这种宣传，照说是很有力量的，不过北军多半目不识丁，长官又严禁他们看这些东西，即便他们私藏了传单，恐怕也没什么效果。"

"要是他们能看到简单好懂的呢？"小萍突然插嘴。

"你什么意思啊？"杜心舟惊讶地抬起头。

小萍有些发窘，以为自己说错话了，赶紧解释："我的意思是，姐姐说没有效果，那是因为他们没有看到，如果让他们看到了，几句话就能明白里面的意思，他们一定会……倒戈的！"小萍很费劲儿地说出了这个文辞"倒戈"。

杜心舟惊喜地望着小萍，她发现短短半年来，这个原本瘦小懵懂的女孩子，不仅身体发育很好，而且政治上也开始成熟，有了强烈的革命主观意识。

是呀，我们何不把传单上的内容改得更加浅显易懂，像童谣一样口耳相传，散布到北洋军里呢？

第五十五章

杜心舟怀孕了

萧瑟秋风里，天气一天凉似一天。

生活物品越来越少，越来越贵，莲藕每斤一串钱，白菜每斤八百钱，米粉四百钱一把，碎野苋菜梗或枸叶二百一碗，都俏得很。天刚亮，人们就来早市上买，稍稍晚一点，东西就全没了。

守城的吴军也趁乱私卖米粮，那天因为盗卖军米，一个营长被处死。然而，胆大的军人仍不怕。这天巷子里又来了一个，背三斗米，十钱两升售卖，等李家知道时早已卖完了。

其实他们的军粮并不充裕，也面临着断炊的危险。于是，守城司令部发布通告，要民众调查举报哪里还有囤米，抄出后让出几成作为酬劳。许多知识阶层的人，也在他们号召之下干起了举报找米的勾当。古人说，"仓廪实而知礼节""礼义出于富足"，还真的是这样。无论是贩夫走卒，引车卖浆者流，还是朱门富户，书香门第，一旦到了没有饭吃的地步，全顾不上身份礼仪了，只要能活下来，什么都肯干。

邻居赵家是做布匹生意的，家里存着十石米，不知怎么就走漏了消息，被军方悉数抄去，只给他们留下了几升米，而赵家有老少七八口人哪！走投无路之际，全家寻了短见。

李家的情况也好不了多少，房后菜园里的小油菜刚露出头就被拔出做了汤，以前根本不屑吃的茄子皮，也煮着吃掉了，菜地周围野生的苋菜，被扯得只剩下光秃秃的梗。

婆婆冒着炮火出去买菜，竟被北洋兵把菜和钱抢得精光，城内百姓已经四肢无力，走路踉跄。街上已很难买到粮食和蔬菜了，山上能吃的野菜、野草也采光了。家里还有一点米的，多半是将米磨碎，煮糊汤度命。

李家也是如此。为了节省粮食，婆婆用捣蒜的石臼子把大米捣碎，再用笼屉布筛一筛，和青菜一起煮成糊汤喝。

这天晚上，一家四口喝过糊汤，杜心舟和小萍回房歇息，由于营养不良，只觉得身上懒懒的，想躺着回忆从前吃过的美味。

夜半时分，杜心舟隐隐听见有人在哭泣，是那种压抑的低低的哭声。起初，她以为是巷子里谁家又饿死人了，这已经屡见不鲜了。

然而，仔细再听，那哭声是从自家后院传来的。那是一种呜咽，是一颗心破碎之后无处悲号的憋闷，给人的感觉就是，假如再不找个出口发泄，整个人就会窒息而亡。

听着这哭声，杜心舟感到自己的心也仿佛被撕成了两半。她强忍着眼泪，推一下身边的小萍，问道："你听见没？"

小萍也醒了，轻声回答："姐，我听见了。"

"我们去看看吧！我心里好难受。"杜心舟说着，起身把小萍拉下床，两人朝后院悄悄走去。

后院黑乎乎的，让人瘆得慌。树木的影子在风中摇曳着、纠缠着，树叶飘落，一片树叶"啪"地落在杜心舟脸上，把她吓了一跳。一蓬野草旁，影影绰绰，似乎是公公和婆婆蹲在地上，婆婆在哭，公公在抚慰，声音很低很低，一点儿都听不清。

"二老这是怎么啦？"杜心舟和小萍躲在暗影里，不敢贸然上前。

过了一会儿，两个老人站了起来，婆婆有些趔趄，被公公搀扶着，脚步蹒跚地朝前院走去。他们没有发现杜心舟和小萍，就这么相互搀扶着，穿过夹道，回堂屋去了。

这一段时间，婆婆忽然变得很苍老，记性也似乎差了好多，常常丢三落四，她的眼神总是笼罩着一层忧伤，眼角总是有泪痕，特别是被吴军抢走买菜钱之后。

她曾经悄悄问过公爹。公爹轻描淡写："你姆妈小心眼，怕日子过不下去，全家会饿死。她就是个林黛玉，经常闻铃肠断、见月伤心，你不用担心她。"

杜心舟点着头，但她忽然发现，短短十多天，公爹的头发竟然也白了许多，鬓发几乎是全白了。

她再次想到那个噩梦，那枝梦里的彼岸花，她不敢想下去。她宁愿相信他受伤了，伤在大腿，伤在胸部，即使像二营营长史绍杰那么严重，二表哥也会给他治好的。哪怕他被炮弹炸瞎了双眼，炸断了双腿，那也不要紧，她会做他的双眼，做他的拐杖，让他像正常人一样生活！

然而，对着镜子，她却看见自己的眼神里，燃烧着绝望与疯狂，令她自己都害怕。她狠狠地掐住右手的虎口，留下一排深深的指甲印，在疼痛中，心情才慢慢平复下来。

这天凌晨，突然枪声大作，原来是刘玉春发兵六千出通湘门、宾阳门去抢米，抢得了两百袋高粱。可是士兵只有三分之一返回来，一是双方恶战，死了一部分；二是还有一部分趁机投奔了革命军。

天亮之后，街上传来乱糟糟的脚步声和喊叫声。杜心舟透过街门的缝隙往外看，原来是返回来的残兵败将，有的抬着担架，有的抬着棺材，还有的一个人扛着好几杆枪，正垂头丧气从街上走过。而城外，机关枪爆豆一样响成一片，仿佛是给这些败兵送行。

又过了一天，刘玉春再次派兵冒险出城。这一次，刘玉春竟然亲自率领四个团的兵力由望山门、通湘门、保安门出击策应，企图奇袭北伐军攻城司令部。他的用意是，一方面配合溯江而上的孙传芳部的援兵；另一方面他在降和不降之间想做第三个选择，那就是胜。北伐军早有准备，再次给了刘玉春迎头痛击，守军狼狈不堪地逃回城里。残兵里，竟然有杜心龙。

当晚，杜心龙悄悄来到李家，李少煊夫妇和小萍都不在，只有身体不舒服的杜心舟一个人窝在客厅的藤椅里。

"姐姐，我看见他们了！"杜心龙压抑不住内心的兴奋。

"你看见谁了？"杜心舟坐直了身体，明知故问。

"我看见弟兄们了，还有军旗，差一点我就逃跑过去了，真的，就差一点……"

"为么事要差一点呢？"

"姐，你看！"杜心龙撸起袖子，让杜心舟看他胳膊上的伤痕。只见杜心龙两只手腕上，全是密密麻麻的牙印，那牙印青里透着红，红艳艳、血淋淋，再狠一点鲜血就冒出来了。可以想象他用了多大的力气来克制自己的冲动，为了执行任务，他用自残来管束自己。弟弟在成长在成熟，他才十六岁啊，以后在漫长的革命道路上，他一定会有大出息的！

杜心舟感慨着，找出半瓶白酒，用棉签蘸着酒液，细心地给杜心龙擦拭伤口。

两次突围失败，援军无望，抢粮受挫，困守在武昌城里的北洋军愈发恐慌，尤其是杂牌军，斗志更加消沉，也更加肆无忌惮，根本不把刘玉春放在眼里。北伐军趁机派人加紧联络，向他们馈赠香烟和大米等吃的、用的，那些将领和士兵如获至宝，感激涕零，恨不得立刻投诚，保留一条性命。

杜心舟这边也很用心，她把传单上的劝降书改成了若干顺口溜，通俗易懂，朗朗上口，如：

> 武昌城，像座山，
> 山穷水尽浪打滩。
> 吴佩孚，早逃跑，
> 刘玉春，傻忠诚，
> 饿死百姓千千万。
> 良臣不事大昏君哟，
> 好兵不打无用仗。

顺口溜编好后，小萍研墨，杜心舟写字，两个人忙得不亦乐乎。李少煊也加入进来，以一笔俊逸洒脱的蝇头小楷，加快了传单誊写的速度。转眼间已经写满了好几张宣纸，待墨迹干后，小萍用裁纸刀把它们裁成一张张纸条，分成三部分。一部分交给前来接头的唐成，一部分由小萍趁着去手枪督战队缝补的机会转交给杜心龙，还有一部分由李少煊带到中共湖北省委去。

小萍顺利完成了任务。李少煊从省委回来，带来一个大好消息，那就是，刘玉春不仅对杂牌军有强烈的成见，而且与武汉警备总司令陈嘉谟的隔阂也日渐公开化，暗潮激涌，两部甚至发生内讧，就差势不两立了。

"久守必失。能因敌变化而取胜者，谓之神。"李少煊对杜心舟说。

这天晚上，唐成和贺对庭拿着北伐军馈赠的白酒和热干面来到李家，三个男人在书房里落座，均是面有菜色，少气无力。李妈妈急忙下厨煮面。热干面很快煮好了。一瓶酒，三碗面，没有佐料，只有一碟从后院挖来的苦苦菜，开水焯过后加了点盐，但对于饿了太久的他们来说，已经是山珍海味了。

酒足饭饱后，三个人的脸上渐渐有了神采。李少煊告诉贺对庭，上级要他们沉住气，见机行事。目前刘玉春与北伐军正在谈判，他们可以先按兵不动，如果刘玉春能够遵守协议，接受收编，那么双方皆大欢喜，豫军无须出面。假如刘玉春又反悔了，他们要准备好立刻与北伐军单独接触，确定开城时间，迎接北伐军进城。

"贺团长，这个任务就交给你们了！武昌城不能再困守下去，为了让全城百姓活下去，我们必须做好开城门的准备！"

"没问题！我的团保证完成任务！"

贺对庭也向李少煊转达了师长吴俊卿的谢意以及投诚的决心。中秋节那一仗他是被逼无奈，硬着头皮抵抗攻城的北伐军，造成了双方不小的伤亡，他对此表示深深的歉意。出城抢粮更是不得已，这也导致他的数十名河南兄弟命丧他乡，他是真的不想再耗下去了！

李少煊高度赞赏吴俊卿的明理和大义，他以国民革命军特派员的名义让贺对庭转告吴俊卿，革命军绝对不会亏待吴师长，投诚后定当提升职位，委以重任。

分别的时候，贺对庭借着酒劲儿挥毫，写下"重生"两字草书，李少煊也随之泼墨，抖腕运气，一气呵成"心向善，艺求精"六字隶书，两个人各自举起自己的作品，相互点评，开怀大笑。

又是一周了，杜心舟的月事还是没来，这是从来没有过的。而且，最近她老是犯困，身上懒懒的不想动，早上不想起床，晚上又早早睡了。也许，这就是俗话说的春困秋乏吧！但以前为什么不困呢？屈指算算，月事已经延迟十几天了。

杜心舟有点焦急，莫不是生病了？围城已经到了最后的关头，这个节骨眼儿上，千万不要生病啊！

这天早上，过早的时候，杜心舟打着哈欠，懒洋洋地来到饭厅。由于革命军通过相关渠道向守城豫军馈赠了部分粮食，组织上也派人给李家送来一些大米和豆子，所以家里能够吃饱饭了，但杜心舟看着香喷喷的米饭就是没胃口。

"心舟，吃饭了！"婆婆关切地说道。

"姆妈，不知道怎么回事，就是不想吃。"杜心舟捂着嘴，只觉得胃里一阵阵难受。

公公和婆婆都惊异地看着她。

"前段时间饭菜太差，把肠胃搞坏了。家里还有最后一点藕粉，我给你冲一杯去。"婆婆说着就要起身。

"不要，妈，不是饭不好，是我胃里好难受。"杜心舟急忙摆手阻止。

婆婆还是去冲了一小碗藕粉，放了一勺白糖在里面。杜心舟实在拗不过，就慢慢喝了。

饭后，小萍照例帮着婆婆收拾厨房。杜心舟想着今天的任务，正要起身回自己房间，突然，胃里翻江倒海一般，一股胃酸直往嗓子眼儿上涌。

"我难受，想吐……"

杜心舟说着就往屋外跑，想吐到外面，可是，还没等她跑出去，就哇哇地吐了起来，把刚喝下去的藕粉全吐了出来。

"孩子，你怎么啦这是？"婆婆急忙过来，给她轻轻地捶背。

"我也不知道，好几天了，一直想吐，今天还是吐了。"

杜心舟蹲在地上，用手揉着胃部，还在干呕，脸色苍白，鼻涕眼泪全出来了，那难受的样子，惹人疼惜。

"嗯，是不是得胃病了？或者……"婆婆沉吟着，问道，"心舟，你是不是一直没有见红？"

杜心舟尴尬起来："是的，快两个礼拜了，一直没有。"

婆婆欣喜道："孩子，依着姆妈的经验，你这是有喜了哟！"

杜心舟愣了，会吗？

呕吐的感觉终于过去了，婆婆扶着杜心舟坐在厅堂的椅子上，婆媳二人难掩激动的心情。婆婆说："我们去找先生把把脉吧，就在旁边那个巷子里。况先生是中医世家，把脉很准的哟。"

于是，婆媳二人互相搀扶着，走过凋敝的街道，来到悬挂着"养和堂"牌匾的木门前，轻轻叩门。

连敲三遍，木门终于开了，探出一张慈祥的脸问道："谁呀？"

"娘娘，是我，二巷李少煊家的。"婆婆恭敬地回答。

"哦呀，是李主任家的啊。"老婆婆又看看杜心舟，"这位是？"

"这是我儿媳，今天就是请况先生给她把脉哟。"婆婆说。

"进来吧！"老婆婆打开院门，亲切地招呼婆媳俩进来。

况先生家也是个二进院子，干净的院子里飘着熬制草药的沉沉药香。以前的老中医，采药、炮制、把脉、抓药一条龙都是亲手完成的。

这个况先生，在武昌城里颇有名气，最大的特点是抓药不用秤，无论什么药，只需用手一抓，几两几钱就能估摸出来，上秤称一称，不差分毫，而且价格便宜，候补街上的百姓有了病都来找他。

老婆婆把杜心舟婆媳领到院里，对着堂屋喊一声："老况，有人找你把脉啰！"

况先生年过七旬，留着山羊胡，穿着对襟的柞丝褂子，精神矍铄，古风盎然。只是由于饥馑，脸色有些蜡黄。

进入诊室，况先生打量一眼杜心舟，让她坐下来，放松心情，把右手平伸，手腕搭在八仙桌的小棉垫子上。然后，况先生什么也没问，将自己的右手食指、中指、无名指、小指依次搭在杜心舟右手腕上，神情极其专注。片刻，又让杜心舟伸出左手，同样把四个手指依次搭上去，凝神片刻，放开，面带喜悦地说："她姆妈，恭喜，你儿媳这是双身了！"

双身，在武汉俗语里，就是怀孕了，有喜了。

"真的吗？"杜心舟听了尖叫一声。

况先生不说话，只是慈爱地看着她。

杜心舟感觉到了自己的失态，慌忙解释道："谢谢况先生，我是不敢相信啊！"

婆婆激动得抹起了眼泪："菩萨保佑呀，我李家有后了！"

惊喜万分的婆婆，慷慨地留给况先生六百钱的诊金，还有一包舍不得吃的熏干。

回家路上，婆婆沉浸在欣喜之中，一会儿流泪，一会儿笑，一路上不停地用手帕擦眼睛。

公爹李少煊得知杜心舟怀孕的消息，也是激动万分，竟然老泪纵横，起初还有眼镜掩饰着，到后来泪水沿着脸颊滚滚而下，索性对着苍天大吼两声："啊哈哈……苍天有眼，不绝我儿李子华啊！"

杜心舟又激动又自责，她觉得，公婆如此兴奋，都是自己的肚子不争气，让他们等待太久的缘故。

入夜，杜心舟躺在床上久久不能入睡。她轻轻摩挲着自己的小腹，尽管腹部还是一马平川，但她知道，里面有一个小小的受精卵，已经开始形成了胚胎，它会慢慢长大，成为人的形状，那一定是李子华的样貌——大大的眼睛、高高的鼻梁，棱角分明的嘴唇，当然还有聪慧的大脑、坚强的意志……

"孩子啊，你终于来了！爸爸妈妈盼你盼了好久好久。阿爸要是知道你来了，该有多高兴！他在养伤，很快就会好的，等你们见面的时候，你这个小小的人儿，也该来到世界上了，他抱着你，我挨着他，我们是多么幸福的一家人啊！"

第五十六章

妇孺过江觅生路

从关城到现在，已经一个多月了。

人文荟萃的大都会武昌城，已然变成了鬼门关。阴风阵阵，杀气腾腾，恶臭冲天，满地尸骨，每个人都感觉前路茫茫，生死难料。生活问题日益迫切，早已无人生乐趣可言。

近来不但无米，连杂粮野菜也买不到，即便是谷糠，也涨到了六百钱一斗，后来谷糠也奇缺，涨到六百钱一升。因为糠饼太粗糙不能直接吃，有的人家就将谷糠炒熟，找来一点白糖和一点油调和起来，才能咽下去，味道倒还可以，只是吃下去排不出来，腹胀如鼓，痛苦万状。

杜心舟忍着强烈的妊娠反应，照例去救济会工作。她是红十字救济会的襄理，下属的妇孺救济会需要她的帮助。

让妇孺出城觅食，保全他们的性命，这件善事从关城那一天起，杜心舟所在的红十字救济会就开始酝酿并和军方交涉了，一直拖到现在，眼看着天天有人饿死，军方终于同意择日放行，这同意的缘由，是他们的家眷也在饿肚子。

凡是有家眷的，可以在正善堂报名，在首义公园领券，等候开放出城的日子。一时间，前来报名的居民络绎不绝，一个个瘦骨嶙峋，面带菜色，有气无力，还有的人走着走着就倒下了，再也没能起来。

双方的大炮时有时无地仍在对放，但此时老百姓已经不在意了，只要有东西吃，就能活命，就死不了！

到了10月3日，城内终于出了布告：凡是在妇孺救济会报了名的，准许今天过江。一时间平湖门内的街道，人山人海，比肩接踵。

军警检查非常严格，只给第一批有出城证的人放行，其他想跟着混出去的人一律赶回。如果不回去，就用刺刀乱捅。特别是那些衣着光鲜一点齐整一点的，好多人被刺刀捅得头破血流。

"我们只放穷人出去，有钱的滚回去！"

有的人没能出去，却发现了机会，跑回来向亲戚朋友宣传："想出去的，快点换上破衣服啊，越破越好，最好往脸上抹点儿灰，即便没有出城券，也可以混出去啰!"

于是,大家一窝蜂去找破衣烂衫,甚至把半新的衣服剪出一个个破洞。

即使这样混出城之后,他们还要在白沙洲接受革命军检查,确定真的是难民,才可以过江,坐船到鹦鹉洲,再经过汉阳,渡过襄河,一路折腾,起码要一天才能抵汉口,非常辛苦和麻烦。可总比在城里被活活饿死强啊!

第二批难民出城的时候,妇孺被挤或被踩而死的不计其数,街上呼儿唤娘的惨叫声不绝于耳,甚至有的肚破肠出,血肉模糊。

杜心舟目睹此惨状,心里非常难过:"多么可怜的民众啊,没有死于枪炮,却死于互相践踏。难道我们的善举错了吗?本想救他们,反而害了他们?"

"究竟是谁之过?这样的惨况,刘司令你晓得吗?"

杜心舟仰天长啸,她唯一能做的,就是以红十字救济会襄理的身份给军方打报告,讲述百姓的惨状,希望得到及时改进。

还好,第二天,守城司令部改变了原来的做法,出城券也不收了,并且贴出告示:"每日开城一次,准予自由出城,时间虽有定规(上午九时至十一时),日期暂无限制。人民须按次序鱼贯出城,以免拥挤死伤。"

这样一来,平湖门正街和两旁支巷里,秩序明显好多了。

但城内秩序更加紊乱,兵士们疯狂抄抢,长官们也不大管事了。那些士兵见什么抢什么,布店、鞋店、瓷器店、理发店、药铺、伞铺、茶铺……无一幸免。这天中午,长街上有一家酱园被抢了,许多士兵扛着大缸小罐,像得了宝贝似的。

唐成敲开李家的院门,送给李家一罐甜酱。婆婆不仅不收,还训斥唐成:"你也是读书人出身,怎么也跟着干这些无义之事?"

唐成乐了,把酱罐子放下说道:"师母,弟兄们已经饿得走不动路了,您知道吗?他们明明知道大酱很咸,不能单吃,可是饿极了就啥都顾不上了,用手挖起来就吃。我看着他们,这心里,像刀割一样痛哩!"

婆婆听了眼圈都红了,望着唐成,心疼地说:"孩子,你们受苦了,大家都受苦了哟。这甜酱我要了,等不打仗了,我去酱园把这一罐子的钱给人家结了,否则,我心里不安生啊!"

唐成很受感动,他"啪"的一个立正,给婆婆行了一个军礼:"师母,谢谢您!您是我做人的榜样!"

这天,杜心龙又过来了。臭小子显得特别高兴,兴冲冲地进来,一进门就拦腰抱起杜心舟在院子里打转转。

小萍见状，吓得尖叫起来："心龙，快把姐姐放下！"

"为么事？"杜心龙大惑不解，抱着杜心舟继续打转，嘴里不满地嘀咕着："怎么啦？娇惯了？成了琉璃咯嘣，不能碰了？"杜心龙大惑不解。

小萍恼怒地继续阻挡，大声呵斥："我说不能碰就是不能碰，不小心把姐姐摔倒怎么办？"

看着未婚妻愤怒的样子，杜心龙只得不情愿地放下杜心舟。

由于杜心龙抱得太紧，杜心舟有些喘不过来气，身体摇晃着站立不稳，小萍急忙过来扶住她。

"没事啦，哪有那么娇气。"杜心舟笑着，轻松地说。

杜心龙不明就里，一张大嘴几乎要撇到耳朵根，笑道："就是娇气了嘛，还不承认。"

小萍对杜心龙挥舞着小拳头，大声说："你懂个啥子？姐姐怀孕了，你就要升级当舅公了！"

"真的吗？"

"当然是真的！"

"啊哈！"杜心龙高兴地怪叫一声，一蹦三尺高，忘乎所以地喊了起来："我要当舅公啦！我要当舅公啦！哼！哼！哈！兮！嘿！"

杜心龙不知道该怎样表达此刻的心情，干脆伸胳膊踢腿耍了一套鹰爪拳。打完拳，他伸手就来扯小萍的辫子："丑丫头，等打下武昌城，我们就结婚好啵？"

小萍的脸立刻红了，羞涩地低下头，嗫嚅道："我们年龄还小啰！我不想这么早就当你的老婆。"

杜心舟赞许地望着小萍，亲昵地搂住她的肩，对杜心龙说："心龙啊！小萍说得对。你们还小，而革命的任务还很艰巨。再说了，我们是有组织的人，是革命军队里的军人，结婚要向组织汇报，听从组织的安排。"

杜心龙立刻收敛了嬉笑，一本正经起来："是！长官姐姐！我听组织安排。"

随后，杜心龙又从挎包里掏出一个用油纸包裹的东西，得意地挥舞着说："这是我给姐姐带来的好东西，请姐姐收下哟！"

小萍急忙问："啥子东西？"

"马肉！"杜心龙得意地说。

小萍接过纸包，就要往厨房里去。这时，院门被推开了，是婆婆从外面回来了。婆婆告诉他们街上又贴布告了，好多人围着看呢！

三个人一齐上前围住了婆婆，询问布告内容。

"好像是，武昌现正议和，刘部准于本日上午十二点钟开到青山改编，驻防鄂城，余者缴械遣散，唯改编军士，均须徒手出城。"

读过私塾的婆婆，记性甚好，竟然能复述布告原文。

此时，百姓已经有一半出城去了汉阳和汉口，饥荒缓解一些，物价渐渐回落。这里还有两个原因：一是军队抄出用不完的东西只好拍卖；二是商家怕抄，只得脱本求现。所以，以前花四枚铜板只能买一个糠饼，现在却能买同等大小的一个高粱饼了。婆婆一高兴，竟然买了八个高粱饼，又看到杜心龙带来的马肉，更加高兴，就连进厨房的脚步都轻快了许多。

下午，李少煊回家，带来了更好的消息。

那就是，目前除了刘玉春，所有的部队都愿意投降。北伐军趁机遣来中间人，要求言和罢战。看看满城饿殍和不成人形的部下，刘玉春心软了，同意退出武昌城。

于是，国民革命军总指挥唐生智和邓演达、副总指挥陈可钰、阵前起义被任命为国民革命军第十五军军长的刘佐龙等，与吴军将领刘玉春、陈嘉谟等订立了收编吴军的七条协定，如果没有意外，不出三日就可解决。

大家顿时欢呼起来，全家人好久没这么开心了。

"我们已经被关了三十八天了，终于要自由啦！"杜心舟激动地搂住小萍的肩膀，发出银铃般的笑声。

"条约是再次签了，但刘玉春还是没有诚意，北伐军也保持着高度的戒备，我们要抓紧做杂牌军的工作。"

李少煊收敛起笑容，语气开始严肃起来，向杜心舟等几人分析城里的情况："那些军队原本就没想为守护武昌城卖命，加之围城月余，城内弹尽粮绝，走投无路的他们早就与城外的北伐军暗通款曲了。刘玉春一方面继续死守，另一方面还要分出兵力监视城内杂牌军的行动，也是筋疲力尽。这正是我们抓紧对杂牌军攻心的好机会！"

"心龙，你的手枪督战队怎么样了？"李少煊问杜心龙。

"没问题！现在那二百个弟兄全听我的，大家都憋着一股劲儿，盼着快点开城门，好去打先锋！"

李少煊赞许地望着杜心龙："我就知道心龙是好样的！"

仿佛要与他们的心情相互配合一般，此时，天高云淡，城内一片安静，往常每天不息的枪声消失了，飞机也没有轰鸣着前来盘旋骚扰。从不远处传来嘀嘀嗒嗒的洋号声和咚咚锵锵的洋鼓声，应该是某个学校或机关团体为迎接革命军进城而在进行演练。

夜里，杜心舟梦见了李子华，骑着高头大马，挂着指挥刀，带着他的队伍，雄赳赳气昂昂从通湘门进来。街上的北洋军看见革命军进城，立时魂飞魄散，呆若木鸡，有枪的急忙举枪缴械，无枪的逐一跪求免死。城内居民见北伐军进城，把早已准备好的写着"欢迎革命军"的红旗挂了出来，站在家门口欢呼不停。

早上，她把做的梦对婆婆说了，婆婆的表情是那样欣欣然："子华是有出息的孩子，小时候算命先生就说他，将来文能当知州，武能做都统。这一辈子他活得值了，下辈子也不会差到哪里啰！"

"嗯。姆妈，我就是喜欢子华那份上进心，嫁给他一点都不后悔。"沉浸在幸福中的杜心舟，没有听出婆婆话里的隐语。

第五十七章

饥饿引发的斗殴

天气又阴沉起来。

一大早，东边的朝霞就呈现出异样的绯红，"朝霞不出门，晚霞行千里"，过于妖媚的色彩预示着阴雨的到来。果然，午后老天变脸，风雨大作。与天气变幻莫测同时的是议和再次失败，刘玉春再次临场变卦，要全副武装出城，双方又一次决裂。

此时，城内早就饷尽援绝，军心涣散，全无斗志。以前还只是白天抢东西，如今白天黑夜都在抢，大摇大摆登门入室，肆意抢掠。不仅杂牌军抢，刘玉春的嫡系第八师士兵和下级军官也出来抢。抢掠范围已经不仅仅是吃的喝的，居民家里的金银珠宝、衣服鞋袜、绣品字画，凡是有用的、值钱的，统统带走。哪个敢反抗，黑洞洞的枪口对准你，扳机一扣，胸前立马开出一朵大红花。

简直是疯了！

在这之前，刘玉春眼见城中面有菜色的士兵，也很是心痛，他的内心不是没有挣扎，一直在降与不降之间反复徘徊，却又总是抱着最后一点希望不肯放弃。

而今，被饥饿与绝望折磨得几近疯癫的士兵，肆意祸害民众，已经达到了不能容忍的地步。他知道大势已去，对于这个局面他自己已经无能为力了，夜间连发三次急电到汉口，要刘佐龙速急派人进城维持秩序，收编军队，并和革命军司令部又一次商定后天即10月10日凌晨，吴军全部交出武器，打开城门，立刻撤出，绝不反悔！

鉴于刘玉春日暮途穷的情况完全暴露，革命军总司令蒋介石见时机成熟，也立刻电令攻城总司令唐生智、邓演达、陈铭枢等准备攻城。

豫军第三师这边，从河南省巩县来增援，带过来上百匹战马和驮运物资的骡子，在围城最困苦的日子里，就把这些马和骡子相继宰杀以犒军，再加上革命军馈赠的一些粮食，所以，日子比嫡系的第八师过得好，这使第八师的士兵非常眼红，时不时过来跟第三师套近乎。

而第三师这帮河南兵，平时受够了第八师的傲慢和偏见，因此对其不理不睬，甚至故意举着香喷喷的马肉在他们面前晃悠。这一下把嫡系第八师的士兵惹翻了。

这天晚上，第八师数十个士兵来到豫军第三师，手里拿着抢来的绿松石、玛瑙等珠宝，要和他们交换马肉，豫军这边不干。

"那些东西又不能吃，俺不换。"

"不换也得换！"

"娘的个脚的！俺就不换，你能咋着？"

"××养的！敢跟老子顶嘴，看我不修理你！"

"鳖孙生的！怎动俺一个指头试试？"

话赶话，茬呛茬，双方话不投机，干脆肢体冲突。也搞不清谁先动了手，反正就这么你一拳我一脚打了起来。

第三师还是不敢放开手脚，有好几个人被人家打翻在地，骑在身上拳头耳光直往下落，眼看着就要吃大亏，不知谁发声喊："快叫手枪队过来呀！"

报信的拔腿就跑，不一会儿，杜心龙、荀强、巴特尔、大老王几个高手便飞奔而来。见此情景，杜心龙哈哈大笑："你个斑马！还真打起来了，好得很咧！"

荀强眯起一只眼，用手比画扣扳机的样子，阴阳怪气地说："好家伙，真中，这一打就是一大串哩！"

巴特尔迈着粗壮的双腿，几乎是横着走过来的，大声嚷嚷着："天上的雄鹰从来不跟兔子搭腔，那是因为兔子是它的口粮！"

大老王撸一下衣袖，露出青筋暴起的瘦胳膊，不耐烦道："都别耍贫嘴，上了再说！"

于是乎，几个人扑进嫡系群里，如入无人之境，只听得噼里啪啦、扑哧咣当、哎呀妈呀，也就是一支烟的工夫，地上便高粱秆子一般躺倒好些人，一个个头破血流、鼻青脸肿、哭爹喊娘。

待到贺对庭闻讯赶来，双方已经拿起了武器，机关枪都架了起来。

"×××，谁敢开火，我先毙了谁！"贺对庭怒不可遏，站在两支队伍中间，一手叉腰，一手拍着胸脯，"你们谁要开枪，就冲着我来！"

这一场殴斗，以豫军赠送嫡系五十斤马肉，双方相互搀扶着伤兵离开而结束。

贺对庭也没有上报，本想就此息事宁人，士兵们也挺可怜的，都是饿疯了才这样的啊！

然而，第八师不依不饶，派过来一个副官讨说法，非要贺对庭严肃处理杜心龙等几个打人者，否则他们要告到守城司令部军法处去。

贺对庭大怒，骂走了副官，立刻向吴俊卿作了汇报。

吴俊卿听了立刻脸色阴沉如水，面对着墙上的城防图，沉默不语。

"这是明摆着欺负人哩！是可忍孰不可忍。师长，不能等了，请立刻举事吧！"望着思索之中举棋不定的上司，贺对庭坚决地说。

吴俊卿把手按在城防图的一座城门标志上，继续沉思不语。

"师长，我们不能再等了！刘司令的心思我们很难猜度，他中途变卦不是一次两次了，等他真的打开城门，弟兄们早就饿死了，这样下去不中啊！"

吴俊卿浑身一震，把手从城防图上移开，重重地点头："贺团长，你马上联系李先生，今晚就带我去见那边的人。"

"是！"贺对庭立正敬礼，出门上马飞奔而去。

当晚，在李少煊的引领下，吴俊卿带着参谋长李循南、贺对庭等人，悄悄出城，来到了驻扎在南湖的革命军司令部，见到了总指挥唐生智、邓演达、陈可钰等将领，商议开城事宜。

革命军司令部的将军们，这些天正在为议和再次破裂而烦躁。从9月上旬围城到如今，几次与北洋军谈判都无结果。虽然刘玉春和陈嘉谟也曾主动提出邀请，声称要与北伐军讲和，但他们同时又起着防御之心，议和成了他们衡量自己能否坚持下去的砝码。刘玉春不会轻易弃城的。尽管已经定于10月10日开城接受改编，但北伐军对刘玉春已经失望透顶，谁能知道到时他是否会变卦呢？必须寻找新的突破口。

豫军这次主动来面谈，真是天赐良机。双方约定了开城条约和时间，即10月9日夜里，由贺对庭打开保安门，参谋长李循南打开中和门，杜心龙打开宾阳门，荀强打开通湘门。北伐军进城后，投诚的豫军放下武器，由革命军派人引领到造纸厂待命，接受改编。

情况十万火急，只有一个白天的准备时间。

开城时间确定后，第二天一大早，李少煊和杜心舟就去开会了。

这一次，中共湖北省委和国民党湖北省党部及武汉特别市党部，几乎在同一时间召开紧急会议，研究如何配合豫军第三师开城纳降，做好配合革命军进城的工作。

参加会议的工人纠察队、各高校进步团体、社会团体代表陆续来到，大家精神振奋，就连发言的声音都比以前响亮许多。

"我们已经撤走了与刘玉春谈判的人员，原本固若金汤的武昌城，就要被我们轻易拿下了！"

"今夜凌晨，豫军第三师就要行动！大家要各尽其责，按照原来的方案展开配合，以确保城里秩序正常……"

会议开得简短迅速，大家领命后也迅速散去。

杜心舟和公爹李少煊则留在博文书院。

博文书院是李少煊公开职务的所在地，也是中共湖北省委一个秘密活动据点，而李少煊则是这个据点的守护人。

他派学生护送省委领导一行返回住所，又安排好学生治安队的护校事宜，然后独自坐在阶梯教室里，燃起一支香烟。他要梳理一下工作上的细节，看看是否还有疏漏之处。

杜心舟也坐在阶梯教室里休息。最近几天，她总是心悸头晕。她猜测是胎儿发育迅速而自己营养不良的缘故。当然，还有马上就要和丈夫李子华重逢的激动导致的吧？

杜心舟努力使自己平静下来。她以手托腮，用崇敬的目光望着坐在讲台上沉思的公爹。

此刻，一缕阳光透过宽大的玻璃窗，照在李少煊身上。清亮的光线下，身穿西装、神色严峻、沉稳从容的公爹，与李子华相比，李子华军人的敏捷凌厉多一些，李少煊文人的儒雅飘逸更强烈一点。杜心舟遐想着，自己生下的孩子，李家的第三代，将来会做什么呢？一定是从小既习文又习武，然后去国外学习先进的科学技术，学成归来，在统一和平的国家里，像詹天佑为国家修铁路一样，做出自己应有的贡献。

这么遐想着，杜心舟禁不住笑了，消瘦的身体轻轻摇摆着，苍白的脸上泛起了红晕。

一个学生急匆匆进来，在李少煊耳边说了句什么。李少煊点头。学生出去了，须臾，领进来三个身穿便衣的男人。

"老师！贺团长来了！"走在前面的唐成，对李少煊恭敬地喊一声。

原来，他们是唐成、贺对庭和杜心龙。

李少煊把他们让进阶梯教室里面的套间，又招呼杜心舟也进去，并随手关上了房门。

贺对庭他们这次过来，是为了与革命军再敲定一下进城的具体细节，包括起义的豫军在左胳膊扎上白毛巾，与刘玉春的第八师区别开来，以免被误伤。豫军打开城门放下武器后，按照约定集合起来，去指定地点待命，革命军要为他们准备丰盛的饭菜、休息场所等。

李少煊连连点头:"这些都没问题!贺团长放心好了!"

"贺团长,犒军的事交给我好了,我是红十字救济会襄理,这些都是轻而易举的事!"杜心舟也说。

贺对庭用信赖的目光看着杜心舟,有些不好意思:"贤侄媳妇,不是俺们贪吃,而是弟兄们饿得都走不动了!"

"民以食为天。这是我们应该做的呀!"杜心舟笑吟吟地,就像第一次遇见时那样,她的高贵典雅、落落大方以及发自内心的慈悲,都令贺对庭产生信任感。

一切安排就绪,贺对庭起身离开。

杜心龙跟随在贺对庭身后,一身贫民的打扮,威风凛凛,青布腰带紧紧缠着的腰间,有若干暗器藏在里面。

趁着一起往外走的当儿,杜心舟赶上来,用手捅了一下杜心龙的腰:"心龙,今晚千万不能出问题呀!"

"姐姐放心,我拿脑袋担保,一切按照约定办!"杜心龙相当自信地拍着腰。

"心龙,今晚我和小萍在首义公园,等你们的行动大功告成!"

"明白!长官姐姐!"由于穿着便装不便敬礼,杜心龙对着杜心舟比画着胜利的手势。

第五十八章

北伐军开进武昌城

夜晚的首义公园，出奇地安静。杜心舟和小萍在路灯的幽光里拾级而上，来到辛亥首义纪念碑亭里。午夜之后，气温骤降，凉飕飕的犹如冬天。杜心舟紧紧裹着那件银鼠皮斗篷，小萍早已穿上了薄棉袄，两个人紧紧偎依在一起。和公爹李少煊一起过来的，还有省委的几名干部以及红十字救济会的几名女青年，大家都毫无倦意，带着压抑不住的兴奋，在亭子里走来走去，倾听着从保安门、中和门、宾阳门、通湘门那边传来的动静。

这是一个注定要载入史册的夜晚，若干年后，中国近代史上将会记载这个夜晚发生的事。但再浩瀚的历史，也比不上亲历者刻骨铭心的感受，而杜心舟，幸运地遇上了！

心潮起伏的杜心舟，突然听见一阵嘹亮的冲锋号声。没错，是她熟悉的北伐军的冲锋号，几乎同时从保安门、中和门、宾阳门、通湘门传了过来。

那号声在黎明前的天空回响着，如沉闷的冬天之后突然传来的云雀的歌声，大家都被震撼了，兴奋地拥抱在一起。朦胧的晨光里，杜心舟依稀看到从城外冲进来一支队伍，穿过城门洞，飞快地冲进城里。那是一支铁灰色的队伍，队伍里的人勇猛、严整、闪电一般迅疾，在队伍前头，是一杆蓝底红飘带的军旗，骄傲地迎风飘扬。

杜心舟跳起来大喊："同志们，革命军进城了！"

是的，革命军进城了！

豫军第三师第一团，于凌晨三时如约打开城门，同时打开保安门、中和门、宾阳门、通湘门等城门，北伐军随即进入，大队人马浩浩荡荡，一路上不断鸣枪示威，大呼："缴械者免死！"

这时候，城内豫军部队和警察早就悬挂起了欢迎的旗帜，一些仍在街上呼喊抢劫的北洋兵，猛然看见革命军进城，吓得魂飞魄散。革命军命令他们自己脱下军服，接受搜查，除了抢劫赃物最多的就地枪毙外，其他人一概免死，以示宽宏。

城内居民看到革命军进城，则是欢呼不已，纷纷在自家门前高挂起早就准备好的旗帜，热烈欢迎革命军。

陈嘉谟、孙建业、宋大霈、余荫森等部北洋军，因饥饿疲惫，欲抵抗却四肢无力，勉强打了几枪，便宣告投降。陈嘉谟弄了一套破衣服，乔装打扮，趁乱逃出了督理府欲出城，结果被第四军搜查队当场活捉。

困兽犹斗的是刘玉春部，拒绝放下武器，在督军署、学兵营、省长公署等地与革命军展开激烈巷战。所有的街巷全都失守后，刘玉春仍不甘心，率余部登上蛇山，继续指挥作战，直到城内守军几乎全部投降。身边的旅团长们纷纷跪地哭求："总司令啊，兵士饥饿如此，不能再打了！"

霎时间，司令部里哭声震天，一片悲鸣之声。刘玉春看着跟随自己出生入死的部下，一个个消瘦得不成人形，顿时老泪纵横，不再言战。众人趁机生拉硬拽，把刘玉春带进了教会的文华学院。

外面的枪声和喊杀声越来越近了，文华学院大礼堂里，刘玉春默然端坐，一言不发。众下属再次齐齐跪倒劝道："总司令，大势已去，您就忍了这口气吧！"

"总司令，您对'玉帅'的忠诚如昭昭日月，堪比关公。可是，我们毕竟是凡人啊，哪个不拖家带口……"

刘玉春扫视一下众人，发现部下全都神情萎靡，斗志全无，而且许多人已经自行解除了武装。他摆摆手，长叹一声："你们……都去吧！"

众部下闻言面面相觑，不敢相信此话的真伪。

刘玉春看出了大家的疑惑，再次摆摆手，抬高了声音道："你们自行撤离，各奔前程去吧！"

众部下还是不敢动弹，刘玉春站起身，背对着他们，再次发声："你们走吧！"

他的声音低沉而嘶哑，其中还杂糅着父亲一般的慈爱："是我对不住你们。我不忍看见你们现在的样子。走……吧……"

所有的参将、副官都匍匐于地，把头重重地磕在墁地的青砖上，咚咚作响："总司令，您要安然无恙啊！"

众属下一步一回头，哭着出去了。

大礼堂里，只剩下刘玉春一个人，他独自静静地坐着，等待北伐军的到来。

一个小时以后，刘玉春被北伐军第四军第十二师缪培南部俘虏。两个主帅的被俘，也标志着武昌城的攻防战基本结束。

这一天是1926年10月10日上午，北伐军占领蛇山，大获全胜。至此，宣告围攻四十天之久的武昌城被攻克，江城武汉完全收复。

在首义公园里，由于担心被流弹误伤，激动万分的杜心舟、李少煊和省委的几名干部，按照命令继续守在原地，派出去的侦察员不断向他们报告战斗进展。

上午十点，他们接到了北伐军占领蛇山的好消息。十一点，街巷的零星战斗也基本上结束了。

按照分工，杜心舟带着小萍，急奔豫军第一团接受收编的集结地——造纸厂。此时，社会秩序尚未恢复，缴械的北洋军一个个被押解着，在路上缓缓而行，前往督军公署、省长公署、省议会三处听候发落。

天气虽然晴朗，但愁惨的空气依然弥漫于城郭，令人触景生悲。许多街面已成焦土，大街上每隔数丈就有一条战壕，深沟高垒，败絮铺地，还有一摊一摊未干的血迹，以及未抬的尸棺，上面压着袖章，以便识别身份。

杜心舟到达的时候，豫军一团士兵的会餐已近尾声。

早在城门打开之时，城外的农民协会和红十字救济会就开始在为投诚的北洋军准备好吃的。肉菜、热干面、大米饭、馒头、包子、米酒……每一个木桶和藤筐都装得满满当当，然后放在太平车上，用人力或者小毛驴拉着，一趟趟运进城里的指定地点。湖畔山下，大街小巷，人们来来往往，笑声、吆喝声、抬东西的号子声、混合着肉菜味儿的香气，飘荡在终于有了生机的武昌城里。

杜心龙左胳膊上扎着白毛巾，虽然还穿着北洋军的军装，却戴着一顶不知从哪儿搞来的北伐军大檐帽，显得不伦不类。

他的那几个好朋友荀强、巴特尔、大老王，正在抢他的大檐帽，谁抢过来就戴一会儿，然后又被另一个抢去。

造纸厂高大的厂房里，回响着他们开心的笑声。

"心龙！"杜心舟一声呼唤。

"姐姐！"随着杜心龙呼喊姐姐的声音，荀强他们也跟了过来。

长久忍饥挨饿的肠胃，由于受到美食的滋润，那种由五脏升起的快乐之声，令他们喊起"杜小姐""杜襄理"来，声音格外响亮有底气。

杜心舟快步走上去，和他们逐一握手，亲切地说："大家辛苦了！攻克武昌城，你们立下大功一件，革命军不会亏待你们的！"

荀强望着杜心舟，认真地说："我早就知道杜小姐不一般，你一定是革命军里的人。"

杜心舟没有直接回答，笑着道："从今天开始，各位弟兄也是革命军里的人了，大家要继续互相担待啊！"

"放心吧！这是当然！"荀强、巴特尔、大老王一起回答。

杜心舟满意地点头，对杜心龙一抬下颚，说道："臭小子，归队吧！"

杜心龙急忙立正敬礼："是！长官姐姐！"

午后，城里的秩序明显好多了，进城的北伐军在忙着布置驻所，博文书院也暂驻了一个营，李少煊已经组织了临时执行委员会，办理一切应办事宜。杜心舟由于要协助筹办晚上的欢迎革命军进城的大会，带着杜心龙和小萍重新回到了首义公园。

返回的路上，他们看到一辆汽车，车厢外悬挂着一条白色的横幅，上面写着斗大的"刘玉春被活捉、陈嘉谟被生擒"黑色字样，一直朝后城马路总司令部开去了。

这一天，确切地说，从北伐军打进城里的那一刻起，武昌城的大街小巷就陆续高挂起"欢迎革命军"的彩旗。从上午八时起，108响的礼炮就开始发出喜庆的轰响。到了中午，街面上，所有的店铺都开门营业，张灯结彩。各机关团体和民众纷纷走出家门，到武昌最文艺的街道——昙华林开会庆祝。会毕，立刻分三路出发游行，合计有三百多个机关及民间团体，参加游行的人数达到廿万人以上。一时间旗帜飘扬，鞭炮齐放，欢呼声、掌声此起彼伏，暗鸦已久的九省通衢，顿时河山生色，日月重光。

到了晚上，革命军总政治部借用新市场空地上演新编的"双十节"文明戏和歌舞，各界民众再次欢欣鼓舞地举行提灯大会。于是，歆生路、后城马路一带，灯光辉耀，鼓乐喧天，简直是举市若狂。

第五十九章

杜心舟归队

"女英雄回来啦!"

当杜心舟一脚踏进战地救护队驻扎的紫阳路湖北公立医院时,救护队立刻炸开了锅,几乎所有的人都跑出来迎接,带着生离死别之后的狂喜,与她握手、拥抱,嘘寒问暖。

平时不苟言笑的陶云晏此刻紧紧握着杜心舟的手,两眼透过高度近视眼镜闪着激动的泪光,连声说着:"回来就好,回来就好……"

大老黄以长辈慈爱的目光端详着杜心舟,心疼地摇头道:"瘦多了,这要不得啰,得赶紧补。"转身去厨房炖鸡汤去了。

韦革命抚摸着杜心舟的脸,眼泪哗哗往下淌,哽咽道:"心舟,传闻说你早就在城里被饿死了,可我不相信,我们的心舟福大命大,一定会完成任务胜利归来。怎么样?我的话应验了吧?哈哈……"

她说着说着由哭转变为笑,笑过后又接着哭起来。大家都跟着韦革命情绪起伏,感叹不已。

杜心舟随着韦革命回宿舍的路上,仍有人不断和她打招呼,关切地问这问那。

这里的宿舍,比她们一路上住过的条件好多了。杜心舟的床位一直保留着,雪白的床单、薄薄的军毯、摆放整齐的洗漱用品。为了迎接她的归队,韦革命早早地就把保管的军装重新洗了一遍,用熨斗熨得平平展展。

一进门,杜心舟就扑倒在自己的床上,激动地亲吻着床上的军毯,那上面有阳光的味道和救护队特有的来苏水的味道。

和部队分别四十多天,却像过了四十多年一样漫长,思念和担忧,责任与压力,饥饿与奔忙,多少个枪炮轰鸣中的不眠之夜难平的思绪,此刻都如潮水一般哗然退去,只留下重新投入部队怀抱的幸福与踏实。

她急不可待地脱下旗袍,重新穿上军装。铁灰色的军服、粗布的绑腿、草鞋、挺括的檐帽、纤细的腰上扎着一条宽宽的武装带,那个英姿飒爽的女兵又回来了!

当初进城的时候,为了与大小姐的身份相匹配,她特意戴了假发,如今不需要齐腰的大波浪卷发了。韦革命娴熟地用剪刀帮她修剪有些长了的真头发。谈笑中,那些黑发便接连不断飘落在地上的废报纸上，如一团散乱的乌云。

镜子里的女子，军容齐整，齐耳短发，消瘦的面庞虽然还带着几分憔悴，但精神状态非常好。

此时，小萍也早已换装完毕，帮着杜心舟收拾东西，旗袍需要清洗熨烫，皮鞋也需要保养，这些物品都要留着，以备将来再用。

杜心舟摘下那对翡翠耳环，交给小萍，说道："这个，还归你保管。"

小萍双手接过来，珍重地重新放进火柴盒里。

"一直说要给你打一对儿耳环的，到现在也没顾上。对不起，小萍，姐姐失言了。"杜心舟内疚地说。

"姐姐可别这么说，我们是去做工作的，而且城里的情况那么残酷，不值得为这点小事分心啊！姐姐处处帮助我，关心我，比什么都好。"小萍安慰着杜心舟，言谈中流露出的思想高度，俨然已经是一名成熟的革命战士了。

韦革命在一旁打趣："心舟，瞧你这弟媳多懂事，我要是有这么一个弟媳，夜里睡觉都能笑醒啰！"

三个女人正说笑着，外面传来敲门声，紧接着是队长陶云晏的声音："杜心舟在吗？"

杜心舟连忙开门："陶队请进！"

陶云晏进来，深深地看了杜心舟一眼，说道："你到我办公室来一下。"

看着陶云晏凝重的面容，韦革命的脸色也变得悲戚起来，她轻轻地抚着好朋友的肩膀："去吧！不管发生什么事，还有我们呢！"

是该告诉她真相了！

可是，谁都开不了这个口。这样的噩耗，只能以组织的名义通知她。

在与杜心舟谈话之前，陶云晏已经做了充分的准备。然而，当他看到杜心舟眉头蹙起，并且用探寻的目光看着自己，那神情分明在问："我的子华在哪里？谁能告诉我呀！"

杜心舟忧戚的面容，使陶云晏有些犹豫。作为表哥，杜心舟是他姨表亲的妹妹，作为战地救护队队长，他又是她的行政长官。他有责任有义务告诉她真相。然而，话到嗓子眼儿却难以出口，以至于变得吞吞吐吐。

所以，当杜心舟跟着他走进办公室的时候，他竟然语塞了好久才开腔："心舟，有件事我必须告诉你，你要做好心理准备。"

杜心舟已经预感到了什么，脸色更苍白了，轻声道："陶队请讲。"

"这个……这个……"陶云晏继续吞吞吐吐,"你的丈夫……我的表妹夫李子华,他,他……"陶云晏说不下去了,使劲咽了一口唾液。

杜心舟忽地站了起来,她两眼发直,定定地看着陶云晏:"子华,他怎么啦?"

"他在9月21日攻城时,牺牲了!"陶云晏嘴唇哆嗦着,干脆一不做二不休,一口气说了出来。

"啊!……"

杜心舟惨叫一声,身体摇晃起来,眼看着站立不稳就要摔倒,陶云晏急忙过来扶住她:"心舟,表妹,你要坚强啦!"

杜心舟面无表情,两眼呆滞,喃喃地说:"没事,我知道了……知道了……我走了,谢谢陶队告诉我。"

然后,她像一个木偶一般,拖着僵硬的两腿,机械地走了出去,在走廊拐弯处,身体碰到一根柱子上,也似乎没有痛感,摸摸发红的胳膊肘,继续往前走去。

陶云晏用手势示意,早已守候在一旁的韦革命和小萍悄悄跟在杜心舟后面,以防不测。

在医院的花园里,杜心舟坐在长椅上,她的头低垂着,右手食指在腿上不停地写字,嘴里念叨着:"子华,李子华,李子华……"

她竟然没有哭,她已经不知道哭了。可是她的呆傻,她的碎碎念,却比哭更令人悲伤!

杜心舟的样子把韦革命吓坏了,她再也抑制不住,冲上去一把将杜心舟搂在怀里,用力掐她的人中:"心舟,你哭出来吧。哭出来呀!你不能这么憋着,哭出来就好了。子华不在了,还有我们呢!"

"哇……"杜心舟终于放声大哭,不,是哀号,是一颗心被刀子切割成碎片的痛苦哀鸣,是撕心裂肺的如歌长哭!

"我的夫君哪……你就这么走了,剩下我和孩子怎么过呀!"

杜心舟悲怆凄婉的哭声,震天撼地,刹那间让人觉得天光都黯淡下来。周围的人都跟着哽咽落泪,韦革命也随着大哭起来。

不知什么时候,杜心舟感觉一双温暖的有些粗糙的手落在自己的肩膀上,随后是一个慈祥的声音在耳边响起:"孩子,别哭了,子华要是知道你这么伤心,九泉之下他的灵魂也不会安生的。"

杜心舟止住哭声,抬起肿胀的眼睛。她看到了两位鬓发斑白的老人站在自己身后,原来是公爹和婆婆。

"爸，姆妈！你们怎么来了？"

"我们早就来了，是你表哥不放心，让我们来陪你。"

"呜呜……子华，他不在了，他牺牲了呀！"杜心舟又哭起来，大颗的眼泪沿着苍白消瘦的脸颊滚落下来。

"孩子，我们很早就知道了。就在中秋节攻城那一天……"婆婆说道。

"你们早就知道了？"杜心舟惊异万分。

"是的。"公爹李少煊点头道。

"你们为什么要瞒着我？为什么啊！"杜心舟睁着通红的眼睛，歇斯底里地揪住公爹的衣袖。

"我们怕你接受不了，你还有重要的任务要完成。"李少煊任由杜心舟发泄自己的情绪，平静地解释。

"后来，你肚里有了孩子，我们更不能告诉你了，会伤了胎气的。"婆婆接着说，慈爱地抚摸着杜心舟的头发。

杜心舟明白了，原来丈夫牺牲的消息，公爹和婆婆早就知道了，他们忍着丧子的巨大悲痛，强作欢颜瞒着她，担心她伤心过度，对身体、对胎儿不利。忍着，比说出来更痛苦、更煎熬。那个"忍"字，就是在心上插一把刀啊！

世界上的父母之爱，没有什么能比这更伟大。

杜心舟止住了悲声，轻轻闭上眼睛，她的思绪回到了中秋节的晚上，梦境中那条波涛滚滚的大河边，正朝彼岸走去的丈夫李子华，手里高举着如血的彼岸花曼珠沙华，身体慢慢融进无尽的苍茫之中。

其实那个梦已经告诉她了，可是她不相信，她不敢相信，不肯接受这个现实，只想从高高的断桥上纵身跳下追随他而去。

她进而想起了只有糊汤可喝的晚上，听到后院里传来的呜咽声，看到忽然变得很苍老的婆婆，被公爹搀扶着趔趄而行的身影。

"爸爸！姆妈！你们受苦了啊！"杜心舟一下子扑到婆婆怀里，再度哽咽起来。

婆婆为她擦干眼泪，整理好头发，哄孩子一样拍着她的背说："孩子，打起精神来吧，你还有好多事要做，我们李家的孙子在等着来到这个世界呢！"

杜心舟咬着牙，抬起了头，从婆婆怀里挣脱出来，站直了身子。

是的。虽然丈夫牺牲了，但她还有别的亲人，还有肚里的孩子，还有革命军里的战友，还有肩负着一个战地救护队员的责任，她必须好好活下去！

马萧来了。他把李子华生前的一套军装和一封信交给杜心舟，那封信确切地说是一个留言条，是攻城前李子华匆匆写的，字迹非常潦草："亲亲吾娘子，我方决定再次攻城。敌人炮火很猛，但我们绝不退却。想你，祝中秋快乐！"

杜心舟再次痛哭起来，她的眼泪都快流干了，两眼干涩，不仅眼睛肿，连脸颊都浮肿起来。这一连串的痛哭哀号，使杜心舟的嗓子哑了很久，跟人说话多了，肺部就觉得闷，感觉喘不过气来。

就在杜心舟悲痛欲绝的当儿，已经是北伐军总政治部宣传处副部长的陶云舒，走过热火朝天拆除城墙的人们，冒着飞扬的尘土过来看望她，两个人紧紧搂抱在一起。

杜心舟哽咽着，什么话都说不出来，只是紧紧地抱着陶云舒。

陶云舒轻轻拍着杜心舟的背，不停地说："心舟，没事，没事啊，一切都会好起来的。"

杜心舟还是讲不出一句话，只是摇头和流泪。

两个人就这么相依相偎着，千言万语都变成了关切的凝视。杜心舟已经不哭了，却依然精神不振。

陶云舒穿着军装，腰间扎着皮带，但干练的女军人形象中，明显有了浓浓的孕味。两个月不见，她皮肤更白皙，而且变得丰腴了，圆圆的脸上胶原蛋白十足，俨然一个小母亲幸福的样子。说话也柔和缓慢了许多，不似以前那么一句赶着一句，开口就像一挺急速射击的机关枪。

她们的交谈小心翼翼，谁也不敢触及李子华这个名字。当陶云舒得知杜心舟也有孕在身，高兴坏了，兴奋地说道："心舟，你太棒了！我们不愧是表姐妹，连怀孕都差不了多少天。"

杜心舟眼神幽幽的，充满了怀想："也是奇怪了，那天早上，他离开的时候，我就有一种预感，我们会有孩子的。"

陶云舒点点头，陷入幸福的回忆中："嗯。有时候，女人的直觉相当准。其实我当时也有预感，可我就是不肯相信自己。"

"可是，老天为什么让一个人离去，另一个才来到啊，他们俩为什么不能见面呢？"杜心舟幽幽地说着。

发现触到了表妹的痛楚，陶云舒急忙安慰她道："他并没有离去啦，只是换了一种方式陪伴你。他是英勇的军人，军人的灵魂永远守护着亲人的平安。"

杜心舟也连忙止住自己的伤感，转移话题："他，知道你的情况了吗？"

陶云舒的脸"唰"地红了，不好意思地答道："他知道了，没想到他好高兴啦！"

"那是肯定的呀！人到中年有了真爱的结晶，睡觉都会笑醒的。"杜心舟为表姐而欣慰。

"心舟，谢谢你当初阻止了我的荒唐举动，才保住了这个孩子。你不知道吧，当时我恨了你好几天呢。"

沉重的气氛打破了，表姐妹终于可以轻松聊天了。告别的时候，陶云舒望着杜心舟消瘦的脸颊，再三叮嘱她好好休息，并说要送她一堆好吃的，勤务兵一会儿就会送来。

第六十章

九月九挥毫祭夫

武昌光复不久,武汉的粤侨联欢社委托汉阳兵工厂铸造了一块长一米、宽半米的铁盾牌,赠送给第四军将士。该盾正面中央铸有"铁军"两个竖写的大字,右上方题"国民革命军第四军全体同志伟鉴"。背面是一首古风颂诗:

烈士之血,主义之花。
四军伟绩,威震迩遐。
能守纪律,能毋怠夸。
能爱百姓,能救国家。
摧锋陷阵,如铁之坚。
革命担负,如铁之肩。
功用如铁,人民依焉。
愿寿如铁,垂亿万年。

在武昌攻坚战役中,第四军第十师、第十二师的官兵,特别是叶挺独立团的官兵,作战英勇,所向无敌,屡建奇功。独立团团长叶挺、第三十六团团长黄琪翔指挥作战,身先士卒,骁勇善战,杀敌果敢,立下了特殊的战功,为全军将官的表率,国民政府军委会破格授予叶、黄两团长少将军衔。同时,第四军原副军长张发奎升任为军长,叶挺少将升任为第四军第二十四师师长。

独立团改编为第二十四师第七十三团,周士第升任为独立团代理团长,卢德铭为团参谋长。杜心龙升任第七十三团特务连副连长,马萧则离开独立团团部,调到由黄埔军校改名的中央军事政治学校武汉分校担任政教主任。

第四军战地救护队与国民政府陆军医院合并,陶云晏升任外科主任医师,杜心舟升任护士长,但由于她妊娠反应很厉害,组织上给予她一个月的特别假期,让她休养安胎。

跟随北伐军独立团参战五个多月,勤奋的马萧总是抓住每一分钟,以石块当板凳,以膝盖当书桌,开始另一场战斗——写作。攻克武昌后,他把由韦革命誊写的十几万字的战地日记和相关照片,寄给《中央日报》。当时北伐前线没有随军记者,报社收到马萧的战地日记如获至宝,随即在《中央日报》连载,即时在国内引起轰动。短短的时间里,马萧已经成了全国瞩目的战地作家。

一举成名、踌躇满志的马萧,没有忘记默默誊写并悉心保管那些战地日记的恋人,他通过组织,要调韦革命去中央军事政治学校医务室工作。

然而,这个安排,成了两个人心生隔阂的导火索。

韦革命死活不肯调走,理由是她喜欢当护士,乐意照顾那些从战场上抢救回来的官兵,乐意吃苦受累冒风险,不想去享清福当官太太。这是两个人自相识以来第一次产生意见分歧,原先的甜蜜浪漫变成了一见面就争执怄气的尴尬。

杜心舟归队的时候,正是他们闹别扭闹得不亦乐乎之时。细心的杜心舟觉得他们的矛盾并不是调动工作这么简单,以她对韦革命的了解,这个热情奔放,对马萧充满了崇拜爱慕,做事百依百顺的广西女兵,如今突然这样逆反,一定另有缘由。

两位好友的谈心,是在安静的茶馆里进行的。

"小韦啊,究竟出了什么事?你这样幽怨的眼神我可从来没有见过哟。"杜心舟轻轻地嗅着青瓷茶碗里的茶香,率先打破沉默。

韦革命抬起头,眼神幽怨,口中却不承认:"我有这样的眼神吗?没有吧?"

"那,既然没有,你就跟着他去吧,你们可是天作之合哟。"杜心舟把青瓷茶碗托于掌心,呷了一口,鼓励道。

"唉,人家现在是大作家了,我只是他的一个誊写员罢了,可有可无的,我不想当他的电灯泡。"韦革命叹一口气,把碗里的茶水一饮而尽。

"心舟,你不知道,自从他的战地日记受到追捧,两个多月来,他好像变了一个人,怎么说呢?就像一只骄傲的小公鸡,趾高气扬,夸夸其谈,目中无人,好像他自己有多了不起一样。他让我去他身边工作,也是为了他自己,为的是伺候他,继续当他的助手,根本就没考虑我喜欢不喜欢!"

面对知心的战友,韦革命开始大吐苦水:"这样满脑子虚荣的人,给他一片阳光就想拥抱太阳,给他三分染料就想开染坊,我有个预感,将来他肯定是个背信弃义的人!"

"哈哈哈……"杜心舟放声大笑,喝了一半的茶呛在气管里,猛然咳嗽起来,吓得韦革命赶紧为她抚背。

"笑死我啦!小韦呀小韦,我看你的心眼儿只有针鼻儿这么大!你好好想一想,当初我们在韶关火车站遇上他的时候,他是什么样子?不就是现在这个样子嘛!当时我是有成见的，可你呢，第一眼就迷上了。"

韦革命脸窘得通红，陷进了回忆之中。两个人的目光都望着茶室对面的粉墙，仿佛那里存留着当时的影像，正在一帧帧播放出来。

"他朗诵《西风颂》时的豪迈与激情，真的好帅好迷人哟！"韦革命喃喃地说着，想起当时借书时的撒娇使性和频送秋波，禁不住嘴角上扬。

"他是文人，更是诗人，诗人的特性就是浪漫奔放，多愁善感。而文人呢，很多情也很孤独，有情有义更有泪水，普通的男人是无法与他们相比的。小韦，继续去爱他，去帮助他吧，不要犹豫了。"杜心舟给韦革命续上茶，恳切地劝着。

"我担心的是，他将来如果成了一名政客，就不是现在的样子了。"原来，韦革命的担忧是在这里。

杜心舟又笑了："瞧，又杞人忧天了不是？依他的性情，也许以后会发生一些让你烦心的事，但只要你心怀宽广，那就不是个事儿！至于大局势方面……"杜心舟略微沉吟一下，接着说道："我们不能知道将来会发生什么，但我们当初的誓言是不会变的，只要我们自己立场坚定，就不怕任何变化与危难！"

经历了围城的残酷和丧夫之痛的杜心舟，在政治觉悟上明显比韦革命成熟了。经过杜心舟的劝说，韦革命同意去军政学校医务室，遂了马萧的愿。

由于妊娠反应很厉害，杜心舟吃什么吐什么。吐了，她命令自己继续吃，不是为了自己，而是为了肚子里的孩子。

"孩子啊，我知道以前你一直在天上。你知道我们夫妻恩爱，如胶似漆，你默默地看着我们，担心自己的到来会搅乱我们的幸福。如今，他不在了，你赶紧下来安慰我，给我做伴，给我新的希望，是这样吗？"

孤独寂寞的时候，杜心舟总是轻轻抚摸着腹部，与腹中的胎儿说悄悄话。她坚信孩子能听懂，能明白她的殷殷期望。尽管这个当儿，胎儿只有纽扣那么大，但他（她）会迅速发育成形，长出圆圆的脑袋，细细的胳膊和腿，小小的心脏随着呼吸强劲有力地跳动。

农历九月初九，是中国传统的重阳节。

秋，已经深了，凉意日甚一日。傍晚，杜心舟漫步在草地上，脚下的秋草随风而起，散落一地的金黄。伴着心里那份如影相随的忧伤，她蓦地想起丈夫李子华已经牺牲将近一个月了，禁不住泪水涟涟。

武昌城光复好几天了，杜心舟还没有见到丈夫的遗体，这使她很痛苦。她知道,战后,经叶挺提议,已经将攻城阵亡的独立团191名官兵遗体合葬在了武昌洪山南麓。

叶挺师长得知杜心舟想单独祭奠丈夫的要求后,特地传过话来,告诉她合葬也只是一种形式,为表彰烈士们的英雄业绩,国民革命政府要在洪山修建北伐烈士陵园,并且很快就要动工。

这一天,杜心舟独自一人去了洪山南麓的烈士合葬墓。她坐在墓前,抚摸着那块刻着"北伐军独立团牺牲烈士之墓"的简易石碑,心潮汹涌。

一个军人最大的荣耀就是战死沙场,马革裹尸而还。然而,他是自己同床共枕的丈夫啊!她是多么希望枪子儿能长眼睛,避开他,绕过他,让他活着,让他们继续恩爱下去呀!

然而,这些都是奢望。

他长眠在这里。她不忍心留他独自在这里。这里清冷、荒凉,没有人间烟火气。她要守着他,给他温暖,给他热闹,给他生活气息!

杜心舟就这样一直呆呆地坐着,直到雾霭四起,江风浸骨,小萍一路呼唤寻来,才起身离去,兀自慨叹:"子华,夫君,魂兮归来啊!"

回到宿舍,胡乱吃些东西,杜心舟便慵懒地倒头睡去。迷迷糊糊中,她被一个远古时期激烈征战的梦境惊醒,再不能寐,辗转反侧,胸中似乎蕴积着块垒,不吐不快。于是,她披衣而起,扭亮台灯,找出纸和笔,略一思索,便唰唰地写了起来:

写给亲亲的那个人。

写给遽然惊醒的那个梦。

写这封信的时候,我仿佛在古代,依然是女儿身,缃绮做裙,紫绮为襦,褐色的长发柔顺地滑落肩头。手握狼毫,写写停停,不时托腮凝望,思绪瞬间穿越千年。

夫君啊,我们就要相见了。可是我心中忐忑,生怕你认不出我来,我们分别太久太久了。那一仗打得好惨烈,尸横遍野,血流成河,狼烟直冲九霄遮蔽日月,牛角号呜咽四野颤抖惊悚。将士们用自己的血肉之躯,舍命保卫疆土,又一次把蛮族挡在了雪山的那一边。

收兵的金锣响起,铁骑陆续回营。可是,我却找不见你。暮色里,昆仑茫茫,黄河荡荡,我的夫君,你在哪里?

我本不是一个彪悍的男儿，而是你麾下勇敢的骑士，意志坚强，忠心耿耿，唯你马首是瞻。十数年来，我从来没有离开过你。在你的身边，我的心跳坚实有力，我的感情有所归依，我的生命灿烂华美。

我不能没有你！

于是，寻你、找你，成了我的命中注定。

在箪食壶浆迎接戍边将士得胜还朝的行列里，在霓裳羽衣舞翩然而起的大明宫中，在天阴雨湿荒草萋萋的古战场上，在桃花盛开美若云霞的果园深处的柴扉前，依稀是你，却不是你！

又是一个轮回过去。

那一世，我化身一只喜鹊，住在你家的大杨树上。为了引起你的注意，每日晨昏，我都发出快乐悦耳的鸣声；每日午后，我都把羽毛梳理得整齐闪亮，长长的黑尾巴闪着幽蓝的天光。可是你呀，那个清俊的苦读书生，竟然视而不见。但我知道那就是你，甘愿守着，守着就是幸福。在你金榜题名，迎娶宰相女儿的那个夜晚，我歌唱直至嘶哑，嘴角绽放出一朵祝福的红花。

又是几个轮回过去。

我曾经做过天朝的公主，曾经投胎为森林里的小鹿，曾经是一朵田野旁的雏菊，还曾是一个行吟的盲诗人……而你，曾作为异国的使者接受过我的召见，曾作为仁厚的猎人把我收养在你的圈中，曾是辛劳的农夫耕耘在我的脚下，曾是心事重重的历史学家倾听过我的歌吟……

有时候，我也不能确信那就是你。

那天的战斗太酷烈啊，那天的分别太匆匆。越是亲近的人，越是不堪回首，只想把熟悉的面容藏在记忆的最深处。

遇见，错过。再遇见，再错过。不经意间，千年已过。

如果不是那个梦，我至今还在寻找。

在梦里，你手握宝剑，身披银色铠甲，威严站立。旁边，是你忠诚的战士和你钟爱的乌骓马。身后，是望不到边际的大草原，天空如洗，夕阳如血，草原湿润的晚风，拂动远处的大旗猎猎作响。

我看到了那个千年未变的标志，沉默的狼形巨石。我明白你在哪里了！这哪里是梦啊，它分明是上苍的启示。

我呼唤着你的名字，回味着你的气息，带着我们唯一的信物——一枚戈壁滩上捡来各自珍藏一半的青铜刀币，向你飞奔而去。

这一世，我是一个武汉江城的女子，秀丽而乖巧。没有国色天香，没有显赫身世，只有柔弱的身躯和纯洁善良的天性，但骨子里却依然是男儿性情，有一颗坚定勇敢的心。

你恍然大悟的神情告诉我，你已经认出我来，并向我张开双臂，要拥我入怀。

归心似箭，却脚步艰难。

怎能不艰难啊！要穿越千年漫漫时光隧道，要抛开轮回中数不清的牵牵绊绊，要唤醒无数沉睡的爱与情的甜蜜记忆。

夫君啊，我越来越靠近你了！

是你，真的是你！

我哭了，滢滢泪光中，是我成灾的相思如雨。

哪怕生命有百千万次轮回，只要这一生，我们能相守；只要这一刻，我们能相拥。

夫君，让我们继续在一起吧！

你庄重地点头，随即，用你宽大的英雄氅一下子紧紧裹住了我。

一切都还原了，一切都重生了，一切的一切，都在无语凝噎中。但我只能用女子的妩媚娇羞，幽幽地说："夫君啊，我们，开始吧！"

第六十一章

马萧与韦革命结婚

由于杜心舟妊娠反应很厉害，上级给了她一个月的假期。杜心龙因为开城门有功，也得到半个月的休假。但杜心龙更喜欢部队生活，宁肯放弃假期也不愿回家。于是，回家探亲就只有杜心舟和小萍两人。

光复之后的武昌城，在码头上执勤的都是革命军。杜心舟回汉口，那是一路顺风顺水。站在白沙洲码头，杜心舟觉得天地是那样辽阔，身心是那样舒畅，来来往往的人们是那样自由亲切。想当初进城搞策反，沉甸甸的任务和深入虎穴的危机感以及许多的未知和变数，令她整天食不甘味，夜不能寐。如今，那些忧虑全都烟消云散了！

排队等到上午九时许，"慈航"号渡轮高挂着红十字旗鼓浪而来。大家秩序井然地上船。小萍陪伴着杜心舟在船舱中落座，为了补充体力，她从背包里拿出饼干和凉白开给杜心舟慢慢吃喝。

杜心舟小憩片刻后，信步来到甲板上，居然没有呕吐。她有个习惯，只要坐船，精神就特别亢奋，特别喜欢站在甲板上，凭栏眺望远方。

而此刻，正是农历的九月末，鸿鹄高飞，长空澄明，天地清凉而肃静，亘古如斯的江水汹涌而来，有着千军万马齐奔腾的气势，晚秋的风扑面而来，轻轻撩起她的军衣一角，猎猎飞扬，惹得她思绪翩翩，轻声吟诵："我住长江头，君住长江尾。日日思君不见君，共饮长江水……"

虽然小萍听不懂杜心舟的诗句，但她知道，杜心舟是在和这条大河说话。她安静地站在一旁，用崇拜的眼神望着这位恩人兼未来的大姑子。

船到鹦鹉洲，大家都上了岸。岸上，革命军夹道迎接，间或盘问几句，还帮忙扶老携幼。尤其是对穿着军装的杜心舟和小萍，更是十二分地热情。

几个女兵在散发十五军政治部的"告武昌民众书"，大意是对武昌人民的安慰、道歉，并且要大家深切地认识军阀和帝国主义才是我们的仇敌。除军队之外，码头上还有各省同乡接引队和红十字会各善堂、各救济会的旗帜在招展飘扬。

到了汉阳，气氛更是热烈，革命军军旗满街飘扬，政治部的宣传品触目皆是，通街高悬中山先生的遗嘱和遗像，大有"改天换地日月明"之气概。

杜心舟第一次以市民的视角观察自己的部队，他们吃苦耐劳，态度和蔼，举止文明，令人肃然起敬，绝不像北洋军那样嚣张跋扈，令人讨厌。只有这样的军队才能所向无敌啊！

过了襄河，终于到了汉口，由于提前给家里打过电话，此时，司机老刘已经在渡口等着了。

老式的福特轿车缓缓驶过江汉关老，最后停在一座三层西班牙式的花园洋房前，响了两声喇叭。随即，镂花缠枝大铁门打开了，管家蔡老六一溜小跑过来，兴奋地喊着："小姐回来啦！"

杜妈妈早已迎了出来，她的脸色不太好，眼角还留有泪痕。此刻走上前去，一把拉住杜心舟，生怕她跑了似的，由于用力过猛，竟然把杜心舟拉得趔趄了一下。

进到宽敞豪华的客厅，杜心舟一屁股坐在靠着落地窗的沙发上，张嫂照例送过来她喜欢的茉莉花茶。

透过明亮的落地窗，江上的景色一览无遗。一艘艘拖船、货轮和客船在平静的江面上驶过，络绎不绝。白色的帆影，高大的船身，"突突"的马达声，体现着大战之后革命军对民生的重视。

看到杜心舟双手捧着热茶还瑟缩的样子，张嫂关切地说："小姐，你要是觉得冷，我就把壁炉升起来。"

杜心舟摇摇头："现在生炉子太早了，我扛得住。"

杜心舟一手端着茶杯，一手掀开盖子，轻轻地吹拂着上面的热气。西斜的阳光透过窗户，映着她细而弯的眉毛和一双不大却妩媚的眼睛。只是与一个多月前相比，她的眼睛里多了几许沧桑，几许凝重。

发现母亲眼泪汪汪地看着自己，杜心舟不好意思地开了口："阿爸呢？"

"你爸都忙翻了，革命军的好多货堆在码头上，他放心不下呢。"母亲回答道。

母女二人正说着话，杜大江大步走进来，大嗓门震得客厅嗡嗡响："哈哈，你们娘儿俩在说我么坏话？"

杜心舟抿嘴一笑："阿爸，别多心，我和姆妈在夸你呢，说你思想进步，把革命军的货物当成自己家的尽心看管。"

"这就对头了么！要不然，你老爸能送你参加北伐当女英雄吵！"

杜大江不说这句话还好，这一说，杜妈妈却抹起了眼泪："我宁愿她不当啥子女英雄。心舟才十九岁就成了寡妇，她怎么这样命苦，以后你让她们孤儿寡母怎么办啊！"

"闭上你的乌鸦嘴!"

杜大江用水烟杆敲着沙发扶手,很是生气:"姑爷是为了武昌城牺牲的,他死得很荣耀很伟大。打仗哪有不死人的?你不死,他不死,那谁去死?别人家的孩子能死,我们家的孩子也能死,对吧?"

觉得自己的话重了,杜大江顿了顿,放缓语气接着说道:"姑爷是我们全家的光荣。一百年以后,没有人会记得我们是谁,但国家会记得他是谁,子孙后代都会记得他。"

杜妈妈抹着眼泪,依然嘀咕着:"以后的事情我看不见摸不着,可是,我的心舟一个人带着孩子,她会受很多苦、遭很多罪,这个我可是能看到的呀!我心里痛吵……"

杜大江叹一口气,安慰老妻道:"你以为我不心疼吵!心舟以后肯定很难,但不是还有我们老两口吗?她是革命军的人,军队和政府也会照管她的。你就别咸吃萝卜淡操心啦!"

张嫂见状,急忙走过来,喊道:"老爷、太太、小姐,开饭啦!今天我做的米酒可以开封了,大家都多喝点儿啰!"

餐厅里,已经是菜香四溢。

得知宝贝女儿要在家里住一个月,对于杜妈妈来说,简直是天大的惊喜。

三年前,杜心舟出嫁,让杜妈妈伤心了一回。尽管女儿是嫁给了爱情,是老两口都满意的佳婿,可是,那毕竟是自己精心养大的女儿!面对着婚礼之后空荡荡的房间,做妈妈的那份空落落与不舍,只能化成深深的祝福,祝福宝贝女儿永远幸福快乐。

也许一代一代都是这样,既然女大不中留,那就盼着她在婆家早日开枝散叶。走在人来人往的路上,看到别人手里抱着或者牵着小孩儿,杜妈妈就特别想女儿,想当外婆,想有个小小的人儿在膝前嬉闹。如今,佳婿虽然不在了,但女儿有了他的后代,也算不幸中的万幸,她希望女儿能多住些日子,不是短短的一个月,而是两个月,一年,甚至两年……

对于杜心舟来说,这是出嫁后在娘家住得最久的一次。

真的好舒服、好幸福,简直就是放飞自我了。有父亲共谈天下大事,有母亲嘘寒问暖,有小萍陪伴左右,有张嫂变着花样做饭,有司机老刘随时载她出去兜风。更重要的是心情极其轻松,抛开所有的公务休养安胎。充足的营养、均衡的伙食令她胃口大开,每顿饭都是狼吞虎咽,渐渐地,干呕停止,睡眠也好了,脸色开始红润起来，身体也开始丰满起来并显出了孕味，一个月下来，她足足长了五斤肉。

睡在自己的闺房，杜心舟最喜欢听江汉关的钟声，在报时乐曲《威斯敏斯特》旋律之后，大铜钟发出的洪亮浑厚、余韵无穷的声音响彻江城上空。

每当大铜钟响起，杜心舟总是振奋不已，那一波波余韵，嘤嘤嗡嗡的，能令人感觉到那声波呈半圆形在空气中徐徐扩散，越过烟波浩渺的长江，消失在茫茫的宇宙深处。

1927年的新年就要到来了。为了迎接国民政府迁都武汉和庆祝北伐的持续胜利，武汉工农兵学商争先恐后开展庆祝活动。革命军、地方政府、社会团体、工会、农协、商会、学校等，各自拿出看家本事，搞联欢排节目，忙得不亦乐乎。

置身于炽热的革命气氛中，杜心舟常常觉得自己是在广州。去广州时，杜心舟认为自己是见过世面的，毕竟她出生并长大于九省通衢大武汉，而且是汉口的江岸，从小就看惯了楼宇鳞次栉比，人来车往，船来船去。但她痛恨家乡散发出的老朽颓废的帝王气息，她曾经遐想过，宁可不要脑袋，也要在河街竖起一杆红旗。

没有料到，仅仅过了半年，武汉三镇就竖起了一杆杆红旗，它们大大方方地在蓝天下飘扬着，而且，人们可以尽情地高喊革命口号，尽情地大声演讲，尽情地演文明戏，这天翻地覆的变化，全是革命带来的。

在这些喜庆祥和的日子里，围绕着杜心舟的喜事也是一个接着一个。首先是马萧和韦革命结婚了，婚礼定于元月十九日即农历腊月十六晚上，在中央军事政治学校礼堂举行。

这天晚上，中央军事政治学校礼堂张灯结彩，一盏大汽灯照得周围如同白昼。礼堂门口竖着一个巨大的海报牌，上面写着"恭贺马萧、韦革命二位同志喜结良缘，百年好合，永结同心"。

嘉宾们陆续来到，有马萧当前供职的中央军事政治学校的同事，更有原来独立团团部的副官们。卢德铭也来了，当初攻打攸县县城，卢德铭不顾军令擅自冲过浮桥，违反军纪，是马萧采访他，并替他在团长叶挺面前说情，卢德铭感谢马萧的仗义，从此两个人成了莫逆之交。

韦革命曾经所在的救护队女兵们也来了一大帮，女孩子们说说笑笑、叽叽喳喳的，把婚礼的气氛烘托得愈发热烈。

婚礼即将开始的时候，又涌进来几十号大中院校的学生，他们都是马萧的"粉丝"，手里拿着笔记本，要趁着热闹向仰慕的战地作家索要签名。

已经是陆军医院保卫科科长的大老黄当了婚礼司仪,他迈着大步走上台来,带着湖南腔的普通话声如洪钟:"尊敬的各位来宾、各位领导、各位同志,女士们、先生们:大家好!北伐胜利,武汉复光;时值腊月,瑞气频降。冬阳明媚,寒梅绽放。欢声笑语,天赐吉祥。在这美好的日子里,在这新的春天即将到来的大好时光里,我们迎来一对情侣——马萧和韦革命的幸福结合。首先,请允许我代表两位新人以及他们的家人对各位来宾的光临,表示衷心的感谢和热烈的欢迎!"

在热烈的掌声中,大老黄宣布婚礼开始。伴着婚礼进行曲,马萧和韦革命十指相扣,款款而来。

自从调到中央军事政治学校,马萧就剪去了那一头飘飘长发,理成国民政府官员常见的偏分发型,往日的潇洒不羁也消失许多,增添了一种为官的庄重内敛。

此时,他容光焕发,满面春风,身穿合体的藏青色中山装,胸前口袋里插着两支钢笔,再配上金丝边眼镜,显得文质彬彬,老成儒雅。

韦革命则是一身红色的西服裙装,娇小玲珑,妩媚多姿,在马萧身边,一副小鸟依人的模样,那张鹅蛋形娇俏的脸上,一双含情目总是停留在丈夫身上。

两个人一出场就赢得满堂彩,礼堂里爆发出热烈的欢呼和掌声。

大老黄口若悬河,充分发挥他的口才优势:"接下来,请允许我向各位来宾介绍一下今天的两位新人。站在旁边的这位亭亭玉立、婀娜多姿的女士,就是今天的新娘韦革命同志。在老家广西,她大胆地反抗封建包办婚姻,勇敢地逃婚出来,到广州投身革命,并且参加了北伐军救护队,在枪林弹雨中结识了才子马萧,他们一个写战地日记,一个帮着誊写保管,在珠联璧合的工作中结下了深情厚谊!

"介绍完新娘,我们再看新郎。新郎就在新娘旁,这位才华横溢、儒雅斯文的小伙子,就是咱们今天的新郎马萧同志。作为一介书生,他本来不用上前线的,可他凭着一腔报国热血,一手锦绣文章,毛遂自荐要当兵,被分配在叶挺独立团当副官,在忙完本职工作之余,他奋笔疾书,写下十几万字的战地日记,让全中国和全世界更加了解这场北伐战争和英勇的将士!"

轮到证婚人发言,作为韦革命的好朋友兼双方的证婚人,杜心舟祝福的话语简单而又实在:"马萧主任和韦革命都是我的好朋友,作为他们恋爱的见证人,我只希望他们在未来的日子里,能够相互理解,相互支持,永远一条心!"

叶挺将军因军务繁忙,没有亲临现场,但托人捎来亲笔写的祝福信,祝福二位新人喜结良缘,共同进步,将革命进行到底。

已经是第七十三团参谋长的卢德铭,在此欢乐的气氛中,拿出他调皮捣蛋的本性，恶搞这一对新人。他命人把一枚红苹果用丝线系住，悬挂在半空中，并不停地晃动，然后让新郎新娘面对面咬苹果，苹果当然咬不着，反而是两张嘴亲到了一起。

礼堂里的起哄声、欢笑声，简直能把房顶掀翻。

第六十二章

杜公馆的团圆宴

按照习俗，吃过腊八粥，杜心舟要回婆家过春节。

母亲照例准备了一大堆礼物，把汽车后备厢塞得满满当当，和每次送女儿去夫家一样，千叮咛万嘱咐，生怕女儿不够贤淑："娃子，虽然身子笨了，也要帮着婆婆做些事情哟，过年厨房很忙的。"

"哎呀！姆妈，我又不是三岁小孩儿，该做的我肯定会做，您就放心吧！"杜心舟挽着妈妈的胳膊，嘟着嘴，一半是撒娇，一半是不舍。毕竟，在公婆面前，是不能过于小女儿态的，只有在娘家母亲这里，女孩子的天性才能肆意绽放。

小萍也要跟着过去，杜心舟不让，叫她安心在汉口家里待着。

"可是，姐姐没有人做伴，行吗？"小萍嗫嚅着，强调要跟着走的理由。她已经习惯了与杜心舟做伴，做这个恩人姐姐的助手。如果生活里没有杜心舟，她不知道日子该怎么过。

"小萍，以后你要学着自己独立生活。等北伐成功全中国统一，你也该和心龙结婚了。所以，汉口的家才是你自己的家。以后爸妈老了，你就是当家主妇，要顶天立地才行。"杜心舟语重心长地开导着小萍，让她明白未来的重心所在。

小萍似懂非懂地点着头。可以看出，她在努力克制自己，在努力听懂姐姐的话。毕竟，她才十五岁，这个年龄，本该在学堂里读书、学习，充满浪漫幻想。

上车的时候，小萍搀扶着母亲朝杜心舟挥手，从她挺直的腰背，杜心舟感觉出这个湖南女孩，无论是在战场救护中，还是在家庭里，都有强大的意志与担当，这使她很欣慰。

坐在行驶的汽车里，她欣慰的心情还在蔓延。是啊，心龙有了小萍，姆妈有了儿媳妇，表姐即将做母亲，韦革命嫁给了马萧，她爱的人都各得其所。至于她自己，李子华永远都活在她的心里，而且，肚子里的胎儿渐渐在长大，时不时用小拳头和小脚丫这里捅她一下，那里踢她一下，那是孩子在与妈妈互动，她能感觉到孩子的依恋与爱意，那种感觉好幸福！

到了武昌，婆婆早已把她的房间布置一新。墙上还贴了两张年画，一张是一个裹着红肚兜的胖娃娃坐在莲花上，另一张是两只喜鹊落在盛开的梅树上，虽然大红大绿有些俗，但那种喜气能令人忘却忧伤。

学校放寒假，小姑子李子敏也从上海回来了。李子敏和哥哥李子华一样，有一双大而明亮的眼睛、高挺的鼻梁，皮肤也很白。她学的是化学科，已被上海一家医药化工企业提前聘下，作为未来的化工专家，前景十分明朗。

春节前夕，慰问活动很多，由于李子华是北伐军烈士，杜心舟又曾经是战地救护队护士，于是武昌许多机关、社会团体络绎不绝来家中看望，送来很多慰问品。

过了腊月二十三，祭过灶王爷，年味更浓了。

婆婆这些天忙个不停，准备了好些好吃的。单是炸丸子，就做了鱼丸子、虾丸子、藕丸子、萝卜丸子。尤其是代表老武汉风味的混合丸子，婆婆就做了十多斤。

腊月三十是武汉人最重视的节日，俗称"过年"。这一天，全家欢聚一堂，吃一顿丰盛的团年饭。年饭一般要用"三全"（全鸡、全鱼、全鸭）、"三糕"（鱼糕、肉糕、年糕）、"三丸"（鱼丸、肉丸、藕丸）等。婆婆也赶时髦，在桌子中间添置了一个火锅，热气腾腾，更增添了节日气氛。

天色渐渐暗了下来，开饭时间到了。开饭前，按照规矩，要先祭拜先祖。李少煊请出祖先牌位，然后按照长幼顺序，依次给祖先磕头上香，并摆上几副碗筷请祖宗入席。而今年，在杜心舟身边又添了一副碗筷，那是为李子华准备的。

此时，外面的鞭炮声响成一片，李少煊和李子敏也到院里放了一挂五千头的震天雷，震耳欲聋的响声和迸射的火花，把小年的气氛推向了高潮。

席间，公爹李少煊率先举杯庆祝新年。由于出色地完成地下工作，他升任为湖北省教育会副主席。

杜心舟凝望着李少煊，回想起围城期间，公爹为策反豫军的日夜操劳以及对自己的谆谆教导，于是站起身来，以茶代酒，恭敬地向李少煊连敬三杯，她多么希望这个革命家庭，能够一直这样团圆和美下去啊！

另一件喜事是广州的姨妈姨夫还有大表哥、三表哥来武汉了。

已经返回汉口父母家的杜心舟那个高兴啊，她的脑海里闪过当初千辛万苦到达韶关，大表哥和副官骑着高头大马前来迎接，他们一只手拉着马缰绳，一只手握着马鞭，在驰骋中谈笑风生的情景。

初五晚上，父亲母亲亲自去车站迎接远方的亲戚。但只接来老两口，一问才知道，陶云清已经在头一天来了，因为军务直接去了武昌北伐军司令部；而陶云葆的火车要到初七才能开到武昌。

分别了二十多年后，两家的长辈终于见面了。

老姐妹俩又是哭又是笑，互相端详着，说着"你胖了""你头发白了不少"等体恤的话，然后是孩子、老公的琐琐碎碎，话题一会儿一变，但万变不离其宗，那就是主妇对家庭的操劳和付出，对她们来说，家庭就是整个世界的中心。

杜大江和陶德铭这两个连襟，与二十多年前一样，碰在一起就是喝酒，兴致来了还猜几趟拳。一边喝一边扯，天南海北，一会儿武汉，一会儿广州，一会儿大清，一会儿民国。男人的话题永远都是广阔而粗犷的，思路清晰，逻辑分明，并且带着自己的评价和调侃。

正月初八，大表哥和三表哥终于前后脚赶到了。

大表哥陶云清依然穿着一身戎装——哔叽呢军装，打着皮绑腿，头戴大檐军帽，腿上穿着长筒马靴，腰间武装带上插着精致的小手枪，配上颀长的身材和英俊的五官，简直是行伍仪表的标杆。

三表哥陶云葆在大表哥稍后赶来，同样的颀长身材，但身穿铁路制服的陶云葆有一种与生俱来的书生气质，再加上性格比较内敛，即便置身于众多亲戚热情问候中，依然只是微笑着，轻声做些简短的问答。

最疯狂的是杜心龙，一看见大表哥就大叫着直接扑了过去，又亲又搂，就差抱起大表哥打转转了，然后拉起大表哥坐到一个角落里，开始了竹筒倒豆子似的倾诉。

晚上，杜公馆里隆重的家宴正式开始。姨表亲两家一共十一口人，欢聚在杜家大客厅里。两张餐桌并在一起，一边是陶家的人，依次是陶德铭、陶李氏、陶云清、陶云晏、陶云葆、陶云舒；另一边是杜家的人，依次是杜大江、杜李氏、杜心舟、杜心龙、徐小萍。

主位上，并肩坐着杜大江和陶德铭。

年长的陶德铭用河南话作开场白："今儿个晚上，是咱们陶杜两家时隔二十三年再次团聚，俺这心里啊，比喝了河南的杜康酒还爽！二十三年啊，虽然中间零星见过几次，但都不齐全。今天，两家人总算都齐全了，俺走的时候老大云清才十岁，心舟还没有出生，现在云清都三十多岁了，时间过得真快哩，眼瞅着我们这一代人就都老哩，头发都白哩。哎！不说这些了，春节就是团圆的节日，叫大家高兴的节日，来，都把酒杯举起来，为咱两家难得的大聚会，干杯！大家说，中不中？"

"中！中！"十一口人站起来，一起用河南话响应。

团圆宴结束，陶云清第二天就走了，升任为国民革命军第二军教导师副师长的他，依然驻守在韶关。走之前，陶云清与杜心龙聊了好久，对杜心龙的进步非常欣慰，希望他继续立功。

陶云晏也要回广州，他要把二表嫂带过来，夫妻二人在武汉安家。

陶云葆也走了，火车在武昌站等着他开回去呢！他只盼着能早日打通大瑶山隧道，使京汉铁路和广韶铁路连通，那样，他就能开着火车在广州与武汉之间来来往往了。

陶德铭不能长期留在武汉，五天后，老两口儿也回去了。

元宵节的时候，家里又来人了，这回来的不是别人，而是株洲的工会主席谭向林，身后还跟着两个工人纠察队员，每个人身上都背着一个沉甸甸的蒲包。

一进公馆的大铁门，谭向林就大吼大叫起来："杜大哥，你让我们找得好苦哇！看来，这大武汉，除了衙门不好进，就是这公馆门难开啰！"

杜大江闻声，一路作着揖小跑而来："哎呀呀！谭老弟，有失远迎，真的不好意思哟。你也不预先言语一声。"

"哈哈！就要给你一个突然袭击！"谭向林哈哈大笑，拱手还礼。

"还是当年的脾气，一点也没有变！好！好得很啰！"

杜大江兴奋地捣了谭向林一拳，两个生死弟兄手挽着手进了客厅。

杜李氏迎了过来，接过两个弟兄的蒲包。

谭向林对着杜李氏抱拳说道："嫂夫人，过年好啰！"

杜李氏笑着回答："大兄弟过年好！家里弟媳妇和孩子都好吧？"

"托大哥和嫂夫人的福，都好，好着啰！"谭向林回答。

杜心舟闻声也急忙下楼："哇！谭叔叔来了！"

谭向林笑吟吟地望着杜心舟："贤侄女，谭叔叔想你们啰！刚拿下武昌就想过来看看，一直忙，眼看着年都快过完了，再不过来，我就想你们想成谭疯子啰！"

谭向林真诚而幽默的一席话，让在座的人都乐了。欢快的笑声里，萦绕着曾经共患难的弟兄之间才有的相知。

谈笑间，张嫂已经摆下一桌好菜好酒。

男人们喝酒的时候，回忆当年的壮举以及糗事是不可少的。两个人从当年的上海港一个在水里奄奄一息，一个奋不顾身跳下去救人，说到一起回到汉口建立水运公司，风雨同舟，一起行船，一起要账，一起守卫码头，后来谭向林要回乡，杜大江的依依不舍……

这场酒连喝带聊，从中午一直到半夜，然后第二天上午起来接着喝酒叙旧，连着两天两夜。最后的结局是，杜大江脑子喝断了片儿，上楼时错把台阶当成床，晕乎乎睡得鼾声如雷，是杜妈妈不放心下楼察看，一脚踩到丈夫身上，尖叫一声还以为遇到了鬼。而那谭向林，全然不顾翩翩书生的风度，输了酒令还死乞白赖地不认账，逼着两个纠察队员陪他喝，结果三个人都醉倒在桌子底下。

昔日的舵主到来，作为曾经的得力干将，大老黄肯定要过来。

此时，大名黄茂源的大老黄，已经是陆军医院保卫科科长了。春节前他回了一次株洲老家，把老婆孩子都带了过来，也算在武汉正式安家了。

尽管这是杜大江和大老黄第一次见面，但大老黄的名字如雷贯耳。他不止一次听杜心舟说起大老黄，特别是为了不给北洋军卖命，开着雪铁龙汽车冲下悬崖的壮举。杜大江的内心对他有着深深的敬佩，得知大老黄好多地方都与杜心龙相似，更是倍感亲切。现在壮士来到他的面前，果然如女儿所讲的一样，从相貌、身材到练武之人的神韵，就是不同凡响，而且，还是文武双全。

酒酣耳热，谭向林提起了那辆雪铁龙汽车。当初是两家合买的，两千块大洋，五五分，一家出一半，他要把另一半还给杜大江。

说罢，他让随从打开蒲包，原来，里面装的是白花花的银元。

"杜大哥，汽车没了，都是我的错，这一千块大洋大哥拿去，再买一辆车或者用于别处吧。"

大老黄也说："这都怪我，是我没有把汽车藏好才被投吴湘军发现的，千错万错都是我的错！"

杜大江却毫不在意，他挥挥大手，说道："心舟早就对我讲过，一点儿也不怪你们，是那些大兵太××，黄老弟能死里逃生，还参加了革命军继续保护心舟她们，我奖励还来不及哟！"

在一旁的杜心舟也说："黄叔叔，当初我们在渌田重逢的时候我就说，您的命一百辆雪铁龙也抵不起，将来我要买一辆更好的汽车送给您。"然后望着杜大江，说道："老爸，我有个请求。"

杜大江慈爱地看着女儿："说吧，只要老爸能办到。"

"我们收下谭叔叔的钱，然后再加上一些，再给黄叔叔买一辆汽车好啵？"

杜大江和谭向林相互望望，同时点头。杜大江说："好！就依着女娃。"

谭向林竖起大拇指连连称赞："贤侄女就是贤侄女，不光蕙质兰心堪比卓文君，这份胸襟，简直天下少有啰！"

大老黄更是感动得连喝三杯酒，热泪溢满眼眶："谢谢杜老板！谢谢谭舵主！"又对杜心舟说："你黄叔叔不知哪辈子积了德，遇上你这样的好女伢，从今往后，你就看你黄叔叔的行动吧！"

有一个人，却在过年的尾声里姗姗来到汉口，那便是陶云舒的那个他。

这是杜心舟第一次正面接触这位表姐夫。之前虽然曾经两次看见过他，一次是在广州大沙头码头看到背影，另一次是在战地救护培训班结业汇报会上，但将军是高高地坐在主席台上。这一次，终于是面对面了。

"小杜同志啊，我可记得当时你的请求呢。"表姐夫和蔼地对她说。

"我的请求？什么请求？"表姐夫的这个话题有点突然，兴奋中的杜心舟一时摸不着头脑。

"在战地救护培训班结业汇报会上，你不是想去叶挺独立团看看吗？"一旁的陶云舒提醒她。

"哦哦，想起来了，当时我是一时冲动，没想到陈将军还答应了。"杜心舟不好意思地笑了，想起当初自己的那种单纯，白皙的脸庞立刻涨红起来。

杜妈妈也很喜欢这位表姑爷，觉得他为人稳重谦和，威严中透着宽厚与深邃，尤其是对待陶云舒那满满的爱意。做这样男人的女人该多有福气，她就不明白广州的姐姐为啥总是排斥人家。

热闹几天之后，将军这才说出此行的目的，他已经和包办婚姻的妻子离婚了，要接陶云舒回广州分娩。而一向我行我素的陶云舒，居然爽快地答应一起回去。

在杜心舟探寻的目光下，陶云舒承认她想念广州了，在广州出生长大的她，不习惯武汉的大暑大寒，她还是愿意在蕉风椰雨的环境里，让孩子有父亲的陪伴，自己也能与丈夫相守。

杜心舟默然点头。她发现，在自己和二表哥面前，任性、撒娇、耍赖的表姐，在将军面前却是温顺、乖巧、贤淑的另一番样子。这，也许就是常言所说的一物降一物吧。

但她相信，即使回到广州，表姐依然是一个女战士。面对战场，她不辞劳苦，率队犒军；面对战友，她暖如春水，关怀体贴；面对稿纸，她挥笔作文，才气纵横，她永远是现代版的花木兰。

就要分别了。这对表姐妹，在屋子里相对而坐，谈了很久。

"抛开庆祝胜利的外表，当前的政治局势极不稳定，而且相当复杂。心舟，你要做好保护自己的思想准备。"陶云舒关切地望着杜心舟。

"怎么啦？现在不是好好的吗？"杜心舟有点儿不理解。

"过于具体的我也说不上来，可我要问你，如果有一天，他们要排挤共产党，你怎么办？"陶云舒幽幽地说。

"不管遇到什么事情，我都不会退出我们的党，我相信它，向它的旗帜宣过誓，就要信守诺言！"杜心舟语气十分坚定，她紧紧抿着嘴唇，眼睛里放射出大义凛然的光芒。

陶云舒见状，知道自己说多了也没用。于是，她从笔记本上撕下一张纸，写下几个阿拉伯数字，递给杜心舟。

"心舟，无论我们分别属于哪个党派，血脉亲情是连在一起的。我会随时留心你的情况，当然，如果你以后遇到危难之事，也别忘了告诉我这个表姐。这是我在广州的电话号码，你留着吧！"

杜心舟双手接过那一张纸，郑重夹在一个小本子里。她明白，表姐供职于革命军总政治部，那可是敏感之地，表姐这样提醒自己，一定感觉到了令人不安的动向。这使她也不安起来，有一种花开盛极之后的秋意与肃杀。

杜家的镂花缠枝大铁门前，表姐妹洒泪而别，从此天各一方。

第六十三章

血腥的信号

万物复苏的春天，在革命军占领的两湖和江西，特别是作为国民革命政府首府的武汉，却仿佛春风中的长江，风平浪静下暗流汹涌，政治的风向标在貌似平静祥和中突然逆转。

3月的一天，武汉举行了一场数十万人的追悼会，哀悼一位共产党员——陈赞贤的逝世。

陈赞贤，江西南康人，1896年出生于农户。著名的工运先驱、赣州工人运动领袖，中国共产党赣州和南康组织创建人之一，时任赣州总工会委员长。

1927年3月6日，坐镇南昌的北伐军总司令蒋介石，以稳定后方为借口，要求陈赞贤取消工会，被陈赞贤拒绝。蒋介石大怒，命下属新编第一师师长倪必把陈赞贤押到师部，倪必要他执行总司令的命令，立刻取消工会，陈赞贤再次坚决拒绝。倪必凶狠地说："你不执行命令，今天我就奉总司令的命令枪毙了你！"说罢向他身边的卫兵一摆手，士兵们立刻开枪射击，陈赞贤连中十八枪，当场牺牲，年仅三十一岁。

陈赞贤是蒋介石下令杀害的第一位共产党员，3月6日这一天，也成为国民党当局血腥镇压共产党的最早信号。

以蒋介石为首的国民党新兴军事力量同共产党决裂并非出于偶然，而是当时中国社会矛盾的必然结果。

1924年至1927年的第一次国共合作之所以很快就走向破裂，导火索就是蓬勃兴起的工农运动。国民党之中一直存在着反共势力，因为国民党的前身是同盟会，内部有很多豪绅势力和封建买办代表，共产党领导的农民运动一旦发展起来，肯定要冲击这些封建豪绅和买办的利益。北伐之前的1925年，国民党内的右派就公开要求清除在国共两党之间有跨党身份的共产党员，蒋介石当时属于中派，他需要苏联和中共方面的援助进行北伐，为了获得帮助，就没有公开同共产党决裂，但他暗中对共产党的力量咬牙切齿。

到了北伐取得决定性胜利的1926年秋天到1927年春，农民运动在长江流域如火如荼地展开，许多土豪劣绅逃到上海，声泪俱下地控诉农民协会的"暴行"。由于国民党中层、上层的多数人以及民族资产阶级代表人物,都与农村豪绅有着密切的关系,而且,近代中国的军官大部分出身于农村,他们有了优厚收入之后都在家乡买地,农民运动的消息传到部队,激起了多数军官强烈的反共情绪。再加上江浙财团以及各国列强看到北洋军阀大势已去,就把保护自身利益的希望寄托于以蒋介石为代表的新兴军事力量,而占领了两湖和江西的蒋介石,也感到自己羽翼已经丰满,可以对共产党下手了!

在 1927 年 2 月 21 日,蒋介石就放出了信号。他在南昌总部的演讲中说:"我是中国革命的领袖,并不是国民党一党的领袖,共产党是革命势力之一部分,所以共产党员有不对的地方,有强横的行为,我有干涉和制裁的责任与权力!"

陈赞贤的牺牲,便是他杀鸡儆猴的第一刀。此后,国民党左派和共产党人组织南昌工人罢工抗议,蒋介石索性趁机捣毁了国民党左派和共产党人掌握的南昌和九江师党部,紧接着,又派人捣毁了由国民党左派领导的工会,再接着,又唆使地痞捣毁了安徽省总工会。

更大的血腥恐怖,还在后面。

急剧变化的这一切,使单纯的充满革命热情的杜心舟蒙了。她不明白为什么会这样?国共两党不是合作得好好的吗?大家都是一个革命目标,那就是打倒军阀,驱逐列强,统一中华,造福民众;而且,从出师广东到现在,在一路北上残酷的战斗里,共产党员一马当先,冲锋在前,他们是那样勇敢、坚强,完全不顾自己的性命,他们那么年轻就抛头颅,洒热血,包括自己的丈夫李子华!

更大的变故说来就来了。

在接连捣毁江西和安徽两省的总工会之后,3 月 26 日,蒋介石乘军舰沿着长江到达了北伐军刚刚占领的上海,把上海作为严厉打击共产党、进行政变的地点。

此时,上海的工人运动方兴未艾。为了迎接北伐军进城,在共产党的带领下,工人们举行了武装起义,赶走了北洋军,占领了除租界以外的上海市区,并且组建了一支三千多人的工人纠察队。

蓬勃发展的工人运动,使蒋介石和国民党右派非常害怕,上海的大资产阶级更对工人运动极其恐惧。他们向蒋介石承诺只要能镇压工人运动,他们就愿意捐赠大量的钱财做军费。

帝国主义列强也坐不住了。上海是列强入侵和殖民中国的重要基地,一旦工人赢得对上海的掌控权,帝国主义在中国的统治离坍塌也就不远了。列强们清楚地知道这一切，他们不想失去在通商口岸中的地位，不惜动用一切力量保卫上海租界。而蒋介石，则是唯一使他们避免被工人纠察队员赶出租界的人。

为了实现自己独裁天下的野心，为了巩固自己当前的政治地位，蒋介石毫不犹豫地与那些大资产阶级确立了合作关系。同时，上海青红帮的头目也开始充当蒋介石的打手。蒋派人将那些帮派人员编成队伍，再把不受他控制的军队调出上海，让他的嫡系部队接防。

随之，蒋介石又与帝国主义列强缔结了合作关系，对帝国主义承诺不会改变上海租界的势力。就这样，在极短的时间内，几方反动势力便迅速联合起来，要一起用残暴的手段扼杀革命。

3月底，蒋介石连续召开秘密会议，在舆论上做足攻势，倒打一耙，污蔑共产党人叛逆。

4月1日，因中山舰事件而出走法国的汪精卫回到上海。4月3日，蒋介石发表支持汪精卫恢复国民政府常务委员会主席兼军事委员会主席职务的通电，随即与之秘密会谈，蒋介石主张立刻用暴力手段"清党"，汪精卫则因担心这样做会使权力全部由蒋介石独揽，主张召开国民党二届四中全会来解决共产党问题。两方不欢而散，蒋介石决定自己率先动手。

4月5日，蒋介石发布总司令部布告，要工人武装纠察队与工会一律在总司令部的管辖之下，"否则以违法叛变论，绝不容许存在"。

4月8日，蒋介石指使吴稚晖、白崇禧、陈果夫等组织上海临时政治委员会，规定该会将以会议方式决定上海市一切军事、政治、财政之权，以取代上海工人第三次武装起义后成立的上海特别市临时政府。

4月9日，蒋介石发布《战时戒严条例》，严禁集会、罢工、游行，并成立了淞沪戒严司令部，任命白崇禧、周凤岐为正、副司令。

与此同时，蒋介石又利用政治欺骗手段麻痹群众。他刚到上海时，曾对上海总工会交际部主任赵子敬假惺惺地说："纠察队本应武装，断无缴械之理，如有人意欲缴械，余可担保不缴一枪一械。"4月6日那天，他还派军乐队将一面写着"共同奋斗"四个大字的锦旗赠送给上海总工会纠察队，以表示对上海工人的"敬意"。

然而，这一切，均是黄鼠狼给鸡拜年——没安好心。一场血流成河的大屠杀就要在天亮时展开。

对蒋介石一连串的反常行为，中共中央和中共上海区委是有警惕的，也采取过坚定的态度。然而，当时的中国共产党在组织上属于共产国际的一个支部，主持共产国际的斯大林这个时候依然强调要利用右派,在完成北伐之前不要同蒋介石决裂。特别是蒋介石到达上海后,表面上支持工运,并笑脸探视,使共产党的对策没有及时跟上,领导人陈独秀则表现出严重的右倾错误,反蒋斗争开始放松。尤其是继续保持联俄容共原则的汪精卫,与陈独秀发表《汪精卫、陈独秀联合宣言》后,许多人误以为局势已经和缓下来。原来在武汉整装待发的国民革命军第四军、第十一军不再东下,第六军、第二军的绝大部分服从蒋介石的命令,离开南京开往江北,蒋介石得以控制南京。

就在这表面上的和缓气氛中,浓重的杀气已经弥散在了黄浦江上空。

4月12日凌晨,停泊在上海高昌庙的军舰上空升起了信号,早已准备好的全副武装的青红帮、特务数百人,身着蓝色短裤,臂缠白布黑"工"字袖标,从法租界乘多辆汽车分散四出,先后在闸北、南市、沪西、吴淞、虹口等区,袭击工人纠察队。工人纠察队仓促抵抗,双方发生激战。国民革命军第二十六军(蒋介石收编的孙传芳旧部)开来,以调解"工人内讧"为名,强行收缴枪械。上海有二千七百多名成员的工人纠察队被解除武装。工人纠察队牺牲一百二十余人,受伤一百八十人。当天上午,上海总工会会所和各区工人纠察队驻所均被占领。在租界和华界内,外国军警搜捕共产党员和工人一千余人,交给蒋介石的军警。

4月13日上午,上海烟厂、电车厂、丝厂和市政、邮务、海员及各行业工人举行罢工,参加罢工的工人达二十万人。上海总工会在闸北青云路广场召开有十万人参加的群众大会,要求:一、收回工人的武装;二、严办破坏工会的长官;三、抚恤死难烈士的家属;四、向租界帝国主义者提出严重的抗议;五、通电中央政府及全国全世界起而援助;六、军事当局负责保护上海总工会。

会后,群众冒雨游行,赴宝山路第二十六军第二师司令部请愿,要求释放被捕工人,交还纠察队枪械。游行队伍长达一公里,行至宝山路三德里附近时,埋伏在里弄内的第二师士兵突然奔出,向群众开枪扫射,当场打死一百多人,伤者不计其数。宝山路上一时血流成河。

当天下午,反动军队占领上海总工会和工人纠察队总指挥处。接着,查封或解散革命组织和进步团体,进行疯狂的搜捕和屠杀。在事变后三天中,上海共产党员和革命群众被杀者三百多人,被捕者五百多人,失踪者五千多人,优秀共产党员汪寿华、陈延年、赵世炎等光荣牺牲。

4月15日,广州的国民党右派也发动反革命政变。当日抓捕共产党员和革命群众两千多人,封闭工会和团体两百多个,优秀的共产党员萧楚女、熊雄、李启汉等被害。江苏、浙江、安徽、福建、广西等省也以"清党"名义，对共产党员和革命群众进行血腥大屠杀。

消息传到武汉，三镇震惊！

第六十四章

武汉三镇的激愤

汉口，武汉国民政府所在的南洋大楼前，聚集了许多人。

尽管是春色芳菲的人间四月天，但人们的感觉是乌云压城，冷风飕飕，杀气逼人。

位于汉口中山大道六渡桥下首、民生路与民族路之间的闹市中心的南洋大楼，是由南洋兄弟烟草股份有限公司的创办人、爱国华侨和实业家简照南、简照强兄弟投资建造的，聘请的是美国伯克利的土木工程师设计，汉合顺营造厂施工，采用当年为数极少的钢筋混凝土结构，也是当年为数极少的设有电梯的楼房。中间为五层，两边为六层，布局对称，气势雄伟。

1926年9月北伐军占领汉口，同年12月国民政府由广州迁都武汉，选定南洋大楼为办公地点。

当年，国共两党的重要领导人汪精卫、徐谦、谭延闿、宋庆龄、邓演达、陈友仁、毛泽东、董必武、李汉俊、恽代英、吴玉章、何香凝等均在这里活动过。

短短几个月，这座大楼里共作出两百多项重要决议，内容涉及整顿交通金融、处理劳资纠纷、惩治土豪劣绅等。其中最重要、最有影响的是领导中国人民收回汉口、九江英租界，并确定国都，以武昌、汉口、汉阳为京兆区，定名武汉，这些举措对稳定革命秩序、推进国民革命发展作出了重要贡献。

国民党二届三中全会，也是在南洋大楼三楼大厅召开的。会议坚持了孙中山"联俄、联共、扶助农工"的三大政策，限制了蒋介石的军事独裁，提高了党权，支持了工农运动，是共产党人和国民党左派对国民党右派斗争取得重要成果的会议。

更重要的是，就在1927年4月5日陈独秀和汪精卫发表联合宣言之后，两个人就一起来到了武汉，同时，中共中央机关也由上海迁至武汉办公。

共产党领导人的到来，使广大的工人群众对这座大楼更加充满了信任和期待，希望领导们能够在此及时做出决定，制裁蒋介石。

到了下午，办公大楼前的人越来越多，乌泱乌泱一大片，大家都来打探消息，等待中央政府的态度。一时间，议论声、斥骂声、激愤的怒吼声响成一片，民众内心的震惊与愤怒，化作了由数十万人参加的对蒋介石叛变革命的声讨大会。

面对蒋介石的残酷暴行，人们期待武汉国民政府做出应对，以顺应民心。

江边码头，几十名工人纠察队员坐在货场上，情绪悲愤。杜大江的肺简直要气炸了。暴脾气冒上来的他，嗓音像江涛怒吼，两手叉腰，带着水上江湖人的粗犷和强悍之气。

这些直爽率真的工人兄弟对蒋介石的暴行怀着十二分的愤怒，同时对武汉国民政府要求工人纠察队少安毋躁、暂时停止大规模行动表示不满。

"好个苕头日脑的蒋介石，竟敢下这样的狠手！我们就应该拿起武器去找他算账，而不是当缩头乌龟！"

蔡老六、郑鸿发附和着，撸起袖子说道："老板，我们干脆坐上军舰打到南京去，趁他老蒋立足未稳，捣毁他那个王八政府！"

"对！我们反了吧！拼他个鱼死网破！"

一干纠察队员齐刷刷站起身，举着手里的步枪嘶吼。

这时，蔡老六大声地说道："大家少安毋躁，不要冲动。小姐让我传给大家一条刚刚得到的消息，汪精卫已经来到武汉，担任国民政府主席，武汉国民党中央即将发表命令，要与叛变革命的蒋介石进行斗争，严厉制裁蒋介石！大家等着翻盘的好消息吧！"

"好！那我们就等等看！"

杜大江仍在焦急地踱步，一双平时经常眯起来打瞌睡的大眼，此刻圆睁着，闪着倔强的寒光。

果不其然，4月17日，武汉国民党中央发表命令，宣布开除蒋介石的国民党党籍，免去其本兼各职，"着全体将士及革命民众团体"，将蒋介石"拿解中央，按反革命罪条例惩治"，并将国民革命军第一集团军所统率的第一、第二、第三、第四方面军及总预备队划归中央军事委员会直辖指挥。这些决定得到武汉各界的一致拥护。

但重兵在握，并且已经占据了南京城的蒋介石，根本不把武汉方面的声明当回事，依然我行我素。

4月18日，蒋介石在南京建立代表大地主大资产阶级利益的国民政府，与武汉国民革命政府相对峙，宁汉分流。

看到蒋介石下手，早已对共产党心怀不满的阎锡山在山西，刘湘在四川，也纷纷"清党"，并表示拥护南京政府。与此同时，北方的奉系军阀张作霖也逮捕了以李大钊为首的大批共产党员和革命群众。

4月20日，中共中央发表宣言，指出"蒋介石业已变为国民革命公开的敌人"，号召人民群众为"推翻新军阀""打倒军事专政"而奋斗。

4月22日，毛泽东、宋庆龄、邓演达、何香凝、谭平山、吴玉章、林祖涵等39人，以国民党中央执监委员和候补执监委员等名义，联名发表讨蒋通电，指出："凡我民众及我同志，尤其武装同志，如不认革命垂成之功，隳于蒋中正之手，唯有依照中央命令，去此总理之叛徒，本党之败类，民众之蟊贼，各国民革命军涤此厚辱。"

武汉国民政府的鲜明态度和共产党中央对蒋介石的抨击，安定了两湖群众的民心，紧张的气氛渐渐平静下来，各个行业重新开始按部就班工作。

令人欣慰的是，由于武汉国民政府继续坚持联俄容共的原则，武汉的工人纠察队员暂时安然无恙。但4月28日，李大钊和其他19名革命者在北京英勇就义，形势还是相当严峻的。面对紧张严酷、鹤唳风声的全国局势，中共中央要求纠察队员们暂时收敛锋芒，以保存实力。特别是共产党人，没有暴露身份的，继续隐蔽；已经公开了的，尽量减少在公共场合露面。

纠察队员也从激愤中冷静下来，开始做长远的打算。

他们不再聚众上街，不再冲动呐喊，而是把内心的愤懑与抗争，都化作了默默的劳作和学习。

白天，他们依然在码头做工。靠劳力养家糊口的他们，是板车力工、门机司机、电工、钳工、理货员、安全员。到了晚上，他们才是工人纠察队员，目光炯炯，身手矫健。他们练功，也不像以前公开舞刀弄棒，而是集中在一个偏僻的仓库里练习枪法和武术。

身为武汉总工会职工劳福事业发展中心主任的杜心舟，由于怀孕已经6个多月，行动甚为不便，组织上照顾她，允许她弹性工作。一直跟着她的小萍，作为工会的普通职员，就做了上传下达的传令兵。

受"四一二"反革命政变的影响，工会里有大量的工作要做，如安抚工人纠察队员、去各个分会讲解当前形势等。

近一段时间，南洋大楼非常忙碌，白天人来人往，晚上灯火通明，各种会议和指令接连不断。武汉国民政府没有辜负人民的希望，在采取了一系列讨蒋、反蒋措施后，人心渐渐安定下来，城市又恢复了往日浓烈的革命气氛。

"四一二"反革命政变、宁汉分流之后，武汉国民政府面临着被军事包围和经济封锁的严重危机：蒋介石以南京为中心，联合川、黔、粤、桂等省军阀，从东、南、西三方面对武汉实行军事包围；而在北方，张作霖进军河南，觊觎武汉，形势相当紧张。

为摆脱被围困的境地，唐生智、张发奎等主张东征讨蒋；汪精卫、鲍罗廷等主张北伐，理由是可以把冯玉祥的国民军从陕西接应出来，在河南会师，驱逐奉军出京、津，然后再解决蒋介石的另立中央、违背党的组织纪律问题。

就在双方激烈争论，举棋不定的时候，身在南京的蒋介石为了缓和与武汉的关系，派人抵汉，提出"双方均承认既成事实，大家分道北伐，待会师北京，再开会和平解决党内纠纷"。

既然南京方面也要继续北伐，武汉国民政府随即决定先缓和与蒋的关系，一致对外。而且，当前的局势对北伐军十分有利，北洋军阀吴佩孚被彻底打垮，已无翻身的可能，孙传芳也被赶过长江，退守徐州附近。北方就剩下一个张作霖，如果能把冯玉祥的国民军从陕西接应出来，在河南会师，北伐军的势力将更加强大，共同对付一个张作霖，不会有问题。而且，在国共两党的积极动员和组织下，河南各地红枪会以武装暴动等多种方式策应和配合北伐军入豫讨奉，河南既下，那河北就如探囊取物了！

在这样的大背景下，武汉到处都充满了大战前夕的高扬士气。

4月19日，武汉国民政府在武昌举行第二期北伐誓师典礼。

汪精卫在誓师典礼上发表慷慨激昂的讲话："我们把革命的势力，扩充到北京，统一全中国，将帝国主义在北部的最大锁链打碎、帝国主义在中国的经济的政治的势力完全扫除，这是我们此次北伐的第一个目的。我们要使全国民众能得到解放，必须要打倒奉系军阀，这是我们此次北伐的第二个目的。我们要打倒帝国主义与军阀，尤必须要打倒本党的内奸蒋介石！这是北伐的第三个目的！"

这次北伐的主力军是唐生智和张发奎的部队，共计六万多人，由唐生智任总指挥。4月21日，北伐军沿京汉路向河南开封进发。

5月初，南京方面北伐军也开始沿着长江逆流而上，向北进军。蒋介石的主力军以嫡系黄埔党军何应钦和新桂系军队为支柱，由蒋介石亲任总指挥。

一时间，京汉路上，车轮滚滚，汽笛长鸣；长江江面，百舸争流，千帆竞发。北伐军战士年轻的脸上，洋溢着再立新功的勃勃雄心；高高挺起的胸膛里，是军人即将再上战场的激扬和英雄有用武之地的豪迈。

然而，这一次的北伐，已经不是国共合作齐心协力打倒北洋军阀的战事了，第二次北伐的性质已经发生了变化，变成了国民党新军阀和北洋系张作霖、孙传芳残部旧军阀之间的战争，打仗的目的是争夺领导权。

在北伐主力部队开往河南所途经的武汉，城内兵力很少，除了当地的警察和卫戍区的军队，只有第二十四师驻守。为了革命首府的安全，身为师长兼武昌卫戍区司令的叶挺夜以继日地操劳。

庆幸的是，在攻打贺胜桥时身负重伤、手术后被送往上海养伤的许继慎归队了，被总司令部任命为第二十四师第七十二团团长。

伤愈之后的许继慎，依然精瘦而彪悍。这位有着军人的威猛、凌厉，能够运筹帷幄，又有政治家的辩才与坚定立场和博大胸怀的红色将领，特别喜欢骑马，当他快马加鞭奔驰在长江边的时候，飞扬的马蹄敲打着麻石筑就的江堤，发出清脆的嗒嗒声。当他突然勒紧马缰绳，使战马顺从地站立不动，手握望远镜眺望远方时，如同一尊高大的铜像，屹立在白云叆叇的天空下。

然而，在复杂的政治形势下，貌似平静的武汉三镇，其实酝酿着严重的危机。

第六十五章

夏斗寅叛乱与宁汉合流

驻扎在鄂西的国民革命军第十四独立师师长夏斗寅,由宜昌擅自移驻沙市,与四川军阀杨森明目张胆相勾结。武汉国民政府曾派员前往劝阻,夏斗寅佯装服从,却于5月13日发表反共通电,率军东下切断长沙、武昌间的铁路,致使湘鄂交通受阻,并联合刘佐龙、杨森等部进攻武汉,一路烧杀到了距离武汉只有二十余公里的纸坊镇。

"不好了,夏斗寅打进来了!"

"夏斗寅明天就要进城了。"

当这个消息传到南洋大楼的时候,武汉街头已经是人心惶惶。

由于国民革命军大部分在北伐战场,城中空虚。许多人听到风声,纷纷逃跑,有钱的人躲进租界,没钱的逃往乡下,粮行、商户停业,学校停课,码头停运。

危急之中,武汉国民政府通电立即将夏斗寅免职,通缉法办。然而,面对气势汹汹的叛军,谁来迎敌以解武汉之危?

叶挺、邓演达、恽代英等人挺身而出。叶挺奉命担任平叛总指挥,以第七十二团和第七十五团为主力,联合临时改编的以恽代英为党代表的由中央军事政治学校、农民运动讲习所学员组成的中央独立师进行平叛。

悍将许继慎率领第七十二团首先迎敌,乘火车到达纸坊镇。

一场异常激烈的战斗开始了。

"呜呜……"

随着一阵激越的汽笛声,一列军用火车开动了,巨大的车轮在蒸汽动力的牵引下向前滚动,车轮撞击铁轨发出有节奏的铿锵声,震得站台地面微微颤抖。

这是1927年5月17日的下午,一列长长的军用列车,沿着武昌到纸坊镇的铁路向前疾驰,留下一道道白色的烟雾。沿线的人们都向列车挥手致意,他们知道,这列军车是去打夏斗寅叛军、保卫大武汉安全的。

列车上全副武装的军人,不是别人,正是北伐名将叶挺的第二十四师第七十二团,团长就是在贺胜桥战斗中身负重伤、休养归来的许继慎。

由于行动迅速，许继慎率领的第七十二团在17日傍晚就赶到了纸坊镇外围，并占领有利地点。夏斗寅知道许继慎的团是新建部队，便猖狂地主动发起攻击，叫嚣着要把共产党的新兵全部吃掉。然而，他低估了这个团的战斗力，第七十二团虽然新兵居多，但许多骨干来自叶挺独立团，所以这个团保留了独立团勇猛无畏的战斗作风，团长许继慎更是叶挺培养出来的骁勇战将，是一个冲锋在前不惜性命的人。

在许继慎的指挥下，第七十二团士气高昂，以攻对攻，针尖对麦芒，向叛军展开猛烈的逆袭。战斗一直持续到深夜，经过反复激烈的争夺，第七十二团一营打进了纸坊火车站，第三营打进纸坊镇。夺回了镇子和火车站后，他们坚守阵地，与叛军对峙到天明。

第二天拂晓，不甘失败的夏斗寅开始率兵大举反攻，敌军一个营把设在一个破庙里的第七十二团团部和警卫排包围，叫喊着："许团长，出来投降吧！夏师长马上重用你！跟着共产党死路一条！"

"第七十二团的弟兄们，现在投诚还不晚！快点呀！迟了就变成马蜂窝了！"

面对叛军的狂妄叫嚣，许继慎大怒，他把手枪插进枪套，紧了紧腰间的皮带，一个箭步上前，从打旗兵手里夺过团旗，将团旗高高举起来，庄重地对副团长说："我先冲！如果我牺牲了，你接旗！"

说罢，他高举团旗走在队伍最前面，带领警卫排向前猛冲："弟兄们，冲啊，杀开一条血路就是胜利！"

战士们都呐喊着，勇敢地跟着团长向前冲去。

"冲啊！杀呀！"

看到昂头挺胸冲过来的战士，叛军一时摸不清虚实，急忙撤退，许继慎率部紧追不舍，奋力追杀叛军。

中午时分，副团长负伤，被战友救下抬走。下午，许继慎腿部负伤，他用绑腿简单包扎一下，仍然顽强地指挥部队战斗，接连打退敌人的多次冲锋。傍晚，第七十五团团长孙一中率队前来配合夹攻，敌军后方动摇，有溃退迹象。许继慎一面令人紧急吹起冲锋号，一面率领全团跑步追击。不料一颗枪弹穿透他的左肋下部，顿时血流如注，肠子也流了出来，他毅然将流出的肠子推回腹腔，继续冲锋。但紧接着，又一颗枪弹击穿他的右肋，子弹从左胸穿出，击穿左手，许继慎血染征衣，倒在血泊中昏死过去，不得已被抬下战场。

第七十二团正副团长皆受重伤，但群龙不能无首，第七十五团团长孙一中暂时兼任第七十二团团长，与叛军激战到半夜，顽强地坚守防线。

19日拂晓，叶挺率增援部队赶到，立刻指挥独立师的第一团和第七十五团向铁路正面突袭，并派第十一军教导营向右翼发起全面攻击。部队于黄昏时分追敌至贺胜桥，而在最前面的第七十五团追敌至汀泗桥时，已是次日凌晨，沿路俘敌甚多，缴获大量武器装备。

至此，夏斗寅叛军被击溃。武汉国民政府转危为安。但由于陈独秀的右倾政策，汪精卫、唐生智主张与叛军讲和，武汉国民政府下令叶挺停止追击，夏斗寅叛军才免于全军覆灭的下场。

陶云舒临走时，对杜心舟的担忧是有根据的。

1927年，对于世界来说，歌舞升平，水波不兴。但对于中国来说，却是血雨腥风、风云激荡。

这一年的年初，印度革命家罗易奉共产国际之命前往中国，担任共产国际驻中国代表团团长，负责指导中国革命。蒋介石发动"四一二"反革命政变之后，罗易与中共主要负责人陈独秀、共产国际顾问鲍罗廷等对革命方略出现争论。

由于罗易对中国的国情以及革命的具体情况不够了解，他在中共五大上提出的许多主张，会后并未得到贯彻。相反的却是，随着政治形势的复杂化，以汪精卫为首的武汉国民政府越来越走向右倾，中共与汪精卫的合作趋于分裂。

宜昌夏斗寅和长沙许克祥相继叛变后，共产国际顾问鲍罗廷和中共主要负责人陈独秀继续采取让步措施，并由鲍罗廷组成一个"查办代表团"到长沙查办许克祥。此时，罗易与鲍罗廷之间的分歧更加激化。罗易反对鲍罗廷继续肯定汪精卫等所谓国民党左派的观点，认为应该号召工农群众推翻武汉国民政府，实行工农民主专制。

为挽救中国革命的危机，1927年5月18日至19日，共产国际执委会召开第八次全体会议，专门讨论了中国革命问题。会后，共产国际向中共中央发出密电，指示中共发动土地革命，武装农民、没收土地；渗入国民党内并组成可靠的武装部队。该密电也被称为"五月指示"。

"五月指示"到达中国后，鲍罗廷认为实在荒唐可笑，陈独秀则干脆以共产国际不了解中国的实际为由拒绝执行。

然而，罗易在明知汪精卫开始走向反动，正与蒋介石和其他国民党右派进行密谋勾结，准备以共产党人的鲜血来换取蒋介石的谅解的情况下，仍然对汪精卫寄予了很大希望，幻想汪精卫能回心转意。因此，在没有和任何人商量的情况下，罗易竟然把共产国际的指示拿给汪精卫看，并送给汪精卫一份共产国际指示的电报副本。汪精卫看到电报后异常震惊，立即传示给武汉国民政府领导班子，将秘密公开。

当时，汪精卫正苦于没有"清党"借口，"五月指示"仿佛"雪中送炭"，成为他叛变革命的口实。

6月5日，汪精卫解除了鲍罗廷国民政府最高顾问的职务。

6日，国民党地方大员朱培德在江西"礼送"共产党员出境，并武装搜查革命群众团体。

10日，汪精卫、冯玉祥、孙科、唐生智等国民党要员在郑州召开分共会议。会上，汪精卫说："共产党在策划政变，我们要早做准备。……这就像一条船上有两个把舵的，一个是共产党，一个是国民党，各自要开往不同的方向。若要将国民革命开往共产主义那条路去，不能不将国民党变作共产党，否则只有消灭国民党之一法。反之，如果要将国民革命带往三民主义那条路去，不能不将共产党变作国民党，否则只有消灭共产党之一法……"

7月15日，武汉国民党中央召开扩大会议，正式宣布和共产党决裂，汪精卫公开叛变了革命。"七一五"分共会议后，为进行反革命宣传，汪精卫陆续公布了共产国际给中共中央的"五月指示"，逼迫共产党人辞去在国民政府担任的职务，并大规模逮捕和屠杀共产党人。

随之，唐生智所部第三十五军军长何键发出反共训令，攻击工农运动幼稚、工作过火、发生错误，"纯系共产党中暴徒之策略"，"明令（武汉国民政府）与共产党分离"。何键和负责武汉卫戍任务的第八军军长李品仙协同动作，占领中华全国总工会、湖北全省总工会，捣毁、解散各业工会，并且命令工人纠察队员上缴武器弹药，烧毁袖标，立刻解散，违反者以共产党员论处。

大江水运公司码头上，如狼似虎般站着一排军警，他们凶狠的目光紧盯着排成两队的工人纠察队员，他们是奉命来监视纠察队员缴械遣散的。

纠察队员们缓缓走了来。他们一个个步履沉重，胸中的委屈与愤懑全都通过沉郁的眼神流露出来，粗壮的大手紧紧握着手里的枪。那一杆杆汉阳造，是他们的武器、他们的骄傲、他们翻身做主人的象征。他们靠着它们，闯进英租界，拔掉米字旗，赶走英帝国主义，收回了英租界；靠着它们，与洋人买办、土豪资本家作斗争，维持一方秩序，巩固国民革命的大后方。而今，他们却要与之告别了。

杜大江走在最前面，留恋地抚摸一下步枪光滑的枪托，然后轻轻地将枪放在地上，又摘下袖标，放进一个竹筐里。

后面的郑鸿发、蔡老六、赵东晨、吴有才等人，也学着杜大江的样子，向手中的武器做最后的告别。军警见此情景，嫌他们动作太慢，开口骂道："快点！快点！别×××磨磨蹭蹭！"

"不服气就去闹啊！南洋大楼已经下了命令，谁不服从就地枪毙！"

杜大江牙齿咬得咯咯响，用了好大的力气，才没有把紧紧攥着的拳头挥出去。他狠狠地看了那些军警一眼，头一昂，大步往远处走去。

郑鸿发等人也学着杜大江，大步向江边走去。

"啊啊啊啊……"

杜大江站在江堤上，对着滚滚长江大声嘶吼。

"天黑了！天黑了！我们的武汉也黑了哟！"

杜大江悲怆的呐喊声，与澎湃的江涛交融在一起，在天地之间回旋萦绕，久久不散。

工人们都簇拥在杜大江身边，大家都默默不语，有的人悄声哭了起来。

"哭啥子！男人能吼能骂能打，就是不能哭！"

杜大江在那个哭泣的工友背上重重地拍了一掌。

"天能黑，就能亮，没有过不去的难关！"

接着，他面向工友，大声说道："今天在这里，大家可以骂，可以嘶吼，可以打滚，把心里的愤怒全都发泄出来。从明天开始，该干吗干吗，只要在心里记住自己曾经是一个光荣的工人纠察队员。国民党已经是我们的敌人，共产党是不会让它好过的！我们要把自己保护好，等着那一天！"

第六十六章

好朋友促膝长谈

湖北总工会所在的友益街2号，两扇大门紧闭着，门上交叉贴着两个长长的封条，盖着国民政府的大红印章。

杜心舟默默地站在大门前。自从调到这里担任武汉总工会劳福事业发展中心主任，半年来她一直在这里工作，目睹共产党的工运领袖们坐镇指挥风起云涌的工人运动，亲自参加工人纠察队员反抗帝国主义列强的游行示威，感受收回英租界、驱逐洋人的胜利喜悦。而今，国民党翻脸不认人，向大革命中一马当先立下汗马功劳的共产党人举起了屠刀。

"姐姐，我们走吧！待在这里很危险的。"

一旁的小萍不安地扯一下杜心舟的衣袖。

"工人纠察队解散了，工会贴了封条，我们的事业就这样被扼杀了吗？"

杜心舟似乎在问小萍，又似乎是在问自己。她迷茫地抬头望着天空，天空是盛夏的淡蓝色，没有云，风也是湿热的，她身上旗袍前胸后背已经被汗水濡湿，更显得肚大如箩。

小萍小心地搀扶着杜心舟，继续劝说着："姐姐，我们回家吧！老刘下午开车要送你去陆军医院待产，我们回去收拾一下。"

杜心舟感激地看了一眼小萍。

"唔，就是，我差点忘了。"

"姐姐，你忘了我可没忘，你已经到了预产期了！"

两个人正说着话，一辆空着的黄包车过来了。杜心舟招招手，和小萍坐了上去。黄包车径直向杜公馆奔去。

杜公馆里，杜妈妈已经把住院需要的物品收拾好了，除了吃的用的，一个花洋布包裹里全都是小婴儿的衣服，以前做的大部分都给陶云舒了，这些是杜妈妈熬了几夜赶制的。

"你二表哥已经安排好床位了，你和小萍先过去，我随后就到。"杜妈妈打着哈欠说。

"姆妈，你在家好好歇歇吵，又不是说生就生了。"

杜心舟望着母亲的黑眼圈，心疼地说。

"嘿，伢子可别这样说，有些人生孩子快，做着饭就把孩子生在灶台下了。"

杜妈妈的话把杜心舟逗乐了，好几天没有笑容的她，嘴角开始上扬，笑着说："那也太快了吧？就跟大狗生小狗没什么两样哟！"

杜妈妈微笑着轻拍了一下女儿的肩："道理都是一样的，都是人把自己养娇贵了。快走吧，老刘在外面等急了。"

陆军医院妇产科病房里，杜心舟的病床已经被收拾得干净整齐。小护士看到杜心舟到了，立刻跑过来帮着换上病号服，又是量体温，又是打开水。住院手续是陶云晏帮着办的，这个时候的陶云晏，已经从妻子不肯夫唱妇随的失落中走了出来，神色从容，步履轻快，一双眸子透过厚厚的近视镜片闪射出坚毅的光。

"谢谢二表哥，辛苦啦！"

看到自己如此安享照顾，杜心舟感激地对陶云晏说。

"先是云舒，后是你，我这个哥哥可不是白当的啦，要付出代价的！"

陶云晏心情很好地回应着，晃晃手中的一沓表格："快去做检查吧，有事叫小萍喊我。"说罢，大步走了出去。

当天晚上，韦革命前来看望杜心舟。两个好朋友一照面，都惊呆了。

韦革命惊异于杜心舟的大肚子，那么大那么鼓，仿佛有一只硕大的行军锅倒扣在肚子上，而且，她的脸部、手腕和脚腕都浮肿了，整个身体就像被充进了空气，膨胀起来。

杜心舟惊异于韦革命的消瘦，是那种仿佛被抽去脂肪的干瘦。本来就瘦小肤黄的她，此时愈发肤色晦暗，像一个暴晒过久的泥娃娃，而且，她面容憔悴，眉眼含愁。

一般情况下，新婚不久的女性，在爱情的滋润和丈夫的关怀下，身体会变得丰满柔润，眉目舒展，驯良乖巧，举手投足越来越有味道。然而，眼前的韦革命不是，她的眼睛睁得很大，目光中有一种咄咄逼人的抗拒与不甘，说话的语调也比从前快速且高亢，甚至有了泼妇的影子。

她和马萧之间，究竟发生了什么？

安静的夜晚，医院里紫藤萝花架下的长椅上，有两个青年女子在轻声交谈，她们是杜心舟和韦革命。

原来，韦革命怀孕了，每天早晨干呕，吃不下饭，睡不好觉，人很快消瘦萎靡起来。那马萧翩翩一才子，写文章朗诵诗歌魅力十足，可让他洗手做羹汤就找错了人，他连自己的一日三餐都弄不来，给孕妇煲汤炒菜，那还不难为死他。如果不会做饭也就罢了，他还在这节骨眼儿上，逼着韦革命退党！

杜心舟点点头，她何尝不知，武汉国民政府训令通饬各军长官务须于最短期间，对所属军队中的军事负责人员和政治工作人员进行核查，对已经知名的共产党员应切实劝导，使之"与共产党脱离关系"，否则即行停止职务；对未知名的共产党员则应随时留心查禁，禁止一切秘密会议，并考核其言论行动，如有违反本党主义及政策者，立予惩办。

"小韦啊，你们那个党已经不行了，不要再跟着活受罪，退了吧。无党派一身轻，自古伟大贤德的女性，都是以家庭为中心的，德才容工，相夫教子，承受丈夫之爱、儿女之欢，那才是幸福的人生！"

当韦革命表示不同意的时候，马萧立刻消失了诗人的洒脱，露出了大男子主义的本性，大声呵斥道："你这个女人就是一根筋，死犟驴脾气！也不看看形势发展到什么地步了，趁着现在有我这把伞给你罩着，把那个党退了，我们一心一意跟着国民政府往前走！"

韦革命摇着头，争辩道："我相信我们的党是正确的，它正在发展成长中，可能某些地方不够成熟，还有些幼稚，但我信任它，崇敬它，它不会永远这样的，也许，将来的中国，就是共产党给人民带来和平幸福生活的新的中国！"

"你就别给自己画饼充饥了！我接触的共产党员不比你少，无论是革命意志和人格品性，都是相当优秀的人。可是，我不同意他们的一些主张，尽管我是那么同情劳苦大众，热情地讴歌他们。所以，我家不能有两个党派同时存在。"

尽管马萧尽量把声音放平缓，但还是带着行政命令的口吻。

韦革命默默地望着马萧，她明白，马萧早已不是原来的马萧了，作为中央军事政治学校武汉分校政教主任，从他毅然剪掉那一头飘飘长发起，他就不再是浪漫潇洒的诗人，而是一名道貌岸然的政客。

于是，她轻飘飘地说："那还不简单？你退出国民党呗！"

"胡说！"马萧一拍桌子，恼怒地说道，"我也是反复斟酌，才认可这个党的，它对我至关紧要。我绝不可能放弃！"

这样的争吵反复过多次后，韦革命已经厌倦，她要寻找自己的出路，大不了拔脚就走，就像当年从广西老家逃婚出来一样。

"心舟，你知道吗？为了反抗国民党的屠杀政策，挽救中国革命，中共中央已经进行改组，停止了中共中央总书记陈独秀的职务。就在下旬，决定集合自己掌握和影响的部分国民革命军,并联合以张发奎为总指挥的第二军南下广东,会合当地力量,实行土地革命,恢复革命根据地,然后进行新的北伐。"

杜心舟点点头。

"我已经知道,我们的共产党要独立了,要拥有自己的武装,而且由李立三、邓中夏、谭平山、恽代英、聂荣臻、叶挺等领导在九江具体组织这个行动。"

"是的。所以我想去江西。"韦革命脱口而出,看样子她已经谋划了好久。

"我也想去啊,可是我这身子,走不了啦!"杜心舟遗憾地说着,又看看韦革命,"你现在这个样子,能去吗?路上可别出事啊!"

"我会小心的。大不了不要这个孩子。"韦革命有些厌恶地抚摸着自己还是一片平原的小腹,幽幽地说。

"别这样,你们俩再有矛盾,孩子是无辜的,你一定要为孩子着想,遇事千万别冲动!别忘了,你不是一直想当我孩子的干妈吗?干脆我们互相当孩子的干妈好了!"

韦革命一听乐了,脸上的愁云一扫而光。

"对呀!对呀!假如我们的孩子一个男的一个女的,就让他们结婚,我们做亲家。假如他(她)们都是男孩或都是女孩,就让他(她)们结拜为兄弟或姐妹!希望我们和我们的党渡过这个难关,我们两个抱着孩子再相见!"

杜心舟闻言,心中一块石头落了地,她艰难地站起身,与韦革命紧紧拥抱:"一言为定,我们抱着孩子再相见!"

第六十七章

风声越来越紧

风声越来越紧，杜心舟却还没有生产的迹象。

这天早晨，陶云晏过来告诉她，他要去一趟南昌，为一名生病急需手术的革命军高级军官主刀。

杜心舟看着陶云晏，问道："恐怕是一个更大的手术吧？"

陶云晏点点头，神情凝重："是的，一个更大的手术。"

两个人同时笑了。

由于形势的急剧变化，准备集结力量南下广东的共产党领导李立三、邓中夏、谭平山、恽代英、聂荣臻、叶挺等人，发现第二军总指挥张发奎同汪精卫勾结，并在军中开始迫害共产党人，随即向中央建议，依靠自己掌握和影响的部队，"在南昌实行暴动"。中共中央随即指定周恩来、李立三、恽代英、彭湃等人组成中共中央前敌委员会，以周恩来为书记，前往南昌领导这次起义。这几天，各个部队正陆续向南昌集中。

陶云晏就是接到命令，前往南昌参加起义的。

"心舟，医院你不能再住了，国民党军警到处搜捕共产党员，他们会抓住你，名义上是进行劝导，实则刑讯逼供，让你退党和举报他人。"

"放心，二表哥，我马上就离开。"

"好！多保重，我们后会有期！"陶云晏向杜心舟伸出右手。

"表哥也多保重，后会有期！"

杜心舟眼含泪水，伸出双手与陶云晏紧紧相握。

这是他们表兄妹一起工作一年多来，第一次也是最后一次握手。

幸亏小萍做事麻利，她们收拾好物品刚逃离医院，病房里就闯进来好几个"清党"办公室的人，气势汹汹地质问那个叫杜心舟的孕妇哪里去了？小护士告诉他们已经走了，至于去哪儿了不清楚，也可能回家了。几个人才悻悻离去。

杜心舟离开陆军医院前，也想过去哪里。其实她很想回武昌的夫家，可是，公爹李少煊是共产党员，而且是知名人士，本身已经危在旦夕，她不能去自投罗网，如果她再出事，那岂不是要了婆婆的命？

目前最要紧的是生下肚子里的孩子，为李家留下一条根脉，只要孩子平安无事，哪怕她自己被抓走、被枪毙，也毫不遗憾了！

尽管老规矩女儿不能在娘家生孩子，那样会给娘家特别是娘家弟弟带来霉运。然而，情况紧急，她已经顾不上那么多了。只能回娘家，只有回娘家了。

杜妈妈正担心着女儿的安危，刚坐上汽车准备去医院，就看到一辆黄包车载着依然大肚子的女儿和小萍回来了，顿时又惊又喜道："阿弥陀佛！总算回来了。"

"姆妈，他们想抓我，没那么容易哟！"

安顿下来，张嫂照例勤快地照顾杜心舟，杜妈妈则去找民间的稳婆（接生婆），先付给人家一些定金，临产时随叫随到。

晚上，杜大江回来了，脸色十分阴沉。原来，他的码头被强行搜查，军警在仓库里找到几杆汉阳造，硬说杜大江要闹事，把他带到警局里审查老半天，并且说，就凭他私藏武器这一项，即使不进监狱，他的码头也保不住了。

杜大江在交了一定数量罚金后走出警局，心里已经做了最坏的准备。

可是，女儿刚回来不到一天，又要离开，挺着个即将临盆的大肚子，让她去哪儿好哇！

就在杜大江急得抓耳挠腮的时候，管家蔡老六领着一个年轻人大步流星来到客厅，杜心舟看见，惊喜得大叫一声："唐成，你怎么来了？"

"杜同志，上级知道你处境危险，必须马上转移，特地让我来接你出去。"

由于走路急，唐成的长衫湿漉漉的，他满脸淌汗，摘下头上的礼帽当扇子扇。

"接我出去？去哪里？"

杜心舟急忙问。

"就在里分的泰兴里，我已经安排好了。"

杜心舟的眼泪夺眶而出，危难时刻，组织没有忘记她，而且如此及时地来接她转移，她刚才急躁无助的心里立刻感受到温暖。

"小萍姑娘，快点帮杜同志收拾东西，我们赶紧走，车子就在外面。"唐成对小萍说道。革命军围困武昌的时候，唐成经常去李家，大家都很熟悉。

杜心舟三人离开不久，杜公馆的镂花缠枝大铁门被敲得砰砰响，大家的心里一阵紧张，杜妈妈让张嫂去看看。

张嫂出去了，须臾，慌慌张张地跑回来道："那些人是警察，要进来搜查。"

杜妈妈一听就急了，三步并作两步来到大门前，冲着那些人吼道："我们杜家老老实实经商，挣的是水上卖命钱，有啥子搜查的？"

领头的警察亮了一下证件:"杜太太,有人举报你家私藏军火,我们是奉命办事!"

杜妈妈冷冷一笑:"哪个说我们私藏军火?我家还私藏着皇帝的玉玺呢!"

领头的警察不耐烦了,拔出手枪指着杜妈妈:"你少啰唆,妨碍军务是要定罪的,快点开门!"

一干人楼上楼下,搜了好一会儿,连储藏室都翻遍了,结果什么都没找到。

领头的警察很不甘心,用枪指着杜大江质问:"你不是有个共产党女儿吗?她在哪里?"

杜大江半躺在沙发上,眯缝起一双大眼,一副酒后微醺的样子,反问道:"我的女伢子是共产……党吗?我都不知道,你为么知道哟?"

"××,你装么子傻,等我找到她,饶不了你!"

说罢,领头的警察带着人悻悻而去。

说起里分,老武汉都不陌生,历史上的里分,几乎占据了大半个汉口,泰兴里就是其中最美的巷子。建于1907年的泰兴里,当时属于法租界领事街,巷子很窄,只有三米多宽,长也不过一百多米,进了巷口,几乎一眼就能望到头。然而,这条隐蔽的小巷中,别有天地。

泰兴里的建筑,带着浓浓的法式风情。小巷两边分别排列着八栋二层砖木结构的楼房,红瓦屋顶,半拱圆窗,八栋楼户户相对,一共十六个门牌号码。每栋小楼门前都有院子,被低矮的院墙围绕着,圈出私密的小空间。所以小巷里总是十分宁静。

杜心舟和徐小萍住在六号小楼。

武昌光复后,唐成离开豫军,依照组织的安排,进入武昌警察局担任治安支队队长。当他从李少煊那里得知杜心舟待产没有去处,就动用自己的人脉找了一个住处,便是这安静优雅的泰兴里。

这期间的武汉三镇,已经被白色恐怖笼罩着,时不时还能听到枪声,那是国民党右翼分子在处决不肯"洗心革面"的共产党人。汪精卫叫嚣,对共产党人"要用对付敌人的手段对付,捉一个杀一个……",并指令"宁可错杀一千,不可放过一人"。

疯狂的屠杀政策,使刽子手对共产党人无所不用其极,枪毙、砍头、剥皮、溺毙、火烧,把人杀了还把人头挂在城墙和电线杆上,美其名曰杀鸡给猴看。

腥风血雨中，暂时安定下来的杜心舟，足不出户待在家里，采买事宜均由小萍去办。

天气酷热，身子又沉，连日的紧张焦虑使她疲倦而憔悴，想睡却睡不着。有时候迷迷糊糊似乎要睡了，却被噩梦惊醒，在那些梦里，她不是在江边狂奔，就是走投无路爬上一座高楼的顶层，回头看看追来的敌人，闭上眼纵身一跃……

她对父亲杜大江还不是特别牵挂，毕竟父亲不是共产党人。让她揪心的是公爹李少煊，万一公爹牺牲了，婆婆可怎么办呀！心情沉重，她吃不好睡不好，尽管小楼很漂亮、很舒服，可她总觉得身上有无数的麦芒，刺得她又痒又疼。

送报纸的邮差，是唐成安排的联络员，每天按时送来《汉口民国日报》和《楚光日报》，杜心舟就从这些报纸上了解当前的动向。

这一天，她在报纸上看到了马萧与韦革命离婚的消息，虽然只是寥寥数语的一则公告，她却从中看到了两个阵营的彻底决裂。她鄙视马萧，更为韦革命自豪，好朋友一定是如愿了，她一定去南昌投奔起义部队了，在革命陷入生死存亡的关头，局势最为黑暗的时候，希望她一切安好！

然而，她欣悦的心情尚未消退，又过了一天，便看到了公爹李少煊在武昌英勇就义的噩耗，敌人对他连开五枪，还把他的头割下来挂在居住的巷子口，把他的肠子扯出来挂在巷子尾，残忍至极，而且要在7月底的太阳下暴晒三天才可以收尸。

杜心舟当即昏了过去。

迷迷蒙蒙中，她觉得自己的身体轻飘飘的，完全没有了重量。她四周白雾茫茫，仿佛是冬天江边的大雾，又仿佛是空中的云彩。她随着白云起伏飘荡，悠悠地来到了一座高高的金色的拱门前，脑子里灵光一闪，这就是传说中的天门吗？她所爱的人在里面吗？

正猜度着，她便看到有两个男人朝自己走来，不，是朝自己飘来。年轻的中等身材，哔叽呢军装，头戴大檐军帽，打着皮绑腿，腰间扎着武装带，配着精致的小手枪，英俊的脸上是一双又黑又亮的眼睛，方正的嘴唇透出一股威严。年长的穿着藏青色的长衫，手里摇着一把折扇，坚毅的目光透过金丝边眼镜烁烁闪亮，面容清癯，气质儒雅斯文，简直就是那一时期文人学者的标准形象。

他们不是别人，就是丈夫李子华和公爹李少煊！

杜心舟激动地迎了过去，嘴里大喊着："阿爸！子华！"

她看到对面的他们也在呼应自己，并且伸开双臂跑了过来，可就在他们即将会合的时候，杜心舟脚下的云朵突然消失了，她径直朝地面坠落下去，呼呼的风声里，是她恐惧的嘶喊："救命啊！"

"姐姐！姐姐！你怎么啦？"

守在旁边的小萍一跃而起，拿开杜心舟压在胸前的一只手。

"姐姐，姐姐！你又鬼压床了！"

杜心舟还在嘶喊，上气不接下气："救……命啊……"

小萍急了，用力摇晃着杜心舟，并用大拇指甲掐她的人中穴。

"姐姐，快醒过来呀！"

绝望和恐惧中，杜心舟感觉到身体被什么东西托举住了，嘴巴还有些痛。不再坠落的平稳中，她终于醒了过来，满头大汗，耳朵嗡嗡直响。

"姐姐，你吓死我了，我害怕……"

小萍带着哭腔，扑倒在杜心舟身上。

杜心舟怜爱地抚摸着小萍的头，为她拭去脸上的泪水。

小萍瘦了。这个南下时捡来的女孩子，本来是扒火车去广州投奔亲姐姐的，却跟着自己参加了北伐军战地救护队，成了弟弟杜心龙的未婚妻，又在大革命遭受挫折的白色恐怖下，陪伴着自己东躲西藏，担惊受怕，这是什么样的缘分，才能如此无怨无悔，生死相依啊！

"没事了啊。做了一个噩梦而已。"

杜心舟安慰着小萍，端起床头的一杯凉白开水，一口气喝了下去。

"你那不是噩梦，就是鬼压床，在我们湖南老家，是要驱鬼的！"

小萍固执地嘟哝着："可惜，我现在找不到驱鬼的东西。"

杜心舟苦笑笑，抚弄着她的辫梢："小萍啊，你知道如今最大的鬼是谁吗？"

小萍点头，恨恨地说："我知道，是蒋介石和汪精卫。"

两个人正说着话，小院子外突然传来轻轻的叩门声，杜心舟示意小萍出去看看。

隔着低矮的院墙，小萍看到一个身穿丝绸裤褂、仿佛一尊小铁塔般的少年在院墙外徘徊，不禁脱口叫道："杜心龙，你怎么来了？"

第六十八章

大老黄与爱车俱焚

"心龙，你怎么回来啦？"

杜心舟见到敲门者是弟弟杜心龙，大吃一惊。

"你不在军队里，跑回来干么事？"

杜心舟警觉地打量着杜心龙，这个胖墩墩的堂弟，不仅穿着光鲜的丝绸衣服，脖子上竟然还挂着一条大金链子，一派不羁的阔家少爷德行。

"我……我想姐姐和小萍，就……"

杜心龙吞吞吐吐地说。

"就怎样啦？"

看着弟弟闪烁的眼神，杜心舟的疑心更重了。也不怪她疑心，白色恐怖下，为了活命免遭国民党的杀戮，有的人投降背叛，有的人举报自己的亲人。弟弟只有十六岁，一个尚未成年的少年，在这生死存亡的时候，他会那么坚定吗？

"杜心龙，你给我说清楚！你来这里，是要拉姐姐去自首吗？"

想到这里，杜心舟厉声质问。

"告诉你，姐姐就是被枪毙，被大卸八块，也不会背叛我的信仰！"

杜心舟大义凛然，仿佛警车就在外面。

"哈哈……"

杜心龙突然一阵大笑，扑过来抱住杜心舟："我的好姐姐，你误会了，我跟你闹着玩的！"

原来，武汉光复后，杜心龙重返叶挺独立团机动大队。后来左翼军改编，叶挺担任二十四师师长，周士第担任七十四团团长，杜心龙就被安排在七十四团当了特务连副连长。这几天，部队赶往南昌集结准备暴动，由于杜心龙是武汉本地人，上级指令他留下，作为卧底隐蔽起来，以便将来再次北伐时，里应外合。

有过一次卧底经验的杜心龙，爽快地答应了。与上一次围城打进豫军手枪队内部相比，他认为这一次卧底时间也不会太长。如果起义成功，共产党领导的军队很快会打过来，他会立下新功，带着荣耀重回部队。而且，他的心底还有一点私念，那就是，留守武汉能和未婚妻小萍厮守在一起。

讲明情况后，杜心舟心里一块石头才算落了地。她看着弟弟这身打扮，问道："你打算用什么身份做掩护呢？该不是一直当浪荡公子吧？"

杜心龙不好意思地摸摸圆脑袋："那我还不得天天惹事，给大爹添麻烦。"

杜心龙继续告诉杜心舟家里的事。

"我回了一趟家，家里的情况也很不好，那个冤家对头高水生继续对大爹施压，要大爹交出你，小楼和码头估计都保不住了，但大爹好像并不在乎，他就是放不下你，盼着姐姐早点儿把孩子生下来。"

杜心舟听了鼻子酸酸的，喃喃地说："爸爸，姆妈，女儿连累你们了。"

由于肩负的任务，杜心龙想去唐成的警察局做事，"清党"需要扩充人手，他正好趁机打进去。唐成已经推荐了他，估计过几天就可以去了。杜心舟的住址，就是唐成告诉他的，唐成让他暂时来这里照顾几天。

"是这样啊！"

杜心舟舒了一口气。这里虽然是法租界，但国民党的眼线到处都有，依然不安全，有了弟弟的保护，她的心里觉得踏实多了。

杜心龙的到来，使这个家里有了活力。小萍一改往日的沉闷，重新变得活泼起来，走起路来长辫子一甩一甩的，声音也变得又甜又糯。

而那杜心龙，没有了部队的拘束，又像以前一样颐指气使起来，故意摆出少爷架子，对小萍一口一个"丑丫头"地喊。他一喊，小萍就不乐意，两个人就开始斗嘴怄气，动手动脚。打不过杜心龙，小萍就找杜心舟告状，杜心舟也知道他们是在高压的环境下找乐子，就假装管一管，骂几句杜心龙。小萍气消了，两人又重归于好。

这一天，杜心舟满脸喜悦地拿着一张报纸下楼来。

"号外！号外！大好消息！"

杜心龙和小萍都惊讶地望着杜心舟。

"怎么啦？姐姐，这么高兴？"

"当然高兴啊，我们的人在南昌起义成功了！你们听听啊！'共党不甘心灭亡，垂死挣扎逃到南昌发动暴动，此乃跳梁小丑之举，无异于螳臂当车不自量力，国民政府必当派遣得力肱骨，将其悉数剿灭之！'"

杜心龙摇头，迷惑不解："这算是大好消息吗？我怎么听不明白。"

杜心舟戳一下弟弟的脑门，说道："哎呀，你真笨！国民党报纸上的消息，我们应该反着听。报纸上气急败坏，那就证明南昌举事成功了！共产党打响了武装反抗国民党反动派的第一枪，揭开了中国共产党独立领导武装斗争和创建革命军队的序幕，意义非凡！"

经过杜心舟的阐述，杜心龙和小萍完全明白了，顿时雀跃起来。

"这就是说，共产党以后有了自己的政府和军队，不再受国民党管了！"

杜心龙说出自己的理解。

"对头！就是这样！"

杜心舟激动地挥着拳头，她那浮肿的脸上绽放出了光彩。

"来，为庆祝共产党的胜利，晚上我们吃油焖大虾和煮毛豆，外加三碗冰粉，我来做！"

看着肚大如箩的杜心舟忙前忙后，杜心龙不忍地说："姐姐，快点把小宝贝生下了吧！我们舅公、舅母都等急了！"

小萍啐他一下："呸！真是皇帝不急太监急，生孩子不能急，要等着孩子自己想出来才行！"

杜心龙发窘地拧一下小萍的耳朵："瞧你能的，就好像你生过孩子呦！"

一句话不入耳，两个人又要打起来，杜心舟赶紧和稀泥："开饭了，开饭了，小宝贝生下来，说不定我们的队伍就打来了，到时候我们四口都重新当兵去！"

然而，沉浸在胜利喜悦之中的杜心舟他们没料到，危险就在眼前。

连着两天，邮差都没有过来送报纸，这让杜心舟心里非常不安，就让杜心龙出去了解情况，结果，杜心龙一夜没回。杜心舟愁得一夜没合眼，她担心弟弟出事，尽管他还不是共产党员，可她是啊！

于是，她吩咐小萍收拾东西，随时准备离开。

第二天早晨，杜心龙满脸焦虑地回来了，看到包裹已经打点好了，朝姐姐竖了一个大拇指，说道："姐姐，唐成被捕了，我们必须离开这里！"

"我们要去哪里？"

"大爷已经安排好了，我们去江夏外婆家。"

"怎么走？"

"天快亮时，大老黄开车过来。"

得知大老黄要来，杜心舟心里立刻踏实了。

尽管杜心舟吩咐杜心龙和小萍早点儿休息，又把闹钟定在凌晨三点，可她自己怎么也睡不着，就倚在沙发上，迷糊一阵，清醒一阵。等她再次睁开眼时，看看怀表，已经到了凌晨两点，便开始竖起耳朵听外面的动静，心里担忧着大老黄的安危。当时攻克株洲之后，在救护队与自己同一批入党的他，是不是也在被追捕之列呢？

三点，门外传来汽车的引擎声，睡在小院门口竹躺椅上的杜心龙一跃而起，打开院门，一身乡下农民装束的大老黄闪身进来，低声问道："都准备好了吧？我们马上走！"

"准备好了。可以走！"

杜心龙答应着，正要朝屋里喊，杜心舟已经来到院子里，身后的小萍背着一个大包裹。

"好！真麻利！"

大老黄满意地点点头，顺手提起已经放在院门口的一个藤箱。

往后备箱里放好物品，大老黄也上了车，没有熄火的汽车瞬间启动，徐徐地驶出泰兴里，向着东南方向而去。

此时，天已经蒙蒙亮，夏日凌晨江边的水汽很大，大路两边的路灯在水雾的包围下，发出昏黄的光晕。路上没有行人，更没有车，一片静寂中，大老黄驾驶着这第二辆法国雪铁龙轿车，如同驾驭着一头听话的小毛驴，嘚嘚地一路向前狂奔。

这辆新车，是杜大江和谭向林送给大老黄的。春节时谭向林来汉看望杜大江，并送上一千块大洋，说是要赔偿上一辆汽车的损失。杜大江又从自己银库里拿出一部分，给大老黄买了一辆新车。然而，大老黄死活不要，说这么贵重的汽车应该送给重要的人来当代步工具。于是，两家商量后，以武汉运输工会和株洲工会的名义，将汽车赠送给了国民政府。作为一个老司机的大老黄，从陆军医院保卫科调到了南洋大楼，当了司机队队长。

这使杜心舟想起了去年春节南下时，在株洲崎岖的山路上，冒着枪林弹雨，大老黄开着车，还不忘给他们科普雪铁龙的前生后世的情景。

然而，这一次，杜心舟通过方向盘上方后视镜看到的，是大老黄一张疲惫的甚至带着十二分决绝的脸。

"黄叔叔，你没事吧？"杜心舟试探着问。

"孩子，我和你一样，没退路了！"

"他们要抓你？"

"对！我躲了几天，舍不得这个车，它一定要派上用场，今天正好让它送你！"

大老黄简单讲了讲自己这些天的情况。

看着大老黄疲惫的样子，杜心舟心里一阵感动。为了躲避敌人的追杀，大老黄藏起了汽车，乔装改扮住在乡下水塘旁，给塘主采菱角谋生，然而，接到上级命令后，他立刻不顾个人安危，回城开上爱车执行任务。

"黄叔叔，去年就是您送我，今年还是您送我，我们是有多深的缘分，才能这样同生死共患难啊！"杜心舟感慨地说道。

大老黄挥动着一只蒲扇般的大手笑道："杜小姐上辈子可能是我的女儿，要不然我怎么觉得这么亲啰！"

车里的气氛开始轻松起来。由于是平坦的大路，小萍没有呕吐，副驾驶座上的杜心龙有些无聊，扭过头朝小萍做鬼脸，小萍就拿手里的折扇敲杜心龙的圆脑袋。

"坐好坐好，不许淘气！"

"丑丫头，竟敢打你龙少爷，你等着！"

两个人例行的抬杠又开始了。杜心舟和大老黄都无奈地摇摇头，任他们闹去。

江夏距离汉口将近四十公里，是距离武汉较远的一个区，如果放在一百年后，开车上高速，半个多小时也就到了。可是在当时，出了城区，郊外都是土路，而且头天刚下过大雨，道路泥泞难行，好不容易到了江夏地界，离杜心舟外婆家的湾子还有十多公里。

大老黄把汽车停在路边的一棵树下，叫大家歇息一下打个尖。此时，太阳已经升起，雾气虽然消散了，暑热却升腾起来，没有一丝风，树梢上的夏蝉可着劲儿鸣叫，令人觉得更热。

小萍在树下铺上一张草席，把食物拿出来摆在草席上，四个人席地而坐，吃着热干面和凉拌藕片，旁边还有一水壶凉白开。

然而，就在大家快要水足饭饱的时候，远远地，突然传来一阵阵马蹄声，大老黄侧耳细听，说声不好，是战马的蹄声。四个人立刻紧张起来，急忙站起身来，手搭凉棚眺望，果然，西北方向的大路上腾起一股烟尘，而且，那烟尘越来越近。

"赶快上车，是敌人追来了！"

大老黄发声喊，随即打开车门发动汽车，杜心舟和小萍来不及收拾树下的东西，也跟着跳上车，副驾驶座上的杜心龙盯着远处，拔出了腰间的驳壳枪。

"好你个斑马！看来这一仗非打不可了！"

"先别打，我们先走，它们跑不过我们的汽车轮子！"

说着，大老黄一踩油门，雪铁龙立刻突突地叫着，仿佛撒开缰绳的野马，向前狂奔而去，在雨后的乡间土路上留下两道深深的车辙。

"站住！停下来！"

"再不停下，我们就开枪了！"

后面传来追兵的吼叫，密集的子弹打过来，落在汽车顶棚和窗户上，发出咚咚啪啪的声响，如同一阵冰雹雨。

"趴下！快趴下！"

大老黄叫着，要杜心舟三人隐蔽在座位下面。他自己驾驶着汽车，左弯右拐，躲避着枪林弹雨。

"打吧！我看他们没几个人！"

杜心舟说着，摇开了车棚的天窗。杜心龙从座位底下拖出一杆轻机枪，架到了天窗上。

轻机枪在杜心舟和杜心龙的操控下，一个射击，一个负责压送子弹，从枪膛里蹿出的子弹，一排排一串串地勇往直前，发出突突突的愤怒的吼声。

骑兵的马刀和步枪，毕竟抵不过强劲的扫射，在倒下三匹马之后，追兵突然悄无声息了。

暂时的平静之中，大老黄凝神开车，雪铁龙继续向前狂奔。然而，道路实在是太难走了，在一片玉米田旁边，突然出现一个大水坑，大老黄急速地打着方向盘，可还是没有绕过去，汽车一头扎进大水坑里，趴窝了。

而此刻，后面的追兵又赶了过来，而且有了援兵，有二十几个人，他们已经发现汽车跑不动了，便都举着枪，队伍排成扇形，嗷嗷叫着包围过来。

怎么办？

没有了汽车，仅靠步行他们根本就走不了，或者战死或者束手就擒。而且，因为方才的激烈枪战，杜心舟动了胎气，肚子突然剧烈疼痛起来，这是要分娩的节奏。

危急之中，大老黄焦急地搓着大手，他环顾一下四周，略一思忖，毅然决然地说道："心龙，你和小萍保护小姐去生孩子。"他用手指一下玉米地里的一个突出的黑影。"看到没有？那里应该是一个看秋人的窝棚，你们到那里去，我留下阻击敌人。"

杜心龙不干，叫道："黄叔叔，我留下，你们去窝棚！"

大老黄脸色一沉，一双突出的大眼瞪着杜心龙："别和我争！你又不懂开车，说不定我会把它开出来的。"

就在两个人争抢的当儿，敌人越来越近了，可以清楚地听见马蹄踩在泥土上的沉闷的声音。敌人没有打枪，只是闷头疾奔，看样子是要活捉他们。

大老黄真急了，粗壮的身体戳在杜心龙面前，举起了石钵一样的拳头。

"你走不走？在这里，我年龄最大，一切要听我的命令！"

杜心舟见状，赶紧对杜心龙说："弟弟，听黄叔叔的，我们走。"又对大老黄说："黄叔叔，消灭了敌人，您就赶上来呀！"

已经把轻机枪架在汽车引擎盖上的大老黄，摇晃着手里两颗绑在一起的手榴弹："放心吧，有这两个宝贝，我和汽车都不会落在敌人手里！"

在大老黄猛烈的阻击中，杜心龙和小萍搀扶着杜心舟，朝着田野里的那个窝棚跌跌撞撞疾奔。机枪声、马嘶声、大老黄愤怒的吼叫声，在他们身后响成一片。

当他们赶到窝棚的时候，耳畔猛烈地响起手榴弹的爆炸声，紧接着是一团冲天的火光，浓烟四起。

杜心舟发出一声撕心裂肺的呼喊："黄叔叔啊！"

第六十九章

杜心龙和小萍牺牲

玉米地里的窝棚,其实是一间小房子,三面墙用麻石砌成,作为门口的正面,是竹子扎起的墙和门,屋里有一张竹床、一个灶台。看样子,以前这里应该是一片瓜田,小房子就是专门给看瓜人住的,后来不知为何不再种瓜,而成了玉米地。

杜心舟肚子疼得厉害,下身已经见红。小萍赶紧把竹床打扫一下,解开身上的包袱,抽出一条被单铺在上面,让杜心舟躺下。

杜心龙手握步枪在外面警戒。

宫缩开始了。每隔几分钟,杜心舟的腹部就疼一次,每次都疼得她大汗淋漓,那几十秒的时间就像几个小时那样漫长。她咬紧牙关不让自己叫出声来,在这大太阳底下的田野里,前路茫茫,后有追兵,守护她的只有两个少年,她不能让他们分心。

她只希望能尽快把孩子生下来,那样,就可以背着孩子继续往前走了。

土路上手榴弹爆炸引起的大火整整烧了一个小时,雪铁龙燃烧时浓烈的汽油味隔着茂密的庄稼传过来,窒息着杜心舟三个人的心房。大老黄用生命阻击了敌人,挡住了敌人对他们的追杀,好让一个新生命降临到这个世界。

浓烟渐渐散去,周围是死一般的静寂。

"心龙,外面什么情况?"

阵痛的间隙,杜心舟强忍悲恸问窝棚外的弟弟。

"没有动静,好像敌人撤退了。"

杜心龙轻声回答。

"唔,应该是敌人认为汽车里只有大老黄一个人,宁死也不叛党。可是,我们三个人从车里下来,一定会在周围留下痕迹,不能掉以轻心哪!"

杜心舟思索着,提醒杜心龙。

"姐姐,我知道,我和小萍时刻准备战斗!"

在这孤立无援的时刻,杜心龙完全是一个职业军人的状态,毕竟,年龄再小,他也是七十四团特务连副连长,曾经身经数战,从来没有退缩过。而今,面对即将分娩的姐姐和柔弱的未婚妻,他必须拿出军中男子汉的气概来保卫她们。

看到弟弟如此沉着冷静，杜心舟放心了，而且，频率越来越快、越来越强的阵痛，令她焦虑、紧张和急躁，只想不停地喝水，可是，他们带的水已经没有了，小萍只好去田里的坑洼处搞来浑浊的雨水给她喝。

中午，日头毒辣辣的，让人恨不得拿把刀把太阳切去一半。小窝棚里酷热难当，杜心舟还在折腾。胎儿不断下坠的感觉，让她一会儿站着，一会儿躺下，迫使自己放松下来，用书上学到的知识，向下屏气，扩张胸腔，好使胎儿早点落地。

午后，杜心舟宫缩得更厉害了，胎儿终于露出了头，但随着宫缩，胎儿的头又缩了回去，俗称胎头拨露。意味着正式的分娩就要开始了。然而，就在这时，守在窝棚外的杜心龙看到玉米棵子在晃动，他立刻警觉起来。

"姐姐、小萍，外面有情况！"

剧痛中，杜心舟已经顾不上说话，她尽量压低自己的呻吟，示意小萍替自己回答。

"一定是敌人摸来了！"

杜心龙朝窝棚里望一下，说道："姐姐你快点生，我要开打啰！"

杜心龙把仅有的一杆汉阳造架在了窝棚前一个土堆上，又把手里的驳壳枪压满子弹递给紧张的小萍。

"会用吗？"

"当然会。"

"行，还不笨！"

远处的玉米棵子晃动得更厉害了，而且晃动的面积越来越大，隐隐地有说话声传来："×××！我就不信这辆车上只有一个人，肯定还有同伙！"

"大家散开，周围都去搜搜，找出共党重重有赏啰！"

玉米棵子被拨开了，杜心龙清楚地看到一张淌汗的脸，他俯下身，握住汉阳造开始瞄准。

"报告排长，这里有个窝棚！"

是一个士兵的声音。

"马上包围窝棚！"

另一个粗重的嗓音命令道。

紧跟着，玉米棵子里一阵窸窸窣窣，夹杂着庄稼被踩倒的断裂声，几个敌人端着枪、弓着腰过来了。趴在土堆上的杜心龙，一面注视着敌人，一面用食指扣住了汉阳造的扳机。

小萍更加紧张，看着愈来愈近凶巴巴的敌人，她呼吸急促，心脏也在狂跳，紧握驳壳枪的手乱抖："心龙，打吧！"

"急个么事？"杜心龙揪一下未婚妻的长辫子，说道："我们的子弹不多，要悠着点。等他们再近一些，看清模样再打。"

小萍点点头，把汗湿的双手在衣服上擦擦，再次握紧驳壳枪。

敌人开始向窝棚靠近，杜心龙甚至能清楚地听见敌人的脚步声。他屏住呼吸，耐心等待着。就在距离不到五十米的时候，他果断开枪，子弹带着"嗖嗖"的响声飞了出去。

小萍也跟着开枪，子弹急速向敌人飞去。

刹那间，方才还寂静无声的玉米地里，发出鞭炮般一串串的枪响。

从午后到傍晚，杜心龙和小萍在窝棚前与敌人展开激烈战斗，打退了敌人数次进攻。窝棚周围的玉米地里散落着许多空弹壳，敌人的血渍，在太阳的暴晒下已经凝结发干，泥土的腥味混合着硫黄的呛味，在夏日凝滞般的空气里，围绕着窝棚久久不散。

太阳下山的时候，杜心舟生了。在小萍的帮助下，她用匕首割断婴儿的脐带，又清理好婴儿的呼吸道。

"哇……"

窝棚里，响起婴儿洪亮有力的啼哭声。

杜心龙一头扎进来，兴奋地叫着："生了？男的还是女的？"

"男的，带把儿的。"

杜心舟有气无力地回答。

"太好了，我是真正的舅公啰！这一仗打得值！"

杜心龙高兴得手舞足蹈。

一旁的小萍急了，挥着手往外赶他，催促道："出去，出去，还没有完，等会儿再进来！"

"为么事？不是生了吗？"

小萍也不解释，顺手操起一根竹板就打他："叫你出去你就出去，女人的事情不许问！"

杜心龙只好悻悻地出去了。

第三产程胎盘娩出期，在将近一个小时后终于完成，小萍这才喊来杜心龙，叫他帮着把胎盘埋在窝棚外面的地下，并叮嘱一定要脐带向上，说这样子小孩子不会呕吐。

杜心龙照着做了。

从凌晨到现在，经过一天的奔波和战斗，三个人已经筋疲力尽。小萍归拢了一下可吃的东西，只剩下一包豆干，根本不够吃。杜心龙到外面掰了几个玉米棒子，就地挖个坑生火烤起来。

吃过鲜美无比的烤玉米，三个人商量下一步怎么办，一致认为此地不能久留，敌人肯定还会找来的。趁着天黑赶紧休息一下，拂晓时分就走。

又是一个拂晓。远处的湾子里传来雄鸡的打鸣声，悠长而清亮。

"喔喔喔……呃呃……"

杜心舟醒了，怀里的小婴儿，因为奶水还没下来，饿得直哭。她只好把玉米粒放进嘴里嚼碎了，再用舌头送进孩子嘴里。

东方的天色已经从灰白变成鱼肚白，那一片片在黑夜中黯淡憔悴的云朵，悄悄地染上了红晕。雄鸡的啼声此起彼伏，鸟雀也跟着凑热闹。马上就要天光大亮，他们必须离开这里，否则后果不堪设想。

叫醒杜心龙和小萍，啃了几口昨晚剩下的烤玉米，杜心龙扛着汉阳造，腰间的武装带上一边挂着驳壳枪，一边别着最后一颗手榴弹，小萍背着包裹，杜心舟抱着婴儿，三个人出发了。

走出玉米田，又走了好一段低洼的湿地，他们来到了团墩湖边。

江夏的团墩湖是一处典型的淡水湖泊泛水沼泽湿地，面积约有二十平方公里。枯水期时，有人在湖里种莲藕、茭白、菱角等，也有人围网养鱼。即使是盛水期，也未能淹没所有的湿地，那些高于水面的湿地，长着高大茂密的芦苇，形成一片片芦苇荡，在那里面藏几个人，是很难找到的。

按照原来的计划，他们是要去外婆家的。可是，突发的战斗使他们失去了大老黄和汽车，杜心舟又刚生下孩子，身体非常虚弱，她需要休息，给自己和婴儿补充营养。所以，他们必须停下，寻一个敌人暂时找不到的地方活下来，而芦苇荡，就是最好的去处。

在湖边，杜心龙左寻右找，发现了一条船，这是一条很小的鸬鹚船，是当地的渔民带着家养的鸬鹚到河湾或湖里捕鱼用的。

然而，杜心龙刚把小船拖过来，就听见大路上传来急促的马蹄声，立即说道："不好，敌人追来了，姐姐你快上船。"

杜心舟说:"我们一起上船,一起走!"

说罢,她先把小萍推了上去,然后自己也上去,催促杜心龙道:"心龙,快点!"

就在杜心龙跨上小船时,鸬鹚船突然剧烈摇晃起来,而且呈现下沉状态。原来,鸬鹚船平时都是一个渔翁、一群鸬鹚,最多船头再多一个妇女或者儿童帮着指挥鸬鹚,那小胖墩杜心龙足足有一百八十斤,小船根本吃不住。

怎么办?

"姐姐,你和小萍先走,我留下阻击敌人!"杜心龙说着跳下了船。

小萍见状也跳下船,杜心舟急了,喊道:"我们都不走,把敌人打退一起走!"

这时,已经能看到大路上马蹄扬起的烟尘,伴随着敌人虚张声势的喊叫:"共产党,你们跑不了了,赶紧投降吧!"

杜心龙急得直跺脚:"姐姐,你们赶快走哇!你一定要活着,你不是一个人,你一定要留下我们两家的后代!"

杜心舟眼泪哗哗流淌,她紧紧抱着襁褓中的婴儿,对杜心龙喊道:"好兄弟,我走!"

杜心舟掏出自己那把小巧的左轮手枪,朝杜心龙递过去:"这把手枪,我好久没有用了,还是南下广州时,在罗霄山打死三个北洋兵,后来一直没有用过,你拿着,还有七发子弹,关键时刻可以抵挡一下!"

杜心龙不收,说道:"姐姐你留着防身,前面还会遇到很多危险,你不能没有枪啊!"

杜心舟只好收起了手枪。

此时,敌人越来越近了,杜心龙取下腰间的手榴弹,命令小萍道:"丑丫头,快上船!"

小萍哭喊道:"这么多敌人,你一个人恐怕不行,我要帮你!"

杜心龙看着小萍决绝的目光,又看看简陋的鸬鹚船,毅然地说:"好吧!丑丫头留下,给我挡枪!"

杜心舟哽咽着,呼喊道:"心龙,小萍,消灭了敌人,一定找办法追上来呀!"

"放心吧!姐姐,我们一会儿就找你去!"

杜心龙用力推动小船,鸬鹚船一下子滑出去老远,杜心舟频频回头,她泪眼蒙眬,哽咽不止。小船越走越远,辽阔的湖中,水天一色,茫茫荡荡,她听见了襁褓里孩子饥饿的啼哭声。

湖堤上,只剩下了杜心龙和小萍。

杜心龙摘来一些菱角，剥给小萍吃，嬉笑着："丑丫头，就我们两个了，反正没人看见，我们拜天地吧！"

小萍把吃了一半的生菱角吐了出来，啐道："啊呸！谁说没人看见，天和地，还有这湖水，都看着呢！"

两个人刚打趣两句，就看见追兵已经到了眼前，就是五百米的距离，杜心龙一把操起了枪："打！不能让他们发现姐姐！"

两个人立刻投入战斗，小萍驳壳枪的子弹打光了，杜心龙大腿和右胸都被子弹打中，鲜血染红了全身。

敌人见他们久久不还击，叫嚣起来："共产党没子弹了，冲过去，捉活的！"

"啷个斑马，谁说老子没子弹了？"

杜心龙气愤地把手榴弹扔了出去，就听见湖堤"轰"的一声巨响，火光和硝烟四起，肯定又倒下几个。

在获取的短暂宁静中，杜心龙嘎嘎地笑着："丑丫头，你老公怎么样？"

小萍向他竖起大拇指："很棒。"

"丑丫头，你老公不但打仗棒，别的地方也棒哦！"

没有经历过男女之欢的小萍，一时没明白他的意思，埋怨道："你棒个啥子？你把最后一颗手榴弹扔出去了！"

"啊……！"

杜心龙这才发现，自己真的把最后一刻用来与敌人同归于尽的手榴弹甩出去了，而汉阳造里，也没有子弹了！

这可怎么办？他一急，竟然"腾"地站了起来，把圆脑袋暴露在湖堤上。

就在这时，一发子弹带着"嗤嗤"的响声向杜心龙飞过来，说时迟那时快，小萍喊声"不好"，一跃而起抱住杜心龙，子弹打穿了她的胸膛。

杜心龙浑身一震，绝望地嘶喊："丑丫头，小萍，小萍！……"

小萍微微睁开眼睛，唇边露出一丝微笑，艰难地说："心龙哥，我终于……为你挡枪了……"

"那都是开玩笑的，我不要你挡枪啊，我要你活着！"

"我……还没死，我不想死……"

杜心龙把小萍抱在怀里，轻轻地抚着她的背说："你不能死，你还欠着我的债呢……"

"我欠你……啥子债？"

小萍努力地张嘴说话。

"在韶关,我让你给染脚指甲,你不干。"

"那……我现在给你染吧。"

"可惜了,这里没有凤仙花。"

杜心龙的脸贴着未婚妻的脸,感觉她的呼吸越来越弱。

"有……我身上的血就能……"

杜心龙伸开双手,手背朝上,小萍艰难地抬起头,拿右手食指蘸着自己胸前的鲜血,给杜心龙涂指甲。一个又一个……

杜心龙的泪水一滴滴落在指甲上,他轻轻地唱起湖北民歌:

正月是新年,
郎要上四川。
双手扯到郎衣襟,
你早去就早回还。
四月忙插禾,
山上花儿落。
搭起板凳踮起脚,
等你来帮帮我。

在杜心龙的歌声里,小萍的身体渐渐地变凉,头紧贴着杜心龙的胸膛,两条扎着红绒绳的长辫子柔顺地垂在肩膀上,安详地合上了眼睛。

歌声结束,杜心龙解开胸部的绷带,拿出随身的飞镖,朝着刚刚结痂的伤口深深地扎了下去,鲜血立刻喷涌而出……

第七十章

芦苇荡里的救星

水,还是水。

无边无际,起起伏伏。不知道从哪里流来,也不知道往哪里流去。

杜心舟机械地挥动着船桨。鸬鹚船,劈开前方平静的水面,在船尾留下荡漾的波纹,离岸边越来越远了。

身后的枪声、爆炸声渐渐消失,四周一片寂静,静得令人发慌。

她抬头看天,由于水雾,天是浅浅的蓝,又高又远又迷离;低头看水,水太清澈,像一面青玉做的镜子,照见了自己满是污垢的脸。扭头望望四周,在天与水之间,长满了芦苇、芦竹、灯芯草、菖蒲、水竹等湿地植物,它们高大茂密,黄绿相间,绵延数里,独特而又美丽。

然而,此刻的杜心舟觉得它们过于浩大,浩大得令她感到自己极其渺小,不知道置身何方。

两年来,她从来没有自己单枪匹马战斗过。

她有杜心龙,她有小萍,她有部队、有组织,可是现在,她什么也没有了,弟弟和小萍不知怎么样了?他们还活着吗?但愿他们还活着!

她不敢去想,不忍去想,心里只有一个念头,那就是往前走,再往前走,小船快点儿漂到芦苇荡的深处去。

婴儿已经停止了啼哭,他从生下来就没有吃什么东西,在窝棚时还有一点玉米可以嚼碎了喂他,可现在连那些也没有了。她担心自己和孩子都会饿死。

她不能死,孩子也不能死!她要活着,为李子华、为黄叔叔、为弟弟和小萍活下来!

她用顽强的意志用力地划动那柄木头的船桨。

渐渐地,她觉得脑袋特别大,特别沉,背上的婴儿也仿佛变成千斤巨石,她浑身冒汗,昏昏沉沉,耳朵嗡嗡作响,感到天在倾斜,水在倒流,芦苇和菖蒲在她周围打转转。不知过了多久,小船再也划不动了,船头触到了一片凸鼓的草墩,再也动弹不了。

杜心舟强迫自己抬起头来,四处张望,周围除了水,就是各种湿地植物,没有人,偶尔能看到水里的鱼在跳,水禽在远处扎猛子。天苍苍,水茫茫,这是天和水要绝我吗?

船里不能久留,她必须到岸上去,到那个凸起的草墩上去!

杜心舟抬起发软的双腿,手脚并用,艰难地从船里爬了出来,爬到了草墩上。她解开背上的孩子,抱在怀里,让婴儿的嘴巴吮吸住奶头,忽然感觉一阵天旋地转,随即昏了过去。

隐隐地,有很强的亮光在闪。

哦,是太阳出来了吗?金亮亮、暖洋洋的光,刺痛了她的眼睛。

一定是雨夹雪之后的阳光,照在哥特式教堂的彩色玻璃上,也照在宽阔的操场上。是他来了,他英俊的脸,比阳光还要明朗。

这是她的母校私立汉口圣若瑟女子中学,操场上,一群少男少女正在进行拔河比赛。她是女队的啦啦队队长,对面那个英俊的男生,是武昌职业高中的啦啦队队长,他的名字叫李子华。

欢度圣诞节,一所纯男生的学校和一所纯女生的学校,这种联欢本来就有相亲联谊会的味道,而拔河比赛,只是图个热闹。

比赛哨声响起,两个队的队员握紧绳子,一个个脚蹬地,身体向后倾倒,拼命向自己的一方拽绳子。绳子中间的红绸一会儿移向男队,一会儿移向女队,互不相让。双方啦啦队队员齐声呐喊,不停地为自己队加油助威。

杜心舟挥舞着小红旗,随着队员的动作而蹦来跳去,她清脆的、富有穿透力的加油声在整个校园里回荡。

相比于杜心舟的歇斯底里大吼大叫,李子华的指挥风度却是沉着冷静,有条不紊,就像一位将军端坐在大帐之中运筹帷幄。

也许是女队人数比男队多,也许是男队故意让着女队,最后是女队胜出,拿到了奖杯。

男队一点也不生气和嫉妒,反而很开心地大声欢呼,在李子华的带领下,一起走过去为女队祝贺,并相互签名留念。当他们相互签名留言的时候,就那么互相深深地看一眼,便刹那间心意相通。

分别的时候,杜心舟在学校门口频频挥手,大声喊着再见,她是真的想再一次见到他啊!

"再……见……"

她泪流满面,声嘶力竭地喊着,李子华的身影却突然不见了,取而代之的是另一个女子身穿旗袍的背影,这个女子怎么与自己一模一样啊,一样波浪滚滚的卷发,一样窈窕的身姿,一样披着高贵的银鼠皮斗篷……她仿佛是从自己身上剥离出来的,带着自己的体温,渐渐远去。

"喂!你不要走,不要走哇……"

她浑身都在痛,用尽最后的气力在喊,胸脯剧烈地起伏。耳畔,却分明听见一个激动的声音:"醒过来了!"

"喳……喳喳……"这是什么声音?

"喳喳……喳喳……"哦,是鸟叫的声音。

一定是喜鹊。只有这种长长的黑尾巴上闪着蓝光的禽鸟,才能发出如此动听喜悦的叫声。

杜心舟用力睁开眼睛。

"姑娘,你终于醒过来了!"

是一个慈祥而温暖的老年女性的声音。

姑娘?她喊谁姑娘?

杜心舟慢慢睁开双眼,又很快合上。太阳的光芒太强烈了,她一时适应不了。

她在脑子里艰难寻找对这个声音的记忆。是汉口的姆妈,还是广州的姨妈?都不像。那么,她到底是谁呢?

她再次艰难地睁开眼,看见一个模糊的陌生的身影,不是姨妈,更不是姆妈,她失望地把眼合上了。

"姑娘,你怎么又睡了?你不能死啊,你还有孩子哟!"

这一回,是一个苍老的男声在喊她,语气充满了关切。

她只好再次努力睁开眼睛,这次她看清楚了,是两位老人,一男一女,一个蹲着,一个坐着,守在自己身边。

杜心舟迷惑不已,嘶哑着嗓子问:"这是……哪儿呀?"

"这是团墩湖,你在我们的家里。"老婆婆说道。

杜心舟用眼睛环顾四周,发现这是一个用芦苇搭成的草庵,里面有简易的生活用品,还有渔网,那喜鹊的叫声就是从草庵上发出来的。

"姑娘,你是怎么回事,一个人背着孩子趴在草墩上?"老公公问。

杜心舟明白了,是这对老夫妇发现她昏倒在草墩上,搭救了她,把她背到了自家的窝棚里。她的心里一阵感激,可是面对救命恩人,她却不得不说谎。

"我的家在大冶那一边,由于在汉口医院有熟人,就想让我去汉口生小孩儿。可是,我们走到半道遇到了劫匪,他们抢走了东西,把我丈夫打死了,接着还要打我。我赶紧逃跑,顺着庄稼地来到湖边,孩子就生下来了。我走投无路,看到一只小船,就背着孩子坐了上去,也不知道要去哪儿,我没有丈夫了,没有家了呀!呜呜呜……"

杜心舟一边说,一边哭,哭得痛彻心扉。

"唉!这年月,兵荒马乱的,生个娃娃也不容易!"

老婆婆抹着眼泪安慰杜心舟。她悲恸的哭泣,引起了这对老夫妇强烈的怜悯心。老婆婆继续说:"孩子,你就先住在我这里吧。我儿子去年被吴佩孚抓去当兵,打仗死了,就剩下我们老两口,你来了,正好我们搭个伴儿,养好身子,再去找你的家人。"

杜心舟赶紧答应:"嗯,谢谢大爹大娘!"

"你叫啥个名字?"

老公公问道。

"我姓王,叫小英,二老喊我王小英吧!"

杜心舟随口说出一个名字来。

"我儿子叫大壮,他要是还活着,你们可是般配的一对儿。"

老婆婆毫不掩饰对杜心舟的喜爱,心疼地看着她满身的血污:"生个孩子受了这么大的罪,遭天谴的劫匪。我这就烧水去……"

杜心舟就此住了下来,老公公有编苇席手艺,每天就是砍芦苇,编席子,积攒的苇席多了,就背到城里去卖,顺带也把湖里的茭白、菱角、鱼虾捎去卖掉,生活还过得去。

转眼间,杜心舟已经在草庵里住了一个多月了。

草庵是建在一个沙洲上的,为了让杜心舟安心坐月子,老公公在原来的草庵旁边又搭了一个新庵子。在南方,无论你怎样走投无路,只要在水畔,就可以活下来。水里有的是莲藕鱼虾,沙洲上可以种些鸡毛菜,草庵可以避风挡雨。

在这里,杜心舟身体不仅恢复很快,而且还有了奶水,婴儿只能吃个半饱,老婆婆就用藕粉和米粥来补充。所以小婴儿也健健康康的,逗弄他的时候,会张开红润的小嘴对你笑,发出"咿咿呀呀"的声音与你交流。

这一天，杜心舟抱着孩子去一片芦竹下乘凉，由于夜里下大雨，草庵漏水，老公公割了一些蒲草要把顶棚加固一下，却在上面发现了杜心舟藏起来的左轮手枪！

惊骇万分的老夫妇立刻把杜心舟喊过来，质问她是不是共产党。事已至此，杜心舟不想对这对善良的老夫妇撒谎，于是，她点头承认了。

老婆婆一屁股坐在地上，两手拍着大腿，长长地叹着气："为么会这样哟！好端端的姑娘，在么子党哟！"

杜心舟很愧疚，她不知道该说什么才好，觉得说什么都不对，解释更是没用，她只能静静地抱着孩子坐着，等待老人的发落。

由于惊骇，老爷子的手指被芦苇划破了，鲜血直淌。他哆嗦着，话都说不囫囵："娃子，我知道你是个好娃子。可你是共产党，要连坐的，晓得吣……"

杜心舟点点头。她何尝不晓得，为了把共产党员赶尽杀绝，汪精卫颁布了连坐法，一家窝藏共产党，所有的亲戚朋友都要杀头，许多共产党人以及亲属被株连，有的家里几十口人全部遇害。

"孩子，你走吧。不要怪我们狠心。"

"我走！马上就走。"

杜心舟说着，就去收拾东西，其实可带的东西，只有一些婴儿物品。

本来睡得很香的婴儿，似乎预感到了什么，突然惊醒，哇哇哭起来。

杜心舟急忙抱起孩子来哄，并且解开衣襟让孩子吃奶。没想到小婴儿却死活不吃，继续啼哭不止。

因为平时都是老婆婆抱孩子，杜心舟一时手足无措，只得抱着孩子在草庵里打转转，又拍又哄，嘴里叫着："小芦，小芦，别闹了呀……"

小芦是杜心舟给婴儿起的小名，以纪念他在窝棚里出生，在芦苇荡里活命，被老夫妇救下的恩情。

老婆婆看不下去了，把婴儿从杜心舟怀里接过来，奇怪的事情发生了，婴儿竟不哭也不闹了。

"小芦和我有缘分，把他留下吧。等你将来找过来，我们再还给你。"

老婆婆亲着婴儿的小脸蛋，慈爱地说。

杜心舟的眼泪顿时流了下来。她也想过离开芦苇荡的危险，自己随时可能被逮捕杀头，可她不想孩子跟着她死。把孩子留下，让老人家代为照顾，孩子或许能活下来。

想到这里，她扑通一下跪在老夫妇面前，悲声道："大爷，大妈，我一辈子都忘不了你们的恩情,有朝一日我能回来,一定重谢!"

"起来吧!谢不谢的我们不在乎,只是心疼这孩子,刚过满月落到那些人手里,还能有个好么!"

老婆婆把杜心舟搀扶起来,郑重地说:"给孩子取个大名吧,将来再见面,也好相认。"

杜心舟略一思索,说道:"孩子小名叫小芦,大名……就叫李亦航吧。希望他在你们的照顾下活下去,将来坐着小船走出团墩湖,走向长江,走向大海,扬帆远航!"

老夫妇尽管不能完全听懂杜心舟文绉绉的话,但大意是知道的。善良的他们,认为人一辈子三十年河东,三十年河西,谁能料到以后会怎么样。就凭杜心舟这个好女子,他们就不相信共产党会坏到哪里去。

于是老公公说道:"你放心走吧,孩子你尽管放心。只要我们老两口儿在,孩子就在!"

杜心舟闻言再次落泪,谢了又谢,抱住孩子亲了又亲。

"小芦,妈妈走了,再见啊!"

李亦航在老婆婆的怀里,圆睁着一双明亮的大眼睛看着杜心舟,不哭,也不笑,似乎要把母亲的容颜深深烙进心里去。

杜心舟挥手告别,一步步倒退着离去,就在她转过身面向前方的时候,李亦航突然大哭起来,哭得上气不接下气。杜心舟的心脏猛地揪了一下,她没有回头,依然大步而去。

那条小小的鸬鹚船,依然停靠在草墩旁。杜心舟坐上去,划动船桨,船儿缓缓向前驶去。

第七十一章

杜心舟被捕

依然是水。无边无际，起起伏伏，不知道从哪里流来，也不知道往哪里流去。

而杜心舟，城里不能回，外婆家也不能去，她觉得自己就像一片浮萍，不知道从哪里来，也不知道该往哪里去。

她机械地挥动着船桨，鸬鹚船离老夫妇的沙洲越来越远了。

她抬头看天，天依然那么蓝，高远而深邃；低头看水，水很清澈，像一面青玉做的镜子，照见了自己迷茫的脸庞。

背上的包袱很轻，除了两件替换衣服和一包用于充饥的藕粉，就再也没有别的了。可是腰间却很沉重，腰带上别着那把左轮手枪。这是南下广州时，父亲杜大江送给她的手枪，翻越罗霄山遇到北洋军欲侮辱她，她用去了三发子弹，后来在救护队就一直没打过枪。如今，她还有七发子弹，她在心里盘算着，如果遇到敌人，她就果断还击，并且把最后一颗子弹留给自己。

她决定乔装改扮去汉口寻找父母，如果父母不在，她就到长江里去，江里有那么多过往的拖轮，她相信一定会有一艘船收留她。

"心舟啊，我们杜家世代在水上谋生，水是我们的命根子，水给我们生命和财富，不管遇到多少艰难，只要看到水，就能活下去！"

父亲曾经说过的话在她耳畔回响。在长江风口浪尖上讨生活的父亲，平时开口就像吼，但对女儿讲人生道理时，语重心长，因为他知道，那对女儿遇到绝境时至关紧要。

"爸爸，您放心，我杜心舟绝对不会倒下的，只要还有一口气，我就要坚持下去，决不投降！"

杜心舟突然浑身充满了力量。她想起了南下时调皮的弟弟杜心龙，火车上捡来的少女小萍，还有湖南伢子段春雷、孙乾生，他们一路战斗，翻山越岭，风雪饥寒，终于到达广州。她还想起了丈夫李子华和北伐的官兵们，叶挺团长、卢德铭、许继慎、陶云晏、韦革命……他们一起出师北上，勇敢杀敌，屡战屡胜，创造了中国近代军事史上的奇迹。如今，他们虽然处境艰难，可都在顽强坚持自己的信念并付诸行动。心里装着他们，她还有什么困难不可战胜呢？

不知不觉，鸬鹚船已经到了湖岸，杜心舟跳下小船，沿着湖堤缓缓前行，到了路口一个茶棚里站下，她想搭一辆骡车回汉口。就在这时，从茶棚里蹿出两个男人，一左一右向她扑过来："女共党，看你往哪里跑！"

看到敌人朝自己奔来，早有防备的杜心舟一个闪身躲过，机敏地跳到一旁，并迅速从腰间拔出手枪，随着"砰砰"两声枪响，那两个男人应声倒地。她趁机拔腿就跑，然而，从茶棚里又跑出好几个敌人，手里都端着枪。

混战中，杜心舟又打死两个，这时候，她只剩下三发子弹了，她要等到敌人再走近一些，打死两个，然后举枪自尽。

敌人发现她不再开枪，就大着胆子包围过来，其中一个尖脸尖鼻子的敌人淫笑着："女共党，没子弹了吧？快投降吧！"

另一个哈喇子都快流出来了，阴阳怪气地叫着："哟，模样挺俊哟，给爷们做小妾吧！"

杜心舟站着不动，竟然妩媚地笑了一下，就在敌人注意力放松的瞬间，突然扣动手枪扳机，只听两声枪响，前面的两个一声不吭便倒下了，她掉转枪口对准了自己的额头，闭上了眼睛。

然而，枪没有响，那最后一颗子弹，竟然是一颗哑弹。

她急忙去腰间拔匕首，却已经来不及了，她的手被一双肮脏的粗手死死按住，动弹不得，随即，一根粗大的麻绳掷了过来，她被五花大绑起来。

方才被打伤的尖脸男人冲过来，对杜心舟一顿拳打脚踢，狂喊着："我打死你！打死你！你敢耍弄老子！"

杜心舟被打得鼻青脸肿，痛苦地在地上翻滚。

狂殴一顿还不解恨，尖脸男人举起了手里的枪，恨恨地道："还留着她干什么？上边有令，抓住共党就地枪毙！"

一个队长模样的军官走上前来，挥手阻止道："别急，等一下！"

尖脸男人立刻收起手枪，愤愤地踢了杜心舟一脚："队长要是觉得打死她浪费子弹，我还有别的办法让她死。"

一旁的几个敌人立刻开始起哄，七嘴八舌嚷嚷着："老韩快说，有啥好办法？"

尖脸男人淫笑着，用枪筒戳着杜心舟鼓鼓的乳房："弄死一个女人，办法多的是。最简单的一个，就是扒光了，把她这两个东西割下来，然后拿一根竹竿往下面一捅，保管一会儿就玩完！"

"哇，太刺激了！谁来扒衣服？"

"我有刀！"

"我去找竹竿！"

几个敌人放肆地笑着，就要准备工具。

杜心舟闭着眼，把牙齿咬得咯咯响。她后悔不该只留一颗子弹，应该把最后三颗都留给自己，只要有一颗不是哑弹，自己就解脱了，何须遭此凌辱。

就在这时，杜心舟听到了敌人队长的呵斥声："都给我站住！你们这些下三烂！"

杜心舟感觉到有一只脚轻轻地踢了自己一下，然后又是那个声音在说道："喂！坐起来，睁开眼睛看着我！"

杜心舟睁开眼睛，吃力地从地上坐起来。她看到了一张还算和善的面孔在俯视着自己。

"我看你像城里大户人家的小姐，不仅漂亮，还气度不凡，为什么不在家享福，非要参加共产党呢？"

杜心舟不说话，她要搞清这个人葫芦里卖的是什么药。

队长见她沉默不语，就与她靠得更近些，一只手做出握着现大洋的样子，眼里闪着贪婪的光："告诉我你是谁，家在哪里，父母是做什么的，也许我能帮你！"

杜心舟明白了，鄙夷地说一句："如果你真的想帮我，就开枪把我打死吧！我只求速死！"

"想死？没那么容易！"

队长恼羞成怒，照着杜心舟脸上左右开弓扇了起来。她的鼻子流血了，鲜血顺着鼻孔往下淌，一直流到嘴里，她想用手擦拭，可是被捆绑的双手动弹不得。

"××，给你脸不要脸！我马上送你去清党办。到了那里，有人会撬开你的嘴，叫你死不成也活不好！"

一辆骡车载着五花大绑的杜心舟朝城里走去，车子前后左右，都有士兵看押，他们得意地哼着小曲儿，抓到一个女共产党，可以邀功请赏了。

一路上，杜心舟昏昏沉沉，她想着曾经走过的道路，来的时候是四个人，自己、大老黄、杜心龙、小萍，可现在只剩下她自己。她羡慕他们的牺牲，不用遭罪，不必受辱，痛痛快快杀敌，痛痛快快了结自己。难道这是天意吗？如果真的是天意，她已经下了必死的决心，无论遭遇到什么，绝不叛变，更不会出卖同志。

暮色四合时，终于到了汉口城里。骡车进了一个院子，几个士兵把杜心舟拖了下来，像扔垃圾一样扔到地上。

队长进去报告。

不一会儿，一个中年男人走了出来，扫了一眼匍匐在地上的杜心舟："不错，还是个女的。"

"报告葛主任，这个女共党太猖狂了，打死了我们六个弟兄，我们奋力围堵，才把她抓住。"队长得意地表功。

"葛主任？"昏暗的灯光下，杜心舟觉得这个人好面熟，在哪里见过呢？她急速地在脑海里搜索着。想起来了，是在江岸区友益街2号，原来的"叶开泰"叶公馆、后来的中华全国总工会所在地见过他。由于她经常去那个中西合璧的院里开会，对这个人有印象，他也是总工会的干部，难道？

"呃呃……"被称为葛主任的人清清嗓子，挺了挺胸，反剪双手，做作地踱着方步，来到杜心舟面前，"我看你好面熟啰！如果我没有记错的话，你叫杜心舟，是武汉总工会职工劳福事业发展中心主任，共产党员。"

杜心舟坦然回应："不错，我就是杜心舟。"随后讥讽道："老葛同志怎么在这里？"

葛主任摊开双手，摆出一副无奈的样子："工会没有了，共产党成了非法组织，我就在政府工作了。"

杜心舟鼻子里哼一声："是呀，工会被取缔了，共产党人遭到屠杀，所以你重新站了队，高升为葛主任了，恭喜！恭喜！"

那葛主任似乎没听出来杜心舟的讽刺，反而命令手下："还站着干什么？快点给杜小姐松绑！"

几个士兵急忙解开杜心舟身上的绳索，可是杜心舟的双手和双脚都麻木了，根本就站不起来，队长殷勤地过来搀扶。

"杜小姐，请到屋里说话。"

敌兵队长把杜心舟搀扶到屋里，又麻溜儿地泡茶。

葛主任示意他们退下，屋里只剩下葛主任和杜心舟。

杜心舟毫不客气地大口喝茶，她倒要看看这个葛主任要做什么。

"杜小姐，我知道你在嘲笑我，可是，眼下这局势，我不能硬扛啊。我上有老，下有小，老母亲八十多岁了，我不能伤她的心，我要有三长两短，老母亲就活不下去了，让白发人送黑发人，我……我做不到啊……"

坐在杜心舟对面的葛主任，仿佛在诉说一个大孝子对慈母的情怀，声泪俱下。

他看到杜心舟面带戚色，继续说道："杜小姐，你也别硬扛着了，重新站队吧，以后我们还能一起开会啰！"

杜心舟暗笑，在心里嘲讽这劝降的戏码演得不错，于是假装不懂，问道："可是……我怎么重新站队呢？"

那葛主任立刻眉飞色舞，甚至有些激动："太简单了，你就写两句话，我杜心舟从今天起脱离共产党，从此以后与共产党再无联系，然后登在报纸上，你就可以回家了！当然，也可以继续为国民政府做事，去医院当护士或者到机关做职员，我们欢迎你！"

说着，他拿过来一沓白纸和一支自来水笔。"写吧，一分钟就搞定了。"

第七十二章

刑场上的枪声

杜心舟点点头。她拿起笔来，在白纸上比画着、思忖着，落笔写下一个"杜"字，似乎嫌那个字写得不好看，于是把纸揉成一团扔掉了，然后又写，又扔，如此反反复复十几次，到最后满地都是纸团，除了那个"杜"字，别的字一个也没有。

那葛主任见状大怒，原本的斯文一扫而光，厉声喝道："杜心舟，给你脸你不要脸！你这是消遣我是不是？看来，不让你吃点儿苦头，你是不会投降的！"

杜心舟索性把笔也扔了，冷冷地说："我说过要投降吗？"

那葛主任气急败坏，对内室喝道："来人！给这位大小姐用刑！"

内室虚掩的门被撞开了，从里面冲出几个如狼似虎的大汉，把杜心舟拖了进去，吊在房梁上。

原来，那葛主任的办公室后面就是审讯室，对于不肯投降的共产党人，严刑拷打，能活着出来的，几乎没有。

沾了水的皮鞭，抽打着杜心舟细嫩的皮肤，留下一道道血痕，她昏了过去。

痛，浑身痛，火烧一样的痛。

血，到处都是血，背上、腿上、胳膊上、胸前……身上的血腥味混合着审讯室里的潮湿，让她觉得身处地狱。

她不知道在囚室里过了多长时间，也不清楚受了多少次大刑。只记得有一次，他们把煤油灌进她的嘴里，致使她七窍流血。还有一次，行刑手把烧得通红的烙铁放在她胸部的时候，她发出了声声惨叫，那凄厉的叫喊，恐怕连地狱里的阎王听了也会不忍吧？然而在密闭的黑暗的刑讯室，只有行刑手得意的狂笑和皮肉烧焦的味道。

杜心舟昏迷，再昏迷。只有身体本能的暂时休克，才能使她不至于痛死。

生不如死的时候，她想起表姐陶云舒，想起了表姐留给她的电话号码。那几个阿拉伯数字，她已经铭记在心，只要说出来，她就有救，事情就会出现转机，但她实在不想再和国民党有任何联系……

她没有说，她不能忘记，在平江城外那个湾子的祠堂里，在陶云晏的引领下，她加入了中国共产党。

她不能忘记加入中国共产党的初心和使命，绝对不能！

不能的后果，就是在牢房里继续被囚禁，继续承受酷刑。

她的身上几乎没有完好的地方了，新伤压着旧伤，有的结了痂，有的化了脓。可是敌人还不放过她，使用据说是最新发明的专门对待女性的刑罚……生孩子。

"她不是生过孩子吗？那就让她再生一次！"

这种酷刑使杜心舟的身体受到严重摧残，她昏迷了三天三夜才苏醒过来，而且，从此再也不能生育。

她就那么软绵绵地躺在牢房的稻草上，大小便失禁，不能走路，不能翻身，甚至觉得不能呼吸了。

"让我死了吧！让我死了吧……"

时昏时醒的状态中，她喃喃着。

"你只要写几个字，还能继续活！"

是那个葛主任在说话。

杜心舟摇头，她只有摇头的气力了。

"还对你们的党抱着希望，不死心对吧！"

葛主任冷冷地，话语夹着冰带着雪："不错，你们的军队在南昌举事是成功了，可是很快就被我们包围打垮，武汉这边根本甭想过来。你们只能撤出南昌，孤军南下广东，企图打开海口，争取外援，重建革命根据地，可那都是梦想！你知道南昌战斗后死了多少人吗？伤亡两千多哟！到了10月份，你们已经无力再战，开始大撤退，撤退到海丰、陆丰地区的时候，再次遭到东路军的截击，全都溃散了，革命委员会和大领导都跑了，共产党没有了，完蛋了！"

杜心舟闭上了眼睛，一滴清泪沿着她枯槁蜡黄的脸颊淌了下来。

那葛主任见她绝望的样子，立刻换上一副恨铁不成钢的怜悯样子，说道："杜小姐，我还没有见过你这样犟的女子，死心眼儿不知道变通。放着好好的阳关大道你不走，偏偏要自讨苦吃。事到如今，我救不了你，你的党也救不了你。再好好想想吧！"

杜心舟再次无力地摇头："别……做梦了。我就是把牢底坐穿，也不会做不仁不义之事……"

那葛主任悻悻地离去，杜心舟听见在囚室门外的看守说："这个女人已经是个死人了，留着也没用。"

"唔，执行吧！"

随着葛主任冷酷的声音，囚室的铁门重重地关上了。

两天之后，囚室同时进来两个女看守，一个端着三菜一汤，另一个捧着一个包裹，其中一个对杜心舟说："今天就是你的死期，还有什么要交代的，可以告诉我们。"

杜心舟摇头，她觉得对得起自己短短的二十年，对得起自己心中的道义。该说的她都说了，不该说的她一句也没有说，亲人和战友都牺牲了，她最牵挂的是父母和儿子小芦，可是牵挂也没有用啊，她只能默默地祝福他们平安，她相信他们一定会平安地活下去的！

吃过断头饭，她要求女狱卒帮她换上被捕时包裹里的那件月白旗袍，又拢了拢枯干的头发，便被一扇门板抬了出去。

深秋的江边，寒云惨淡，北风瑟瑟，芦苇枯黄，几个士兵把她抬到江边一个荒凉处，抽掉门板，杜心舟站不起来，就那么坐在潮湿的地上。她从容地整整衣服和头发，然后挺起胸膛，面带微笑，仿佛面对的不是黑洞洞的枪口，而是照相馆的照相机和镁光灯。

两个士兵举起了枪，瞄准杜心舟。

杜心舟高举右拳，用尽平生的力气喊道："共产党万岁！"

"砰砰砰！"

三声枪响，她倒下了。

无边的黑暗，深不见底的阴森寒冷。

我在哪儿？

是在地狱里吗？怎么会有光？不是说地狱里黑暗无边，无数的魔鬼冤灵在黑色的空间狂舞，连空气中也漂浮着噩梦的气息吗？

死一般的静寂中，杜心舟感到鼻腔里似有寒水灌入，让她痛苦不堪，整个身体仿佛淹没在浩渺无垠的黑色潮汐中，并且随着水波而起伏，最终她窒息了。而奇怪的是，她觉得自己竟然有意识，还能思考，还能回忆。

"我是枪毙后被扔到长江里，变成一只'大水棒'了吗？"

小时候跟着父亲去江边，她看到过捞尸人捞上来的尸体，经过多天在水中的浸泡，尸体比平时膨胀了好几倍，眼珠子鼓凸，嘴唇往外翻着，脑袋像一个巨大的烂透了的冬瓜，散发着刺鼻的恶臭，江上的人都管这样的浮尸叫"大水棒"。想到活着时干净而美丽的自己，可能会变成这样的"大水棒"，她的心里一阵哀鸣："不要啊！我不要做大水棒！快救救我呀！谁来救救我！"

第七十三章

乞丐大叔

不知过了多长时间，杜心舟觉得那种漂浮感消失了，鼻子里也没有了寒水的堵塞，而且有人在轻轻拍打她的后背，引起一阵阵的呕吐。

"这下好多了哟，应该死不了啰！"

有人在说话，而且还是男声。

杜心舟感到胃部还在痉挛，想吐却吐不出来，难受的她浑身战栗，两只手在空中乱抓，却抓到了一只温暖的手。那只手握着她的手，趁势拉她坐了起来，然后另一只手一用力，竟然把她捆得倒立起来。

"哇……"

又一阵剧烈的呕吐，直吐得连胆汁都出来了，好苦好苦啊，舌头都被苦麻了。到最后什么都吐不出来了，只剩下大口的喘息和胸脯剧烈的起伏。

"吐净了，吐净了就彻底好了哟！"

她又听见了那个男声，接着那个人又说了些什么，但她没有听清，昏昏沉沉睡了过去。

杜心舟醒来的时候，发现自己躺在一个桥洞里，身上还盖着一床露出棉絮的破被子，枕头边放着一个竹篮，里面传出一丝丝糍粑的甜香。

她饿坏了。禁不住那香味的诱惑，她挣扎着坐起来，把手伸到竹篮里，抓起糍粑就往嘴里塞，两三口就把那几块糍粑吞进了肚子里，黏糊糊的糯米噎得她急翻白眼。想喝水时，就看到篮子里有一只搪瓷缸，里面还真的有水，端起来一口气喝了个底朝天，顿时觉得身上有了点儿力气，脑子也清楚多了。

她把枕头竖起来，靠在桥洞的石壁上，用眼睛打量四周。

这应该是汉口近郊一座大石桥的涵洞，由于与水面有一定距离，光线充足，也不算潮湿。涵洞的另一头被杂物隔开，能居住的面积也有三平方米左右，放满了破纸箱、烂报纸、旧衣服、污渍满满的瓶子和脏兮兮的碗、锅等杂物。杜心舟惊异地想，我这是被乞丐收留了呀！

正胡思乱想着，涵洞外传来脚步声，随后一个衣衫破烂、头发乱蓬蓬的男人一瘸一拐走了进来，手里还捧着一个破布包着的东西，看到杜心舟坐着，惊喜地说道："你睡醒了？"

乞丐放下手里的东西，原来破布里裹着一个搪瓷缸。

"我给你讨来一点鱼汤，趁热赶紧喝了吧！"

那人又说。

嗯，没错，是那个声音。昏迷呕吐的时候，她根本顾不上看救了自己性命之人的脸，如今，她才发现，乞丐应该和父亲年龄差不多，但身材矮小，瘦削的脸上布满皱纹，一双深深凹下去的眼睛，那眼里，有说不出的沧桑与悲愁。

"我睡醒了。恩人大叔，谢谢你救了我的性命！"

杜心舟感激地说着，两手撑在地面上，她想跪下给恩人磕个头，却由于身体极度衰弱，一阵眩晕便倒下了。

当她再次醒来的时候，杜心舟看到乞丐正在三块石头架起来的火灶上煨汤。发现杜心舟醒了，他赶紧把鱼汤倒进一只碗里，端到她的面前。

"喝吧，喝了补身子。"

杜心舟接过脏兮兮的碗，大口大口地喝起来，觉得精神又好了些。

涵洞成了杜心舟的家，确切地说，是和乞丐共同的家。杜心舟在洞里休养，乞丐白天出去捡垃圾、乞讨，晚上才回来，给她带来别人吃剩的米粥、包子，有时候还有热干面、丸子，尽管都是剩的，有的食物上面还残留着咬过的牙印及口水，但那又怎样，能靠着这些食物活命，已经是莫大的幸运了。

乞丐话语很少，而且说多了就结巴，漫长的暗夜里，涵洞里只有两个人一粗一细的呼吸。有一件事一直困惑着杜心舟，她不明白，明明敌人开了枪，自己怎么没有死呢？难道他们放的是空枪，故意留下了自己的性命？可是，如果没有上面权势很大的人下命令，那葛主任是不敢放走她这样的女共党的。谁暗地里解救了自己呢？

刹那间，杜心舟又想起了那个电话号码，那几个阿拉伯数字，蓦地恍然大悟。一定是表姐陶云舒，只有她和她的将军才能做到。虽然他们属于不同的政治阵营，可毕竟血脉相连。想到这里，她面向南方，双手合十，喃喃地说："表姐、姐夫，谢谢你们，谢谢……"

"我看到你的时候，你就在水里了，和死了一样。"

当杜心舟问起自己为什么在水里时，乞丐说道。

"哦，是这样啊！"

杜心舟想了想，觉得有必要向这位善良的乞丐大叔挑明自己的身份："我是共产党,你不怕吗?"

"我不管啥子党不党的,我只认人,好人和坏人,说话算数的就是好人,坑蒙拐骗的就是坏人。"

乞丐瓮声瓮气地回答。

"大叔看我是好人还是坏人?"

"你是好人,我第一眼看见你就知道你是好人。"

得到这么单纯质朴的回答,杜心舟知道没有必要再多说了,唯有感叹自己处处遇到好人,这条命如果真的不该死,那就要好好活下去,活到云开见日月!

养伤的这些日子,杜心舟把家庭情况都告诉了乞丐,希望他利用到处游走的方便条件,帮助自己联系到家人,哪怕是码头上的工人也好,乞丐爽快地答应了。

可是,怎么联系呢?一个脏兮兮的瘸腿叫花子,人人避而远之,他说出的话会有人相信吗?

想来想去,杜心舟叫乞丐找来一块木炭,在捡来的废纸上写下"杜大江"三个字,对他说,只要悄悄把这三个字亮出来,就有人主动与他搭腔。

然而,一个多月过去了,杜心舟的伤势已经基本痊愈,能下地走路了,乞丐却没有联系到任何人。转眼要到年关,杜心舟坐立不安,她开始强烈地想念儿子小芦和父母。焦虑使她急剧地掉头发,甚至想铤而走险。据她判断,涵洞的位置与父亲的码头也就是十来里的距离,她想乔装改扮出去。

乞丐看出了杜心舟的心思,也开始焦急。这一天,他终于带回来一个人,杜心舟一看惊喜非常,原来,那个工友竟然是原来的纠察队员赵东晨!

赵东晨告诉杜心舟,她父亲的水运公司已经被注销,码头被霸占,老两口搬出了杜公馆,雇了一条拖船在江上跑货。工友们有的回了农村老家,有的忍气吞声为新老板卖命,只为了养家糊口。他就是这样留在码头上的,只能打掉牙含着血往肚里吞。

"杜小姐,我们都以为你不在了。你姆妈想你想得天天哭,眼睛都快哭瞎了……"

杜心舟哭成了泪人。赵东晨看到前老板的千金一副人不人鬼不鬼的样子,也是悲从中来,答应尽快与杜大江联系,让他前来接她回家。

就要离开了。

杜心舟很是激动,就连说话的声音都清脆悦耳了许多,可是乞丐大叔却闷闷不乐，嘴上说要清理涵洞，把那些破箱子、烂报纸、废铜烂铁扔到桥下的水里。

她明白，乞丐大叔舍不得自己走。两个多月来，他们和睦相处，在这荒郊野外，两个人毕竟有个伴儿啊，而且，他担心杜心舟再被抓去，就凭她这伤痕累累的小身板，是再也经不起严刑拷打了！而且，杜心舟还知道，之所以到年底才联系到父亲的工友，是乞丐大叔压根儿就没拿出那个纸条给人看，而今他实在不忍心看着杜心舟日复一日地满腹心事，茶饭不思！

"你走吧！我知道我留不住你，一个大户人家的小姐，跟着我住在野地里，捡垃圾吃剩饭，也是委屈你了……"

杜心舟顿时眼泪哗哗直淌，她敬佩乞丐大叔的坦率，心里也有深深的不舍，哽咽着说道："大叔，不如……不如我们一起走，我父亲已落难，但他的号召力还在，他会收留你的。"

乞丐坚决地摇头："我就是一个要饭的，享福的地方，我住不来哟！"

"可是，大叔你不能一辈子要饭啊，等老了，要不动了，还是有稳定的住处好哇！"

乞丐依然摇头，盘腿而坐，嘴里念叨着："天生我，天养我，天不要我，天收我。"

杜心舟惊异地望着这位乞丐大叔，第一次发现他竟有着隐士般的潇洒与豁达，虽然满眼沧桑，生活极贫，性命如蝼蚁，却有着自己的傲气和自在。

"救人一命胜造七级浮屠。我啥子都不缺，有天陪着我，有地托着我，有江水养着我，这一辈子，我很知足喽！"

乞丐的眼里闪着泪花。杜心舟不知道他经历过什么，他从来都不说，神情里，都是看遍人间苦难的淡然。

但杜心舟做不到，她是有牵挂的，实实在在有血有肉的牵挂，她必须走！

当赵东晨再一次来到涵洞里的时候，杜心舟双膝跪倒，向乞丐大叔重重地磕了三个头，走了。

此时的她，光头，戴着一顶破毡帽，身上是码头工人的短袄长裤，腰里系着一条麻绳，手里还拿着一盘绳子，苍白的脸上涂着一层锅灰，一看就是靠出卖力气过活的无产阶级。

为了不被人看出破绽，赵东晨拉着一辆平板车，车上满载着江沙，杜心舟把手里的麻绳系在车上，拉起了边套。

十多里的道路，由于杜心舟身体虚弱，他们走得很慢。中午时分，他们来到了码头附近的杜公馆。远远地看到那两扇镂花缠枝大铁门，杜心舟心脏就"怦怦"狂跳，然而，小洋楼已经易主，管家蔡老六再也不会打开大门，大门里，再也不会跑出圆脑袋上冒着热气的杜心龙，再也不会看见保姆张嫂笑吟吟的面容，还有霸气侧漏的父亲、丰腴静怡的母亲，更别提宽大的客厅、暖暖的壁炉、明亮的玻璃窗……

呆若木鸡地站立片刻，杜心舟牙关一咬，毅然决然地转头离去。

第七十四章

长江长江我的家

腊月的江边已经很冷，江风带着滞重阴郁的水汽，从江面上刮来，掠过岸上的枯草扑向远处的树木及建筑，发出低沉的如泣如诉的声音。

由于春节将近，江边大堤上几乎没有行人，各种商船和货船在吃力地航行，顺风的扬帆奔下游，逆风的挣扎着朝上行，均是匆忙仓皇的样子。

赵东晨领着杜心舟，沿着木板铺成的长长栈桥往江里走，就看见波浪起伏的水上，泊着一艘趸船，上了趸船，爬上二层，看到甲板上站着一个身材虽不高大，却精明干练的中年男人。那男人两眼直直地盯着舷梯，显得非常焦急不安。

"阿爸！"

杜心舟喊一声，加快了脚步。

"心舟！我的伢子！"

杜大江也叫一声，张开了双臂。杜心舟一头扎进父亲的怀里，眼泪哗哗流淌。

"伢子，莫哭，莫哭，进屋去，你姆妈在里面等你。"

杜大江让女儿别哭，他自己却鼻子一抽一抽的，急忙转过头，点起了水烟。

"姆妈……"

正在织毛衣的杜妈妈抬起头来，望着走进来的人，顿时惊悚万分："你是谁？是人还是鬼？"

"姆妈，我是人，是你的女儿杜心舟哟！"

杜心舟上前一步，想拥抱妈妈。杜妈妈却连连后退，脸色都变了："别过来！你不是我的女儿，我的女儿不是你这副样子！"

杜心舟摘下头上的破毡帽，又脱下身上的短袄，跪倒在妈妈面前："姆妈，你再看看我，听听我的声音，我就是你的女儿啊！"

杜妈妈瞪大眼睛打量着杜心舟，终于，她认出来了，扑过去抱住女儿，号啕大哭："伢子，你遭罪了，受苦了呀！"

杜心舟这才发现，短短几个月，母亲的鬓发全白了，两眼浮肿，眼角膜通红，已经发了炎。

"孩子呢？孩子在哪里？"杜妈妈追问着。

杜心舟双手掩面不做回答。

"我的外孙子在哪里?你把他弄丢了?还是死了?"

面对母亲的喝问,杜心舟这才回答:"孩子没有弄丢,只是现在,我不晓得是死了还是活着啊……"

杜心舟简短地讲了团墩湖里的那段经历,杜妈妈又是好一阵伤心。

失去码头和小洋楼的杜大江,被迫离开了繁华的沿江大道,来到了长江水上,租了别人一条破旧的杂货船,以运载成包、成捆、成桶的杂货散装货为生。张嫂回了乡下自己的家里,船上只有老两口儿。杜大江掌舵,杜妈妈做饭,船就是家,家就是船,人和船相依为命。如今,女儿大难不死归来,船上又多了一分生机。

"一家人守着就好,天不会一直黑着。"

杜大江安慰着老伴儿和杜心舟。

此时,武汉国民政府已经搬到南京去了,宁汉彻底合流,完全背叛了革命,曾经轰轰烈烈的大革命时代,就这么结束了,远去了。偌大的武汉三镇,在经历了巨变与喧嚣之后,显得那样空荡、安静、迷茫。

杜大江仿佛一下子老了十岁,母亲也变得憔悴沉默,一身伤病的杜心舟什么都做不了,只能在船上晒晒太阳,织织毛衣,但他们的内心,却像寒冬里蛰伏在雪下的杜鹃花,隐忍而顽强地在等待阳气升腾,只要春风吹来,即可迅速发芽长叶,开出又一季红艳艳的花朵!

1928年的春节来到了。

一家三口儿在船上吃着简单的年夜饭,虽然没有了杜心舟喜爱的长湖鱼糕和莲藕炖排骨,但有父亲亲手晾制的腊鱼。

"娃子,吃吧,这是爸爸专门为你留的腊鱼,在船上晾了半个冬天呢!"

杜心舟嘴巴好忙,在不停地咀嚼的时候不忘对父亲赞美:"真香!爸,在江上晾的鱼,跟在平地上味道就是不一样啊。"

"那当然!这可是原汁原味的长江的味道,不在长江上的人,不知道长江味有多好啰!"

杜大江高兴地把杯里的酒一饮而尽,却由于喝得太猛呛住了,剧烈地咳嗽起来。

"叫你把控住酒量,就是不听,又不是年轻时候,天天在水上漂着,寒气入肺不好了哟!"

杜妈妈急忙给丈夫捶背,嘴里抱怨着。

"我杜大江生在江上，长在江上，一辈子就爱这条江，它是我们的老祖宗，也是我们的家，我死也要死在这条大江里……"

杜心舟用悲壮的目光望着父亲，她自己何尝不是这样啊！长江这条母亲河，永远是她的家，只要有它在，它的儿女们就能活下去，就能适应天道，在四季的轮回中生生不息。

而且，她已经听到了好消息，毛泽东于1927年10月，带领秋收起义部队上井冈山开创了革命根据地，秋收起义的总指挥就是叶挺独立团的卢德铭；蔡老六、郑鸿发，还有株洲的谭向林，都在井冈山上。南昌起义的部队在朱德带领下，也准备奔向井冈山与毛泽东会师……

她要做的，就是等待、再等待。

山很高，路很远，江水滔滔奔流不息，长夜漫漫总会天亮。

春节过后，杜心舟悄悄去了一趟独立团烈士陵园。

在攻克武昌之后，为纪念叶挺独立团攻城阵亡的官兵，革命军官兵以及各界群众就酝酿着要建立一座烈士陵园。经国民革命军总政治部同意并拨出经费，有关人员开始勘址，最后选定武昌区洪山南麓的街道口、大东门以东，这里依山向阳，与洪山宝塔朝夕相映，风水甚佳。

陵园落成的时候，曾经有过一个隆重的开园仪式，武汉三镇的工农商学兵去了很多人，李杜两家也都去了。

杜大江搀扶着杜妈妈，李少煊挽着老妻的手，徐小萍拉着杜心舟，还有杜心龙、陶云晏、陶云舒、马萧、韦革命、大老黄等李子华生前的亲人和好友。

两对老夫妻脚步沉重，但他们脸上已经没有了当初的悲恸，取而代之的是庄重、坚毅与自豪。特别是杜妈妈和李家婆婆，她们努力控制着自己的情绪，腰背挺直，步履稳健，她们要做革命军人家属的榜样，要让前来参加仪式的年轻人，看到老一辈对从事革命事业儿女的支持与自豪，激励更多的孩子投身大革命洪流。

北伐军将领陈可钰、邓演达、唐生智、张发奎、叶挺等人出席了开园仪式，杜心舟作为烈士遗孀的代表，在仪式上做了发言。

当时的杜心舟，由于身孕，步伐显得有些缓慢，但她状态很好，脸色红润，眼神清亮，身姿挺拔，显示着一个经历过生死考验的救护队女战士的大气从容。

她的声音也是舒缓、庄重的。

各位长官、各位北伐军弟兄、各位武汉三镇的父老乡亲：

我是独立团二营营长李子华的妻子杜心舟，我的丈夫在中秋节攻打武昌城战斗中光荣牺牲了。我得知这个消息的时候，非常悲痛。特别是我们刚刚有了自己的孩子。可是，要奋斗就会有牺牲，作为战地护士，我亲眼看到许多弟兄把鲜血洒在了辽阔的土地上，有的是我亲眼看见倒下的。军阀混战，使我们国家到处燃烧着战火，而我的丈夫李子华，就是为了打倒军阀而英勇牺牲的，虽然他是我的丈夫，但他更是一位军人，他和曹渊曹营长一样，都是勇敢的革命先驱！

曹渊在北伐出征前一封信中说过："多次作战，只限于广东，不能快点实现打倒军阀，打倒帝国主义之愿，现已入湖南，不久将与帝国主义之第一忠奴，天字一号之吴大军阀相见于战场，我誓当以我热血灌溉革命之花也。"如今，曹渊实现了自己的愿望，李子华也实现了自己的愿望，烈士们视死如归的革命精神，将永远被后人敬仰！他们永远活在我们的心中！

作为烈士的妻子，我将永远怀念他并教育自己的孩子，让他向父亲学习，继承父亲的遗志，长大后也当兵入伍，成为一位革命军人，为祖国的安定和平、为人民的幸福康宁而战斗！

在那次的开园仪式上，杜心舟没有像当初在烈士临时墓地一样哭到暮色苍茫虚脱倒地。随着时间的推移，她的悲痛已经从外在的号啕呜咽，转移到了内心深处钝钝的、悠远的怀想。午夜梦回，也不再是泪湿枕巾，而是默默地倚在床头，慢慢地、细细地回味他们在家乡时的相识相爱、巧笑顾盼以及在战斗进程中匆忙地相聚、缠绵，一点点、一滴滴涌上心头，竟宛如昨日般的温暖。

仪式结束后，人们手捧鲜花，排着长长的队伍，井然有序地进入参观瞻仰，在献花的同时低头默哀，沉痛悼念那些革命先烈。

"安息吧！先烈之血，主义之花，无产阶级的牺牲者……"

"先者已逝，但你们用血肉筑起的丰碑永垂不朽。活着的我们，会继承和发扬你们的精神，开创更加美好的未来！"

坐在陵园苍松下的杜心舟，沉湎在往事中不知不觉陷入昏睡。蒙眬中，她仿佛又回到了战地救护队，要和战友们一起去肇庆慰问独立团的官兵，却突然看到两个骑马的军人远远而来。前面那匹白色的军马上，是一个约莫三十岁的军官，有着笔直的军人身材，穿一身合体的铁灰色军服，戴着大檐军帽，胸前挂着长筒望远镜，腰间扎着斜皮带，皮带上佩带着一支小巧的左轮手枪。整个人军容严整，军姿端正，神情沉默而严肃，威武而不屈。

并辔而行的青色军马上的军官，身材略显清瘦，但同样威武干练，那是参谋长周士第。在他们的身后，是列队而行的一大批军人。渐渐地，她看清楚了，他们是独立团一营营长曹渊、二营营长贺声洋，还有卢德铭、许继慎、李子华……他们的后面，还有杜心龙、徐小萍、韦革命、杜大江、谭向林、大老黄、段春雷、孙乾生、李少煊、唐成……都是她敬仰和熟悉的人。

他们都来了！他们依然那么年轻，那么英俊，那么矫健。

原来，革命军人是永远不会死的，他们的英灵从来没有走远，深情的眼眸一直凝望着这片他们热爱的土地；他们的浩气一直都在天上，护佑这片土地风调雨顺、人民生生不息！

蓦地，杜心舟耳畔响起了雄壮有力的《北伐军军歌》，那是几万人的大合唱：

> 打倒列强，打倒列强，
> 除军阀！除军阀！
> 努力国民革命，努力国民革命，
> 齐奋斗！齐奋斗！

杜心舟起初一惊，但随即精神大振，也放开嗓子，把自己融进了这雄浑的大合唱里。

> 打倒列强，打倒列强，
> 除军阀！除军阀！
> 努力国民革命，努力国民革命，
> 齐奋斗！齐奋斗！

后记
那一阵吹进梦里的风

2019年春天,一直在做的纪录片项目告一段落,我不必再到处奔波采访拍摄,生活突然变得很安静。

忙惯了的人闲不住,总要做点事才行。那就上网看片子吧!观看最多的还是纪录片。来京后当了几年纪录片撰稿人,似乎成了职业习惯,对那些解说词特别敏感,曾经干过把喜欢的纪录片解说词全部抄下来的蠢事。

那一天,我照例在网上闲逛,突然发现一部凤凰卫视纪念北伐战争九十周年的纪录片,一口气看了两遍还不过瘾,于是开始动笔记录解说词,一字一句地愣是把一个笔记本用去一大半。

仿佛一阵迅疾的风吹过我的灵魂。从此,无论是在雨声淅沥的夜晚,还是在艳阳高照的白天,无论是在地铁里,还是在咖啡馆里,那个时代的影像总是浮现在我的眼前,那些身穿铁灰色军装的官兵总是进入我的梦里。

于是,我努力在记忆里搜寻读过的此类文学作品和相关的影视剧。在这些文字和影像的冲击下,我灵魂里的那阵风更加迅疾,更加有力,而小说的轮廓,也渐渐清晰起来,并且成了我的话题。

有一次,我和一位戎马生涯几十年的朋友聊天。我开玩笑说,如果时光倒退九十多年,老首长穿上铁灰色的军装一定很帅气!他笑着说,是吗?我说当然啦。于是就想象着他身穿铁灰色军装,骑着高头大马,挎着指挥刀威武雄壮的样子。

这样的想象,又勾起了遥远的往事。少女时代的我,特别想当兵,可是在那时,能当上兵的女生是凤毛麟角,这个梦当然实现不了。但在我的潜意识里埋下了热爱军人、崇尚行伍的种子。这个强烈的军人情结,遇到天时地利人和,难道是要开花结果吗？构思中的女主角杜心舟，难道就是我从军梦的投影吗？

也是巧了，老家安阳市一位领导同时也是我的良师，自我来京后联系中断，后来在一次聚会中再次相见，问了我这些年的情况，说道："阿莲啊！到了这个年龄，如果不用为生存发愁，那就写一部大作品吧！写一部厚重的作品，再给自己一个高度。"

我答应说："好吧！好吧！"

还有，采写系列散文《在北京的天空下》的时候，一位北京的教授朋友开车陪我到处转悠，凭着渊博的知识和博闻强记，滔滔不绝充当我的历史知识解说员，得知我要写以北伐战争为背景的小说，也鼓励道："写吧，写吧，有问题来问我。"

就这样，目标渐渐明确起来，信心渐渐坚定起来，创作的冲动如同江河之水，从高山之巅奔腾而来，不舍昼夜。

于是，在2019年，从夏到秋，我沉浸在九十多年前的历史事件里，查资料，构思大纲，花了半年的时间。10月国庆假期期间，我背着电脑回老家安阳，在德隆街临时住处，开始敲下小说序言的第一行字："1926年，是中国农历的丙寅年。这一个丙寅年，非同寻常……"

从动笔到初稿杀青，我几乎每天都在写字，与小说里的人物生活在一起，和杜心舟一起翻山越岭，脱胎换骨。时间久了，总觉得自己就是杜心舟，就是李子华，就是北伐军的那些战士。因为手慢，思绪也慢，有时候一天能写一章，有时候好几天也写不了一章。

不知不觉，在写作这条路上，我已经走了很长时间，大半生都是在写作采访中度过的。以前给杂志供稿，哪里有社会热点，深更半夜坐火车也要赶去。几乎每年都有杂志社邀请我去开笔会，每年都要去武汉《知音》杂志社所在的东湖之畔。做纪录片撰稿以来，每接一个项目，我都要从浩瀚繁杂的资料中提炼出所需要的内容，频繁做前期采访，从黄土高原到长江楚汉，从京城胡同到中原的麦海，与年轻的影视人一起乘车坐船，翻山越岭，晓行夜宿，仿佛打仗一样从事这半军事化的工作。

无论是为杂志投稿，还是为影视撰稿，这些经历都是丰厚的积淀，对我写历史小说大有益处。当初吃的苦、受的累，都在丰富着我的思想，开拓着我的视野。人生没有白走的路，每一步都算数，都是前进的基石。

漫长而寂寞的写作过程，是一个人的孤军奋战、一个人的苦苦挣扎。这是天意，也是我的宿命，乐在其中，幸福感在其中，触碰的世界在其中，更高的目标也在其中。

为什么要写《君向北来》？到了这里仿佛更明了了。用小说里马萧对恋人韦革命的话来说就是："韦革命同志！你看行军路上这么多弟兄，可是他们之中的一些人，可能就此再也回不来了！他们明知会死，却依旧要去做，这种大义凛然为国捐躯的精神，你没有感觉到吗？我们没有别的能耐，只能用手里的一支笔和一架相机，来证明他们绝不会白死，伟大的历史会长久证明着。或许对于军人来说，最好的归宿就是战场，但我们的后人不能遗忘他们，我们现在做的事情，就是不让后人遗忘！国家的统一与和平，是建立在他们鲜血之上的，我们要留下他们的精彩，祖祖辈辈传下去！"

2026年就是北伐战争一百周年祭。新中国的强盛，社会的祥和，人民的幸福，与当时相比，已经是云泥之别。屈指算来，如果杜心舟还活着，如果北伐革命军的官兵还活着，平均年龄也已经有一百二十多岁了。历史的车轮滚滚向前，他们被留在了时光的罅隙里，留在了往来悠悠的白云生处。然而，当亘古的阳光穿透云层，带动一阵罡风吹进我的梦里，那好吧，为了这一阵吹进梦里的风，我认了！

初稿完成后的2021年5月初，我去了武昌叶挺独立团烈士陵园，虔诚地祭拜了这些英灵。他们牺牲的时候，是那么年轻！他们之中有好多都是投笔从戎的青年才俊。我为他们献上了鲜花，朗读了我的祭文，说出了我的努力，表达了我的愿望……

历史记得他们！

阿莲记得他们！

天佑中华！

阿莲好运！

阿莲于2021年5月修订